Atlan

IM MIKROKOSMOS

Perry Rhodan

Atlan

IM MIKROKOSMOS

MOEWIG

www.moewig.de
Bearbeitung: Rainer Castor
Redaktion: Klaus N. Frick/Sabine Kropp
Titelillustration: Arndt Drechsler
Druck und Bindung: Ebner & Spiegel, Ulm
Printed in Germany 2005
www.perry-rhodan.net
ISBN 3-8118-1525-3

1.

Atlan: *Unzählige Schreckgespenster bekämpften mich auf meinem langen Weg zurück aus der chaotischen Tiefe der Besinnungslosigkeit. Albträume, gezeugt von ungenannten Ängsten; amorphe Gebilde mit feurigen Augen und schwarzen Polypenarmen; Schuppenwesen, die auf mich eindrangen, an mir zerrten, mich umtanzten und mir ihren Geifer ins Gesicht schleuderten. Die bizarren Visionen verblassten, ich kam nur langsam zu mir.*

Erste Empfindung: *Schmerz. Glühende Nadeln schienen in jeder Pore meiner Haut zu stecken, sämtliche Gliedmaßen waren von einer ziehenden Schwäche erfüllt.*

Zweite Empfindung: *Ich lebte und atmete. Und diese Erkenntnis war etwas, das ich gar nicht genug würdigen konnte.*

Nur zögernd klärte sich mein Verstand. Ringsum war nichts als Schweigen. Das Denken fiel mir schwer in dieser Stille. Ich öffnete die Augen, sah, dass sich über mir ein rot glühender Himmel spannte, der mehr einer dichten Wolkendecke glich. Ein heißer Windstoß strich über meine Haut, zerrte an meinem Haar. Vergeblich suchte ich eine Sonne, die diese mörderische Hitze ausstrahlte und mich in Schweiß badete. Dann merkte ich, dass ich völlig nackt war.

Was ist geschehen? Wo bin ich?

Ich schob die Beantwortung dieser Fragen zunächst auf. Nacheinander spannte ich alle Muskeln – meine Glieder gehorchten mir. Ich streckte eine Hand aus, tastete umher und presste sie auf etwas Nachgiebiges und doch Festes. Merkwürdiges Lager! Ich rollte meinen Körper herum – und ein keuchender, erschreckter Laut löste sich aus meiner Kehle. Ich hing nämlich in rot glühenden Nebelbänken, die mit dem heißen Wind dahintrieben und von Zeit zu Zeit den Blick auf etwas tief unter mir freigaben, was mir im Moment als Konglomerat aller Nuancen der Farbe Rot erschien.

Ich erschrak zum zweiten Mal. Ein Zittern durchlief mich, während ich gegen das Gefühl ankämpfte, aus großer Höhe in die Tiefe zu stürzen, wo ich unweigerlich zerschmettern musste. Diese Angst war es, die mich aufrüttelte. Ich war jetzt hellwach, die Gedanken klar; kühle Überlegung gewann die Oberhand über meine Empfindungen. Ich erkannte die Symptome, war schwerelos. Das bedeutete zunächst einmal für mich, dass ich nicht abstürzen würde. Und damit verlor sich auch die Angst für eine Weile.

Ich drehte mich mit einer gleitenden Bewegung wieder herum und richtete mich auf. Kein Problem, mich mit der Schwerelosigkeit abzufinden. Doch was bewirkte diese? Was hielt mich in der Luft? Ein Antigravfeld? Die Erklärung war so einleuchtend, dass ich unwillkürlich nickte. Erneut richtete ich meine Blicke nach unten. Noch war nichts eindeutig zu erkennen. Es schien, als hätte mein Sehzentrum die Fähigkeit verloren, die Impulse zu koordinieren, die es über die Augen empfing.

Verwirrt konzentrierte ich mich, zwang meine Wahrnehmung dazu, sich den hier herrschenden Verhältnissen anzugleichen. Schließlich gelang die Adaption. Ich fühlte Erleichterung, als die einzelnen Teile in die richtige Dimension rückten und sich zu einem auswertbaren Bild zusammenschoben.

Unter mir erstreckte sich eine offenbar endlose Ebene, ebenso rötlich wie alles hier. Ich sah, dass der Boden aus rötlichen Sanddünen bestand, die sich um erratische Felsblöcke gebildet hatten. Von einer Flora war nichts zu erkennen, jedenfalls nicht von jenem Punkt aus, von dem ich die Szenerie betrachtete. Ich befand mich etwa dreihundert bis vierhundert Meter über dem Boden, war aber nicht völlig sicher. Etwas anderes fesselte meine Aufmerksamkeit weit mehr – in unregelmäßigen Abständen erhoben sich schwarze, säulenähnliche Gebilde aus der Ebene und verschwanden in dem leuchtenden Dom über mir. Leider war keines nahe genug, um mich erkennen zu lassen, was sie darstellten.

Merkwürdiger Planet, *durchfuhr es mich.*

Wer sagt dir, dass dies ein Planet ist?, *wollte der Logiksektor nüchtern wissen. Der Einwand hatte durchaus seine Berechtigung. Ich befand mich in einer derart fremden Umgebung, dass es eigentlich nur eine einzige Erklärung dafür gab …*

Richtig, *antwortete der Extrasinn. Du befindest dich in einem völlig fremden Kontinuum!*

Mit einer fahrigen Bewegung wischte ich mir den Schweiß von der Stirn. Wie kam ich hierher? Ich zermarterte mein Gehirn; die Ohnmacht hatte wie ein Albtraum über meinem Bewusstsein gelegen. Aus dem Wust von Erinnerungsfetzen tauchten immer häufiger Namen und Begriffe auf, die merkwürdigerweise etwas mit der Produktion von Gnomen zu tun zu haben schienen.

Irgendjemand hatte Gnomen »gemacht« …

Der Begriff »Gnomen« löste eine unmittelbare Erkenntnis in mir aus. Mir wurde klar, dass das richtige Wort »Zwergenmacher« heißen musste. Das einer neu gebildeten Assoziation entsprechende Engramm regte die Reorganisation eines ausgedehnten Systems von Millionen Ganglienzellen an. Blitzartig kam das Verstehen. Ich wusste nun, was mit mir geschehen war. Vor Erregung sickerte salziges Sekret aus meinen Augenwinkeln.

Ich konnte mich jetzt deutlich an alles erinnern …

An Bord des SKORGONS: 2. Prago der Prikur 10.498 da Ark

Seit Tontas tobte bereits die Raumschlacht im Trantagossa-System. Weiterhin vollzogen ganze Raumschiffsgruppen Kurztransitionen, um die Distanzen zwischen den Planeten zu überbrücken. Sämtliche Welten wie auch die Sonne selbst erbebten unter den Schockwellen. Unter normalen Bedingungen waren Transitionen innerhalb von Sonnensystemen aus gutem Grund verboten – im Krieg dagegen waren die damit verbundenen Nebenwirkungen selbstverständlich ein taktischer Vorteil für den Angreifer und wurden gezielt genutzt. Und die Methans mit ihrer von Logik bestimmten Denkweise hatten erst recht keinen Anlass, darauf zu verzichten.

Mit rund 17.000 Schiffen hatten sie ihren Überraschungsangriff begonnen. Trotz der erbitterten Gegenwehr wimmelte es nach wie vor im Trantagossa-System von Walzenraumern. Ohne Rücksicht auf das eigene Leben flogen die Maahks ihre Angriffe. Von den Strukturerschütterungen ohnehin massiv betroffen, bebten die Planeten und Monde auch unter den eingesetzten Waffen des ganzen Spektrums; Glutnester riesiger thermonuklearer Explosionen leuchteten auf Tag- wie Nachtseiten. Mehr als ein Schiff war abgestürzt und hatte mit der einschlagenden Masse eines kleinen Kometen oder Asteroiden weitere Naturkatastrophen zur Folge.

Die auf der Panoramagalerie der SKORGON-Zentrale eingeblendeten Informationen waren positronisch aufbereitet, Ergebnisse von normaloptischer Erfassung und hyperschneller Ortung und Tastung. Dennoch oder vielleicht gerade deshalb waren es Bilder des Grauens, die wir zu sehen bekamen. Die Empfänger von Normal- wie Hyperfunk trugen zum Chaos bei, kaum überschaubar die Zahl der Notrufe, die längst nicht mehr nur über die dafür bestimmten Kanäle eingingen. Und mitten in diesem Chaos beschleunigte das SKORGON weiterhin mit höchster Leistung, Enorketron war zum Punkt unter vielen geworden.

Es war weit mehr als nur ein Stützpunkt, den die Methans hier und jetzt zu vernichten versuchten. Vielmehr schwankte einer der wichtigsten Eckpfeiler des Großen Imperiums. Die Folgen dieser verheerenden Schlacht ließen sich im Augenblick noch nicht einmal annähernd abschätzen. *Mach dir lieber Gedanken um deine Situation, Kristallprinz*, zischte der Extrasinn. *Mit Heng und Magantilliken hast du gleich zwei Gegner.*

Ich nickte unwillkürlich und musterte das Schaubild der Navigationskontrolle. Das SKORGON entfernte sich senkrecht zur Ekliptik von Enorketron, um möglichst unbeschadet die notwendige Mindestgeschwindigkeit für eine Transition erreichen zu können. Bislang war es gut gegangen – Angriffe arkonidischer Raumer hatten wir dank der automatisch abgestrahlten Überrangkennung des Mascanten nicht zu befürchten, während sich die Methans auf die planetaren Ziele konzentrierten oder sich an ausreichend weit entfernten Sammelpunkten befanden. Blieben versprengte Einheiten, die ohne Rücksicht auf alles und jeden schossen.

Meine Hoffnung war, dass das kleine, aber hochwertig ausgestattete SKORGON solchen Angriffen widerstehen würde. *Hengs Sonderkonstruktion!* Das SKORGON – »der Verschleierte« – war ein eiförmiger, etwa sechzig Meter hoher und vierzig Meter dicker Körper. Die Zentrale lag im Bugdrittel. Es hatte keinen Ringwulst, sondern nur in die Hülle eingelassene Impulsdüsenöffnungen in Äquatorhöhe. Die mattgraue Hülle war von zahlreichen Kuppeln und antennenförmigen Auswüchsen bedeckt. Das ganze Gebilde hatte, als ich es im Hangar auf den zwölf großen, beinahe plump wirkenden Landetellern stehen sah und über die Schleuse im unteren Drittel betrat, eine schwer fassbare Aura der Drohung und der Macht ausgeatmet.

Mascant Amarkavor Heng hatte allen Grund, auf das SKOR-

GON stolz zu sein. Wie er vor dem Start beiläufig berichtet hatte, hatten seine Leute Jahre benötigt, um den Raumer auf den jetzigen Stand zu bringen. Der größte Teil des Volumens wurde von den technischen Einrichtungen beansprucht, aber es gab auch mehrere sehr komfortable Kabinen. Die positronischen und ortungstechnischen Einrichtungen beeindruckten ebenso wie die leistungsstarken Triebwerke, die dem Eiraumer eine bemerkenswerte Beschleunigung und Beweglichkeit verliehen. Die Waffensysteme übertrafen jedes gleich große Schiff, während die Schutzschirme in einer solchen Stärke mehrfach gestaffelt projiziert werden konnten, dass wir uns selbst vor den Maahks nicht zu fürchten brauchten, solange nicht ein Dutzend der Riesenwalzen gleichzeitig angriffen.

Magantilliken hatte zum SKORGON kein Wort verloren; an die varganische Technik gewöhnt, betrachtete er das Schiff vermutlich als besseren Einbaum. Ich dagegen spielte unwillkürlich mit dem Gedanken, den Raumer in meinen Besitz zu bringen. Er würde eine großartige Bereicherung des kleinen Verbands bedeuten, den wir inzwischen auf Kraumon zusammengestellt hatten. Doch das waren Träumereien. Zuvor musste ich die Situation meistern – es hieß nicht nur, heil aus dem System zu entkommen, sondern auch mit den beiden anderen fertig zu werden.

Trantagossa stellte gemeinsam mit den Hauptflottenstützpunkten Amozalan und Calukoma eines der Nervenzentren des Tai Ark'Tussan dar. Zwölf Planeten umkreisten die gelbe Sonne, alle mehr oder weniger komplett ausgebaut, von den äußeren Eisklumpen über den Gasriesen, der weiter innen seine Bahn zog, den innersten Planeten, der eher einem ausgeglühten Mond glich, bis zur vierten Welt, die von zentraler Bedeutung für das System war – sie waren genau aufeinander abgestimmte Teile einer gewaltigen Kriegsmaschinerie. Rund ein Drittel der riesigen Raumflotte, die das Große Imperium im Bereich der Hauptebene der Öden Insel gegen die Maahks aufbot, wurde von Trantagossa aus dirigiert. In diesem Sektor waren dreißigtausend Einheiten aller Größen stationiert, eineinhalb Milliarden Arkoniden lebten ständig in diesem System, hinzu kamen die Besatzungen der Raumschiffe.

Die Wasserstoffatmer wussten, wie wichtig Enorketron war, griffen rücksichtslos an. Gegen ihre Schlachtschiffe wirkten selbst Schwere Kreuzer beinahe unbedeutend, zumal die Methans erstmals neue und stärkere Schirmfelder einsetzten. Dennoch trieben Hunderte Walzen als ausgeglühte Wracks im All. Meine Artgenossen wehrten sich verbissen. Die Einspielungen zeigten auch Enorketron selbst – Zerstörungen in einem Ausmaß, so dass der Planet für Jahrzehnte nicht mehr in der bisherigen Form genutzt werden konnte. *Gleichgültig, wie dieser Kampf letztlich ausgehen mag*, dachte ich fröstelnd und sah zu Heng und Magantilliken hinüber. *Und noch sind wir nicht in Sicherheit!*

Der Henker der Varganen hatte einen neuen Körper, der keine großen Unterschiede zu jener Existenzform aufwies, in der ich diesem Mann früher begegnet war. Nur die Arme waren etwas länger, die Brust noch breiter. Unter der eng anliegenden arkonidischen Kombination zeichneten sich deutlich die kräftigen Muskeln ab. Von dem Gesicht mit den etwas wulstigen Lippen ging ein Hauch von Brutalität aus. Sonst bot er das typische Bild eines Varganen: bronzefarbene Haut, langes, goldenes Haar, goldene Augen. Er war so selbstsicher, dass es bereits arrogant wirkte. Den Begriff »Furcht« schien er nur vom Hörensagen zu kennen.

Noch wusste ich nicht, ob es auf einem dummen Zufall oder einer gezielten Aktion beruhte, aber es hatte Magantillikens Bewusstsein ausgerechnet in einen Körper verschlagen, der in die Hände von Arkoniden gefallen und auf Enorketron untersucht worden war. Ich wusste nicht, warum er nicht gleich in einen anderen Körper gewechselt war, vielleicht fehlte ihm derzeit dazu die notwendige mentale Energie, oder es gab andere Gründe – fest stand, dass er ein Raumschiff benötigt hatte, um von Enorketron zu entkommen. Raumer gab es in großer Zahl; es wäre dem Henker der Varganen zweifellos nicht schwer gefallen, eines davon in seinen Besitz zu bringen. Aber das rigorose Kontroll- und Sicherungssystem zwischen den zwölf Planeten des Trantagossa-Systems hätte selbst er nicht so einfach überwinden können. Deshalb hatte er sich für das SKORGON entschieden, eine Spezialkonstruktion, die er zwar allein nicht auf Anhieb steuern konnte, aber den Vorteil hatte, dem Stützpunktkommandeur zu gehören.

Amarkavor Heng – einer der Mörder meines Vaters! Als Imperator Gonozal VII. von den Verschwörern um Orbanaschol am 17. Tarman 10.483 da Ark umgebracht wurde, war Heng als Vere'athor der Kommandant der PERKANOR gewesen, ein Dreiplanetenträger – heute war er Mascant und dafür berüchtigt, dass er Schiffe sinnlos opferte, weil sein taktisches Geschick nicht mit seinem Ehrgeiz Schritt gehalten hatte. Das nach wie vor in mir bohrende Verlangen, ihn zu töten, war nicht nur auf den feigen Mord an meinem Vater zurückzuführen. Was ich auf Enorketron erlebt hatte, wog allein schon schwer genug. Die Verhältnisse verdeutlichten mehr als alles andere, wie sehr Unfähigkeit, Miss- und Vetternwirtschaft, Korruption und was die Sternengötter noch wissen mochten, zum Alltag der Orbanaschol-Clique geworden waren. Heng passte ohne Zweifel genau in das Bild, das ich von den ergebenen Dienern und Speichelleckern Orbanaschols gewonnen hatte.

Heng war fast so groß wie der Körper, in den Magantillikens Bewusstsein geschlüpft war. Er trug eine zartblaue Kombination, die sich eng an seinen geradezu erschreckend dürren Körper schmiegte. Auch der Kopf war schmal und schien fast nur aus Haut und Knochen zu bestehen, der Hals lang und dünn, der Mund schmal wie ein Messerrücken, die leicht gekrümmte Nase wirkte wie der scharfe Schnabel eines Raubvogels. Von Mund- und Nasenwinkeln gingen scharfe Linien aus. Ich las eine grenzenlose Verbitterung aus diesem Gesicht.

Er hatte in den letzten fünfzehn Arkonjahren einen undurchdringlichen Schleier um sich und sein Leben gezogen, obwohl er als *Sonnenkur* nicht nur der militärische Kommandeur war, sondern auch den zivilen Titel eines Sektorenbeauftragten mit seinem Titel als Dreisonnenträger verband. Es gab nicht viele Personen im riesigen Tai Ark'Tussan, die vom Imperator mit einer derartigen Machtfülle ausgestattet wurden. Orbanaschol konnte es sich nicht leisten, ihn abzusetzen oder auszuschalten – sie hatten sich gegenseitig in der Hand.

Heng selbst sieht das in seinem von der Angst geprägten Verfolgungswahn zweifellos anders, raunte der Logiksektor nüchtern. *Vermutlich verflucht er längst den Prago, an dem er sich der Verschwörung angeschlossen hat. Er hat sich Reichtum, Macht und eine glänzende Karriere versprochen, hat aus Ehrgeiz Orbanaschol geholfen, sich deines Vaters zu entledigen. Statt aber im Kristallpalast in Prunk zu hofieren, wurde er hierher versetzt, in diesen Stützpunkt in den Weiten der Öden Insel fernab von Thantur-Lok und dem Arkonsystem …*

Ich nickte unwillkürlich. Heng hatte über Trantagossa nicht

durch seine überragende Persönlichkeit geherrscht, sondern durch das genaue Gegenteil. Indem er sich für alle seine Untertanen unsichtbar machte und nie persönlich an die Öffentlichkeit trat, hatte er eine Legende der Unnahbarkeit und der Macht aufgebaut, die der Wirklichkeit nicht standhielt. Er hatte nicht das Format, das er zu haben glaubte. Vielleicht wäre er früher einmal imstande gewesen, diese Fähigkeiten zu entwickeln. Aber seit dem Mord an Imperator Gonozal VII. hatte er sich von diesem Weg Schritt für Schritt weiter entfernt. Er lebte in einer Welt, in der angeblich täglich Tausende von Verrätern auf ihn lauerten. Überall sah er Agenten, die nach seinem Blut lechzten.

Und Orbanaschol unternimmt nichts, um den einstigen Freund zu schützen und ihm den Rücken zu stärken. Der persönliche Kontakt zum Imperator ist längst abgerissen. Durchaus möglich, dass Heng fürchtet, dass Orbanaschol selbst Mörder auf ihn hetzt, um einen lästigen Mitwisser loszuwerden.

Dieser Wahn war durch den Angriff auf Trantagossa zu einem Albtraum für Heng geworden. Der Mann sah alt und verbraucht aus. Ein Nervenbündel, dem auf den ersten Blick keine logischen Handlungen mehr zugetraut werden konnten. Aber das täuschte. Er war gefährlich. Hengs Ängste waren zweifellos vom Schicksal des Blinden Sofgart weiter geschürt worden, dessen Tod wir medienwirksam publik gemacht hatten. Die Vorbereitungen waren eine logistische Meisterleistung gewesen – aber es war uns gelungen, den konservierten Leichnam bis ins Arkonsystem nach Arkon II zu schaffen und so zu »platzieren«, dass am 24. Prago des Messon 10.498 da Ark die Sensationsmeldung verbreitet worden war, ehe es Orbanaschol oder die Geheimdienste hatten verhindern können. Sofgart war tot, die übrigen Mörder meines Vaters lebten. Einer war der Kommandeur und Sonnenkur des Trantagossa-Systems. Und er wusste, wer ich war, befürchtete, ich würde mich bei günstiger Gelegenheit rächen. Ich würde es zweifellos eines Tages tun. Aber ich hatte keine ausgefeilten Pläne, sondern überließ alles der Entwicklung, die sich seit unserer Flucht von Enorketron angebahnt hatte.

Rache ist eine Mahlzeit, die von Leuten mit Geschmack kalt genossen wird, flüsterte mein Extrasinn. Das stimmte haargenau. Notfalls würde ich sogar Hengs Leben retten. Nur dann würde meine Rache einen Sinn haben. Im Gegensatz zu Leuten von

Hengs Schlag lag mir nicht, ihn aus dem Hinterhalt zu ermorden. Selbst jemand wie er sollte seine Chance haben. Er konnte mich genauso erwischen.

Mein Auftritt vor den Medien, damals am 24. Prago des Messon 10.497 da Ark auf Largamenia nach der erfolgreichen Aktivierung meines Extrasinns, war in der breiten Öffentlichkeit nach mehr als einem Jahr längst in Vergessenheit geraten. Zwar mochten einige Milliarden Personen die plötzlich unterbrochene Sendung gesehen haben, aber die vorgelegten Beweise zählten wenig, weil Mascant Offantur höchstpersönlich, der Chef der ebenso gehassten wie gefürchteten *Tu-Gol-Cel*, meine Eröffnungen als Lüge abgestritten, mich als Schwindler hingestellt sowie die Beweise für gefälscht erklärt hatte. Die Mörder konnten schließlich nicht offiziell bestätigen, dass es sich bei mir tatsächlich um den Kristallprinzen des Reiches handelte, den rechtmäßigen Thronerben von Arkon.

Dennoch hatte Orbanaschol III. dafür gesorgt, dass mein Bild verbreitet wurde. Zum Glück war das Tai Ark'Tussan zu gewaltig, die Bedrohung durch die Methans zu aktuell und die Zahl der von der Orbanaschol-Clique aus eher unwichtigen Gründen Gesuchten viel zu groß, als dass ausgerechnet ich noch besondere Aufmerksamkeit hervorgerufen hätte. Aber die Anweisung an den Blinden Sofgart und seine Kralasenen wie auch die vertrauenswürdigen Geheimdienstmitarbeiter war eindeutig gewesen: *Der Kristallprinz lebt. Bring mir seinen Kopf!*

Ich brauchte Heng gar nicht anzusehen, um zu wissen, dass er genau das vorhatte. Nur die Anwesenheit des Varganen verhinderte, dass er mir augenblicklich an die Kehle ging. Der Angriff der Maahks hatte jedoch auch Magantillikens Pläne durcheinander gebracht. Er musste nicht nur die arkonidischen Abwehranlagen überwinden, sondern ebenso damit rechnen, dass die Aggressoren das SKORGON angriffen. Magantilliken hatte zu Recht angenommen, dass Hengs Schiff mit hervorragenden Schutzschirmen ausgestattet war, somit also durchaus die Chance bestand, die feindlichen Reihen zu durchbrechen. Andererseits hieß das auch, dass er Heng mitschleppen musste. Mit ausreichend Zeit wäre es ihm ohne Zweifel gelungen, sich in die Technik und Steuerung einzuarbeiten, aber diese Zeit hatte er nicht. Der Mascant wiederum war darauf aus, mich zu töten. Magantilliken hatte vermutlich grundsätzlich nichts dagegen einzuwenden, dass wir uns gegenseitig abschlachteten. Zur Erfüllung seines Auftrags aber würde er mich wenigstens so lange beschützen, bis er Ischtar gefangen hatte – denn über mich wollte er weiterhin an sie herankommen …

Der Vargane lächelte kühl. Er schien sich köstlich zu amüsieren, in welchen gefühlsmäßigen Verstrickungen Heng und ich gefangen waren. Magantilliken kannte selbstverständlich unsere Geschichte. Äußerlich war der hochgewachsene Mann die Ruhe selbst. Wie es in ihm aussah, konnte ich nur vermuten. Magantilliken war mir als eiskalter Rechner bekannt. Er verfolgte im Auftrag seines Volks alle noch lebenden Varganen, um sie hinzurichten. Ich dachte wehmütig und voller Sehnsucht an Ischtar. Wie lange hatte ich die »Goldene Göttin« nicht mehr gesehen? *Er hofft, ich könne ihn zu Ischtar führen. Diese Gelegenheit will er nutzen, um die Varganin hinzurichten.*

Mir graute vor diesem Augenblick. Das Schreckliche daran war, dass Magantilliken selbst unsterblich war. Seinen Körper konnte ich vielleicht vernichten, doch sein Bewusstsein, seine Seele lebte weiter. Sie würde irgendwo einen anderen Varganenkörper finden und zurückkehren, um die Spur Ischtars erneut aufzunehmen.

»Hyperortung! Starker Ausbruch hyperenergetischer Strahlung schräg voraus; unbekanntes Spektralmuster, Maximumintensität laut Hochrechnung außerhalb des Erfassungsbereichs!« Verbunden mit einem kurzen Alarmsignal, lieferte die unterstützende Bord-KSOL mit unpersönlich nüchterner Vocoderstimme die Auswertungsergebnisse und riss mich unvermittelt aus den Gedanken. »Strahlungsquelle identisch mit einem Schlachtschiff der Maahks – Typ *Grauwal*, tausend Meter lang, Durchmesser zweihundert Meter.«

Von Amarkavor Heng kam ein gequältes Stöhnen. Magantilliken schwang sich in seinem Kontursessel herum. Seine goldenen Augen starrten auf die Ausschnittsvergrößerung. Heng drehte sich nach rechts und tippte mehrere großflächige Tasten nieder. Trotz der angespannten Lage musste ich lächeln. Seine Bewegungen drohten so hektisch und unbeherrscht zu werden, dass es fast schon lächerlich wirkte. Mit Hilfe des Extrasinns versuchte ich die von den vielfältigen Anzeigen und Ortungsreliefs gelieferten Hauptdaten zu erfassen.

Rund eine Dezitonta benötigte das SKORGON, um mit Maximalbeschleunigung neunzig Prozent der Lichtgeschwindigkeit zu erreichen. In dieser Zeit würden dann 72,9 Millionen Kilometer zurückgelegt sein. Nottransitionen waren zwar mit geringerer Geschwindigkeit oder gar »aus dem Stand heraus« möglich, doch das kostete nicht nur sehr viel mehr Energie, sondern ging auch einher mit einer kaum zu kalkulierenden Zielungenauigkeit. Diese wurde noch verstärkt, sofern der Sprung im inneren Gravitationsfeld eines Sonnensystems eingeleitet wurde. Kamen massive Strukturerschütterungen wie hier im Trantagossa-System hinzu, konnte eine vorzeitig eingeleitete Transition bereits bei der Entmaterialisation derart massiv gestört werden, dass ein Zerreißen des Schiffes drohte.

Seit dem Start waren etwa acht Zentitontas verstrichen, somit also siebzig Prozent der Lichtgeschwindigkeit erreicht und rund 44 Millionen Kilometer zurückgelegt. Das Dröhnen der mit Höchstlast arbeitenden Impulstriebwerke drang bis in die Zentrale, im hochgespannten Schutzfeld glühte die abgeleitete Mikromaterie des Alls, die trotz ihrer geringen Dichte bei unserer Geschwindigkeit zum massiven Hindernis zu werden drohte.

Noch zögerte Heng, eine vorzeitige Transition einzuleiten. Für eine genaue Sprungberechnung würde uns angesichts der Raumschlacht ohnehin kaum Zeit bleiben, so dass das Motto zunächst hieß: *Fort von hier, dann sehen wir weiter.* Mit viereinhalb Millionen Kilometern Distanz war das Schlachtschiff der Methans zwar noch weit außerhalb der Kernschussweite der Waffen, doch nicht nur mich irritierten die einlaufenden Daten. Heng sah zu mir und dem Varganen herüber, runzelte die Stirn und murmelte Unverständliches. Auch Magantilliken verzog die wulstigen Lippen und kniff die Augen zusammen.

Hyperenergieausbruch?, dachte ich. *Der Kurs des Maahks führt wie der unsere aus dem Trantagossa-System* hinaus. *Im Gegensatz zu uns beschleunigt der Walzenraumer jedoch nicht, sondern fliegt antriebslos im freien Fall mit rund zehn Prozent der Lichtgeschwindigkeit. Hinzu kommt, dass es ein einzelnes Schiff ist, keine Angriffsgruppe oder ein Geschwader. Was hat das zu bedeuten? Ein Spezial-*

schiff mit Sondermission? Wurde es beschädigt und ist manövrierunfähig?

Sofern sich das Schlachtschiff in der Nähe Enorketrons befunden hatte, musste es von dort vor rund drei Dezitontas abgeflogen sein. Behielten wir Kurs und Beschleunigung bei, würden wir bald in Waffenreichweite kommen. Abermals wurde von der hyperschnellen Ortung ein Strahlungsausbruch angemessen; parallel dazu knatterten die Strukturtaster, weil wieder einmal ganze Geschwader Kurztransitionen ausführten.

»Merkwürdig«, sagte der Vargane. Ihm war anzumerken, dass ihm das Verhalten des Maahkschiffes ebenso wenig gefiel wie Heng und mir. »Leiten Sie schnellstens eine Transition ein, Heng; Sprungweite dreihundert Lichtjahre, Richtung beliebig.«

Mit Hilfe des Extrasinns überschlug ich die Daten – es würde knapp werden. Heng programmierte wortlos und hektisch, ein neuer Ton mischte sich in das Grollen der Kraftwerksmeiler. Nur wenige Augenblicke noch, bis das Transitionsfeld entstand und das SKORGON in den Hyperraum riss …

… als weitere Schockwellen trafen. Die Belastungsanzeige der Abwehrfelder näherte sich bedrohlich der roten Warnmarke. Heng erhöhte sofort die Leistung der Energieschirmprojektoren. Die nötige Energie dazu zweigte er von den Triebwerken ab. Deshalb reduzierte sich unsere Beschleunigung fast auf den Nullpunkt. Gleichzeitig tobte rings um den *Grauwal* erneut ein starker Strahlungsausbruch.

Dann ein stechender Schmerz: *Transition!* Die Sprunggeneratoren des Strukturfeld-Konverters waren aktiviert worden. Wir wurden von einem Augenblick zum anderen vom Ferm-Taàrk aus der normalstofflichen in eine hyperenergetische Zustandsform transformiert und dadurch zum Bestandteil des Hyperraums – zu einem Bestandteil allerdings, der aufgrund des Strukturfelds seinen Zusammenhalt bewahrte und für eine Wiederverstofflichung vorprogrammiert war. Das SKORGON sprang durch den Hyperraum. Meine Gedankentätigkeit erlosch …

… bis mit der Wiederverstofflichung, die ohne jeden messbaren Zeitverlust erfolgte, der ziehende Rematerialisierungsschmerz kam. Auf der Panoramagalerie erschienen fremde Sternkonstellationen. In unmittelbarer Nähe von nur wenigen Millionen Kilometern Entfernung befand sich eine blaue Riesensonne. In ihrem Strahlensturm glühten weit auseinander gezogene Meteoritenschwärme. Planeten wurden keine angemessen.

Ich wartete gespannt auf das Ergebnis der weiteren Auswertung. Gerade bei Grobsprüngen wie dem von uns durchgeführten konnte es zu beträchtlichen Zielabweichungen kommen, vor allem dann, wenn im entstofflichten Zustand eine Zone des Hyperraums passiert wurde, in der hyperenergetische Turbulenzen tobten oder andere Einflüsse am Ent- oder Rematerialisationspunkt wirksam wurden. Mit Blick auf die Ortungsdaten murmelte ich: »Keine Planeten, aber ein metallisches Objekt geringer Größe.«

»Ein Raumschiff?«, kam es nervös von Heng. »Ein Maahk?«

Wir hatten laut Positionsbestimmung nur knapp hundert statt dreihundert Lichtjahre zurückgelegt. Aber nicht nur die Sprungdistanz stimmte nicht mit der Programmierung überein, die Richtung wies gleichfalls eine deutliche Abweichung auf. Überdies mussten Hyperkräfte auf den Strukturfeld-Konverter des Transitionstriebwerks durchgeschlagen haben, denn die Schadensanalyse wies aus, dass automatische Reparaturroutinen angelaufen waren. Vorläufig war uns also keine weitere Transition möglich. Der Mascant kommentierte die Anzeigen mit einer Verwünschung.

Eine Wechselwirkung mit den Strukturerschütterungen? Oder … fast wirkt es so, als hätten wir zusätzliche Masse mitgerissen …

Meine spontane Vermutung fand ihre Bestätigung, als die Positronik meldete: »Hyperortung, Strahlungsausbruch …«

Ich zerbiss einen Fluch. *Der Grauwal!* Auf eine mir unbekannte Weise hatte das Maahkschiff unsere Transition »mitgemacht«. Weiterhin antriebslos, raste es auf das metallische Objekt zu, während sich das SKORGON, das mit höherer Geschwindigkeit materialisiert war, von diesem bereits wieder entfernte. In der Ausschnittsvergrößerung des Ortungsreliefs erkannte ich ein schlankes Projektil von ungefähr hundert Metern Länge. »Kein arkonidisches Schiff«, sagte ich betont ruhig, »aber auch keine Konstruktion der Methans. Ich habe so ein Fahrzeug bisher noch nie gesehen. Das Material scheint sogar ohne Schutzschirme dem Partikelsturm der blauen Riesensonne zu widerstehen.«

Es kam nicht oft vor, dass einem Raumfahrer abseits von den gängigen Schiffsrouten und Transitionspunkten fremde Schiffseinheiten begegneten. Ich wandte mich an Magantilliken. Doch der hatte meine nächste Frage schon erraten, wehrte ab und sagte: »Nein, auch kein varganisches Schiff, wenn du mich das fragen wolltest.«

Das Raumschiff trieb antriebslos im All. Das konnte schon jahrtausendelang der Fall sein. Die Heckdüsen waren dunkelviolett verfärbt; die Relativgeschwindigkeit zum Blauen Riesen betrug knapp fünf Prozent der Lichtgeschwindigkeit, mehr als genug, um nicht von der Sonne eingefangen zu werden. Bald schon würde sich der fremde Raumer wieder aus dem Gravitationsfeld entfernt haben und bis in alle Ewigkeit weiterfliegen, sofern nicht irgendwann der Kurs direkt in eine Sonne führte.

»Energiepeilung?«, fragte ich.

»Keine Streustrahlung von den Triebwerken. An Bord arbeiten aber Maschinen. Genaueres lässt sich erst sagen, wenn man sich die Sache an Ort und Stelle anschaut.« Magantilliken interpretierte die Messdaten knapp und präzise. »Die Schiffszelle wirkt stark isolierend, ist jedoch von einer hyperenergetischen Aura unbekannter Natur umhüllt.«

»Vielleicht doch ein Schiff der Methans?«, vermutete ich und richtete meine Aufmerksamkeit wieder auf das Schlachtschiff. Wie bereits im Trantagossa-System gab es bei den Maahks nicht die geringste Reaktion, weder wurden die Triebwerke hochgefahren noch Waffen oder Schutzschirme aktiviert. »Warum reagieren sie nicht?«

»Vielleicht ist dort niemand an Bord? Oder alle tot?« Ein Blick auf die automatische Situationsanalyse der Bordpositronik des SKORGON bestätigte Hengs Worte. Das maahksche Schlachtschiff reagierte wie ein Raumschiff, dessen Mannschaft handlungsunfähig war. Nur die wiederholten Strahlungsausbrüche wurden angemessen. Als abermals ein solcher geortet wurde, gab es als Reaktion eine kurzfristige Veränderung im Feldmuster der hyperenergetischen Aura das Projektilraumers. Eine Resonanz? Zumindest einige Hyperfrequenzbereiche der Aura »schwangen mit«, sobald es eine Strahlungseruption beim Maahkschiff gab.

Somit ist nicht einmal auszuschließen, dass der fremde Projektilraumer bei eurer Transition ein hyperphysikalischer »Anziehungspunkt« war, ergänzte der Logiksektor den Gedanken. *Die heftigen Strukturerschütterungen, die Transition des SKORGON sowie die Strahlung des vergleichsweise nahen Schlachtschiffs bedingten wahr-*

scheinlich, dass das Maahkschiff »mitgerissen« wurde, während andererseits die Aura des Projektilraumers dann als »Gegenpol« fungierte und die vom programmierten Ziel abweichende Rematerialisation bewirkte. Zweifellos eine Verkettung von Zufällen, als Ganzes jedoch in sich stimmig – erst die Summe der Einzelfaktoren lieferte das dir bekannte Ergebnis.

Klingt sinnvoll.

Heng vergrößerte unterdessen durch ein Antippen der Bildschirmsteuerung die eingeblendeten Ausschnitte; in mehreren Stufen zoomte die Oberfläche des Schlachtschiffs heran – auch das natürlich eine positronisch aufbereitete Darstellung.

»Der *Grauwal* ist beschädigt«, murmelte ich.

»Keine Lecks, die auf Beschuss zurückzuführen sind. Die Außenzelle ist geschlossen. Bis auf die merkwürdigen Einbuchtungen ist das Schiff unversehrt.« Hengs Analyse betraf nur das Äußere des Schlachtschiffs. Wie es im Innern aussah, würden wir wahrscheinlich nie erfahren. Ich konnte mir nicht vorstellen, dass der Mascant die schützende Zelle des SKORGONS jemals verlassen oder Magantilliken uns eine Untersuchung gestatten würde. Aber Heng überraschte mich, als er rief: »Wir sollten uns das Wrack unbedingt genauer ansehen! Diese merkwürdigen Strahlungsausbrüche scheinen dafür verantwortlich zu sein, dass der *Grauwal* von unserer Transition mitgerissen wurde. Zweifellos haben die starken Strukturerschütterungen im Trantagossa-System ebenfalls hineingespielt, und ...«

Er brach ab, war zu einem ähnlichen Ergebnis wie mein innerer Gesprächspartner gekommen, der nun flüsterte: *Er vermutet etwas! Der Maahkraumer muss etwas Besonderes sein; vielleicht der Träger eines Waffenprototyps, von dem Heng schon gehört hat? Er mag paranoid sein, aber genau das dürfte hinsichtlich Gerüchten und vager Informationen in diesem Fall von Vorteil sein.*

Magantilliken lächelte kühl und blieb ruhig im Kontursessel sitzen. »Bis das Transitionstriebwerk repariert ist, können wir ohnehin nicht von hier fort. Wird einige Tontas Ihrer Zeitrechnung dauern, sofern ich die Anzeigen richtig interpretiere. Wenn ihr beide also wollt, schlagt euch doch in der Wasserstoffsuppe der Maahks gegenseitig die Schädel ein. Ich bleibe im SKORGON.«

Sei vorsichtig!, rief der Extrasinn. *Der Henker der Varganen spekuliert zwar darauf, dass du ihm helfen kannst, an Ischtar heranzu-*

kommen. Im Zweifelsfall wird er aber allein handeln. Dein Schicksal ist ihm völlig gleichgültig.

Heng kniff die Augenlider zusammen. Um seine Mundwinkel zuckte es verdächtig. »Wenn Sie meinen«, kam es kaum hörbar über die dünnen, straff gespannten Lippen, »halten Sie hier die Stellung. Wir geben Ihnen ständig Nachricht über Funk. Bleiben Sie an den Geräten, und informieren Sie uns sofort über Veränderungen im näheren Raumbereich.«

»Schade, dass Sie sich den Befehlston nicht abgewöhnen können, Arkonide. Aber wir einigen uns ja auch so, nicht wahr?«

Heng verzog den Mund. Für Augenblicke sah ich seine dünnen, weiß schimmernden Zähne. Wortlos wandte er sich den Kontrollen zu, um das SKORGON zum *Grauwal* zu fliegen. Auch nach der Wende und dem Abbremsen zur Bewegungsanpassung in ausreichendem Sicherheitsabstand zeigte das Schlachtschiff keine Reaktion. Sogar die Strahlungsausbrüche waren verebbt. Hätten wir uns noch im Trantagossa-System befunden, wäre durchaus mit einer Falle zu rechnen gewesen; da die Maahks jedoch selbst nach der Transition in keinster Weise reagiert hatten, waren sie ganz offensichtlich nicht mehr dazu fähig. Auch bei der weiteren Annäherung blieb alles ruhig. Keine Waffen, keine Schutzschirme, keine Triebwerke. Schließlich steuerte Heng das SKORGON bis dicht an die Schiffszelle der maahkschen Riesenwalze heran, die weiterhin im freien Fall dem Projektilraumer entgegenraste.

Während ich den Druckanzug über meine Kombination zog, fragte ich: »Und wenn doch noch Maahks an Bord sind?«

Heng ließ den Magnetsaum seines Druckanzugs einschnappen, steckte einen schweren Blaster in die Hüfttasche. Die Sicherungsleine aus spezialgehärtetem Arkonstahl hing bereits im Gürtel. »Das ist unser Risiko. Aber wenn meine Vermutung zutrifft, werden wir keinen einzigen Maahk antreffen. Jedenfalls nicht in der gewohnten Größe.«

Die letzten Worte ließen mich stutzen. »Nicht in der *gewohnten Größe?*«

»Ganz recht. Ich glaube nämlich, dass die Maahks in ihr eigenes Messer gerannt sind. Geschieht ihnen recht.« Heng öffnete die innere Schleusentür. »Es ist nur eine Vermutung, schließlich gibt es noch andere Erklärungen für den Zustand des Großkampfschiffes als den *Zwergenmacher.*«

»Zwergenmacher?«, wiederholte ich neugierig.

»Ja, wenn wir Glück haben, fällt uns die wohl unglaublichste Waffe der Methans in die Hände.«

Zischend schoss die Luft in unsere geschlossenen Druckhelme. Gleichzeitig schloss sich das innere Schleusenschott.

Er will dich neugierig machen. Seine Andeutungen sollen dich von seiner Person ablenken. Ein plumper Psychotrick, weiter nichts. Mein Extrasinn konnte mich nicht vollends beruhigen. Heng wusste mehr als ich. Aber ich wollte ihn meine Unsicherheit nicht spüren lassen.

Wir verließen das SKORGON, das mit Traktorstrahlen an der Außenzelle des Maahkraumschiffs verankert war. Knapp zehn Meter von mir entfernt ragte der Spirallauf eine Impulswaffe auf. Ich sah die Mündung des Geschützes flimmern. Der Anblick genügte, um unangenehme Erinnerungen in mir wach werden zu lassen. Jeder Arkonide erschauerte beim Anblick maahkscher Waffen. Diese Wasserstoffatmer setzen unserem Volk schwer zu. Für jedes vernichtete Maahkschiff tauchten fünf neue auf. Meine Magnetschuhe berührten die fremde Schiffszelle.

»Dort drüben. Die Einbuchtungen«, kam es krächzend aus meinem Helmempfänger, als wir direkt neben den Mannschleusen standen. Heng deutete auf mehrere unübersehbare Kerben in der ansonsten völlig glatten und unversehrten Schiffszelle. Hier hatte eine unfassbare Kraft zugeschlagen und tiefe Einbuchtungen hinterlassen.

Ich regulierte mein Funkgerät. Hengs Stimme verlor das Krächzen und erfüllte störungsfrei das Helminnere meines Druckanzugs. »Die Vertiefungen ziehen sich um den Schiffsrumpf. Sie haben aber nirgends Lecks in die Wandung geschlagen. Es ist bei den Einkerbungen geblieben. Keine mir bekannte Waffe verursacht solche Schäden. Das wäre auch völlig sinnlos. Entweder vernichtet eine Waffe, oder sie betäubt den Gegner. Hier sind beide Prinzipien nicht befolgt worden.«

Heng hatte Recht. Durch Schläge – gewaltige Schläge – gegen die Schiffszelle konnte man den Gegner zwar erschrecken, aber niemals vernichten. Besonders einen Maahk nicht. Dazu benötigte man stärkere Kaliber. *Und wenn die Einbuchtungen durch ir-*

gendeine noch näher zu bestimmende Kraft aus dem Innern des Schiffes entstanden sind? Eine Nebenwirkung der Strahlungsausbrüche?

Doch mein Extrasinn korrigierte mich sofort: *Durch Explosionen und Druckverschiebungen im Innern wären nach außen gewölbte Erhebungen entstanden.*

Heng öffnete die Mannschleuse. Es gab keine Sperren. Ein Grund mehr, anzunehmen, dass die Maahks handlungsunfähig oder tot waren. Ich schwebte in der offen stehenden Schleuse. Hinter mir gähnte der tiefschwarze, sternenflimmernde Abgrund. Heng drehte sich langsam um. Auf seiner Helmscheibe spiegelten sich die Sterne. Sein Gesicht konnte ich nicht erkennen. Das brauchte ich auch nicht, denn seine Gedankengänge waren mir ohnehin bekannt. Ich wusste, dass mir dieser Mann in nicht allzu ferner Zukunft in den Rücken fallen würde. Wenn seine Angst vor mir groß genug war, um den Rest logischer Überlegung zu Fall zu bringen, würde Heng sogar darauf verzichten, Orbanaschol meinen Kopf abzuliefern. Das machte den Mann verdammt gefährlich.

»Maahks!«, dröhnte es aus meinem Helmlautsprecher. Heng zog den schweren Blaster mit einer Schnelligkeit, die ich ihm eigentlich nicht zugetraut hatte.

»Wo?« Ich musste die Schwerkraftregulatoren meines Druckanzugs neu einstellen. Im Innern des Riesenraumers herrschten drei Gravos. Die bis zu 2,20 Meter großen und bis zu 1,50 Meter breiten, an eine Schwerkraft zwischen 2,9 und 3,1 Gravos angepassten Maahks atmeten in erster Linie Wasserstoff ein und Ammoniak aus; dieses Gas war unter dem auf ihren Heimatwelten herrschenden Druck sowie den Temperaturen von 70 bis 100 Grad noch nicht flüssig.

»Dort drüben! An der Gangbiegung. Sie bewegen sich nicht.«

Ich ging langsam näher. Heng lief gebückt an der Wand entlang.

»Das sind Raumanzüge, keine Maahks.« Ich wunderte mich darüber, dass die Methans ihre Druckanzüge vor den Schleusen liegen gelassen hatten, mitten auf dem Korridor. Und das, obwohl die Wasserstoffversorgung des Großkampfschiffs funktionierte. »Das passt nicht zur maahkschen Mentalität. Kein vernunftbegabtes Wesen käme auf die Idee, Druckanzüge mit laufender Gasversorgung mitten auf dem Gang abzulegen. Wir kennen das logische und rein zweckgebundene Verhalten der Maahks.«

»Das gefällt mir auch nicht.« Heng wurde immer aufgeregter und berührte den nächstliegenden Raumanzug mit der Mündung seines Blasters. Meine Akustiksensoren übertrugen das hohl klingende Klopfgeräusch. Die Anzüge waren leer, daran bestand überhaupt kein Zweifel mehr. Ich lauschte auf das Rauschen der Wasserstoff-Reinigungsanlagen. Die stampfenden Schritte herannahender Maahks blieben aus, wir waren allein. Vor uns lagen nur die leeren, aber dennoch einwandfrei funktionierenden und geschlossenen Druckanzüge. Die Helme, entlang des Grats durch einen vakuumdichten Saum geschlossen, wiesen keinerlei Beschädigungen auf. Dort, wo sich sonst der maahksche Kopfwulst befand, war jetzt nur Leere.

»Die verfluchten Methans können sich doch nicht in Wohlgefallen aufgelöst haben«, stieß Heng hervor.

»Das ganz bestimmt nicht. Aber was ist das für eine geheimnisvolle Waffe, von der Sie vorhin redeten? Zwergenmacher, wenn ich mich richtig erinnere.«

»Wenn die Maahks meinen Flottenstützpunkt wirklich mit dem *Molekularverdichter* angegriffen haben, wundert mich nichts mehr«, sagte Heng unterdrückt. »Dann ließen sich auch das Schweigen und das Fehlen der Besatzung an Bord erklären.«

»Was ist ein Zwergenmacher?« Bevor ich weitere Fragen stellen konnte, wurde ich auf ein eigenartiges Phänomen aufmerksam. »Dort!«

Ich deutete auf den Helm des nächstliegenden Raumanzugs. Unter der Sichtscheibe leuchtete ein winziges Lichtpünktchen. Es erlosch, tauchte jedoch ein paar Augenblicke später an einer anderen Stelle wieder auf. Ich beugte mich hinab, um den Effekt besser beobachten zu können. Aber das Lichtpünktchen war endgültig verschwunden.

»Was war das?«, fragte Heng verhalten.

»Ein Licht … im leeren Raumanzug. Jetzt ist es weg.«

Heng berührte den Helm. Dann erstarrte der Mascant mitten in der Bewegung. »Das … das ist eine winzige Gestalt!«

»Ich sehe nichts.« Sosehr ich mich auch bemühte, etwas in dem Druckhelm zu erkennen, es war umsonst. Ich wurde die ungewisse

Angst nicht los, dass wir längst in den Strudel unglaublicher Ereignisse geraten waren. In eine Gefahr, der die Maahks zum Opfer gefallen waren.

Heng zitterte. Sein Gesicht hinter der Helmscheibe bot einen Anblick des Jammers. »Ich hatte Recht. Sie haben mit dem Zwergenmacher experimentiert. Dabei wurde dieses Schiff entvölkert.«

Ich sah ihn durchdringend an. »Zum letzten Mal, Heng ... *was ist ein Zwergenmacher?*«

Seine Antwort kam stockend, ein Kloß schien ihm in der Kehle zu sitzen. »Ein Gerät, mit dem angeblich organische Wesen verkleinert werden können. Schon vor einer Weile erhielt ich erste Hinweise. Unsere Wissenschaftler haben ebenfalls schon auf dem Gebiet der hyperphysikalischen Molekularverdichtung geforscht. Die Maahks waren schneller. Sie besitzen diese Waffe, haben sie beim Angriff auf Trantagossa eingesetzt!«

Ich spürte eisigen Schrecken. Grauenhafte Möglichkeiten eröffneten sich durch einen »Zwergenmacher«. Wirkte er tatsächlich in erster Linie auf Lebewesen, ließ sich ein Feind ausschalten, ohne seine Infrastruktur zu zerstören. Bei großflächigem Einsatz ließen sich womöglich ohne Schwierigkeiten ganze Planeten »entvölkern« ...

Amarkavor Hengs Stimme riss mich in die Wirklichkeit zurück. »Wir verschwinden aus diesem Geisterschiff. Ich will mich nicht verwandeln.«

»Moment!« Ich ergriff ihn am Arm. »Wenn die Maahks wirklich durch diesen Zwergenmacher ausgeschaltet wurden, muss sich diese Waffe noch an Bord finden. Denken Sie, ich ließe mir eine solche Gelegenheit entgehen?«

Heng riss seinen Blaster hoch und zielte auf mich. »Langsam vor mir hergehen! Wir kehren in das SKORGON zurück. Und zwar auf der Stelle.«

Ich wollte Zeit gewinnen. Die Möglichkeit, die Geheimwaffe der Maahks erbeuten zu können, war zu verlockend. »Stellen Sie sich vor, welche Auszeichnungen Sie erwarten, könnten Sie Orbanaschol einen funktionierenden Zwergenmacher überreichen.«

Er durchschaute mein Argument sofort, die Blastermündung ruckte unmerklich hoch. »Seit wann machen Sie sich Sorgen um meine Zukunft am arkonidischen Hof?«

»Nicht doch, denken Sie logisch! Weder Sie noch ich werden jemals wieder eine solche Chance bekommen. Die Maahks hüten ihre Waffe; nur wegen einer Verkettung von Zufällen befinden wir uns hier an Bord. Ich bin der Kristallprinz – meine Pflicht ist, das Wohl des Imperiums als Ganzes im Auge zu behalten, das sich im Krieg mit den Methans befindet. Wenn es dem Tai Ark'Tussan und unserem Volk nutzt, nehme ich notgedrungen sogar einen Vorteil für Orbanaschol und seine Schergen in Kauf.«

»Nein … wir verschwinden. Soll sich ein Geschwader um dieses Geisterschiff kümmern. Ich für meinen Teil ziehe es vor, von hier zu verschwinden. – Langsam vor mir hergehen!«, befahl er stur; seine Angst war größer. Aus den Augenwinkeln heraus sah ich, dass er den Blaster auf meinen Kopf gerichtet hatte.

Es muss blitzschnell gehen, durchzuckte es mich – und ließ mich fallen. Der Glutstrahl irrlichterte über mich hinweg und verschmorte die gegenüberliegende Gangwand. Halb auf den Knien hockend, wirbelte ich um die eigene Achse und erwischte Hengs rechtes Bein. Aus meinem Helmlautsprecher kam der Wehlaut des Mannes, als ich ihn zu Boden riss. Heng konnte noch einmal abdrücken. Der Glutstrahl schoss dicht vor meiner Helmscheibe vorbei. Für Augenblicke sah ich trotz der automatischen Verdunkelungsreaktion nur Sterne und rote Schemen. Dennoch packte ich den Waffenarm meines Gegners und drückte ihn hoch. Unter mir zuckten Hengs Beine. Dann polterte der Blaster auf den Boden.

»Loslassen … Sie brechen mir den Arm.«

Ich schleuderte Heng auf den Bauch, musterte die Kontrollen zur Sauerstoffversorgung seines Druckanzugs. Normalerweise waren noch für mindestens fünf Tontas Vorräte vorhanden. Diese Frist ließ sich aber verlängern, indem die Einströmgeschwindigkeit des Atemgemischs verlangsamt wurde. Außerdem konnte der Sauerstoffanteil auf ein Minimum beschränkt werden. Genau das tat ich, bevor ich Hengs Hände mit der stählernen Sicherheitsleine auf den Rücken fesselte.

»Ich … werde ersticken«, kam es aus meinen Helmlautsprechern.

»Sie hätten es zwar verdient, aber das wollen wir uns für später aufheben. Durchaus möglich, dass wir Sie an Bord des SKORGON noch brauchen.«

Heng bäumte sich in den straff gespannten Fesseln auf. »Lassen Sie mich hier nicht liegen!«

Ich sah auf das verschnürte Bündel hinab. »Sparen Sie Ihren Atem. Je mehr Sie sich aufregen und herumzappeln, desto mehr Sauerstoff verbrauchen Sie. Ich habe den Verbrauch so gedrosselt, dass Sie bei entspannter Ruhelage problemlos überleben.«

»Bastard!«

»Ein Mörder kann mich nicht beleidigen. Es liegt an Ihnen. Atmen Sie langsam und beherrscht. Dann sehen wir uns lebend wieder.« Ich drehte mich um und stapfte tiefer ins Innere des maahkschen Großkampfschiffes. Irgendwo würde ich mehr über den Zwergenmacher erfahren. Das Jagdfieber hatte mich gepackt.

Der vor mir liegende Saal war leer. Ich kam mir wie ein Insekt vor. Die Leitungen an den Wänden wirkten wie grauschwarze Schlangen. Dann stutzte ich. Unter meinen Füßen knirschten harte Silikatmoose, die blauen Gewächse wirbelten wie winzige Flocken durcheinander. Ich zupfte eine Flechte aus und hielt sie vor die Helmscheibe.

Das ist ein maahkscher Naturpark, konstatierte mein Extrasinn.

Ich kannte die komplizierten Anlagen an Bord der maahkschen Raumschiffe von früheren Erlebnissen wie aus meiner Ausbildung im Rahmen der ARK SUMMIA. Ich erinnerte mich auch an die groß angelegten Naturparks, in denen die soeben aus den Eiern geschlüpften Wasserstoffatmer aufwuchsen. Bei der enormen Vermehrungskapazität waren solche Anlagen sogar in Großkampfschiffen keine Seltenheit. Aber hier war alles ganz anders.

Vielleicht wollten sich die Maahks nicht mit ihrem Nachwuchs belasten, mutmaßte mein Extrasinn. *Der Angriff auf Trantagossa erforderte ihren ganzen Einsatz.*

Aber wo sind die Bäume und die künstlichen Bodenflächen geblieben?

Mein Extrasinn wusste keine Antwort darauf. Bevor ich weitere Untersuchungen vornehmen konnte, trat eine monströse Gestalt aus einer Wandnische.

Ein Maahk, durchzuckte es mich. Ohne aufzustehen, veränderte ich meine Position, kroch auf allen vieren über den flechtenbewachsenen Boden. Aber die Gestalt hielt stur auf mich zu.

Ein Roboter, meldete mein Extrasinn in schmerzhaft starker Intensität. *Er beobachtet jede deiner Bewegungen mit seiner Infrarot-Optik.*

Metallisch klingende Wortfetzen drangen über die Akustiksensoren in meinen Helm. *Kraahmak*, das Idiom der Wasserstoffatmer. Ich kannte die meisten Redewendungen dieser Sprache. Aber die Worte des Roboters entzogen sich meinem Verständnis. Ich lief gebückt an der Wand vorbei in den Hintergrund des wie leer gefegt wirkenden Naturparks. Hinter mir blieb der Maahkroboter ruckhaft stehen. Seine elastischen Arme, die denen seiner Konstrukteure naturgetreu nachgebildet worden waren, bogen sich nach oben.

Ich drehte mich beim Laufen um. Der Roboter zielte mit einem schweren Strahler auf mich. Dabei wiederholte er unaufhörlich jene Worte, die mir unverständlich blieben. Aufforderungen, mich zu ergeben? Diesen Gefallen würde ich ihm natürlich nicht tun. Waren lebendige Maahks schon ein Risiko für jeden Arkoniden, war es dieser Roboter erst recht. Er hielt sich stur und kompromisslos an seine Programmierung. Der Strahl erwischte mich am linken Schultergelenk. Ich blieb stehen, als sei ich gegen eine Mauer gerannt.

Betäubungsenergie, stellte mein Extrasinn fest. *Er will dich nicht töten, sondern einfangen. Die Maahks wollen dich lebendig.* Jetzt tauchte am anderen Ende des riesigen Saales ein zweiter Roboter auf. *Du kommst hier nicht raus.*

Mein Extrasinn machte mir die Aussichtslosigkeit der Lage brennend deutlich. Zwei maahkschen Jagdrobotern konnte ich nicht entwischen. Es sei denn, ich vernichtete sie. Der erste war bis auf zwanzig Meter herangekommen, während der andere das gegenüberliegende Tor sicherte. Meine linke Schulter fühlte sich wie vereist an. An den Übergangsstellen schmerzte das Fleisch. Ich fiel schwer zu Boden. Hinter mir stampfte der Roboter heran. Als ich hochblickte, setzte sich auch der zweite Roboter in Bewegung, kam schnell auf mich zu. Sein Strahler war direkt auf mich gerichtet.

Sie lassen mir keine Chance, huschte es mir durch den Kopf. Ich lag mit dem Unterkörper auf Hengs Blaster. Meine Rechte umklammerte den Kolben der entsicherten Waffe. Ich stellte mir vor, wie die Roboter mich durch ihre Infrarot-Optiken wahrnahmen. Ich musste für ihn ein heller, pulsierender Wärmefleck sein. Ein Punkt von besonderer Helligkeit würde der Blaster sein. Die Energiebatterie oder zumindest der Lauf, aus dem vor kurzem geschossen worden war, stellte Wärmepunkte hoher Dichte dar. *Kann ein Arkonide schneller als ein Roboter sein?*

Du musst es ausprobieren.

Nicht allein Schnelligkeit würde über Erfolg oder Misslingen bestimmen, sondern auch die Art meines weiteren Handelns. Die Roboter wollten mich lebend haben. Also würden sie nicht ohne weiteres mit tödlichen Waffen auf mich feuern. Ich wälzte mich blitzschnell um die eigene Achse, drückte im gleichen Atemzug den Blaster ab. Der grelle Glutstrahl fauchte auf den nächststehenden Roboter zu, der ebenfalls auf den Auslöser seines Strahlers gedrückt hatte. Er verfehlte mich um Haaresbreite. Während der Waffenarm meines ersten Gegners verglühte, schoss der andere auf mich. Ich entging dem Treffer nur durch eine rasche Körperdrehung. Meine linke Schulter schmerzte noch mehr. Schweißperlen standen mir auf der Stirn, die Klimaanlage meines Druckanzugs summte laut.

Abermals feuerte ich, hetzte augenblicklich weiter; hinter mir stürzte der Roboter, den ich erwischt hatte, krachend zu Boden. Ich lief gebückt im Zickzack auf den zweiten Gegner zu, sah das Zucken seiner Strahlwaffe. Er feuerte im Rhythmus meiner Sprünge, konnte mich jeden Augenblick erwischen. Seine Positronik würde die Art meines Ausweichens schnell berechnet haben.

Jetzt in die Hocke gehen und schießen!, befahl mein Extrasinn. Ich folgte der Anweisung, ohne auch nur einen Augenblick zu zögern. Der gegnerische Paralysestrahl irrlichterte über mich hinweg. Im Gegenzug erwischte ich den Maahkroboter frontal. Der Glutschenkel meines Blasters fraß sich zischend durch die Stahlplatten. Entladungen zuckten aus dem Innern hervor. Dann blieb das Ding wie vom Blitz getroffen stehen. Eine Stichflamme spaltete den halbrund gewölbten Schädel. Metallbruchstücke regneten auf mich herab, dann war es vorbei. Der Roboter stand als ausglühendes Wrack mitten im Raum.

Im gleichen Augenblick drangen Stimmen aus meinem Helmempfänger. Es waren arkonidische Wortfetzen. Sie drückten höchstes Entsetzen aus. So konnten nur Wesen unter unbeschreiblichen Qualen schreien. Ich sah mich suchend um, konnte jedoch kein lebendes Wesen erblicken.

Es war nicht schwer, die Stimmen zu lokalisieren. Sie wurden nicht von Arkoniden ausgesprochen, die körperlich anwesend waren. Die Schreie, vermischt mit Hilferufen, kamen über eine Lautsprecheranlage. Ich stand vor einem Rätsel. Hatten die Maahks eine arkonidische Kreuzerbesatzung gefangen genommen? Dann waren die Männer allein an Bord dieses Geisterschiffs zurückgeblieben. Weshalb hatten die Maahks sie zurückgelassen?

Schließlich stand ich vor einer halb geöffneten Schiebetür. Ein Impulsstrahler maahkscher Bauart verhinderte, dass sie sich ganz schloss. Fast sah es aus, als hätte ihn ein Maahk auf der Flucht verloren. *Auf der Flucht?* Ich konnte nur Vermutungen über die Ereignisse in diesem riesigen Schiff anstellen. Konkrete Hinweise fehlten mir immer noch.

Die Schreie der Arkoniden wurden lauter. Ich stemmte die Schiebetür vollends auf. Vor mir erstreckte sich ein biologischphysikalisches Versuchslabor. Zwischen kompliziert wirkenden Messapparaturen lagen Objektträger mit biologischem Material. In schlanken Glaszylindern sprudelten verschiedenfarbige Flüssigkeiten. Und wieder klangen die Entsetzensschreie auf, schallten durch das Labor. Immer und immer wieder.

»Wo steckt ihr?«, rief ich über den Verstärker meines Druckanzugs. Schweigen. »Gebt euch zu erkennen! Ich bin Arkonide wie ihr.« Schweigen. »Ich kann euch nicht helfen, wenn ihr euch nicht identifiziert.«

Ich blickte mich suchend um. Ringsum schimmerten nur Behälter mit perlenden Chemikalien, zuckten Messnadeln von Instrumenten und rasten grüne Linien über Bildschirme. Ich hörte unterdrücktes Stöhnen. Es war ganz nahe. Dicht vor mir, etwa in Kopfhöhe. Aber ich erblickte keinen einzigen Arkoniden. Auch nicht in den Druckkabinen, die für Sauerstoff atmende Intelligenzen konstruiert worden waren.

Die Maahks hatten also Arkoniden an Bord, stellte mein Extrasinn folgerichtig fest. *Jetzt sind die Druckbehälter leer. Die Ar-*

koniden sind genauso spurlos verschwunden wie die Maahkbesatzung.

Die Lautsprecher einer Verstärkeranlage waren mit einem positronischen Regelkreis verbunden. Mein Blick fiel auf einen rechteckigen Stahlbehälter. Neben ihm ragten herausgerissene und verschmorte Kontaktstellen aus der Wand. Dort war erst vor kurzem ein schweres Aggregat entfernt worden. Am Boden lagen Splitter. Durchgebrannte Kontaktmodule bedeckten die Abdeckhaube des Stahlbehälters. Ich wurde das eigentümliche Gefühl nicht los, dass sich in diesem Kasten etwas Schreckliches verbarg. Ich streckte meine Rechte aus, um den Behälter zu öffnen. Im gleichen Augenblick kam von den Lautsprechern erneut das qualvolle Stöhnen. Mir trat der Angstschweiß auf die Stirn. Die Geräusche waren so entsetzlich, dass ich am liebsten weggelaufen wäre. Aber ich beherrschte mich. Ein Ruck, dann krachte die Abdeckplatte des Stahlbehälters scheppernd auf den Boden. Ich kniff die Augen zusammen und hielt den Atem an.

Ich sah sechs *arkonidische Gehirne* in einer transparenten Nährlösung. Es mussten die Gehirne von Säuglingen sein, so klein waren sie. Das Pulsieren der Großhirnrinde bestätigte mir allerdings, dass sie lebten. Und sie begannen, mir eine unglaubliche Geschichte zu erzählen …

»Ich bin Tronte Almirantor, Oberbefehlshaber der siebten Wachkreuzerflotte von Hegira Zwei. Die Maahks erwischten uns, bevor wir abheben konnten. Die Methans schossen ein Schiff nach dem anderen ab …«

Die Lautsprecherstimme stockte. Das Krächzen der Anlage ließ darauf schließen, dass sich der Sprecher um Fassung bemühte. Gefühle vermochte die positronische Verbindung nicht auszudrücken. Das war nur durch Steigerung der akustischen Intensität möglich. Gebannt lauschte ich dem Bericht.

»… war grauenhaft. Meine besten Männer vergingen im feindlichen Impulsfeuer. Ein Schiff nach dem anderen zerschellte in den Bergen. Wir schossen einen Maahk ab, steuerten aber genau in den Paralysefächer von zwei anderen Kampfschiffen. Bevor wir uns darüber wundern konnten, weshalb sie uns nicht zerstrahlt hatten, waren wir über einen Traktorkanal an Bord des gegnerischen Schiffes gezerrt worden. Ich wollte, wir wären wie unsere Kameraden im Atomorkan verglüht. Denn das, was folgte, war schlimmer als der Tod.«

Die Lautsprecherstimme stockte erneut. Die unmodulierten Töne verrieten mir, dass der Sprecher nur mit größter Anstrengung die Fassung bewahren konnte. Mein Extrasinn wies mich auf eine Besonderheit hin, über die ich mir schon die ganze Zeit den Kopf zerbrochen hatte: *Frag die Gehirne, weshalb ihre Größe verändert worden ist. Vielleicht können sie dir Näheres über den Zwergenmacher verraten.*

Der Zwergenmacher!, durchzuckte es mich. Mein Extrasinn war demnach sicher, dass die arkonidischen Gehirne durch die Geheimwaffe der Maahks verkleinert worden waren. Trotzdem zögerte ich, meine Frage zu stellen. Ich wollte das Gefühlschaos der Gemarterten nicht unnötig vergrößern. *Vielleicht wissen sie nichts über ihren tatsächlichen Zustand. Vielleicht haben ihnen die Maahks verschwiegen, zu welch schauderhaften Experimenten sie missbraucht wurden.*

Die weiteren Worte belehrten mich eines Besseren. Die aus ihren Körpern entnommenen Gehirne wussten genau, wie es um sie bestellt war. »Wir können nicht mehr lange über den positronischen Verstärker mit dir reden, unser Verkleinerungsprozess geht kontinuierlich weiter. Wir schrumpfen weiterhin! Langsam, aber stetig verlieren wir an Größe. Die Maahks haben den Zwergenmacher mitgenommen; es war ein Laborgerät, im Schiff muss es weitere Aggregate geben. Wie weit die Methans gekommen sind, wissen wir nicht.«

Daher rühren also die verschmorten Kontaktstellen über dem Behälter der Gehirne. »Lässt sich der Prozess rückgängig machen?«

»Das wissen wir nicht. Wir kennen nur die Erläuterungen der Maahks. Sie sind sich selbst noch nicht über die Auswirkungen im Klaren. Die Entwicklung befindet sich noch im Experimentalstadium. Wir fürchten, dass ein Großteil der Besatzung selbst Opfer des Zwergenmachers geworden ist. Oder gar alle …«

»Beim Eindringen ins Schiff haben mein Begleiter und ich leere Raumanzüge entdeckt.«

Die Lautsprecherstimme wurde lauter. »Dann sind unsere Peiniger von der Reststrahlung überrascht worden! Sie müssen sich so schnell verkleinert haben, dass sie nicht einmal mehr aus ihren Druckanzügen steigen konnten.«

Ich erinnerte mich an das winzige Licht unter dem maahkschen Druckhelm. *Ist das wirklich ein Maahk gewesen, der jetzt unsichtbar für unsere Augen durch einen Mikrokosmos irrt? Dann ist die Waffe wirklich zum Fürchten. Ein entsetzliches Instrument.* »Wirkt der Zwergenmacher nur auf organische Substanzen oder auch auf andere Materie? Die Maahkwalze weist an der Oberfläche merkwürdige Einkerbungen auf.«

»Den Gesprächen der Maahks war darüber nichts zu entnehmen. Der Zwergenmacher sollte im Kampf um Trantagossa erstmals im Gefecht eingesetzt werden«, kam es aus dem Lautsprecher, an dessen kompliziertes Verstärkersystem die Gehirne angeschlossen worden waren. »Er hat eine große Reichweite und wird von Schutzschirmen nicht behindert! Da er unsichtbar arbeitet, bemerken die Getroffenen nicht einmal, dass sie bestrahlt wurden. Vermutlich haben die Methans deshalb zu spät bemerkt, dass sie ebenfalls erfasst wurden …«

Pause.

»Sie haben unsere Gehirne an diesen Lebenserhaltungsmechanismus angeschlossen. Vor dem ersten Einsatz des Zwergenmachers wollten sie unbedingt wissen, wie arkonidische Gehirne auf seine Strahlung reagieren. Die Wirkung auf Zerebralgewebe soll unterschiedlich gewesen sein. Wir erinnern uns an ein Gespräch der Maahks. Ein Grek 218 redete von einem Versuch, bei dem das Körpergewebe gefangen genommener Arkoniden geschrumpft sei, die Gehirne jedoch ihre normale Größe behalten hätten. Ein Teil der Strahlung scheint bevorzugt mit Individualschwingungsmustern von Lebewesen zu reagieren; deshalb reagiert vermutlich organische Materie besonders intensiv.«

Schauerliche Visionen tauchten vor meinem geistigen Auge auf. Die Labors der gefühllosen Maahks mussten Folterkammern geglichen haben. Bevor ich mich in diesen Albtraum verlieren konnte, erinnerte mich mein Extrasinn an etwas, das die Gehirne erwähnt hatten: *Sie werden immer kleiner! Lass dir exakte Angaben geben. Je mehr du über diese Waffe und ihre Wirkung auf arkonidische Organe weißt, desto besser für dich.*

Ich wagte mir nicht vorzustellen, was geschehen würde, wäre ich dem Einfluss des Zwergenmachers ausgesetzt gewesen. Wenn ein Mann plötzlich immer kleiner wurde und nichts, aber auch gar nichts dagegen tun konnte, dürfte nur der Tod eine Erlösung bedeuten. *Aber wie funktioniert das Ding eigentlich? Werden die Betroffenen einer Masse reduzierenden Strahlung ausgesetzt, oder verändert der Zwergenmacher lokal das Raum-Zeit-Gefüge? Das muss ungeheure hyperphysikalische Probleme aufwerfen.*

Ich fragte nach und erhielt tatsächlich eine Antwort, die mich etwas weiterbrachte: »Die Methans haben die Wirkung zwar vereinfachend als ›Molekularverdichtung‹ umschrieben, aber das scheint nur ein Teilaspekt der Hyperstrahlung zu sein, die in Wechselwirkung mit den Individualschwingungen tritt. Die Methans sprachen von einem sich schließenden Hyperfeld, durch das die Raumachsen relativ zur Umgebung verkürzt werden, während die Eigenmasse des Betroffenen weitgehend unbeeinflusst bleibt. Es könnte sich demnach um modifizierte Transitions-Strukturfelder handeln.«

In nickte unwillkürlich. Schon ein normaler Dilatationsflug nahe der Lichtgeschwindigkeit zeigte, dass »Ausdehnung« eine Frage des Beobachters war. Faktoren wie Längenkontraktion, Zeitdehnung und relativistische Masse gehörten zur Grundausbildung jedes Raumfahrers. Kamen hyperphysikalische Einflüsse hinzu, waren die merkwürdigsten Phänomene möglich. Das Basisniveau jeder Schutzschirm-Konfiguration eines Raumschiffes war beispielsweise das Strukturfeld der so genannten Semi-Transition oder auch Semi-Manifestation: Es handelte sich hierbei um unvollständig geschlossene Hyperfelder, die konventionelle Außeneinflüsse bis zu einem gewissen Grad »verdrängten«, verbunden mit dem Effekt, der einem unvollständigen Übergang zum Hyperraum entsprach, *ohne* dass es zur Entstofflichung kam.

Während nämlich vollständig geschlossene hyperenergetische Strukturfelder im Allgemeinen zur tatsächlichen Transition führten, also zu einer Entstofflichung mit anschließender Rematerialisierung an einem anderen Ort des Standarduniversums, bewirkten nicht vollständig geschlossene Strukturfelder innerhalb ihres Wirkungsbereichs das Entstehen einer Mischzone zwischen konventioneller Raum-Zeit-Struktur und übergeordnetem Hyperraum. Im Extrem konnte es zur Ausbildung eines eigenständigen Miniaturuniversums »außerhalb« des Standarduniversums kommen; ein Prozess auf übergeordneter Basis, zu dessen Beschreibung es der Formalismen der Hyperphysik bedurfte.

Wird beim Zwergenmacher der Maahks hyperphysikalisch eine räumliche Verzerrung erzeugt, schrumpft der Betroffene für den außen stehenden Beobachter, dachte ich fröstelnd. *Die Verkleinerung ist aber nur eine relative – nicht die Moleküle und Atome des Betroffenen werden zusammengestaucht, sondern er unterliegt gemeinsam mit der Raum-Zeit-Struktur seines Körpers als Ganzes einem Verzerrungsfaktor im Verhältnis zur Umgebung.*

Eine teilweise Herauslösung aus dem Standarduniversum ohne Entstofflichung, bestätigte mein Logiksektor. *Fragt sich nur, ob es einen Endpunkt des Prozesses gibt oder ob nicht bei einer bestimmten Grenze die Herauslösung tatsächlich stattfindet – verbunden dann mit dem Übertritt in ein gänzlich anderes Kontinuum.*

»Töte uns!«, schrien die Gehirne plötzlich. »Töte uns im Namen der Barmherzigkeit!«

»Beruhigt euch doch.«

»Nein … du musst uns töten.« Sie waren keiner vernünftigen Argumentation mehr zugänglich. »Töte uns! Bitte … beende unsere Qual!«

»Verratet mir mehr über den Zwergenmacher. Jede Einzelheit ist wichtig und könnte vielen Arkoniden ein ähnliches Schicksal ersparen.«

»Töte uns!«

Sie bestanden darauf. Ich konnte ihren Wunsch sogar verstehen. Sie wurden immer kleiner. Nicht mehr lange, dann waren sie so weit geschrumpft, dass ihre Gehirnströme für die Verstärkersonden der Positronik zu schwach waren. Das war das Ende jeglicher Kommunikation mit der Außenwelt. Sogar untereinander konnten sie sich nur über diesen Regelkreis verständigen. Hatten sie den kritischen Punkt erreicht, würden sie mit sich selbst und ihren Albträumen allein sein.

Mikroskopisch kleine Objekte, dachte ich, *die in der Trägerflüssigkeit des Behälters verschwinden. Wie lange werden sie überleben?* Ich überprüfte das Magazin meines Blasters. »Gibt es noch irgendetwas, das ihr vielleicht vergessen habt und mir mitteilen wollt?«

»Nein … nichts! Töte uns!«

Ich ließ ihre Worte verhallen. Dann zog ich den Blaster durch. Ich nahm den Finger erst vom Abzug, als der Kolben heiß wurde. Der

Behälter mit den unglücklichen Gehirnen war nur noch ein Haufen geschmolzenem Metalls. Irgendwo knallte ein Kurzschluss. Röhren zerplatzten, ätzende Chemikalien flossen über den Boden. Ich wusste, dass hier nichts mehr zu finden war. Die Maahks hatten die Laborausführung des Zwergenmachers weggeschafft. Die Frage war jedoch, ob einige noch rechtzeitig in ein Beiboot oder ein anderes Schiff übergewechselt waren. Und was war mit den erwähnten anderen Aggregaten im Schiff? Waren sie noch da?

Denk an die Streustrahlungsausbrüche, raunte mein Extrasinn. *Das Hauptaggregat muss noch an Bord sein, scheint aber beschädigt zu sein.*

Bei der Vorstellung wurde mir schwach in den Knien. Ich versuchte mir vorzustellen, wie es wäre, würde ich mich plötzlich verkleinern. Ich wagte gar nicht, an die möglichen Folgen zu denken. Die Vorstellung war zu albtraumhaft. Erst jetzt wurde mir die ganze Tragweite dessen klar, was die Maahks mit den arkonidischen Raumfahrern angestellt hatten. *Unvorstellbar, welche Hilflosigkeit die Opfer empfunden haben müssen!*

Schade, dass ich nicht mehr von den Gehirnen erfahren hatte. Ich nahm mir jedenfalls vor, von jetzt an die Augen offen zu halten. Ich wollte diesen Zwergenmacher!

Heng lag in derselben Stellung vor den leeren Maahk-Raumanzügen, wie ich ihn zurückgelassen hatte. Und trotzdem war irgendetwas anders als vorhin. Als ich den Grund erkannte, war es fast schon zu spät. Er zielte mit einer schweren Maahkwaffe auf mich, die Fesseln lagen auf dem Boden. »Stehen bleiben!«, schrie Heng. Der Raumanzug schlotterte um seine dürren Gliedmaßen. »Stehen bleiben, oder ich drücke ab!«

Er würde seine Drohung wahr machen, war nahe daran, die Beherrschung zu verlieren. Seine Gesten drückten panische Angst aus.

Vor dir hat er bestimmt keine Angst. Er muss eine erschreckende Entdeckung gemacht haben. Ich versuchte, die Bemerkung meines Extrasinns richtig zu deuten. Wie war Heng die Fesseln losgeworden? Ich war bisher der Meinung gewesen, meinen Spezialknoten könne keiner öffnen. Heng hatte sogar die Sauerstoffzufuhr seines Druckanzugs reguliert.

»Blaster fallen lassen!« Er machte mit dem maahkschen Kombistrahler eine eindeutige Bewegung.

»Wie wollen Sie mit einer funktionsunfähigen Waffe schießen?«, bluffte ich. »Sie haben vergessen, den Sicherungsbügel einrasten zu lassen.« Ich grinste frech; innerlich war mir weniger wohl zumute. Dennoch trat ich vor, als wollte ich ihm behilflich sein. »Die Maahkwaffe schießt nur, wenn Sie den dunkelgrünen Bügel herabdrücken.«

»Halt! Ich lasse mich nicht reinlegen.«

Ich merkte, wie es in seinem Innersten arbeitete. Er wusste tatsächlich nicht genau, wie der Strahler funktionierte. Zweifellos war er über maahksche Waffentechnik informiert, aber bei den verschiedenen Neuentwicklungen konnte er unmöglich alle Details kennen. Er trat nervös auf der Stelle. Dennoch hielt er die Mündung der schweren Strahlenwaffe unvermindert auf mich gerichtet. Wollte ich ihn entwaffnen, blieb mir nur ein Augenblick. Meinen eigenen Blaster ziehen und abdrücken konnte ich nicht mehr rechtzeitig.

»Ziehen Sie die Waffe aus der Tasche!«, verlangte Heng. »Aber ganz langsam. Mündung nach oben.«

Ich ignorierte seine Anweisung, bluffte weiter. »Ihr Strahler ist nichts weiter als eine Spielzeugwaffe. Eine lächerliche Attrappe, solange Sie den Sicherungsbügel nicht umlegen.«

Seine Lippen waren ein dunkelblauer Strich. Ich sah, dass sich Schweißperlen auf seiner Stirn bildeten. Er musste fürchterliche Angst ausstehen. Abermals fragte ich mich, wie er die Fesseln losgeworden war. Das Stahlseil war unbeschädigt. Fremde Hilfe hatte er auch nicht bekommen. Magantilliken war an Bord des SKORGONS. »Na, was ist? Wollen Sie das dumme Spiel nicht endlich aufgeben?«

»Halt, keinen Schritt weiter!« Er umklammerte den Kolben des Strahlers, senkte kurz den Blick, um mit der Linken den vermeintlichen Sicherungsbügel einrasten zu lassen. Das war meine Chance. Ich trat ihm den Strahler mit der Stiefelspitze aus der Hand und warf mich mit ganzer Kraft gegen seinen Körper. Im Fallen riss ich ihn mit zu Boden, kam auf ihm zu liegen. Mit den Knien, die ich blitzschnell anwinkelte, drückte ich seine Oberarme auf den Boden. Neben mir lag die maahksche Waffe. Ich griff danach, spürte das Vibrieren der Energie, die von einem Minikraftfeld gebändigt wurde. Der Strahler war schussbereit!

Heng starrte mich aus zusammengekniffenen Augen wild an. »Machen Sie Schluss!«

»Dazu bin ich eben schon mal aufgefordert worden. Langsam komme ich mir wie ein Henker von eigenen Gnaden vor.« Ich hob den schweren Strahler. Dicht über Hengs Sichtscheibe ließ ich die Mündung kreisen. Dann drückte ich kurz entschlossen auf den Auslöser. Ein blassblauer Strahl fauchte aus der Mündung, jagte über den Boden und schmolz ein Loch in die gegenüberliegende Stahlwand. Heng schrie markerschütternd auf. Ich sah, wie er die Augenlider krampfhaft zusammenkniff.

»Ich … ich hätte nur abzudrücken brauchen … habe mich wie ein elender Anfänger übertölpeln lassen.«

Ich konnte mir eine ironische Bemerkung nicht verkneifen. »Behaupten Sie nicht, Meister in der psychologischen Kriegführung zu sein? Dann liegt ihr letzter Hypnokurs ziemlich lange zurück. Oder täusche ich mich? Verschlagen, neurotisch und brutal; die ideale Kombination für einen Mordbuben Orbanaschols.«

Ich stand langsam auf, steckte den Blaster in den Gürtel und wog die maahksche Waffe nachdenklich in der Rechten.

»Ich habe selten eine so ausgezeichnete Analyse meiner Person erhalten«, brummte Heng in einem Anflug von Galgenhumor. Doch seine Augen redeten eine andere Sprache. Ich erkannte in ihrem unsteten Leuchten den Hass. »Hätte ich Sie doch getötet, als ich Gelegenheit dazu hatte.«

»Das haben sich schon viele gewünscht. Besonders Ihr Herr und Meister Orbanaschol.«

Heng knirschte mit den Zähnen. Erneut fiel mir auf, dass der Raumanzug ungewöhnlich weit war. Er schlotterte dem Mann um Arme und Beine. Über dem Brustteil wölbte sich eine vielfach gefältelte Halskrause, die ich vorher nicht bemerkt hatte. Heng hatte kaum plötzlich mehrere Kilo abgenommen …

»Los, kommen Sie! Kehren wir zum SKORGON zurück.«

Sein Körper straffte sich. Er schob den viel zu weit gewordenen Armteil über seiner Linken hoch. *Kein Zweifel, der Raumanzug passt ihm hinten und vorne nicht mehr!*, dachte ich. Trotzdem *wollte* ich dem sich aufdrängenden Verdacht gar nicht erst nachgehen, verbannte sogar alle Hinweise des Extrasinns in mein Unterbewusstsein. Nur das bohrende Gefühl blieb.

»Gehen Sie vor mir her. Und keine Dummheiten mehr.«

Er stieß ein paar derbe Flüche aus, trat vor mir in die Schleusenkammer und ließ sich widerspruchslos nach draußen befördern. Schweigend schleusten wir im SKORGON ein. Heng stieg unbeholfen aus dem Raumanzug, blickte unstet zu mir herüber. Magantilliken erwartete uns, hatte beide Hände in die Hüfte gestemmt. Sein Blick bewirkte, dass mir ein scheußliches Gefühl durch sämtliche Glieder kroch. Ich konnte es nicht länger ignorieren und verdrängen.

»Was ist denn mit euch los? Ihr schrumpft ja zusehends ein!«

Amarkavor Heng war sehr wortkarg geworden, während ich Magantilliken über alles informierte. Natürlich konnte ich nicht alle seine Fragen beantworten. Ich wusste zum Beispiel nicht, wo genau wir in den Bannkreis des Zwergenmachers geraten waren. Magantilliken befürchtete nämlich, ebenfalls vom Verkleinerungsprozess ergriffen zu werden, und hatte sofort das SKORGON abgekoppelt; der maahksche *Grauwal* war inzwischen mehr als eine Million Kilometer entfernt.

Eine verständliche Vorsichtsmaßnahme, aber bei dem Varganen war keine Veränderung der Körpergröße festzustellen. Der Einfluss des Zwergenmachers musste somit auf den Bereich des Walzenraumers beschränkt sein. Während wir dort an Bord gewesen waren, hatte es einen der bekannten Strahlungsausbrüche gegeben; ein Zusammenhang lag also nahe.

Ich versuchte mich zu beherrschen. Drehte ich jetzt durch, hatte ich überhaupt keine Chance mehr. Magantilliken gab uns unmissverständlich zu verstehen, dass er uns notfalls aus der Schleuse stoßen würde. Unsere Abwesenheit hatte er dazu benutzt, das Steuersystem des SKORGONS zu untersuchen. Jetzt konnte er das kleine Raumschiff allein und ohne fremde Hilfe steuern. Heng und ich waren an Bord nur noch mehr oder weniger geduldet. Bestenfalls mich benötigte Magantilliken noch. Verlassen durfte ich mich jedoch nicht darauf, schließlich war der Henker der Varganen in den zurückliegenden Jahrtausenden allein zurechtgekommen.

Plötzlich sprang Heng auf. »Ich muss den verfluchten Methans das Geheimnis des Zwergenmachers entreißen.«

Ich zuckte bedauernd die Achseln. Meine Kombination war

mir bereits um einiges zu groß geworden. *Seltsam, dass der Schrumpfungsprozess nur meinen Körper betrifft*, dachte ich. Die Kleidung und mein Waffengürtel blieben so, wie sie waren. *Ist also tatsächlich nur organische Materie betroffen? Was zeichnet sie aus?*

Vermutlich gibt es unterschiedliche Wirkungsformen, raunte der Logiksektor. *Erinnere dich an die Einbuchtungen beim Walzenschiff! Das spricht für einen Einfluss auf das Metall. Die Maahks haben ihre Entwicklung keineswegs im Griff.*

»Ich werde jeden Maahk zu einer klaren Aussage zwingen«, tobte Heng. »Und ich werde mich in den alten Zustand zurückversetzen lassen. Ich will nicht kleiner werden!« Die letzten Worte gingen in ein unbeherrschtes Schluchzen über. Es sah grotesk aus, wie die viel zu große Kombination um Hengs dürren Leib schlotterte. Er hatte den Gürtel deutlich enger schnallen müssen.

»Sie haben doch schon mehr als einmal Maahks gefangen genommen, oder?«, fragte ich und versuchte, meiner Stimme einen festen Klang zu verleihen. Es gelang mir nicht ganz. Mein Innerstes war viel zu aufgewühlt.

»Ich … ich werde trotzdem ein Mittel gegen die Verkleinerung finden«, stammelte Heng.

Jetzt mischte sich Magantilliken ein. »Diese Wasserstoffatmer sind für Hypnoverhöre absolut ungeeignet. Sie denken und leben nur für das Gemeinwohl. Solche Wesen kann man zu nichts zwingen, was dem Wohl ihres Spezies zuwiderläuft. Im Übrigen werden nur wenige Maahks über den Molekularverdichter Bescheid wissen, Detailinformationen sogar nur den beteiligten Wissenschaftlern vorbehalten sein. Einziger Ansatzpunkt dürfte vorläufig das Schlachtschiff sein.«

Der Mascant schwang sich in seinem Schalensessel herum, hielt vor einem Schaltpult inne. Seine Hände glitten hastig über die Kontrollen. Doch die Tasten leuchteten nicht in der gewohnten Weise auf. Die Farbquadrate blieben dunkel.

»Was zum Gork haben Sie während unserer Abwesenheit mit dem SKORGON gemacht?«, wollte er von Magantilliken wissen, weil die Steuerpositronik das Blockiertzeichen anzeigte.

»Ich war so frei und habe die Befehlsgewalt über das Raumschiff auf meine Person übertragen.«

Heng begann zu zittern. »Was fällt Ihnen ein? Sie haben sich meinen Anordnungen zu fügen, Sie elender Bastard!«

»Warum sollte ich mich den Launen eines arkonidischen Psychotikers ausliefern?« Ein spöttisches Lächeln spielte um die Lippen des Varganen. »Überdies einem, der ständig weiter schrumpft? Betrachten Sie sich als mein Gefangener.« Magantilliken blickte mich vielsagend an. »Das gilt auch für den Kristallprinzen.«

Ich hatte nichts anderes erwartet. Magantilliken stieß den wütend aufheulenden Heng aus dem Schalensessel und würdigte ihn keines Blickes mehr. Heng war unbewaffnet, konnte dem hochgewachsenen Mann nicht gefährlich werden.

»Das werden Sie mir büßen! Noch nie wagte es ein elender Fremdrassiger, mir gegenüber einen solchen Ton anzuschlagen.«

Magantilliken reagierte überhaupt nicht.

»Wie hast du das eigentlich geschafft, die Positronik des SKORGONS zu knacken?«, wollte ich wissen.

»Etwas technischen Verstand darfst du einem Varganen ruhig zutrauen. Der Steuermechanismus ist reichlich primitiv und umständlich. Gerade deshalb fand ich mich nicht sofort damit zurecht. Jetzt geht es. Ich habe ein paar Schaltkreise überbrückt und durch einfachere Konstruktionen ersetzt. Dieses Schiff wird mich jetzt dorthin bringen, wohin ich will.«

»Suchst du ein Varganenschiff?«, fragte ich. »Eine Versunkene Welt?«

Er reagierte nicht. Ich blickte auf die positronischen Anzeigen. Abermals wurde eine starke Hypereruption bei der Maahkwalze angemessen.

Du kannst Magantilliken zu nichts zwingen, sagte mein Extrasinn. *Du hast keinerlei Druckmittel gegen ihn in der Hand. Er will seine eigenen Pläne durchsetzen, musste sich schon viel zu lange mit Heng und seinen Kreaturen auf Enorketron herumschlagen.*

Ich versuchte es noch einmal. Meine Lage ließ mir keine andere Wahl, als mich mit Magantilliken zu arrangieren. Der Schrumpfungsprozess schritt unaufhaltsam fort. »Verrätst du mir, welches Ziel du ansteuerst?«

»Nein!«

Kalte Wut stieg in mir hoch. Ich war nahe daran, die Beherrschung zu verlieren, und verstand Heng immer besser. Ich riss den Blaster aus der Tasche, kam aber nicht zum Schuss. Magantilliken lachte laut auf. Er brauchte nur eine Handbewegung zu machen, dann wurde mir mein Strahler aus der Hand gerissen. In der Voraussicht auf kommende Schwierigkeiten hatte Magantilliken mehrere variabel einsetzbare Prallfelder programmiert und konnte sie durch Knopfdruck aktivieren. Magantilliken lachte zum zweiten Mal. Ich rieb mir das Handgelenk. Der starke Ruck, mit der die Waffe fortgerissen worden war, hätte mir beinahe das Handgelenk gebrochen.

»Der Blaster wäre ohnehin bald zu schwer für dich geworden. Besser, ich sammle die Dinger ein. Ich will euch beide nicht zu sehr belasten. Ihr habt genug mit eurer Größe zu tun.« Magantilliken lachte weiter, und ich begann den Varganen zu hassen. Hatte dieser Mann überhaupt kein Gefühl? Bestand er nur aus Logik und eiskalter Berechnung, getrieben von dem Befehl, Ischtar hinzurichten? Dann war er schlimmer als ein Maahk.

In diesem Augenblick explodierte das maahksche Schlachtschiff.

2.

Atlan: *Das Standarduniversum konnte keinen zu einem Mikrolebewesen geschrumpften Organismus mit seiner alten Masse halten. Der Übergang in ein anderes Kontinuum war somit zwangsläufig. Und so war ich hierher gelangt. In einem Winkel meines Gehirns fühlte ich noch den Schrecken, der mich im Augenblick des Eintauchens in den energetischen Mahlstrom zwischen den Kontinua überkommen hatte, wie einen körperlichen Schmerz.*

Ich stöhnte unterdrückt bei dieser Erinnerung auf. Wie lange war das nun schon her? Ich wusste es nicht. Es fehlte jeder Bezug. Ich fühlte, wie etwas in mir riss. Das hier war nicht mehr länger die gewohnte Umgebung, war nicht mehr Arkon, Kraumon oder all jene Welten und Stationen und Orte, die mir bekannt, die Teil meines bisherigen Lebens gewesen waren. Nicht mehr das mir vertraute Standarduniversum.

Ich wusste eines mit Gewissheit: Mein bisheriger Lebensinhalt, meine Erfahrungen hatten innerhalb einer bestimmten, wenngleich für mich nicht messbaren Zeit aufgehört, maßgebend zu sein. Ich hatte mit einem absolut neuen Problem fertig zu werden. Es war das Problem, zu überleben und eine Aufgabe zu erfüllen, die deutlich vor meinen Augen stand: Ich musste zurück!

Abermals gewannen die Erinnerungen Gestalt, detailgetreu von meinem fotografischen Gedächtnis reproduziert. Meine Hoffnung, in ihnen einen Hinweis zu entdecken, wie ich meiner jetzigen Situation Herr wurde, erfüllte sich jedoch nicht …

An Bord des SKORGONS: 2. Prago der Prikur 10.498 da Ark

Amarkavor Heng wurde wahnsinnig. Die Anzeichen des schizoiden Persönlichkeitszerfalls waren unübersehbar. Er hockte am Boden und lallte wie ein Kind. Der Verkleinerungsprozess schien mit abnehmender Größe rascher vonstatten zu gehen. Aber das konnte auch eine optische Täuschung sein. Das redete ich mir jedenfalls ein, während ich um meine Fassung rang.

Wir wussten nicht, was genau an Bord des Walzenraumers passiert war. Möglich, dass sich der Zwergenmacher oder die ihn versorgenden Kraftwerke »überladen« hatten. Zweifellos hatten die unkontrollierten Strahlungsausbrüche damit zu tun. Nun war es aber müßig, daran weitere Gedanken zu verschwenden. Das Ergebnis war eindeutig. Nicht einmal eine Rückkehr in das Schlachtschiff war mehr möglich, der »Molekularverdichter« war vernichtet. Dass diese Waffe kein weiteres Mal eingesetzt werden konnte, war nur ein schwacher Trost, denn nun war auch keine Untersuchung mehr möglich, die uns vielleicht geholfen hätte, die Verkleinerung umzukehren.

Weil die Selbstreparatur des Transitionstriebwerks noch nicht abgeschlossen war, hatte ich meine Aufmerksamkeit auf den Projektilraumer gerichtet. Auf eine nicht näher zu definierende Weise hatte seine hyperenergetische Aura wiederholt auf die Strahlungsausbrüche reagiert. Die Wahrscheinlichkeit mochte mehr als nur gering sein, aber ich klammerte mich an die irrsinnige Hoffnung, an Bord des fremden Schiffes einen Ausweg aus unserer Situation zu finden. Magantilliken beobachtete uns halb belustigt, halb nachdenklich und hatte schließlich sogar zugestimmt, den Projektilraumer anzufliegen.

Das Schiff zeigte auch bei unserer Bewegungsangleichung nicht die geringste Reaktion. Silberne Seitenstabilisatoren ragten aus dem Heck, was darauf hindeutete, dass die unbekannten Raumfahrer häufig in dichte planetarische Atmosphären geflogen waren. Es war nirgendwo eine Öffnung zu sehen. Die Oberfläche schimmerte in makellosem Silberglanz. Die schon aus der Distanz festgestellte isolierende Wirkung der Schiffshülle war auch jetzt nicht mit den Ortern und Tastern zu durchdringen. Nur die »Hyperaura« war anzumessen. Ein Vergleich mit dem Spektrum der Strahlungsausbrüche zeigte, dass es in der Tat in einigen Bereichen Übereinstimmungen gab. Das, was den Projektilraumer einhüllte, schien ebenfalls lokal Einfluss auf das Raum-Zeit-Kontinuum des Standarduniversums zu nehmen. Mehr ließ sich aber mit den Geräten des SKORGONS nicht herausfinden.

»Bleibt nur die Untersuchung vor Ort …«, sagte ich leise.

Magantilliken warf mir einen zusammengefalteten Raumanzug vor die Füße. »Du klammerst dich an Irreales, Kristallprinz. Bitte, wenn du willst! Nimm den Raumanzug und durchstöbere das fremde Schiff. Ich habe nichts dagegen.« Er entfaltete einen zweiten Raumanzug und hielt ihn neben Heng. Der Vergleich war deprimierend. Der Mascant war höchstens noch eineinhalb Meter groß. Bei mir verhielt es sich nicht anders. Magantilliken sagte vieldeutig: »Aus dem kleinen Ausflug wird wohl nichts, was?«

So schnell wollte ich nicht klein beigeben. »Es ist mir einen Versuch wert.«

Ich packte den Raumanzug und schob die Arm- und Beinteile zusammen. Mit Hilfe von magnetischen Druckknöpfen ließen sich die überhängenden Partien zusammenfassen. Heng verfolgte mein Treiben teilnahmslos, stierte vor sich hin. »Ich gehe allein in das fremde Schiff«, sagte ich entschlossen und stieg in den viel zu großen Druckanzug. »Ich komme spätestens in einer Tonta zurück. Bleib so lange am Funkgerät, Magantilliken.«

Der Vargane schien belustigt. »Ich habe wenig Lust, mit einem Vergrößerungsprojektor nach dir zu suchen. Sollte der Schrumpfprozess deutlich schneller werden, kehrst du um. Verstanden?«

Ich nickte und schloss den Druckhelm. Es war ein seltsames Gefühl, in dem viel zu großen Raumanzug zu stecken. Die Versorgungsapparatur hing mir schwer im Kreuz, bis ich das entlastende Antigravfeld nachjustiert hatte. Der Blaster erschien mir dennoch fast schon wie ein schwerer Strahlenkarabiner.

»Bis später.«

Der Vargane grinste, als ich unbeholfen in die Schleusenkammer des SKORGONS stolperte. Im Gegensatz zu ihm konnte und wollte ich meine Situation nicht von der humorvollen Seite sehen. Mir war das Lachen gründlich vergangen. Es nur eine Frage der Zeit, bis ich in der »Welt der Kleinsten« landete. Oder starb? Ich zwang mich gewaltsam dazu, an etwas anderes zu denken. Als ich langsam auf das silberne Raumschiff zuschwebte, gelang es mir, die bohrende Angst zu verdrängen. Die Spannung, auf ein Geheimnis des Alls gestoßen zu sein, ergriff von mir Besitz.

Die Schleuse ließ sich ohne Schwierigkeiten öffnen; von der hyperenergetischen Aura rings um das Schiff war nichts zu bemerken. Die Instrumente meines Anzugs zeigten, dass es Feldkomponenten gab, die zum hochfrequenten Ende des Erfassungsbereichs hin an Intensität gewannen. Ihr Maximum lag offenbar im für uns Arkoniden nicht zugänglichen Bereich.

»Ich betrete jetzt das fremde Schiff«, gab ich an Magantilliken durch. Es knackte in meinen Helmlautsprechern, ich war wieder allein. Bis auf die seltsamen Schriftzeichen über den Bedienungstafeln waren die technischen Instrumente fast identisch mit denen eines Arkon-Raumers. Kaum hatte ich den Schleusenraum betreten, raste ein seltsames Kribbeln und Zerren durch meine Glieder. Ich biss die Zähne zusammen. Das Kribbeln wurde stärker.

Sofort Strahlenmessung vornehmen!, befahl mir mein Extrasinn.

Ich starrte auf die Messinstrumente meines Raumanzugs. Die Werte waren normal. Bis auf die Streustrahlung arbeitender Aggregate war nichts Ungewöhnliches festzustellen. Dann verschwand das merkwürdige Gefühl wieder. Ein Blick auf meine Anzeigeinstrumente zeigte, dass die Atmosphäre des fremden Raumschiffs für mich atembar war. Der Sauerstoffanteil war lediglich etwas höher. Vorsichtig öffnete ich den Helm. Die Luft roch faulig und abgestanden.

Ich ging vorsichtig durch den Gang, der sich durch das gesamte Raumschiff zu erstrecken schien. Die ovalen Schottpforten waren geöffnet. Sie waren etwa zweieinhalb Meter hoch und anderthalb Meter breit. Also unterschieden sich die fremden Raumfahrer vermutlich nicht von uns Arkoniden – zumindest was die Größe anbetraf. Dann stand ich vor einem verschlossenen Schott. Irgendetwas klemmte. Der Motor summte, ohne dass sich das Schott öffnete. Ich drückte noch einmal auf das Tastenfeld. Mit einem Ruck schwang das runde Schott auf. Feuchtheiße Luft schlug mir entgegen. Auf dem Boden lagen Schreibfolien. Irgendjemand hatte die Polsterung der Schalensessel aufgeschlitzt. Plastikmaterial hing über abgeschrägten Schaltpulten. Ein Bildschirm war zerstört. Ausgeglühte Drähte ragten aus der Bedienungskonsole.

Ich bückte mich, um die Schreibfolien genauer zu untersuchen. Eine seltsame mehlige Substanz verschmierte die Blätter. Sie roch penetrant nach Öl. Ich überwand mein Ekelgefühl und roch daran. *Nahrungskonzentrate! Hier hat jemand nach Lebensmitteln gesucht und dabei dieses Durcheinander verursacht.* Wer dieser Jemand gewesen sein könnte, wusste mein Extrasinn natürlich auch nicht. Ich hatte plötzlich die Ahnung, nicht allein an Bord des fremden Schiffes zu sein.

Irgendwo gab es ein knackendes Geräusch. Ich richtete mich blitzschnell wieder auf. Hinter mir rundete sich der Raum. Dort konnte sich niemand verstecken. Vor mir stand das Zugangsschott halb offen, rechts sah ich einen Personenlift, der jedoch geschlossen war. Ich betrachtete nachdenklich die Abfallklappen. Eine war verbogen. Schreibfolien, Nahrungsreste oder anderer Abfall wurden von hier direkt in einen Konverter des Schiffes befördert. Das war in unseren Raumschiffen genauso. Kurz entschlossen riss ich die erste Klappe auf und zuckte unwillkürlich zurück.

Es war nicht so sehr der pestilenzartige Gestank, der mich entsetzte, als vielmehr der grauenhafte Anblick. Im schmalen Schacht hatte sich ein Arm verklemmt.

Es bestand für mich kein Zweifel mehr: An Bord des fremden Schiffes hatten Kannibalen gehaust. Ich fand noch weitere Gliedmaßen, die zum Teil sauber abgenagt waren. Außerdem steckten zwischen dem positronischen Rechner und einer Allzweckablage zerschlitzte Kombinationsreste. Die unbekannten Mörder waren nicht besonders sorgsam vorgegangen. Alles erinnerte vielmehr an das Vorgehen von Wahnsinnigen. Vielleicht gab es keine Lebensmittel mehr an Bord.

Ich trat vor die Programmtafel eines Nahrungsausgabeterminals. Abgesehen von den fremdartigen Schriftzeichen glich es vertrauten Einrichtungen. Ich tippte auf mehrere Symbole. Im Innern der Maschine rumorte es. In rascher Folge flimmerten Lichtquadrate auf. Dann verstummte die Apparatur. Ein Schlitz öffnete sich, in einem Aluminiumbehälter dampfte eine gelatineartige Substanz. Das Zeug roch nicht einmal schlecht. Ich kostete vorsichtig und wölbte erstaunt die Brauen. Der Schock über den Schrumpfungsprozess hatte mir zwar gründlich den Appetit verdorben, aber der Brei schmeckte.

Nahrungsmangel kann also nicht der Grund für die kannibalistischen Exzesse unter der fremden Mannschaft gewesen sein, raunte mein Extrasinn. *Solange du nicht weißt, zu welchem Volk die Fremden gehörten, solltest du besser keine voreiligen Schlüsse ziehen.*

Ich konnte die fremdartigen Symbole nicht entschlüsseln. Wäre mir das gelungen, hätte ich die Aufzeichnungen im Kartentank oder dem Logbuch überprüfen können und vielleicht Antworten auf die Fragen bekommen. Nach einigem Probieren gelang es mir, den Hauptbildschirm des Raums einzuschalten. Es dauerte eine Weile, bis sich die Bildfläche stabilisiert hatte. Ich kniff die Augen zusammen, als ich das abgebildete Symbol erkannte.

Zwei stilisierte Spiralgalaxien, wisperte mein Extrasinn. Die spiralförmigen Feuerräder, bestehend aus Milliarden von Sonnen, waren von einem leuchtenden Ring umgeben.

Das könnte das Herrschaftssymbol eines raumfahrenden Volks sein, das zwischen den Galaxien verkehrt, durchzuckte es mich. Aber wie kam es, dass ich als Arkonide bisher nichts von solchen Fremden gehört oder gesehen hatte? Wer den Abgrund aus Raum und Zeit mit einem so kleinen Schiff überbrücken konnte, hätte früher oder später Kontakt mit dem arkonidischen Imperium aufnehmen müssen. Aber möglicherweise hatten die Fremden das nicht nötig. *Wer zwei Galaxien in sein Wappen aufnimmt, für den ist das Große Imperium von Arkon ein lächerliches Nichts.*

Ich starrte mit brennenden Augen auf die beiden Galaxien, die in strahlendem Weiß vom dunklen Untergrund abstachen. Ich hätte viel dafür gegeben, wäre ich hinter das Geheimnis der Fremden gekommen. Aber ich hatte ja nicht einmal mehr genügend Zeit, um mich in diesem Raumschiff genau umzusehen. Eine halbe Tonta war bereits verstrichen. Würde mir Magantilliken eine Fristverlängerung gewähren?

Ich drückte auf die Sprechtaste meines Anzugsenders. Aber es rührte sich nichts. In den Minilautsprechern rauschte es nur. Ich versuchte es noch einmal. Aber es kam wieder keine Verbindung zustande. Vielleicht waren das Störungen, die vom blauen Riesengestirn ausgingen – oder die Schiffszelle ließ keine Funkwelle durch. Ich würde den Grund dafür in der mir noch zur Verfügung stehenden Zeit ohnehin nicht herausfinden.

Ich sah an mir hinunter. Der Raumanzug schlotterte erbarmungswürdig um meinen Körper. Aber sonst hatte sich in der letzten halben Tonta nichts verändert. Ein fantastischer Gedanke schoss mir durch den Kopf: *Hält die hyperenergetische Aura dieses Schiffes den Schrumpfungsprozess auf, bin ich vorerst gerettet.* Ich dachte nicht an Heng, der sich an Bord des SKORGONS weiter verkleinerte. Im Grunde war es mir egal, was mit dem Mörder meines Vaters geschah.

Willst du auf deine Rache verzichten?, spöttelte mein Extrasinn.

Ich reagierte nicht auf den Gedankenimpuls, sondern versuchte mir vorzustellen, wie ich dieses fremde Raumschiff als Festung gegen Magantilliken ausbauen konnte. Wurde mein Schrumpfungsprozess hier wirklich aufgehalten, durfte der Vargane nicht an Bord kommen. Ich besaß hier genügend Lebensmittel und Atemluft. Zunächst musste ich darangehen, die fremde Sprache zu entschlüsseln. Das in der Positronik gespeicherte Material würde sicher ausreichen, mir einen Überblick über Grammatik und Symbolik der fremden Sprache zu vermitteln. Ich hatte noch rund eine halbe Tonta Zeit, um das Raumschiff gegen unbefugten Zutritt zu sichern.

Und wenn Magantilliken vom SKORGON aus das Feuer eröffnet?

Ich verfluchte meinen Logiksektor, der immer mit allen Möglichkeiten rechnete. Hauptsache, ich konnte das Schiff verriegeln. Ich trat auf das offen stehende Schott zu, als hinter mir ein saugendes Geräusch ertönte. Die Schiebetür des Personenlifts glitt in die Wand. Heller Lichtschein drang ins Freie. Ich hielt inne und griff nach meinem Blaster. In der Liftkabine lag ein Toter. Ein gefiederter Pfeil hatte seine Brust durchbohrt.

Aufgeregt trat ich an den Toten heran, der auf den ersten Blick durchaus einem Arkoniden glich. Seine Haut war bronzefarben, die Haare fast schwarz. Er trug eine eng anliegende Raumfahrerkombination. Auf der rechten Brustseite erkannte ich das Symbol der beiden Galaxien. Der Tote gehörte also zum Volk jener geheimnisvollen Extragalaktiker.

Das Ganze könnte eine Falle sein, um dich von irgendetwas abzulenken, gab mein Extrasinn mir mit schmerzhafter Intensität zu verstehen. Ich drehte mich um. Außer mir befand sich niemand hier. Dann widmete ich mich erneut dem Toten. *Warum öffnete sich der Lift gerade in diesem Augenblick?*

Ein unheimliches Gefühl beschlich mich. Vielleicht wurde ich beobachtet. Das Blut der Pfeilwunde war getrocknet. Ich berührte das Gesicht des Fremden und zuckte instinktiv zurück. Das Gesicht war noch warm, wirkte fast lebendig. Aber ich konnte weder das Pulsieren des Blutes noch das Zucken irgendeines Muskels erkennen. Der Raumfahrer war tot. Daran bestand überhaupt kein Zweifel.

Er ist erst vor wenigen Augenblicken gestorben, durchzuckte es mich.

Nein, das ist nicht möglich, entgegnete mein Extrasinn. *Dann wäre das Blut seiner Wunde nicht verkrustet.*

Jetzt verstand ich überhaupt nichts mehr. Mein Extrasinn schwieg. Ein Zeichen, dass sich verschiedene Beobachtungen widersprachen. Was war hier wirklich passiert? Ich wollte gerade die Taschen des Toten untersuchen, als mich ein Luftzug streifte. Eine instinktive Bewegung nach rechts rettete mir das Leben. Ein primitiver Faustkeil zerschmetterte den Brustkorb des Toten.

Ich wirbelte um die eigene Achse und packte den Blaster. Die Waffe war fast zu schwer für mich geworden. Mein Gegner war nackt und kaum größer als ich. *Ein Barbar.* Aber dann fiel es mir wie Schuppen von den Augen. Ich ließ die Rechte sinken und stieß einen Schrei der Überraschung aus.

»Wie kommst du in dieses Raumschiff, Ra? Was, bei allen Göttern Arkons, hat dich hierher verschlagen?«

Die Augen des muskulösen Barbaren glommen in verhaltenem Feuer. Er stieß kehlige Laute aus. Seine Hand umklammerte einen glitzernden Feuersteinkeil. Auf seinen Wangen pochte das Blut unter hellen Stammesnarben. Ein gutturaler Laut drang aus dem Mund des Wilden. Seine wulstigen Lippen verzerrten sich, als er meine Größe abschätzte – und ich meinen Irrtum erkannte.

Kämpf oder lass dich von dem Wilden massakrieren! Das ist nicht Ra! Du bist einer optischen Täuschung zum Opfer gefallen!, rief mein Extrasinn. *Dieser Barbar gehört höchstens demselben Volk an wie Ra. Die fremden Raumfahrer haben ihn von dort entführt. Zu welchem Zweck, das steht noch dahin. Für eine Interpretation seines Schicksals stehen zu wenig Daten zur Verfügung.*

Der braunhäutige Wilde ließ mir keine Zeit. Er sprang und ließ seinen Faustkeil über das elastische Material meines Raumanzugs schrammen. Da er mich so nicht verwunden konnte, hielt er irritiert inne.

»Hör doch auf! Ich will dir nichts tun.« Mein Schrei verhallte ungehört. Er schnaubte nur verächtlich. Ich konnte meinen Blaster nicht ziehen. Jedenfalls nicht in diesen entscheidenden Augenblicken. Dafür hätte ich eine kleinere Waffe benötigt. Ein schmetternder Schlag vor die Brust raubte mir den Atem. Feurige Schemen tanzten vor meinen Augen. Doch ich fing mich rasch wieder und konnte den nächsten Angriff des Wilden durch einen Dagor-Griff abwehren.

Der Barbar landete auf allen vieren und starrte mich tückisch funkelnd an. Ich sprang vor und trat den Faustkeil mit der Spitze meines Stiefels aus seiner Rechten. Er schrie gellend auf. Seine Wut ließ die Schläfenadern reliefartig hervortreten. Dann rutschte er wie eine Schlange über den Boden. Ich konnte ihn nicht festhalten. Seine Haut war geschmeidig wie geöltes Leder. Er erreichte den Faustkeil, packte ihn und sah mich triumphierend an.

Ich drehte mich um. Neben mir lag der tote Raumfahrer. Der Federschaft des Pfeils ragte direkt vor mir auf. Ohne lange darüber nachzudenken, riss ich ihn aus der Brust des Toten. Die Spitze war blutverschmiert. An den dornigen Widerhaken klebten Kombinationsreste.

Der Barbar stieß einen gellenden Siegesschrei aus. Er wollte zuschlagen, rannte aber genau in den Pfeil und blieb wie vom Blitz getroffen stehen. Die starr werdenden Augen waren genau auf mich gerichtet. Ich glaubte, so etwas wie Erstaunen und Ratlosigkeit darin zu erkennen. Er machte noch ein paar matte Bewegungen, dann fiel ihm der Faustkeil aus der Rechten und polterte dumpf zu Boden. Aus dem Mund drangen Worte, die mich an die

Sprache Ras erinnerten. Sein Blut tropfte auf meine Rechte, die immer noch den Pfeilschaft umklammerte. Ich ließ los und trat zurück. Der Wilde fiel tot zu Boden.

Ich richtete mich schwer atmend auf. Ich hätte seinen Tod gern vermieden. Aber in seiner Kompromisslosigkeit hatte er mir keine andere Wahl gelassen. Wie sollte ich jetzt noch etwas über das Raumschiff erfahren? Jetzt war es zu spät für eine freundliche Unterhaltung. Gab es noch weitere Barbaren an Bord? Oder vielleicht ein Raumfahrer, der von diesem Wilden eingesperrt worden war?

Ich zog den Toten aus dem Personenlift. Seine Haut war elastisch und warm wie bei einem Lebendigen. Auch seine Hände ließen sich ohne weiteres öffnen und schließen, von Leichenstarre war nichts zu bemerken. Das verstand ich nicht. Ich hatte mich vorhin schon gewundert, dass die Haut des Raumfahrers weich und nachgiebig geblieben war. Ich berührte ihn noch einmal. Sein Zustand war unverändert. Das widersprach allen biologischen Gesetzmäßigkeiten.

Ich sah auf mein Armbandgerät. Die Frist, die ich von Magantilliken für die Untersuchung des Schiffes erhalten hatte, war abgelaufen. Das war mir plötzlich egal. Heng und Magantilliken konnten mir gestohlen bleiben. Sollten sie mit dem SKORGON verschwinden. Ich wollte dem Geheimnis dieses Raumschiffs auf den Grund gehen, trat in den Personenlift und legte die Rechte auf das Tastenfeld. Der Kontakt summte, die Schiebetür schloss sich. Die Lichtkette über der Tür zeigte, dass es aufwärts ging. Dann hielt die Kabine an. Es summte wieder, ich konnte ins Freie treten.

Zuerst einmal sah ich überhaupt nichts. Düsteres Halbdunkel empfing mich. Nur der Geruch eines Lagerfeuers stieg mir beißend in die Nase. Ich stieg über zerschmetterte Plastikelemente hinweg. Blutige Knochen säumten den Weg. Es stank bestialisch nach verbrennendem Fleisch. Ich schauerte, als ich die Gruppe vor mir sah. Drei Wilde. Zwei Männer und eine Frau. Sie ähnelten dem Mann, den ich getötet hatte. Sie hockten um ein schwach glimmendes Feuer, das sie aus Plastik und Stofffetzen entfacht hatten. Ein herausgerissenes Metallteil war zu einem primitiven Bratrost verbogen worden. Die Wilden fraßen einen der fremden Raumfahrer! Ich würgte unterdrückt, blieb entsetzt stehen. Bevor ich in den Lift zurückspringen konnte, hatten sie mich entdeckt.

Sie drangen heulend auf mich ein. *Angriff ist immer die beste Verteidigung*, dachte ich und sprang auf die braunhäutigen Wilden zu. Sie stießen überraschte Rufe aus. Der eine ließ ein Bratenstück fallen und griff nach einer scharfkantigen Stahlverstrebung. Eine gefährliche Waffe. Ich trat mit dem rechten Stiefel in die Glut des Feuers. Die Wilden machten entsetzte Gesten. Ich deutete ihre Aufregung richtig. *Wer bei den Wilden das Feuer zerstört, hat zumindest einen Ersatz dafür – oder ist mächtiger als das Feuer.*

Du denkst an Ra, den Herrn des Feuers, nicht wahr? Dann nutze dein Wissen richtig. Es gibt nur eins, womit du diesen Barbaren beikommen kannst. Du musst dich ebenfalls als Herr des Feuers ausgeben.

Wenn mir noch Zeit dazu bleibt, dachte ich grimmig lächelnd.

Dem ersten Gegner versetzte ich einen Tritt in den Unterleib. Die Metallkante meines Stiefels verstärkte die Wucht. Der Wilde krümmte sich vor Schmerzen und hielt sich den Bauch. Die Frau wollte sich in meinem Arm verbeißen. Das misslang ihr kläglich. Am elastischen Material meines Raumanzugs brach sie sich mehrere Zähne heraus, heulte wütend auf und schlug und kratzte. Der zweite Mann ging bedächtiger zum Angriff über. Sein gekräuselter Bart war von silbernen Fäden durchsetzt.

Ein alter Krieger. Bei dem musst du aufpassen, rief der Extrasinn.

Plötzlich hatte der Alte einen Steindolch in der Rechten, sah mich grinsend an. Seine Hand bewegte sich langsam im Kreis. Er wollte mich verunsichern, ich stand mit bloßen Händen vor ihm. Und der weite Raumanzug verlieh mir wahrhaftig keine kriegerische Wirkung.

»Na, was ist?«, munterte ich den Barbaren auf. »Willst du es nicht versuchen?«

Er verstand meine Worte nicht, deutete aber ihren Sinn richtig. Im gleichen Augenblick schnellte sein Dolch vor. Ich passte den richtigen Augenblick ab und erwischte seinen Unterarm. Ein heftiger Ruck, der Dolch entglitt seiner Hand. Ich riss seinen Ellbogen brutal auf den Rücken.

»Das hast du nicht erwartet, was?«

Er versteht dich nicht, knurrte mein Extrasinn.

Ich stieß den aufheulenden Wilden zurück. Trotz seines schmerzenden Armes kam er sofort wieder auf die Beine. Er würde mich so lange bekämpfen, bis einer von uns auf der Strecke blieb. Zu allem Pech kam auch der junge Krieger wieder zu Bewusstsein. Ich griff in die faltige Brusttasche meines Raumanzugs, kramte ein kleines Feuerzeug hervor. In jedem arkonidischen Markt bekam man diese Dinger nachgeworfen. Für solche Barbaren war es ein unbezahlbares Kleinod. Wer von ihnen Herr über das Feuer war, erhöhte sich in ihren Augen automatisch zu einem gottähnlichen Helden.

Die kleine Flamme zuckte aus der Düse. Die Wilden blieben erstaunt stehen. Das hatten sie nicht erwartet. Sie schrien wild durcheinander und gestikulierten aufgeregt. Der Alte näherte sich mir langsam. Er machte eine demutsvolle Verbeugung. Seine Worte erinnerten mich abermals an die von Ra. *Schade, dass er nicht hier ist, dann würde die Verständigung vermutlich leichter ausfallen.*

Ich streckte die Hand mit dem Feuerzeug aus. Der Alte griff sofort danach, verbrannte sich die Finger, aber das machte ihm nichts aus. Feuer war ein zu kostbarer Besitz, als dass man sich beklagt hätte. Ich winkte ihn zurück und deutete mit der Rechten auf das Feuerzeug, machte ihm klar, dass ich ihm etwas zeigen wollte. Nach anfänglichem Zögern willigte er ein, mir das Feuerzeug zurückzugeben.

Ich drückte auf den winzigen Knopf, die Flamme erlosch. Nach einem weiteren Druck flammte sie wieder auf. Ich zeigte dem Alten sogar, wie man die Höhe der Flamme regulieren konnte. Er war sichtlich beeindruckt, forderte das Feuerzeug zurück. Ich tat ihm den Gefallen. Jetzt war der Bann gebrochen. Der Alte reichte mir den Steindolch, mit dem er mich vor wenigen Augenblicken noch hatte töten wollen. Das war jetzt vergeben und vergessen. Ich akzeptierte den Tauschhandel, wobei die anderen in Rufe der Begeisterung ausbrachen.

Ich winkte den Alten zu mir.

»Ich zeichne euch jetzt etwas auf«, sagte ich und fing an, mit einem dunklen Stift, der im Saum meines Raumanzugs für Markierungsarbeiten steckte, an die Wand zu malen. Zuerst eine einfache Strohhütte. Dann deutete ich auf den aufmerksam zuschauenden Alten und die beiden anderen. Er nickte lachend, obwohl ich sicher war, dass er überhaupt nichts verstanden hatte. Erst als ich drei Figuren neben die Hütte gezeichnet hatte und auf ihn deutete und dazu ein fragendes Gesicht machte, begriff er. Die drei schnatterten wild durcheinander. Schließlich ergriff der Alte meinen Arm und führte mich durch mehrere Schotten in einen lang gestreckten Raum, der an der Außenwandung des Raumschiffs liegen musste. Die Frau und der junge Krieger folgten langsam.

Ich wollte unbedingt wissen, wo sie ihre Zeit während des Fluges verbracht hatten. Wenn es schon keine Raumfahrer mehr an Bord gab, würden mir vielleicht die Aufenthaltsräume der Barbaren Aufschluss über ihre Herkunft geben. Ich hatte mehrere Schotten durchschritten. Ein rascher Vergleich bestätigte mir eine Vermutung, die ich schon länger hatte: *Seit dem Betreten dieses Raumschiffs bin ich nicht weiter geschrumpft.*

Der Alte war stehen geblieben und deutete schnatternd auf einen halb geöffneten Wandbereich. Weitere Transparenzwände schlossen sich an. Verblüfft sah ich, dass dahinter planetare Landschaften täuschend echt nachgeahmt worden waren. Ein künstliches Ökosystem hielt Pflanzen und Tiere am Leben. Eingeblendete Fiktiv- und Holo-Projektionen bildeten den Hintergrund. Direkt vor der durchsichtigen Scheibe stehend, hatte ich den Eindruck, in ein weites Waldtal zu blicken. Berge, Seen und glitzernde Flüsse breiteten sich scheinbar über viele Kilometer aus. Am blauen Himmel stand eine kleine, weißgelbe Sonne. Aber das war alles eine raffiniert angelegte Täuschung für die Gefangenen.

Ich sah eine Horde halb nackter Gestalten vor einer Strohhütte hocken. Ein paar Kinder balgten sich um Knochen. Ein Vogel strich langsam über ihre Köpfe hinweg. Die Alten wirkten lethargisch. Sie saßen mit übereinander geschlagenen Beinen da und sagten nichts. *Wie Standbilder*, dachte ich unwillkürlich, obwohl ich wusste, dass sie aus Fleisch und Blut waren wie ich selbst. Der alte Barbar, der mich hergeführt hatte, strich langsam über das Glasplastikmaterial. Er konnte die eingekerkerten Barbaren genauso sehen wie ich – aber höchstwahrscheinlich stellte die Scheibe im Innern den Projektionsträger für die Landschaftsbilder dar, so dass uns die Eingeschlossenen nicht sehen konnten.

Der Alte donnerte mit einem Faustkeil gegen die Transparenzwand. Es schepperte hohl durch den langen Gang. Doch hinter der Scheibe rührte sich nichts. Nur die Kinder waren herangesprungen und starrten uns an. Sie konnten natürlich nicht durch die Scheibe sehen, hatten aber offenbar die Klopfgeräusche wahrgenommen. Das Gefängnis war auch akustisch von der Umgebung des Raumschiffs abgeschirmt. Ich beruhigte den Alten. Er verzog die Mundwinkel, machte ein trauriges Gesicht und ließ sich widerstandslos zu dem geöffneten »Käfig« führen.

Wie haben sich diese Barbaren daraus befreien können?, fragte ich mich. Im Innern verwelkten die Pflanzen. Der Boden war ausgetrocknet. Ein paar tote Kleintiere lagen herum. Ich nahm ein struppiges Felltier auf, aus dessen Leib ein langer, unbehaarter Schwanz wuchs. Der kleine Körper war elastisch und warm. Trotzdem war das Wesen tot. Es war genauso wie bei der Leiche des Raumfahrers.

Vielleicht haben der Zustand des Toten und dein abgestoppter Schrumpfungsprozess die gleiche Ursache?, vermutete der Extrasinn.

Neben der transparenten Wand hatte Plastikmaterial gebrannt. Geschwärzte Kabel verloren sich irgendwo in der Tiefe des Raumschiffs. Ich ahnte, welche Tragödie sich an Bord abgespielt hatte. Ein Defekt im Energieversorgungsnetz hatte mehrere Kurzschlüsse produziert, dabei musste die Verriegelung des ersten »Käfigs« aufgesprungen sein. Den Barbaren war es aber nicht gelungen, die anderen Zellen aufzubrechen. Getrieben vom Hunger, waren sie über die Besatzung des Schiffes hergefallen. Den Rest konnte ich mir zusammenreimen. Blieb nur noch eins offen, was mir einiges Kopfzerbrechen bereitete: *Was verhinderte an Bord jeglichen organischen Zerfall? Welche Kraft war dafür verantwortlich, dass ich mich nicht weiter verkleinerte? Diese hyperenergetische Aura, die den Raumer umgibt?*

Vor diesen Fragen verblasste sogar mein Interesse an den Barbaren. Bevor ich nichts über die seltsamen Phänomene an Bord des fremden Schiffes wusste, war es mir egal, zu welchem Zweck ein unbekanntes Volk Barbaren durch die Unendlichkeit transportierte. Vielleicht sogar von dem Planeten, von dem auch Ra stammte. Die Raumfahrer jedenfalls waren tot. Die Barbaren hatten sie erschlagen oder mit Pfeilen niedergestreckt. Von ihnen würde ich bestimmt nichts mehr erfahren. Ich musste mich also wohl oder übel in die Zentrale begeben und damit anfangen, die Positronik in meinem Sinne zu programmieren. Irgendwann kam ich dann vielleicht hinter alles.

Wenn ich mich nicht weiter verkleinerte, hatte ich genügend

Zeit, mich einzuarbeiten. Ich würde den Barbaren zeigen, wie man die Nahrungsspender bediente. Diese kleinen Krieger konnten mir eine wertvolle Hilfe sein, wenn ich das Schiff wieder flottmachen wollte. Ich winkte den drei gedrungenen Gestalten zu. Sie folgten mir widerspruchslos zum Personenlift. Ich lächelte ihnen aufmunternd zu. Der Alte schürzte die wulstigen Lippen, stieß ein paar Worte aus, deren Sinn ich leider nicht verstand.

Das war mein Pech, denn als die Lifttür beiseite glitt, starrte ich in die Mündung eines Strahlers. Der alte Barbar musste etwas gehört haben. Jetzt war es für eine Warnung zu spät. Ein greller Energiefächer streckte uns zu Boden.

Ich konnte keinen Muskel mehr bewegen, trotzdem war ich hellwach. Die Paralysatorenergie hatte mich total gelähmt, aber ich konnte alles wahrnehmen, was ringsum geschah. Da sogar meine Augenlidmuskeln starr waren, musste ich mit ansehen, dass ein hochgewachsener Mann neben mir stehen blieb.

Magantilliken! Der Vargane war demnach nach Ablauf der vereinbarten Frist an Bord des silbernen Raumschiffs gekommen. Höchstwahrscheinlich hatte er inzwischen die Untersuchungen zu Ende geführt, die ich gerade hatte vornehmen wollen. Ich konnte meine Zunge nicht bewegen. Mein Atem ging so schwach, dass ich schreckliche Beklemmungen hatte.

»Das hast du nicht erwartet?« Magantilliken hob mich wie eine Puppe auf, verschloss meinen Druckanzug und warf mich einfach über seine breiten Schultern. Er lachte hämisch. »Der Mascant hat schon Sehnsucht nach dir, Kristallprinz. Er wird einen schönen Schrecken bekommen, wenn er dich so sieht. Er ist inzwischen auf fast Fußgröße geschrumpft.«

Es stimmt also, durchfuhr es mich heiß. *Ich bin nicht kleiner geworden.* Zweifellos hatte die hyperenergetische Aura des Silberraumers den Schrumpfungsprozess aufgehalten. Ich wollte etwas sagen, doch meine Stimmbänder versagten den Dienst. Der Paralysatorschock war stark genug, um mich die nächsten Tontas zu lähmen. Magantilliken stand jetzt in der Schleuse des fremden Raumschiffs und streckte gerade die Rechte nach den Kontrollen aus, als das eigentümliche Kribbeln meinen gesamten Körper erfasste. Es war genauso, als ich in das Raumschiff eindringen wollte.

Die Lähmung durch den Paralysatortreffer wird aufgehoben, rief mein Logiksektor.

Und tatsächlich: Ich konnte mich plötzlich wieder bewegen!

»Halt, Magantilliken! Nicht aus dem Schiff gehen! Nein ... halt!«, schrie ich und umklammerte den Haltegriff neben dem Schleusenschott. Ich wollte den Varganen schlagen, doch die Falten des großen Raumanzugs behinderten mich zu stark. Außerdem hemmte mich das Kribbeln in Armen und Beinen, den Mann nachhaltig zu bekämpfen. Mein Körper schmerzte fürchterlich, nachdem die Lähmung durch den Paralysator schlagartig von mir gewichen war. »Bitte ... lass mich im Schiff zurück!«

Mein Bitten und Betteln nützte mir gar nichts. Der Vargane riss mich wortlos in den Weltraum hinaus. Als ich die funkelnden Sterne erblickte, überkam mich maßloses Grauen. Alles in mir krampfte sich zusammen. Ich stürzte rasend schnell in eine schwarze Wolke. Über mir wurde der durchsichtige Helm meines Raumanzugs größer und verschwand schließlich hinter einer vorgewölbten Falte des Brustteils. Ich versank schreiend im eigenen Raumanzug und erlitt einen psychischen Schock, wie ich ihn bis dahin noch nicht erlebt hatte: Innerhalb weniger Augenblicke schrumpfte ich auf nicht einmal Fußgröße zusammen.

Es dauerte eine Weile, bis ich wieder einigermaßen klar denken konnte. Die Zentrale des SKORGONS war für mich unüberschaubar geworden. Hoch oben glühten die Sonnen der Deckenbeleuchtung. Die Schalensessel ragten haushoch vor mir auf. Die kleinen Fugen zwischen den Bodenplatten erwiesen sich nun als Kanäle voller Staub und Dreck.

Die Stimme des Varganen donnerte wie ein Unwetter über mir. »Der Innenraum des fremden Raumschiffs ist von einem modifizierten *Zeitfeld* isoliert. Jede organische Masse wird davon im Alterungsprozess und Zerfall aufgehalten.«

»Warum hast du mich nicht dort gelassen?«, schrie ich in der Hoffnung, er würde sich doch noch erweichen lassen und mich zum silbernen Projektilschiff zurückbringen.

»Du musst schon lauter schreien, Kristallprinz«, kam es von hoch oben. Ich hielt mir die Ohren zu. Das Dröhnen dieser gewaltigen Stimme schmerzte.

»Bring mich dorthin zurück!«

Das Gesicht des Varganen kam wie ein mächtiger Ballon auf mich zu. Ich sah die Poren, Härchen und gebirgsähnlichen Erhebungen seiner Augenbrauen. Die Augen darunter wirkten wie riesige Bildschirme. Seine Lippen waren flüssigkeitsgefüllte Schläuche aus rissiger Lederhaut. Sein Atem war heiß und drückend. Bei jedem seiner Worte überkam es mich wie ein Sprühregen.

Sein Speichel, erklärte mein Extrasinn. *Du bist so klein geworden, dass er dich mit seinem Speichel ertränken könnte.*

Trotz dieser deprimierenden Tatsache war ich plötzlich voller Tatendrang. Ich wollte unbedingt in das silberne Raumschiff zurück. Nur dort wurde mein Schrumpfungsprozess aufgehalten. Magantilliken wollte mich hochheben. Seltsamerweise gelang ihm das nicht. Er zerrte so sehr an mir, dass ich einen schrillen Schmerzensschrei ausstieß. »Du tust mir weh!«

Er hatte sich so weit heruntergebeugt, dass er mich verstehen konnte. Seine Antwort dröhnte wie ein ungeheurer Gong in meinen Ohren. »Dein Gewicht ist weitgehend gleich geblieben, lediglich deine Größe hat sich verändert; durchaus logisch, wenn die Ursache eine lokale Raumverzerrung ist. Möglich, dass sich das noch ändert.«

Ich machte ein paar Schritte und sah, wie sich der Bodenbelag unter meinen Füßen bog.

Es stimmt, du hast deine Masse behalten, raunte der Extrasinn. *Vorläufig jedenfalls.*

Ich sah wieder hoch. Aus der Höhe kamen grollende Laute. Mit einem Prallfeld trieb Magantilliken den sich heftig sträubenden Amarkavor Heng voran. Der Mascant blickte mich überrascht an, war noch kleiner als ich. Anscheinend entsprach die abrupte Verkleinerung während meiner Rückkehr aus dem silbernen Raumschiff nicht dem »normalen« Schrumpfungsprozess.

»Das Ungetüm wird uns zertreten«, keifte der Arkonide.

»Immer langsam, Heng. Wollte Magantilliken uns töten, hätte er längst Gelegenheit dazu gehabt.« Ich wandte mich wieder dem gigantischen Fleischberg zu, den Magantilliken jetzt für uns darstellte. Ich wartete, bis der Vargane seinen Kopf weit genug heruntergebeugt hatte, dass er mich verstehen konnte. »Ich will in das silberne Raumschiff zurück!«, schrie ich aus Leibeskräften, weil ich wusste, dass meine Stimme nur ein Piepsen in den Ohren des Varganen war. »Bring mich zurück!«

»Es ist gefährlich, dort noch einmal an Bord zu gehen.«

»Gefährlich?« Das Brüllen strengte mich ungemein an.

»Ja, sogar lebensgefährlich – für mich. Und allein kommst du dort nicht hin. Ein zweites Mal werde ich mich der modifizierten Nullzeit-Energie nicht aussetzen. Schon der kurze Aufenthalt hat mich mehr Kraft gekostet, als ich dachte. Ich muss endlich meine Aufgabe erfüllen, sonst ist mir der Zugang zur *Eisigen Sphäre* versperrt ... Die fremden Raumfahrer stammen übrigens aus der Nachbargalaxis. Der Planet, von dem dein barbarischer Freund Ra stammt, scheint für sie besonders interessant zu sein. Mehr kann und will ich darüber nicht sagen.«

Er weiß mehr, als er sagt!, zischte der Extrasinn. *Erinnere dich, dass er laut Ischtar vor mehr als dreißigtausend Arkonjahren seine Jagd begann – und dass die Varganen schon vor mehr als 675.000 Jahren hierher kamen und potenziell unsterblich wurden. Wer weiß, was er alles erlebt hat?*

Nachdenklich lauschte ich dem Unterton nach, der mir trotz des Geräuschorkans, den Magantillikens Stimme darstellte, nicht entgangen war. Der Zugang zur *Eisigen Sphäre* versperrt? Hatte er deshalb eher notgedrungen den neuen Körper auf Enorketron beseelt? Bislang hatte der *eigentliche Magantilliken*, das Wesen, der Charakter der Person, die Vernichtung des Körpers überlebt, da stets nur sein Geist die *Eisige Sphäre* verlassen, sich einen Körper ausgesucht, ihn mit Energie gefüllt und ihn zum Henker bestimmt hatte. Eine erschreckende Fähigkeit, die mich fröstelnd an die insektoiden *Vecorat* denken ließ, die als die »Erzfeinde« meines Volks galten. Auch sie konnten rein geistig den eigenen Individualkörper verlassen und auf einen anderen überspringen. Die Fähigkeit zumindest einiger Varganen war mit der Gabe jener Wesen vergleichbar, die man auch *Individualverformer* nannte.

Da Magantilliken sich eines Fahrzeugs wie des SKORGONS hatte bedienen müssen, um das Trantagossa-System zu verlassen, statt einfach sein Bewusstsein in einen anderen Körper zu versetzen, befand er sich in einer Zwangslage – so viel hatte ich schon auf Enorketron begriffen. Die logische Schlussfolgerung war, dass der Henker seine Parafähigkeiten im Augenblick nicht voll nutzen konnte. Magantillikens Bemerkung, womöglich den Zugang zur

Eisigen Sphäre »versperrt« vorzufinden, bedeutete unter Umständen, dass die Vernichtung seines jetzigen Körpers bald die seines Bewusstseins nach sich zog, dass er verwehte oder wie immer man dieses Ende auch umschreiben mochte. Leider war es mir nicht möglich, diese Tatsache zu meinem Vorteil zu nutzen.

Ich versuchte, mich zu entspannen. Mein Schrumpfungsprozess war immer noch nicht beendet. Inzwischen war ich nur noch handspannengroß. Tausend Gedanken schossen mir durch den Kopf. Ein Blaster war für mich zu einer gewaltigen Kanone geworden. Selbst wenn so ein Ding vor mir lag, wie sollte ich den Lauf auf Magantilliken richten? Wie sollte ich das SKORGON steuern, wenn ich überhaupt nicht an die Kontrollen herankam? Ich war nackt. Keine Kleidung passte mir mehr. Hengs blasser Körper war dürr und schlaff, seine Augen glänzten fiebrig. Ich hatte Hunger. Bevor Magantilliken wieder außer Rufweite war, wollte ich ihn um etwas Nahrung bitten, gestikulierte mit beiden Armen. Er wurde darauf aufmerksam und beugte sich herunter. »Was gibt es noch?«

»Ich brauche etwas zum Essen! Rück etwas Synthesebrei heraus. Unsere Portionen fallen jetzt nicht mehr ins Gewicht.«

Magantilliken streckte seinen Arm aus. Dort, wo die Steuerpositronik und das Schaltpult einen Zwischenraum bildeten, links und rechts von einem Schalensessel begrenzt, standen kleine Teller. »Ich habe nicht vergessen, dass ihr in der Stahlwüste der Zentrale verhungern könnt. Bedient euch. Wer zuerst dort ist, erwischt die besten Brocken.«

Er blickte erheitert auf uns Däumlinge herunter, wie wir wegen der Lebensmittelschalen um die Wette rannten. Heng ging sofort auf das Spiel ein, hetzte voran. Bei jedem Schritt bebte der Boden. Jetzt, da wir nur noch einen Bruchteil unserer ehemaligen Größe besaßen, übte unsere Masse über den kleinen Auflagepunkt unserer Füße einen viel stärkeren Druck aus. Der erste Schalensessel wölbte sich hoch über mir wie ein gigantischer Pilz. Rechts dahinter kam die Ecke der Steuerpositronik ins Blickfeld. Ich konnte mich nur schwer an diese Perspektive gewöhnen.

»Warum rennen Sie eigentlich so, Heng?«

Der Arkonide sah mich erregt an. Über seine blau angelaufenen Lippen tropfte Speichel. »Ich lasse mir diese letzten Reserven nicht wegnehmen.«

Er verlangsamte seinen Lauf nicht, hetzte keuchend weiter und war – in unserem derzeitigen Maßstab – noch knapp hundert Meter von den Tellern entfernt.

Pass auf Magantilliken auf, warnte mich der Logiksektor.

Keinen Augenblick zu früh. Der schwere Stiefel Magantillikens versperrte mir plötzlich den Weg. Ich sprang auf die Oberfläche des Stiefels, stampfte ein paarmal kräftig auf und rollte sofort auf der anderen Seite herunter. Der Vargane schrie schmerzgepeinigt auf, umklammerte den Fuß mit beiden Händen. Sein Brüllen kam mir wie das Röhren einer urweltlichen Bestie vor. Ich hatte mit meinem ganzen Gewicht auf seinem Fuß gestanden. So was war für den Stärksten zu viel.

Heng wollte gerade ein paar Nahrungsbrocken hinunterschlingen. Ich fiel ihm gerade noch rechtzeitig in den Arm. »Das Zeug ist vermutlich vergiftet.«

»Was?«

Er machte ein ungläubiges Gesicht, traute mir nicht über den Weg, vermutete, ich wolle die Nahrungsreste für mich allein haben. »Welchen Grund sollte Magantilliken haben, uns …?«

»Weil wir ein Risikofaktor sind«, antwortete ich. »Wir werden immer kleiner, behalten dabei aber offenbar unsere Masse. Wenn wir als superschwere Winzlinge in die Maschinen durchbrechen, könnte das unangenehme Folgen für das SKORGON haben. Magantilliken will auf Nummer sicher gehen.«

Plötzlich zuckte der Arkonide zusammen, ließ sogar die Nahrungsbrocken fallen.

»Er will uns ausräuchern«, schrie er unbeherrscht. Stechende Gasschwaden wehten heran. Ich musste husten. Die Augen tränten sofort. Durch den Tränenschleier sah ich gelbliche Dämpfe.

»Insektenvertilgungsmittel! Dieser elende Schuft …«

Ein Grobfilter aus dicht verfilztem Kunststoffmaterial versperrte uns den Weg. Die ätzenden Schwaden wurden hier zum Teil zurückgehalten oder in den seitlich dahinter liegenden Ionisationskammern aufgespalten. Wir mussten also unbedingt auf die andere Seite des Luftfilters kommen. Heng machte schlapp. Sein Gesicht hatte sich bläulich verfärbt, er atmete nur noch keuchend. In unregelmäßigen Abständen musste er würgen.

Ein Glück, dass Magantilliken ohne Spezialwerkzeug nicht bis in diesen Bereich kommt, dachte ich. Der Vargane beschränkte sich daher auf das Einsprühen eines Insektenvertilgungsmittels. Hätte ich Heng nicht unermüdlich vorangetrieben, wären wir längst erledigt gewesen. Ich riss den filzartigen Kunststoff mit bloßen Händen auseinander, so dass wir durchkriechen konnten. Wir waren wieder ein paar Zentimeter kleiner geworden. Unser ganzes Gewicht lastete für Augenblicke auf dem Grobfilter, sofort rutschten wir mit einem Fetzen der Filzmatte in die Tiefe.

»Festhalten!«, rief ich. »Wir nähern uns den Ionisationskammern.«

Ein elektrisches Summgeräusch wurde lauter. Die Luft wurde ständig angesaugt. An einigen Kabelsträngen fanden wir Halt. Hier unten war die Luft bedeutend besser. Magantillikens Insektenspray konnte uns nicht mehr gefährlich werden. Ich zog Heng in die Nische zwischen Kabeln und Drahtbündeln.

»Wir sollten uns irgendwie bewaffnen«, schlug ich vor.

»Bewaffnen? In unserem Zustand nützen uns Waffen nichts mehr.«

Ich sah ihn nachdenklich an. »Gewiss, für einen ist es unmöglich, einen Blaster abzuschießen. Aber wenn wir uns das gemeinsam vornehmen, müsste es eigentlich klappen.«

Er wurde hellhörig. »Aus dem Luftschacht können wir nicht ins Freie spazieren«, argumentierte er. »Magantilliken würde uns schnell entdecken.«

»Sie haben eine Idee?«

Er nickte bedächtig. »Wenn wir die Wand durchbrechen können, erreichen wir einen schmalen Kabelschacht. Der Zwischenraum ist eigentlich nur für Robotsonden gedacht, die im Falle eines Defekts eingeführt werden, um die nötigen Reparaturen vorzunehmen. Sofern die Kabel unser Gewicht aushalten, kommen wir genau beim Schaltpult heraus.«

Das ist schon etwas, dachte ich. »Los, je eher wir Magantilliken ausschalten, desto größer ist unsere Chance. Noch sind wir groß genug, um durch Sprünge auf dem Pult einfache Schaltungen durchzuführen. Wenn uns Magantilliken nicht weiter belästigt, können wir vielleicht Hilfe herbeirufen.« Ich war wieder optimistisch. Solange noch eine Hoffnung bestand, wollte ich nicht klein beigeben.

Ein Faustschlag genügte, um die dünne Verkleidung zu durchbrechen. Wir zwängten uns in den schmalen Schacht und überprüften die herabhängenden Kabel. Eine Gleitschiene kam mir haltbarer vor. Ich wagte es und machte einen Klimmzug. Es klappte. Wir kletterten keuchend höher. Immer weiter, ohne Pause. Es war eine Tortur. Ich durfte nicht daran denken, wie groß die Strecke war, die wir zurücklegen mussten. Ich sah nicht hinter mich, sondern blickte nur auf die schmale Gleitschiene, zog mich verbissen höher. Ich unterdrückte sogar das bohrende Hungergefühl, das in meinen Eingeweiden tobte. Auch an Schlaf war nicht zu denken, obwohl sich jede Faser meines Körpers danach sehnte.

Irgendwann stieß ich mit dem Kopf gegen eine Metallplatte. Heng war am Ende seiner Kräfte, sein Atem ging rasselnd. Er hing so kraftlos an der Schiene, dass ich befürchtete, er würde jeden Augenblick loslassen. Ich hätte ihm keine Träne nachgeweint. Und trotzdem verband uns ein gemeinsames Ziel: die Ausschaltung des Varganen! Ich hätte es nie für möglich gehalten, dass ich mich eines Tages mit dem Mörder meines Vaters zusammentun würde. Aber aufgeschoben war ja nicht aufgehoben. Ich ergriff Hengs Rechte. Die Hand war feucht und heiß. Ich zog den Mann neben mich auf einen schmalen Sockel, abermals verwundert über meine Kraft im Verhältnis zur Körpermasse. Das Metall unter uns bog sich weit durch. Ich hatte Angst, wir würden in den tiefen Schacht stürzen, den wir gerade durch unsere Kletterei überwunden hatten.

In Wirklichkeit ist der Arbeitsschacht unter dem Instrumentenpult höchstens zwanzig Zentimeter breit und anderthalb Meter tief, erinnerte mich mein Extrasinn.

»Wir müssen den Schnappriegel lösen, dann können wir neben den Anzeigen des Massetasters herauskriechen«, stöhnte Heng.

»Dann helfen Sie mir!«

Gemeinsam stemmten wir uns gegen eine elastische Feder, die eine Abdeckplatte festhielt. Es gab ein metallisches Knacken, die Halterung brach heraus. Wir hielten angespannt atmend inne. Hatte Magantilliken etwas gehört? Es rührte sich nichts.

»Raus!«, flüsterte ich entschlossen. Wir krochen ins Helle. Zuerst blendete mich das Licht der Deckenbeleuchtung. Aber ich hatte mich rasch daran gewöhnt. Ich war jetzt so klein geworden, dass die Leuchtquadrate auf dem Schaltpult wie breite Kunstplastiken vor mir aufragten. Ich erkannte Ritzen und Schlieren, die ich vorher niemals wahrgenommen hatte.

»Aufpassen, dass wir keinen Kontakt berühren!«, warnte ich meinen Begleiter.

»Ich passe schon auf.«

»Wir brauchen ein Seil. Mit bloßen Händen kommen wir nie vom Schaltpult herunter.«

»Wo sollen wir ein Seil herkriegen?«

Ich klappte eine rot gefärbte Plastikkappe hoch. Das Ding war jetzt fast so breit und hoch, wie ich selbst groß war. Darunter glühte die Anzeige eines Messinstruments. »Hier finden wir genügend Drähte.«

Heng sah mich zweifelnd an. »Die halten unser Gewicht nie und nimmer aus. Wir fallen wie Steine vom Schaltpult und brechen uns das Genick.«

»Nein! Die Leuchtfäden sind aus Stahlplastik gefertigt. Wenn wir sie doppelt nehmen, können wir sogar gemeinsam an einem Seil hinunterklettern.«

Das Ganze war ein Risiko. Aber ich wusste, dass die winzigen Drähte ein enormes Gewicht aushielten. Heng willigte schließlich ein. Was hätte er sonst auch tun sollen. Er war viel zu entkräftet, als dass er noch die Initiative hätte ergreifen können. Trotz des bohrenden Hungers machten wir uns sofort an die Arbeit. Wir zerrten die elastischen Drähte aus dem Anzeigeinstrument, verknoteten sie und legten sie zu einer Seilrolle zusammen. Nach harter Arbeit waren wir so weit. Ich verknotete das Ende mit der Verankerung des gesamten Schaltbereichs.

Plötzlich fiel mein Blick auf einen düsteren Schemen, etwa hundert Meter von uns entfernt. Mehrere Anzeigeinstrumente versperrten uns die Sicht. Ich wusste trotzdem sofort, was am anderen Ende des Schaltpults lag. *Ein Blaster!*

Plötzlich wehte ein scharfer Luftzug heran. Ich umklammerte das Seil.

»Der Vargane ist zurückgekommen!«, schrie Heng außer sich vor Angst.

So schnell waren wir lange nicht gerannt. Ich prallte gegen das kalte Metall des Blasters, dessen Lauf wie eine riesige Röhre aufragte. Trotzdem konnte ich die Waffe noch überblicken, musste demnach etwa zwei bis drei Zentimeter groß sein.

»An den Abzug, Heng!«

Irgendwo in der Zentrale bewegte sich ein gigantischer Schemen: Magantilliken. Der Vargane war aus unserem Blickwinkel nicht völlig zu erfassen. Wir erkannten nur einen gewaltigen Körper. Seine Stimme überfiel uns wie das Dröhnen eines startenden Schlachtkreuzers.

»Den Lauf herumreißen!«, schrie ich. Gemeinsam stemmten wir uns gegen die Waffe, bis sie sich im Zeitlupentempo drehte. Schließlich ragte der Lauf mit der Mündung in die Zentrale. Hastig verkanteten wir die Waffe zwischen zwei Schieberreglern. Magantilliken hatte erkannt, dass wir ihn mit dem Blaster erledigen wollten. Vor dem Schaltpult wuchs sein Riesenkörper zu einem unheilvollen Schemen empor. Ich erwartete ständig den tödlichen Schlag, hetzte zurück, hielt mich am Lauf der Waffe fest und stolperte zum geschwungenen Abzugbügel. Heng zerrte bereits am Abzug.

Gemeinsam schafften wir es, den Blaster abzufeuern. Der Glutstrahl verließ fauchend den Lauf. Wir schlossen geblendet die Augen. Kochend heiße Luft nahm uns den Atem. Dann war es schlagartig vorbei. Ich riss die Augen auf. Das rettete mir das Leben. Brüllend schlug Magantilliken auf das Schaltpult. Irgendetwas roch verbrannt.

Ihr habt den Varganen verletzt, signalisierte mir der Extrasinn.

Ich wollte Heng gerade zum Rückzug auffordern, als mich ein brutaler Schlag ins Genick traf. Aus den Augenwinkeln heraus sah ich gerade noch, wie Heng hohnlachend zu unserem Rettungsseil hinüberlief. *Dieser elende Schuft*, durchzuckte es mich, und ich ging benommen in die Knie.

Magantilliken beugte sich suchend über die leicht abgeschrägte Fläche des Schaltpults. Sein Atem wehte wie ein Gluthauch über mich hinweg. Der Gestank nach verbranntem Fleisch war allgegenwärtig. Die Wunde des Varganen war sicher ernst. Ich konnte Magantillikens zornige Rufe nicht mehr verstehen. Die Laute waren ein einziges Donnern.

Jetzt tauchte die riesige Hand über mir auf. Ich war nichts weiter als ein kleiner Käfer. Meine einzige Stärke war mein bisher offenbar weitgehend konstant gebliebenes Gewicht. Aber jede Stärke hatte bekanntlich auch ihre weniger guten Seiten. Je kleiner ich wurde, desto tiefer versank ich bei jedem Schritt im Untergrund. Ich musste mir eine hüpfende Gangart angewöhnen, um nicht in den Mulden stecken zu bleiben, die sich unter meinen Füßen bildeten. Und mein Schrumpfungsprozess schien noch lange nicht abgeschlossen zu sein.

Magantilliken wollte mich wie eine Laus mit dem Zeigefinger zerquetschen. Der Riese schien Mühe zu haben, mich richtig zu erkennen. Er wollte das Schaltpult nicht unnötig demolieren. Ich riss einen spitzen Stahlstift hoch. Das Ding hatte als Befestigung für einen Schieberregler gedient. Jetzt war es ein schwerer Speer, der für mich fast armlang war. Der Riesenfinger ruckte herunter.

»Das hast du davon, elender Riese!«, schrie ich.

Ein Schmerzensschrei ertönte und brandete wie ein Gewitter über mich hinweg. Der Stahlstift hatte Magantillikens Finger durchbohrt. Im nächsten Augenblick fegte die Riesenhand über das Schaltpult. Mehrere Hebel wurden abgerissen. Ich verlor den Halt, tastete wild um mich schlagend in der Luft herum und erwischte eine elastische Masse.

Die Kombination des Varganen, raunte mein Extrasinn. Ich hing wie ein Insekt am Ärmel des Mannes. Der Stoff hing weit durch, dann ein reißendes Geräusch, und ich verlor mitsamt den Stoffresten den Halt. *Dein Gewicht hat den Ärmelstoff zerrissen.*

Ich kam federnd auf. Ein erneutes Brüllen verriet mir, dass ich mit meinem ganzen Gewicht auf Magantillikens Oberschenkel gelandet war. Das hatte mich vor dem Sturz auf den Boden bewahrt. Ich nahm alles wie durch einen dämpfenden Schleier hindurch wahr. *Nur nicht abstürzen, nicht loslassen*, pochte es in meinem Innersten.

Es war eine Rutschfahrt, die ich mein ganzes Leben nicht vergessen würde. Während ich mich an die Kombination des Varganen klammerte, versuchte er immer wieder, mich von sich zu stoßen. Ein schwieriges Unterfangen, wenn der Gegner nicht einmal mehr einen Zentimeter groß war, aber das Gewicht eines ausgewachsenen Arkoniden hatte. Irgendwie kam ich am Stiefelschaft an. Das Material bog sich unter meiner Masse durch. Magantilliken konnte den Fuß nicht mehr heben. Ich nutzte die Augenblicke zum Luftholen aus, dann ging es weiter bergab. Ich ließ mich mit aller Kraft auf Magantillikens Fuß hinunterfallen, hüpfte ein paarmal in die Höhe. Es gab einen Knacks. Anscheinend hatte mein Gewicht mehrere Knochenbrüche verursacht.

Das Toben des Verwundeten erfüllte die Zentrale mit einem Geräuschorkan, dann wurde ich vom Fuß des Riesen geschleudert. Magantilliken riss das Bein hoch, umklammerte den Fuß und bewegte er sich nur noch humpelnd vorwärts. Er gab seine Jagd auf mich jedoch nicht auf. Im Gegenteil. Mit unermüdlicher Verbissenheit kniete er nieder und suchte den Boden Zentimeter für Zentimeter ab.

Ich rannte neben dem Schaltpult entlang. Hatte ich nicht die falsche Richtung erwischt, musste ich die Kammer mit den Notvorräten erreichen. Meine hastigen Sprünge hinterließen eine Perlenschnur von winzigen Einbrüchen in der Bodenfläche. Ich war höchstens noch neun Millimeter groß. Wenn sich der Vargane nicht gerade herunterbeugte, konnte er mich nicht mehr sehen.

Du schaffst es nicht bis zu den Lebensmittelvorräten, warnte mich mein Extrasinn. *Du musst jetzt in völlig anderen Maßstäben denken. Was vorher ein paar Meter waren, sind für dich nun mehrere hundert. Warte ab, bis sich der Vargane beruhigt hat. Verstecke dich in der nächstbesten Ritze!*

Die Spalte zwischen Schaltpult und Bodenfläche war mit Schmutz gefüllt. Ich folgte der Empfehlung meines Extrasinns und stürzte mich in die nächste Vertiefung. Dann dachte ich daran, dass Magantilliken nur meine winzigen Fußspuren zu suchen brauchte, um mich zu finden. Also kroch ich vorsichtig wieder aus der Spalte. Der Staub hing wie ein dichter Pelz an meiner schweißverklebten Haut. Ich achtete nicht darauf, presste mich an die Sockelleiste des Schaltpults, verlagerte mein ganzes Gewicht auf eine möglichst große Fläche und kroch wie ein Wurm mit der ganzen Körperlänge weiter. So gab es wenigstens nicht die verräterischen Fußmulden. Ich verharrte für eine Weile regungslos. Mein Körper klebte förmlich an der Sockelleiste des Schaltpults.

Wie ein flammender Speer schoss der Schraubenzieher aus der Höhe herab, es gab ein Klirren und Schrammen, als er sich in die Schraubenfassung hinter mir bohrte. Er kratzte voll brutaler Kraft mehrmals in der Öffnung hin und her. Stahlspäne flogen davon, dann löste sich die Schraube.

Magantilliken will ganze Arbeit leisten, schoss er mir durch den Kopf. Plötzlich löste sich die Sockelleiste. Das aluminiumfarbene Metall, das bisher unter Spannung gestanden hatte, wölbte sich nach außen. Dahinter wurden Kabelbündel und breite Verankerungen sichtbar.

Das Innere des Schaltpults!, rief mein Extrasinn. *Deine letzte Chance! Der Vargane hat dir unfreiwillig geholfen.*

Bevor Magantilliken die Ritze wieder zuklemmen konnte, war ich in der Finsternis des Schaltpults verschwunden.

3.

Atlan: *In meiner Kehle brannte die Trockenheit; ich fühlte mich niedergeschlagen, weil keine meiner bisherigen Fähigkeiten genügte, um auch nur einen Schritt zu machen. Ich konnte mich zwar ungehindert bewegen, aber alle Versuche, vom Fleck zu kommen, schlugen fehl. Ich fluchte unterdrückt.*

Unter mir lag die rötliche Ebene. Sie war flach und leer, wenn man von den geheimnisvollen Säulen absah, die sich aus ihr erhoben und im Himmel verschwanden. Falls sich der Begriff »Himmel« hier überhaupt anwenden ließ. Denn inzwischen war mir klar geworden, dass ich mich weder auf einem Planeten noch in einer Art Weltraum befand. Doch ich hätte es schlimmer treffen können – immerhin gab es hier Sauerstoff oder ein damit vergleichbares Gas. Jedenfalls konnte ich atmen. Oder bildete mir ein zu atmen. Oder …

Nach wie vor schwebte ich in einer Höhe von drei- bis vierhundert Metern. Der Gluthauch eines stetigen Windes strich über meinen Körper und trocknete meine Kehle noch mehr aus. Abermals versuchte ich, meine Position zu verändern. Nach einer Weile gab ich es auf. Es schien, als sei ich trotz der Schwerelosigkeit in der Luft festgeschweißt. Es war mir unerklärlich …

Das ist weder unerklärlich noch unverständlich, *meldete sich der Logiksektor.* Es ist nichts weiter als das Beharrungsvermögen deiner gewaltigen Masse.

Natürlich, das war die Lösung! Ich hätte von allein darauf kommen müssen. Dass ich es nicht tat, lag wohl zum überwiegenden Teil daran, dass mein Bewusstsein einem Chaos ausgesetzt gewesen war, als ich in den energetischen Sog zwischen den Kontinua geriet. Abermals überfielen mich die Erinnerungen.

In der Mikrowelt des SKORGONS: 3. Prago der Prikur 10.498 da Ark

Es gab nirgendwo einen Anhaltspunkt, an dem ich meine Größe hätte messen können. Die Wunderwelt des Allerkleinsten hatte mich aufgenommen. Zeitweise hatte ich das Gefühl, mein Schrumpfungsprozess sei zu Ende. Zumindest aber vollzog er sich jetzt langsamer. Waffen konnte ich jetzt nur noch aus den Drähten herstellen. Wenn ich nicht in der starken Spannung verschmoren wollte, brauchte ich einen Isolationsschutz. Den erfüllten provisorische Fäustlinge aus abgerissenem Isoliermaterial.

Grimmiger Hunger wühlte in meinen Eingeweiden. Ich schob ein Stück Gummimasse zwischen die Zähne. Das Kauen auf dem stinkenden Zeug beruhigte meine Magennerven für eine Weile. Ich musste unbedingt in die Vorratskammer kommen. Aber in welche Richtung musste ich gehen, um die Kammer mit dem Notvorrat an Wasser und Nahrungskonzentraten zu erreichen? Tontalang irrte ich jetzt schon durch das Halbdunkel der Instrumentenkonsole. Von draußen wummerten die Schläge des Varganen herein. Magantilliken suchte Heng und mich immer noch.

Von dem Mascanten hatte ich nichts mehr gesehen. So schnell würde ich den Mann auch nicht wieder sehen, waren wir beide doch nichts weiter als zwei winzige Insekten in einem viele Kilometer großen Bezirk. Vermutlich war Heng an unserem Seil in die Tiefe geklettert, während Magantilliken hinter mir her war. Hatte Heng die Vorratskammer heil erreicht, würden wir uns irgendwann vielleicht wieder begegnen. Dann würde einer von uns sterben. Dessen war ich mir ganz sicher. Freiwillig würde er niemals auf die Lebensmittel verzichten. Heng war auch nicht der Typ, der mit anderen teilte.

Ich wandte mich dem nächsten Kabel zu. Im Halbdunkel erkannte ich eine matt schimmernde Metallspange, die etwa zehn verschiedenfarbige Drahtbündel umschloss. *Daraus lässt sich allerhand nützliches Werkzeug herstellen*, dachte ich und spie das Gummistück aus.

Kurz entschlossen löste ich die Spange von den Drahtbündeln ab, bog das eine Ende des herausgelösten Stücks herum und stemmte mich dagegen. Glücklicherweise war der Kabelmantel nicht allzu dick. Ich schaffte es, mir in kurzer Zeit einen widerstandsfähigen Gürtel und mehrere Behälter daraus zu formen.

Geschützt von meinen isolierenden Fäustlingen, öffnete ich eine Leitung. Ich musste aufpassen, dass ich den daneben liegenden Draht nicht ebenfalls freilegte. Wenig später blinkte der blanke Draht vor mir. Mit Hilfe eines scharfen Metallstücks spaltete ich ihn auf, musste ein paarmal erschöpft Pause machen. Hunger und Durst setzten mir immer stärker zu. Aber ich durfte nicht schlappmachen. Der Gedanke, dass Amarkavor Heng irgendwo »in der Nähe« war, verlieh mir neue Kräfte.

Ich wollte den Mörder meines Vaters nicht ungeschoren davonkommen lassen. Das Ergebnis der aufreibenden Arbeit waren fünf scharfe Drahtstücke, die ich als Schwerter, Speere oder Keulen verwenden konnte. Ein kurzes Drahtstück steckte ich mir in den Gürtel. Die anderen klemmte ich in den köcherartigen Isolationsbehälter, den ich mir über die rechte Schulter schwang. Ich bedauerte es außerordentlich, dass sich mein Blaster nicht ebenfalls verkleinert hatte. Dann hätte ich mich wesentlich wohler gefühlt. Lebte Heng noch, hatte er sich garantiert auch Waffen angefertigt.

Ich marschierte, wie ein barbarischer Krieger gerüstet, durch das Halbdunkel. Endlich erreichte ich die Wand, die mir ein Ende der Schaltkonsole anzeigte. Aber welches Ende? War ich am Personenlift oder an der Verteilerwand für Ersatzteile angekommen? An der Wand mit den nötigsten Ersatzteilen für die Schaltkonsole würde ich auch die Vorratskammer mit konservierten Lebensmitteln finden.

Es war nicht besonders schwer, durch die Spalten der Sockelleiste ins Freie zu kommen. Ich blinzelte ins Licht der Deckenbeleuchtung. Einen Horizont erkannte ich nicht. Dafür dehnte sich der Zentraleboden in der Art einer Stahlwüste bis in die milchig werdende Ferne.

Ich hatte mich immer gefragt, was Insekten eigentlich von ihrer Umwelt wahrnahmen. Jetzt erhielt ich einen Eindruck davon. Alle mir vorher bekannten Umweltreize vermischten sich zu einem ständigen Geräuschmantel, in dem einzelne Laute nicht mehr unterscheidbar waren. Die Welt war riesig und unerhört weiträumig. Hätte ich nicht gewusst, dass dies nur die Zentrale eines sechzig Meter langen Raumschiffs war, ich hätte es für einen

Planeten gehalten. Neue Wahrnehmungen erfüllten meine Sinne. Die vorher gewohnte Regelmäßigkeit der Strukturen – Kanten und Flächen der Schaltfronten – war einer skurrilen Unregelmäßigkeit gewichen.

Ritzen voller Staub bildeten die nähere Umgebung. Ein Haar lag wie ein schuppiger Riesenwurm quer im Weg. Dahinter wölbten sich Staubfussel zu einem bizarren Gewächs empor. Ein Kratzer im Sockel des Schaltpults nahm meinen ganzen Sichtkreis ein. Ich eilte über die rissige Fläche und erreichte die quer zum Schaltpult riesig emporragende Wand.

Du bist an der richtigen Stelle, bestätigte der Extrasinn meine Vermutungen. *Die Wand, hinter der Ersatzteile und Notvorräte lagern.*

Ich wusste, dass sich die Vorräte in kleinen Kühlkammern direkt über dem Boden befanden. Das erleichterte mir die Arbeit natürlich sehr. Ein paar »Meter« über mir befand sich ein mächtiger Plastikstreifen. *Die Türdichtung der Vorratskammer!* Ich kletterte über den Bodensockel und krallte mich in das Isolationsmaterial.

In der Kammer ist es ziemlich kalt, sagte mein Extrasinn. *Die Vorräte werden bei einer Temperatur gelagert, die nur knapp über dem Gefrierpunkt von Wasser liegt.*

Die Nahrungskonzentrate und die dünnen Würste mit Synthesebrei waren zuvor mit konservierenden Strahlen behandelt worden. Das erübrigte ein Tiefgefrieren der Nahrungsmittel. Außerdem sollte das Frischwasser jederzeit benutzbar sein. Mit dem dolchartigen Fragment löste ich die Isolationsschicht unter der Tür, arbeitete mich wie ein Wurm vorwärts. Die Brocken ließ ich achtlos in die Tiefe fallen. Ein normal großes Wesen wie Magantilliken würde sie mit bloßem Auge nicht sehen.

Dann war ich durch. Ein erfrischender Luftstrom kühlte mein schweißnasses Gesicht. Aber es war gar nicht so kalt, wie ich zuerst vermutet hatte. Vielleicht täuschte ich mich auch. Der Hunger schien jedes Gefühl in mir ausgeschaltet zu haben. Eine Art Lähmung machte sich in mir breit. Das Innere der Vorratskammer wurde von einem schwachen Dämmerlicht erhellt. Die Isolationsstreifen ließen einen Teil des Zentralelichts durchschimmern. So brauchte ich wenigstens nicht blind durch die Kammer zu stolpern. Die Wände ragten wie gigantische Bergmassive auf. Irgendwo im Hintergrund stapelten sich die Nahrungsbehälter.

Plötzlich zuckte ich zusammen. Mein nackter Fuß hatte etwas Schleimiges berührt. Ein hässlicher Geruch stieg mir in die Nase. Plötzlich bewegten sich kleine, buckelartige Auswüchse im Halbdunkel. Die Dinger waren nicht ganz halb so groß wie ich. Ein grüner Schimmelpelz bedeckte ihre kugelförmigen Körper. Augen besaßen sie meines Erachtens nicht. Dafür wuchsen ihnen lange, elastische Tentakel aus der Seite. Mehrere Saugmünder thronten auf ihren Oberseiten.

Parasitär entartete Kleinstlebewesen, gab mir der Extrasinn zu verstehen. *Das Kühlsystem ist defekt. Es wird immer wärmer. Ein Teil der Lebensmittel dürfte bereits verdorben sein. Die Parasiten haben sich unter diesen Bedingungen rasch vermehrt.* Die Dinger kamen in breiter Front auf mich zu, bewegten sich lautlos auf einer Schleimschicht, die ständig erneuert wurde. Drei dieser »Schleimgleiter« blieben ein paar Meter vor mir stehen, zuckten mit ihren Tentakeln neugierig vor meiner Nase herum. Einer berührte mich. Ein unangenehmes Kribbeln bereitete sich an der Kontaktstelle aus. *Ihr Körperschleim enthält Verdauungssekrete.*

Ich schlug mit dem Drahtschwert zu. Der Fühler zuckte wie vom Blitz getroffen zurück. Im gleichen Augenblick gingen die anderen Wesen in Angriffsstellung über. Sie berührten sich gegenseitig mit ihren Fangarmen. Sicherlich tauschten sie auf diese Weise Reizinformationen aus. Völlig lautlos formierten sich die Schleimgleiter zu einer breiten Front, bildeten mehrere Reihen hintereinander. Dann rückten sie auf mich zu.

Zurück konnte ich nicht. Bis ich mich durch das Isolationsmaterial gegraben hätte, wäre ich von den Parasiten längst verdaut worden. Links ragte eine Kühlwand empor. Ich stieß einen Angriffsschrei aus, der mehr zu meiner eigenen Anspornung diente, ergriff den längsten Draht, hielt ihn wie eine Lanze und stürmte vorwärts. Die Spitze war gezackt und schimmerte hell.

Jetzt berührte ich die ersten Schleimgleiter. Der Speer durchbohrte den hässlichen Leib. Ich riss ihn heraus und zerfetzte den Schimmelpelz eines anderen Wesens. Eine grünliche Flüssigkeit ergoss sich über den Boden. Es stank bestialisch. Augenblicklich kam Bewegung in die Front der Schleimgleiter. Die Wesen produzierten unaufhörlich Gleitflüssigkeit. Es war ein ständiges Rutschen und Gleiten, während sie mich einkesselten.

Vier oder fünf konnte ich mit der Lanze erledigen. Die zuckenden Körper hinderten die anderen am Fortkommen. Außerdem löste das grünliche Körpersekret die Gleitschicht auf. Ich machte ein paar Schritte vorwärts. Meine Füße brannten wie Feuer. Kam ich nicht bald an die Wasserbehälter, würde sich mir die Haut in Fetzen von den Beinen lösen.

Zwei Tentakel umschlangen plötzlich meine Brust. Ich ließ den Drahtspeer fallen und zog den Dolch. Blitzschnell zertrennte ich den ersten Fangarm. Den anderen zerriss ich mit bloßen Händen. Inzwischen war ich über und über mit der grünen Körperflüssigkeit der Parasiten besudelt. Zum Glück konnte ich mich nicht selbst sehen. Mein Anblick hätte mich wahrscheinlich entsetzt.

Trotz des immer stärker werdenden Brennens versuchte ich, auf der Gleitflüssigkeit davonzurutschen. Das erste Mal stürzte ich kläglich zu Boden. Ein Parasit war sofort zur Stelle und wollte seinen Saugmund über mich stülpen. Ich zog mich an seinem Schimmelpelz hoch und verpasste ihm eins mit dem Dolch. Dann rutschte ich auf der Gleitflüssigkeit zwischen den unruhig hin und her wogenden Parasiten weiter. Ich musste mehrfach um die Balance kämpfen, wich den Biestern aus und kam mir dabei wie ein Eiskunstläufer vor. Meine Begeisterung über diesen Erfolg verdrängte sogar das Schmerzen und Brennen meiner Füße.

Links von mir ragte ein wurstähnlicher Behälter auf. Ich hielt an und wäre beinahe gestürzt.

Ein Konzentratbehälter mit vitaminhaltigem Brei, signalisierte der Extrasinn.

Genau das Richtige, dachte ich und schritt ohne Zögern auf das Gebilde zu. Es lag wie ein Raumgleiter vor mir, dem die Seitenstabilisatoren abmontiert worden waren. Normalerweise waren diese Portionen mit einem Happen zu verschlingen. Es waren konzentrierte Kraftpäckchen, die einem Raumfahrer in Not über das Schlimmste hinweghalfen. Jetzt konnte ich vermutlich Jahre davon leben. Aber ich war nicht der Einzige, der Gefallen an der Vitaminwurst gefunden hatte. Die Plastikhaut, die man nur aufzureißen brauchte, um den Brei herauszudrücken, war an mehreren Stellen aufgebrochen worden.

Zuerst erkannte ich nur einen breiten behaarten Kopf. Im Halbdunkel verschmolz das Ding nahezu völlig mit den Schatten der Umgebung. Als seine Punktaugen aufleuchteten, wusste ich, dass die Unruhe mir galt. *Larven eines Wurms, die soeben im Vitaminbrei ausgeschlüpft sind.*

Der wackelnde Kopf schob sich rasch aus der Öffnung in der Plastikhaut. Ihm folgte ein geringelter Körper, der an vielen Stellen mit Härchen bedeckt war. Im Nacken des Monstrums, das für mich etwa fünf Meter lang war, ragten hin und her pendelnde Fühler auf. Ich hatte immer noch nichts gegessen. Was meinen Hunger betraf, befand ich mich ja in bester Gesellschaft. Die sich rasch vermehrenden Parasiten würden bald um jeden Brocken der verdorbenen Nahrung kämpfen.

Der Wurm konnte mich sehen. Sein Kopf drehte sich sofort nach mir um, als ich auf den riesigen Plastikbehälter zustürmte. Solange mich das Biest nicht angriff, war mir alles gleich. Ich wollte nur schnell ein paar Bissen hinunterschlingen. Das Zeug war warm und klebrig. Ich riss die Plastikhaut etwas weiter auf. Im näheren Umkreis sah ich keine Wurmlöcher. Schnell schob ich mir ein paar Brocken in den Mund. Es schmeckte scheußlich. Aber das war mir egal. Je mehr ich von dem Brei in mich hineinstopfte, desto müder wurde ich. Die Anstrengungen der vergangenen Tontas forderten ihren Tribut. Aber ich durfte dem Schlafbedürfnis nicht nachgeben. In dieser feindlichen Umgebung wäre das mein sicherer Tod gewesen.

Ich stützte mich schwer auf einen Drahtspeer. Mit einem Plastikfäustling wischte ich mir den Brei aus den Mundwinkeln. Ich hätte im Stehen einschlafen können. Das wäre sicher auch geschehen, hätte sich nicht neben mir plötzlich die Plastikhaut aufgewölbt. Zuerst ignorierte ich die größer werdenden Beulen. Als jedoch die Plastikhaut aufriss und sich mehrere Zangen zeigten, kam ich rasch zur Besinnung. Ich ließ einen Nahrungsbrocken fallen und packte die Drahtlanze fester.

Zehn Würmerlarven schoben sich aus dem Plastikbehälter heraus. Ihre Kopfzangen klapperten unablässig. Es dauerte nicht lange, bis die Ungeheuer sich in voller Größe ins Freie geschlängelt hatten. Sie waren nach meinem derzeitigen Größenverhältnis etwa fünf Meter lang. Fielen sie alle auf einmal über mich her, war ich erledigt. Ich musste versuchen, sie einzeln und der

Reihe nach abzuwehren. Als der erste Wurm auf mich zuschnellte, hoch ich den Drahtspeer. Das Biest bewegte sich durch ruckhafte Seitwärtszuckungen vorwärts. Sein Körper war dunkel und schimmerte wie gegossenes Erz. Das Schwanzende bestand aus einem geschwungenen Horn. Als ich die glänzende Spitze sah, wusste ich, dass die Kreaturen damit irgendein Gift verspritzen konnten.

Ihr Panzer ist sehr widerstandsfähig, warnte mein Extrasinn. Mein Speer schnellte durch die Luft, erwischte die Kopfpartie des ersten Angreifers und rutschte klirrend ab. Ich musste mich irgendwo verstecken. Diese Würmerlarven waren nicht so leicht zu besiegen wie die Schleimgleiter. Aber für eine Flucht war es schon zu spät. Der erste Wurm reckte seinen hässlichen Kopf hoch und wollte mir die Brust mit den Zangen zerquetschen. Haarscharf vor mir schnappten die tödlichen Zangen zu. Beim Rückwärtsspringen verlor ich den Halt. Ein paar schleimige Nahrungsbrocken ließen mich davonrutschen.

Als ich wieder hochkam, waren die anderen Zangenwürmer schon da. Ich schmetterte dem einen mein Drahtschwert vor die Kiefer. Das schien keinen nachhaltigen Eindruck zu machen. Der Wurm kam immer näher. Rechts drängte mich ein anderer ab, schnappte mit seinen Zangen nach mir. *Keine Zeit zur Panik*, signalisierte mir der Extrasinn. *Wenn du einen tötest, fallen die anderen vielleicht über ihren Artgenossen her.* Das war reine Beruhigungspolitik, die meine innere Stimme da mit mir trieb. *Jetzt*, kam der Impuls. *Stoß mit dem Speer zu! In die Augen!*

Ich rammte den Drahtspeer mit meinem ganzen Gewicht in den Schädel des schwarzen Wurmes. Es gab ein hässliches Geräusch, als der Panzer barst. Das dunkle Körpersekret kam in ruckhaften Schüben und besudelte den Boden. Das Tier blieb wie vom Blitz getroffen stehen und rührte sich nicht mehr. Die anderen mussten dem toten Artgenossen ausweichen. Ein paar saugten das Körpersekret vom Boden auf. Ansonsten ignorierten sie den Artgenossen. Dafür hatte ich jetzt wenigstens zwanzig Würmer auf dem Hals.

Ich sah mich hastig um, musste ein Versteck finden. Auf die Plastikwurst hinaufzuklettern hatte keinen Sinn. Ich war viel zu schwer, wäre sofort in das weiche Material eingebrochen. Ob ich dann noch genügend Bewegungsfreiheit zur Abwehr der Würmer gehabt hätte, wagte ich zu bezweifeln. Deshalb ergriff ich die Flucht in die Finsternis.

Die Würmer folgten mir, schienen in der Finsternis gut sehen zu können. Die riesige Ebene des Vorratsraums verschluckte mich. Das Rascheln der Hornleiber bildete eine entnervende Begleitmusik. In unregelmäßigen Abständen funkelten die Punktaugen auf. Es war wie in einem Albtraum, aus dem man nicht aufwachen kann. Ich rannte immer weiter. Mein Atem ging rasselnd. Ich hörte, wie sich der Boden unter mir spaltete. Haarfeine Risse und längliche Mulden begleiteten meine Flucht. Dann hörte ich das Tröpfeln und Glucksen.

Die Kühlleitungen sondern Flüssigkeit ab, durchzuckte es mich. Bevor ich mich entscheiden konnte, in diese oder jene Richtung weiterzulaufen, gab es einen fürchterlichen Knall. Unter mir zerbarst eine schmale Metallplatte. Im Trümmerregen der abgeschlitterten Bodenteile rutschte ich in einen tiefen Schacht. Mein Sturz dauerte höchstens ein paar Augenblicke, dann schlug fauliges Wasser über meinem Kopf zusammen.

Meine Zunge war dick angeschwollen. Es machte mir überhaupt nichts aus, dass das Wasser stank. Ich feuchtete meine aufgesprungenen Lippen damit an und trank einen Schluck. Ich war halb wahnsinnig vor Durst. Es tat entsetzlich weh, als das Wasser die ausgedörrte Kehle hinunterlief. Trotzdem beherrschte ich mich und trank langsam weiter. Als ich wieder einigermaßen klar denken konnte, wusste ich auch, wo ich gelandet war.

Vor den Kühlleitungen gab es mehrere Absaugröhrchen. Hier versickerte die Ablaufflüssigkeit und wurde unter einem dünnen Plastikrost verdunstet. Winzige Kapillarröhrchen führten auch ins Freie. Ich wollte es aber noch nicht wagen, mich diesem Labyrinth anzuvertrauen. Um durch die Röhrchen ins Freie zu gelangen, musste ich wenigstens auf die Größe von unter einem Millimeter geschrumpft sein.

Oben war es still. Von den Würmern sah ich nichts mehr. Hatten sie die Jagd aufgegeben, nachdem ich in den Schacht gestürzt war? Vorsichtig machte ich mich an den Aufstieg. Meine Hände zitterten. Hatte ich mich überanstrengt? Selbstverständlich. Möglicherweise erlebte ich soeben die ersten Vergiftungserscheinungen. Im brackigen Wasser wimmelte es von Krankheitserregern. Ich wusste nicht, wie sich diese Keime auf meinen geschrumpften Organismus auswirkten. Würden sie meinen Leib sprengen, während ich weiterschrumpfte? Oder verkleinerten sie sich, einmal aufgenommen, ebenfalls? Überhaupt: Wann endete die Verkleinerung? Endete sie überhaupt? In wirren Visionen sah ich mich bereits gegen die Krankheitserreger ankämpfen – ein winziger Atlan im mörderischen Gefecht gegen Bakterien …

Dass meine Abwehrkräfte nachließen, erkannte ich allerdings schon an meiner erhöhten Körpertemperatur. Ich lauschte auf das Kratzen und Scharren der Würmer. Aber da war nichts mehr. Ich zog mich an den rissigen Bodentrümmern hoch, achtete nicht darauf, dass die schrundigen Metallflächen meine Brust blutig schrammten. Schließlich erreichte ich den Boden. Ich musste schwer atmend ausruhen. Vor meinen Augen wirbelten finstere Flocken wie ein heftiges Schneetreiben. Ich spürte das Blut in meinen Schläfen pochen. Als ich den Kopf hob, blickte ich in die Punktaugen eines Riesenwurms.

Das Biest wollte mich mit einem Schlag seiner Kieferzangen töten. Wie viel Kraft noch in meinem fiebergeschüttelten Körper steckte, wurde mir im Augenblick der tödlichen Gefahr schlagartig bewusst. Ich sprang mit einem Satz auf die Beine. Meine Muskeln spannten sich. Irgendwelche Waffen besaß ich nicht mehr. Knapp vor meinem Schlüsselbein schnappten die Zangen klirrend zusammen. Der klebrige Saft aus dem Saugmaul bespritzte mich.

Ich packte entschlossen zu. Meine Hände umschlossen die Zangen. Ich machte die aufklappende Bewegung mit und spannte meine Muskeln unter mörderischer Anstrengung an. Der Wurm war ungeheuer stark. Aber ich hielt stand, hoffte auf die Masse meines Körpers. Schweißperlen liefen mir das Gesicht hinunter und vermischten sich mit dem Sekret des Wurms. *Nur nicht nachgeben*, hämmerte es in meinem Innersten. *Nur nicht nachgeben!*

Ich musste an die Geschichte Ras denken. Der Barbar hatte gegen den Himmelsstier der Goldenen Göttin zu kämpfen versucht. Seine Erzählung stand plastisch vor meinem geistigen Auge. Plötzlich kam ich mir wie der Barbar vom grünblauen Planeten vor. Die Zangen des Riesenwurms waren nun Stierhörner. Diese

Vorstellung verlieh mir Riesenkräfte. Ich stemmte die Zangen langsam auseinander. Dazwischen wurden die zuckenden Mundorgane sichtbar. Alles in mir sträubte sich gegen die Vorstellung, von diesem Maul aufgesogen zu werden. Ich verstärkte meinen Druck auf die Kopfzangen des Wurmes. Lange hielt ich diese unglaubliche Anstrengung nicht mehr aus.

Jetzt fing das Biest an, mit dem Kopf zu wackeln, versuchte mich beiseite zu reißen. Noch schaffte es das nicht, weil ich mit meinem gewaltigen Gewicht wie festgeschmiedet auf der Stelle verharrte. Aber wie lange noch? Ich stieß einen Schrei des Zorns und der Ohnmacht aus, spannte meine Arme, riss die Zangen auseinander und ließ halb betäubt los. Der mächtige Kopf des Wurmes pendelte haltlos hin und her. Die Zangen waren von dunklem Körpersekret überflutet, zuckten noch ein paarmal auf und nieder.

Ich hatte gesiegt.

Doch der Wurm war längst nicht tot, sondern wälzte sich mit einer Schnelligkeit auf mich zu, die ich ihm nicht zugetraut hätte. Ich sprang zur Seite und versetzte dem wulstigen Leib einen heftigen Tritt. Hinter mir gähnte der Schacht. Der Wurm hielt genau darauf zu. Ich versetzte ihm noch einen Tritt, so dass er die Richtung nicht ändern konnte. Er stürzte krachend in die Tiefe. Unten erstarben seine Bewegungen. Bis auf das Gluckern des Schmelzwassers war es totenstill.

Die Wand war aus meiner derzeitigen Sicht mindestens zweihundert Meter hoch. An ihrer Seite erleichterten regelmäßige Metallnoppen das Klettern. Ich wusste, was in diesen Behältern aufbewahrt wurde. *Wasser! Frisches, keimfreies Wasser.*

Die Trockenheit in meiner Kehle machte sich wieder schmerzhaft bemerkbar. Das Fieber hatte mich ausgedörrt, der Kampf gegen die Parasiten mich bis zum Letzten ausgelaugt. Ein Wunder, dass ich hier noch hochklettern konnte. Mehrere Stangen ragten aus der Behälterwand. Ich knickte sie ab und schob sie mir in den Gürtel. Ich legte eine Hand über die andere, sah weder in die Tiefe noch nach oben. Ich kletterte wie ein Roboter weiter, dachte auch nicht mehr an das frische Wasser, das mich wieder zu Kräften bringen würde. Ich dachte nur ans Klettern, wunderte mich nicht einmal darüber, dass die winzigen Erhebungen des Wasserbehälters mein Gewicht aushielten, ja dass der einseitig belastete Zylinder nicht einfach umfiel.

Ich musste den toten Punkt erreicht haben. Das absolute Nichts. Den Augenblick der Selbstaufgabe. Jeder andere hätte in dieser Situation Schluss gemacht. Ich verlor jede Zukunftsperspektive, lebte nur noch für den nächsten Augenblick. Für den nächsten Klimmzug. War ich nicht schon längst gestorben? Und zwar in jenem Augenblick, in dem ich in den Wirkungsbereich des maahkschen Zwergenmachers geraten war …

Du darfst dich nicht mit solchen Gedanken quälen, raunte mein Extrasinn. *Das bringt dich nicht weiter. Kannst du mit absoluter Sicherheit sagen, dass mit dem Schrumpfungsprozess alles zu Ende ist? Gibt es nicht auch in dieser Sphäre einen Neubeginn?*

Ich lachte lautlos und hielt mit dem Klettern kurz inne. *Einen Neuanfang?*, dachte ich belustigt. *Was ist das für ein Leben in dieser Umgebung? Ich bin allein. Umgeben von stummen, hungrigen Parasiten, mit denen niemals auch nur eine Andeutung von Verständigung zu erreichen ist. Nein, das ist kein Leben für mich, den Kristallprinzen von Arkon.*

Ich wollte mich fallen lassen. Einfach die blutenden Hände von den Plastiknoppen lösen, ein letztes Mal Atem holen und dann in die Tiefe stürzen. Es waren sicher schon hundert Meter, die ich überwunden hatte. Ein ganz anständiger Sturz! Aber ich wollte noch nicht sterben. Eine geheimnisvolle Kraft hielt mich am Leben. Sie flüsterte mir zu, dass in der Zukunft noch große Aufgaben meiner harrten. Was das für Aufgaben waren, konnte ich mir nicht vorstellen. Ein Weiterleben schien mir nur dann sinnvoll, sofern ich wieder meine normale Größe erhielt. Aber das schien aussichtslos zu sein.

Ich verkleinerte mich noch immer. Hatte meine Handfläche zu Beginn dieser wahnwitzigen Kletterpartie noch die Hälfte der Plastiknoppen bedeckt, so überdeckte sie jetzt nur noch knapp ein Viertel. Ich hatte also die Millimetergrenze erreicht. Ich, Atlan, war nur noch einen Millimeter groß. Ich wollte meine Verzweiflung in das graue Nichts hinausschreien, aber welchen Sinn hätte das noch gehabt? Niemand hätte mich gehört. Niemand!

Ich spürte, dass Augensekret über meine Wangen lief. Ich schämte mich meiner Tränen nicht. Vermutlich war ich der erste Arkonide, der den Schrumpfungsprozess so lange bei klarem Verstand erlebte. Nein! Ich dachte an die Gehirne an Bord des maahkschen Schlachtschiffes. Ich war nicht der einzige Arkonide, der unter dem Trauma seiner kontinuierlichen Schrumpfung litt. Außer mir und diesen unglücklichen Raumfahrern hatten die Maahks garantiert noch viele andere Versuchspersonen verkleinert. Ich empfand ungeheure Wut auf die Methans, wünschte mir nichts sehnlicher, als einem von diesem Wasserstoff atmenden Ungeheuern zu begegnen und es zu töten.

Der Wulst des Wasserbehälters war das letzte Hindernis, das ich noch zu überwinden bereit war. Ich schlang meine Arme um das Material und krallte mich fest. Lange Augenblicke hing ich über einem Abgrund. Ich spürte die Kraft, die mich in die Tiefe zerren wollte, sah, wie sich das Material, an dem ich hing, durchbog – wenngleich längst nicht so stark, wie es meinem vollen Körpergewicht entsprochen hätte. Reduzierte sich nun auch mein Gewicht? Oder war es ein erstes Anzeichen dafür, dass sich das vermeintliche Hyperfeld mehr und mehr schloss und mich ganz aus dem Standarduniversum reißen würde?

Ich wusste es nicht, stemmte mich mit einem Arm hoch, presste das Kinn auf die Plastikunterlage und kam Stück für Stück hoch, bis ich an den Deckel des Behälters stieß. Plötzlich lag ich keuchend auf einem etliche Meter breiten Boden. Dahinter gähnte die riesige Öffnung des Wasserbehälters. Ich zog mich langsam näher an den Rand heran, stellte mir das Labsal vor, wenn ich den Kopf in das köstliche Nass stecken konnte. Ich würde in tiefen Zügen trinken und alles um mich herum vergessen. Ich schloss die Augen und gab mich dieser Vision hin.

Aber als ich mit der hohlen Hand Wasser herausschöpfen wollte, war da nichts als Dunkelheit. Ich stöhnte unterdrückt auf. Der Wasserspiegel hatte sich durch Verdunstung gesenkt. Die bewegungslose Fläche befand sich ein paar hundert Meter unter mir. Aber im Innern des Behälters konnte ich nicht klettern. Hier gab es keine Noppen. Verzweifelt schlug ich mir mit den Fäusten gegen die Stirn. Noch einmal würde ich nicht von dem Behälter klettern können, um ganz unten die Behälterwand aufzustemmen. Ich war erledigt. Völlig fertig. Ich sah nicht einmal die feuchten Fußabdrücke. Ich sah überhaupt nichts mehr. Ich verlor die Besinnung. Neben mir ging es über tausend Meter steil abwärts; tausend Meter, die vermutlich bald das Zehnfache betragen würden …

Mit dem Erwachen kehrten auch die Schmerzen zurück, die Durst und Hunger in meinem geschundenen Körper hervorriefen. Ich wusste überhaupt nichts mehr, kroch über den Rand des Plastikbehälters. Als ich beinahe abgerutscht wäre, kehrte ein Teil meiner Erinnerung zurück. Ich verzog mein Gesicht, als ich den Abgrund erblickte. Dann wischte ich mir die verkrusteten Augenlider frei. Stöhnend drehte ich mich zur Seite. Ich wollte aufstehen, aber meine Beine schmerzten zu stark. Ein Knie war angeschwollen.

Der Rücken war ein einziger Wundherd. Die Haut war blutig und an vielen Stellen von den Verdauungsfermenten der Würmer entzündet. Ich tastete mir übers Gesicht. Beulen und Schrammen bedeckten die Haut. Meine schulterlangen Haare waren verklebt. Ich fühlte mich wie gerädert. Mit letzter Kraft löste ich einen Plastiksplitter aus dem Boden; meine wunden Finger umschlossen die Waffe – denn plötzlich sah ich eine Gestalt.

Ich erstarrte. Jetzt bewegte sich wieder etwas. Die Gestalt kam gebückt auf mich zu.

Amarkavor Heng, schoss es mir durch den Kopf. Er hatte ebenfalls den Weg in die Vorratskammer gefunden, war auch durch die Front der Würmer gekommen. Ich kniff die Augen zusammen und erwartete den Mann regungslos. Für Augenblicke war ich froh darüber, endlich wieder einen Gesprächspartner gefunden zu haben. Die Einsamkeit in der Welt des Kleinen war unerträglich. Ich wollte endlich wieder mit einem anderen Arkoniden reden. Gemeinsam ließ sich das Schicksal der Schrumpfung besser ertragen.

Aber dann erinnerte ich mich wieder an das Trennende zwischen uns. Heng war der Mörder meines Vaters – einer von fünf Verbrechern, die den Imperator von Arkon in die Falle gelockt hatten. Kalte Wut stieg in mir hoch. Nein, diesen Bastard würde ich nicht schonen. Jetzt war der Augenblick der Abrechnung gekommen.

Er blieb fünf Meter vor mir stehen. »End… endlich habe ich den Kristallprinzen gefunden«, stammelte der hagere Mann. »Jetzt kann ich seinen Kopf holen. Orbanaschol wird mich reichlich belohnen …«

Der Kerl ist endgültig wahnsinnig geworden, durchzuckte es mich. *Er hat vergessen, dass er nicht mal mehr einen Millimeter groß ist. Er will nur meinen Kopf haben.*

Der messerscharfe Metallstab blitzte auf. Das war das Zeichen zum Angriff. Ich schlug eine Rolle und kam ein paar Meter weiter auf die Beine. Hengs Waffe schrammte über den Plastikboden und hinterließ eine tiefe Kerbe.

»Ich brauche den Kopf des Kristallprinzen! Orbanaschol hat es befohlen. Ich brauche deinen Kopf.« Heng wiederholte diese Sätze immerfort. Seine Augen starrten mich fiebrig an.

»Wir beide werden Orbanaschol niemals wiedersehen!«, rief ich laut. »Wir werden rettungslos im Mikrokosmos verschwinden. Für uns gibt es keine Rückkehr mehr. Wir sind verloren, sind ganz allein.«

»Nein«, tobte Heng, »wir sind nicht allein! Die Wachflotte Orbanaschols kreist über dem Metallplaneten. Wenn die Nacht vorüber ist, werde ich den Kopf des Kristallprinzen abliefern.«

Ich verzichtete auf eine Antwort. Heng war tatsächlich wahnsinnig geworden, hielt die Umgebung der Vorratskammer für die Oberfläche eines Planeten. Jetzt schwang er eine Seilrolle in den Händen, hielt die Schlinge über seinem Kopf und versetzte sie in Kreiselbewegung. Ich musste ihr zuvorkommen. Hatte er mich erst mal in der Schlinge, konnte er mich jederzeit köpfen.

Die Schlinge schnellte durch die Luft. Heng quittierte meinen Angriff mit einem Hohnlachen. Ich riss den Plastiksplitter hoch und wollte zuschlagen, als mich die Schlinge am Handgelenk erwischte. Ich taumelte, fand aber rechtzeitig die Balance wieder. Der Stab polterte auf den Boden, überschlug sich und rollte über den Rand in den Abgrund. Heng riss mich zu sich heran. Ich schlug mit der Linken zu. Meine Rechte steckte immer noch in der Schlinge. Aber Heng wich aus, trat mir in den Unterleib. Ich ging stöhnend zu Boden. Sofort hob der Mann seine Waffe, um mir den Kopf abzuschlagen.

»Nein!«, schrie ich – und stürzte mich in die Tiefe.

Hinter mir verhallte Hengs enttäuschtes Gebrüll – bis mich ein schmerzhafter Ruck auffing. Ich pendelte mehrmals hin und her. Unter mir war es dunkel. Ich hing am Seil, dessen Schlinge weiterhin mein rechtes Handgelenk umspannte. Die Schulter war taub. Ein eigenartiges Ziehen ging durch meinen ganzen Körper. Mit den Zähnen schnappte ich nach dem Seil. Heng wollte mich hochziehen. Unter mir schwappte die Wasserfläche des Trinkbehälters. Jetzt wusste ich, was ich zu tun hatte. Heng sollte mich nicht noch einmal erwischen. Ich sah, wie sich das Seil über meiner blau angelaufenen Hand dehnte. Es war an einer Stelle bereits ganz dünn und stand unter der enormen Spannung, die mein Gewicht verursachte.

Ich schnappte wieder mit den Zähnen zu und malmte mit den Kiefern. Plötzlich gab es den ersehnten Ruck, ich fühlte mich schwerelos, dann stürzte ich mit den Beinen voran in die Tiefe. Schwimmen konnte ich nicht. Erstens hinderte mich das schmerzende Schultergelenk daran, zweitens war ich viel zu schwer. Ich sank wie ein Stück Blei in die Tiefe.

Der Aufschlag war hart. Ich verursachte sogar einen Einbruch im Boden des Behälters, der mindestens einen halben Meter tief war. In Wirklichkeit vielleicht einen Millimeter. Um mich gurgelte das Wasser. Es nahm mir den Atem und legte sich schwer auf meinen Körper. Trotzdem konnte mich der Wasserdruck nicht töten. Meine ungeheure Masse rettete mir erneut das Leben.

Neben mir ragte die schwarze Wand des Behälters in die Höhe. Nahm ich alle mir noch verbleibenden Kräfte zusammen, konnte ich es vielleicht noch eine Zentitonta aushalten. Dann würde ich ertrinken. Meine rechte Schulter schmerzte. Unfähig zu schwimmen, gab es für mich nur einen Ausweg: Ich musste durch die Behälterwand brechen. Ich biss die Zähne zusammen und lehnte mich gegen die federnde Wand, stemmte mich mit meinem ganzen Gewicht dagegen. Grelle Sonnen explodierten in meinem Innersten. Ich hustete und stieß den letzten Rest der kostbaren Luft aus meinen schmerzenden Lungen.

In meinem Gehirn begann sich eine lähmende Leere breit zu machen. Plötzlich schoss Wasser gurgelnd an mir vorbei. Ein Riss verbreiterte sich rasch. Der Druck der Wassermassen würde nicht ausreichen, mich mitzureißen. Ich war zu schwer. Aber der Riss verbreiterte sich, so dass ich mich hindurchzwängen konnte. Hustend kam ich hoch, doch das ausströmende Wasser war in Wirklichkeit nur ein Rinnsal. Nahrungsbröckchen stauten die Flut. Das Gurgeln schien eine Ewigkeit zu dauern, bevor es verstummte und sich die Stille des Todes wieder über die stählerne Ebene legte.

Ich kam auf den Knien hoch, schnappte keuchend nach Luft, schrie laut auf. Das Echo verlor sich irgendwo in der Finsternis. Es dauerte fast eine Tonta, bis ich wieder einigermaßen zu Kräften gekommen war. Dann stand ich auf und sah zum Wasserbehälter hinauf. Plötzlich stutzte ich. War das nicht Heng, der dort in die Tiefe kletterte? Ich sah genauer hin. Tatsächlich! Der Arkonide hangelte sich langsam in die Tiefe. Bald hatte er den Boden erreicht. Jetzt sprang er die letzten Meter. Das Poltern seines Aufkommens war bis zu mir zu hören.

Ich stand auf und wartete auf den letzten Kampf. Es würde einer ohne Waffen sein, nackt. Wenn es nicht anders ging, würde ich diesen Wahnsinnigen auch mit bloßen Händen erledigen. Nur einer von uns würde in der Welt des Kleinen weiterleben. Und dieser Erkenntnis trug ich Rechnung, als ich den Näherkommenden anrief. »Halt, Amarkavor Heng! Hier bin ich.« Wasser spülte um meine Knöchel. Das kühle Nass linderte die Schmerzen meiner wunden Haut. »Hierher, Heng!«

Er rannte schreiend auf mich zu. Ich wartete nicht auf den ersten Zusammenstoß, sondern ging dem Näherstürmenden langsam entgegen. Dann war es so weit. Heng schlug zu. Ich empfing ihn mit einem Dagortritt, der seinen Körper erschütterte. »Mörder … jetzt bist du dran!«

Er schluckte. Ich nahm an, dass er in seinem Wahnsinn nichts mehr wahrnahm. Trotzdem rammte er mir sein Knie in den Magen. Obwohl mir die Luft wegblieb, packte ich seinen Arm. Nicht weit entfernt ragte ein scharfer Span aus dem Boden. Mit aller Kraft drängte ich den Mann in diese Richtung …

Hengs Körper entspannte sich. Ich stand auf und sah nachdenklich auf den Sterbenden hinunter. *Ist es das wirklich wert gewesen? Der zweite Mörder, den ich getötet habe. Zuerst der Blinde Sofgart und nun Amarkavor Heng.*

Er konnte mir nichts mehr sagen. Seine Stimme erstickte in einem Blutschwall. Ich wandte mich ab. Es war endgültig vorbei. Ein Rauschen und Tosen ließ mich herumfahren.

Heng vergrößert sich rasend schnell!

Er war bereits zehnmal so groß wie ich. Sein Körper drückte mich rasend schnell zur Seite. Ein Blutstropfen raubte mir den Atem. Unter mir bebte es. Der Fleischberg wurde riesig. Er füllte den eigentlich winzigen Vorratsraum, ließ die Verriegelung bersten und rutschte in die Zentrale des SKORGONS, wo Magantilliken überrascht aufsprang …

4.

Atlan: *Es war das Letzte, was ich von der Makrowelt bemerkte. Ein Blutschwall, der aus dem Mund Hengs schoss, riss mich endgültig in die Unendlichkeit des Mikrokosmos. Ringsum war ein rotes Glühen und Wabern. Seltsames Brausen erfüllte die Umgebung.*

Das ist nicht mehr Amarkavor Heng, *sagte mein Extrasinn zu den geheimnisvollen Leuchterscheinungen.* Heng ist wieder normal groß geworden, du aber verkleinerst dich weiter. Du bist für das Standarduniversum zu klein geworden. Das normale Raum-Zeit-Gefüge kann dich nicht mehr halten.

Was kann mich dann überhaupt noch halten? *Ich wusste es nicht. Verzweifelt um mich schlagend, sackte ich auf ein riesiges Nebelfeld zu. Aus mehreren Einbrüchen kam rötlich lohendes Wabern. Schrecklicher Lärm und dampfartig aufsteigende Nebel brodelten scheinbar aus dem Nichts hervor. Das Letzte, was ich noch bei vollem Bewusstsein erlebte, war mein Sturz in das leuchtende Etwas hinein. Dann verlor ich das Bewusstsein …*

Im Mikrokosmos: 3. Prago der Prikur 10.498 da Ark

Ich riss mich zusammen. Mein vordringlichstes Problem lag darin, herauszufinden, wie ich meine momentane Situation ändern konnte. *Ohne fremde Hilfe wird dir das kaum gelingen*, kommentierte der Logiksektor meine Lage treffend. *Weißt du, dass du unwahrscheinliches Glück gehabt hast? Stell dir vor, du wärst nicht von diesem »Antigravfeld« aufgefangen worden, als du in dieses Kontinuum einbrachst!*

Vermutlich hätte ich mich wie ein Meteorit in die Ebene unter mir gebohrt. Kein sehr erfreulicher Gedanke. Ich wollte eigentlich gar nicht weiter über diese Problematik nachdenken, denn schon die Frage, wie die winzigen Muskeln meines jetzigen Mikrokörpers die alte Masse bewegen konnten, trieb mich fast zu Verzweiflung.

Oder ist das alles ein Denkfehler?, fragte ich mich. Zu Beginn des Schrumpfungsprozesses war meine mit der Umgebung interagierende Gewichtskraft zweifellos trotz der körperlichen Verkleinerung weitgehend konstant geblieben. Je mehr ich aber relativ zur

Umwelt schrumpfte, desto mehr musste sich das von dem Zwergenmacher erzeugte Hyperfeld geschlossen haben. Ich ließ die Ereignisse an Bord des SKORGONS nochmals Revue passieren und glaubte bei näherer Betrachtung etliche Hinweise darauf zu entdecken, dass in der Endphase meine Masse schwerlich noch konstant gewesen sein konnte.

Mein Normalgewicht unter Standardgravitation hätte beispielsweise keineswegs auf dem Rand des Wasserbehälters in der Vorratskammer platziert werden können, ohne dass der sofort umfiel. Letzteres war jedoch nicht geschehen. Ein anderer Aspekt waren die schon erwähnten Miniaturmuskeln meines winzigen Körpers. Unter normalen Umständen hätte ich mich um keinen Millimeter bewegen können. Das und viele weitere Kleinigkeiten machten mir klar, dass ich weit davon entfernt war, die mit dem maahkschen »Molekularverdichter« verbundenen Prozesse wirklich zu verstehen.

Ich wusste ja nicht einmal, inwieweit in meiner jetzigen Umgebung die Umschreibung »Verkleinerung« überhaupt zutreffend war, setzte das doch ein »im Verhältnis zu« voraus. Da ich die Umgebung jedoch als eigenständiges Kontinuum ansah, das *nicht* Bestandteil des mir vertrauten Standarduniversums war, nicht sein konnte, gab es auch keine Bezugspunkte, die ein »im Verhältnis zu« gestatteten. Sämtliche Wahrnehmungen waren rein subjektiv. Sah ich an mir hinab, wirkte mein Körper, wie ich es gewohnt war.

Nun ja, abgesehen von den diversen Wunden, die ich mir im Verlauf der vergangenen Tontas zugezogen habe, dachte ich selbstironisch. *Ich habe Hunger, Durst, fühle mich zerschlagen und spüre die Hitze auf der Haut. Aber schon die Tatsache, dass ich wie gewohnt atme, heißt eigentlich, dass ich mich irgendwie diesem Kontinuum angepasst habe – oder dieses Kontinuum mir? Oder …? Oder ist alles nur eine Vision? Ein Trugbild, bei dem mein Verstand Dinge »interpretiert«, die so gar nicht vorhanden sind?*

Ich seufzte. Der Schweiß brannte in meinen Augen. Ich kniff die Lider zusammen, blinzelte gegen das rote Glühen über mir – und bemerkte, dass sich ein rechteckiger Gegenstand vor einer dieser glühenden Nebelbänke abhob, der vorher noch nicht zu sehen gewesen war. Was war das? Ein Vogel? Noch während ich mir den Kopf zerbrach, tauchten weitere dieser Vierecke aus der Nebelbank auf. Ich sah genauer hin. Unter den rechteckigen Formen erkannte ich andere, kleinere. Verdrängtes Wissen kam mir in den Sinn.

»Unsinn!«, knurrte ich. »Es sind sicher Vögel!« Es klang in den eigenen Ohren nicht sehr überzeugend. Die »Vögel« kamen näher. Ich konnte bereits Einzelheiten erkennen, sah blaue und orangefarbene Vierecke – und die Erkenntnis traf mich wie ein Fausthieb. Es waren *Segler*, die da heranschwebten! Eine Sinnestäuschung? Die Neugier erwachte in mir. Gebannt beobachtete ich weiter. Immer mehr Einzelheiten schälten sich heraus. Über den vom heißen Wind geblähten »Segeln« schwankten dünne Masten, gekrönt von Beobachtungsplattformen, die zerbrechlichen Vogelnestern glichen. Die Rümpfe hatten rechteckige Formen, waren kiellos und wirkten eher wie radlose Wagenkästen denn Schiffsrümpfe. Es handelte sich um insgesamt sieben dieser seltsamen Luftfahrzeuge. Geräuschlos glitt die kleine Flotte vor dem Wind einher. Ich machte eine überschlägige Schätzung; wenn sie ihren jetzigen Kurs beibehielt, musste sie mich in einer Entfernung von etwas weniger als tausend Metern passieren.

Und erst in diesem Augenblick überkam mich das Paradoxe der Situation. *Eine Flotte von Seglern im Mikrokosmos?* Ich ertappte mich dabei, dass ich lachte. Ein merkwürdiger Laut in dieser stillen Welt. Gefolgt von dem Gedanken, dass eine scheinbar normale und vertraute Akustik kaum merkwürdiger war. War das alles nur ein Streich, den mir mein Verstand spielte? Gab es das alles wirklich? Wie lange war es her, seit ich die hoch technisierte Welt des Flottenstützpunktes Trantagossa verlassen hatte? Wie lange, seit ich mit dem Leben so gut wie abgeschlossen hatte, um in einem fremden Kontinuum neu geboren zu werden? Und nun begegneten mir gar schwebende Segler! Aber woher wusste ich, dass dies keine Illusion war? Selbstbetrug eines Bewusstseins, das …

Vorsicht!, warnte mein Extrasinn scharf. *Jetzt den Verstand zu verlieren, kannst du dir am allerwenigsten leisten!*

Erst jetzt erkannte ich, wie nahe ich einem geistigen Zusammenbruch war. Ich verstand urplötzlich, dass ich mich geradezu erschreckend verändert hatte. Ich stand wie unter einem Bann. Zu viel war innerhalb kürzester Zeit auf mich eingedrungen. Ein einfacher Sterblicher, selbst wenn er der Kristallprinz von Arkon war, musste hier hoffnungslos verloren sein. Dieses fremde Kontinuum entblößte einem die Seele und stülpte das Innerste nach außen. Nichts hier war klar, nichts schien vernünftig oder logisch zu sein.

Nimm dich zusammen, drängte der Logiksektor.

Ich zwang mich zur Ordnung, bemühte mich, analytisch zu denken. Die innere Disziplin meiner meditativen Schulung – Produkt der ARK SUMMIA – half entscheidend. Ich musste bis auf weiteres meine Wahrnehmungen als das nehmen, was sie zu sein vorgaukelten: ein Erkennen der Umwelt, denn etwas anderes blieb mir nicht übrig. Mochte das alles auch subjektiv gefärbt sein, etwas anderes stand mir nicht zur Verfügung.

Ich beobachtete weiter die fantastische Flotte der Segler. Mit Sicherheit wurde sie ebenso von einer starken »Gravoströmung« getragen wie ich. Einer der plumpen Segler löste sich aus dem Verband, vollführte ein kompliziert aussehendes Manöver, das ihn ins Schwanken brachte. Doch dann stabilisierte er seinen Kurs und glitt mit wachsender Geschwindigkeit in einem Winkel von fünfundvierzig Grad quer zur Hauptrichtung der anderen Segler heran.

Noch während ich dieses Manöver verfolgte, entstand eine Gedankenkette klar vor meinem inneren Auge. Eine Erinnerung gewann Gestalt. Auf einem Planeten am Rand des arkonidischen Imperiums gab es das Phänomen vergleichbarer gravomechanischer Felder ebenfalls; wie ein dichtmaschiges Netz umspannten sie ihre Welt, entstanden aus einer besonderen Kombination starker hyperenergetischer Strahlung der Sonne und reichhaltiger Hyperkristalle in der Planetenkruste. Das zeitigte Folgen bei der Anpassung von Fauna und Flora auf die gegebenen Verhältnisse. Während die Planetenoberfläche absolut leer war, spielte sich das Leben in der Atmosphäre ab, mit all seinen vielfältigen Erscheinungen.

Merkwürdiger Zufall. Mir wurde klar, dass über der endlosen Ebene dieser Welt die verschiedensten Hyperfelder wirksam sein mussten. Und noch etwas anderes wurde mir klar – man hatte mich entdeckt!

Der Gravosegler hatte mich erreicht, das Segel sank herunter. Eine Weile geschah überhaupt nichts, während ich das Gefühl hatte, genau beobachtet zu werden. Doch dann sprangen aus dem kastenförmigen, ungefügen Rumpf urplötzlich mehrere Körper und bewegten sich rasch auf mich zu. Ich konnte einen Laut der Überraschung nicht unterdrücken.

Was hast du erwartet?, machte sich mein Logiksektor spöttisch bemerkbar. *Etwa Arkoniden?*

Mit Mühe bekam ich meine Gedanken unter Kontrolle. Wieder einmal passierte alles zu schnell und ohne Übergang. Von einem Augenblick zum anderen sah ich mich mit einer völlig neuen und überraschenden Entwicklung der Dinge konfrontiert.

Was sich da geschickt und schnell in der Gravoströmung auf mich zubewegte, war ein halbes Dutzend Kreaturen, wie ich sie noch auf keiner Welt gesehen hatte; kegelförmige Wesen, etwa eineinhalb Meter groß – bezogen auf meine Körpergröße. Im oberen Drittel der spitzkegeligen Körper entsprangen drei dünne, biegsame und augenscheinlich gelenklose Arme, die in dreifingrigen Klauen endeten. Unter der Basis der Kegelwesen waren jedoch nur zwei kräftig wirkende Beine zu sehen, deren Enden eher Greifpfoten ähnelten. Die Mannschaftsmitglieder des Gravoseglers waren keineswegs als arkonoid zu bezeichnen, trotzdem wirkten sie keineswegs abstoßend. Sie boten sogar einen gewissen ästhetischen Anblick. Ihre Farbe war ein intensives Blau.

Sie hatten mich erreicht, schwebten um mich. Da ich nichts in ihren Klauen erkennen konnte, was als Waffen zu deuten gewesen wäre, kam ich zu der Ansicht, dass sie mir nicht feindlich gesinnt waren – zumindest vorläufig nicht. Ich ließ es auf einen Versuch ankommen.

»Willkommen«, sagte ich laut und deutlich, »wer immer ihr auch sein mögt.«

Die Reaktion war bemerkenswert. Zwischen den Armen öffneten sich Hautfalten, spitze Dreiecke von gelbroter Tönung, dann brach eine wilde Flut lang gezogener, wie von einem Blasebalg erzeugter Töne über mich herein. Ich verzog das Gesicht. Wie sollten wir zu einer Verständigung gelangen, falls das, was ich hörte, die akustische Verständigung der Kegelwesen war? Ich fühlte mich mehr als unbehaglich. Was hatte ich angerichtet? Vielleicht irgendwelche Tabus verletzt?

Unsinn, sagte mein Extrasinn kategorisch. *Es ist nur Verwirrung, Erstaunen oder Erregung, dass ein derart fürchterliches Wesen, wie du es in ihren Augen sicher darstellst, offensichtlich über eine Sprache verfügt. Wenn sie diese auch nicht verstehen können.*

Umgekehrt wird ein Stiefel daraus, dachte ich, während ich die Kegelwesen weiterhin aufmerksam beobachtete. Hatte mein Logiksektor nicht etwas von Augen gesagt? Richtig! Knapp unterhalb der Kegelspitze gab es ein fingerbreites Band von etwas hellerem Blau; unmittelbar unter der kristallin wirkenden Haut bemerkte ich Flecken mit einem dunklen Punkt in der Mitte. Ich hatte sofort den Eindruck, dass es sich um Sehorgane handelte.

Die Blasebalgtöne hatten aufgehört. Doch nach wie vor umkreisten mich die blauen Kegel. Ich hörte lediglich ab und zu ein helles Zwitschern. Führten sie möglicherweise eine Unterhaltung miteinander, die außerhalb meiner Wahrnehmungsschwelle lag? Es war nicht auszuschließen. Dann, wie auf ein geheimes Kommando, kamen sie auf mich zu, von links und von rechts, schlossen mich ein. Ihre klauenartige Hände packten mich. Das Sehband eines der Wesen wurde um einige Nuancen heller, als es sich mir zuneigte. Es barg, so viel hatte ich inzwischen herausgefunden, drei Augen. Im Moment sah mich nur eins an. Angesichts der Körpermerkmale war anzunehmen, dass die Zahl Drei bei diesen Wesen eine besondere Rolle spielte.

Wenigstens eine Übereinstimmung. Selbstironisch dachte ich an die drei Arkonwelten und daran, dass auch im Tai Ark'Tussan die Drei oder ihr Vielfaches von besonderer Bedeutung war.

Die schon bekannte Hautfalte zwischen den Armen öffnete sich, ein dreieckiger Mund produzierte einen schrillen Ton, der meine Trommelfelle zum Schwingen brachte. Bekanntlich machte der Ton die Musik. Hier war er unmissverständlich. Auch ohne ihre Sprache zu kennen, wusste ich, was er bedeutete: *Keinen Widerstand, sonst …*

Ich hütete mich. Ich war ihnen auf Gedeih und Verderb ausgeliefert – dachte ich, denn nach wie vor war ich unfähig, mich aus eigener Kraft vom Fleck zu rühren, während sie keine Mühe hatten. Mit vereinten Kräften schoben sie mich auf ihren Segler zu – und je näher ich ihm kam, umso deutlicher spürte ich, wie ich an Gewicht zunahm! Ein weiteres Phänomen?

Nicht unbedingt, ermittelte mein Logiksektor. *Du scheinst bei deinem sprichwörtlichen Glück ausgerechnet in einer Zone absoluter Schwerelosigkeit gelandet sein, als du in diesem Kontinuum auf-*

tauchtest. Nun gerätst du langsam in eine »normale« Gravoströmung.

Das mochte zutreffen. Es war, als bewegte ich mich auf der Oberfläche einer zähflüssigen Masse, in die ich nur bis zu einem gewissen Grad einsank. Als die Bordwand des Seglers vor mir aufragte, war ich bereits in der Lage, mich selbständig aufzurichten; ein Schwindel erzeugender Moment. Ich stand praktisch in der Luft auf etwas, das ich nicht sehen, sondern nur fühlen konnte. Weit unter mir lag die rot leuchtende Ebene mit ihren merkwürdigen Säulen. Nichts war in der Nähe, was ein Gefühl der Sicherheit geben konnte, abgesehen von dem Segler. Andererseits entstammte ich einer Zivilisation, in der Antigrav-, Traktor- und Prallfelder zum Alltag gehörten; diverse gravomechanische Anwendungen, die von künstlicher Schwerkraft über teilweiser oder vollständiger Gravoneutralisation wie in Antigravschächten bis hin zu beliebigen Vektorierungen reichten. Ich brauchte »nur« zu akzeptieren, dass hier statt technischer Aggregate die Natur diese Wirkungen erzeugte.

Meine Hände ergriffen die Bordwand. Mit einem Ruck zog ich mich hoch, schwang mich ins Innere. Als ich aber auf dem Deck aufkam, geschah es. Eine unwiderstehliche Macht packte mich, presste mir den Atem aus den Lungen und schmetterte mich aufs Deck. Grelle Lichter wirbelten vor meinen Augen, als mein Kopf auf sehr schmerzhafte Weise mit einem harten Gegenstand Bekanntschaft machte. Ich vernahm ein Ächzen und Reißen, ein Splittern und Krachen. Etwas gab ruckartig nach: Ich war durch den Boden des Seglers gebrochen!

Ich fiel nicht weit. Nach einigen Metern bremste ein »dichteres« Kraftfeld meinen Sturz, ich hing in der Luft. Über mir konnte ich die Rumpfunterseite des Gravoseglers sehen. Und das Loch, das ich geschlagen hatte, als ich unbedachterweise von der Bordwand ins Innere gesprungen war. Ich hatte vergessen, welches Gewicht ich hier auf die Waage brachte.

Nicht unbedingt richtig, kommentierte mein Extrasinn, *aber im Augenblick die einfachste Erklärung dieses Vorgangs. Vergiss nicht: Du bist ein Fremdkörper in diesem Kontinuum. Das bedeutet, dass noch mehr Schwierigkeiten auf dich zukommen werden.*

Davon war ich überzeugt! Wollte ich nicht noch mehr unliebsame Ereignisse heraufbeschwören, musste ich mich mit mehr Umsicht bewegen, als ich es bislang getan hatte. Plötzlich konnte ich ein Lächeln nicht unterdrücken. Die Besatzung des Gravoseglers hatte sich um den ausgezackten Rand des Loches versammelt und starrte zu mir herunter. Die Augenbänder waren ganz hell geworden – offenbar ein Zeichen ihrer Erregung. Ich sah gestikulierende Arme, hörte aufgeregte und schrille Trompetenstöße.

Wie es aussah, hatte ich sie ziemlich in Rage gebracht. Doch dann entwickelten sie lebhafte Aktivitäten. Mehrere Besatzungsmitglieder sprangen durch das Loch und stießen auf mich herab wie Raubvögel auf eine wehrlose Beute. Über die Heckbordwand schnellte ein Seil, dessen Ende mir unter den Armen hindurch um die Brust gelegt und verknotet wurde. Dergestalt angeleint, wurde mir klar, dass sie beabsichtigten, kein weiteres Risiko einzugehen. Ein Loch im Boden schien ihnen genug zu sein. Ich würde meine Reise *unter* dem Segler antreten. Ohne weiteres Zögern setzten diese Kegelwesen die Fahrt fort – und mich schleppten sie als gewichtiges Anhängsel hinterdrein.

Dank des Extrasinns war ich in der Lage, meinen eigenen Zeitsinn zu entwickeln, der unabhängig von den jeweils herrschenden Zyklen funktionierte. Ich wusste, wann wieder eine Tonta vergangen war, und deshalb war ich sicher, dass nicht mehr als vier Tontas vergangen sein konnten, seit man mich angebunden hatte. Ob ich allerdings so ohne weiteres die Zeitbegriffe des Makrokosmos in diesen »Mikrokosmos« übertragen konnte, musste ich zu einem späteren Zeitpunkt herausfinden. Obwohl ich mir durchaus bewusst war, dass ich mich in einem anderen Kontinuum aufhielt, empfand ich diese Umwelt als normal. Ich dachte von Körpern in Maßen, wie ich sie gewohnt war, Größen- und Zeitbegriffe waren für mich subjektiv gleich geblieben.

Ich hatte Hunger und Durst, weiterhin schmerzten die Wunden. Nichts hatte sich verändert. Ich hing nach wie vor hinter einem Gravosegler, der den Schluss der kleinen Flotte bildete. Noch immer segelten wir über der Ebene dahin, die manchmal unter glühenden Nebelbänken verborgen lag. Vorbei an den riesigen Säulen, deren Farbe ein intensives Schwarz war. Wie ein geometrisches Muster befanden sich in diesem Schwarz unregelmäßige Flächen von Silber. Allerdings kamen wir niemals nahe genug heran, dass ich genau erkennen konnte, was die Muster darstellten.

Vor etwa einer Tonta war das Seil ein Stück eingeholt worden; ich schwebte jetzt knapp unter dem Heck. Der Zweck war offensichtlich – man wollte mich möglichst genau studieren. Augenscheinlich war Neugierde ein Wesenszug, der auch »hier« seine Gültigkeit hatte, wo oder wann immer genau dieses »hier« sein mochte. Mit Sicherheit stellte ich so etwas wie eine Kuriosität dar. Sogar ich kam mir so vor, nackt, wie ich war. Nicht, dass mich dieser Zustand sonderlich störte. Aber man verletzte sich zu leicht ohne schützende Hülle.

Ich überdachte methodisch die Ereignisse. Fartuloon hatte mich gelehrt, dass vor der Bewältigung einer jeden Aufgabe deren geistige Durchdringung stand. Sorgfältige Gedankenarbeit machte sich immer bezahlt. Sie ersparte unvernünftige und kräftezehrende Aktionen, schloss Risiken aus und vereinfachte viele Probleme. Das war die harte Schule meines Lehrmeisters, in der ich dieses Verfahren gelernt hatte. *Zuerst das Problem der Verständigung*, dachte ich. *Es wird wohl das leichteste von allen sein.*

Während der Vorbereitungen zur Erlangung der ARK SUMMIA auf Largamenia, einer der insgesamt fünf zentralen Prüfungswelten, war ich grundsätzlich auf viele Situationen vorbereitet worden. Unter anderem auch auf das Problem, auf einer fremden Welt die Sprache der Eingeborenen ohne Hilfe von technischen Hilfsmitteln möglichst rasch zu erlernen. Das Verfahren war mir von einem Team psychologisch geschulter Linguisten und Semantikern beigebracht worden. Seine Feuertaufe hatte es schon lange hinter sich. Möglich, dass es sich auch hier als nutzbringend erwies.

Das wird die Arbeit der kommenden Pragos sein, dachte ich und sah zum Himmel, der sich wie eine rot glühende Decke über uns erstreckte. Die Luft war heiß. Ich schwitzte. Das lange Haar klebte mir im Gesicht. Ich hörte das Knarren der Taue, wenn der heiße Wind kurzzeitig auffrischte und die Segel schlagen ließ, vernahm tiefe Basstöne aus dem Schiff – offenbar Kommandos – und sehnte mich plötzlich nach jenem pulsierenden Leben zurück, wie es auf den zivilisierten Welten des normalen Raum-Zeit-Kontinuums anzutreffen war. Ich sehnte mich nach Artgenossen, nach Musik und Lichtern, nach Stimmen und Lärm, nach meinen Freunden. *Unendlich weit entfernt, das alles.*

Plötzlich trompetete mir jemand von rechts ins Ohr. Ich schrak zusammen, mein Kopf flog herum. Der blau schimmernde Kegel öffnete gleich zwei seiner dreieckigen Münder und wiederholte das fürchterliche Geräusch. Ich beherrschte mich und nahm an, dass er mich etwas gefragt hatte. Indem ich langsam die Hand hob und auf mich deutete, sagte ich akzentuiert: »Arkonide. Atlan.«

Für einen Moment wurde das kristallin glitzernde Sehband fast weiß. Unterhalb dieses der visuellen Beobachtung dienenden Organs erkannte ich weitere Öffnungen, kreisrund und augenscheinlich durch Ringmuskeln zu verschließen. Geruchs- oder Gehörorgane? Ich wusste es nicht. Noch nicht.

Das Kegelwesen hakte eine seiner beiden Greifpfoten in das Seil und stimmte ein Sechs-Millitonta-Konzert an, das aus einer scheinbar willkürlichen Aneinanderreihung von Moll-Akkorden zu bestehen schien. Ich schüttelte den Kopf. »So geht das nicht, mein Freund«, sagte ich betont. »Du scheinst in Harmonielehre nicht aufgepasst zu haben.«

Das Sehband verdunkelte sich wieder, glich sich dem herrschenden Blau des übrigen Körpers an. Dafür veränderte sich etwas an der Basis meines Gegenübers. Als ich genauer hinsah, merkte ich, dass der Torso etwa bis zur Hälfte wie ein großer Balgmuskel arbeitete. Dann stülpte sich der schon bekannte Dreiecksmund heraus und summte: »Hhhharrrrmmmmonnnnieeee.«

Ich stieß geräuschvoll den Atem aus. Was ich hier erlebte, war einzigartig. Es war der Versuch eines Wesens, völlig neue Lautsymbole zu prägen, Phoneme einer Sprache, die es bislang noch kein einziges Mal vernommen hatte. Gab es einen treffenderen Beweis für die Intelligenz der Blaukegel? Selbst die Herausstülpung des Mundes aus der Hautfalte war die Nachahmung meiner Lippenbewegungen.

»Ausgezeichnet, mein blauer Freund«, sagte ich. »Wenn wir beide uns etwas Mühe geben, werden wir zweifelsohne bald zu einer Verständigung kommen.« Einige Augenblicke herrschte Schweigen. Ich wartete, aber es kam nichts. Also hob ich wieder die Hand. »Ich Atlan.« Ich deutete auf meine Brust. »Atlan.«

Erneut überlief ein Zittern den Balgmuskel. Diente er der

Lauterzeugung? Wahrscheinlich, obwohl ich mich natürlich hüten musste, mir bekannte Begriffe so ohne weiteres zu transponieren.

»Iichchchatttlllannn«, summte der Kegel.

Für den Anfang nicht schlecht, wenngleich mein Gesprächspartner die Konsonanten überbetonte. Immerhin war es ein großer Schritt näher zur Verständigung. In diesem Augenblick wurden unsere Konversationsversuche jäh unterbrochen. Eine wahre Bassorgie erscholl vom Deck des Gravoseglers. Mein Gegenüber wechselte abrupt die Farbe, die Haut wurde von einem hellen Blau überlodert. Gestikulierende Schlangenarme, aufgeregtes Summen, unterbrochen von rollenden Trompetenstößen – ich bemühte mich verzweifelt, in allem einen Sinn zu erkennen, gab es aber bald auf.

Mit einem abschließenden Stakkato von Gesten und Lauten kehrte mein Gesprächspartner ins Schiff zurück. Dort entwickelte sich bereits eine fieberhafte Geschäftigkeit. Mit ihren kräftigen Greifpfoten erkletterten die Kegelwesen behände die Wanten, turnten über die Querstangen und befestigten Taue, an denen Gewichte hingen, so dass sie knapp über dem Deck endeten. Auch in den anderen sechs Gravoseglern rüstete man sich für ein mir im Moment noch unbekanntes Ereignis. Die Plattformen an den Spitzen der Masten wurden besetzt, Kommandos flogen zwischen den Schiffen hin und her. *Was bedeutet das alles?*

Kampf natürlich, belehrte mich mein Logiksektor. *Sieh nach hinten!*

Ich fuhr herum. Tatsächlich, hinter uns, zwischen zwei grellrot leuchtenden Wolkentürmen, tauchte eine Flotte von anderen Seglern auf. Sie kamen mit dem Wind direkt auf uns zu. Noch schien keine Gefahr zu bestehen; ich konnte nicht einmal die Besatzungen der verfolgenden Segler sehen. Ich musste sie schon vorher unbewusst aus den Augenwinkeln wahrgenommen haben; doch was meinem Wachbewusstsein entging, wurde dennoch vom Extrasinn registriert.

Die Jagd hatte begonnen. Daran bestand kein Zweifel.

Die Verfolger waren bis auf vierfache Schiffslänge herangekommen. Sie waren wesentlich schneller als die Segler, die mich aufgegriffen hatten. Und sie schoben sich langsam, aber unaufhaltsam näher. Vermutlich war die Relation von Segelgröße zur Last günstiger. Ich erkannte, dass sie zu dem großen Hauptsegel kleinere dreieckige Segel an Auslegern gesetzt hatten. Immer öfter schaute ich nun zurück. Sozusagen das Schlusslicht bildend, hegte ich gewisse Befürchtungen, die eindeutig meine Person betrafen. Ich befand mich an exponierter Stelle und überlegte fieberhaft, was ich im Falle eines Angriffs auf mein Leben tun konnte.

Wenig. Manchmal hatte mein Logiksektor eine brutale Art, die Dinge beim Namen zu nennen.

Inzwischen hatte sich die Position der Verfolger geändert. Sie waren ausgefächert. Offenbar wollten sie uns in die Zange nehmen. Genau im »Kielwasser« des Schiffes, an das ich angeleint war, segelte der größte Verfolger. Die Beobachtungsplattform an der Spitze des Mastes trug an einer dünnen Stange ein kreisrundes Zeichen. *Sicher ist es das Schiff eines Oberbonzen. Auch scheint es stärker bewaffnet und mit einer wesentlich größeren Mannschaft ausgestattet zu sein.*

Scharf beobachtete ich den Gravosegler. Hinter seiner Bordwand erkannte ich Keulen in den Klauen der Eingeborenen, Seilrollen, Enterhaken und kurze, dicke Rohre. Auf dem Achterdeck stand der Anführer. Ein breiter Gurt aus metallisch schimmernden Platten spannte sich um die Mitte seines kegelförmigen Körpers. Mit zwei seiner gelenklosen Arme umklammerte er das klobige Ruder der Windsteuerung. In den Klauen des dritten hielt er eine fürchterlich anzuschauende Waffe, eine geschwungene Klinge, die sich zur Spitze hin stark verbreiterte und mit vielen Widerhaken versehen war.

Ich starrte hinüber. Auch die Besatzung meines Seglers hatte sich inzwischen bewaffnet und kauerte hinter den Bordwänden. Der Verfolger kam näher und näher, versuchte, sich längsseits zu setzen. Aber unser Steuermann lenkte sein Gefährt mit großem Können und kleinen Ausschlägen des großen Windruders. Jedes Mal, wenn der Gegner sein Schiff näher an unsere Bordwände heranbringen wollte, wich er geschickt aus. Die beiden Schiffsführer trompeteten sich gegenseitig an; vermutlich die ortsüblichen Freundlichkeiten, die dem Kampf vorausgingen.

Unser Gegner hatte aufgeschlossen. Sein Bug lag jetzt in einer Linie mit unserem Heck. Langsam schob er sich höher und höher. Es dauerte einige Zentitontas, bis er an uns vorbeigezogen war und sich scheinbar entfernte. Ich durchschaute natürlich sofort die Taktik, legte beide Hände an den Mund und schrie: »Gebt Acht … er lockt euch in eine Falle!«

Ich hätte genauso gut gegen den Wind schreien können. Niemand beachtete mich, niemand verstand mich. Plötzlich liefen die Ereignisse rasend schnell ab. Das gegnerische Schiff schwang herum, legte sich schräg und setzte sich vor den Bug unseres Gefährts. Das Hauptsegel fiel – nur die kleinen Hilfssegel an den ausgelegten Stengen blieben im Wind –, und ehe jemand wusste, welche List da angewendet worden war, schrammte Bordwand an Bordwand.

Die Angreifer stimmten ein Triumphgeheul an. Enterhaken wurden in die Takelage geschleudert, wickelten sich um Leinen und Rahen. Kegelwesen erhoben sich hinter den Bordwänden, führten ein wildes Geschrei auf, das an defekte Sirenen erinnerte, schossen Bolzen aus den dicken Rohren, offensichtlich eine Art von Harpunen.

»Das glaubt mir niemand«, murmelte ich erschüttert. »Ein Piratenstück im Mikrokosmos …«

Ringsum waren die Besatzungen der Schiffe in wilde Scharmützel verwickelt. Bolzen heulten durch die Luft, schlugen krachend in die Bordwände oder Körper der Eingeborenen, die sich mit der Behändigkeit von Baumbewohnern an den vorher ausgespannten Seilen zwischen ihren Luftschiffen herumschwangen. Ich sah einen hellblauen Kegel, der mit einem Arm ein Lasso über sich kreisen ließ, während er sich mittels seines zweiten Armes selbst an einem Tau herüberschwang und dabei mit der Keule, die er in den Klauen seines dritten Armes hielt, einem an sich vorübersegelnden Gegner die Stelle zertrümmerte, die bei einem Arkoniden den Kopf darstellte. Inzwischen hatte er das Lasso zielsicher geschleudert; es wickelte sich um einen Verteidiger, der in den Wanten hockte und von dort aus mit seiner Harpune Bolzen auf Bolzen feuerte, und riss ihn herunter. Er stürzte zwischen beide Rümpfe, als die im gleichen Augenblick krachend aneinander rieben.

Es war ein Durcheinander von einzelnen Kampfaktionen, begleitet von infernalischem Lärm. Angreifer und Verteidiger trompeteten um die Wette. Ich überlegte verzweifelt, wie ich meinen Entdeckern helfen konnte, die mehr und mehr ins Hintertreffen gerieten. Dann trieb eine abgebrochene, etwa vier Meter lange

Rahe an mir vorüber, an der ein doppelt langer Rest von Segelleinen hing. Eine Idee durchzuckte mich, sofort ergriff ich die Rahe. Angesichts der Kraft, die mein Körper in diesem Kosmos vermutlich entfalten konnte, schien sie mir eine geeignete Waffe zu sein. Hastig wickelte ich mir das Ende der Leine ums Handgelenk, packte die Rahe wie einen überdimensionalen Speer, zielte und warf.

Meine Waffe zischte geradlinig durch die Luft und bohrte sich dröhnend in den Rumpf des angreifenden Seglers. Der überdimensionierte Speer verschwand etwa zur Hälfte im Innern, ehe sich das Seil straffte und an meinem Gelenk ruckte. Ich holte die Leine Hand über Hand wieder ein und visierte ein neues Ziel an. Durch den Zug, den die sich spannende Leine auf mich ausübte, wurde ich näher an das gegnerische Luftschiff herangetrieben. Und schon kam mir ein neuer Gedanke. Ich zerrte den Speer heraus, nahm ihn in beide Hände, legte ihn quer vor meinen Körper und stieß ihn weit von mir. Die Rahe schlug eine breite Bresche in die Reihen der Angreifer, wirbelte weiter und zertrümmerte die ausgespannten Stengen, an denen die Hilfssegel angeschlagen waren.

Jetzt war man auf mich aufmerksam geworden. Eine Gruppe verließ das Kampfgetümmel, das sich immer mehr zuungunsten meiner Entdecker entwickelte, und näherte sich mir. Ich zerrte an der Leine, um meine Waffe zurückzuholen, aber was ich dann schließlich in den Händen hielt, war nur noch ein trauriger Rest. Die Rahe war zerbrochen. Ich schwang das kurze Stück, das mir noch verblieben war, wie eine Keule und schlug wild um mich, als ich von allen Seiten attackiert wurde.

Aber diese erfahrenen Kämpfer waren so nicht zu beeindrucken. Sie blieben außerhalb meiner Reichweite, nachdem sie erkannt hatten, dass ich mich nur innerhalb einer ganz bestimmten Distanz bewegen konnte. Mein Widerstand war rasch gebrochen: Ein Lasso wickelte sich um meine Arme und schnürte sie zusammen, ein zweites legte sich um meinen Hals und schnürte mir den Atem ab. Dass sich ein drittes um meine Beine schlang, spürte ich schon nicht mehr. Eine Keule traf mich an der Schläfe, ich verlor das Bewusstsein.

Als ich langsam wieder zu mir kam, fand ich mich von den Piraten umringt. Ich stellte fest, dass meine Hände festgebunden waren und ein geflochtener Strick von einem Gelenk zum anderen verlief. Ich überlegte kurz, ob ich versuchen sollte, die Fesseln zu sprengen, ließ es aber sein. Mein Ziel hieß, in das Standarduniversum zurückzukehren. Das konnte ich nicht ohne Hilfe, deshalb musste ich das Vertrauen der Eingeborenen gewinnen, da mir jede Information über dieses Kontinuum fehlte. Mit wurde bewusst, dass ich zum zweiten Mal Mittelpunkt ungeteilter Aufmerksamkeit war. Die Piraten umdrängten mich, betasteten meine Haut und gaben ihrer Verwunderung mit tiefen Orgeltönen Ausdruck.

Sie werden dich als kurioses Ausstellungsstück verwenden und Eintrittsgeld verlangen, prophezeite die ironische Stimme meines Extrasinns.

Ich konnte nicht einmal lachen. Verdrossen ließ ich die Prozedur über mich ergehen, hatte dabei Gelegenheit, festzustellen, dass der Kampf vorüber war. Die Schiffe meiner Entdecker trieben in einiger Entfernung mit gekappten Masten und zerschlagenen Aufbauten von uns weg. Wer von den Besatzungen noch am Leben war, ging gewiss einer ebenso unbestimmten Zukunft entgegen wie ich. Ich atmete mehrmals durch und murmelte: »Verdammt!«

Die letzten Wracks verschwanden hinter rot glühenden Nebelbänken, die sich auftürmten wie gewaltige Gebirge. Nun waren die Piraten allein – und ich war in ihrer Gewalt. Sie sammelten ihre Toten und Verwundeten ein, brachten die Takelage der Schiffe in Ordnung und zurrten lose herumhängende Leinen fest. Alles sah nach Aufbruch aus. Vom Deck des großen Piratenseglers ertönte ein Ruf wie das Dröhnen einer Orgel. Das Signal für meine Wächter. Sie setzten sich in Bewegung, Wie sie es genau machten, hatte ich bis jetzt noch immer nicht herausgefunden, obwohl es für mich lebenswichtig sein konnte. Das Seil spannte sich, ich wurde mitgerissen. Sonderlich zimperlich verfuhren sie nicht mit mir. Wieder einmal stak ich bis zum Hals in Schwierigkeiten. Und ich hatte keinen Schimmer, wie es weitergehen sollte, welches Schicksal mich erwartete.

Wie eine skurrile Festung ragte der Gravosegler vor mir auf – und erneut änderte sich für mich die Szene. Ich begann zu sinken ...

Augenscheinlich bewegten wir uns durch eine Zone weniger starker Kraftfelder. Für die seltsamen Luftschiffe und ihre Besatzungen mochte diese Veränderung unbedeutend sein. Doch ich war ein Fremdkörper in dieser Welt, reagierte anders auf die unterschiedlichen Gravoströmungen. In diesem Moment wurde mir eins klar: *In diesem Kontinuum bringt mich jede Bewegung in größte Gefahr.* Als ich diesen Gedanken zu Ende gedacht hatte, wusste ich, dass ich Angst hatte. *Wie kann ich in dieser Umwelt überleben, ohne wahnsinnig zu werden?* Ich wusste es nicht.

Das Seil straffte sich, schnitt schmerzhaft in meine Haut. Ich schrie auf, als die Piraten versuchten, mich hochzuziehen. Glaubten sie, ich wollte ihnen entwischen? Mit vereinten Kräften gelang es ihnen, mich wieder ein Stück hochzuziehen. Doch dabei blieb es. Ein lebhafter Disput zwischen den Piraten im Schiff und meinen Bewachern setzte ein. Er hörte sich an wie ein atonales Konzert. Ich verstand zwar nichts, sah aber das Ergebnis der lautstarken Beratung.

Der Anführer rief einen Teil seiner Leute herbei und nahm unverzüglich die Vorbereitung dessen in Angriff, was beschlossen worden war. Aus den Stengen und der Hauptrah wurde eine Art Galgen errichtet, der über die Bordwand hinausragte. An die Spitze dieses provisorischen Ladebaums wurde eine abenteuerlich aussehende Konstruktion aus Ringen und Rollen gehängt. Seile wurden bereitgelegt und miteinander verknüpft. An einem Ende befestigte man so etwas wie einen Korb, das andere Ende zog man durch die Flaschenzüge. Ein weiterer Teil der Mannschaft griff zu, hielt das Seil, während zwei der Piraten mit dem Korb zu mir »herabtauchten«.

Meine Wächter bedeuteten mir mit Gesten, in diesen primitiven Fahrstuhl überzusteigen. In dem Augenblick, als sie das Zeichen zum Aufziehen gaben, ließen alle außer denen, die das Seil an Bord des Gravoseglers hielten, ihre Arbeit liegen und beugten sich neugierig über die Bordwände. Selten hatte ich ein interessierteres Publikum gehabt als diese blauen Kegel.

Der Flaschenzug begann zu kreischen und zu knarren, als sich das Tau spannte und ich hochgehievt wurde. Die primitive Konstruktion hielt mehr, als ich erwartet hatte. Dafür krängte allerdings der Segler immer stärker über. Als ich auf gleicher Höhe mit der Bordwand war, trieb er mit einer Schlagseite von mehr als dreißig Grad in der Gravoströmung. Lose Gegenstände kollerten über Deck. Allenthalben vernahm ich das tiefe Stöhnen und Orgelpfeifen, das, wie ich inzwischen herausgefunden hatte, Verwunderung und Staunen bedeutete.

Der laute Akkord eines Befehls erhob sich über alle anderen Töne. Ich wurde wieder abgeseilt. Offensichtlich hatte man eingesehen, dass es so nicht ging. Was dann folgte, hatte ich schon einmal erlebt; langsam bekam ich Übung darin. Das Seil wurde aus den Rollen gezogen und stattdessen an einem massiven Balken im Heck befestigt. Knallend entfaltete sich das Hauptsegel des Piratenschiffs. Der heiße Wind fuhr durch die Takelage und schob das Luftgefährt vor sich her. Die Piratenflotte nahm Fahrt auf. Und mich schleppte man als gewichtige Beute hinterdrein. Ich fragte mich, wie lange ich das noch aushalten würde.

Die Fahrt näherte sich ihrem Ende. Schon seit einer Weile hatte ich erhöhte Aktivität an Bord der Segler beobachten können, die mit dem normalen Arbeitsablauf nichts zu tun zu haben schien. Es entwickelte sich jene Hektik, die immer dann ausbrach, wenn ein Schiff den lang ersehnten Hafen anlief. Auf lautstarke Zurufe der Steuermänner hin wurden an Bug und Heck der kastenförmigen Rümpfe an Auslegern seltsame, gabelähnliche Konstruktionen errichtet, auf die ich mir keinen Reim zu machen wusste. Aber dass sich meine mehr oder weniger unfreiwillige Reise einem Ziel zu nähern schien, glaubte ich mit Sicherheit zu wissen.

Aus dem allgegenwärtigen roten Dunst, der nur eine maximale Sehweite von weniger als dreitausend Metern gestattete, tauchten wieder die schwarzen Gebilde auf. Pylonen gleichend, erhoben sie sich aus der Ebene und verschwanden weit über uns im wogenden Rot des Himmels. Aber nicht ihr Anblick war es, der mich sprachlos starren ließ, sondern der eines riesigen Felsens, der in rund fünf Kilometern Höhe – was der Fahrtebene der Gravosegler entsprach – frei in der Atmosphäre schwebte. Wie ein von Giganten emporgeschleudertes Artefakt; ich war fasziniert von der Monumentalität. Die gravomechanischen Felder, die ihn schweben ließen und verhinderten, dass er abstürzte, mussten immens sein.

Die Flotte der Piraten segelte zwischen zwei der Säulenpylonen hindurch, ich konnte sie links und rechts mehr ahnen als sehen, und richtete den Kurs auf den Berg. Sein Basisumfang war zu einer gigantischen Mole umgearbeitet worden, an der zahlreiche Segler »ankerten«. Darüber erkannte ich Toreingänge, Treppen, Durchbrüche, umlaufende Galerien – ein faszinierendes Bild. Und während der ganzen Zeit beschäftigte mich unausgesetzt die Frage, was diesen Felsen in der Luft verankerte.

Dann sah ich die dünne schwarze Linie, die aus dem Dunst hinter uns kam, an uns vorbei schnurgerade auf den Berg zulief. Eine vage Idee nahm in mir Gestalt an, ich blickte zur anderen Seite. *Tatsächlich!* Weit drüben, an Steuerbord, erkannte ich die gleiche gerade Linie. Ein Bild formte sich vor meinem inneren Auge: *Die Speichen eines waagrechten Rades. Die Nabe bildet die Felsenfestung. Von ihr reichen starke Taue zu den Endpunkten, den Säulen.*

Ich hätte zu gern gewusst, aus welchem Material diese Taue bestanden; sie mussten enormen Beanspruchungen standhalten.

Laute Kommandos erschollen auf den Decks der Schiffe; ich löste meinen Blick von dem grandiosen Bild. Der Konvoi zerfiel. Jedes Schiff strebte einzeln einem bestimmten Anlegeplatz zu. Der Gravosegler, an dem ich angeleint war, fiel leicht nach Backbord ab; winzige Ausschläge des Windruders bewirkten die Abdrift. Jetzt, als sich etwa vierhundert Meter vor dem Segler die Mole erhob, erklang wieder ein Kommando. Im gleichen Augenblick fiel das große Segel. Die Besatzung war hervorragend aufeinander abgestimmt. Langjährige Erfahrung im Umgang mit ihrem Schiff hatte sie genau den richtigen Zeitpunkt wählen lassen. Der Luftwiderstand bremste die Fahrt ab. Als das Gefährt die Mole erreicht hatte, genügte ein Handgriff, um den Segler zum völligen Stillstand zu bringen.

Die beiden gabelartigen Konstruktionen an Bug und Heck wurden an ihren Auslegern herabgelassen; die Gabeln passten genau über die steinernen Rundblöcke auf der Mole. Ein Rundholz wurde durch die Ösen in den Enden der Gabeln getrieben – und das Schiff lag sicher an seinen beiden Distanzhaltern. Während die Mannschaft noch ihren Segler festmachte, umringte mich meine Eskorte bereits wieder. Drohend blitzten die fürchterlich anzusehenden Schwerter; die Mündungen der Rohrwaffen, die ich als Harpunen einstufte, richteten sich auf mich.

Ich wurde aus dem Korb befreit, blieb jedoch gefesselt. Kegelwesen zerrten mich auf die Mole. Endlich hatte ich wieder festen Boden unter den Füßen, wenngleich der Begriff »Boden« relativ schien angesichts der Lage, die der Felsen in der Atmosphäre einnahm.

Über ein verwirrendes, ineinander geschachteltes System von Treppen und Galerien ging es höher und tiefer in den Berg hinein. Reger Verkehr herrschte allenthalben. Die Nachricht meiner Gefangennahme musste uns vorausgeeilt sein. Nun wollte verständlicherweise jeder einen Blick auf das *Ungeheuer* werfen, das die tapferen Piraten nach unsäglichen Mühen in ihre Gewalt gebracht hatten.

Nicht sehr schmeichelhaft für den Kristallprinzen des Tai Ark'Tussan, sagte ich mir.

Aber nachvollziehbar, kommentierte mein Logiksektor. *Jetzt bin ich fast sicher.*

»Worüber?«

Dass du als Ausstellungsstück der allgemeinen Öffentlichkeit zugänglich gemacht wirst.

Die Beleuchtung in den Gängen und auf den Treppen stammte von sanft glühenden Leuchtröhren. Sie waren etwa von der Stärke eines Männerschenkels und erreichten eine Länge von ungefähr zwei Metern. *Welch ein Widerspruch*, durchzuckte es mich. *Elektrizität und primitive Segler.*

Urteile nicht vorschnell!, flüsterte mein Extrasinn. Daraufhin machte ich mir die Mühe, eine der »Leuchtröhren« einer genaueren Betrachtung zu unterziehen. Was ich für elektrische Lampen gehalten hatte, waren in Wirklichkeit Lebewesen einer niederen Gattung, die das Licht durch eigene Stoffwechselvorgänge erzeugten.

Es ging weiter, treppauf, treppab. Ich fühlte mein Unbehagen zunehmen, je länger ich durch die Anlagen und Kavernen der Piratenfestung geführt wurde. Alles war außergewöhnlich und schwer verständlich für mich.

»Was kommt da auf mich zu?«, murmelte ich pessimistisch. Ich war müde, hungrig und durstig. Umstände, die meiner Laune mehr als abträglich waren. Meine Geduld wurde auf eine harte Probe gestellt. Irgendwann verzögerte ich absichtlich das Tempo, wandte mich an eins der neben mir gehenden Kegelwesen. Ärgerlich knurrte ich: »Wohin bringt man mich?«

Ich erwartete selbstverständlich keine Antwort; ich musste nur meinem Unmut irgendwie Luft machen. Dennoch bekam ich eine Antwort. Leider war es nicht die richtige. Ich sah die Keule gar nicht, die auf meinem Schädel krachte, dafür aber Sterne vor den Augen. Vor Überraschung und Schmerz aufschreiend, stolperte ich, ruderte wild mit den Armen, um einen Halt zu finden. Ein Lasso zischte heran, wickelte sich von hinten um meinen Hals, ein zweites kam von vorn. An beiden wurde kräftig gezogen; das hielt mich aufrecht, wenngleich auf Kosten der Sauerstoffzufuhr. Erst als ich keine Luft mehr bekam, handelte ich. Meine Hände packten zu, zerrissen beide Schlingen; ein weiterer Ruck, dann ich war meine Handfesseln los.

Die Kegel wichen unter einem atonalen Tuten zurück; ein tiefes Stöhnen und Orgeln, das mir bekannt vorkam. Ich hatte es in den vergangenen Tontas schon ein paarmal gehört und schluckte nervös. Mehr als ein Dutzend Harpunen richteten sich auf mich. Fieberhaft kramte ich in meinem Gedächtnis nach einer Möglichkeit, die mich lebend aus dieser Situation herausbrachte.

Erniedrige dich!, riet der Logiksektor. In mir war alles Ablehnung; ich war Kristallprinz. Ein zukünftiger Imperator von Arkon erniedrigte sich nicht. *Sehr lobenswert*, sagte die Stimme in mir. *Aber eine bescheidene Anmerkung: Dieser edle Charakterzug macht deinen Onkel überglücklich, denn er braucht dann deine Rache nicht mehr zu fürchten.*

Das gab den Ausschlag. Ich kehrte meine leeren Handflächen nach außen und sank langsam in die Knie. So verharrte ich demutsvoll – zumindest glaubte ich, so zu wirken. Bange Augenblicke verstrichen. Schließlich senkten sich die Harpunen. Ein Lasso fiel mir über den Kopf. Ich folgte dem auffordernden Ruck und stand auf. Während ich zwischen meinen fremdartigen Wächtern dahintrottete, beschäftigte mich die Überlegung, weshalb die Piraten auf meine einfache Frage derart rabiat reagiert hatten. Was mochte sie bewogen haben, mir eins über den Schädel zu ziehen?

Deine Stimme, teilte mir der Extrasinn mit. *Oder vielmehr der Unterton in ihr.*

»Erkläre!«, forderte ich.

Dieses Volk verständigt sich in einer Sprache, die du unter Vorbehalt als Musik bezeichnen würdest. So weit, so gut. Aber was du mit Mimik oder Gesten zusätzlich ausdrückst, fehlt diesen Wesen. Des-

halb drücken sie ihre Empfindungen ebenfalls mit Hilfe ihrer Musik aus. Dieser Balgmuskel dient vermutlich nicht nur der Resonanzbildung, sondern auch dem umgekehrten Zweck. Er fängt wahrscheinlich jene Schwingungen auf, die die jeweilige Gemütsverfassung des Gesprächspartners beinhalten. Und wie ein Dirigent heraushört, dass in der hintersten Reihe seines Orchesters das Baliset eine Mikrotonta zu spät einsetzt, so werden sie aus deiner Stimme mit Sicherheit deine Hintergedanken mitbekommen haben.

Eine erschöpfende Auskunft. Sie hatte den Vorzug, nach bestem Wissen abgegeben worden zu sein. Mein Extrasinn sammelte ständig sämtliche bewussten und unbewussten Wahrnehmungen, die meine Sinne erreichten, rechnete sie logisch durch und stellte sie in Relation zueinander. Das Ergebnis wurde mir in Form klarer Gedanken mitgeteilt. *Ausgezeichnet*, dachte ich. *Und weshalb hast du mich nicht rechtzeitig darauf aufmerksam gemacht?*

Erfahrungen sind dazu da, dass man sie macht, behauptete der Logiksektor mitleidlos.

Wieder einmal war ich Mittelpunkt des Geschehens. Ich stand mit verschränkten Armen inmitten der runden Arena und nahm mit wachen Sinnen die fantastische Umgebung in mich auf. Die stufenweise ansteigenden Ränge waren alle besetzt. Erwartungsvolle Spannung lag über der Szene. Vor wenigen Zentitontas erst war ich hier hereingeführt worden. Seitdem wartete ich. Zu meiner Linken war auf einem niedrigen Steinblock eine Reihe Waffen ausgelegt. Es wirkte wie eine Theateraufführung. Der Chargenspieler stand bereit, das Publikum erwartete fiebernd den Augenblick, da der Vorhang hochgezogen wurde und der Hauptdarsteller die Bühne betrat. Und das Stück war so alt, wie es vernunftbegabte Wesen gibt. Es hieß: *Kampf!*

Genau das ist es, was man von dir erwartet, bestätigte mein Extrasinn. *Ein Kampf, der dein weiteres Schicksal maßgebend beeinflussen wird.*

»Ich werde dafür sorgen, dass es weitgehend von mir bestimmt wird«, murmelte ich.

Mir gegenüber gab es eine Bewegung unter dem gewölbten Durchlass. Es war tatsächlich wie der Auftritt auf einer Bühne. Der Star erschien und wurde begeistert empfangen – wenn ich das lang gezogene Tuten richtig interpretierte. Ich sah einen Vertreter der Kegelwesen, der wesentlich größer war als seine Artgenossen. Das gewölbte obere Ende des Körpers reichte mir bis an den Scheitel. Seine Schlangenarme hatten die Stärke meines Unterarms. Ich sah Wellen darüber huschen; unter der blauen Haut bewegten sich enorm kräftige Ringmuskeln. Der sich nach unten stark verbreiternde Körper war mit Narben bedeckt. Es war sicher ein erfahrener Kämpfer – oder Gladiator? –, und nach allem, was ich während des Überfalls gesehen und erlebt hatte, scheuten diese Wesen vor keinem Risiko zurück.

Mein Gegner *glitt* auf seinen Greifpfoten – ich konnte diese Fortbewegungsart wirklich nicht als Gehen bezeichnen – auf den Steinblock zu. Er griff sich zwei dieser gekrümmten Schwerter, die mir schon während des Kampfes mit meinen Entdeckern aufgefallen waren. Ohne es zu wissen, kam er damit meinen Wünschen entgegen. Mit der dritten Klaue packte er eine Keule von beträchtlichem Ausmaß – was die Sache etwas komplizierte. Aber ich gedachte, auch damit klarzukommen. Dann trat der Gladiator zurück, nahm Aufstellung unter einer Sitzreihe, die in Art einer Loge errichtet war. Vermutlich saßen die Oberhäupter dieser Piraten darin.

»Jetzt du, Atlan von Arkon«, kommandierte ich leise. »Du wirst, um dieses Volk gebührend zu beeindrucken, eine Demonstration im waffenlosen Kampf abgeben.« Das hatte ich zwar nicht vor. Doch auf die Zuschauer musste es so wirken, als ich an den Steinblock trat und mir eine Lanze griff. An dem über zwei Meter langen Schaft war eine kleinere Version der Schwerter befestigt. Ich wog die Lanze in der Hand. Dann stemmte ich die mit Widerhaken versehene Spitze schräg auf den Boden und brach sie mühelos ab.

Ein ziehender Orgelton füllte das Amphitheater, das von zahlreichen Leuchtwürmern erhellt wurde, bis unter die felsige Kuppeldecke. Ich trat zurück und nahm gegenüber meinem Gegner Aufstellung; den Lanzenschaft nahm ich dabei in beide Hände und hielt ihn quer vor die Brust. Er war aus einem Material, das sich wie Metall anfühlte. Ich hoffte, dass es das auch war.

Durch die Zuschauer ging ein langes Stöhnen, als mein Gegner auf mich eindrang. Eiskalte Ruhe erfasste mich. Die blitzenden Klingen zischten durch die Luft; ich parierte sie mit zwei blitzschnell ausgeführten Halbkreisschwüngen der beiden Stabenden. Dann ging ich in die Ausfallstellung, der Kampfstock glitt durch meine Hände. Jetzt hatte ich nur das eine Ende gefasst, mit dem anderen zielte ich auf die Spitze meines Gegners und stieß zu. Alles in allem hatte die kompliziert aussehende Bewegung keine Millitonta in Anspruch genommen – und schon lag mein Gegenüber zum ersten Mal am Boden. Hoffentlich hatte ich meine Kraft nicht falsch berechnet und ihm den Schädel eingeschlagen. Schließlich hatte ich nicht vor, den Piraten zu töten.

Ich ging in die Ausgangsstellung zurück und verhielt mich abwartend. Mein Gegner war sofort wieder auf den Beinen. Da er keine Mimik im vertrauten Sinne besaß, konnte ich nicht feststellen, wie ihm die erste Niederlage schmeckte. Dass er allerdings nicht davon erbaut war, merkte ich an seinem zweiten Angriff – er wurde ungestümer vorgetragen. Er wollte mich überlisten und führte einen Schwerthieb von unten, den anderen von oben. Ich konnte ihn mühelos mit dem senkrecht geführten Schlagstock parieren. Seine Schwerthiebe zischten links und rechts an mir vorbei, und wir trafen krachend aufeinander. Es war, als sei er gegen eine Wand geprallt, stürzte zum zweiten Mal, aber noch im Sturz schlug er mit der Keule nach mir und traf meinen linken Oberarm.

Ich biss die Zähne zusammen. *Noch einmal wird dir das nicht gelingen*, schwor ich mir. Ich wartete, bis er wieder aufrecht stand, begann mit ihm zu spielen. Er hatte keine Chance. Er wusste nicht, dass ich mich unter Fartuloons Anleitung in den Trainingszentren Kraumons gegen fünf Schwertkämpfer zu verteidigen gelernt hatte. Mit nichts anderem bewaffnet als einem Kampfstock. Jetzt wandte ich nur einen kleinen Teil dessen an, was ich in langen, schweißtreibenden Trainingseinheiten gelernt hatte. Wahrscheinlich brachte ich den Kegelkämpfer zur Verzweiflung, weil er keinen einzigen Schlag mehr an den Mann brachte. Jeden Hieb lenkte ich ins Leere, ließ ihn auflaufen, brachte ihn zu Fall, nur mit den schraubenartigen Drehungen des Stockes, oder ließ ihn darüber stolpern.

Das Publikum tobte – oder weinte. Ich wusste nicht genau, welches der beiden Attribute auf die Kakophonie zutraf, die die Arena zum Bersten zu bringen schien. Schließlich beendete ich das grausame Spiel. Mit zwei kräftig geführten Hieben zerbrach ich die Klingen der Schwerter; die Keule schlug ich meinem Gegenüber einfach aus der Hand und stieß sie mit dem Fuß ans andere Ende der Arena. Ich hatte keine Ahnung, was er in diesem Augenblick dachte – aber er schien mit dem Tod zu rechnen.

Plötzlich herrschte absolute Stille. Ich hörte nur das Blut in meinen Ohren rauschen. Das Augenband meines Gegners wurde schwarz, die Arme hingen schlaff herab. Ein Zittern überlief von Zeit zu Zeit den kegelförmigen Leib. Doch ich nahm meinen Kampfstock und zerbrach ihn ostentativ in zwei Stücke, die ich neben den zerbrochenen Schwertern auf den Boden legte. Danach wandte ich mich dem Publikum zu und breitete, dem Rat meines Logiksektors folgend, meine leeren Hände aus.

Die Stille schien ewig zu währen. Schon fragte ich mich, wann die Piraten über mich herfallen und mich in Stücke hauen würden, als sich unvermittelt ein orgelndes Dröhnen auf den Rängen erhob. Ich schrak zusammen, wappnete mich gegen das Unvermeidliche …

Beruhige dich, teilte mir der Extrasinn mit. *Du hast gesiegt.*

Ich akzeptierte die Aussage. Er war in der Lage, auch unterschwellige Stimmungen eines größeren Publikums meist richtig zu interpretieren. Meine Wächter kamen auf mich zu. Ich wurde in die Mitte genommen und weggebracht. Jetzt waren keine Waffen mehr drohend auf mich gerichtet, kein Lasso legte sich um meinen Hals. Im Augenblick war ich der Star. Ich hatte vor, es längere Zeit zu bleiben.

5.

Atlan: *Der Fels von der Größe eines Leichten Kreuzers war bis unter die Spitze ausgehöhlt wie ein Insektenbau. Mühsam genug zu Beginn – dann immer leichter – hatte ich erfahren, dass sich eine Bevölkerung von rund zweitausend Einzelwesen in dem schwebenden Berg aufhielt. Und jedes bewohnte eine Kaverne, wenngleich sich tagsüber das Leben in großen Gemeinschaftsräumen abspielte, sofern die Mannschaften nicht mit ihren Schiffen unterwegs waren, um Beute zu machen oder andere Dinge zu tun, deren Sinn mir noch verborgen blieb.*

Die Kaverne war fast leer. Fast! Links von der dreieckigen Öffnung, die nach draußen führte und keine Tür aufwies, befand sich etwa vierzig Zentimeter über dem Boden ein runder Trog, der an der Wand befestigt war. Seine Maße waren so, dass ein Kegel bequem darin sitzen konnte. In der flachen, schüsselförmigen Vertiefung waren einige Löcher zu sehen, deren Zweck mir unbekannt blieb. Durch Beobachtungen hatte ich festgestellt, dass die blauen Kegel in diesen Sitztrögen schliefen, sofern sie überhaupt schliefen. Ich hatte darüber keine Anhaltspunkte. Auf alle Fälle dienten diese Tröge der Ruhe.

In halber Höhe zogen sich Zeichnungen die Wand entlang; geometrische Linien, die ineinander liefen und sinnverwirrende Muster bildeten. Es hatte lange gedauert, bis ich dahinter kam, dass die Zeichnungen Konstruktionsentwürfe für den Bau der kastenförmigen Schiffe darstellten. Erst mit Hilfe des Extrasinns hatte ich die Vexierbilder entschlüsselt, weil immer wieder neue Zeichnungen über den alten angefertigt worden waren. Vermutlich gehörte die Kaverne einem Schiffsbauer, der diese Entwürfe an die Wände gezeichnet hatte. Entweder hatte man ihn ausquartiert, oder er war bei einem Gefecht umgekommen. Nun diente sie mir als Unterkunft.

Da ich mit dem Sitztrog nichts anfangen konnte, musste ich die erste Nacht auf dem Boden zu Ende bringen. Am nächsten Tag hatte ich meinen Gastgebern mit vielen Gesten klar gemacht, dass ich ein »Bett« brauchte, um mich ausruhen zu können. Jetzt hatte ich ein den Umständen entsprechend komfortables Lager aus Seilrollen und einem zerschlissenen Segeltuch zur Verfügung.

Felsenfestung im Mikrokosmos: 5. Prago der Prikur 10.498 da Ark

Mein Geist befand sich in der trügerischen Zone zwischen Schlafen und Wachen. Langsam kam ich zu mir, und ein Gefühl sagte mir, dass ich nur die Augen aufzuschlagen brauchte, um die seltsamen Träume von merkwürdigen blauen Kegeln verschwinden zu lassen. Ich öffnete die Augen.

Weiterhin befand ich mich in der Felsenfestung der Piraten. Der Kampf in der Arena lag nun schon zwei Pragos zurück. Ich setzte mich auf, stellte die Füße auf den Boden, stand auf und ging ein paar Schritte. Dann drehte ich mich um. Ich hatte sehr gut geschlafen. Ich streckte mich, gähnte ausgiebig und atmete tief ein und aus. Von draußen drangen Geräusche herein.

Das Scharren der Greifpfoten, Zurufe, rhythmische Schläge auf Metall. Nach meiner inneren Uhr musste es früher Morgen sein. Die Intervalle zwischen Tag und Nacht waren hier kürzer als die auf Arkon. Ich gähnte noch einmal. Von dem schweren, metallenen Krampen, der neben der Tür in die Wand getrieben war, griff ich mir den einfachen, knielangen Umhang, den ich mir gestern aus einem Stück Segeltuch geschneidert hatte und der die Arme frei ließ. Ein Stück Tau diente als Gürtel.

»Es geht doch nichts über eine gediegene Bekleidung«, murmelte ich sarkastisch und bückte mich, als ich hinaustrat. Die räumlichen Verhältnisse waren auf die Bedürfnisse meiner Gastgeber abgestimmt, nicht auf die eines einhundertsiebenundachtzig Zentimeter großen, hellhäutigen, rotäugigen und mit schulterlangem Silberhaar versehenen Monstrums.

Als ich das Auditorium betrat, wurde ich bereits erwartet. Ich musste lernen. Viel lernen, wollte ich jemals wieder in meine normale Umwelt zurückfinden. Der Prozess des Lernens hing weitestgehend von der Überwindung der Sprachbarriere ab. Ich hatte vor, diese zu überspringen, und ich hatte die Voraussetzungen hierfür in meinem Kopf. Das Problem einer für beide Seiten akzeptablen Verständigung war vorrangig vor allen anderen Fragen. Der gleichen Auffassung schienen auch meine Gastgeber zu sein. Von Beginn an kümmerten sie sich intensiv um mich. Fast zu intensiv, hatte ich manchmal das Gefühl. Immerhin kannte ich durch diesen ständigen Kontakt die Bezeichnungen für rund zehn Dutzend verschiedener Begriffe, die es mir ermöglichten, einen soliden Sprachgrundstock anzulegen. Hatte ich eine Basis, wurde jeder weitere Schritt leichter und leichter. Inzwischen wusste ich, dass sich die Kegel *Dnofftries* nannten und sich einer Sprache bedienten, die ich in die Kategorie »Singen« einordnete.

Ringsum an der Wand waren genau sechsundzwanzig Sitztröge angebracht; die Mitte zierte ein niedriger Steinblock. Drei Dnofftries waren anwesend, ansonsten war das Auditorium leer. Sie wirkten wie blaue Zuckerhüte. Ich kannte bereits das Ritual der Begrüßung und sang es mehr schlecht als recht. Ich wünschte mir, ausgebildeter Sänger zu sein und mindestens hundert Partituren auswendig zu wissen. Immerhin erkannten meine Gastgeber meine Bemühungen an und erwiderten den Gruß.

Dann legte ich die Hand auf meine Brust und sagte: »Atlan.«

»Ssuma«, antwortete mir ein getragener Bass. Er gehörte dem links vor mir sitzenden Dnofftrie.

»Savroi«, nannte der mittlere seinen Namen.

»Thonta«, sang der letzte.

Nachdem der Höflichkeit Genüge getan war, nahm ich auf dem Steinblock Platz. Ich verwendete den inzwischen gelernten Wortschatz dazu, den Dnofftries klar zu machen, dass ich versuchen wollte, ihre Sprache zu lernen, und dass sie mir dabei behilflich sein mussten. Dazu erklärten sie ihre Bereitschaft.

Aufgrund meiner Ausbildung in stellarer Linguistik und vom fotografischen Gedächtnis unterstützt war ich in der Lage, binnen kürzester Frist eine Fremdsprache so weit zu beherrschen, dass ich mich in ihr klar und verständlich ausdrücken konnte. Dnofftriesisch hatte allerdings seine ganz speziellen Tücken. Es erwies sich anfangs als äußerst schwierig, mit meinen unvollkommenen Werkzeugen, den Stimmbändern, genau den Ton zu treffen, der für einen Satz, für einen Begriff notwendig war, um diesen nicht ins Gegenteil zu kehren. Eine Abweichung von nur einer Viertelnote eines bestimmten Satzes, den ich in einer Versammlung vorbrachte, erntete brausende Heiterkeit.

Doch ich lernte. Ich lernte, als ginge es um mein Leben. In gewisser Weise traf das auch zu. Irgendwie hatte ich das dumpfe Gefühl, meine unwiderruflich letzte Chance zu verspielen, diese Welt zu verlassen, zögerte ich zu lange, ihre Geheimnisse zu erforschen.

»Eine Frage«, sagte ich zu Ssuma und spürte, wie es mit jedem Satz besser funktionierte; mit jedem verstreichenden Tag gewann ich in der fremden Sprache an Sicherheit. »Was ist dort unten?«

Ich deutete mit einer umfassenden Gebärde auf die Ebene unter der Felsenfestung. Der Dnofftrie, der mich seltsames Wesen irgendwie in sein Herz geschlossen hatte – falls er ein solches Organ sein Eigen nannte –, stand neben mir auf der Mole. Ausnahmsweise war die Atmosphäre einmal frei von Nebelbänken, ich konnte klar die Landschaft erkennen.

»Das ist das *Tiefe Land.*« Eins der drei Organe hinter seinem Augenband heftete sich auf mich.

»Wer lebt dort unten?« Ich sah förmlich, wie der Dnofftrie zögerte. Inzwischen hatte ich gelernt, die verschiedenartigen Schleier, die manchmal über das Augenband zogen und es mehr oder weniger undurchsichtig machten, zu deuten.

»Niemand«, kam schließlich die Antwort.

»Bist du sicher?«, bohrte ich.

»Es könnte niemand dort unten leben. Das *Tiefe Land* ist« – Ssuma suchte nach einem passenden Vergleich – »verboten.«

Nimm den Begriff »tabu«, riet mir mein Extrasinn.

»Weshalb ist es verboten?« Meine Frage stürzte Ssuma in tiefe Verlegenheit. Sein Augenband verdunkelte sich, als wolle er sich dieser Frage verschließen.

»Es ist Gesetz, Atlan«, erwiderte er schließlich mit einem Tremolo, wie ich es noch nie in seiner Stimme gehört hatte. Ich forschte nicht weiter. Irgendwie, glaubte ich, war eine Frage nach dem *Tiefen Land* etwas Ungewöhnliches, etwas Ungehöriges.

Wir gingen langsam die Mole entlang. Nur wenige Gravosegler lagen an ihren Distanzhaltern. Welcher Beschäftigung die anderen nachgingen, konnte ich nur raten. Eins der gewaltigen Ankertaue entsprang unter uns dem Felsen und schwang sich weit hinaus. In der Ferne konnte ich die Säule sehen, an der es befestigt war. Nach einer Weile setzte ich mich auf eine der vielen herumliegenden Seilrollen. »Hör zu, Ssuma.« Die bekannte zweioktavige Tonfolge. Sie bedeutete: *Ja … Ich höre … Du hast meine Aufmerksamkeit … Was möchtest du?* Die Liste ließ sich noch etwas verlängern. »Gibt es noch andere Welten als diese?«

»Wie?«

Ich wiederholte meine Frage, weil ich glaubte, sie nicht in der korrekten Tonfolge gesungen zu haben.

»Was sind *Welten?*« Ssumas Balgmuskel signalisierte Verwirrung.

Ich stand auf und machte eine Gebärde hinauf zum Himmel. »Gibt es in der Nacht *Sterne* dort oben?« Ich sang langsam und versuchte, keinen Fehler zu machen; *Sterne* umschrieb ich mit *vielen fernen Lichtpunkten*. Ssumas Verwirrung war total. Sein Balgmuskel war in ein starkes Vibrieren versetzt worden. Schließlich öffnete sich doch der Dreiecksmund zwischen den mir zugewandten Armen.

Seine Stimme war von Stöhnen untermalt, als er sagte: »Du sprichst in Rätseln. Willst du mich …«, hier verwendete er einen Begriff, den ich noch nicht kannte, »… oder was bezweckst du sonst mit deinen Reden?«

Du überforderst ihn, warnte mein Extrasinn. *Sein Weltbild ist von dem deinen kontinuenweit entfernt, vergiss das niemals. Hast du bemerkt, dass er sogar die Silben falsch ausgesprochen hat? Es gibt eine derartige Wortverbindung in seinem Sprachschatz überhaupt nicht.*

Aber er muss doch noch etwas anderes kennen als diese Festung hier, dachte ich verzweifelt.

Vielleicht. Aber dann musst du deine Fragen anders formulieren.

Ich versuchte es. »Höre, Ssuma«, sagte ich eindringlich. »Gibt es außer dem *Tiefen Land* noch andere *Länder?*«

Schweigen. Dann ein Drei-Millitonta-Konzert: »Wir kennen nur diese Ebene. Nun ist es genug, ich bin verwirrt und muss erst einmal alles überdenken. Du bist schon ein merkwürdiges Wesen, Atlan, und richtest merkwürdige Fragen an mich, die keinen Sinn ergeben. Dennoch fühle ich, dass du sie ernst meinst. Du lügst nicht. Also muss ich annehmen, dass diese Ebenen ›Sterne‹ und ›Welten‹ …«

Erkennst du nun, dass du ihn überfordert hast?, raunte mein Extrasinn. *Ssuma kann sich Planeten und Sonnen nur als Ebenen vorstellen.*

»… von denen du gesprochen hast, vorhanden sind«, vollendete der Dnofftrie. »Irgendwo, vielleicht jenseits des *Großen Stromes*. Ich weiß, dass deine Seele ohne Musik ist, seit dich ein unbenennbares Schicksal von deinem Volk getrennt hat. Doch gib die Hoffnung nicht auf. Eines Tages werden wir dich mit einem starken Schiff und einer tapferen Mannschaft zu deinen Ebenen zurückbringen. Doch das erfordert langwierige Vorbereitungen. Um dir die Zeit bis zu dieser Expedition kurzweiliger zu gestalten, werden wir bald einmal auf die Jagd gehen. Die Zeit der Echsen ist bald gekommen.«

Nach dieser Unterhaltung sahen wir uns tagelang nicht.

Ich verbrachte meine Zeit in den Kampfarenen der Festung. Ffem, jener Dnofftrie, gegen den ich bei meiner Ankunft in der Festung gekämpft hatte, war mit dem Wunsch an mich herangetreten, ihn und einige andere meine Kampfweise zu lehren.

Ich trainierte hart mit den Piraten und schonte auch mich nicht. Begeistert nahmen die Dnofftries meine Art des Kampfes an. Ich zeigte ihnen, wie sie mit dem Kampfstock umgehen mussten, und brachte ihnen einige Tricks des Schwertkampfes bei. Dafür lernte ich im Gegenzug von ihnen, wie ich mich in den Gravoströmungen und wechselnden Kraftfeldern zu bewegen hatte, wobei ich naturgemäß durch mein für hiesige Verhältnisse stark erhöhtes Gewicht lange nicht ihre Geschicklichkeit erreichte.

Immerhin lernte ich, die Schlieren und Spiegelungen in der rot glühenden Atmosphäre als das zu deuten, was sie waren: mehr oder weniger schnelle Gravoströme. Ich lernte, an der Form der ziehenden Nebelbänke zu erkennen, welche Richtung ein Gravostrom nahm, wie ich Aufwinde benutzen musste, um von einem Kraftfeld in ein nächsthöheres zu gelangen. Und ich »schwamm« – es war nichts anderes als eine Fortbewegungsart, die jener im und unter Wasser glich, nur mit dem Unterschied, dass man hier auch atmen konnte, selbst wenn man »tief« in einen Strom »getaucht« war – eine Zeit lang im *Großen Strom*, einer Gravoströmung, die alle anderen übertraf.

Dass es mannigfaltige Gefahren gab, erkannte ich bald. Zum Beispiel die *Neutralen Zonen*, Gebiete ohne Schwerefelder, von denen sich die Dnofftries furchtsam fern hielten. Wer in sie hineingeriet, stürzte unweigerlich ins *Tiefe Land*, von dem aus es keinen Weg mehr herauf zu geben schien. Mit Zittern sprachen sie von den Gefahren, die dort unten jeden Dnofftrie erwarteten; zum Beispiel *Die-den-Sand-pflügen* oder *Die-den-Sand-fressen*. Dort unten war es ebenso unheimlich wie in jenem Gebiet, von dem nie jemand zurückgekommen zu sein schien und über das ich keine exakten Angaben von Ffem erhielt. Ich konnte mit diesem Wust von Schauermärchen nichts anfangen, merkte aber, dass er, je weiter ich fragte, immer verschlossener wurde. Entweder wollte er nichts darüber sagen, oder er durfte nichts sagen. Daher nahm ich mir vor, auf eigene Faust Erkundigungen einzuholen, sobald ich genügend Routine im Umgang mit dem mir unvertrauten Medium hatte.

Eine andere Gefahr, auf die ich zu achten hatte, waren die *Gravowirbel* – übergangslos auftretende Turbulenzen innerhalb der Hyperkraftfelder. Ich schwebte mehr als einmal in akuter Lebensgefahr, weil ich in ihnen infolge meines Gewichts anders reagierte als die Dnofftries, denen es offensichtliches Vergnügen bereitete, in ihnen zu tauchen. So gewarnt, hielt ich mich von ihnen fern; das Risiko war mir zu hoch. Ich hatte auch ohne sie genügend Schwierigkeiten. Meine Masse war nämlich in den unterschiedlichen Gravoströmungen nicht immer von Bedeutung. Ein Phänomen unter vielen, das mich lange beschäftigte.

Meine wissenschaftliche Ausbildung war gut genug, um zu wissen, dass Begriffe wie »Gravoströmung« nur behelfsmäßige Umschreibungen sein konnten. Den gängigen Theorien der arkonidischen Hyperphysik zufolge waren die konventionellen Naturkräfte des Standarduniversums Ausdruck ihrer dem Hyperraum zugeordneten höherdimensionalen Äquivalente. Ich wusste nicht, ob Vergleichbares für dieses Kontinuum hier ebenfalls galt, nahm es der Einfachheit halber aber an.

Gravitation war zwar eine der konventionellen Fundamentalkräfte, die mit ihr verbundenen Gesetzmäßigkeiten ließen sich jedoch unter Einsatz von Hyperenergie »aushebeln« und manipulieren. Gravomechanische Wirkungen, Antigrav und dergleichen basierten genau auf diesem Prinzip; exakt konfigurierte Hyperfelder erzeugten Schwerelosigkeit auf Planeten oder künstliche Gravitation an Bord von Raumschiffen, dienten als Antrieb oder wirkten als Andruckneutralisatoren der trägen Masse bei hoher Beschleunigung entgegen, während das ganze Spektrum der Prallfelder als schützende Energiehäute oder frei projizierbare Barrieren zum Einsatz kam.

Auch im Standarduniversum gab es neben diesen technischen Anwendungen von Hyperenergie natürliche Phänomene, die auf ihr beruhten. Sämtliche Sonnen waren beispielsweise Hyperstrahler; es gab Hyperstürme mit ebenso gefährlichen wie bizarren Effekten auf Raum und Zeit und Planeten mit reichen Fundstätten von Hyperkristallen, die als Schnittstellen zwischen Normal- und Hyperraum dienten und bei hoher Konzentration ebenfalls exotische Effekte zeitigten. Vor diesem Hintergrund waren die »Hyperfelder« über dem *Tiefen Land* keineswegs so absonderlich, wie es auf den ersten Blick vielleicht scheinen mochte.

Ob jedoch meine Überlegungen und Theorien zutrafen und dieses Kontinuum richtig beschrieben, war eine andere Frage. Schon die Tatsache, dass der Übergang hierher am Ende eines Verkleinerungsprozesses die Assoziation zu einem »Mikrokosmos« hervorgerufen hatte, konnte unter Umständen ein grundsätzlicher Denkfehler sein. Definierte sich ein eigenständiges Universum nämlich durch seine Abgeschlossenheit, war die Größe von allem in ihm Befindlichen nur eine Frage des Bezugs zueinander – während der Vergleich zu Objekten eines *anderen* Universums nicht mehr möglich war, weil das die direkte Verbindung zwischen beiden Kontinua voraussetzte. Und selbst dann musste die subjektive Wahrnehmung nicht mit »objektiven« Kriterien korrelieren.

Aus Fartuloons Schulungen wusste ich, dass etliche dieser Fragen und Probleme schon in der altarkonidischen *Hyperthorik* diskutiert worden waren, dem als »spekulative Grenzwissenschaft« angesehenen Forschungszweig der Hyperphysik einiger Mathematiker aus der Frühzeit des Großen Imperiums, dessen Algorithmen, Formalismen und Beschreibungsmöglichkeiten angeblich zur Darstellung von diversen hyperphysikalischen Phänomenen und sogar von Paralleluniversen herangezogen werden konnten. Leider kannte ich mich damit nicht gut genug aus, um es auf meine jetzige Situation übertragen zu können.

Da ich genau betrachtet nicht einmal die »Realität« meiner derzeitigen Wahrnehmungen einschätzen konnte und ich mich in philosophischen Überlegungen zu verlieren drohte, brach ich die unergiebigen Gedanken ab. Auch der Logiksektor empfahl, diese »Welt« so zu nehmen, wie sie sich mir darbot. Nur dann hatte ich eine Chance zu überleben – und vielleicht fand ich dann auch einen Weg zurück in meine alte Welt. An diese Hoffnung klammerte ich mich; ohne sie wäre ich vermutlich verzweifelt und augenblicklich wahnsinnig geworden …

An einem der nächsten Tage traf ich Ssuma wieder. Im Großen und Ganzen hatten wir viel Spaß miteinander gehabt, die blauen Zuckerhüte und ich. Ich begann sie zu mögen. Erst recht, als ich erfuhr, dass sie Ausgestoßene waren – und eine Vermutung von mir zur Gewissheit wurde.

Die Hierarchie der Dnofftries kannte den Titel eines *Vorschwebers*; jemand namens Brägatz Ovrosi wollte sich als Herrscher über alle Dnofftries verstanden wissen. Die Piraten hatten eine Rebellion begonnen – aus welchem Grund, blieb mir verborgen – und wurden deshalb von ihm aus dem Reich Ovrosis verjagt. Offenbar waren viele nicht zufrieden mit dem Vorschweber, der bei den Piraten nur verächtlich als *Mann-mit-den-zwei-Namen* bezeichnet wurde, denn die Zahl derer, die sich ihnen anschlossen, vermehrte sich ständig. Diese Bezeichnung war offensichtlich ein Schimpfwort. Ich vermutete, dass jene, die mich zuerst entdeckt hatten, nicht unbedingt die besseren Dnofftries sein mussten. Aber das war nur ein Gefühl und keine rational durchdachte Erkenntnis.

»Wie ich hörte, hast du dich nach dem *Mann-mit-den-zwei-Namen* erkundigt«, sagte Ssuma, nachdem er das Begrüßungsritual beendet hatte.

»Du scheinst viele Ohren zu haben«, sagte ich und hockte mich neben ihn auf den Stein am Rande der Arena; im Innern übte eine Gruppe mit dem Kampfstock. Ssuma selbst blieb stehen. So befanden wir uns etwa auf gleicher Höhe. Ich wunderte mich, als ich seine Heiterkeit sah.

»Ich habe viele Ohren, ja«, sang der Dnofftrie. »Was willst du über den *Mann-mit-den-zwei-Namen* wissen? Du möchtest zu ihm?«

»Nicht unbedingt«, erwiderte ich aufrichtig. Ssuma summte zufrieden. Ich beobachtete eine Zeit lang die Kämpfenden. Dann erkundigte ich mich beiläufig: »Wie weit ist das Reich der Dnofftries entfernt?«

Das Augenband verschleierte die Sicht leicht, als Ssuma antwortete: »Ein guter Segler, und mein OREN ist ein guter Segler, braucht zwischen sieben und fünfzehn Tagen.«

Die Differenz in der Zeitangabe hatte durchaus ihre Berechtigung. In einer Umgebung sich ständig verändernder Schwerkraftfelder und Gravoströme war eine bestimmte Strecke während einer Periode relativer Gleichförmigkeit im Strömungsfluss in wesentlich kürzerer Zeit zurücklegen als dann, wenn mit sprunghaft wechselnden Feldern zu kämpfen war. Ich überlegte meine nächsten Worte sorgfältig, ehe ich begann: »Welche Strecke musst du eigentlich zurücklegen, um ans Ende deiner Welt, ans Ende der Ebene also, zu gelangen, Ssuma? Hast du meine Frage verstanden? Ich will damit sagen …«

Erst jetzt sah ich, was mit dem Dnofftrie vorging. Sein Augenband war gänzlich dunkel geworden, ein Signal der Angst, wie ich mittlerweile herausgefunden hatte. Der Balgmuskel zuckte konvulsivisch und erzeugte einen tiefen, tremolierenden Ton.

Du hast ihn in Panik versetzt, kommentierte der Logiksektor meine Ratlosigkeit.

Aber womit?

Mit deiner Erwähnung über das »Ende der Ebene«.

Es hatte ganz den Anschein. Tausend Gedanken schossen mir durch den Sinn. Welches Sakrileg hatte ich begangen? Welches Tabu verletzt? Woran hatte ich da mit meiner Frage gerührt? Selbst ich, mit meiner unvollkommenen Kenntnis der dnofftriesischen Sprachmodulation, hörte förmlich die Furcht aus Ssumas Stimme heraus, als dieser nach einer ganzen Weile sagte: »Atlan, du darfst über zwei Dinge keine Nachforschungen anstellen: über das *Tiefe Land* – und über das *Ende der Ebene!*«

»So, wie du das sagst, könnte man meinen, es sei das *Totenreich*.« Nur langsam wich ein Teil der düsteren Beklemmung von mir. »Was ist es aber wirklich?«

Ssumas Augenband war wieder hell. Eins seiner drei Organe fixierte mich. »Es ist ein Gebiet, aus dem noch niemals jemand von uns zurückgekehrt ist.«

»Ein Gebiet? Wo?« Ich wusste, dass ich mir mit meinen hartnäckigen Fragen möglicherweise die Sympathie Ssumas verscherzte. Aber ich ging das Risiko ein. Was ich brauchte, waren Informationen und noch einmal Informationen. Ich musste alles über diese seltsame und im höchsten Grade beunruhigende Welt wissen, die weder Planet noch Weltraum zu sein schien, um das vorzubereiten, worauf mein ganzes Sinnen und Trachten gerichtet war: die Rückkehr in meine Welt.

»Das Trantagossa-System ist so riesig«, murmelte ich tonlos. »Und ausgerechnet ich schaffe es, in das Wirkungsfeld des Molekularverdichters zu geraten.«

Meine Bitterkeit war nicht mehr zu übertreffen. Dass ich *Satron* gesprochen hatte, merkte ich, als Ssuma sang: »Ich hörte deine Worte wohl, doch verstand ich sie nicht. Aber ich weiß, dass du unglücklich bist, und fühle mit dir. Vielleicht tröstet dich dieses Wissen.«

»Vielleicht, aber es kann nichts ändern.«

Ssuma stimmte ein getragenes Orgelkonzert an. »Alles in dir ist verworren«, sang er. »Du haderst mit dir, bist zerrissen. Deine Seele ist ohne …«

»Musik«, unterbrach ich ihn. »Du sagtest schon einmal etwas Ähnliches.«

Ssuma schien nicht gekränkt zu sein. »Deine Fragen, dein Suchen, alles dient einem Zweck. Ich erkenne das wohl. Aber es gibt Fragen, auf die ich dir die Antwort verweigern muss. Das *Ende der Ebene* ist tabu. Ich kann und ich will dir nichts darüber sagen.«

»Jemand anders vielleicht?«, erkundigte ich mich hoffnungsvoll.

»Ich kenne niemanden, der dir darüber etwas sagen würde.«

»Auch euer Oberhaupt nicht? Wenn ich mich an ihn wende und ihn bitte?«

Ssuma brachte es tatsächlich fertig, seinen Singsang gelangweilt klingen zu lassen. »Ich *bin* das Oberhaupt.«

Ich schluckte. Dann brach ich in Gelächter aus. Deshalb bemühte sich also Ssuma so auffallend um mich. Als Anführer der Piraten hoffte der schlaue Bursche natürlich, dass etwas von meinem Glanz, von meinem Ansehen, das ich mittlerweile bei den Dnofftries der Festung genoss, auf ihn fallen würde. »Sagtest du nicht etwas von einer Jagd, Ssuma?«

Der Dnofftrie setzte sich in Bewegung. »Bald.«

»Wann bald?«

»Ich muss erst noch einige Vorbereitungen treffen.«

Welcher Art diese Vorbereitungen waren, erkannte ich zwei Pragos später, als er plötzlich unter der Tür meines Schlafraums stand und höflich ein Viertel-Millitonta-Konzert anstimmte, das in der Bitte gipfelte, sich setzen zu dürfen. Mechanisch deutete ich auf den Sitztrog. Ssuma blieb stehen, und ich wusste, dass ich vergessen hatte, meine zweioktavige Zustimmung zu geben. Ich holte es nach. Als sich Ssuma über den Sitztrog schob und die Greifpfoten darunter zog, sah ich, dass ein weiterer Dnofftrie draußen im Korridor stand. In seinen Klauen hielt er ein längliches Bündel.

»Will er nicht auch …?«

»Er will nicht«, sagte Ssuma bestimmt. »Wo sollte er sitzen?«

Ach ja, ich hatte vergessen, dass sich nur eine dieser Sitzgelegenheiten in meiner Kaverne befand. Mein Bett als Sitzfläche anzubieten, verbot der Anstand. Dnofftries nahmen grundsätzlich nur in ihren Trögen Platz. Ich nahm an, Ssuma käme wegen der Jagd. Doch zunächst nahm unsere Unterhaltung einen ganz anderen Verlauf.

»Ich habe nachgedacht«, begann er.

»Worüber?«

»Du sprachst von Sternen, von Welten. Kannst du mir erklären, wie weit sie weg sind, diese Ebenen deines Volkes?«

»Zu weit.«

Ssuma beharrte mit einem Dauerton auf seiner Frage.

»Ich kann es dir nicht erklären«, murmelte ich. *Wie soll ich ihm verständlich machen, was selbst ich noch nicht einmal richtig begriffen habe: dass seine Welt nur ein winziges Teil in einem unvorstellbar größeren Ganzen ist.*

»Wie viele Tagesreisen weg?«

»So viele Tage mehr, als wir beide zählen können, selbst wenn wir vier Leben hätten. Kannst du dir das vorstellen?«

Ssumas Augenband überzog sich mit den Schleiern tiefen Nachdenkens. »Nein. Ich werde also den Bau des Schiffes stoppen.«

Plötzlich fiel es mir wie Schuppen von den Augen. Ssuma hatte sich mit dem Problem herumgeschlagen, mich zu den *Ebenen meines Volkes* zu bringen, egal, was es kostete. *Und er hat bereits ein Schiff in Auftrag gegeben!* Tiefe Zuneigung packte mich für dieses blaue Kegelwesen. Wenn ich gekonnt hätte, hätte ich ihm auf die Schultern geschlagen und ihm gesagt: *Du bist ein verdammt feiner Bursche, mein Freund.* Nein, ich musste mit dem Problem meiner Rückkehr selbst fertig werden. Mein Blick fiel auf den vor der Tür wartenden Dnofftrie.

»Du hast etwas für mich?«, fragte ich Ssuma, der in seiner blauen Reglosigkeit fast mit der Wand verschmolz. Zustimmung. »Was ist es?«

Ohne dass ich irgendeine Äußerung vernommen hätte, kam der Dnofftrie herein; wieder einmal verdichtete sich in mir die Vermutung, dass sich die Dnofftries untereinander verständigen konnten, ohne dass ich etwas davon merkte. Ausgeschlossen war dies nicht. Eine Stimme wie die ihre konnte sehr wohl Ultraschalltöne hervorbringen, die außerhalb meiner Wahrnehmung lagen.

Der Pirat blieb in der Mitte der Kaverne stehen, legte das Bündel auf den Steinblock, den ich mir als Tisch besorgt hatte, und trat wieder hinaus auf den Gang.

»Sieh nach!«, forderte mich Ssuma auf.

Ich griff nach dem Bündel. Es war Segelleinwand, zusammengerollt und mit zwei Schnüren versehen. Ich öffnete die Knoten und rollte das Tuch auseinander. Vor mir lagen zwei Waffen. Schwert und Harpune. Ich nahm mich zuerst der Klinge an. Sie verbreiterte sich zur Spitze hin, die Schneide wies im vorderen Drittel eine Reihe Widerhaken auf, die haarscharf geschliffen waren. Nur mit deren Hilfe gelang es den Dnofftries, sich gegenseitig den Leib aufzuschlitzen. Jede normale Klinge glitt von den stark abgeschrägten und von lederharter Haut umgebenen Körpern ab. Ich zog die Waffe heran und strich vorsichtig mit den Fingern über die Klinge.

»Ich habe den Griff für dich abändern lassen«, summte der Anführer der Piraten. »Mit diesen seltsam dünnen Fortsätzen, die du *Finger* nennst, wärst du ja doch nicht in der Lage, eine Waffe vernünftig zu führen.«

Ich wog das Schwert in der Hand. Jemand hatte sich ziemliche Mühe gemacht und versucht, einen Griff zu konstruieren, der meinen anatomischen Besonderheiten gerecht wurde. Der Versuch war gelungen. Ich zollte dem Waffenschmied Beifall. Der Griff lag fest und sicher in meiner Hand. Ich wippte mit der Klinge – sie entsprach den Größenvorstellungen der Dnofftries und konnte von mir bestenfalls als Kurzschwert angesehen werden –, führte einige Probeschläge und war begeistert.

Die Harpune war ebenfalls abgeändert worden. Die Schäftung des Rohres, das aus dem gleichen Metall wie das Schwert gefertigt war, entsprach in etwa den Anforderungen, die ein Wesen wie ich daran stellte. Mit dem gekrümmten Fortsatz wusste ich zunächst nichts anzufangen, bis ich dahinter kam, dass ich ihn mir unter die Achsel klemmen musste. Danach lag die Harpune sicher in meinen Händen. Das Rohr wies an beiden Seiten und etwa bis zur Hälfte Schlitze auf, in denen die Nasen der Feder liefen. Zum Spannen benötigten die Dnofftries eine Spindel, die das Gerät ziemlich unpraktisch machte. Es brauchte Zeit, bis es wieder feuerbereit war. Ich sah schon jetzt die Verbesserung, die ich vornehmen musste, um aus der Harpune eine wirklich schnell zu verwendende Waffe zu machen: ein U-förmiger Handgriff mit zwei Krallen an den Enden, die über die Nasen passten. Damit ließ sich bei entsprechender Kraft die Feder binnen Augenblicken spannen. In einem Beutel befanden sich zwanzig kurze Bolzen mit gehärteter Spitze.

»Zufrieden?«, erkundigte sich Ssuma.

»Mehr als das. Ich danke dir für dein Geschenk. Leider habe ich nichts, um die Gabe zu erwidern und dir eine Freude zu bereiten. Ich denke, dass ich dir trotzdem nichts schuldig bleiben werde.«

Ssumas Balgmuskel produzierte jene Töne, die einem Lachen entsprachen. »Darüber werden wir uns bald einmal unterhalten. Jeder von uns ist auf die Hilfe des anderen angewiesen. Und jeder hilft jedem.«

Der gerissene Bursche will dich natürlich für seine Zwecke einspannen, kommentierte der Logiksektor bissig. *Die Tatsache, dass du seine Freundschaft genießt, bedeutet für ihn einen erheblichen Prestigegewinn.*

Darüber war ich mir selbstverständlich im Klaren. Ssuma wusste nur nicht, dass ich mit ihm ebenfalls bestimmte Pläne hatte. Er verließ den Sitztrog. »Bist du bereit?«

»Wozu?«

»Zur Jagd!«

Ich stand auf. »Worauf warten wir noch?«

Wir lauerten in der ausgedehnten Nebelbank auf die Möglichkeit, die Gravo-Echse zu überraschen, die in der schwachen Brise am Rande der rot glühenden Wolke trieb. Ich war bis auf einen Lendenschurz nackt. Schweiß troff mir vom Körper. Es war ungewöhnlich heiß im Innern der Nebelwolke – und feucht. Ich wurde unwillkürlich an ein Dampfbad erinnert. Ssuma, Ffem, Savroi und Thonta trieben neben und unter mir.

»Wie lange dauert das noch?«, wisperte ich erregt.

»Nicht mehr lange«, sang Thonta leise. »Sie wird bald ins Innere kommen. Sobald ihre Haut trocken ist. Zähme deinen Eifer noch etwas.«

Ein schwacher Wind trieb die Wolke und uns voran. Die Gravo-Echse befand sich unter und vor uns. Die Brise kam aus ihrer Richtung, aber das hatte wohl nichts zu bedeuten. Ich hatte jedenfalls nicht gehört, dass die Bestie einen Geruchssinn besaß. Ich rührte mich nicht; der Schweiß rann an der Falte zwischen Nasenrücken und Wangen entlang und tropfte mir vom Kinn. Ich wischte ihn wohl zum hundertsten Mal weg und starrte weiter angespannt auf die Echse. Die Dnofftries hatten einen anderen Namen für sie: *Die-den-Nebel-frisst*. Sie benötigte offenbar die Feuchtigkeit in den Wolken für ihren Stoffwechsel. Aus demselben Grund bezeichnete ich sie als Gravo-Echse, wenngleich sie gar nichts mit Reptilien gemeinsam hatte – außer der Vorliebe für das Feuchte.

»Vorsicht!«, summte Ffem. »Sie kommt!«

Ich kniff die Augen zusammen und hielt den Atem an. Die Echse hatte offenbar genug von der Hitze draußen – von der trockenen wohlgemerkt – und trieb langsam herein in das rote Glühen. Sie war etwa hundert Meter unter uns – und gewaltig! Bot den Anblick eines urzeitlichen Vogels mit einer Flügelspannweite von mehr als hundert Metern. Die Umrisse waren, grob gesehen, sichelförmig. Doch damit erschöpfte sich schon die Ähnlichkeit mit einem Vogel. Dort, wo sich normalerweise der Kopf mit dem Schnabel befand, gab es nur eine Verdickung. In ihr befand sich das Nervenzentrum. Das war der ganze Körper. Der Rest waren die Schwingen. Während die Oberfläche der Echse glatt und lederartig und in einem silbernen Blau schimmerte, saßen an der Unterseite ganze Wälder von winzigen Tentakeln, mit denen sie dem Nebel die Feuchtigkeit entzog – ebenso jedem anderen Lebewesen, das die langen, pendelnden Fühler zwischen den Tentakeln aufspürten. An den Vorder- und Hinterkanten der Schwingen saßen große Greiftentakel.

Die Echse kannte nichts in der Atmosphäre, was größer und gefährlicher war als sie selbst. Sie brauchte auf nichts zu achten. Sie war uneingeschränkt die Herrin in diesem Medium. Deshalb war ihr Nerven- und Tastsystem an der Oberseite schlecht entwickelt. Dafür aber war gerade dort die Haut ungewöhnlich zäh und schmerzunempfindlich – und der einzige Angriffspunkt für die Dnofftries.

Nun war die Echse genau unter uns. Die Dnofftries nahmen die Harpunen in die Klauen. Statt der Bolzen saßen mit Widerhaken versehene Pfeile in den Rohren, die kurz hinter der scharf geschliffenen Spitze eine Öse hatten, durch die die Enden der Seile gesteckt und verknotet worden waren. Auf ein Zeichen tauchten wir langsam tiefer, blieben dabei immer über der Echse. Ich hatte den Eindruck, über dem Deck eines Schlachtschiffs zu schweben. Keins der Tentakel ragte in unsere Richtung. Die Echse war ahnungslos und damit beschäftigt, Feuchtigkeit aufzunehmen. Meine Aufgabe war klar umrissen; ich hoffte, ich würde meine blauen Freunde nicht enttäuschen.

Ssuma pfiff das Angriffssignal. Aus den Harpunen jagten die Pfeile, bohrten sich in einem engen Kreis um jene Verdickung, unter der das Nervensystem saß, in die Haut, dann ruckten die Dnofftries an den Leinen, um deren festen Sitz zu prüfen.

»Los, Atlan«, sang Ffem und drückte mir alle vier Leinen in die Linke. »Hinab mit dir. Schnell! Töte sie!«

Ich zog mich entlang der Seile hinunter und richtete mich auf, als ich auf der Echse stand. Das alles hatte nur Augenblicke gedauert. Jetzt kam alles auf meine Geschicklichkeit an. Wann würde wohl die Echse aufmerksam werden?

Spätestens dann, wenn du ihren Nervenknoten triffst, erinnerte mich mein Logiksektor.

Ich nahm das Schwert in die Rechte; die Linke hielt die vier Leinen umklammert. Jetzt kam die tödliche Phase des Kampfes. Traf ich nicht schnell genug den Nervenknoten, würden mich die Tentakel herunterreißen und aussaugen. Ich holte aus und schlug zu. Ich trennte die Lederhaut bis in eine Tiefe von fünfzig Zentimetern auf. Ein klaffender Schnitt, aber noch war ich nicht ins Zentrum vorgestoßen. Ich schlug ein zweites Mal zu. In diesem Moment musste etwas schief gelaufen sein. Der Körper unter mir bewegte sich. Wellen durchfuhren ihn und ließen mich fast meinen Halt verlieren. Mein Kopf flog in den Nacken. Ich hielt Ausschau nach dem, was die Aufmerksamkeit der Echse erregt hatte – und schrie vor Schreck laut auf.

Niemand konnte mir im Nachhinein erklären, was Thonta bewogen hatte, seine Position über mir zu verlassen und seitwärts zu treiben. Jedenfalls musste er die Aufmerksamkeit der Randtentakel erregt haben. Sie waren hochgeschnellt und hatten sich um ihn geschlungen; drei, vier dieser haarigen Greifarme zerrten den Dnofftrie herab in das vor Gier wogende Meer der kleineren Saugtentakel. Mich ergriff Panik. Mein Untergrund schwankte bedenklich, als sich immer mehr der Randtentakel nach oben reckten, wo sich Ssuma und die beiden anderen rasch in Sicherheit brachten.

»Töte sie!«, dröhnte Ssumas Organ. »Sie muss sterben. Schnell, ehe es für dich zu spät ist!«

Da begriff ich plötzlich, was geschehen würde, lähmte ich die

Echse nicht rechtzeitig. Ohne weiter zu überlegen, schlug ich zu. Doch nun war es schwierig, die gleiche Stelle zu treffen, um die Wunde zu vergrößern; die Echse drehte und schüttelte sich. Ich stemmte die Beine auf die lederharte Haut und klammerte mich an die Leinen, um nicht den Halt zu verlieren. Eine berserkerhafte Wut überkam mich. Die sägezahnbewehrte Klinge schnitt in die schmerzunempfindliche Haut. Ich hieb ganze Brocken heraus und bemühte mich, nach Möglichkeit tiefer zu kommen. Das Nervenzentrum der Gravo-Echse musste unter meterdicken Haut- und Muskelschichten liegen.

Doch jetzt hatte mich eines der Tentakel gewittert. Ich fühlte einen peitschenden Schlag auf meinem Rücken. Als ich mich umsah, haftete dort einer der Fangarme. Ich brüllte auf, die Klinge in meiner Faust beschrieb einen blitzenden Halbkreis. Der Hieb war einer der schwierigsten überhaupt, da die Gefahr dabei bestand, sich selbst die Schulter oder einen Arm abzuschlagen. Doch mir gelang er. Das Tentakel peitschte zur Seite. Ich fühlte ein scharfes Brennen auf dem Rücken, dann begann dort alles gefühllos zu werden. Ich achtete nicht darauf und hackte weiter. Ein letzter, mit der Kraft der Verzweiflung geführter Schlag – und aus dem tiefen Einschnitt spritzte es warm und klebrig und überschüttete mich mit einem Schwall übel riechender Flüssigkeit. In der Tiefe erkannte ich eine kopfgroße Masse. Die Klinge senkte sich hinein und zerschnitt sie.

Es war vorbei. Die Echse trieb wie ein unsicher schwankender Segler aus der Nebelbank heraus. Die Flügel knickten nach unten, als die Muskeln erschlafften. Ich hieb noch immer wie ein Verrückter auf die Echse ein, bis mir ein dröhnendes Orgeln Einhalt gebot. Ein Lasso flog heran und packte mich. Plötzlich waren Ssuma und die anderen da. Sie nahmen mich in die Mitte, und wie magische Schemen glitten wir durch das dunstige, glühende Dämmern auf den in der Ferne wartenden Gravosegler zu, der uns zurück zur Festung brachte.

In der Folgezeit machten wir noch zweimal Jagd auf Gravo-Echsen. Aber ich fand keinen rechten Gefallen mehr daran, seit ich Thontas toten Körper gesehen hatte. Er wirkte wie ein formloser Ledersack. Selbst als mir Ffem begeistert berichtete, dass es ihm gelungen sei, Gravo-Echsen mit vergifteten Bolzen zu erlegen, und sich niemand mehr in die lebensbedrohende Nähe der Tentakel zu begeben brauchte, ließ mich das relativ kalt. Ich hatte – fünfzehn Pragos nach meiner unfreiwilligen Ankunft in dieser Welt – eine depressive Phase durchzustehen, irrte wie ein streifender Wolf durch die Kavernen und Korridore der Festung und ging jedem aus dem Weg.

Manchmal kehrte ich in die Arena zurück und übte bis zur Erschöpfung mit den stets willigen und lernbegierigen Piraten Angriffs- und Verteidigungstechniken. Durch diese harte körperliche Tätigkeit konnte ich wenigstens einigermaßen traumlos schlafen.

Schließlich suchte mich Ssuma auf. Spätabends erschien er vor meiner Tür und wartete, bis ich ihn aufforderte, einzutreten und Platz zu nehmen. Er setzte sich in den Trog, während ich fortfuhr, mein Schwert zu reinigen. Nach einem langen Schweigen erfüllte Ssumas Orgelstimme die Kaverne. »Du fühlst dich einsam, Atlan«, sang der Dreiecksmund zwischen den Armen, der zweite fragte: »Was fehlt dir?«

Ich war so verblüfft, dass ich ihn eine ganze Weile sprachlos anstarrte. Ich legte die Waffe weg und stand auf. »Ich will dir sagen, was mir fehlt«, antwortete ich; die Erregung ließ mich in eine Kopfstimme hinübergleiten, bei deren Klang Ssumas Balgmuskel irritiert bebte. Ich verstummte und fuhr dann normal fort: »Mir fehlt *alles.* Leute meines Volks, Raumschiffe, Musik und Stimmen. Lärm und Gläserklirren. Das Lachen der Kinder, das Lachen der Frauen …«

»Frauen?« Ssumas Augenband wurde ganz hell. »Was sind das?«

Argwöhnisch fragte ich: »Ihr kennt keine Frauen?«

»Ich kenne nichts, auf das dieser Begriff passt.«

»Nein«, stöhnte ich. »Was seid ihr glücklich!« Ich lief vor ihm auf und ab. Dann blieb ich stehen und fixierte ihn mit gerunzelten Brauen. »Und wer gebiert eure Kinder?«

Ssuma stieß ein Lachen aus, das an perlende Klavierkadenzen erinnerte. Ich sah ihn kopfschüttelnd an. *Er ziert sich wie ein Backfisch, kein Zweifel! Aber ich kann mich auch irren.*

»Erkläre mir, was Frauen sind«, bat Ssuma, nachdem er sich wieder beruhigt hatte.

»Die Kinder …?«, erinnerte ich ihn.

»Später – erst du!«

»Na gut.« Ich erklärte ihm also, was Frauen im Allgemeinen und im Besonderen waren, wozu sie gut und wozu sie weniger gut taugten. Ich sprach lange und in ausgesuchten Sätzen und war zum Schluss überzeugt, ein ausgezeichnetes Plädoyer für die Begleiterin einsamer Tontas abgegeben zu haben.

Ssumas einziger Kommentar hierzu lautete: »Das ist alles?«

Ich schwieg. Dann sagte ich: »Es ist für manche zu viel.«

Wieder dieses merkwürdige Lachen. »Ihr seid schon recht merkwürdige Wesen auf euren Ebenen. Zum Glück sind wir von derlei Unbill verschont geblieben.«

»Ihr Glücklichen«, konnte ich mir die Bemerkung nicht verkneifen. »Aber wie ist das nun mit eurer Fortpflanzung?«

Ssumas Balgmuskel bewegte sich rhythmisch, als er sagte: »Wir benötigen derartig komplizierte Techniken nicht. Wir sind uns selbst genug. Wenn es an der Zeit ist, teilen wir uns.« Nach dieser erschöpfenden Auskunft verdunkelte sich Ssumas Augenband. Hätte der Bursche Augenlider gehabt, hätte er sie jetzt verschämt gesenkt. Aber Autogamie war für mich nichts Neues, und aus Ssumas mehr oder weniger merkwürdigem Verhalten während unserer Unterhaltung hatte ich dergleichen schon vermutet.

6.

Imperator Orbanaschol III.: *Klirrend zersprang das Kristallglas an der Wand, die Scherben klirrten auf den marmornen Boden. Interessiert betrachtete der korpulente Mann das Muster, das von dem grünlichen Likör gebildet wurde, der langsam an der weißen Säule hinunterlief. »Man sollte eine neue Kunstrichtung schaffen«, murmelte Seine Erhabenheit. »Keine Personen mehr, keine Sachverhalte, nur noch Farben auf farbigem Hintergrund, vielleicht geometrisch durchstrukturiert, aber nicht mehr.«*

»Ich werde Euren erhabenen Ratschlag der Akademie unterbreiten«, sagte Versorgungsmeister Grothmyn sofort.

Imperator Orbanaschol III. lachte. Es war ein unangenehmes, schrilles Lachen, das einen Unvorbereiteten meist zusammenzucken ließ. Allerdings gab es in Orbanaschols Nähe keinen Unvorbereiteten, weil jeder wusste, dass der Höchstedle dieses Zusammenzucken mit einer anderen Bewegung prompt beantworten ließ – dem Herabzucken eines Henkerschwertes.

Orbanaschol kicherte. »Was verstehst du von Kunst?«

»Zu wenig, um mich mit Eurer Erhabenheit messen zu können«, antwortete der Angesprochene sofort und zog sich vorsichtshalber katzbuckelnd einen Schritt zurück.

Orbanaschol lachte wieder, dann fiel sein Blick auf den Robot, der sich ihm langsam mit einem Tablett näherte. Er war zwar kein ausgesprochener Freund von Bedienungsmaschinen, aber ihm erschien das Risiko, einem Attentat zum Opfer zu fallen, dadurch wesentlich verringert, dass er nur Roboter als Service duldete. »Ah!«, rief er genießerisch. »Es gibt etwas zu essen. Lass mich raten, was es ist.«

Er nahm mit den Fingern ein Stück Fleisch von dem Kristallteller, tauchte es kurz in die Soße und schob sich dann das große Stück in den Mund. Dass Soße auf sein prunkvolles Gewand tropfte, störte ihn nicht. »Schnecken«, sagte er schmatzend. »Von Zalit, aus dem Südmeer. Ich würde sagen, vor einem halben Prago an der Küste von Abbalt gefischt.«

Grothmyn gab, hinter dem Imperator stehend, das Zeichen für den allgemeinen Beifall. »Die Zunge Eurer Erhabenheit«, drechselte der Mann, »ist nur mit dem Analysevermögen des chemischen Zentrallabors zu vergleichen.«

Orbanaschol grinste selbstgefällig und gab mit einer gönnerhaften Handbewegung das Zeichen zum Beginn des Festmahls. Rasch eilten Mädchen von Zalit in den Saal und trugen die Speisen auf. Zaliterinnen waren die neueste Mode im Kristallpalast, ihre kupferfarbenen Haare kontrastierten angenehm mit dem Weiß der Arkonidenhaare.

»Die Soße schmeckt allerdings, als habe der Koch ein paar zerstampfte Naats darunter gerührt«, fuhr Orbanaschol mit seiner Analyse fort.

Die dreiäugigen Riesen vom fünften Planeten des Arkonsystems rührten kein Glied, als eine Welle des Gelächters über sie hereinbrach. Sie waren den merkwürdigen Humor ihres Herrschers gewohnt, standen starr und aufrecht zwischen den Säulen und hielten ihre überschweren Waffen, mit denen normalerweise Kampfrobots ausgerüstet wurden, ständig schussbereit. Jedem der mehr als fünfhundert Gäste des Imperators war klar, dass ein Zeichen Orbana-

schols genügte, um die Naats in Mordmaschinen zu verwandeln, die ohne das geringste Zögern den Saal in ein Schlachthaus verwandelt hätten.

Außer den Naats der Leibgarde und dem Imperator selbst trug niemand im Saal eine Waffe. Orbanaschol war ein vorsichtiger Mann; er wusste nur zu gut, wie einfach es war, einen Imperator zu töten. Schließlich hatte er selbst den Thron nur durch Mord erklommen. Wie vorsichtig Orbanaschol war, merkte Grothmyn, als der Imperator erkannte, dass sein Versorgungsmeister hinter *ihm stand. Grothmyn trat sofort nach vorne und sah auf den kleinen Impulsstrahler, den Orbanaschol auf ihn gerichtet hatte, und murmelte unterwürfig: »Verzeihung, Eure Erhabenheit.«*

»Tu das nicht noch einmal«, gab Orbanaschol leise zurück. »Du weißt, dass ich es nicht mag, wenn mir jemand im Rücken herumschleicht.«

»Es wird nicht wieder vorkommen«, sagte Grothmyn demütig.

Orbanaschol wollte noch etwas sagen, als ein Mann langsam näher trat. Das Ärmelabzeichen wies ihn als Kurier aus. Er überreichte dem Imperator eine schmale Karte, die Orbanaschol hastig überflog. Grothmyn sah, wie der Imperator erbleichte, und sofort verfärbte sich auch sein Gesicht. Wie fast jeder im Saal war er vollkommen von Orbanaschol abhängig. Starb der Imperator, würde Grothmyn das Ende seines Herrn vermutlich nur um ein paar Tontas überleben.

Sein Aufstieg war untrennbar mit dem Orbanaschols verbunden. Als junger Mann einer der Assistenten des damaligen Oberbeschaffungsmeisters Sofgart, war Grothmyn nach der Gründung der gefürchteten Kralasenen-Truppe *Versorgungsmeister geworden. Die Position des Ka'Chronntis, eines der höchsten Zivilbeamten im Berlen Than, hatte Orbanaschol III. nach Sofgarts Ausscheiden aus dem Zwölferrat nicht mehr neu besetzt. Zuständig für die Finanzen, Wirtschaft, Steuern, Sektorenaufsicht und die gesamte zivile Logistik, vor allem Handel, Nachschub und Logistik auf Arkon II, war der jeweilige Oberbeschaffungsmeister des Imperiums schon von Amts wegen einer der mächtigsten Männer im Imperium. Zu mächtig für eine Person wie Orbanaschol. Dass die vakant gebliebene Position ein Vakuum hinterließ, das nachgeordnete Versorgungsmeister wie Grothmyn nach Gutdünken ausfüllten, war ein anderes Thema …*

»Lasst den Mann ein!«, befahl Orbanaschol. Seine Handbewegung verriet seine Erregung, und das gedämpfte Murmeln im Saal er-

starb sofort. Es dauerte nur wenige Zentitontas, bis der Bote vor dem Imperator stand und seine unterwürfige Ehrenbezeigung machte.

»Was höre ich da?«, fragte Orbanaschol, noch bevor der Mann mit seiner Verbeugung fertig war. Deutlicher hätte er seine Nervosität nicht zeigen können als mit diesem offenen Bruch mit den peinlich genau zu befolgenden Regeln der Etikette. »Der Stützpunkt Trantagossa ist gefallen?«

Arkon I, Kristallpalast: 3. Prago der Prikur 10.498 da Ark

Die Männer sprangen auf, ein Gewirr lauter Stimmen klang durch den Saal. Jeder wusste, was diese Nachricht bedeutete. Der Flottenstützpunkt war zwar nicht gerade das Herz des Imperiums, aber wer auch immer es geschafft hatte, Trantagossa anzugreifen und erfolgreich zu sein, hatte sein Schwert zu einem tödlichen Hieb erhoben.

»So ist es, Eure Erhabenheit«, sagte der Bote. »Die Maahks haben überraschend angegriffen. Sie konnten ihn zwar nicht erobern, aber als Stützpunkt ist Trantagossa für sehr lange Zeit ausgefallen.«

»Wo ist Heng?«, schrie Orbanaschol wütend. »Habe ich ihn zum Kommandeur von Trantagossa gemacht, damit er vor ein paar Maahkschiffen kapituliert?«

»Mascant Amarkavor Heng ist verschollen, nicht auffindbar.«

»Was heißt *nicht auffindbar?*«, keifte der Imperator. »Irgendwo muss er doch sein. Ist er geflohen, ist er tot?«

»Das wird sich wohl nicht mehr feststellen lassen.« Der Bote hatte den Ausdruck in den Augen des Imperators gesehen und wusste genug. »Die Maahks haben eine neue Waffe eingesetzt. Der so genannte *Zwergenmacher* lässt Lebewesen immer kleiner werden, bis sie endgültig verschwinden.«

Bei diesen Worten schien der Imperator in seinem Sessel zusammenzuschrumpfen. Fassungslos starrte er den Mann an, jeder im Saal konnte sehen, wie ihn die Furcht beschlich. Von einer solchen Waffe hatte noch niemand gehört, und gegen Waffen, die noch niemand kannte, gab es schwerlich Gegenmittel. Orbanaschol erkannte rasch, welch eine Bedrohung sich hinter dem Bericht des Boten verbarg.

»Es waren schätzungsweise siebzehntausend Schiffe, die von

den Methans eingesetzt wurden. Der Angriff ist zweifellos lange und sehr sorgfältig vorbereitet worden. Trantagossa wurde überrascht.«

»Überrascht?«, schrie Orbanaschol schrill auf. »Überrascht! Wofür unterhalte ich eigentlich einen Nachrichtendienst? Wieso kennen wir nicht die wichtigsten Stützpunktwelten der verfluchten Methans? Schläft der Geheimdienst? Wo sind die viel zitierten *Augen* der *Tu-Ra-Cel?*«

TRC war das arkonidische Akronym von *Tussan Ranton Celis*, frei übersetzt die »Augen der Imperiums-Welten«, und umschrieb durchaus treffend den Geheimdienst im Tai Ark'Tussan, während TGC das Akronym von *Tussan Goldan Celis* war, bezogen auf die »Goldan-Augen« des aus den Heroen-Sagas überlieferten Ungeheuers mit Hunderten überaus scharfsichtigen Augen. Die Tu-Gol-Cel war die »Politische Geheimpolizei des Imperators« und unterstand Mascant Offantur.

Der Mann, der nun langsam näher trat, war bleich; er wusste, dass ihn jetzt jedes falsche Wort den Kopf kosten konnte. »Eure Erhabenheit«, begann der Vertreter der TRC und vermied es, in Orbanaschols kleine, verschlagene Augen zu sehen. »Es ist außerordentlich schwierig, Informationen vom Gegner zu beschaffen.«

»Dafür werdet ihr auch außerordentlich gut bezahlt.« Orbanaschol beugte sich leicht vor. »Verglichen mit dem, was ihr leistet, werdet ihr entschieden zu gut bezahlt. Ich hätte nicht übel Lust ...«

Er verstummte und schien den Geheimdienstmann mit Blicken zerstückeln zu wollen. Ihm schien zu dämmern, dass er auf solche Männer angewiesen war, wollte er seinen Thron behaupten. Jetzt, da eine unübersehbare, den Bestand des Imperiums bedrohende Gefahr von außen unverkennbar war, musste sich Orbanaschol innenpolitisch zurückhalten. Das wusste er, und nur darum verzichtete er darauf, den Mann auf der Stelle verhaften und in einen Konverter werfen zu lassen. »Unsere Stützpunkte müssen wesentlich besser gesichert werden«, knurrte er schließlich. »Ich erwarte eine verstärkte und vor allem verbesserte Aufklärung. Wo ist der Befehlshaber der Aufklärer?«

»Tot, Höchstedler«, sagte der Kurier. »Er starb im Gefecht gegen die Maahks.«

»Umso besser für ihn«, fauchte Orbanaschol. Erregt sprang er auf und begann im Saal hin und her zu wandern. »Sonst hätte ich ihn jetzt töten lassen.«

Sein Blick wanderte über die Schar seiner Gäste. Fast alles, was im Großen Imperium Rang und Namen hatte, war versammelt. Die Männer warteten mit versteinerten Gesichtern darauf, dass sich der Imperator aus ihren Reihen das Opfer suchen würde. Irgendjemand würde seine Wut und Erregung mit dem Leben büßen müssen. Fraglich war nur, wer als Blitzableiter zu dienen hatte. Den Männern war auch klar, dass der Imperator Angst hatte; dass Orbanaschol sich dieser Gedanken seiner Untergebenen bewusst war, stand ebenfalls fest. Die Tatsache, dass er ein ausgemachter Feigling war und dass seine Männer dies wussten, reizte den Imperator nur noch mehr.

»Ich will Chergost sehen«, entschied er schließlich und ließ sich wieder in den Sessel fallen. »Sofort!«

Die Männer im Saal unterdrückten ein erleichtertes Aufatmen, es hätte den Höchstedlen nur unnötig gereizt. Allerdings wurden erstaunte Blicke gewechselt; niemand begriff, weshalb Orbanaschol ausgerechnet auf den jungen Chergost verfallen war. Erst als Orbanaschols Gesichtszüge einen etwas entspannteren Ausdruck annahmen, begriffen die Gäste, dass der junge Offizier nicht herbeizitiert wurde, um als Spielzeug für Orbanaschols grausame Launen zu dienen.

Es dauerte nur wenige Zentitontas, bis Chergost den Saal betrat. Er gab am Eingang seine Dienstwaffe ab und schritt aufrecht durch die Reihen der Gäste, die mehr oder minder respektvoll zur Seite traten, um ihm Platz zu machen. Die Karriere des jungen Mannes aus dem Tai-Khasurn der Ortizal hatte nach bestandener ARK SUMMIA und Aktivierung des Extrasinns an Bord eines Versorgungsschiffes begonnen, das es fertig gebracht hatte, sich gegen eine siebenfache maahksche Überlegenheit durchzukämpfen. Anschließend war Chergost befördert worden, und bevor noch die Urkunden und Rangabzeichen bei ihm eingetroffen waren, war sein Name schon wieder in sämtlichen Nachrichten aufgetaucht.

Chergosts erkennbarer Ehrgeiz war bislang auf kein Hindernis gestoßen, er hatte einen kometenhaften Aufstieg hinter sich. Als Familienmitglied eines *Großen Kelchs* des Mittleren Adels trug er den Titel eines *Dom-tiga*, eines *Dom*-Grafen Dritter Klasse. Wenn er sich weiter auszeichnete, würde ihn nichts von hohen und höchsten Staatsämtern fern halten können; sogar die Ernennung zum *Del-* oder *De-*Grafen würde nur eine Frage der Zeit sein. Der junge Mann war sich seines Rufes bewusst, das zeigte das Selbstvertrauen, mit dem er Orbanaschol entgegenging. Auch seine Verbeugung fiel nicht ganz so demutsvoll aus, wie viele Männer am Hofe es für erforderlich hielten.

»Ich freue mich, dich hier zu sehen, *Zhdopandel.*« Orbanaschol betrachtete das Abzeichen, das Chergost als *Sonnenträger* auswies. Die gelbe Sonnenscheibe mit dem zwölfzackigen Rand stand für den einfachsten Admiralsrang eines *Has'athor*, eines Admirals Vierter Klasse. »Du hast gehört, was mit Trantagossa geschehen ist?«

»Ich wurde informiert, *Begam*«, sagte der junge Mann ruhig. Dass er den Imperator mit seinem militärischen Rang ansprach, wurde von den Gästen ebenfalls sorgfältig registriert. »Eine üble Niederlage, aber nicht der Untergang des Tai Ark'Tussan.«

Es war Orbanaschol anzusehen, dass ihm diese Worte gefielen. Selbstverständlich bezog er Chergosts Ausspruch auf seine Regierung, nicht auf die Umsicht und Tapferkeit seiner Untergebenen, was der Wahrheit wesentlich näher gekommen wäre. »Ich habe dich ausersehen, *She'ianta*, mit einem starken Flottenaufgebot nach Trantagossa zu fliegen und dort wieder Ruhe und Ordnung herzustellen. Ich will wissen, ob sich der Stützpunkt wieder funktionstüchtig machen lässt; außerdem muss der Schuldige an dieser Katastrophe gefunden und hart bestraft werden.«

Der Befehl sagte klar und deutlich für jeden Kenner, dass es dem Imperator ziemlich gleichgültig war, wer letztlich der Schuldige an dem Desaster war oder ob es überhaupt jemanden gab, der für diese Niederlage hätte verantwortlich gemacht werden können. Ein Schuldiger musste her, und jedermann wusste, dass sich solche Leute immer und in jedem Fall finden ließen. Wehe dem Arkoniden, der in dieses Mahlwerk geriet: Ehe er sich's versah, war er als Hochverräter vor Gericht gestellt, abgeurteilt und hingerichtet. Und es würde die Aufgabe des jungen Chergost sein, einen solchen Hochverräter zu beschaffen, gleichgültig, um wen es sich dabei handelte.

Im Hintergrund des Saales holte ein Mann hörbar Luft. Vielleicht handelte es sich um einen persönlichen Feind Chergosts oder um einen Mann, der der Karriere des jungen Sonnenträgers gefährlich zu werden vermochte. Dann schwebte er jetzt in höchster Lebensgefahr. Sollte es Chergost einfallen, einen seiner Gegner zum Sündenbock für das Trantagossa-Desaster zu stempeln, würde es der Betreffende schwer haben, diesen Verdacht wieder von sich abzulenken. Irgendein zynischer Flottenoffizier hatte die Gastmähler bei Orbanaschol einmal mit dem Ausdruck *arkonidisches Roulett* versehen und damit den Nagel auf den Kopf getroffen. In einem höchst gefährlichen Spiel, dessen unberechenbarer Würfel Orbanaschols Launen waren, wurden Gewinne und Nieten verteilt, über Aufstieg und Absturz, wenn nicht Hinrichtung entschieden.

Einen Volltreffer hatte jetzt Chergost in der Hand. Mit Sicherheit würde Orbanaschol den jungen Mann mit umfassenden Vollmachten ausstatten. In jedem Fall würde seine Machtvollkommenheit ausreichen, sich den weiteren Weg an die Führungsspitze des Imperiums frei zu machen, nötigenfalls über die Henker des Imperiums.

»Eure Erhabenheit ...«, begann der junge Mann, wurde bleich und stockte.

»Sprich!« Orbanaschol lächelte sogar. »Was kann ich für dich tun?«

»Ich erbitte angesichts meiner Jugend um Bedenkzeit, *Zhdopanthi*«, stotterte der junge Mann.

Orbanaschol runzelte verärgert die Brauen. Eine solche Bitte war unerhört, Befehle des Imperators wurden grundsätzlich ohne Verzug ausgeführt! Chergost sah den Blick des Imperators auf sich ruhen und wechselte wieder die Gesichtsfarbe. Schweiß bildete sich auf seiner Stirn. Lange starrte Orbanaschol den jungen Mann an, dann nickte er langsam. »Gewährt«, sagte er schließlich knapp. »Du kannst dich zurückziehen.«

Chergost verbeugte sich tief und verschwand schleunigst, ohne sich um die Blicke zu kümmern, die im Saal getauscht wurden. Orbanaschol grinste. »Ich will unserem Geheimdienst eine letzte Chance geben. Natürlich hat Chergost keine Angst vor meinem Auftrag, er ist nicht ohne Grund Sonnenträger.«

»Ein kleiner Mondträger hat nicht viel zu verlieren«, bemerkte eine spöttische Stimme. »Ein Sonnenträger schon wesentlich mehr.«

»Nein, nein. Unser junger Freund hat irgendeinen Grund, warum er nicht nach Trantagossa will. Und ich möchte wissen, was das für ein Grund ist.«

Sein Blick traf den TRC-Geheimdienstmann in seiner Nähe. Der Orbton grinste selbstsicher. »Der Grund hat einen Namen. Seit einiger Zeit wird unser Freund Chergost überraschend häufig in der Gesellschaft von Prinzessin Crysalgira gesehen. Es hat den Anschein, als sei der tapfere Sonnenträger in einer unblutigen Schlacht vernichtend geschlagen und gefangen genommen worden.«

Orbanaschol brauchte einige Augenblicke, bis er die Nachricht begriffen hatte, dann begann er laut zu lachen. Nur die Männer, die unmittelbar in seiner Nähe standen und ihn sehr genau kannten, konnten den leisen Unterton in diesem Lachen heraushören, der nichts Gutes verhieß. Orbanaschol suchte mit den Augen den Versorgungsmeister; Grothmyn war mit den ungeschriebenen Regeln am Hofe des Imperators vertraut genug, um den wortlosen Befehl zu verstehen. Geräuschlos zog er sich zurück, während im großen Saal das Fest seinen Fortgang nahm.

Allgemeiner Gesprächsgegenstand war nun die Liaison zwischen Chergost und Crysalgira. Man klatschte gerne am Hofe Orbanaschols, und das besonders gerne, wenn es sich um scheinbar risikolose Dinge handelte wie beispielsweise das Privatleben prominenter Höflinge. Es gab nicht wenige, die dem jungen Chergost eine Verbindung mit der schönen Prinzessin gönnten. Jedes Mal, wenn ein Wortfetzen dieser Art an Orbanaschols Ohren drang, verdüsterten sich seine Züge; in seinen Augen glomm ein düsteres Feuer auf.

Hätte Chergost dom Ortizal diesen Blick sehen können, wäre er vermutlich auf der Stelle umgekehrt. So aber folgte er vertrauensvoll der jungen Frau, die ihn vorsichtig durch die Räume des weitläufigen Kristallpalasts führte. Längst hatten die beiden den Bereich verlassen, den Chergost ohne spezielle Besuchserlaubnis betreten durfte. Wurde er jetzt von den Palastwachen ertappt … Chergost wagte gar nicht erst, daran zu denken.

»Leise«, flüsterte Keratoma. »Warum müsst ihr Soldaten immer so fürchterlich laut auftreten?«

Sie gab ihm ein Handzeichen, als der Servierrobot um eine Ecke gebogen war. Es verstand sich von selbst, dass der misstrauische Imperator sogar Servoroboter und Reinigungsmaschinen zur Überwachung benutzte. Keratoma durfte sich in diesem Bereich ungefährdet bewegen; zum Ausgleich war sie ein Risiko eingegangen, als sie Chergost außerhalb der Privatgemächer der Prinzessin in Empfang genommen hatte. Der Weg war schwierig und kompliziert, es galt, zahlreichen Fallen und Sensoren aus dem Weg zu gehen. Mit anderen Personen durfte Chergost ebenfalls nicht zusammentreffen; ihm fehlte an seiner Uniform das Zeichen, das ihn als Mitglied des Hochadels von Arkon ausgezeichnet hätte. Es dauerte eine halbe Tonta, bis Keratoma für Chergost eine Tür öffnete und sich nach seinem Eintreten sofort zurückzog.

»Sei mir willkommen, Chergost«, sagte Crysalgira lächelnd. Sie entstammte der Familie der Quertamagin, und das bedeutete nicht wenig. Als Erstgeborene des hochadligen Oberhaupts des Thi-Khasurn, dessen beide Söhne bereits im Krieg gegen die Methans gefallen waren, war sie die designierte Nachfolgerin. Regir da Quertamagin war ein »Ta-Fürst Erster Klasse«; seit er Khasurn-Oberhaupt war, trug er den traditionellen Vornamen – eigentlich hieß Crysalgiras Vater Ertonn.

Die Quertamagins hatten etliche Imperatoren gestellt, Admiräle und Mitglieder des Großen Rates. An Rang, Namen und Einfluss standen sie gleichberechtigt neben den Gonozals, Orbanaschols, Zoltrals und anderen Familien, die ihre Familienchroniken bis in die Urzeiten des Imperiums zurückverfolgen konnten. Hätte einer der Quertamagins behauptet, dass ihm die Hälfte von Arkon II gehörte, wäre diese Angabe zweifellos geglaubt worden. Der Reichtum von Crysalgiras Familie hatte längst den Bereich hinter sich gelassen, in dem er noch in Zahlen ausgedrückt werden konnte.

Die Mode am Hofe des Imperators wechselte oft; in den letzten Arkonperioden war es üblich geworden, die starre Maske der Etikette zu durchbrechen und Ergriffenheit bei jeder sich bietenden Gelegenheit darzustellen. Daher lachte die junge Frau nicht auf, als der Mann in die Knie sank und ihren Namen flüsterte.

Crysalgira war noch jung, knapp neunzehn Jahre alt. Hätte nicht schon die vollendete Figur der hochgewachsenen, schlanken

Frau genügt, ihr die Aufmerksamkeit des Hofes zu sichern, wäre sie zweifellos durch ihr überschäumendes Temperament aufgefallen. Crysalgira lächelte Chergost an und winkte ihn näher. Sie hatte es sich auf einer breiten Liege bequem gemacht. Von welchem Planeten die weichen, langhaarigen Felle stammten, die das Lager bedeckten, wusste sie wahrscheinlich nicht, aber es war sicher, dass es zu diesen Fellen im Palast kein Gegenstück gab. Die Quertamagins hatten eine leidenschaftliche Schwäche für Unikate, Kunstwerke, die es nur einmal in der bekannten Welt gab. Crysalgira hatte ihr silbriges Haar hochgesteckt, dadurch wurden die mandelförmigen Augen stärker betont. Die Jochbögen in ihrem Gesicht standen leicht hervor und verliehen ihr einen Reiz, der auf Arkon fast exotisch zu nennen war.

»Du bist kühn«, sagte sie leise. »Es ist eine sehr gefährliche Zeit, um mich zu besuchen.«

Chergost, der wie gebannt in die großen, rötlichen Augen gestarrt hatte, erwachte aus seinen Tagträumen und schrak auf. »Kühn«, wiederholte er, machte ein paar Schritte und setzte sich neben sie auf die Liege. Es war dieses Verhalten, das ihn für Crysalgira sympathisch machte. Jeder andere im Kristallpalast hätte sich erst dann dem Lager zu nähern gewagt, wenn sein Vorrat an Schmeicheleien und Floskeln fast erschöpft war. Chergost war dieses närrische Getue zuwider. Männer, die – wäre dies möglich gewesen – die Blicke ihrer Geliebten in Schmuckschatullen aufbewahrten, um sie in stillen Tontas anzuschmachten, erregten seinen Ärger und Widerwillen. »Es war nicht kühn. Eher der reine Selbstmord. Ich wurde vorhin zu Seiner Erhabenheit zitiert. Hast du erfahren, was mit Trantagossa geschehen ist?«

»Ich habe Gerüchte gehört. Ist es so schlimm?«

»Die weitgehende Zerstörung des Stützpunkts trifft den Lebensnerv des Imperiums. Imperator Orbanaschol hat mich dazu ausersehen, dort nach dem Rechten zu sehen.«

»Das heißt, du musst mich verlassen«, setzte Crysalgira den Gedankengang fort.

»Vielleicht für immer. Dieser Auftrag ist lebensgefährlich wie kein zweiter. Ein übleres Himmelfahrtskommando hätte sich Orbanaschol für mich kaum aussuchen können.«

»Will er dich auf diese Weise aus dem Weg schaffen?«

»Ich glaube nicht.« Chergost versuchte sie zu beruhigen. »Ich bin davon überzeugt, dass er mir die Lösung dieses Problems zutraut und mir eine Chance geben will, mich noch mehr auszuzeichnen. Aus diesem Grund kann ich auch nicht ablehnen, es wäre das Ende meiner Karriere.«

»Gilt dir das so viel?«

Chergost schüttelte heftig den Kopf. »Natürlich nicht. Aber als Degradierter habe ich noch weniger Möglichkeiten, dich zu sehen. Und an eine legale Verbindung zu denken …«

Er brauchte nicht weiterzusprechen, denn sie kannte als Prinzessin die kristallinen Standesregeln auf Arkon I besser als er. Schon eine Verbindung der hochedlen Crysalgira mit dem berühmten Sonnenträger wäre ein Wagnis gewesen, aber eine Ehe zwischen einer Prinzessin und einem degradierten kleinen Flottenoffizier war völlig ausgeschlossen. Niemals hätten die Hochedlen Arkons zugelassen, dass sich Personen niederen Standes in ihre Kreise drängten.

»Ich muss den Auftrag annehmen.« Chergost seufzte und begann im Zimmer auf und ab zu gehen, zermarterte sich den Kopf, um einen Ausweg aus dem Dilemma zu finden. »Ich habe keine andere Wahl.«

»Gräme dich nicht.« Crysalgira sah ihn mit jenem schmachtenden Blick an, mit dem sie am Hofe jeden halbwegs gesunden Mann um den Finger wickeln konnte. »Ich werde dich begleiten.«

»Das wird Orbanaschol niemals zulassen.«

Sie lächelte hintergründig. »Er wird es gar nicht erst erfahren«, sagte sie selbstbewusst. »Ich werde dich heimlich nach Trantagossa begleiten.«

Abrupt unterbrach Chergost seine unruhige Wanderung, starrte sie verblüfft an. »Crysalgira!«, rief er fassungslos. »Dieser Auftrag ist lebensgefährlich; selbst wenn wir ihn heil überstehen sollten, wird uns die öffentliche Meinung in Stücke reißen. Orbanaschol wird toben.«

»Mag er brüllen und keifen«, gab sie kühl zurück. »Auch die Macht des Imperators hat ihre Grenzen. Er wird es nicht wagen, sich an einer Quertamagin zu vergreifen.«

»Glaub das nicht. Es heißt, dass er nicht einmal davor zurückgeschreckt haben soll …« Er unterbrach sich und sah sich um. *Diesen* Verdacht auszusprechen hieß das Schicksal herausfordern! Erfuhr Orbanaschol, dass Chergost ihn des *Brudermordes* verdächtigte, war das Leben des jungen Sonnenträgers nicht mehr wert als ein Fingerhut voll Hydraulikflüssigkeit.

»Ich weiß, was du sagen willst. Trotzdem, ich werde dich begleiten.«

»Das lasse ich nicht zu.« Es war Chergost anzusehen, dass er seine Worte ernst meinte. Allerdings wusste er auch sehr genau, dass seine Angebetete einen ausgesprochenen Dickschädel hatte.

Bevor Crysalgira Zeit finden konnte, ihren Standpunkt unmissverständlich klar zu machen, erklang ein Geräusch. Chergost zuckte zusammen, aber er konnte nicht mehr fliehen. Wieder wurden Türen heftig aufgestoßen, diesmal die Tür zu Crysalgiras Gemach. Vier Naats stampften in den Raum, gefolgt von einem Mann, dessen Abzeichen ihn als ein Mitglied der *Tu-Ra-Cel* auswies.

»Was erdreisten Sie sich?«, fragte sie scharf, richtete sich auf und funkelte den Geheimdienstorbton an. »Rufen Sie diese ungeschlachten Kolosse zurück, und dann werden Sie sich für Ihr ungezogenes Betragen bei mir entschuldigen.«

Der Offizier lächelte herausfordernd, deutete eine Verbeugung an. Er musste sich seiner Sache außerordentlich sicher sein, sonst hätte er es nicht gewagt, seine Begrüßung so nachlässig ausfallen zu lassen. »Verzeiht, Prinzessin«, sagte er lächelnd. »Unser Eindringen – für das ich um Vergebung bitte – galt selbstverständlich nicht Euch. Vielmehr war es unser Auftrag, diesen unverschämten Eindringling festzunehmen.« Er drehte sich zu Chergost um; Crysalgira sah, mit welcher Zufriedenheit er es genoss, einem Sonnenträger Befehle geben zu können. »Sie wissen, Sonnenträger, dass Sie in diesen Räumlichkeiten nichts zu suchen haben. Ich habe den Auftrag, Sie festzunehmen. Das Verhör wird klarstellen, zu welchem Zweck Sie in die Gemächer der Prinzessin eingedrungen sind. Durchsucht ihn!«

Der Befehl galt den Naats, die, ohne zu zögern, die Taschen des Sonnenträgers durchwühlten. Dass Chergost vergessen hatte, vor Betreten des Sperrbezirks seine Waffe abzulegen, brachte ihn in eine bedrohliche Lage. Es war durchaus möglich, dass ihm sein Eindringen als Attentatsversuch ausgelegt wurde. Eins jedenfalls war sicher: Fürs Erste würde Chergost in den Gewölben des Hügels der Weisen verschwinden. Der Sonnenträger unternahm keinen Versuch der Gegenwehr. Es hätte ihm nichts genutzt, denn die Naats waren angewiesen, in solchen Fällen rücksichtslos von der Waffe Gebrauch zu machen.

Crysalgiras Gesicht wirkte wie eine festgefrorene Maske; mühsam unterdrückte sie ihre Gefühle, denn auch ihr war klar, dass sie im Augenblick nichts für Chergost zu tun vermochte. Sie hätte höchstens ihre eigene Lage gefährdet. Die Selbstbeherrschung fiel ihr umso schwerer, weil das selbstgefällige Grinsen des Geheimdienstlers deutlich zeigte, dass der Mann sehr genau wusste, was Chergost in diesen Teil des Palastes geführt hatte. Crysalgira kannte den Mann. Sie hatte einmal einen Annäherungsversuch ziemlich brüsk zurückgewiesen. Entsprechend stark kostete der Mann nun die Peinlichkeit der Lage aus.

»Er scheint nichts gestohlen zu haben«, meldete einer der Naats.

»Schafft ihn fort!«, ordnete der Orbton an, wandte sich wieder an Crysalgira und fuhr mit einem boshaften Lächeln fort: »Ich hoffe, Prinzessin, Ihr werdet nachts ruhiger schlafen, nachdem wir diesen Unhold dingfest gemacht haben.«

Sie strengte sich an, und es gelang ihr, das Lächeln ohne größere Verzerrung zu erwidern. »Ich bin Ihnen sehr dankbar«, sagte sie reserviert. »Sie werden sehen, wie dankbar ich bin, wenn ich mich für Ihren selbstlosen Einsatz revanchieren werde.«

Für einen Wimpernschlag zeigte das Gesicht des Offiziers einen Anflug panischer Angst, dann hatte er sich wieder gefasst. Immerhin fiel seine Ehrenbezeigung wesentlich vorschriftsmäßiger aus, als er sich hastig entfernte. Er konnte nicht hören, wie hinter ihm ein Parfumflakon an der Tür zerschellte, die er gerade geschlossen hatte. Dem Fläschchen folgten noch ein paar bestickte Hausschuhe, dann warf sich Crysalgira auf ihr Lager.

Sie war zu selbstsicher und intelligent, um wegen des Vorfalls in Tränen auszubrechen, dennoch biss sie vor Wut die Zähne zusammen, als sie sich zwei Dinge schwor: Sie wollte den unverschämten Orbton für seine Frechheit züchtigen – und natürlich ihren Geliebten aus den Klauen Orbanaschols zu befreien versuchen. Sobald sie sich wieder beruhigt hatte, machte sich Crysalgira daran, einen Plan auszuarbeiten, der Chergost seine Freiheit wiederbringen sollte.

Es war dunkel in dem Raum; außer seinen eigenen Atemzügen konnte Chergost nicht das geringste Geräusch hören. Er fühlte sein Herz rasend schnell schlagen. Die Naats hatten ihn mitgeschleppt und sich nicht einmal die Mühe gemacht, ihm zu verbergen, wohin der Weg führte. Chergost hatte sich den Weg genau gemerkt; wäre er frei gewesen, hätte er ohne Schwierigkeiten zurückgefunden.

Der Weg hatte tief ins Innere des Hügels der Weisen geführt. Nach Chergosts Schätzung war er nun mindestens zweitausend Meter unterhalb des riesigen Trichtergebäudes, in dem traditionsgemäß die Imperatoren des Großen Imperiums wohnten. Was sich rings um Chergost befand, welche Räumlichkeiten noch unter der Planetenkruste verborgen waren, konnte der Sonnenträger nicht abschätzen, aber er war sich sicher, dass man in den Höhlen, Kavernen und Kasematten die Bevölkerung einer Großstadt hätte unterbringen können. Chergost wusste genau, dass er keine Chance hatte, aus seinem Gefängnis zu entkommen. Zwischen ihm und der Freiheit lag nicht nur ein endlos erscheinender Weg, sondern auch mehr als eine einsatzbereite Raumlandedivision bester arkonidischer Elitetruppen.

Geblendet schloss Chergost die Augen, als sich plötzlich die Tür zu seinem Verlies öffnete. Als er wieder sehen konnte, erkannte der Sonnenträger den Imperator, der im Rahmen der Tür stand und den Gefangenen nachdenklich betrachtete. Chergost richtete sich auf, sein Rücken versteifte sich. Er wusste, dass er sich nun jedes einzelne Wort genau überlegen musste, bevor er es aussprach. Dass sich Orbanaschol in eigener Person zu ihm herabbemühte, deutete Chergost als Beweis dafür, dass es ihm einstweilen noch nicht ans Leben gehen würde. Noch hatte er eine Chance.

»Du bist noch jung, Chergost«, sagte Orbanaschol. »Jung und leichtsinnig. War es nötig, sich in die Gemächer Crysalgiras zu schleichen?«

»Hätte ich eine offizielle Besuchserlaubnis bekommen?«

Orbanaschol lachte unterdrückt. »Selbstverständlich nicht. Wer stellt schon Freibriefe für Wilderer aus?«

Chergost erbleichte. Jetzt erst begriff er die Größe der Gefahr, in der er sich befand. Nicht nur der halbe Hof stellte Crysalgira nach; zu den Männern, die sich um ihre Gunst bewarben, gehörte also auch Orbanaschol höchstselbst. Dem Imperator musste es ein Leichtes sein, seine Nebenbuhler aus dem Wege zu räumen.

»Es ist die Frage, wer wo wildert«, murmelte Chergost trotzig.

Orbanaschol kniff die Augen zusammen. »Du bist ziemlich unvorsichtig in der Wahl deiner Worte.«

»Ich weiß, dass mir nun jedes gesprochene Wort den Tod bringen kann, die nicht gesprochenen ebenfalls. Wenn es schon sein muss, will ich wenigstens an solchen Worten sterben, die mir gefallen.«

Orbanaschols Gesicht zuckte, aber der Imperator beherrschte sich. Chergost interessierte ihn nicht sonderlich, als Nebenbuhler war er nicht ernst zu nehmen. Früher oder später würde ihm Crysalgira zufallen; es gab keine Frau, die es fertig gebracht hätte, sich auf die Dauer den Nachstellungen des *Tai Moas* zu entziehen. Zudem war Chergost ein hervorragender Offizier; solange er im Kampf gegen die Maahks den gleichen Mut bewies, den er jetzt Orbanaschol gegenüber zeigte, war er für das Reich wichtig und wertvoll.

»Ich werde dir eine Chance geben. Du weißt, dass du dein Leben verwirkt hast. Übernimm den Auftrag, dann wirst du rehabilitiert sein. Überlege schnell und entscheide dich.«

Chergost brauchte nicht nachzudenken, dafür waren die Alternativen zu klar. Natürlich hätte er jetzt weiter trotzen können, aber das hätte ihn augenblicklich den Kopf gekostet. Als Leichnam konnte er wenig mit Crysalgiras Zuneigung anfangen. Blieb er am Leben, bot sich wenigstens andeutungsweise eine Möglichkeit, Crysalgira unter veränderten Umständen wiederzusehen. »Ich übernehme den Auftrag.«

»Das dachte ich mir«, sagte der Imperator mit einem boshaften Lächeln. Er gab ein Zeichen, vier Männer erschienen, Soldaten der Raumlandedivision. »Nehmt ihn mit und bringt ihn an Bord seines Schlachtschiffs!« Chergost folgte den Männern. Hinter sich hörte er Orbanaschol sagen: »Ich wünsche dir viel Erfolg, Sonnenträger Chergost.«

Zum Erstaunen des jungen Mannes klang dieser Wunsch sogar aufrichtig. Dennoch wurde Chergost die Gewissheit nicht los, dass er von jetzt an doppelt auf der Hut sein musste. Nicht nur die Maahks würden ihm ans Leben wollen, von nun an musste er auch gewärtig sein, einem gedungenen Mörder im Dienste des Imperators in die Hände zu fallen.

Erst als Chergost den kleinen Raumhafen erreicht hatte, von dem aus er nach Arkon III gebracht werden würde, fühlte sich der Sonnenträger wieder einigermaßen sicher. Zwei der Soldaten begleiteten ihn auf dem Flug zum Kriegsplaneten des Imperiums. Während der Landung konnte Chergost große Teile des Planeten überblicken. Immer tiefer fraß sich die Kriegsindustrie in das Innere der Welt. Riesige Baustellen wiesen auf die subplanetarischen Fabrikationsanlagen hin, von deren Bandstraßen künftig große und größte Schiffseinheiten serienmäßig ausgestoßen werden würden. Schon jetzt war Arkon III die größte bekannte Raumschiffswerft der Öden Insel, aber es war abzusehen, dass sie im Laufe des nächsten Jahrzehnts noch wesentlich gigantischer werden würde.

Die Soldaten der Raumlandedivision wichen erst von Chergosts Seite, als der Sonnenträger sein Flaggschiff erreicht und an Bord gegangen war. Während die Einheiten des Geschwaders vom Raumhafen abhoben, war Chergost zu beschäftigt, um an Crysalgira zu denken. Erst als die Schiffe in gleichmäßigem Flug dem Transitionspunkt entgegenrasten, fand der Sonnenträger Zeit, wehmütig an die Geliebte zu denken.

7.

Atlan: *Ssumas Reaktion war Entsetzen, als ich ihm eröffnete, ins* Tiefe Land *vordringen zu wollen. Er beschwor mich geradezu, von meinem Vorhaben Abstand zu nehmen. Ich ließ mich nicht umstimmen. Ausgerüstet mit dem Schwert, der Harpune, die nach meinen Wünschen einen neuen Lademechanismus bekommen hatte, und einem Beutel Bolzen, deren Spitzen von Ffem in Gift getaucht worden waren, machte ich mich auf den Weg …*

Über dem *Tiefen Land:* 19. Prago der Prikur 10.498 da Ark

Die Piratenfestung Ssumas und seiner Anhänger war nicht mehr zu sehen. Vor einer halben Tonta bereits war ich an dem Pylon vorbeigeschwebt, an dem eins der Ankertaue befestigt war. Ich hatte mir Gedanken gemacht, wohin diese hohlen Röhrenfelsen wohl führen mochten. Aus den Antworten der Dnofftries, die ich auf dieses Problem hin angesprochen hatte, war nichts Konkretes zu entnehmen gewesen. Das Thema Pylonen war, wie so viele anderen Themen auch, tabu.

Ich glitt weiter. Manchmal mit den Bewegungen eines Schwimmers, wenn ich in eine Zone der Stagnation kam. Sobald ich jedoch nur den Hauch einer Gravoströmung verspürte, ließ ich mich wieder treiben. Tontas vergingen. Irgendwann glaubte ich zu meiner Linken eine Gravo-Echse zu sehen. Als ich genauer hinsah, war nichts zu bemerken. Ich hatte mich geirrt. Das rot glühende Dämmern ringsum war leer. Ich war allein in dem fremden Medium, allein mit meinen Gedanken.

Ohne es zu merken, glitt ich immer schneller durch die Strömungen. Dann weckte mich ein Geräusch aus meinen Gedanken. Vor mir sah ich den Zusammenprall verschiedener atmosphärischer Turbulenzen. Ich erkannte die Anzeichen sofort, die mir Ffem beschrieben hatte – eine *Neutrale Zone.* Ich stemmte mich gegen die Strömung, versuchte mit kräftigen Bewegungen an den Rand zu gelangen und merkte, dass ich immer tiefer hinabgezogen wurde. Nein, nicht gezogen. Die tragenden Kraftfelder ringsum wurden schwächer, je weiter ich in sie hineintrieb. Ich hoffte nur, dass sie nicht abrupt endeten.

Ich war noch gut dreihundert Meter über dem *Tiefen Land*. Unter mir sah ich Felsen, dann wieder Dünen, die sich wie erstarrte Meereswogen im Dunst verloren. Plötzlich fiel ich. Ich schrie, während ich durch die Atmosphäre stürzte. Hundert Meter bis zum Aufschlag. Fünfzig. Ich schloss mit dem Leben ab. Ich sah mich bereits mit zerschmetterten Gliedern irgendwo dort unten, als ein winziger Ausläufer einer Gravoströmung meinen Fall bremste. Trotzdem kam ich zu hart auf. Viel zu hart …

Ich kam zu mir und versuchte mich zu bewegen, merkte plötzlich, dass ich eine Zeit lang bewusstlos gewesen war. Diesmal gelang es mir, mich umzudrehen und an mir hinabzusehen. Ich sah fürchterlich aus. Überall klebte Blut. Da mir jeder Knochen einzeln wehtat, wusste ich nicht gleich, woher es kam. Ich tastete meine Glieder ab. An der rechten Schulter entdeckte ich einen langen Schnitt. Meine Kleidung war über der Brust zerrissen, darunter spürte ich einige Platzwunden. Aus einer Schramme auf meiner Stirn sickerte noch immer Blut. Zog ich die Wunden in Betracht, war der Schmerz gar nicht so schlimm. Zweifellos stand ich unter Schock. Aber ich lebte, konnte riechen und den Wind hören, fühlte den Sand unter meinen Fingern. Ich ließ mich zurückfallen …

… und hörte Fartuloon sagen: *»… verlasse mich auf dich … bringe sie in Sicherheit … übertrage dir die Verantwortung …«*

»Ich versuchte es«, rechtfertige ich mich. »Ich versuchte es wirklich …«

»Schon gut«, sagt Farnathia leise. Sie steht neben mir im hellen Sonnenlicht und sieht mich traurig und doch tapfer lächelnd an. »Du hast alles getan, was in deiner Macht stand … Ich liebe dich trotzdem.« Sie dreht sich um und geht langsam auf den Henker zu, der in seiner schwarzen Kleidung wie ein Bote der Hölle unter dem Tor steht, die Hände auf dem Knauf des Richtschwerts. Jetzt hebt er das funkelnde Eisen, die Kapuze gleitet ihm vom Kopf. Ich schreie gellend auf, als ich das Gesicht Magantillikens erkenne, stürze auf ihn zu, will ihm Farnathia entreißen, aber Mascant Heng stellt mir kichernd ein Bein, und in meinem Kopf explodiert etwas …

Als ich das nächste Mal zu mir kam, war ich allein. Und hatte das Gefühl, zu verdursten. Die Hitze war mörderisch, ein dumpfer Schmerz drückte in der Hüftgegend. Ich blickte an mir hinab, ich lag mit meiner Hüfte auf dem Schwert, das Ssuma mir geschenkt hatte. Meine Hand tastete mühsam herum, fand Halt an einem Stein. Ich rollte herum, der Druck ließ nach. Ich bewegte meine schmerzende Brust, zwinkerte, dann wurde mein Blick klarer. Es dauerte jedoch lange, bis ich die nähere Umgebung erfassen konnte. Ich lag in einer Sandmulde. Ringsum waren Felsen und ein Gewirr von Luftwurzeln. Dahinter hörte ich die Laute rinnenden Wassers.

Wasser.

Ich drehte mich auf den Bauch und begann zu kriechen. Es war ein langer Weg – fast fünfzig Meter –, und ich verlor mehrmals das Bewusstsein. Aber ich erreichte die Wasserstelle noch vor Einbruch der Dunkelheit. Felsen und ein Gewirr undurchdringlicher, zäher Luftwurzeln bildeten an drei Seiten einer kleinen Sandmulde einen natürlichen Schutz, während die vierte offen war.

Das Wasser quoll als kleine Fontäne aus dem Boden, bildete einen winzigen Teich, ehe es an Ort und Stelle wieder im Sand versickerte. Ich kroch bis zum Rand und tauchte mein Gesicht hinein. Gierig trank ich in langen Zügen. Es schmeckte stark nach gelösten Mineralien und war alles andere als kühl, aber es schien mir das Köstlichste, was ich seit langem genossen hatte.

Danach schlief ich wohl sehr lange.

Als ich aufwachte, war es heller Tag. Der Himmel über mir glühte in den Mittagsfarben, meine Wunden schmerzten stärker. Zum Glück hatte ich mir nichts gebrochen. Unter Aufbietung aller Kräfte wälzte ich mich in das warme Wasser des Tümpels und ließ nur den Kopf auf dem Trockenen. Und als ich das nächste Mal aufwachte, fühlte ich mich besser. Die Schmerzen waren bis auf ein dumpfes Ziehen im Körper verschwunden. Ich verspürte Heißhunger. Daraus schloss ich, dass ich wieder bei klaren Sinnen war. Mindestens ein halber Prago war seit meinem Absturz vergangen.

Ich ließ meine Blicke wandern. Ganz in der Nähe erhob sich ein offener Schotenbaum. Mühsam kroch ich aus dem Wasser, tastete nach dem Schwert – es hing noch an meiner Hüfte – und schlug eine der unterarmlangen Schoten von der Blüte. Der Hieb kostete meine ganze Kraft und ließ schwarze Ringe vor meinen Augen entstehen. Erschöpft ließ ich das Schwert fallen, während der Baum ein klagendes Seufzen hören ließ, das an gestrichene Cellosaiten erinnerte, und sich schloss. Wenig später hatte er die äußeren, lederharten Blätter um die Blütenkrone gelegt und glich nun einem überdimensionalen Kohlkopf auf einem schuppigen Stiel.

Nachdem sich mein keuchender Atem etwas beruhigt hatte, setzte ich einen der Widerhaken des Schwertes an der richtigen Stelle an – ganz wie es mich Ssuma gelehrt hatte – und knackte die Schale. Das Fruchtfleisch sättigte mich für eine Weile. Danach kroch ich ins Wasser zurück und schlief wieder ein.

Ich erwachte, weil ich fror. Trotzdem fühlte ich mich wie neugeboren. Ich hatte keine Infektion bekommen. Wahrscheinlich hatte das stark mineralhaltige Wasser die Bildung von Keimen verhindert. Vielleicht gab es im »Mikrokosmos« überhaupt keine Mikroben. Jedenfalls hatten sich die Wunden geschlossen und mit neuer Haut überzogen.

Schließlich war ich wieder so weit, dass ich aufstehen und mich umsehen konnte; es war später Nachmittag. Ich suchte den Himmel ab, ging danach auf meiner Schleifspur zurück. Meine Füße sanken tief im Sand ein. Ich fand die Harpune und den Beutel mit den Bolzen. Nachdenklich betrachtete ich die tiefe Mulde, die deutlich die Abdrücke meines Körpers trug. Dort war ich nach meinem Sturz aufgeschlagen. Ein Wunder, dass ich den Fall überlebt hatte. Erinnerungsfetzen kehrten zurück – wie hatte Ssuma zu mir gesagt? *»Halte dich fern von den* Neutralen Zonen, *sonst gibt es kein Zurück mehr für dich. Selbst wenn du den Sturz überleben solltest. Zu mannigfaltig sind die Gefahren des* Tiefen Landes.«

Ich richtete meine Blicke hinauf in den rot glühenden Himmel. Inzwischen hatte ich gelernt, die Schlieren und Spiegelungen richtig zu deuten, die nichts anderes als mehr oder minder schnelle Gravoströmungen waren. Ich war in der Lage, ihre Richtung zu bestimmen, und wusste, wie die Auf- und Fallströmungen benutzt werden mussten, um von einem Kraftfeld zum anderen überwechseln zu können. Genau über mir sah ich die Strahlenbrücke des *Großen Stromes*, die sich wie ein krümmungsloser Regenbogen über den Himmel erstreckte und in beiden Richtungen in der Unendlichkeit des roten Dunstes verlor.

Der *Große Strom!* Wenn ich ihn erreichen könnte, fände ich sofort wieder zurück zur Felsenfestung der Piraten. Aus den Augenwinkeln erkannte ich eine Bewegung in den Schleiern einer Gegenströmung weit über mir. Dort zog eine Gravo-Echse ihre Kreise. Sie musste riesig sein, weil ich sie so deutlich sehen konnte. Jagdfieber packte mich. Ich wünschte mir, ich wäre jetzt an der Seite Ssumas und der anderen Jäger …

Träume nicht, holte mich die Stimme des Logiksektors in die Wirklichkeit zurück. *Du hast vorerst genug andere Probleme.*

Das Problem war für mich, zu überleben und herauszufinden, wie ich zu den Piraten zurückkehren konnte. Es musste einen Weg hinauf geben.

»Versuchen wir zunächst, die Oase etwas näher kennen zu lernen«, murmelte ich. Ich schlang mir die Harpune um, nicht ohne Schmerzen, da mein rechter Arm noch nicht mitmachen wollte, und wanderte zum Rand dieser Vegetationsinsel. Ich erreichte schnell die letzten Ranken und Schotenbäume. Vor mir lag das *Tiefe Land.* Es war flach, leer und heiß. Der Gluthauch des stetigen Windes brach sich an den Felsen. Ich kniff die Lider zusammen. Die Einöde war erschreckend. Sie bot aus diesem Blickwinkel das Bild absoluter Verlassenheit. Endlos, vom Horizont, der sich im roten Dunst verlor, bis zur Oase und nach allen Seiten.

Nein, widersprach mein Extrasinn. *Nicht endlos. Erinnere dich an die Worte Ssumas, erinnere dich, wie die Dnofftries voller Furcht vom »Ende der Ebene« sprachen!*

Ein weiteres Problem, das der Lösung harrte. Es gab noch so viele Fragen, so viele neue Probleme. Doch zunächst musste jenes meiner Rückkehr geklärt werden. Ich umrundete die Oase, in der Hand die gespannte Harpune, geladen mit einem vergifteten Bolzen. Dann erlebte ich einen neuerlichen Schock. Eine tiefe, breite Schleifspur zog sich aus der Wüste bis zum Rand der Oase. Es gab also Tiere oder andere Wesen. Ich untersuchte die Spur; der Sand in ihr war festgebacken und gleichmäßig quer gerillt. Ich hatte die Vision einer Planierraupe, die sich hier durch den Sand gewälzt hatte. Was immer diese Spur verursacht hatte, es musste riesig gewesen sein. Mich fror plötzlich, als ich daran dachte, wie ich ohnmächtig im Tümpel gelegen hatte, wehrlos, hilflos.

Es wurde Zeit, dass ich von hier verschwand.

Die Schatten waren längst über den Himmel gezogen; es war Abend – oder wie immer man diesen Zustand hier bezeichnen wollte. Das helle Glühen des Tages hatte einem Dunkelocker Platz gemacht. Es wurde in dieser Welt nie wirklich dunkel. Der Wind, der aus der Wüste kam, war um eine Winzigkeit abgekühlt, dennoch war es noch immer heiß genug. Der Schweiß stand auf meiner Stirn, brannte in meinen Augen. Ich lehnte mit dem Oberkörper an einer Luftwurzel und überlegte. *Wohin muss ich gehen? In welche Richtung?*

Ich ließ mich auf die Fersen nieder und zeichnete mit einem Stock einige Punkte und Linien in den Sand. Dann überlegte ich, wie das *Tiefe Land* ausgesehen hatte, als ich in die *Neutrale Zone* eingedrungen war – wozu hatte ich schließlich ein fotografisches Gedächtnis. Ich überlegte ferner, in welcher Richtung ich einige der schwarzen Säulen gesehen hatte, die von der Ebene des *Tiefen Landes* in den Himmel ragten und die einzigen Zugänge zum Reich der Dnofftries zu sein schienen.

Ich vergegenwärtigte mir die Lage einiger markanter Erhebungen, die ich noch gut im Gedächtnis hatte, schätzte die verschiedenen Entfernungen ab und wusste zum Schluss, dass ich rund fünfzig Kilometer zurückzulegen hatte, um auf die nächste Säule zu treffen. Fünfzig Kilometer nichts als Einöde, erschreckend in ihrer Verlassenheit. Was erwartete mich auf meinem Marsch? Hitze und Staub, Strapazen, Wassermangel, unerträglicher Durst ... Die Liste ließ sich beliebig lang fortsetzen.

Und Tiere, die Spuren wie Raupenketten hinterlassen, erinnerte mich mein Extrasinn ungerührt.

Daran wollte ich im Augenblick gar nicht denken. Ich stand auf, löste den Gurt an meiner Hüfte und hängte mir Harpune und Schwert kreuzweise über die Schultern. So behinderten mich beide Waffen während des Marsches am wenigsten. Vor etwa einer halben Tonta war ich noch einmal zur Quelle zurückgekehrt und hatte mich bis zum Bersten mit Wasser gefüllt. Mehr hatte ich nicht tun können, um die Hitze zu überstehen. Ich besaß nichts, worin ich hätte Wasser transportieren können. Für einen Augenblick erhob sich der Gedanke in mir, wie lange der Vorrat in mir ausreichen würde. Dann vergaß ich ihn. Sinnlos, darüber nachzugrübeln.

Jetzt war der Himmel nur noch ein tiefes Glühen. Nacht über dem *Tiefen Land.* Ich stand am Rande der Oase und fixierte einen Punkt in der Ferne. Es war ein größerer Felsen, und er lag genau in der gedachten Linie zwischen mir und dem Platz, an dem ich die Säule zu finden hoffte. »Fünfzig Kilometer«, murmelte ich. »Sieben Tontas Marsch – dann müsste ich mein Ziel erreicht haben.«

Ich ging los.

Ein schwacher Wind kam von rechts und trieb Staubwolken über die Ebene, die im diffusen Zwielicht der Nacht lag. Ich schlug jene Gangart ein, wie sie die Jäger benutzten, wenn sie einem Wild auf der Fährte waren – oder vor Feinden flüchteten. Eine Dezitonta lief ich in leichtem Trab, dann fiel ich aus dem Trab in einen schnellen Schritt. Bald war ich in Schweiß gebadet.

So verging die erste Tonta.

Ich kam durch ein Gebiet mit lockeren Dünen. Ich stapfte durch Sand, der mich bei jedem Schritt behinderte. Meine Lungen arbeiteten wie Blasebälge. Schweiß und Staub verklebten mir Gesicht und Augen, setzten sich in einer dicken Schicht auf der Haut ab und scheuerten bei jedem Schritt. Wie ein Automat setzte ich Fuß vor Fuß.

Die zweite Tonta.

Das Licht schwand fast völlig. Ich hatte noch nie eine Nacht außerhalb der Festung verbracht und wusste deshalb nicht, was diese augenblickliche Verfinsterung bewirkte. Den Reden der Dnofftries zufolge gab es niemals eine wirkliche Finsternis. Doch jetzt senkte sich eindeutig Dunkelheit über die Landschaft. Die Farben waren stumpf und gebrochen. Etwas wie Todesfurcht packte mich, aber die innere Disziplin meiner meditativen Schulung ließ mich nicht in Panik geraten. Ich durfte niemals dieser Furcht nachgeben, sonst war ich verloren. Ich wischte mir den Schweiß aus dem Gesicht, aus den Augen und starrte hinauf – und da war auch schon die Nebelbank über mich hinweggewandert. Es wurde wieder heller.

Ich ging weiter, hinterließ eine kaum wahrnehmbare Spur. Irgendwann hatte ich das Empfinden, einen Berg hinaufzugehen. Jeder weitere Schritt wurde mühsamer und quälender. Meine Sohlen schienen förmlich am Sand zu kleben. Ließen mich meine Sinne in Stich? Die Ebene erstreckte sich eindeutig vor mir, nirgends war ein Hügel oder Berg zu sehen. Plötzlich wog ich das Doppelte meines Gewichtes. Wieder hatte das *Tiefe Land* seinen Charakter geändert und ein neues Geheimnis offenbart.

Die Hyperfelder beschränken sich nicht nur auf die Atmosphäre, sagte mein Logiksektor. *Sie sind auch hier wirksam.*

Ich lachte heiser, erschrak vor dem Klang meiner eigenen Stimme und ging weiter. Schritt um Schritt. Meine Brust hob und senkte sich, ich atmete keuchend, während ich der Schwerkraft Meter um Meter abrang. Auf diese Weise kam ich wesentlich langsamer voran, als ich ursprünglich berechnet hatte. Mein Ziel rückte in unerreichbare Ferne.

»Ich muss … hier heraus. Ich … komme sonst um«, ächzte ich. Meine Zunge gehorchte mir nicht richtig, war geschwollen. Dann hörte das Schweregefühl so abrupt auf, wie es begonnen hatte. Ich rannte und stolperte weiter, tiefer hinein in das Dunkelrot der Nacht. *Kein Platz im Kosmos*, dachte ich, *kann verderbenbringender sein als dieses Kontinuum. Hier ist nichts klar, nichts scheint sich vernünftig oder logisch erklären zu lassen.*

Ich erreichte eine leichte Anhöhe. Auf dem Kamm anhaltend, sah ich im Zwielicht, dass sich das *Tiefe Land* vor mir in sanften Wellen gleich einem in der Bewegung erstarrten Meer erstreckte. Der Wind war stärker geworden und trieb einen dichten Staubvorhang vor sich her. Ich riss ein Stück Stoff aus meinem ohnehin schon arg ramponierten Umhang und band mir den Fetzen vor Mund und Nase.

Es dauerte eine halbe Tonta, bis der Wind richtig auffrischte. Der fliegende Staub bearbeitete meine Haut wie Tausende feiner Nadeln. Bald änderte sich der Charakter des Windes. Er kam in plötzlichen, unglaublich heftigen Stößen, denen Pausen folgten. Ich stapfte weiter und sah mich nach einer Möglichkeit um, wie ich mich vor dem Wüten der Elemente schützen konnte. Ich fand Schutz hinter einem niedrigen Felsriff, kauerte mich nieder, mit dem Rücken zum Sturm, und schloss die Augen, nicht nur um sie zu schützen, sondern weil ich sowieso nichts sehen konnte.

Plötzlich war es ruhig. In der eintretenden Stille hörte ich das Blut durch meine Adern rauschen. Ich wartete noch etwas, bis sich der Staub gelegt hatte, dann stand ich auf und setzte meinen Weg fort.

Ich hatte nur ein einziges Ziel: die Säule. Ich musste sie erreichen. Vor rund drei Tontas war ich losmarschiert, seither lief und trabte ich über die Ebene des *Tiefen Landes.* Die mörderische Hitze, die der Gluthauch des ständig wehenden Windes erzeugte, trocknete mich aus. Durst, der immer unerträglicher wurde, zehrte an meinen Kräften. Nur eins hielt mich aufrecht: mein Wille, das normale Raum-Zeit-Kontinuum zu erreichen – erreichen zu müssen, erreichen zu wollen … Meine Gedanken verschwammen, wurden undeutlich. Ich begann zu delirieren. Aber nur einen Moment lang. Dann zwang ich meine Gedanken unter Kontrolle. Ich ging weiter, mechanisch wie ein Roboter …

Gefahr!, warnte mich die scharfe Stimme meines Extrasinns. *Vor dir!*

Ich blieb stehen wie gegen eine Wand geprallt. Meine Blicke durchdrangen die glühende Dämmerung, in der alle Konturen verwischt wirkten. Vor mir lag ein kleines, schüsselförmiges Tal, mehr eine Mulde. Nach meinem Empfinden sah es aus wie ein seichter Krater. Wovor hatte mich der Logiksektor gewarnt? Bei näherem Hinsehen merkte ich, dass die inneren Abhänge des Kraters frei von Steinen oder Pflanzen waren. Nackt und kahl lagen sie da, während rings um die Mulde genügend Felsbrocken lagen. Unter normalen Umständen mochten sie die Schrägen hinuntergerollt sein. Doch dann hätten sie sich im Mittelpunkt häufen müssen. Aber dort unten war nichts zu sehen außer einigen hohen Grashalmen, die sich sanft im Wind bewegten.

An diesem Punkt meiner Überlegungen angekommen, bückte ich mich, griff mir einen kopfgroßen Stein und rollte ihn über die Kante. Kaum hatte er die Innenseite der Schräge berührt, geriet diese ins Rutschen. Der Stein rollte immer schneller zum Mittelpunkt des Trichters, der ebenfalls in Bewegung geriet. Das, was ich für Gras gehalten hatte, begann plötzlich Kreise zu schlagen, immer rascher. Ein Wirbel bildete sich am Boden. Ein Loch öffnete sich, dessen Rand mit Widerhaken versehen war. In dem Maul des Untiers, dessen Körper unter dem Boden vergraben lag, hätte ich ohne weiteres hineingepasst. Dass ich diesem fürchterlichen Rachen entkommen war, war einzig und allein das Verdienst meines Extrasinns. Dafür verschwand der Stein in der mahlenden Öffnung, die sich mit einem Schnappen schloss.

»Erstick daran!«, knurrte ich inbrünstig. Augenblicke später geriet der Boden des Trichters erneut in Bewegung. Der schon bekannte Vorgang wiederholte sich – und das Untier spuckte den Felsbrocken wieder aus. In hohem Bogen flog er an mir vorbei. »Dann nicht!«

Ich setzte meinen Marsch fort, wobei ich mich öfters umdrehte. Ich taumelte, fing mich, hörte ein Geräusch: *Ssst, ssst, ssst!* Ein Zischen und gleitendes Rascheln. Es hörte sich an, als bewegte sich eine riesige Schlange im Sand.

»Was ist das?«, hörte ich mich fragen. Ich blieb stehen, schwankend. Aus blutunterlaufenen Augen versuchte ich die rote Dämmerung zu durchdringen. Das Geräusch wurde lauter. Die Furcht vor dem Unbekannten regte die Produktion von Adrenalin an. Mein Herz schlug schneller, pumpte das Blut rascher durch die

Adern. Ich rannte nach links, fiel über einen Stein und lag im nächsten Augenblick der Länge nach am Boden, hatte den Mund voller Sand. Spuckend und fluchend kam ich wieder auf die Beine.

Ich änderte die Richtung und lief von dem Ding weg, das dieses gleitende Rascheln erzeugte. Eine Bö wirbelte Staubwolken auf. Für eine Weile sah ich nichts als roten Nebel. Dann sanken die Wolken wieder. Ich entdeckte ein Felsband, keine zehn Meter entfernt. Ich rannte darauf zu, mobilisierte Kräfte, die mich selbst überraschten. Ich kletterte einen schmalen Spalt aufwärts, erreichte einen Absatz – und dann war es aus. Rechts und links nichts als spiegelglatte Felswände, vor mir ebenfalls. Der nächste Absatz oder Abbruch lag zu hoch, als dass ich ihn im Sprung erreichen konnte. Ich saß in der Falle.

Aus und vorbei. Ich befand mich in einer Höhle von nicht mehr als sechs Metern Durchmesser, lehnte mich mit dem Rücken gegen die Wand und starrte in die Ebene hinab. Und aus der glühenden Dämmerung kam ein Ding auf mich zu, das einem Albtraum entstiegen schien. Der walzenförmige Körper, mindestens zehn Meter lang und zwei Meter dick, war in Ringsegmente aufgeteilt. Die Bestie hatte keine Füße, sondern bewegte sich fort, indem sich die Segmente pulsierend zusammenzogen und wieder streckten. Es sah langsam aus, aber mit jedem Pulsieren legte die gigantische Raupe eine große Strecke zurück. Der mit dichten Reihen nadelfeiner Zähne besetzte Saugmund stand offen; vier hornartigen Tentakel über dem riesigen Fleck, in dem ich das Auge vermutete, tasteten in meine Richtung, und die Bestie kam mit der Unbeirrbarkeit einer Bodenbearbeitungsmaschine auf mich zu.

Ich riss die Harpune von der Schulter, spannte die Feder und legte einen vergifteten Bolzen ein. Das Gift war imstande, eine riesige Gravo-Echse zu lähmen. Vielleicht wirkte es auch hier. Ich war entschlossen, meine Haut so teuer wie möglich zu verkaufen, stemmte die Füße auf den Boden und nahm die Harpune hoch, sah dem Lauf entlang – als ich noch eine der Bestien entdeckte. Sie war noch größer als die erste und viel schneller. Ich war wie gelähmt vor Schreck. Die Tiere waren noch knapp hundert Meter entfernt, als ich endlich aus meiner Erstarrung erwachte und schoss.

Der handlange Bolzen mit seiner gehärteten Spitze heulte durch die Luft und bohrte sich ins Auge des ersten Angreifers. Ich sah keine Wirkung und schickte gleich einen zweiten Bolzen hinterher. Die Raupe erzitterte, die Tentakel über dem Saugmund wurden schlaff; das Tier beschrieb einen Bogen nach rechts, ehe es sich zusammenkrümmte und leblos über den Sand rollte. Ich verschwendete keine Zeit mit Triumphgefühlen, denn das zweite Biest schnellte heran. Es bäumte sich vor der Felsbarriere auf, donnerte dagegen und wurde zurückgeworfen. Unter mir erzitterte der Fels, eine Staubwolke hüllte die Szene ein.

Ich hatte meine Harpune wieder geladen und zielte auf das Auge über dem fürchterlichen Rachen. Mit einem harten Schlag löste sich die gespannte Feder, der Bolzen zuckte wie ein Blitz hinüber. Im nächsten Augenblick klatschte etwas an die Felswand neben meinem Kopf. Ich duckte mich, sank in die Knie, lud nach und visierte erneut das Auge der Bestie an. Der zweite Bolzen heulte aus dem dicken Lauf. Ich riskierte einen Blick zur Wand hinter mir – und war wie vom Donner gerührt, als ich sah, dass das Gestein dort kochte. *Die Raupe schleudert Säure, wohl um ihre Beute für die Verdauung zu präparieren.*

Ich wandte mich wieder dem Biest zu. Die hornartigen Tentakel zeigten wieder auf mich. Jetzt wusste ich auch, womit die Säure verschossen wurde. Ich hatte gerade noch Zeit, einen dritten Bolzen abzufeuern, als auch schon der Säurestrahl gegen die Wand klatschte, diesmal rechts von mir und tiefer. Ich sprang einen Augenblick zu spät auf den unter mir liegenden Felsabsatz und wurde mitten im Sprung von der herumspritzenden Säure getroffen. Ich erreichte den Sims, musste jedoch wieder einmal erkennen, dass ich eine ungewöhnlich hohe Masse hatte. Das Band brach unter meinem Aufprall zusammen, ich landete inmitten einer kleinen Geröllawine am Fuß der Wand.

Ich arbeitete wie wild; die Trümmer flogen nur so zur Seite. An meiner Hüfte spürte ich einen brennenden Schmerz, kam wieder auf die Beine und flüchtete nach links, dem Fuß der Felswand folgend. Nach hundert Metern blieb ich stehen und orientierte mich. Die gigantische Raupe zuckte im Todeskampf. Ihre Säuretentakel spritzten wahl- und ziellos die ätzende Flüssigkeit umher. Das *Ssst-ssst* wurde lauter. Es zischte, als stünde ein Behälter unter Hochdruck.

Wieder zielte ich sorgfältig. Der Bolzen drang unterhalb eines der Tentakel in den Körper. Das Biest schien hundert Leben zu haben. Doch jetzt richtete es das vordere Drittel seines Leibes auf – ich sah kurz die schwärzliche Bauchseite mit den Reihen von scharfen Widerhaken –, dann stürzte es zusammen. Ein Schwall gallertartige Flüssigkeit drang aus dem Auge. Endlich lag die Raupe still. Ein entsetzlicher Gestank wehte mit dem Wind in meine Richtung. Ich floh in die Wüste hinaus …

Meine Hüfte schmerzte wie rasend. Nach weniger als zwei Dezitontas ging mein Atem röchelnd. Der Durst verbrannte meine Kehle. Ich wusste, dass ich nur zwei Möglichkeiten hatte: weitergehen oder sterben. Wobei die erste Möglichkeit ohne weiteres zum gleichen Ergebnis führen konnte. Diese absolute Hoffnungslosigkeit lähmte mich fast, aber erneut rief ich mich selbst zur Ordnung.

Ich ging noch eine Dezitonta weiter, dann machte mich der Schmerz fast wahnsinnig. Ich blieb stehen und sah an mir hinunter. Der Säurestrahl hatte mich nicht getroffen; ich würde sonst nicht hier stehen können. Aber Spritzer hatten meine Hüfte erreicht, den Stoff des Umhangs aufgelöst und die Haut vom Gürtel bis hinunter zum Oberschenkel verätzt. Ich biss die Zähne aufeinander, als ich die Haut berührte. Sie löste sich bereits in Fetzen vom Fleisch. Ich griff nach dem Beutel am Gürtel und wühlte darin. Meine Finger ertasteten den eigroßen Behälter aus rotem, poliertem Stein, den Ssuma mir nach der erfolgreichen Echsenjagd gegeben hatte. Ich schraubte ihn auf und strich mir die gallertartige Salbe auf die verätzte Haut.

Wie eine lohende Flamme durchzuckte mich der Schmerz, Schauer rasten über meine Haut, farbige Kreise drehten sich vor meinen Augen. Doch ich machte weiter, biss die Zähne zusammen und schrie, wenn ich es nicht mehr aushalten konnte. Schließlich hatte ich den ganzen Vorrat der Salbe aufgebraucht; sie bedeckte die Wunde in einer dicken Schicht und trocknete schnell an, ohne jedoch ihre Elastizität zu verlieren. Jetzt kam weder Luft noch Schmutz an die Wunde.

Ich hockte zitternd und total erschöpft im Sand. Mir war sterbensübel. Mit gefühllosen Fingern tastete ich nach dem Beutel. Er war mir entfallen und lag jetzt im Sand. Ich nahm einen der Speichelsteine heraus, steckte das Mineral in den Mund. Ich hatte große Schwierigkeiten. Gaumen, Rachenhöhle und Zunge waren ausgetrocknet und gleichzeitig geschwollen. Doch was ich nicht für möglich gehalten hatte, trat ein – die verdorrten Speicheldrüsen ließen sich anregen. Und je mehr Flüssigkeit sie produzierten, desto besser fühlte ich mich. Die Schmerzen ließen nach. Ich raffte mich auf, kam auf die Beine.

Mehr als vier Tontas marschierte ich nun schon durch das *Tiefe Land*. Ich musste weiter, wollte ich mein Ziel erreichen. Ich ging und ging …

Die Zeit verstrich. Das Gewicht der beiden Waffen drückte mich förmlich zu Boden; das Schwert behinderte mich bei jedem Schritt. Ich war versucht, es wegzuwerfen. Aber ein Rest von Vernunft hielt mich davon ab. Ich stolperte weiter, taumelte, fing mich wieder. Meine Energie war – das erkannte ich während eines langen, panikerfüllten Augenblicks – begrenzt. Längst hatte ich mich in einen Fetzen verwandelt, der nur noch um seine nackte Existenz kämpfte. Gefühllos, rein mechanisch.

Ich fiel zu Boden. Im letzten Moment konnte ich meinen Sturz mit den Händen abfangen, versuchte verzweifelt, wieder auf die Beine zu kommen, sank abermals nieder. Ich war am Ende meiner Kraft. Kampf, Flucht und Schmerzen hatten den letzten Rest von Energie verbraucht. Ich blieb liegen, wälzte mich auf den Rücken und starrte mit Augen, vor denen es flimmerte, zum Himmel empor. Glühender Purpur spannte sich von Horizont zu Horizont. Dort oben waren Ssuma und die anderen, war die Antwort auf eine Reihe wichtiger Fragen. Ich durfte einfach nicht versagen …

Ich glitt in einen tiefen Erschöpfungsschlaf hinüber, ohne es zu merken.

Als ich erwachte, sah ich die Farben des Vormittags über mir. Heller Tag! Wie lange hatte ich geschlafen? Mindestens fünf Tontas, sagte der biologische Mechanismus in mir. Ich fühlte mich schwach, ein dumpfer Schmerz wühlte in der Hüftgegend – er hatte mich geweckt –, aber die Erschöpfung hatte sich etwas gelegt. Ich atmete mehrmals tief ein und aus, wälzte mich auf den Bauch, schrie unbeherrscht auf, als ich die Schmerzen der verätzten Hüfte übermächtig werden fühlte. Ich war kein Sagenheroe, aber ich hatte etwas, das mich von anderen Arkoniden unterschied: einen aktivierten Extrasinn. Und dieser ließ auch meinen Willen anwachsen. Jetzt brachte er mich dazu, mich aufzusetzen. Rote Kreise wirbelten vor meinen Augen. Nach einer Weile war ich fähig aufzustehen. Ich überlegte. Wohin musste ich gehen? In welche Richtung? Wo lag mein Ziel?

Ich trottete los, orientierte mich an der nun wieder deutlich erkennbaren Strahlenbrücke weit über mir am Himmel und übersah die Spuren im Sand. Überquerte sie, ohne sie überhaupt wahrzunehmen. Es hätte mir Tontas mühseliger Wanderung erspart. Ich ging und ging, wie eine Maschine, die abzustellen man vergessen hatte. Die Hitze des mittäglichen Himmels brannte auf mich nieder, ließ die Wüste zu einem flirrenden See werden, durch den ich watete, verbrannte meine Gedanken zu Staub. Nur der Wille, weiterzumachen, blieb übrig. Ich zitterte, Tränen liefen mir über das Gesicht.

Fartuloon sieht mich kopfschüttelnd an. »Nimm dich zusammen, Kristallprinz«, grollt er. »Ich verlasse mich auf dich … bringe sie in Sicherheit … der Tato würde sonst sehr ungehalten sein …«

»Ja«, sage ich. »Ich werde mich um sie kümmern.« Ich betrachte das kleine Mädchen mit einem freundlichen Blick. Es weint; das schulterlange Silberhaar ist verschmutzt und zerzaust.

»So kann ich nicht vor meinen Vater treten«, jammert die kleine Farnathia. »Hole Wasser … von der Quelle.«

Ich renne los, um ihrem Wunsch nachzukommen. Aber als ich zurückkehre, kommt mir Ischtar blass entgegen. Sie sagt mir, dass Fartuloon und meine kleine Farnathia verschwunden seien, Magantilliken habe sie geholt. Ich weiß genau, dass das nicht stimmt. Sie selbst ist es, die beide erschossen und dann vergraben hat. Aber ich sage nichts. Ich habe Angst, wahnsinnige Angst. Ich weiß nur, dass ich von ihr fortmuss. Sie sieht mich mit ihren strahlenden Augen an. »Ich harre hier aus. Flieh, wenn du willst.«

Ich packe sie am Arm. Er ist kühl und glatt wie Seide. »Ich lasse Sie nicht alleine, Edle«, sage ich fest. »Ich bringe Sie in Ihre Heimat. Sie werden sehen, ich bringe Sie sicher heim.«

»Ich habe keine Heimat. Alle meine Freunde sind tot, Ra …«

»Ich lebe noch. Ich, Atlan, Kristallprinz von Arkon. Ich bin nicht Ra. Mein Name ist Atlan.«

Sie sieht mich an. Es ist das erste Mal, dass sie mich so mustert. Obwohl ich innerlich vor Furcht zergehe, blicke ich ihr fest in die Augen. Dann lächelt sie; es ist wie ein Sonnenaufgang über dem Meer. »Du bist tapfer, Atlan von Arkon. Wie kann ich dir widerstehen? Ich werde dir folgen, solange ich lebe.«

Ich drehe mich um und gehe weiter … Nur langsam gewann ich wieder die Kontrolle über mich zurück. Vor mir lag die Wüste des *Tiefen Landes* eines fremden Kontinuums. Kein Fartuloon, keine Farnathia, keine Ischtar – alles nur Sinnestäuschung, Trugbilder, die das Delirium mir vorgaukelte. Ausdruck des Wahnsinns, dem ich unrettbar verfiel. »Nein!«, lallte ich. »Nicht hier! Nicht auf diese Weise!«

Dann brach ich zusammen, mein Bewusstsein erlosch. Keine hundert Meter von der Gruppe von Schotenbäumen entfernt, die Leben verhießen …

Während der folgenden Zeit flackerte mein Bewusstsein auf und ab wie die Flamme einer defekten Öllampe. Immer wieder sank ich in die Dunkelheit des absoluten Vergessens. Nur sehr langsam, fast unmerklich, ging mein Delirium in ein mehr körperliches Empfinden über, in dem ich manchmal Licht und Dunkelheit unterscheiden konnte, den Druck von Händen auf meinem Körper fühlte und einen merkwürdigen Singsang hörte, der fremd war und doch Erinnerungen an Ereignisse in mir wachrief, die ich einmal durchlebt haben musste.

Ab und zu riss der Schleier vor meinen Augen. In diesen seltenen Momenten hatte ich Erscheinungen. Merkwürdige, albtraumhaft anmutende Wesen umstanden mich, wichen mir aus, wenn ich sie verscheuchen wollte. Als mir dies nicht gelang, griff ich sie an. Doch sie drangen zu zweit und zu dritt auf mich ein, umschlangen mich mit ihren Polypenarmen, pressten mich nieder. Ich fand das Ganze zutiefst unfair und erniedrigend, gewann keinen der Kämpfe. Um ihnen schließlich zu entkommen, errichtete ich ganze Reihen metaphysischer Welten, in die ich mich zurückzog, um den schwarzen Dämonen zu entgehen. Aber sie folgten mir überallhin. Ob ich nun in einem Einbaum tosende Meere überquerte, mich durch dampfende Dschungel kämpfte oder mich in den Schründen gewaltiger Gebirgsmassive verbarg.

Schließlich wurde ich des Spiels überdrüssig. Ich schloss die Augen, lag ganz still, und ein langer Schlaf brachte mich wieder zu mir selbst zurück …

Ich kam zu mir und versuchte mich zu bewegen. Es gelang. Anschließend versuchte ich mich aufzurichten – auch das gelang. Zufrieden blickte ich an mir hinunter und sah, dass ich in einer mit Gras ausgepolsterten Mulde lag. In meinen Gliedern spürte ich angenehme, schmerzlose Entspannung. Ein Geräusch erklang neben mir. Mein Kopf fuhr herum – der Dnofftrie hockte in seinem Sitztrog und hatte die Greifpfoten unter sich gezogen. Sein Augenband war trübe und wies eine Unzahl winziger Sprünge auf, verursacht durch die Sandstürme. Er musste uralt sein.

Einer der Münder öffnete sich zwischen den Armen und sang eine getragene Tonfolge. Ich verstand, was er sagte. Es war eine bloße Höflichkeitsfloskel, so viel verstand ich inzwischen von der Mentalität der Dnofftries. Sie sagte nichts aus, gab keine Wertung ab, beleidigte niemand und verpflichtete den, der sie aussprach, zu keinerlei Zugeständnissen. Der alte Dnofftrie war vorsichtig. Sicher kam ich ihm nicht geheuer vor. Ich versetzte ihm einen weiteren Schock und erkundigte ich mich auf Dnofftriesisch: »Wo bin ich?«

Der Balgmuskel erzitterte, das Augenband überzog sich mit gelben Schleiern, ein Zeichen der tiefen Verwirrung. Da er in diesem Zustand kaum sprechen würde, sah ich mich um. Die Wohnkammer hatte die bekannte runde Form und verjüngte sich nach oben zur obligatorischen Kuppel. Im oberen Drittel rekelte sich der Lichtwurm faul auf seinem Fries. Er glühte nur sanft. Ich überlegte eine Weile, weshalb er nicht stärker leuchtete. Dann erinnerte ich mich; draußen musste Tag sein. Die Wände waren schmucklos, es befanden sich nur sieben Sitztröge an ihnen. Offenbar war die Sippe klein. Mir genau gegenüber war eine Spitzbogenöffnung, dahinter erkannte ich weitere Räume.

Der Dnofftrie schien sich wieder gefasst zu haben. Die Hautfalte zwischen den beiden mir zugewandten Armen öffnete sich, der Mund wurde sichtbar. »Du sprichst unsere Sprache?«

Ich nickte. Dann fiel mir ein, dass die Dnofftries diese Form der Bejahung nicht kannten, und ich summte eine zweioktavige Zustimmung. Ich bedauerte es, keinen Balgmuskel zu besitzen. Die arkonidischen Stimmbänder brachten selbst unter Zuhilfenahme der Brust als Resonanzkörper nur ein kümmerliches Geräusch hervor. Kein Vergleich mit der Klangfülle der dnofftriesischen Sprache. Ich wiederholte meine Frage. Der Alte versetzte seinen

Balgmuskel in rhythmische Schwingungen und stimmte ein Ein-Millitonta-Konzert an, nach dessen Ende ich meine leise Hoffnung begrub. »Du bist im *Tiefen Land*.«

»Bin ich schon lange hier?« Langsam erinnerte ich mich an das, was hinter mir lag.

»Zweimal kamen und gingen die Farben der Nacht.«

Ich verstand; insgesamt zwanzig Tontas – längst musste der 21. Prago der Prikur angebrochen sein, in meiner alten Welt des Standarduniversums. Ich richtete mich ganz auf, hockte mich an den Rand der Schlafmulde. »Ihr bewohnt eine Oase?«

»So ist es.« Einige Augenblicke lang herrschte Schweigen; der Leuchtwurm wanderte einmal um die Kuppel herum. Dann erkundigte sich der Dnofftrie höflich: »Wie ist dein Name, *Mann-aus-der-Wüste?*«

Ich sang die beiden Akkorde, die meinem Namen am ehesten entsprachen. »Und wer bist du?«

»Ich bin Lajj, der Älteste der Sippe. Wir fanden dich an der Grenze zur Wüste. Du warst halb tot. Du sprachst seltsame Worte, wie wir sie noch nie hörten. Wir halfen dir, so gut wir konnten. War es genug?«

Es war mehr als das. Mit Erstaunen bemerkte ich, dass die riesige Ätzwunde an meiner Hüfte verschwunden war; eine große Fläche gesunder Haut spannte sich über die Stelle, die nicht einmal mehr schmerzte, als ich sie vorsichtig berührte. Neben meinem Lager sah ich Schwert und Harpune sowie den Beutel mit den verbliebenen Bolzen liegen. Nur mein Umhang fehlte; wieder einmal war ich völlig nackt. Ich wickelte mich in die aus weichen Baumfasern gewebte Decke meines Lagers.

»Ich danke dir und deiner Sippe. Mein Baum soll der deine sein«, sang ich. Und niemals zuvor hatte ich etwas ehrlicher gemeint.

Diese Redewendung war unter Dnofftries mehr als eine bloße Dankesbezeigung. Es war fast ein Schwur, der bedeutete, dass man notfalls sein Leben für das des anderen zu opfern gedachte, sollte dies erforderlich sein und gewünscht werden. Es war das Mindeste, was ich in meiner Lage tun konnte. Hätte Lajj in mir nicht trotz des völlig fremdartigen Aussehens ein vernunftbegabtes Wesen gesehen, wäre ich vermutlich bereits tot.

Lajjs Balgmuskel erzeugte ein tiefes, in der Tonhöhe gleich

bleibendes Pfeifen. Dann öffnete sich ein Mund und fragte: »Woher kommst du, Atlan?«

Ich stand auf, stieß fast an den Sims des Leuchtwurms. »Das ist eine lange Geschichte«, antwortete ich. »Willst du sie hören?«

»Später. Zuerst musst du essen und trinken – du wirst hungrig sein.«

Das bin ich, bei den Göttern von Arkon!

Nachdem ich meine Mahlzeit beendet hatte, fühlte ich mich wie neugeboren; die Schrecken des nächtlichen Marsches schienen unendlich weit zurückzuliegen. »Lajj«, sagte ich laut, »ich danke dir für die Gastfreundschaft deiner Sippe. Dafür, dass ihr mein Leben gerettet habt, dass ihr euch um mich gekümmert habt. Und nun sollst du meine Geschichte hören.«

Lajj bewegte sich in seinem Sitztrog; das erste Mal übrigens, seit ich erwacht war. »Erfüllst du mir eine Bitte?«

»Jede, die in meiner Macht steht.«

»Darf meine Sippe zuhören?«

Ich summte meine Zustimmung. Lajj drückte Zufriedenheit aus. »Beginne!«

»Aber …«, begann ich erstaunt.

»Sie hört dich durch mich, Atlan. Es ist nicht notwendig, dass sie anwesend ist. Doch nun beginne!«

Wieder eine neue Erfahrung, die ich da machen musste. Ich war verwirrt. Offenbar konnte ein einzelner Dnofftrie als Simultanberichterstatter für andere dienen, die nicht unmittelbar am Geschehen beteiligt waren.

Überrascht dich das sehr?, meldete sich mein Logiksektor.

Ich verneinte nach kurzem Überlegen. *Aber mit Ssuma werde ich ein Wörtchen reden, sobald ich wieder in der Festung bin.*

Lajj summte auffordernd. Ich lehnte den Rücken gegen die Wand und begann. Ich sprach eindringlich und versuchte, in der unvollkommen gelernten Sprache der Dnofftries auszudrücken, was ich erlebt hatte. Ich berichtete von der Festung, wie mich Ssuma und die anderen Piraten den Anhängern des *Mannes-mit-den-zwei-Namen* entrissen hatten – in umgekehrter Reihenfolge selbstverständlich –, wie ich von ihnen akzeptiert wurde.

»… ich ging allein auf Erkundigungen aus«, fuhr ich fort, nachdem ich mit meinem Bericht bis zu diesem Punkt gekommen war, »und geriet in eine *Neutrale Zone*. Ich stürzte ab. Ich schien zum Sterben verurteilt. Aber ich überlebte. Ich fand mich in einer Oase, die eine Quelle besitzt. Kennt ihr sie?«

»Wir kennen sie.«

»Von dort aus machte ich mich auf den Weg. Ich marschierte nachts ...«

Lajj stieß einen klagenden Ton aus; es klang wie eine verstimmte Cellosaite. Ausdruck seines Entsetzens. »Wir brauchen für diese Strecke zwei Tage. Und wir gehen nur tagsüber. Wenn die Farben der Nacht am Himmel stehen, kommen *Die-den-Sand-pflügen* an die Oberfläche. Niemand von uns wagt sich dann in die Wüste. *Ajjjyyyye.* Du bist stark und mutig, Atlan!« Der Balgmuskel des alten Dnofftries erzeugte Zwei-Millitonta-Konzerte der Bewunderung. »Willst du bei uns bleiben?«

Ich gab den schrillen Ton der Verneinung von mir.

»Schade«, summte Lajj. »Ich dachte, weil du ...« Er verstummte mit einem Laut der Verlegenheit.

»Was dachtest du?«

Sein Augenband wurde fast schwarz; kein Zweifel – er schämte sich! Doch dann überwand er diese Anwandlung und sagte: »Ich nahm es an, weil du auch verstümmelt bist.«

Ich fühlte Rührung in mir aufsteigen. Dieser Alte glaubte, ich sei ein Krüppel, weil ich nur zwei Arme hatte ... *Moment! Er sagte »auch«!* Ich betrachtete jeden Zoll des Dnofftries. Bis auf die schon erwähnten Zeichen des Alters konnte ich jedoch keine Anomalitäten erkennen. Von ein paar Narben abgesehen. Aber deshalb sich als verstümmelt zu bezeichnen, fand ich ein wenig übertrieben. Ich überlegte eine Weile. Dann fragte ich: »Ihr seid nicht freiwillig hier?«

»Ujj!« Ein klagender, zitternder Ton der Verzweiflung, der mir mit der stählernen Kälte eines Dolches ins Herz schnitt.

»Berichte.«

Lajj sprach. Es war ein musikalisches Drama, vorwiegend in Moll, untermalt von einer klagenden Orgel. Der Dnofftrie schilderte in getragenen Sätzen, dass er für die Gärten des Vorschwebers verantwortlich gewesen war, dann aber in Ungnade fiel. Daraufhin hatte er sich der Opposition gegen den *Mann-mit-den-zwei-Namen* angeschlossen und in dessen Palast eine Untergrundzelle gegründet. Sie waren verraten worden. Die Schergen des Vorschwebers hatten die Zelle aufgegriffen, und Lajj war mit sieben der Rädelsführer verbannt worden.

»Und weshalb habt ihr euch nicht den Piraten angeschlossen?«, fragte ich verwundert. »Sie sind Ausgestoßene wie ihr!«

Lajj fiel in tiefes Schweigen. Schließlich sagte er: »Wer verbannt wird, kann nie oben leben – das ist Gesetz.«

»Pah«, versetzte ich. »Worte …«

»Keine Worte. Verbannten wird das Auge, mit dem wir die *Ströme* sehen, entfernt. Sieh her!«

Der Dnofftrie drehte sich in seinem Sitztrog herum und zeigte mir die Seite, die der Wand zugekehrt gewesen war. Gleichzeitig damit erhellte sich das kristalline Augenband. Ich schluckte, als ich die Narbe unter dem milchigen Band sah. Leidenschaftslos fuhr Lajj fort: »Uns Parias ist der Himmel für immer versperrt, wir wären hilflos in den Wirbeln. Eine leichte Beute der Gravo-Echsen.«

Jetzt verstand ich ihn. Er sah von seinem Standpunkt aus zu Recht in mir einen Leidensgefährten, vermutlich war ich sogar bedauernswerter – hatte er doch seinen dritten Arm noch. Wir waren schon zwei wirkliche Krüppel …

Du wirst zu Unrecht zynisch, hielt mir der Logiksektor vor. Ich wusste es. Aber es war die einzige Gemütsbewegung, die mich davor bewahrte, durchzudrehen.

»Der Verstand eines Arkoniden ist trotz seiner Flexibilität instabil. Die Möglichkeit eines Zusammenbruchs ist ständig gegeben.« – So hatte der Psychologe auf Largamenia anlässlich eines abschließenden Gesprächs vor der Prüfung zu mir gesagt. Die Möglichkeit eines Zusammenbruchs … Wie Recht er hatte. Vor allem, wenn die Umgebung so sehr von der Norm abwich, wie es hier der Fall war. Immer wieder wurde ich daran erinnert, dass dies hier nicht das von mir als normal empfundene Raum-Zeit-Kontinuum war, dass ich im wahrsten Sinn des Wortes zur Bedeutungslosigkeit geschrumpft war. Keiner meiner Freunde würde mich erkennen, vermutlich selbst durch das stärkste Mikroskop nicht, weil ich mich gar nicht mehr im Standarduniversum befand und nicht »nur« verkleinert war. Das Verlangen, zurückzukehren, wurde übermächtig in mir. Es gab keine Worte, den Zustand der Verlassenheit und grenzenlosen Einsamkeit zu beschreiben, in dem ich

mich befand. Ich hätte schreien mögen – mich auflehnen mögen gegen mein grausames Schicksal …

Frustration. Neurose. Auflösung.

Aus der Tiefe des in mir brodelnden Kessels bahnte sich mühsam ein einziger klarer Gedanke einen Weg an die Oberfläche: *Aufhören! Aufhören!*

Die Umgebung begann vor meinen Augen zu zerfließen. Ich hörte mich wimmern, als ich die lauernden Schatten in den Windungen meines Gehirns erkannte. Doch dann: *Musik.* Ich fiel in einen klingenden Teich … Es war ein langes Dahintreiben in Kaskaden perlender Töne … getragen von Klängen aus Orgeln gewaltiger Dome … zeitloses Schweben in Tonfolgen absoluter Reinheit. Dann: Stille. Ich kehrte langsam in die Wirklichkeit zurück, war schweißüberströmt, meine Finger zitterten, als ich die Knöchel gegen die Augen presste und darauf wartete, dass sich Puls und Atmung wieder normalisierten. Dann hob ich den Kopf und sah Lajj an; die Kuppel war hell erleuchtet.

»Was … war das?« Meine Stimmbänder gehorchten mir noch nicht; ich hatte Mühe, die richtigen Tonfolgen zu produzieren.

»Wir wenden die *Musik-der-Seelen* nur selten an, Mann Atlan. Es kostet die Sippe viel Kraft. Wir benutzen sie, um unseren Kranken zu helfen. Ich wusste nicht, ob sie bei dir wirken würde, du bist so ganz anders als wir. Aber deine Seele war auf dem Weg zum *Ende der Ebene.* Wir halfen dir zurück. Es war wichtig, scheint mir.«

»Mir auch. Und ich danke dir. Zum zweiten Mal. Ich habe nichts, was ich euch geben könnte, kein Gastgeschenk, das würdig wäre.«

Lajjs Balgmuskel vibrierte. »Denk nicht mehr daran.« Dann klagte er: »Du bist ein merkwürdiges Wesen. Deine Gefühle sind schwer verständlich. Vieles hat für uns keinen Sinn, was wir daraus lesen. Nein, du würdest hier nicht glücklich werden. Du musst zu deiner Sippe zurück.«

»Ja«, sagte ich entschlossen. »Ich muss zurück!«

»Wie können wir dir helfen?«

»Kennst du …« Ich beschrieb ihm das Aussehen der Säulen.

Lajjs Balgmuskel verzog sich vor Entsetzen. Erst nach einer Weile war er fähig, mir zu antworten. »Wir kennen sie, aber sie sind für uns tabu.«

»Ich muss zu einer von ihnen. Zeige mir den Weg!«

»Du bist entschlossen?«

In einem Vier-Millitonta-Fortissimo erklärte ich ihm, *wie entschlossen* ich war.

»Gut«, sagte der Dnofftrie. Seine Greifpfoten erschienen unter dem Rand seiner Körperbasis, senkten sich zu Boden. Er stand eigentlich nicht wirklich auf, schob nur seinen Körper nach vorn – die Sitztröge waren genau für die Maße des jeweiligen Benutzers angefertigt – und ging voran.

Der Wind jagte über die Ebene, heulend und kreischend wie ein überbeanspruchter Generator. Er führte Sand und losgerissene Luftwurzeln mit sich, zerrte an meinen Haaren, ließ den Umhang schmerzhaft gegen meinen Körper flattern. Mir konnte er nichts anhaben. Dennoch konnte ich mich eines gewissen Unbehagens nicht erwehren. So dicht vor der gigantischen Säule war ich mir trotz meines Gewichtes durchaus nicht sicher, was sich alles ereignen konnte. Ich hob den Kopf.

Die Säule: Schwarz und drohend ragte sie aus dem Boden und verschwand im Himmel. Durch die perspektivische Verzerrung wurde sie mit zunehmender Höhe dünner und dünner, war schließlich nur noch als dunkler Strich zu erkennen, der sich im roten Dunst des Himmels verlor. Hier an der Basis im *Tiefen Land* erreichte sie dagegen einen Durchmesser von mehr als zweihundert Metern; Hunderte Öffnungen und Höhlen durchbrachen den Fels, formten Bögen und gerundete Löcher.

Lajj und seine Sippe hatten mich längst verlassen und waren in ihre Oase zurückgekehrt. Als wir Abschied voneinander genommen hatten, hatte ich gespürt, dass er mir keine Chance gab, gegen die Dämonen zu bestehen, in deren Reich ich mich jetzt aufhielt.

Guter Lajj! Ich wusste jetzt, weshalb die Säulen für die im *Tiefen Land* lebenden Dnofftries tabu waren. Gegen diese Gewalten konnten sie unmöglich bestehen. Der Wind würde sie schon weit vor der Stelle, an der ich mich jetzt befand, packen und wie lose Blätter davonwirbeln. Ich stapfte weiter. Keine zweihundert Meter mehr, dann hatte ich sie erreicht. Der physikalische Vorgang war mir klar, der sich im Umkreis jeder Hohlsäule abspielte: *Sie wirken wie gigantische Aufwindkamine!*

Noch hundert Meter. Der Sog, markiert durch hochgerissenen Sand, bildete bereits erkennbare Muster. Vor den Löchern in der Außenhaut der Säule entstanden Wirbel. Der Orkan erstickte jedes Geräusch. Der Boden bestand hier aus blankem Fels, war glatt geschliffen und poliert von den Naturgewalten. Mühsam ging ich weiter. Ich fühlte einen scharfen Schmerz im Rücken, der mit Sandkörnern wie mit Kugeln beschossen wurde.

Übergangslos war es vorbei. Ich stolperte, weil kein Druck mehr vorhanden war. Irritiert drehte ich mich um. Die Windhosen erreichten diesen Bezirk rings um den Fuß der Säule nicht. Ein unsichtbarer Kegel schützte diesen Teil. Welches Phänomen sich dahinter verbarg, interessierte mich im Augenblick wenig. Ich hatte mich mit dem Problem herumzuschlagen, wie ich ins Innere der Säule gelangte. Die gewaltigen Aufwinde in ihr würden mir den Aufstieg in die oberen Regionen der Atmosphäre erleichtern. Die nächstliegende Öffnung befand sich rund fünfzig Meter über mir, hatte die Größe eines Hangarschotts und fraß wie ein unersättlicher Dämon und unter Donnergetöse jeden Augenblick unzählige Kubikmeter Luft in sich hinein. Um sie zu erreichen, hätte ich klettern müssen. Ich behielt mir dieses Vorhaben als letzten Ausweg vor. Vielleicht bot sich an anderer Stelle ein bequemerer Einstieg?

Ich umrundete langsam die Säule. Nichts. Also musste ich klettern, mir blieb keine andere Wahl. Ich zog eine Grimasse und blickte an der Säule empor. Die Außenhaut bot genügend Angriffspunkte; sie war übersät mit rauen Buckeln und hornartigen Fortsätzen. Ich überprüfte noch einmal die Schnüre, mit denen ich das Bündel auf meinem Rücken befestigt hatte, in dem sich neben meinen Waffen auch mehrere dünne Stäbe und einige Lassos befanden, die mir Lajj nicht ohne Verwunderung überlassen hatte. Ich hatte mir noch in der Oase eine Möglichkeit ausgedacht, wie ich, war ich erst einmal in den Gravoströmen, rascher als sonst vorankommen würde.

Dann begann ich den Aufstieg. Obwohl ich wegen meines Gewichts Bedenken hatte, kam ich gut voran. Ich verkniff mir, einen Blick nach unten zu werfen, arbeitete mich langsam und methodisch hoch und traversierte dabei die Wand in Richtung der Öffnung. Und je höher ich kam, umso leichter wurde ich. Offenbar wirkten in dieser Höhe bereits Gravoströmungen.

Dann hatte ich die Öffnung erreicht. Ringsum tobte ein Inferno. Das Geheul des Aufwinds lag fast jenseits meiner Wahrnehmung und machte sich als unerträglicher Druck auf meine Trommelfelle bemerkbar. Ich riss den Mund auf, um keine gefährlichen Druckunterschiede entstehen zu lassen, zog mich mit tränenden Augen und schmerzverzerrtem Gesicht ins Innere – ein gewaltiger Sog packte mich wie eine Stoffpuppe und riss mich hinauf. Ich schrie und schoss wie ein Korken im Wasser nach oben.

8.

Grothmyn: *Wer den Versorgungsmeister beschreiben wollte, verfiel meist auf Worte wie schleimig, glatt, schmierig. Es gab kaum einen Mann im Kristallpalast, der so stark von allen gehasst wurde. Eine Qualität allerdings hatte Grothmyn, und diesem Talent verdankte er seine Stellung am Hof: Grothmyn konnte organisieren. Er wusste stets, welche Männer für welche Verwendung am besten taugten. Er beschaffte Material, an das kein anderer heranzukommen vermochte. Gingen den Fabriken die Schwingquarze aus, trieb Grothmyn einen Händler auf, dessen Schiff bis an die Polkuppel damit angefüllt war. Woher der Händler die nötigen Materialien besorgt hatte, blieb Grothmyns Geheimnis.*

Manch ein hoher Beamter war nur durch Grothmyns Geschick davor bewahrt worden, wegen Wirtschaftssabotage in den Konvertern zu verschwinden. Für Versorgungsschwierigkeiten hatte Orbanaschol keinerlei Verständnis; entsprechend groß war das Risiko der Beamten. Trotz der Dienste, die Grothmyn diesen Männern geleistet hatte, dachte keiner der Betroffenen daran, dem Versorgungsmeister dankbar zu sein. Es kreisten am Hofe Gerüchte, dass an den verwegen ausgeführten Rohstoffdiebstählen kein Geringerer als Grothmyn selbst beteiligt war, dem es dann natürlich leicht möglich war, den Verlust durch seine Diebesbeute wieder auszugleichen – mit entsprechenden Profiten selbstverständlich.

Grothmyn war unverheiratet, indes selten unbeweibt. Wie er es schaffte, selbst die Töchter hochedler Familien für sich zu gewinnen, blieb sein Geheimnis, aber man munkelte, dass in diesen Fällen meist Erpressung im Spiele war.

Arkon I, Kristallpalast: 4. Prago der Prikur 10.498 da Ark

»Ich weiß nur einen Mann, der uns helfen könnte«, sagte Keratoma resignierend.

»Und der wäre?«, fragte Crysalgira. Seit mehr als einem Prago suchte sie nach einer Möglichkeit, ihrem Geliebten zu helfen. In Gedanken war sie alle Möglichkeiten durchgegangen, aber der Weg in die Tiefen des Hügels der Weisen war dutzendfach gesichert. Niemals würde Orbanaschol der Prinzessin erlauben, die subplanetarischen Anlagen zu betreten, und an ein gewaltsames Eindringen war nicht zu denken.

»Grothmyn.« Der Unterton von Keratomas Stimme verriet, dass sie den Versorgungsmeister ebenso wenig mochte wie die meisten am Hof des Imperators. Auch Crysalgira schüttelte sich, als sie an Grothmyn dachte. Sie war sich bewusst, welches Risiko sie einging, wenn sie sich mit ihm verbündete, um Chergost aus dem Kerker zu befreien.

»Du hast Recht.« Crysalgira seufzte. »Uns bleibt tatsächlich keine andere Wahl. Aber wie sollen wir vorgehen? Hast du schon einen Plan?«

Die Zofe grinste spitzbübisch. »Ich habe einen Plan«, versicherte sie selbstbewusst. »Aber ich verrate ihn nicht.« Crysalgira hatte zu Keratoma volles Vertrauen. Schon oft hatten die beiden jungen Frauen Pläne ausgeheckt; meist hatte es sich darum gehandelt, allzu aufdringliche Hofschranzen so abzufertigen, dass der Abgewiesene neben seinem Korb auch noch das Hohngelächter des Hofes zu schlucken gehabt hatte. »Lasst mich nur machen. Wir werden Chergost befreien.«

»Sei vorsichtig«, warnte Crysalgira. »Du weißt, wie gefährlich Orbanaschol sein kann, wenn man ihn unnötig reizt.«

»Das hängt ganz von den Reizen ab, mit denen man ihn bearbeitet. Ich habe da meine besondere Methode.«

Crysalgiras Gesichtsausdruck zeigte eine gehörige Portion Skepsis bei den Worten der Zofe, aber der Prinzessin blieb nichts anderes übrig, als Keratoma zu vertrauen. Ohne jede Hilfe hätte sie überhaupt keine Möglichkeit gehabt, ihrem Geliebten zu helfen.

Die Mode war von Crysalgira erfunden worden und derzeit fast Vorschrift im Kristallpalast. *Crysalgira-Grün* wurde daher auch die Farbe genannt, mit der die Prinzessin die natürliche Farbe ihrer vollen Lippen verändert hatte. Kontaktlinsen sorgten dafür, dass die Augen den typischen Rotton verloren hatten und nun bernsteinfarben glänzten.

Wer den Hauptteil an Crysalgiras Kleidung geliefert hatte, war erbittert diskutiert worden. Den wichtigsten Bestandteil lieferte zweifellos die makellose Figur der jungen Frau. Dauerhafte Klebestreifen, vollkommen mit der Hautfarbe abgestimmt, hielten etliche glitzernde Edelsteine an ihrem Körper unverrückbar fest. Der eigentliche Trick lag im Innenleben der erlesenen Steine. Mikrotechniker hatten Höhlungen hineingeschnitten und winzige Fesselfeldprojektoren eingebaut. Diese sorgten für den einwandfreien Sitz des eigentlichen Gewandes aus zerbotischer Seide, Gramm für Gramm ein Vermögen wert. Hätte jemand den technischen Aufwand, die Materialkosten und den Einfallsreichtum der an dieser Kleidung beteiligten Personen zusammengefasst, hätte von dem Betrag ein halber Kolonialplanet gekauft werden können. Es entsprach dem Lebensstil einer Quertamagin, den immensen Kostenaufwand nur mit einem Achselzucken abzutun.

Crysalgira selbst mochte das Kleid nicht. Sie wusste nur zu gut, dass es besser gewesen wäre, hätten die Mikrotechniker, die die winzigen Projektoren erfunden, konstruiert und gebaut hatten, der arkonidischen Flotte zur Verfügung gestanden. Sicher hätte ihre Arbeit Dutzende, wenn nicht mehr Leben retten können. Aber sie war eine Quertamagin und unterlag damit den strengen, ungeschriebenen Gesetzen der Kristalletikette. Der Dünkel hatte inzwischen so weit geführt, dass verlorene Schlachten weniger galten als Fehler in der vorschriftsmäßigen Kleidung. Und Crysalgira hatte einsehen müssen, dass es sinnlos war, gegen diese Spielregeln zu rebellieren. Nur der Kartengeber konnte die Regeln ändern, die Empfänger mussten mitspielen, wenn sie nicht völlig ausgeschlossen sein wollten.

Immerhin hatte Crysalgiras raffinierter Entwurf Aufsehen erregt und sie zu einer der bekanntesten Persönlichkeiten am Hofe gemacht. Sie war bekannt – und teilweise auch ihrer spitzen Zunge wegen gefürchtet. Gleich bei der ersten Gelegenheit, bei der sie in diesem Kleid erschienen war, hatte sie für beträchtliche Aufregung gesorgt. Ein hoher, seiner Grausamkeit den Besatzungen gegenüber wegen gefürchteter Orbton hatte sich ihr stark betrunken genähert und anzüglich gefragt: »Was hält dieses Kleid eigentlich oben?«

Crysalgira hatte den Mann nur verächtlich angesehen und dann mit leicht erhobener Stimme geantwortet: »Mein Anstand und Ihr Alter!«

Die drei Zentitontas, die das allgemeine Gelächter dauerte, bedeuteten für den Offizier den gesellschaftlichen Ruin. Er war seither nie wieder bei Hofe erschienen.

Jetzt trug Crysalgira ihre Kreation – Keratoma hatte sie mit leisem Spott »Crysalgiras Kampfanzug« getauft –, um Grothmyn für sich zu gewinnen. Sie ekelte sich vor dem Mann, aber ihr war kein Preis zu hoch, wenn es ihr gelang, Chergost freizubekommen. Wie Grothmyn einzuschätzen war, bewies seine erste Reaktion beim Betreten des Raumes. Das Gesicht des Versorgungsmeisters verzog sich zu einer lüsternen Grimasse, als er Crysalgira sah, die auf der Liege ausgestreckt lag und ihn anlächelte. Hinter ihm schloss Keratoma die Tür, nicht ohne jene typischen, krampfhaften Bewegungen, die anzeigten, dass der Betreffende Mühe hatte, sich ein schallendes Lachen zu verbeißen.

»Treten Sie näher, Grothmyn«, begann Crysalgira freundlich und winkte. Sein Grinsen verstärkte sich. Crysalgira schluckte mühevoll den Impuls hinunter, dem Mann ins Gesicht zu schlagen.

»Was kann ich tun?« Er hatte eine ungewöhnlich große Zunge, mit der er sich jetzt die Lippen leckte. Crysalgira schloss die Augen und pries ihre Vorsicht, die sie dazu geführt hatte, ein leichtes Beruhigungsmittel einzunehmen, das ihr nun half, nicht die Selbstbeherrschung zu verlieren. »Ich stehe ganz und gar zu Diensten.«

»Es geht um Chergost«, sagte sie ohne Umschweife.

Er nickte und grinste verständnisvoll. »Ja, ja. Kalte Betten sind etwas sehr Ungemütliches.«

»Vermutlich wissen Sie auch dafür ein Hilfsmittel«, entfuhr es Crysalgira; für einen Augenblick veränderten sich ihre Gesichtszüge.

Grothmyn zuckte ein wenig zurück, dann grinste er wieder. Die Tatsache, dass hier ein reichlich widerliches Tauschgeschäft abgeschlossen werden sollte, war schon belastend genug. Verstärkt wurde der perverse Zug dieses Gesprächs durch den Umstand, dass beide Parteien es vermieden, den »eigentlichen Gesprächsgegenstand« zu erwähnen. Und Crysalgira erkannte sehr rasch, wie sehr Grothmyn es genoss, dass sie die unausgesprochene, aber offenkundige Forderung des Versorgungsmeisters nur mit größtem Widerwillen erfüllen würde. Ihre innere Ablehnung bildete für den Mann einen besonderen Reiz.

»Es wird nicht ganz einfach sein«, sagte er nachdenklich. »Genauer gesagt, es ist so gut wie unmöglich.«

»Man sagt Ihnen nach, dass Sie selbst das Unmögliche erledigen – es dauere nur etwas länger.« Es fiel Crysalgira schwer, den Schrecken zu verbergen, den ihr Grothmyn mit seinen Worten versetzt hatte. Wenn selbst der Versorgungsmeister keine Möglichkeit sah, an Chergost heranzukommen, musste sie ihre Hoffnungen endgültig begraben. Es gab nur wenige Personen im Kristallpalast, die sich so ungehindert bewegen durften wie Grothmyn – und diese Männer und Frauen waren unbestechlich.

»Man sagt so«, murmelte Grothmyn nachdenklich. Offenbar grübelte er tatsächlich über Möglichkeiten nach. Crysalgira schöpfte wieder Hoffnung, als sich seine Gesichtszüge veränderten und er zu grinsen begann. »Ich werde einen Weg finden. Aber dann müssen Sie beide für immer verschwinden. Kennen Sie irgendeinen abgelegenen Planeten, der noch nicht in den Speichern der amtlichen Positroniken erfasst ist?«

»Selbstverständlich«, gab Crysalgira kühl zurück. »Glauben Sie, eine Quertamagin würde nicht für eine Rückversicherung sorgen, bevor sie sich in die Politik mischt?«

»Umso besser. Lassen Sie ein schnelles Schiff klarmachen, packen Sie hinein, was Sie unbedingt mitnehmen wollen – bis auf ein paar Kleinigkeiten, die allerdings viel Raum beanspruchen müssen.«

»Wozu das?«

»Wir werden Chergost in einem Container an Bord Ihres Schiffes schmuggeln. Wie ich das erledige, ist meine Sache. Stellen Sie mir also keine überflüssigen Fragen. Morgen Abend werden Sie starten, ich werde den Sonnenträger rechtzeitig herbeischaffen.«

»Hoffentlich. Morgen Abend also. Sie brauchen wenig Zeit, Grothmyn. Ich hatte angenommen, es würde länger dauern.«

»Ein Tag hat viele Tontas«, sagte der Versorgungsmeister achselzuckend, dann fügte er anzüglich hinzu: »Eine Nacht auch.«

Er rückte auf der Liege ein Stück näher an Crysalgira heran; sie konzentrierte ihre ganze Willenskraft auf das Lächeln, das sie Grothmyn zeigte. Wieder leckte sich der Versorgungsmeister die Lippen, und wieder wurde Crysalgira an eine große, Insekten fangende Echse mit einer großen, klebrigen Zunge erinnert. Als sie die Augen schloss, hielt Grothmyn dies für ein Signal, das ihn zu mehr einlud. Während er sich jedoch über sie beugte, erklang ein Summen. Er fuhr zurück, als habe ihn ein elektrischer Schlag getroffen. Für einen Augenblick wähnte er Verrat, aber als er Crysalgiras Verblüffung sah, begriff er, dass auch sie von dem Summen des Interkoms überrascht worden war. Als sie die Verbindung herstellte, erschien das Abbild Orbanaschols auf dem Schirm.

Der Imperator ließ seinen Blick kurz über die Szenerie wandern, dann kniff er die Augen zusammen. Crysalgiras Kleidung, der Versorgungsmeister, der als übler Schürzenjäger galt, in den Gemächern der Prinzessin – Orbanaschol reimte sich den Sachverhalt sofort zusammen und reagierte entsprechend erbost. »Mir ist schon öfter aufgefallen, Versorgungsmeister«, begann er mit einem kaum zu überhörenden drohenden Unterton in der Stimme, »dass du dich um erheblich mehr kümmerst, als eigentlich deine Pflicht wäre. Ich sehe derlei nicht gerne.«

»Ich habe Grothmyn zu mir gebeten«, warf Crysalgira ein. »Er wollte mir behilflich sein.«

»Er wird Ihnen jeden Wunsch erfüllen«, erklärte Orbanaschol. »Dies ist ein Befehl, Grothmyn!«

Für Orbanaschol nicht sichtbar, tauchte in einem Türspalt das Gesicht Keratomas auf; die Zofe grinste breit, als sie erkannte, dass ihr Plan aufgegangen war. Grothmyn saß in der Falle. Er hatte das Misstrauen des Imperators geweckt – und Orbanaschol liebte es überhaupt nicht, wenn ihm jemand bei seinen Liebesabenteuern Konkurrenz machte. Jetzt hätte ein Wort von Crysalgira genügt, um des Höchstedlen Misstrauen zu einem Wutausbruch hochzusteigern, der dem Versorgungsmeister sehr gefährlich werden konnte.

»Ich wollte mich erkundigen«, fuhr der Imperator fort, »ob Sie an dem Fest teilnehmen werden, das ich übermorgen zu feiern gedenke.«

»Es wird mir eine Ehre sein, Höchstedler«, antwortete Crysalgira sofort.

Als sich der Bildschirm wieder verdunkelte, stand Grothmyn eilig auf und stellte sich neben die Liege. Er wusste, dass er nun Crysalgiras Anordnungen zu folgen hatte, ob es ihm passte oder nicht. Es hätte nur eines Hinweises bedurft, dass er sie belästigt hatte, und der Versorgungsmeister hätte ein rasches Ende gefunden.

»Morgen Abend«, sagte Crysalgira lächelnd; der vollständige Umschwung der Situation amüsierte sie. »Seien Sie bitte pünktlich. Jetzt dürfen Sie sich zurückziehen.«

Er verbeugte sich schweigend und entfernte sich. An der Tür stieß er mit Keratoma zusammen, die Grothmyns mörderischen Blick mit einem spöttischen Grinsen beantwortete.

»Den haben wir prächtig hereingelegt«, kicherte die Zofe zufrieden, sobald der Versorgungsmeister verschwunden war.

»Beim nächsten Mal«, bat Crysalgira seufzend, »unterrichte mich bitte vorher von deinen Plänen. Als sich dieser Bursche über mich beugte ... brrr.«

»So genau konnte ich leider nicht arbeiten. Ich fürchte, wir werden nun mit dem Packen beginnen müssen.«

Nur wenige Familien auf Arkon I hatten das Vorrecht, eigene Landefelder für ihre Großraumer und Jachten unterhalten zu dürfen. Die Mehrzahl der Arkoniden verließ das System entweder in einem Flottenschiff, das von Arkon III aus startete, oder aber an Bord eines privaten Schiffs oder Frachters, deren Landeplätze auf Arkon II zu finden waren. Zu den Glücklichen, die dem verzwickten Anflug- und Landeritual der großen Raumhäfen entgehen konnten, indem sie ihre Jachten praktisch neben dem Wohntrichter landen durften, gehörte Crysalgiras Familie. Die Quertamagins waren überdies so privilegiert, dass sie nicht einmal ein Ziel anzugeben brauchten, wenn sie ihre Jachten benutzten. Dies kam Crysalgira sehr zustatten, als sie ihre Abreise vorbereitete.

Die einzige Schwierigkeit bestand darin, die nötige Ausrüstung an Bord schaffen zu lassen. Crysalgira war viel zu vernünftig, um ihr Schiff mit Kleidung und Luxusgütern voll zu stopfen. Ihr Plan sah vor, dass sie zusammen mit Chergost einen der bewohnbaren Planeten aufsuchte, der nur Angehörigen ihrer Familie bekannt war. Dort wollte sie mit dem jungen Mann so lange warten, bis sie beide wieder ungefährdet ins Arkonsystem zurückkehren konnten. Nach diesen Zielvorstellungen setzte sich die Ladung ihrer Jacht zusammen.

Zu ihrem Glück traf sie im Stammsitz des Khasurn bei den Varn-Grotten im Südwesten des Äquatorialkontinents Laktranor, fast siebentausend Kilometer vom Hügel der Weisen entfernt, keine Verwandten. Nur Familienmitglieder hätten es gewagt, eine Quertamagin zu fragen, warum sie zu einem Ausflug nicht einen Parfümerierrobot, sondern robuste Baumaschinen mitnahm. So hatte die Prinzessin wenig Mühe, ihre Ausrüstung an Bord zu bringen. Ihr Schiff war die CERVAX, ein sechzig Meter durchmessender Ultraleichtkreuzer, ausgerüstet mit einem hervorragenden, gerade erst generalüberholten Transitionstriebwerk. Das Schiff war weitgehend automatisiert und wurde von sieben Männern geflogen; dazu würden Crysalgira und Chergost kommen sowie Keratoma, die die Prinzessin begleiten würde. Sowohl der Zofe als auch den Männern konnte Crysalgira vertrauen, sie stammten aus Familien, die seit Jahrhunderten im Dienst der Quertamagins standen.

Die Zeit der Abenddämmerung war bereits vorbei, als Crysalgira endlich an Bord der CERVAX gehen konnte. Die Ladung war säuberlich verstaut, auch ihre persönlichen Habseligkeiten hatten Platz gefunden. An Chergosts Besitz war Crysalgira nicht herangekommen; sie hatte es vorsichtshalber gar nicht erst versucht, da sie fest damit rechnete, dass seine Wohnung überwacht wurde. Daher war sie gezwungen gewesen, Kleidung und Ausrüstung für ihn zu kaufen. Damit hinterließ sie natürlich eine Spur, falls die TRC auf den Gedanken kommen sollte, ihr Verschwinden mit Chergosts Flucht in Verbindung zu bringen. Solange kein Verdacht auf sie fiel, hätte sie immerhin die Möglichkeit gehabt, nach Arkon zurückzukehren, um dort vielleicht eine Entwicklung in Gang zu setzen oder zu beschleunigen, die Chergosts Rückkehr hätte fördern können.

Nervös trommelte Crysalgira mit den Fingerspitzen auf der Lehne des Sessels. Sie hatte den Platz des Piloten eingenommen und wollte die CERVAX selbst steuern. Crysalgira murmelte einen zalitischen Fluch, den sie irgendwann einmal aufgeschnappt hatte. Der Mann neben ihr sah auf und grinste.

»Für eine arkonidische Dame von höchstem Geblüt haben Sie eine außerordentlich unfeine Ausdrucksweise«, sagte Parat Tenhor leise.

»Ich weiß nicht einmal, was die Worte bedeuten.« Sie stand auf und ging unruhig in der Zentrale auf und ab. »Ich warte auf Grothmyn und den Container.«

»Es gibt viele Gründe, warum er sich verspätet haben könnte. Die meisten davon sind harmloser Natur.«

»Ich traue diesem Widerling nicht.« In diesem Augenblick meldete sich der Signalgeber, der anzeigte, dass eine Person an Bord zu kommen wünschte. »Endlich!«

Während die untere Polschleuse langsam geöffnet wurde, betrachtete die Prinzessin das Geschehen auf einem Bildschirm. Der Besucher war tatsächlich Grothmyn, begleitet von zwei Robotern, die eine große Kiste trugen. Der Aufschrift zufolge handelte es sich um Kleidungsstücke; das große, eingebrannte Familienwappen der Quertamagins sorgte dafür, dass die Neugierde der Hafenwachen gedämpft wurde. Es war nicht ratsam, einen Quertamagin mit unnötigen Kontrollen zu belästigen, und auf dieser Tatsache baute sich Grothmyns Plan auf.

»Sie müssen sofort starten«, sagte der Versorgungsmeister, als er die Zentrale betrat. »Lassen Sie Chergost erst aus seinem Versteck, wenn Sie im freien Raum sind und zur Transition ansetzen, nicht eher.«

»Ich habe verstanden. Ich nehme an, dass Ihnen Bargeld lieber ist als ein Scheck.« Sie warf Grothmyn einen Beutel zu, den der Mann hastig in seiner Kleidung verbarg. Es war ihm anzusehen, wie überrascht er war. Offenkundig hatte er nicht damit gerechnet, für seine Dienste bezahlt zu werden; die Dicke des Päckchens, das ihm Crysalgira zugeworfen hatte, ließ auf eine beträchtliche Summe schließen. Grothmyn stammelte eine hastige Danksagung und verließ die Zentrale. Als er langsam den zentralen Antigravschacht hinunterschwebte, konnte Crysalgira ein leises Kichern hören. Sie achtete nicht weiter darauf, sondern leitete den Start ein.

Die CERVAX hob leicht ab und stieß in den nachtdunklen Himmel vor, der über diesem Teil des Planeten lag. Beim Aufstieg sah Crysalgira in beträchtlicher Entfernung einen hellen Schein. Sie wusste, um was es sich handelte – den gigantischen Torbogen aus Wasser, der das Wahrzeichen der Zoltrals war, wie die Quertamagins einer der ältesten Khasurn Arkons. Crysalgira presste die Lippen zusammen, um ihre Wehmut zu verbergen; vielleicht würde sie die tausendfältigen Wunder und Schönheiten der Kristallwelt niemals wieder sehen. Niemand versuchte das Schiff zu stoppen, die CERVAX stieß weiter in den Raum vor. Crysalgira programmierte die Daten für die erste Transition. Zu ihrem Erstaunen fand sie in den Gesichtern der Besatzung keinerlei Spuren von Enttäuschung oder Wehmut, obwohl auch die anderen sehr genau wussten, dass dieser Abschied von Arkon vielleicht ein Abschied für immer sein würde.

Es dauerte einige Zeit, bis die CERVAX den Rand des Arkonsystems zur eigentlichen Transition erreicht hatte. Es war verboten, in allzu großer Nähe der bewohnten Planeten eine Transition einzuleiten, da die Erschütterungen des Raum-Zeit-Kontinuums verheerende Auswirkungen auf die Tektonik der Planeten hatten. Crysalgira überließ die Schiffsleitung dem Autopiloten und verließ ihren Platz. Sie lächelte, als sie langsam zur unteren Polschleuse hinabschwebte, wo die Robots die Kiste mit ihrem wertvollen Inhalt abgeladen und verstaut hatten. Als sie den Laderaum erreicht hatte, verzog sich ihr Gesicht ärgerlich. Von der Kiste war nicht mehr viel zu sehen, die Robots hatten den Behälter sehr sorgfältig gegen Verschiebungen gesichert und deshalb unter Bergen anderen Materials begraben.

»Maschinen!«, schnaubte Crysalgira verächtlich und machte sich an die Arbeit. Sie war in Schweiß gebadet, als sie endlich den Deckel der Kiste freigelegt hatte. Es klickte leise, als sich die Verriegelungen lösten. Dann klappte der Deckel nach oben.

Es war nicht Chergost, der aus der Kiste kletterte. Crysalgira wusste nicht, ob sie wütend oder enttäuscht sein sollte, als sie den Fremden sah. Der Mann war viel kleiner als Chergost, höchstens einhundertachtzig Zentimeter groß, ziemlich dick, für arkonidische Verhältnisse fast schon fett zu nennen. Der Blick der Augen verriet eine gehörige Portion Verschlagenheit und Gefühlskälte. Irgendwoher kannte Crysalgira dieses merkwürdige, von roten Flecken übersäte Gesicht. Sie konnte sich nur nicht erinnern, bei welcher Gelegenheit ihr der Mann schon einmal begegnet war.

Dass es sich um keinen sonderlich sympathischen Zeitgenossen handelte, bewies zum einen der entsicherte Blaster, den der Mann auf Crysalgira gerichtet hatte, zum anderen das verdächtig kurz geschnittene filzige Haar. Derart kurz wurde das Haar nur von religiösen Fanatikern und Strafgefangenen getragen, und als besonders religiös war diese Gestalt kaum zu bezeichnen.

»Willkommen an Bord der CERVAX«, sagte Crysalgira, sobald sie sich wieder gefasst hatte. Sie wusste, dass der Fremde jetzt Herr der Lage war – und er machte nicht den Eindruck, als sei er zimperlich im Umgang mit seiner Waffe. »Wer sind Sie?«

Der Blick, mit dem der Mann Crysalgiras Körper musterte, erinnerte stark an Grothmyn, der für diese Überraschung verantwortlich zu machen war. »Gestatten, Textor«, lautete die Antwort, begleitet von einer Verbeugung, die unter diesen Umständen nur als Hohn bezeichnet werden konnte. »Und du bist vermutlich Crysalgira da Quertamagin, nicht wahr?«

Ihr Rücken versteifte sich. Sie legte keinen besonderen Wert auf die überhöflichen Umgangsformen, wie sie am Hofe üblich waren, aber eine derartige Dreistigkeit war ihr noch nicht untergekommen. Ihre Antwort war eisig: »Ihrem Benehmen nach sind Sie Mörder oder etwas Ähnliches.«

Er grinste nur. »Richtig, Kleines. Geh ein paar Schritte zurück und versuch keine dummen Tricks. Es würde mir nicht das Geringste ausmachen, dich zu Asche zu verbrennen, sollte es mir erforderlich erscheinen.«

Während Crysalgira Schritt für Schritt zurückwich, fiel ihr endlich ein, wo sie den Mann schon einmal gesehen hatte – auf einem Steckbrief. Textor wurde wegen Mordes in zwei Fällen gesucht. Er war auch verhaftet worden, aber die Gerichte hatten außerordentliche Mühe gehabt, ihm die Morde nachzuweisen. Jeder Sachkenner wusste ganz genau, dass Textor die beiden Inspektoren erschossen hatte, aber niemand war in der Lage, es dem Täter zweifelsfrei nachzuweisen. Dennoch war es für ihn offenbar erforderlich geworden, das Weite zu suchen.

Er muss mit Grothmyn unter einer Decke stecken, dachte Crysalgira. Sie ahnte auch, wie es zu den beiden Morden hatte kommen können. Grothmyn hatte die Informationen geliefert, war vermutlich der Auftraggeber und hatte nach der Tat dafür gesorgt, dass so viele Spuren und Hinweise vernichtet wurden, wie irgend möglich war. Und nun hatte er Textor zur Flucht verholfen – mit Crysalgiras unfreiwilliger Mithilfe. »Darum hat dieser Widerling gelacht.«

»Wer hat gelacht? Schnell, rede.«

Sie erklärte dem Mann rasch die Zusammenhänge. Textor hatte vermutlich entschieden mehr Angst als Crysalgira. Sie hatte den Eindruck, dass er ohne Rücksicht seine Waffe benutzen würde, sollte er auch nur für einen Augenblick den Eindruck haben, nicht vollkommen Herr der Lage zu sein.

»Natürlich hat er gekichert«, sagte Textor, ebenfalls lachend. »Er hat dich hereingelegt und seinen Lohn empfangen, obwohl er gar keinen erwartet hatte. Er ist schon ein schlauer Bursche, dieser Grothmyn.«

»Was ist aus Chergost geworden? Lebt er noch?«

Textor zuckte mit den Schultern. »Ich weiß nicht. Mir wurde gesagt, Chergost sei inzwischen wieder frei. Ob er tatsächlich wieder ein freier Mann ist oder nur in ein anderes Gefängnis verlegt wurde, ist jetzt wohl nebensächlich.« Er grinste höhnisch, als er fortfuhr: »Du hast jedenfalls deinen Zweck erreicht, Kleines. Du wolltest einen Mann herausschmuggeln – und das hast du getan.«

Crysalgira überlegte sich blitzschnell die Art und Weise ihres Vorgehens und entschloss sich für die autoritäre Masche. Vielleicht ließ sich dieses Subjekt von klangvollen Namen und entsprechendem Auftreten beeindrucken. »Wenn Sie mich weiterhin derart despektierlich anreden«, sagte sie in jenem arroganten Tonfall, der vielen Arkoniden viel zu glatt über die Lippen ging und mit daran schuld war, dass sie in der bekannten Galaxis als selbstherrlich verschrien waren, »werde ich ernsthaft böse, und das hätte Konsequenzen, die Sie bedauern würden. Und dann …«

Sie brach abrupt ab, als Textor laut zu lachen begann. »Du bist wirklich süß, Kleines. Diese Masche haben Hoteldiebe und Hochstapler schon vor ein paar Jahrtausenden zu Grabe getragen. Wenn du Eindruck schinden willst, musst du das ganz anders anfangen!«

Sie lächelte verzerrt. Irgendwie musste sie Textor von seiner Waffe trennen, aber in den nächsten Tontas würde er sicherlich sehr vorsichtig sein. Also musste sie warten. Irgendwann würde sich eine Gelegenheit bieten, den Mann zu überwältigen. Bis zu diesem Zeitpunkt würde sich die Besatzung der CERVAX wohl oder übel fügen müssen. *Immerhin hält er mich für ein Dummchen. Er wird noch merken, mit wem er sich eingelassen hat.*

»Erlauchte«, rief ein Mann von oben. »Wo stecken Sie? Wir müssen den Sprung einleiten.«

»Dazu haben wir noch genügend Zeit.« Textor hielt Parat Tenhor, der ahnungslos aus dem Antigravschacht stieg, seine Waffe unter die Nase.

»Das soll Chergost sein?« Tenhor zog die Brauen in die Höhe. »Ich habe mir einen Sonnenträger etwas anders vorgestellt.«

»Ich auch.« Crysalgira seufzte. »Das ist nicht Chergost, und es sieht so aus, als müssten wir uns vorläufig seinen Wünschen fügen.«

Textor grinste, als er das Wort *vorläufig* hörte, dann versetzte er ihr einen Stoß mit der Waffe. »Vorwärts!«, befahl er rau. »Und keine Mätzchen! Ich werde sehr nervös, wenn man mich hereinzulegen versucht.«

Tenhor zuckte die Achseln und trat den Rückweg in die Zentrale an. Die Besatzung staunte, als sie den Fremden erblickte, und die Gesichter verhärteten sich, nachdem Tenhor den anderen kurz die Lage geschildert hatte. Besonders Keratoma betrachtete angeekelt den Mann, der sich zum Herrn an Bord gemacht hatte. Textor zog eine Programmierungskarte aus der Tasche seiner verdreckten Hose und drückte sie Parat Tenhor in die Finger. »Unser Kurs. Ich habe eine kleine Änderung unseres Reiseweges vor.«

»Wohin wollen Sie uns entführen?«, fragte Crysalgira. »Wie stellen Sie sich überhaupt den Fortgang dieses Abenteuers vor?«

»Das wirst du noch früh genug merken, Kleines.«

Die Männer der Besatzung sahen sich verblüfft an, als Crysalgira sich diese Anrede widerspruchslos gefallen ließ. Dann aber verstanden sie: Die Prinzessin dachte nicht daran, sich so zu geben, wie sie wirklich war. Es konnte für Textor verhängnisvoll werden, die junge Frau unterschätzt zu haben. Wer sie nach ihrem Auftreten bei Hofe beurteilte, irrte sich gewaltig. Man kannte sie dort nur als sehr hübsches Mädchen mit einem munteren und auch schnippischen Mundwerk. Besondere Intelligenz wurde ihr nicht nachgesagt. Dass die junge Frau in jeder Lage »ihren Mann« zu stehen verstand, war ihr persönliches Geheimnis. Man nahm an, dass sie ihre reichlich bemessene Freizeit mit Belanglosigkeiten vertändelte, während Crysalgira in Wirklichkeit einen sorgfältig ausgearbeiteten Trainingsplan absolvierte. Zu diesen Übungen gehörte das Schießen mit allen bekannten Waffen, desgleichen Nahkampf, und eine Zeit lang hatte sie sogar taktischen Unterricht genommen. Mit ihrer Intelligenz verband sich eine außerordentliche Kaltblütigkeit, gepaart mit einer Raffinesse, die eventuelle Gegner das Fürchten lehren konnte.

In dem Augenblick, in dem Textor sie als ein zwar hübsches, aber nicht eben gescheites Püppchen eingeschätzt hatte, hatte er sein Ziel schon zur Hälfte verfehlt. Innerlich erheitert stellte Crysalgira fest, dass der Mann Widerstand weit eher von der männlichen Besatzung als von ihr oder Keratoma erwartete. Während Tenhor die Positronik mit den veränderten Sprungdaten fütterte, betrachtete Crysalgira sorgsam jede Bewegung, die Textor machte. Vor allem analysierte sie genau jedes seiner Worte, auf der Suche nach dem Ansatzpunkt, mit dem sie seine Stellung erschüttern konnte.

Einstweilen konnte sie gegen ihn nichts unternehmen, aber wenn sich der Flug, den der Mörder beabsichtigte, länger hinzog, musste er früher oder später müde werden. Es war ausgeschlossen, dass er tagelang wach blieb, um seine Gefangenen zu bewachen, auf die er nicht verzichten konnte, da er allein nicht imstande war, die CERVAX sicher zu führen. Auf diesen Zeitpunkt wartete Crysalgira. Dass Textor allerdings ebenfalls nicht unterschätzt werden durfte, wurde der Prinzessin klar, als er mit vorgehaltener Waffe dafür sorgte, dass die meisten Besatzungsmitglieder in ausbruchssicheren Räumen eingesperrt wurden, während die anderen so an ihre Sitze in der Zentrale gefesselt wurden, dass sie zwar die Geräte bedienen, ihm aber nicht gefährlich werden konnten. Der Mann war ein Profi in seinem Fachgebiet, das musste Crysalgira zähneknirschend zugeben. Es würde nicht leicht werden, ihn zu überwältigen.

Während die CERVAX dem neu berechneten Transitionspunkt entgegenraste, beschäftigte sich die Prinzessin mit Chergost. Was war aus dem Sonnenträger geworden? Lebte er überhaupt noch?

Textor ließ sich Zeit. Seit drei Pragos flog die CERVAX durch das All, transitierte ein ums andere Mal, ohne dass das Ziel des Fluges erreicht worden wäre. Längst lag der Kugelsternhaufen Thantur-Lok hoch »über« ihnen, ringsum leuchteten die Sterne der galaktischen Hauptebene des Nebelsektors. Die eingeschränkte Bewegungsfreiheit der Besatzung war mit ein Grund, weshalb es nicht schneller ging. Nach dem siebten Sprung atmete Textor erleichtert auf. »Wir sind am Ziel. Bald werdet ihr von mir befreit sein.«

»Wir freuen uns darauf«, versicherte Keratoma. Die Zofe verfügte nicht über die Selbstbeherrschung ihrer Herrin und hatte ihre Abneigung mehrfach sehr deutlich zum Ausdruck gebracht, aber ihre spitzen Bemerkungen waren an Textor abgeprallt. Er hatte die Lage unter Kontrolle und war entsprechend selbstsicher.

»Wo sind wir eigentlich?«, wollte Tenhor wissen. Auf der Panoramagalerie war eine kümmerliche, blassgelbe Sonne zu sehen, die von einer großen Menge von Asteroiden umkreist wurde. Planeten wurden nicht angemessen, vermutlich waren sie schon vor Jahrmillionen zerplatzt.

»Ihr werdet noch früh genug merken, wo wir herausgekommen sind«, gab Textor knapp zurück, trat zum Eingabeelement der Bordpositronik und fütterte die KSOL mit neuen Daten. Offenbar hatte er seine Flucht genau vorbereitet und schien auch sehr genau zu wissen, was er wollte.

Crysalgira fühlte sich unbehaglich. Ihr war klar geworden, was Textor in diesem entlegenen Raumbezirk suchte. Irgendwo in dem Schwarm von kleinen und großen Asteroiden hatte er ein Versteck. Ein Mann allein konnte einen solchen Unterschlupf schwerlich errichten, es musste also eine Organisation dahinter stecken, vielleicht sogar Grothmyn und seine Helfershelfer. Das konnte bedeuten, dass sich Grothmyns Männer in der Nähe dieser Sonne einen Stützpunkt aufgebaut hatten. Und ein solcher erforderte normalerweise eine Stammbesatzung. Somit war zu vermuten, dass sich die Zahl der möglichen Gegner schlagartig vervielfacht hatte.

»Kennst du eigentlich den genauen Kontostand deiner Sippe, Kleines?«, erkundigte sich Textor.

Wider Willen zuckte Crysalgira zusammen, als sie ihre Familie als *Sippe* bezeichnet hörte. »Es dürfte genug sein, um der halben Galaxis ein ansehnliches Kopfgeld zu zahlen. Ich kann Sie nur warnen.«

Textor lachte laut auf. »Wie stellst du dir denn den weiteren Verlauf unseres Ausflugs vor, Kleines?«

»Wir werden Ihre Station anfliegen, Sie bei Ihren Freunden abliefern und dann verschwinden. Immerhin sind Sie uns in gewisser Weise zu Dank verpflichtet, meinen Sie nicht auch?«

Zum ersten Mal zeigte Textor ein Zeichen von Verblüffung, dann lachte er wieder. »Kleines, man sollte dich zum Alleinunterhalter ausbilden. Deine Einfälle sind köstlich.«

Während des Gesprächs hatte sich aus den Bewegungen des Schiffes ein Ziel herausgeschält. Unverkennbar hielt die CERVAX auf einen ganz bestimmten Asteroiden zu, der etwas abseits vom großen Schwarm um die Sonne kreiste und einige Kilometer Durchmesser erreichte; sofern er gründlich ausgebaut war, ließ sich in seinem Innern bequem eine Stadt unterbringen. Dass es sich nicht um ein notdürftiges Versteck handeln konnte, bewies Textor, als er dem Funker einen Streifen übergab. Nur eine ziemlich große Organisation würde Wert darauf legen, dass sich ankommende Schiffe mit einem Kodefunkspruch zu erkennen gaben.

»Krassig«, sagte Textor. »Ein hübscher Schlupfwinkel, nicht wahr?«

»Allerhand«, stimmte Parat Tenhor zu. »Wie viele Subjekte Ihres Schlages treiben sich dort herum?«

»Wenige. In Krassig leben etwa einhundertzwanzig Freunde von mir, aber nur einige erreichen mein Format.«

»Soll das bedeuten, dass die Mehrzahl dieser Kerle noch schlechtere Umgangsformen hat?«, erkundigte sich Keratoma bissig.

»Du wirst dich nicht zu beklagen haben, Täubchen. Vielleicht freut es dich zu hören, dass Krassig unter ausgesprochenem Frauenmangel leidet.«

Keratoma erbleichte, dann spuckte sie dem Mann ins Gesicht. Textor war ein ausgesprochen gut gelaunter Mörder; er nahm Keratomas Handlung nicht weiter übel, sondern lachte nur. »Ein richtiges Wildkätzchen. Meine Freunde werden mir dankbar sein.«

Die CERVAX hatte inzwischen den Asteroiden erreicht. Ein kurzes Rucken ging durch den Rumpf des Schiffes, als der Kugelraumer von Traktorstrahlen erfasst und langsam näher gezogen wurde. In dem unregelmäßigen Brocken bildete sich eine hell erleuchtete Öffnung, auf die das Schiff allmählich hinabgezerrt wurde.

»Ziemlich aufwändig«, murmelte Tenhor. »Ein Teil Ihrer Freunde scheint über sehr viel Geld zu verfügen.«

»Es geht uns nicht schlecht. Es ist alles vorhanden, was man so zum Leben braucht. Wasser, Luft, Lebensmittel, sogar Delikatessen. Krassigs Energieversorgung ist hervorragend, wir können sogar kleinere Reparaturen an Raumschiffen durchführen.«

»Und wie lauten die Satzungen Ihres Vereins? Ich meine, was muss ich tun, um mich Ihrem Haufen anschließen zu können?«

Textor verzog den Mund zu einem spöttischen Grinsen. »Versuchen Sie nicht, mich hereinzulegen. Wollten Sie wirklich bei uns mitarbeiten, müssten Sie schon mindestens einen Ihrer Freunde töten. Wie wäre es mit dem Funker? Drehen Sie ihm jetzt auf der Stelle den Hals um, dann werde ich Ihren Antrag unterstützen, in unseren Verein aufgenommen zu werden.«

»Vergessen Sie es«, sagte Tenhor achselzuckend. Natürlich hatte er nicht vor, seinen Freund zu töten. Er hatte lediglich versuchen wollen, das Vertrauen des Verbrechers zu gewinnen, in seine Organisation einzusickern und so Crysalgira und den anderen zu helfen. Diesen Versuch hatte Textor geschickt unterlaufen.

Mit einem Ruck setzte die CERVAX auf dem Boden des Hangars auf. Neben dem Schiff standen zwei andere, ebenfalls sechzig Meter durchmessende Einheiten in der Halle; an beiden Schiffen wurde lebhaft gearbeitet. Crysalgira begann zu ahnen, dass sie sich größten Schwierigkeiten gegenübersah. Was hier im Innern des Asteroiden lebte, war keine undisziplinierte, halbwilde Räuberbande, sondern Teil einer durchorganisierten, schlagkräftigen Verbrecherorganisation, die über erschreckend gute Verbindungen und Hilfsmittel verfügte.

»Endstation, alles aussteigen!«, kommandierte Textor vergnügt. »Die Reise ist zu Ende.«

Er erlaubte sich sogar den Luxus, seine Waffe wegzustecken. Crysalgira fühlte sich kurz versucht, den Mann zu überwältigen, aber dann sah sie ein, dass ihr dies nichts genutzt hätte. Im Hangar wimmelte es von Leuten, zudem hatte sich die dicke Hangardecke wieder vor die Öffnung geschoben. Bis es gelungen wäre, sich den Weg freizuschießen, wäre die CERVAX mit Sicherheit geentert worden. Crysalgira musste sich fügen; sie tat es in der Hoffnung, dass sich bald eine Gelegenheit würde finden lassen, diesen unwirtlichen Ort zu verlassen.

Ein gellendes Pfeifkonzert füllte den Hangar, als die Männer des Asteroiden die beiden Frauen sahen. Keratoma verzog angewidert das Gesicht, während Crysalgira die Gestalten schärfer ins Auge fasste. Sie kannte keinen der Männer. Nach dem ersten Eindruck von Textors Organisation hatte sie gehofft, ihre Gegner würden so zahlreich sein, dass es unter ihnen ein paar schwache Stellen gab. In jeder Organisation fanden sich gewöhnlich einige Mitläufer, die nur ihre Spezialistenarbeit taten, ohne eigentlich an der Ausführung von Verbrechen beteiligt zu sein; Männer, die Crysalgira hätte auf ihre Seite ziehen können.

Aber die Gestalten, die sie zu sehen bekam, ließen diese Hoffnung schwinden. Die Besatzung der Station bestand, soweit Crysalgira dies abschätzen konnte, aus hartgesottenen Verbrechern. Gerieten diese Männer wieder in Kontakt zu Arkon, waren sie verloren. Ihr Leben war ihnen nur in Krassig und an Bord ihrer Schiffe halbwegs sicher; entsprechend rücksichtslos würden sie mit den Leben anderer umspringen.

Einer der Männer griff nach Keratomas Arm und wollte sie näher ziehen, prallte aber zurück, von einem wuchtigen Fausthieb Tenhors getroffen. Sofort stürzte sich ein anderer Mann auf Tenhor, innerhalb weniger Augenblicke waren sämtliche Männer im Hangar in eine wüste Schlägerei verwickelt. Nur Textor stand ein Stück abseits und sah der Balgerei grinsend zu.

»Mitkommen!«, befahl er schließlich und schob die beiden Frauen, die im allgemeinen Kampfgetümmel völlig in Vergessenheit geraten waren, vor sich her.

Parat Tenhor hatte ein fast schwarz angelaufenes Auge, zwei Zähne fehlten, aber er grinste zufrieden. »Wären die Robots nicht aufgetaucht, hätten wir sie zusammengeschlagen.«

Crysalgira schüttelte verweisend den Kopf.

Ihre Unterkunft war an das allgemeine Interkomnetz angeschlossen; es hatte den Männern von Krassig Spaß gemacht, den Kampf im Hangar bis in den letzten Winkel des Asteroiden zu übertragen. So hatte Crysalgira miterleben können, wie sich Tenhor und die anderen Mitglieder der CERVAX-Besatzung zu wehren verstanden. Etliche Bewohner von Krassig waren über alles hergefallen, was sich bewegte, sogar über eigene Leute. Sobald

Parat Tenhor dies bemerkt hatte, nahm der Kampf einen einseitigen Verlauf. Er hatte sich einzelne Männer herausgepickt und der Reihe nach zu Boden geschickt. Erst als nur noch zwei Gestalten vor ihm auf dem Boden lagen und miteinander rangen, waren die Robots auf den Kampfplatz gestürmt und hatten die Kämpfer paralysiert.

»Vielen Dank auch«, sagte Keratoma. »Hätten Sie nicht eingegriffen, wären diese Verbrecher über uns hergefallen.«

»Gern geschehen.« Tenhor betastete sein zuschwellendes Auge. »Jedenfalls wissen diese Gauner jetzt, mit wem sie es zu tun haben.«

»Hoffentlich nicht«, wünschte Crysalgira. »Wie soll es jetzt weitergehen?«

»Das wird davon abhängen, was Textor mit uns vorhat. Der Bursche sieht nicht so aus, als hätte er erfreuliche Absichten.«

Alfert Torpeh war der Kommandant von Krassig, ein Mann mit dem Gesicht eines pensionierten Buchhalters. Die gelbliche Färbung seiner Augäpfel und der zusammengekniffene Mund zeigten deutlich, dass er an einer Lebererkrankung litt. Seine Hände lagen ruhig auf dem Schreibtisch. Textor wusste, dass sein Gegenüber keinerlei Skrupel kannte, nicht einmal den eigenen Leuten gegenüber.

»Eine Quertamagin …«

»Und das heißt, sie hat jede Menge Geld«, setzte Textor den Gedankengang fort. »Ich habe vor, ihre Sippe bluten zu lassen, bevor ich sie zurückgebe.«

»Abzüglich der Prozente.« Torpehs Blick wanderte unstet von einem Punkt des Raumes zum anderen. Textor war einer der wenigen Männer, die ab und zu auf eigene Faust arbeiteten. Zum Ausgleich für die Hilfe, die man ihm in Krassig gab, hatte er einen bestimmten Prozentsatz seiner Beute an die Organisation abzuführen.

»Wenn dieser Coup gelingt«, rechnete Textor vor, »können wir uns eine zweite Station leisten. Die Quertamagins sind unvorstellbar reich.«

»Das verdanken sie dem Umstand, dass sie gerne Geld einnehmen und sich nur äußerst widerwillig von ihm trennen. Bist du dir darüber klar, mit wem du dich anlegen willst? Im Notfall mobilisiert der Quertamagin-Khasurn eine Privatarmee.«

»Unwahrscheinlich. Allzu stark darf ich die Familienkasse natürlich nicht belasten – wären ihre Eltern gezwungen, spektakuläre Verkäufe zu tätigen, um das Lösegeld aufzubringen, werden sich sofort die Celistas auf unsere Fersen setzen.«

»Du weißt, dass der Imperator an ihr interessiert ist?«

»An welchem Rock ist der nicht interessiert?«, fragte Textor grinsend zurück. »Keine Sorge, ich werde vorsichtig sein.«

»Und die anderen? Die zweite Frau und die sieben Männer? Was hast du mit denen vor?«

»Dieser Parat Tenhor ist ein zäher und gewandter Bursche. Er hat sich erkundigt, ob er sich auf unsere Seite stellen könne.«

»Ernsthaft? Oder nur eine List?«

»Letzteres. Ich habe mir angesehen, wie die Männer mit Crysalgira verkehren, und habe den Eindruck, als würden sie alles tun, um ihren Freunden zu helfen. Ich müsste die ganze Mannschaft zurückgeben – mit Crysalgira allein wird sich die Sippe wohl nicht zufrieden geben.«

»Sie kennen Krassig.«

»Aber nicht die Koordinaten. Und blassgelbe Sonnen gibt es mehr als genug. Selbst wenn man gezielt nach uns sucht, wird man uns erst in ein paar Jahrhunderten finden können.«

»Ich weiß nicht«, murmelte der Kommandant von Krassig. »Irgendetwas an dieser Sache schmeckt mir nicht. Ich wittere Gefahr.«

Textor wusste, dass nicht zuletzt dieser sichere Instinkt Alfert Torpeh auf diesen Posten geführt hatte. Er hatte eine fast paranormale Begabung, gute Geschäfte zu wittern und sorgfältig präparierte Fallen zu riechen. Wenn ihm das »Unternehmen Crysalgira« nicht ganz lupenrein vorkam, war es besser, die ganze Sache abzublasen. »Warten wir bis morgen«, entschied der Kommandant schließlich. »Ich werde die Sache überschlafen.«

Textor nickte und zog sich zurück, dann suchte er sein Zimmer auf, um zunächst einmal den versäumten Schlaf nachzuholen.

9.

Atlan: *Die Idee mit dem Drachen war mir während meines Aufenthalts bei Lajj gekommen, als ich vor seiner Höhle eine Decke sich im Winde hatte blähen sehen, alte, vergessen geglaubte Erinnerungen wachrufend. Deshalb hatte ich Lajj gebeten, mir einige der dünnen Stäbe zu überlassen, mit denen sie Schwimmsand ausloteten.*

Der gewaltige Sog in der Säule trug mich weit empor, bis ich nicht nur eine Öffnung, sondern auch eine Gravoströmung gefunden hatte, in der ich mich dann fortbewegen konnte. Aus den Stäben fabrizierte ich mir einen Rahmen und verlieh diesem mit zwei Diagonalen die nötige Steifheit. Darüber spannte ich dann die Decke als Segel.

Zurück zur Felsenfestung: 23. Prago der Prikur 10.498 da Ark

Ich hing in der Schlinge unter dem primitiven Drachen und war daher für die Gravo-Echse nicht zu sehen, die weit über mir in einer von Turbulenzen gezeichneten Aufwärtsströmung ihre weiten Kreise zog. Ich selbst konnte sie durch die Risse in der Decke ständig beobachten. Ich tat gut daran, ihr meine Aufmerksamkeit zu schenken, wollte ich nicht so kurz vor dem Ende meines fantastischen Abenteuers im *Tiefen Land* doch noch Schiffbruch erleiden.

Dachte ich an meinen Kampf mit dem Exemplar ihrer Art zurück, bei dem Thonta sein Leben verloren hatte, gefror mir selbst jetzt noch das Blut in den Adern. Nicht um alles in der Welt wollte ich in diesen Wald aus gierigen Saugtentakeln geraten, der die Unterseite dieser Bestien zierte. Wie gesagt: Mich konnte sie nicht sehen, wohl aber das dunkle Rechteck, das der Drachen in dieser rot leuchtenden Atmosphäre darstellte. Ob sie es ihrer Aufmerksamkeit nicht wert fand? Ich wusste es nicht. Und deshalb wartete ich mit angespannten Sinnen.

Eine endlos lange Zeit verstrich. Schließlich verschwand die Echse in einer Nebelbank, vermutlich wollte sie sich voll saugen, und ich entspannte die Harpune. Der Wind frischte auf und brachte das zerbrechlich scheinende Ding über mir beträchtlich ins Schwanken. Schnell ließ ich die Leine wieder nach. Dem Winddruck folgend, stieg der Drachen hoch und stabilisierte sich.

Er zog nun kräftig. Wenn er diese Geschwindigkeit beibehielt, musste ich bald Ssumas Felsenfestung aus dem Dunst auftauchen sehen.

Der Tag verlor sich in den Farben der Nacht, als ich die Felsenfestung der Piraten vor mir aus dem Dunst ragen sah. Das Bild hätte nicht romantischer, mein Gefühl nicht besser sein können. Ein Gravosegler schwang sich mit geblähtem Segel hinaus in die Gravoströme, während ich die Leine des Drachens fahren ließ und mich auf die Mole hinabließ. Mein Leben, das ahnte ich, war nur durch mehrere Wunder gerettet worden.

»Wir sollten deine Rückkehr feiern, Atlan. Wie denkst du darüber?«

Ich nicke und antworte: »Feiern wir, alter Freund. Aber nicht so, dass wir mit einem mächtigen Brummschädel aufwachen. Also trinke nicht wieder so unbotmäßig, du Genie von einem arkonidischen Bauchaufschneider.«

Fartuloon lacht dröhnend und schlägt sich mit der flachen Hand gegen den Brustharnisch, dass mir die Ohren klingen.

»Sei leise!«, keuche ich und werfe ihm einen Zuckerhut an den kahlen Schädel. »Du weckst mir sonst die Kleinen auf.«

Krach …

»Welche Kleinen?«, brüllt der Bauchaufschneider zurück und schlägt wieder auf den Harnisch.

Krach …

»Die Zwerge natürlich, du Geistesriese!«, johle ich und sehe vergnügt zu, wie sich Fartuloon in einen winzigen blauen Zuckerhut verwandelt.

KRACH!

Das Geräusch drang endlich bis zu meinem Bewusstsein vor und weckte mich. Ich fuhr von meinem Lager hoch, setzte die Beine auf den Boden und stand auf. Mit vorgestrecktem Kopf horchte ich. Es war kein Geräusch, das mit dem Leben innerhalb der Festung zu tun hatte. Es war ein Ton, der nach Zerstörung klang. Draußen auf den Korridoren setzte nun ein anderes Geräusch ein: Dnofftries, die aus ihren Kavernen rannten, das Geklirre der Waffen, das tiefe, ziehende Stöhnen der Balgmuskeln, das Bestürzung bedeutete. An dem schwachen Glühen des Leuchtwurms sah ich, dass es noch nicht Tag sein konnte. Wie lange hatte ich geschlafen?

Drei Tontas, gab mein Logiksektor Auskunft.

Wieder dieser Ton, der nach brechenden Masten klang, nach einstürzenden Pfeilern. Was war das? Nachdem meine Sinne wieder klar waren, verstand ich, was der allgemeine Trubel innerhalb der Festung bedeutete – es war ein *Überfall.* Ich griff nach dem Schwert und eilte, nur mit einem Lendenschurz bekleidet, nach draußen. Wieder drangen diese rätselhaften Geräusche an mein Ohr. Es hörte sich an, als wolle eine Armee Insekten einen Mast durchnagen.

»Was zum Gork geht hier vor?«, knurrte ich und eilte auf die Quelle des Geräusches zu, die sich anscheinend dicht vor mir befand. Ich stieß mit Dnofftries zusammen, die sich wie wild gebärdeten, rannte mit fliegendem Puls weiter, kam auf einer Galerie heraus, und meine Augen weigerten sich zuerst, das Bild zu akzeptieren. Um die Festung wimmelte es nur so von plumpen Gravoseglern, deren Bordwände mit ovalen Schilden stark befestigt waren. Dahinter drängten sich Dnofftries und warteten auf etwas, das, ich spürte es genau, wie ein Verhängnis über Ssumas Festung hereinbrechen würde.

Ich entdeckte das Oberhaupt der Piraten unter mir auf der Mole und schrie: »Was geht hier vor? Kann mir das mal jemand erklären?«

»Es sind die Anhänger des Vorschwebers«, dröhnte Ssumas Orgelton zu mir herauf. »Ich wusste, dass er einen Überfall plante, nur der Zeitpunkt blieb mir unbekannt.«

»Jetzt kennst du ihn«, versetzte ich laut und suchte rasch Deckung, als ein wahrer Regen aus Bolzen und kurzen Pfeilen über die Festung hereinbrach. Die Anhänger des *Mannes-mit-den-zwei-Namen* hatten zum Sturm geblasen.

Eigentlich, dachte ich, *besteht ja keine unmittelbare Gefahr für die Piraten, diese Festung ist die ideale Verteidigungsstellung. Die Eingänge sind leicht zu blockieren. Der dicke Fels schützt vor jedem Angriff, mag er mit noch so starken Harpunen oder Schleudern vorgetragen werden.*

Unverständlicherweise trachteten die Piraten jedoch danach, so schnell wie möglich die schützende Festung zu verlassen. Gruppenweise schlugen sie sich zu ihren Schiffen durch, die längst von den Angreifern besetzt schienen. Die Truppen des Vorschwebers kannten kein Pardon. Erbarmungslos jagten sie von ihren befestigten Seglern Bolzen auf Bolzen, Pfeil auf Pfeil in die Reihen der Piraten. Da es auf der offenen Mole zu gefährlich geworden war, kam Ssuma zu mir herauf. Ich fand vor Zorn kaum die richtigen Töne, als ich ihn anherrschte: »Weshalb ordnest du nicht an, dass sich deine Leute in der Festung verschanzen? Siehst du nicht, wie sie geschlachtet werden?«

»Ich sehe es wohl«, sang Ssuma mit dunklen Moll-Akkorden, sein Augenband verdunkelte sich vor Schmerz.

»Und weshalb unternimmst du nichts dagegen?«

»Hörst du? – Deshalb versuchen meine Leute zu fliehen.«

Wieder dieses rätselhafte Geräusch; ein Sägen und Mahlen, das sich durch den ganzen Berg fortzusetzen schien. Ratlosigkeit lag in meinen Tönen. »Ich verstehe nicht, was das mit …«

»Sie zerschneiden die Ankertaue. Begreifst du!«

Wie um Ssumas Worte zu untermalen, ging ein plötzlicher Ruck durch den Berg. Fünfzig Schritte entfernt stürzte polternd ein Teil der Galerie zusammen, auf der ich mit dem Dnofftrie stand. Ein zweiter Ruck, dem ein dritter unmittelbar darauf folgte. Ich war wie gelähmt vor Entsetzen. »Sie wollen die Festung aus ihrer Position bringen?«

Ssuma bestätigte; wir mussten uns zurückziehen. Jetzt stürzte ein größerer Teil der Galerie mitsamt den dahinter liegenden Kavernen auf die Mole hinab. »Hier herrscht eine relativ normale Strömung, die Ankertaue hielten uns sicher auf unserem Platz. Aber außerhalb dieses gedachten Kreises, den die Säulen umschließen, gibt es schnelle Strömungen mit rasch wechselnden Schwerevariablen. Wenn die Festung erst einmal in ihnen schwimmt, ist es aus. Du bringst dich am besten in Sicherheit, Atlan.«

»Und wo ist Sicherheit?«

Ssuma signalisierte Ratlosigkeit. »Wir könnten versuchen, das allgemeine Durcheinander auszunutzen, um zu meinem Boot zu gelangen.«

»Gut«, sagte ich. »Versuchen wir es. Wo liegt das Boot?«

Wieder ein Ruck. Ein Teil der Mole brach plötzlich von der Basis des Berges ab und trieb langsam davon. »Auf der anderen Seite.«

Ein Zittern durchlief die Felsformation. Ich sah plastisch vor meinen Augen, was zwangsläufig geschehen musste. Sechs Ankertrossen hatten die Festung im Gravostrom gehalten. Vier davon waren inzwischen gekappt. Es wäre interessant zu erfahren, welche noch nicht zerschnitten waren …

Die beiden links und rechts des Schwerefelds, äußerte sich der Logiksektor.

Wenn das zutrifft, dann …

Mein Extrasinn unterbrach mich schon wieder. *Es trifft zu. Ich habe noch keine Drift registriert. Die Festung befindet sich nach wie vor an ihrem alten Platz. Nur ist sie jetzt stärkeren Schwankungen unterworfen.*

In diesem Augenblick ging ein neuerlicher Ruck durch den Fels. Die fünfte Trosse war gekappt. Die Drift begann fühlbar zu werden. Ich wartete darauf, dass die sechste und letzte Ankertrosse zerschnitten wurde. Aber das ließ auf sich warten. Während all meiner Überlegungen kletterten Ssuma und ich über eine Treppe höher hinauf, befanden uns noch immer an der Außenseite der Festung. Nun begriff ich auch, weshalb sich die Angreifer mit dem Kappen des sechsten Taues Zeit ließen. An dieser Trosse würde die Piratenfestung wie ein riesiges Pencel zur anderen Seite hin ausschlagen und sie genau in die schnellen und gefährlichen Ströme bringen. Und damit war sie dem Untergang geweiht. Das erkannten auch die Piraten. Mehr und mehr verließen die Kavernen, kamen in den Felsstürzen um, wurden von den Angreifern, die um die Festung Stellung bezogen hatten, getötet oder gefangen genommen. Letzteres jedoch eher selten.

Die Erschütterungen nahmen zu. Ein tiefes Summen wurde hörbar, das sich langsam steigerte. Es klang wie eine bis zum Zerreißen gespannte Saite. Die ungeheure Masse der Felsenfestung zerrte mit immensen Kräften an der letzten Ankertrosse, die immer heller zu klingen begann. Der Boden unter meinen Füßen fing an zu vibrieren. »Schnell«, drängte Ssuma. »Wir müssen uns beeilen.«

Er hastete in seiner merkwürdigen Gangart auf den Eingang eines Korridors zu, der ins Innere der Festung führte. Zum Glück hatten wir ihn noch nicht erreicht, als unter uns der Boden bebte und der Berg derart stark ruckte, dass wir den Halt verloren und die Treppe wieder hinunterfielen, die wir eben erklommen hatten. Die letzte Ankertrosse hatte dem Zug nicht standgehalten und war mit einem peitschenden Knall zerrissen. Jetzt war die Festung der Willkür des sie umgebenden Mediums ausgeliefert. Und wir mit ihr.

Ssuma und ich fanden uns am Fuß der Treppe inmitten eines Trümmerhaufens aus losgebrochenen Stufen. Ich blutete leicht aus einigen oberflächlichen Schürfwunden, ansonsten war mir nichts passiert. Der Dnofftrie wies keine äußeren Verletzungen auf. Seine lederharte Haut vertrug einiges. Der Weg über die Treppe war uns versperrt; lange Risse klafften in der Wand. »Dorthin!«, dröhnte Ssumas Orgelstimme und wies mir den richtigen Weg. »Wenn wir uns beeilen, schaffen wir es vielleicht noch bis zu meinem Boot, ehe über uns der Berg zusammenbricht.«

Wir liefen ein Stück die Mole entlang, inmitten der anderen Piraten, die noch immer kopflos versuchten, einen Segler zu erreichen. An einigen Stellen sah ich ein paar von Ssumas Leuten mit den Anhängern des Vorschwebers kämpfen. Im Vorbeilaufen erkannte ich in ihnen einige meiner Trainingspartner. Sie stellten ihr Können unter Beweis; ringsum lagen die Leichen der Angreifer. Aber ich wusste, dass ihr Widerstand bald gebrochen sein würde. Die Übermacht war zu groß.

Ssuma bog in eine niedrige Säulenhalle ein, einen Stapelplatz. Wir rannten zwischen Tuchballen und Seilrollen dahin und waren noch keine zwanzig Schritte gelaufen, als hinter uns wildes Konzertieren anhob. Ein Stoßtrupp des Vorschwebers hatte uns entdeckt und versuchte lautstark zu ergründen, weshalb wir in den Berg hineinliefen. Ich drehte gerade noch rechtzeitig den Kopf, um zu sehen, dass einer der gegnerischen Dnofftries eine Harpune abfeuerte. Der Bolzen jaulte als Abpraller in einen Segeltuchballen. Nun schossen auch die anderen.

Wir rannten im Zickzack zwischen den Säulen dahin und hofften, ein Loch zu finden, in dem wir untertauchen konnten. Wenig später waren wir mitten in dem Labyrinth, in dem sich nur ein Pirat auskannte. Die Verfolger hatten wir abgeschüttelt – doch plötzlich bebte der ganze Berg. Tiefe, klaffende Risse entstanden in den Wänden. Ein Stoß ging durch den Boden, so heftig, dass ich der Länge nach hinschlug. Staub wirbelte auf und nahm mir die Sicht. Aus der Decke des Ganges lösten sich faustgroße Stücke und prasselten auf Ssuma und mich nieder. Ich raffte mich auf, sah, dass der Dnofftrie unverletzt geblieben war, und rief: »Du gehst voran, du kennst deine Festung am besten.«

Wir rannten weiter. Meine Lungen schmerzten. Trümmerstücke behinderten unseren Vormarsch. Der Boden tanzte unter unseren Füßen, riss stellenweise auf, und ich begann langsam die Hoffnung zu verlieren, jemals wieder heil hier herauszukommen.

Wir eilten eine Rampe hinunter, die nach Ssumas Vorstellungen nach draußen führen musste. Um das Boot zu finden, musste er sich orientieren. »Ich habe keine Hoffnung, dass wir ungesehen verschwinden können«, gab ich meinen Gedanken Ausdruck. »Sicher warten die Schergen des Vorschwebers …« Ssumas Balgmuskel erzeugte einen gepressten Ton. »… schon auf uns.«

»Nicht sehr wahrscheinlich«, summte der Dnofftrie melodisch. »Wer wird auf zwei einzelne Personen achten? Du etwa?«

»Ja«, antwortete ich knapp. »Vor allem, wenn eine dieser Personen ein seltsames Ungeheuer ist. Sicher ist die Kunde meines Auffindens bis an die Ohren des *Mannes-mit-den-zwei-Namen* gedrungen.«

Der Dnofftrie erzeugte einen beifälligen Ton, der an eine gestrichene Cellosaite erinnerte; dass ich den Vorschweber bei dessen Schimpfnamen nannte, gefiel ihm. Die Rampe führte auf die Mole der gegenüberliegenden Seite der Festung, ganz wie Ssuma gesagt hatte. Wir gingen hinaus, obwohl wir wussten, dass es gefährlich werden konnte. Wir hofften jedoch, in diesem Bereich nicht so schnell entdeckt zu werden. Die Hoffnung erfüllte sich leider nicht. Kaum hatten wir die Rampe verlassen, als uns sieben schwer bewaffnete Dnofftries entgegenkamen. Sie richteten sofort die Harpunen auf uns. Wir ergaben uns – scheinbar. Als die Gegner nahe genug heran waren, packte ich einen von ihnen und warf ihn den anderen vor die Füße. Von diesem Kraftakt verblüfft, vergaßen sie zu schießen.

»Zurück in den Gang«, orgelte Ssuma und warf sich auf einen Gegner, der einen Enterhaken über sich kreisen ließ. Beide kollerten über die Mole. Die widerhakenbewehrten Spitzen des Enterinstruments gruben sich tief in Ssumas Leib, während er ein paarmal darüber rollte. Ich konnte ihm nicht helfen und hatte noch sein letztes Seufzen im Ohr, als ich förmlich in den Gang hechtete. Der Schwung ließ mich über den Boden schlittern. Erst die nächste Biegung stoppte meine Fahrt. Meine Hände und Knie waren aufgeschürft; Blut sickerte aus den Wunden.

Kümmere dich nicht darum!, befahl mein Logiksektor scharf. *Du bist noch nicht in Sicherheit.* Im Eingang erschienen mehrere Dnofftries und rückten heran. Ich sprang auf die Beine und rannte los, tiefer hinein in das Labyrinth aus Gängen, Treppen und Kavernen, in denen unheimlich knisternde Laute zu hören waren. Der Berg lebte! *Unsinn!*, rief mich die Stimme zur Ordnung. *Die Abdrift wird immer schneller. Er wird bald auseinander brechen.*

»Und ich bin, wie meist, im Mittelpunkt des Geschehens.« Ich brachte ein müdes Grinsen zustande. Es verging mir sofort, als mich eine unwiderstehliche Macht in die Knie zwang. Ich war im ersten Moment so überrascht, dass ich aufschrie. Meine Glieder wogen plötzlich Tonnen. Ich stemmte mich mit aller Kraft diesem Zerren entgegen – und Augenblicke später schnellte ich hoch und prallte derart hart gegen die Decke, dass mir übel wurde.

Während ich noch mit meinem schwankenden Bewusstsein kämpfte, meldete sich der Logiksektor. *Allerhöchste Gefahr. Der Berg befindet sich in einer Zone ständig wechselnder Gravitation.*

»Es gibt nichts über einen aufmerksamen Beobachter«, knurrte ich, rannte los, was die Lungen hergaben. Ich musste hier heraus. Unter allen Umständen. Sonst würde ich von dem zusammenstürzenden Berg erdrückt werden. »Immerhin«, räumte ich ein, während ich über die Trümmer stolperte, die sich in den Gängen häuften, »wäre ein Berg kein schlechtes Monument für den, der darin begraben liegt.«

Wenn du dich nicht beeilst, wird dein Wunsch schneller in Erfüllung geben, als dir lieb ist, tobte der Extrasinn. *Vorwärts!*

Die folgenden vier Dezitontas waren schlimmer als ein Albtraum. Der Berg schüttelte sich und bebte wie eine waidwunde Gravo-Echse. Mitten im Lauf war mir, als sei ich gegen eine Wand geflogen, als die Festung in ein gegengepoltes Schwerefeld eindrang und abrupt abbremste. Im nächsten Moment wurde ich wieder nach vorn geschleudert. Hinter mir brach auf eine Strecke von hundert Metern die Gangdecke herunter. Unter meinen Füßen riss der Boden auf; ich hatte Mühe, heil über den Spalt zu kommen, musste mich höllisch vorsehen, nicht von herabbrechenden Steinbrocken erschlagen zu werden.

Ich lief und konnte kaum mehr etwas sehen. Die Luft war von Steinstaub durchsetzt, der in der Kehle brannte und mich nahezu ersticken ließ. Ich wusste nicht mehr, wo ich war, irrte durch zerstörte Räume und Gänge. Der Staub nahm mir jede Orientierung. Der Berg bebte immer stärker. Dies schien der endgültige Untergang der Piratenfestung zu sein; wenn ich jetzt nicht bald nach draußen kam, würde es auch meinen Untergang bedeuten. Es war nur noch eine Frage der Zeit, bis sich die Festung in einen riesigen Haufen von Gesteinstrümmern verwandelte.

Dann hatte ich endlich die Mole vor mir liegen. Ich war draußen! Doch die Festung glitt schnell, zu schnell für meine Begriffe, über die Ebene, über das *Tiefe Land* dahin. Der Fahrtwind umbrauste die Erker und Zinnen, heulte stöhnend durch die oberen Räume und peitschte mein langes Haar. Die Mole bestand nur noch aus Bruchstücken. An Bord des steinernen Schiffes war vermutlich längst niemand mehr außer mir. Ich sah die Flotte des Vorschwebers in einiger Entfernung; sie folgte dem Berg, der nun in immer schnellere Ströme kam.

Ich sah, dass sich ganze Felspartien aus seinen Flanken lösten und wie der Schweif eines Kometen hinterdrein zogen. Mit jedem verstreichenden Augenblick kam der Moment näher, da sich die Festung in Trümmer auflöste. *Hoffentlich*, dachte ich, *bin ich dann nicht mit dabei.*

Ich fuhr mit der Handfläche Nacken und Hals entlang, wischte mir den salzigen Schweiß am Oberschenkel ab und kniff die Augen zusammen. Jetzt musste ich mich entscheiden, für welche der beiden Möglichkeiten ich den größeren Mut hatte: auf dem dahinrasenden Berg zu bleiben und zu hoffen, dass er sich irgendwie und irgendwann wieder beruhigen würde, oder zu springen. Noch befanden wir uns, Berg und ich, in den Gravoströmen. Ich hatte also guten Grund anzunehmen, dass mir nichts geschehen würde, falls ich sprang. Aber andererseits hatte ich es schon wiederholt erlebt, dass mein Körper in diesem Kontinuum gänzlich anders reagierte, als zu erwarten war. *Was also tun?*

Ich stand am Rand eines Stücks der ehemaligen Mole, an der vor nicht allzu langer Zeit Ssumas Gravosegler festmachten, und blickte auf das *Tiefe Land* hinunter. Zwischen der Ebene und meinem Standort erstreckte sich ein mir in seinem Durchmesser unbekanntes Gravitationsfeld. Dieses konnte Leben bedeuten, war aber unter Umständen tödlich. Schließlich entschloss ich mich zu einer Lösung, die weder das Springen noch das Verbleiben auf dem sich immer weiter auflösenden Berg erforderte: Ich wollte mich an einem der Wurfseile der Dnofftries hinunterlassen und so zwischen Himmel und dem *Tiefen Land* schweben. Beim ersten Anzeichen eines Gravofelds, das stark genug war, mich zu tragen, wollte ich die Leine kappen und versuchen, auf andere Weise weiterzukommen.

Ich musste etwa dreißig Meter weit gehen, bis ich einen der Stapelplätze unter der halb zugeschütteten Kaverne an der Innenkante der ehemaligen Mole fand. Mit der breiten Klinge des Schwertes räumte ich Schutt und Trümmer beiseite, bis ich eins der Kletterseile fand. Dann noch eins – und ein drittes. Sie waren etwas stärker als die Lassos und hatten in regelmäßigen Abständen Knoten. Der ideale Halt für die Greifpfoten der dnofftriesischen Mannschaften. Ich verknüpfte die drei Rollen zu einer einzigen zusammen und befestigte das eine Ende mit einem Pfahlstich an einer der steinernen Säulen, an denen die Gravosegler festmachten. Dann schleuderte ich das Seil über die Mole hinaus.

Augenblicke später folgte ich, hangelte mich Hand über Hand hinab und flehte die Götter um Beistand an, dass ich nicht plötzlich in ein gravitationsverstärkendes Feld kam. Das Seil hätte mein Gewicht dann nicht mehr ausgehalten. Von der Mole bis zur Unterkante der Festung waren es rund dreißig Meter …

Der Fahrtwind umfauchte mich. Immer wenn ich in Turbulenzen geriet, drehte ich mich an meinem Seil wie ein Korken im Sog eines Abflusses. Ich hielt mich mit einer Hand fest und knüpfte mit der anderen eine Sitzschlinge, in die ich mich dann schob. So war der Flug unter der Festung besser zu ertragen. Für lange Zentitontas schien der Himmel in diesem Kontinuum schmelzende Hitze auf mich niederzutropfen. Dann tauchte die Festung in eine ausgedehnte Nebelbank. Schlagartig wurde es feucht. Das Wasser tropfte mir aus dem langen Haar, während ringsum die Schwaden wirbelten.

Nachdem die Wolke durchquert war, trocknete mich der heiße Fahrtwind. Mein Schädel summte wie ein Instrument. Die Augen schmerzten und brannten. Trotzdem sah ich etwas, das mich sofort alarmierte. Aus dem roten Dunst drangen Gravosegler. Zuerst nur undeutliche Schemen in einer die Konturen verwischenden Atmosphäre, dann zeichneten sich mehr und mehr Einzelheiten ab. Es handelte sich um eine ganze Flotte, die in einer nahezu perfekten Keilformation segelte.

Zuerst dachte ich, wir würden sie einholen, dieser gewaltige Torso einer ehemaligen Festung und ich. Aber etwas an der Segelstellung irritierte mich zutiefst. Plötzlich begriff ich, dass sich die Flotte auf mich zubewegte, nicht von mir weg. Und noch etwas anderes sah ich: Ich würde im Schlepp der Felsenfestung genau in dieses offene V hineintreiben.

»Hoffentlich halten diese Narren genügend Abstand, damit ich nicht von einem ihrer Masten erschlagen werde!«, schrie ich laut gegen den Wind. Ich passierte die ersten Segler, die sich etwa auf gleicher Höhe mit mir befanden. Noch war ein weiter Zwischenraum vorhanden. Das nächste Paar lag schon näher. Dann viel näher ... und als ich die blauen Kegel der Dnofftries in den Wanten und auf den Rahen sah, als ich merkte, wie ich unaufhaltsam immer mehr in die Reichweite der langen Enterhaken mit den gekrümmten Schneiden geriet, wusste ich, was mir bevorstand.

Auf den vorletzten Segler schien ich genau zuzurasen. Im letzten Augenblick vor der Kollision mit der Takelage ließ der Steuermann das Schiff abfallen. Ich zog haarscharf in halber Höhe des Mastes am Schiff vorbei – und der Dnofftrie in den Wanten pflückte mich mit seinem Enterhaken wie eine reife Frucht. Ich schrie und fluchte und verwünschte alles und jeden. Trotzdem änderte dies nichts an der Tatsache, dass ich in die Takelage des letzten Gravoseglers krachte, sie niederriss und beim Aufprall auf das Deck dessen Kastenrumpf wie ein Geschoss durchschlug. Erst eine Gravoströmung dicht über der Ebene hielt meinen Sturz auf.

Ich hatte denkbar schlechte Laune, hing in der Gravoströmung und betrachtete die Dnofftries. Mehrere ihrer Wurfseile lagen eng um meinen Körper und schnürten mir die Arme an die Brust. Wie lange hatte meine Ohnmacht gedauert?

Nur Augenblicke, meldete sich mein Extrasinn. Die Umgebung hatte sich nicht verändert. Ich schwebte in dem rot leuchtenden Medium aus heißen Winden, leuchtenden Nebelbänken und ständig wechselnden Gravoströmungen und Hyperfeldern. Unter mir lag das *Tiefe Land.* Ringsum trieb die Flotte des *Mannes-mit-den-zwei-Namen* in dem Schwerefeld. Die großen, rechteckigen Segel waren herabgelassen; die Wanten und Bordwände waren voll mit neugierigen Dnofftries. Von der fliegenden Festung Ssumas sah ich nichts mehr.

Ich konzentrierte mich und versuchte, die Wurfseile abzustreifen, schaffte es aber nicht. Zu eng war ich umschnürt. Ich war lediglich in der Lage, die Schultermuskeln etwas zu dehnen. Zu wenig, um mich von den Fesseln zu befreien. Jedes Mal, wenn sie sich lockerten, sorgten die aufmerksamen Bewacher dafür, dass sich die Seile wieder strafften. Im Augenblick war ich gefangen. Deshalb ließ ich meine fruchtlosen Befreiungsversuche sein. Eine unmittelbare Gefahr für mein Leben bestand nicht, sonst hätte mich mein Extrasinn gewarnt; die Dnofftries schienen mich mehr einschüchtern zu wollen. So jedenfalls interpretierte ich die erregten Diskussionen, die die blauen Kegelwesen untereinander führten.

Es dauerte nicht lange, bis sich aus dem dichten Ring der Dnofftries ein einzelner löste. Er verharrte dicht neben mir. Der breite Plattengurt mit dem widerhakenbewehrten Schwert daran kennzeichnete ihn als Steuermann. Er war demnach Anführer der Mannschaft eines Gravoseglers. Sein Balgmuskel bewegte sich rhythmisch; hinter dem kristallinen Augenband fixierte mich eins der drei Sehorgane. Die Hautfalte zwischen den Armen öffnete sich, einer der drei Münder sagte mit reich modulierten Tönen: »Du bist der *Schwere-Fremde-Atlan*, nicht wahr?«

Er sagte wirklich Atlan. Ich nickte, verblüfft darüber, dass er meinen Namen kannte, und sang die zweioktavige Zustimmung. Wieder einmal bedauerte ich es, kein solches Organ wie den dnofftriesischen Balgmuskel zu besitzen. Jedes Mal, wenn ein Dnofftrie »redete«, glaubte ich, ein ganzes Orchester spielen zu hören. Vor allem dann, wenn alle drei Münder auf einmal sprachen. Welch kümmerlicher Ersatz waren da arkonidische Stimmbänder. »Du hast von mir gehört?«

»Wir wurden von Logatzoi darüber unterrichtet, dass es ein derart fremdes Wesen wie dich gibt.«

»Logatzoi?«

Der Steuermann stimmte ein Vier-Millitonta-Konzert an, nach dessen Ende ich wusste, dass besagter Logatzoi Leiter jener Expedition gewesen war, die mich zuerst entdeckt und nur wenig später an die Ausgestoßenen Ssumas verloren hatte. In mir wuchs ein gewisser Verdacht. »Aber woher weißt du meinen Namen?«, beharrte ich. »Logatzoi kann ihn unmöglich kennen.«

Der Balgmuskel des Steuermanns vibrierte. »Wir haben viele Ohren – und es gibt viele Münder, die reden.«

Womit er ausdrücken will, dass sie Spione unter den Piraten hatten, sagte mein Logiksektor.

Ich schwieg, während Misstrauen und Argwohn wuchsen. Ich war mir bewusst, dass mir nur das zu Beginn meines Aufenthalts hier in diesem Kontinuum entwickelte Konzept helfen konnte, einen Weg zurück in das Standarduniversum zu finden. Diese Einstellung musste ich gegenüber allem, was ich sah und erlebte, bewahren: *beobachten und lernen*. Jede Einzelheit, jede noch so unwichtig erscheinende Information, jeder noch so geringe Hinweis konnte lebenswichtig sein. Und vor allem musste ich mich kooperativ verhalten. Auf keinen Fall durfte ich mich zu sehr für eine Sache engagieren. Trotzdem behagte es mir absolut nicht, Gegenstand einer Aktion zu sein, die vor kurzem viele Dnofftries das Leben gekostet hatte.

Ich wählte meine nächsten Worte mit Bedacht. »Trifft es zu, dass euer Überfall auf Ssumas Festung nicht ausschließlich als Strafexpedition anzusehen ist?«

Die nächsten Worte des dnofftriesischen Steuermanns schienen jeden Zweifel auszuräumen. »Wir sollten vor allem dich befreien. Meine Leute hatten Anweisung, dich nicht zu töten. Du solltest nur zum Verlassen der Festung gezwungen werden.«

»Was habt ihr mit mir vor?«

»Wir bringen dich nach Su-Ra.«

»Was soll ich dort?«, fragte ich und überlegte, was das hier alles bedeuten sollte. Ich war mir nicht sicher, aber ich begann zu ahnen, dass die kommende Zeit an meinen Verstand einige Anforderungen stellen würde.

Nicht nur an deinen Verstand, vermutete der Extrasinn.

Der Dnofftrie antwortete: »Der Vorschweber will dich sprechen.« Sein Balgmuskel vibrierte vor Ehrfurcht.

»Worüber will er mit mir sprechen?«

Der Steuermann sang eine modulierte Tonfolge, die in der Behauptung gipfelte, Vorschweber Brägatz Ovrosi hätte von meiner ungewöhnlichen Kraft und Geschicklichkeit vernommen und sei sehr davon angetan gewesen. Deshalb wollte er mich also unbedingt sehen … *Hm, ich kann mich diesem Ansinnen kaum verschließen, angesichts der drückenden Übermacht.* Langsam begann sich die Flotte wieder zu formieren. Es sah nach Aufbruch aus. Ich hatte keine Alternative. Ich musste gehorchen – oder ich beendete mein Leben hier in diesem Kontinuum, etwas, wozu ich absolut keine Lust verspürte. Ich war allein in dieser merkwürdigen Welt und hatte noch immer nicht den leisesten Schimmer, wie ich je wieder von hier verschwinden konnte.

»Wirst du mitkommen?«, fragte der Dnofftrie.

»Habe ich eine Wahl?«

»Nein«, orgelte es mir entgegen; die Erheiterung des Steuermanns war deutlich zu spüren. »Aber wir könnten dir die Reise mit der ROBA-SUR etwas angenehmer gestalten.«

Es war klar, was er meinte. Er spielte auf die Fesselung an.

»Einverstanden.«

Auf ein lautes Kommando hin wurden mir die Wurfseile abgenommen, stattdessen schlang man ein dickes Tau um meine Hüften. Weitere Kommandos erschollen. Segel wurden gehisst, entfalteten sich knallend im Wind. Taue ächzten und knarrten. Die Flotte bildete eine Linienformation und nahm Kurs auf ein Ziel, das sich *Su-Ra* nannte. Die Odyssee durch den Mikrokosmos ging weiter.

In der Kette der Schiffe war das, in dessen »Kielwasser« ich mich befand, das sechste von insgesamt siebzehn. Die Flotte bewegte sich mit einer Geschwindigkeit über dem *Tiefen Land* dahin, die höher war, als ich ursprünglich geschätzt hatte. Ich starrte nach vorn. An dem einzigen Mast hing das rechteckige Hauptsegel, das sich stark im heißen Wind blähte. Um den kastenförmigen Rumpf schneller voranzubringen, waren je fünf Stangen zu beiden Seiten des Decks über die Bordwand ausgefahren, an denen die kleinen Hilfssegel befestigt waren. Am Heck hielt der Steuermann die Pinne des hochragenden Windruders in den Klauen der drei biegsamen, gelenklosen Arme.

Von ihren Segeln vorangetrieben, bewegte sich die ROBA-SUR in der Reihe der anderen Schiffe auf das mir nur mit dem Namen bekannte Ziel zu. Hin und wieder änderte sie den Kurs, um treibenden Nebelbänken auszuweichen, die zu umfangreich waren, um gefahrlos durchquert zu werden. Sie bildeten beliebte Schlupfwinkel der Gravo-Echsen. Kurskorrekturen erforderte auch das Aufsuchen stärkerer Gravoströme, wobei die Flotte immer mehr an Höhe gewann. Der Himmel veränderte seine Farbe. Aus dem Hellrot wurde ein Dunkelorange; die Farbe der Nacht. Mein biologischer Rhythmus hatte sich grob den kurzen Intervallen zwischen Tag und Nacht des hiesigen Elf-Tonta-Tags angeglichen.

In meinem Kopf rasten die Gedanken. Wie lange war es her, seit es mich hierher verschlagen hatte. Wirklich schon zwanzig Pragos? *Vorsicht*, erreichten mich die Impulse meines Extrasinns. *Seit du dich in ein »Mikrolebewesen« verwandelt hast, gelten die herkömmlichen Maßstäbe nicht mehr. Die Eigenzeit in diesem Kontinuum entspricht vielleicht nicht dem Zeitablauf des Standarduniversums. Vergiss das niemals!*

Ich vergaß es nicht, konnte es nicht vergessen, wenngleich es mich über kurz oder lang vermutlich in den Wahnsinn treiben würde. »Mikrolebewesen« – es war nur schwer vorstellbar. Ich dachte an den Molekularverdichter, an die absonderliche Hyperwirkung, die Heng und mich nach dem Aufenthalt an Bord des maahkschen Schlachtschiffs schrumpfen ließ. Weshalb hatte der Mann, nachdem ich ihn im Zweikampf tötete, seine normal große Gestalt wiedererlangt? Ein für mich unerklärlicher Vorgang. Selbst jetzt noch fühlte ich den Nachklang der Panik, die mich überfallen hatte, als ich erkennen musste, dass bei mir der Vorgang des Schrumpfens weiterging.

Ich versuchte, während ich im Schlepp der ROBA-SUR hing, verschiedene Theorien zu entwickeln, die mein weiteres Schicksal betrafen, und fand, dass ich, verglichen mit meinem Aufenthalt bei den Piraten, im Augenblick in keiner sehr angenehmen Lage war. Die Art, wie Brägatz Ovrosi sein Interesse an meiner Person bekundete, ließ auf Schwierigkeiten im Umgang mit ihm schließen. Das waren zwar nur Vermutungen, trotzdem beschlich mich ein ungutes Gefühl, als ich versuchte, mir das Kommende vorzustellen. Im Grunde hatte ich keine Ahnung, wie es weitergehen würde. Ich wusste nur, dass mich in der kommenden Zeit allergrößte Anforderungen erwarteten.

Die Gravoströmung, in der sich die Flotte befand, wechselte ständig ihre Stärke. Die Schiffe tanzten in ihr auf und ab wie in einer kräftigen Dünung. Und ich mit ihnen. Mein Blick fiel auf den Steuermann der ROBA-SUR; er hatte alle Hände voll zu tun, das Schiff auf Kurs zu halten. Das mächtige Windruder über dem Heck des Luftfahrzeugs bog sich und ächzte in den Verbindungen.

Dann kam der Nebel. Es handelte sich nicht um eine einzelne Wolke, der man hätte ausweichen können. Der ganze Horizont vor den Gravoseglern wurde von dem leuchtenden Wasserdampf versperrt. Ich hörte laute Kommandos und sah, dass die Dnofftries das Schiff auf etwas vorbereiteten, von dem ich noch keine Ahnung hatte. Alle Taue wurden belegt, lose Gegenstände an Deck festgezurrt oder unter Deck geschafft.

»Was geht hier vor, Steuermann?«, sang ich in der Sprache der Kegelwesen.

Der Dnofftrie öffnete den mir zugewandten Mund und orgelte: »Wir kommen in eine Nebelwand.«

»Das sehe ich. Aber was sollen die Vorbereitungen an Deck deines Schiffes?«

»Warte und sieh!«

Es bleibt dir auch nichts anderes übrig, meldete sich nach längerer Zeit wieder einmal mein Extrasinn. Die Nebelwand war eine endlose Fläche, die die Ebene unter uns verdeckte und über uns mit dem Himmel verschmolz. Nacheinander tauchten die Gravosegler in ihr unter. Plötzlich war die ROBA-SUR allein. Ich war verwirrt. Was erwartete uns in diesem Nebel? Waren es Naturerscheinungen, Ungeheuer, Gravo-Echsen oder irgendwelche anderen unangenehmen Überraschungen? Ich wusste es nicht. Der Dnofftrie auf der Beobachtungsplattform an der Spitze des Mastes stieß ein ziehendes Orgeln aus; der Ruf wurde beantwortet, setzte sich durch das wogende Rot von einem Schiff zum anderen fort. Das Signal lief von der Spitze der Flotte zum letzten Schiff und von dort aus wieder nach vorn.

Merkwürdigerweise wurde der Wind im Innern der gewaltigen Nebelbank schärfer. Und das Tau, an dem ich hing, begann zu summen. Die Holzverbindungen vibrierten, diese Vibrationen wurden vom Wind, vom Mast und vom Segel erzeugt und setzten sich bis zu mir fort, wenngleich sie vom Tau gedämpft wurden.

Aus dem Gleiten der ROBA-SUR wurde nach einer Weile eine

andere Bewegung. Der Gravosegler begann zu stampfen wie ein Schiff in harter See und wurde schneller. Die schaukelnden Bewegungen nahmen zu; der Wind riss an meinen langen Haaren. Ich spürte, dass der Wind kälter und stärker geworden war. Er pfiff durch die Takelung, die Seile ächzten, das rechteckige Segel war aufs Äußerste gestrafft. Der Nebel wurde dichter und dichter, war schließlich so dick, dass ich fast den Bug nicht mehr von meinem Standort hinter dem Heck der ROBA-SUR aus sehen konnte. Und ich begann mich zu fragen, was jenes seltsam monotone Geräusch zu bedeuten hatte, das seit geraumer Zeit zu hören war.

Wir waren noch immer im Nebel. Inzwischen waren mehr als fünf Tontas vergangen; außerhalb des Nebelfeldes mussten die Farben des Tages den Himmel zum Leuchten bringen. Hier im Innern änderte sich kaum etwas an der Qualität des Lichts. Ich hing in meiner Schlinge hinter dem Heck der ROBA-SUR und ließ mich ziehen. Eine Fortbewegungsart, die keinerlei Kraftaufwand kostete. Das tragende Kraftfeld war stark genug. Es hielt mich auf gleicher Höhe mit dem Gravosegler, auf dessen Deck inzwischen eine hektische Betriebsamkeit herrschte.

Ich vermied es, während der Fahrt durch die Gravoströmungen allzu sehr an die vergangenen Tage zu denken. Es war im Grunde nichts anderes als eine Kette von Erlebnissen gewesen, die mich einzeln hätten vernichten können. Und doch ... bis jetzt hatte ich es geschafft, am Leben zu bleiben. »Aber das«, murmelte ich fatalistisch, »kann sich mit jederzeit ändern. Sogar dann, wenn das alles nur ein Traum ist.«

Immerhin konnte ich hier atmen; es gab also ein Gas oder ein Medium, das meine Lungen als Sauerstoff akzeptierten. Sicher war ich mir allerdings nicht, wusste ich doch nicht einmal, ob die Wahrnehmungen »real« waren. Es konnte durchaus sein, dass dieser »Mikrokosmos« als Trugbild nur in meinem Bewusstsein existierte, eine Illusion, die ich mangels Vergleichsmöglichkeiten als materielle Wirklichkeit empfand. Die alte Frage. *Weiß ein Träumer, dass er träumt? Wenn ja, kann er den Traum beeinflussen? Kann er sein Erwachen erzwingen? Oder ist er so sehr darin gefangen, dass selbst ein »eingebildeter« Tod tatsächlich das Ende bedeutet?*

Das monotone Geräusch war im Verlauf der vergangenen Tontas lauter geworden. Es klang wie das Rauschen eines gewaltigen Stromes. Die Dnofftries spannten nun vom Bug zum Heck mehrere starke Seile, wobei sie diese mehrere Male um den Mast schlangen, ganz unten, dicht über den Planken. Sodann befestigten sie dünnere Quertaue von Bordwand zu Bordwand, bis sich schließlich ein grobmaschiges Netz über das Deck erstreckte, an dem sich die Mannschaft mittels ihrer Greifpfoten hervorragend festhalten konnte. *Aber … was befürchten die Dnofftries?*

»Wir kommen in das Gebiet der Leuchtwürmer«, war die wenig erschöpfende Auskunft des Steuermanns, als ich ihn ansprach. Er hatte seine beiden Greifpfoten um die Stricke geklammert, konnte bei heftigen Bewegungen des Gravoseglers nicht vom Windruder geschleudert werden. Die ROBA-SUR stampfte inzwischen mehr als zuvor. Ich troff vor Feuchtigkeit, da sich der Nebel in Form von kleinen Wasserperlen auf meiner Haut niederschlug; das Haar klebte mir am Schädel. Ich wünschte, das Dampfbad möge ein Ende nehmen, verlor das Zeitgefühl. Nach meiner Schätzung musste es inzwischen kurz vor Mittag sein. Und wir waren noch immer im Nebel, der die Signale der Dnofftries an den Mastspitzen und alle anderen Geräusche dämpfte.

Die Mannschaft hatte sich vor kurzem zu kleinen Gruppen zusammengesetzt und aß; auch ich erhielt meinen Anteil. Fruchtfleisch der Schotenbäume, kleine, gebackene Kornfladen und Wasser in einem ledernen Behälter. Rings um die ROBA-SUR herrschte nur eine Farbe: Rot. Und sogar die blauen Dnofftries schienen diese Farbe ein wenig angenommen zu haben.

Dann kamen die Nebelmassen in Bewegung, zerrissen in einzelne Streifen und lange, rot glühende Fetzen. Die Flotte wurde wieder sichtbar, aber an anderer Stelle, als ich sie vermutet hatte. Sie bildete nicht länger mehr eine Gerade, sondern war zu einem Halbkreiskurs auseinander gezogen. Der Nebel riss weiter auf, die Atmosphäre wurde nun wieder durchsichtiger. Und plötzlich änderte sich die Szene …

Wir segelten am Rande eines riesigen Zyklons! Längst hatte ich gelernt, die Schlieren innerhalb des leuchtenden Mediums zu deuten, das hier die Atmosphäre darstellte. Ich hatte gelernt, schnelle Gravoströme von langsameren zu unterscheiden, und wusste, wann ich ein Schwerefeld vor mir hatte, in dem absolut keine Strömung herrschte. Ich war auch in der Lage, Gravowirbel zu erkennen und zu meiden, jene übergangslos auftretenden Turbulenzen innerhalb der Hyperfelder. Aber was sich da vor meinen Augen über ein Gebiet von mehreren Quadratkilometern erstreckte, war weit gewaltiger als alles, was ich bisher gesehen hatte. Die gesamte Atmosphäre innerhalb dieses Bereichs rotierte um ein Zentrum, das wie eine gigantische Windhose bis hinunter auf den Boden der *Tiefen Ebene* reichte.

Die Luft begann sich zu verändern. Das rote Glühen wurde schwefelgelb; ich roch Ozon. Die Atmosphäre schien sich mehr und mehr elektrisch aufzuladen. Meine Haare knisterten. Die Nebelmassen rings um diesen Zyklon türmten sich als Mauern auf, an denen die Gravosegler der Dnofftries wie winzige Insekten vorbeiglitten. Im Innern des gigantischen Sogs bildeten sich spiralförmige Muster. Ich zwinkerte erschreckt, als ich diese Spiralen sah, die sich, perspektivisch stark verzerrt, ineinander schoben wie die Bilder eines mehrmals übereinander kopierten Filmes. War ich dabei, meine Sehfähigkeit einzubüßen?

Kein Grund zur Besorgnis, erreichten mich die beruhigenden Impulse meines Extrasinns. *Was du hier erlebst, dürfte in seiner Art wohl einzigartig sein. Du siehst hier den Zusammenprall verschiedener Gravostürme; sie schaffen einen Mahlstrom, der sogar imstande ist, das sichtbare Licht zu biegen.*

Es wurde dunkler. In der Ferne grollte es laut. Der Donner war anders als der gewohnte Laut auf Planeten, die eine Lufthülle hatten, und übertönte sogar das Geräusch des Zyklons. Ein Blitz entstand plötzlich in meiner unmittelbaren Nähe und zuckte auf das Auge des Gravosturms zu, wieder krachte es, dass mir die Trommelfelle summten.

Auf der ROBA-SUR wurden laute Kommandos hörbar. Ich riss den Kopf hoch und sah, wie sich die Spitze des Mastes unter der Gewalt des Windes bog, der heulend durch die Takelung pfiff und das Segel aufs Äußerste beanspruchte. Die Seile summten laut. Einzelne Fasern sprangen unter der enormen Belastung. Der blaukegelige Steuermann stemmte sich mit aller Kraft gegen das Ruder und hielt das Schiff aus den gefährlichen Spiralarmen heraus. Holz knarrte, der Mast zerrte an seinen Verankerungen, die Seile ächzten. Voraus und achteraus hatten die anderen Gravosegler mit denselben Schwierigkeiten zu kämpfen.

Während ich die komplizierten Manöver beobachtete, hegte

ich die Befürchtung, dass der Wind die Segel zerfetzen könnte. Oder dass die Masten umgerissen werden könnten. In jedem Falle wäre es um das betreffende Schiff geschehen gewesen. Sie alle trieben mit großer Geschwindigkeit vor dem Wind, der sich ebenfalls kreisförmig innerhalb dieses gewaltigen Gravozyklons bewegte. Ein tödliches Karussell.

Ich fragte mich, ob die Steuerkünste der Dnofftries ausreichten, ihm zu entrinnen. Die ROBA-SUR jedenfalls gehorchte dem Steuermann, segelte hart am Rand des Wirbelsturms. Links türmten sich schwefelgelb leuchtende Nebelwände empor, rechts bot sich meinen Augen ein entfesseltes Inferno. Elektrische Entladungen zuckten durch die Atmosphäre, schienen die Luft zu verwandeln, denn noch während mich der Donner für lange Augenblicke taub machte, verfärbten sich die spiralförmigen Arme des Zyklons. Sie glühten erst stechend rot, dann weiß und bildeten strahlende Muster, die sehr gefährlich wirkten und mich blendeten.

»Was geschieht dort, Steuermann?«, schrie ich.

»Warte und sieh!«, orgelte es aus dem mir zugewandten Mund. Die Antwort des Dnofftries trug nicht dazu bei, meine Furcht zu verkleinern. Im Innern des Mahlstroms folgte Entladung auf Entladung. Der Zyklon war das Zentrum eines infernalischen Lärms. Die Donnerschläge krachten ununterbrochen.

»Vorsicht am Segel!«, dröhnte der Steuermann. Das Deck des Gravoseglers bebte, als ein plötzlicher Windstoß das Hauptsegel bis zum Bersten füllte. Die Besatzung lief umher und kämpfte mit den Seilen. Ein weiteres Kommando: »Löst die Stütztaue und holt die Stengen ein!« Die Mannschaft klammerte sich mit ihren Greifpfoten an die ausgespannten Haltetaue und hatte schließlich die links und rechts ausgefahrenen Stengen mitsamt den kleinen Segeln in eine vertikale Lage gebracht und an den Innenseiten der Bordwände festgezurrt. »Fiert die Schwerter!«

Die ROBA-SUR begann zu krängen, als das Schwerefeld plötzlich seine Intensität innerhalb von Augenblicken wechselte. Ich wurde mir schmerzhaft meines immensen Gewichts bewusst, als ich abrupt einsank und sich das starke Tau um meine Hüften spannte. Jetzt hing ich in einem Winkel von fünfundvierzig Grad gut vier Meter unter dem flachen Kiel des Gravoseglers und konnte von hier aus verfolgen, wie durch eine Vielzahl von Schlitzen lange und flache Bretter geschoben wurden, die die Funktion eines Kiels mehr schlecht als recht erfüllten. *Viel einfacher*, dachte ich, *geht es mit einem einzigen, massiven Schwert von entsprechender Größe.*

Immerhin konnte die ROBA-SUR nun etwas härter am Wind segeln. Eine Veränderung des Schwerefeldes warf mich wieder hoch. Das intensive weiße Strahlen im Innern des Zyklons nahm zu. Der Mahlstrom bot den Anblick einer gigantischen, konkav gewölbten Linse. An ihrem hoch liegenden Rand segelte die Flotte der Dnofftries entlang. Meine Augen waren auf den Mittelpunkt des Sogs gerichtet. Es waren keine Instrumente dazu notwendig, festzustellen, dass dort unvorstellbare Kräfte frei wurden. Eine kleine Miniatursonne schien plötzlich im Auge des Zyklons zu rotieren – und blieb bestehen. Auf der ROBA-SUR betrachtete alles, was im Augenblick eine Atempause hatte, diesen Vorgang.

»Das Zeichen!«, dröhnte und orgelte es aus den dreieckigen Mündern, als habe man alle Strapazen nur auf sich genommen, um dieses Naturereignis zu sehen.

Ich hangelte mich an meinem Strick näher an das Heck der ROBA-SUR heran. »Was ist das?« Ich musste schreien, um den Lärm der entfesselten Natur zu übertönen. »Rede schon, Steuermann, was bedeutet das?«

Die Miniatursonne verfärbte sich leicht. Zuerst im Zentrum, dann über ihre ganze Ausdehnung. Sie schien irrsinnig schnell zu rotieren. Dann lösten sich plötzlich aus ihren Rändern ganze Ketten leuchtender Punkte, wurden weggeschleudert und trieben im Sog des Zyklonauges.

Der Steuermann stimmte ein Ein-Millitonta-Konzert an. »Leben wird dort geboren. Was du siehst, ist die Entstehung der Leuchtwürmer. Verstehst du das?«, fragte dröhnend der mir zugewandte Mund, während die beiden anderen Kommandos an die Mannschaft erteilten.

»Nein«, gab ich zurück. »Meinst du die Leuchtwürmer, die eure Behausungen erhellen?«

Der Wind flaute einen Moment lang ab. Das Segel begann zu flattern, füllte sich wieder und erschlaffte erneut, um sich schließlich mit einem peitschenden Knall zu entfalten. Der Steuermann, der, wie ich durch Zurufe wusste, Quandd hieß, riss an dem Windruder und stemmte sich gegen das Holz. Das Segel drehte sich, begann wieder zu flattern; es erschütterte den Mast bis in die Fischungen und übertrug sich von dort auf das ganze Schiff. Kommandos dröhnten. Die Dnofftries zwischen den Bordwänden warfen sich in die Seile und rissen daran. Langsam drehte sich die Rahe in ihrer Befestigung am Kreuzkopf unterhalb der Längssalinge, auf denen die Beobachtungsplattform ruhte. Derart hart angebrasst, fuhr der Wind in das Segel und füllte es. Die ROBA-SUR legte sich etwas auf die Seite, stabilisierte sich dann und glitt mit steigender Fahrt weiter, immer hart am Rand des Mahlstroms.

Ein Augenblick der relativen Ruhe herrschte, und ich wiederholte meine Frage.

»So ist es«, antwortete Quandd. »Allerdings bleiben die wirklich schönen Leuchtwürmer dem Vorschweber und den Schwebern vorbehalten.«

Ich hörte es, verstand es aber nicht. Ich hatte die Leuchtwürmer für Lebewesen einer niederen Gattung gehalten, die das Licht als Folge eigener Stoffwechselvorgänge erzeugten. Nun musste ich diese Annahme korrigieren. Aber als was sollte ich sie bezeichnen? *Energie!*, meldete sich mein Logiksektor. *Stabilisierte Energie, wenn du willst.*

»*Die-den-Nebel-fressen* – sie kommen!« Der Ruf alarmierte mich. Ich blickte mich um, meine Augen weiteten sich in ungläubigem Erstaunen. Über dem Auge des Gravozyklons schwebten Gravo-Echsen. Sie bewegten sich scheinbar unendlich träge, und doch trotzten sie der aufgewühlten Natur.

»Was suchen die Bestien dort?«, rief ich.

Quandd antwortete: »Leuchtwürmer. Keine Sorge, *Die-den-Nebel-fressen* erreichen uns nicht mehr. Sie sind zu weit entfernt.«

Er stemmte sich noch immer gegen das Holz des Windruders und steuerte die ROBA-SUR am äußersten Rand des Zyklons entlang. Das Schiff holte schwer über; es schien, als würde die Mastspitze die aufgetürmte Nebelwand streifen, die wie abgeschnitten dieses Gebiet umgab. Voraus erkannte ich, dass das erste Schiff der Flotte in den Nebel eintauchte.

»Die Gefahr ist fast vorbei«, beantwortete der Steuermann meine diesbezügliche Frage. »Hinter der Nebelbank liegt Su-Ra.«

»Wie lange noch?«

»Nicht mehr lange.«

Die ROBA-SUR tauchte wie ein Schemen in den Nebel; die Rufe der Dnofftries auf den Plattformen der Masten klangen wieder auf. Lang gezogen und wie klagende Hörner.

10.

Bel Etir Baj: *Der Mann war hoch gewachsen, schlank, hatte dunkelblaue Augen und fast schwarzes Haar. Sein Skelett allerdings verriet, dass er Arkonide war. Er sprach selten, vor allem dann nicht, wenn irgendetwas gefragt wurde. Sein Körper war von Narben übersät; verbrannte Kontaktstellen an seinem Schädel zeigten, dass er auch schonungslos mit Psychohauben verhört worden war. Dennoch wusste keiner mehr von ihm, als er freiwillig ausgesagt hatte.*

Vor zwölf Jahren wurde er in einer Kapsel gefunden. Ein unglaublicher Zufall hatte eines der Schiffe, die in Krassig stationiert waren, in die Nähe des im Raum treibenden Körpers geführt. Da sie sich einen Vorteil davon versprachen, hatten die Verbrecher den Körper an Bord genommen. Zu ihrem Leidwesen fanden sie kein Edelmetall, keine seltenen Hyperkristalle oder andere Wertgegenstände. Im Innern der Kapsel, die sich nach ihrem Öffnen bald in eine weiß glühende Metallmasse verwandelt hatte, fand sich lediglich der nackte Körper eines Mannes. Er musste eine unbestimmbar lange Zeitspanne im biologischen Tiefschlaf verbracht haben. Als er erwachte, konnte er nur lallen, erst nach einem halben Jahr vermochte er wieder zu sprechen.

Da war ihm allerdings auch schon klar gewesen, wer ihn aufgefischt hatte. Was auch immer Bel Etir Baj zu berichten hatte, sein Wissen war nicht für Verbrecher bestimmt gewesen; selbst der ausgefeilte Sadismus eines Alfert Torpeh hatte nicht ausgereicht, um ihm eine Information zu entreißen. Wahrscheinlich konnte Etir Baj sein Nervensystem so kontrollieren, dass er unempfindlich für Schmerzen war. Keine Psychohaube hatte es geschafft, seinen Willen zu brechen. Bel Etir Baj wusste zu viel. Er wusste entschieden mehr über die Organisation, als den Bewohnern Krassigs lieb sein konnte, und er wusste offenbar auch etwas, das die Krassiger nur zu gerne in Erfahrung ge-

bracht hätten. Vielleicht hätte er unter veränderten Umständen geredet, bei der Geheimpolizei beispielsweise, aber daran war den Verbrechern nicht gelegen.

Seit elfeinhalb Jahren trug Bel Etir Baj in seinem Körper eine faustgroße Thermitladung, die ihn innerhalb eines Augenblicks in ein Häufchen Asche verwandeln konnte. Am Gürtel war eine Batterie befestigt, deren drahtlos übermittelte Impulse die Zündung dieser Bombe verhinderten. Einmal in zwanzig Tontas musste Etir Baj die Batterie nachladen, während dieser Zeit lief eine Uhr in der Thermitladung. Brauchte er zum Aufladen der Batterie mehr als eine Dezitonta, wurde die Ladung gezündet. Mit diesem ebenso einfachen wie wirkungsvollen Mittel wurde Bel Etir Baj daran gehindert, Krassig zu verlassen, denn die Steckkontakte der Batterie passten nur zu dem Ladegerät, das speziell hergestellt worden war.

Im Innern des Asteroiden durfte sich der geheimnisvolle Mann frei bewegen. Weglaufen konnte er schließlich nicht, und Torpeh hatte noch nicht die Hoffnung aufgegeben, dass Etir Baj eines Tages vielleicht doch gesprächiger werden würde. Die Besatzung von Krassig behandelte ihn mit einem gewissen Respekt, hauptsächlich deswegen, weil er einige der übelsten Raufbolde derart verprügelt hatte, dass anschließend kosmetische Operationen notwendig gewesen waren. Er war freundlich, hilfsbereit und großzügig. Er beherrschte ein paar exotische Würfel- und Kartenspiele, mit denen er den Männern das Geld aus den Taschen zog. In regelmäßigen Abständen, genau am Jahrestag seiner Entdeckung, pflegte er die gesamte Bande zu einem großen Besäufnis einzuladen.

Lagen die Gangster volltrunken unter den Tischen, unternahm Bel Etir Baj einen Fluchtversuch. Er wurde natürlich erwischt, was ihn nicht daran hinderte, im nächsten Jahr wieder eine Orgie zu starten und abermals einen Versuch zu unternehmen. Nachdem er dieses Ritual eingebürgert hatte, wurden am Vortag des »großen Festes« Wetten abgeschlossen, welchen Fluchttrick er in diesem Jahr versuchen würde. Sieger war derjenige, der Etir Baj aufstöbern und festnehmen konnte. Da er sich niemals der Verhaftung widersetzte, hatten die Männer in der Station ihren Spaß daran. Wäre er eines Tages tatsächlich verschwunden, hätte ihn ein Teil der Männer sogar aufrichtig vermisst.

Krassig: 8. Prago der Prikur 10.498 da Ark

Vor jedem der Spieler lagen sieben Karten, drei verdeckt, vier offen. Zwischen den drei Männern lag ein beträchtlicher Stapel aus Münzen und Scheinen. Langsam und lächelnd schob Bel Etir Baj einen neuen Stapel Münzen in die Mitte, auf der Stirn eines seiner Mitspieler erschienen dicke Schweißtropfen. Der Mann besaß nicht mehr viel, was er hätte setzen können.

»Kannst du mir etwas leihen?«, fragte er.

»Normalerweise gern. Aber wann willst du mir das Geld zurückgeben?«

»Ich brauche eine Votan.«

»In vierzehn Pragos ist mein Jahrestag«, sagte Etir Baj liebenswürdig.

Der Spieler stutzte, begann laut zu lachen. »Du hast Angst, ich könnte dich nicht bezahlen, weil du in einer Votan verschwunden sein wirst?«

Die Zuschauer fielen in sein Gelächter ein. Der Ernst, mit dem Bel Etir Baj sein Fluchtritual durchzog, bildete immer wieder den Gegenstand für Witze und anzügliche Bemerkungen. Unter den Zuschauern befand sich auch Textor. Er war ebenfalls ein leidenschaftlicher Kartenspieler, aber Spiele mit derart mörderischen Regeln waren nicht sein Fall. Er zog Spiele vor, bei denen es normalerweise ein paar Tontas dauerte, bis man ruiniert war, während bei Etir Bajs Spielen die meisten innerhalb von wenigen Dezitontas ein Vermögen verloren.

»Ich helfe dir.« Textor warf dem Spieler einen gefüllten Beutel zu. »Allerdings nur unter einer Bedingung: Verlierst du, erhalte ich deinen Beuteanteil am nächsten Unternehmen.«

Der Spieler kniff die Augen zusammen. Er wusste, dass Textor nahe an der Quelle aller Entscheidungen saß. Es war durchaus möglich, dass bei dem nächsten Unternehmen das Hundertfache des Betrages zu verdienen war, den Textor jetzt vorschoss. »Einverstanden. Ich gewinne nämlich dieses Spiel.«

Er zählte aus dem Beutel einen Betrag ab und schob ihn über den Tisch zu dem Haufen in der Mitte.

»Ich könnte weitersetzen, aber dann könntest du nicht mehr mithalten.« Ohne zu zögern, nahm Etir Baj zwei seiner Karten und legte sie weg. Sein Gegenüber schloss die Augen und begann die Wahrscheinlichkeiten durchzurechnen. Seine Hand zitterte, als er ebenfalls zwei Karten aussortierte. Der dritte Spieler hatte es schon vor einiger Zeit vorgezogen, aus dem Spiel auszusteigen. Unwillkürlich hielten die Männer den Atem an, als Etir Baj langsam die verdeckten Karten umdrehte. Gegen seinen Vierling hatte sein Gegenüber nichts aufzubieten. Der Mann stöhnte auf und sackte in seinem Sessel zusammen.

»Manchmal habe ich den Eindruck, du kannst die Karten auch von hinten erkennen.« Textors Blick suchte Etir Bajs Augen; der Dunkelhaarige hielt diesem Blick stand. Als Textor nach einer Zeit, die ihm wie eine Ewigkeit erschien, den Blick abwandte, war ihm klar geworden, dass Bel Etir Baj keineswegs nur aus Freundlichkeit und Sanftmut bestand. Gleichmütig strich Etir Baj seinen Gewinn zusammen und stand auf.

»Noch jemand?«, fragte er liebenswürdig; einige Männer wichen instinktiv zurück.

»Vermutlich ist der Bursche ein Telepath«, sagte Textor, »sonst hätte er nicht ein so unverschämtes Glück.«

Der geschlagene Spieler schüttelte den Kopf. »Du vergisst, dass niemand sich die verdeckten Karten ansehen darf. Außerdem ist dieser Halunke auch beim Würfeln nicht zu schlagen. Er müsste also obendrein auch noch Telekinet sein.«

Textor wusste, dass diese Möglichkeit ausschied. Einem Telekineten wäre es leicht gefallen, den Zündmechanismus der Thermitladung mit Gedankenkraft zu unterbrechen. Etir Baj konnte das offenbar nicht.

Bel Etir Baj verabschiedete sich mit einer angedeuteten Verbeugung und zog sich zurück. Sein Quartier befand sich in der Nähe jener Räume, in denen die unfreiwilligen »Gäste« des Asteroiden einquartiert wurden. Diese Sektion der Station wurde bewacht, aber die Wärter kannten Bel Etir seit langem und wussten, dass die Ausbeulung unter Etir Bajs Kleidung keine Waffe verbarg. Zum Erstaunen des Mannes waren die Wachen nicht auf ihrem Posten.

»Interessant«, murmelte er. Er bewegte sich rasch und geschickt, mit der Geschmeidigkeit eines Raubtiers, Folge des langen und intensiven Trainings, mit dem sich Etir Baj in Form hielt. Es gab dazu genügend Möglichkeiten in der Station, aber die Bewohner Krassigs zeigten nur wenig Interesse an sportlichen Übungen, nur der Schießstand wurde rege benutzt. Dass ein Mann ohne Waffen unter Umständen ein wesentlich gefährlicherer Gegner sein konnte als ein Bewaffneter, war den Verbrechern in Krassig noch nicht aufgefallen.

Kurz darauf wusste Etir Baj den Grund für das Fehlen der Wachen: Die Männer wollten die Gelegenheit nutzen, dass unter ihren Gefangenen zwei Frauen waren. Sie hatten die Zelle geöffnet, Arme und Beine ausgebreitet und versperrten so einer der Frauen den Weg. Etir Baj fiel auf, dass sie eher Anzeichen von Wut als von Ängstlichkeit zeigte.

»Freunde.« Die Wachen hatten nicht bemerkt, dass er näher gekommen war. »Lasst sie in Ruhe!«

»Scher dich zum Gork«, knurrte eine der Wachen.

Bevor der Mann reagieren konnte, zischte Etir Bajs Handkante auf seinen Nacken herunter; der Wärter brach wie vom Blitz getroffen zusammen.

»Bist du verrückt geworden?«, schrie der zweite Mann, kümmerte sich nicht mehr um die Frau und riss ein unterarmlanges Messer aus dem Gürtel. Dann stürmte er auf Etir Baj los.

»Lass das Messer fallen!«, warnte Etir Baj. »Ich muss dir sonst den Arm brechen.«

»Ich werd's dir zeigen«, fauchte der Wärter. Beide Arme weit ausgebreitet, hielt er das Messer von sich gestreckt. Er versuchte einen Hieb, der auf Etir Bajs Kehle gerichtet war. Etir Baj sprang zurück, während er gleichzeitig die Hand des Mannes umklammerte. Jetzt genügte ein kurzer Ruck, um die Bewegung des Angreifers zu unterstützen. Der Mann verlor das Gleichgewicht und stolperte nach vorne. Etir Baj setzte einen Hebelgriff an, der Gegner flog in weitem Bogen über seinen Rücken. Es knackte vernehmlich, als die Unterarmknochen des Mannes brachen.

»Ich habe dich gewarnt«, sagte Etir Baj freundlich und hob die Waffe auf. Die Wache fasste nach dem gebrochenen Arm und stöhnte jämmerlich. Hinter sich hörte Etir Baj einen dumpfen Aufprall. Sofort wirbelte der Mann herum.

Vor ihm stand die Frau, in der Hand den Blaster des Wärters. »Sie haben nicht fest genug zugeschlagen.« Sie deutete auf den zweiten Wärter, der vor ihr lag und auf dessen Stirn sich eine rasch anschwellende Beule bildete. »Ich habe das nachgeholt. Vielen Dank, dass Sie mir geholfen haben.«

»Wer sind Sie?«, fragte Etir Baj, während er die beiden betäubten Wachen zu einem Haufen zusammentrug. Die beiden Blaster steckte er sorgfältig wieder in die Halfter.

»Keratoma. Sind Sie auch ein Gefangener dieser Verbrecher?«

»Dauergast«, sagte Etir Baj lächelnd. »Ich heiße Bel Etir Baj. Sie kommen von Arkon?«

»Zusammen mit meiner Herrin, Prinzessin Crysalgira aus dem Khasurn der Quertamagins. Und von welchem Planeten kommen Sie?«

Etir Baj zuckte zusammen, als er den Namen hörte, fasste sich aber rasch wieder. »Ich bin ebenfalls Arkonide. Auch wenn ich etwas eigentümlich aussehe.«

»Aber nicht schlecht«, fügte Keratoma schnell hinzu.

Er grinste sie an, dann bestimmte er: »Verhalten Sie sich ruhig. Ich werde mich später bei Ihnen melden. Wer begleitet Crysalgira außer Ihnen noch?«

»Sieben Männer. Die Besatzung unseres Schiffes, der CERVAX.«

»Wie gut sind diese Männer? Das heißt, können sie kämpfen?«

»Haben Sie die Schlägerei in den Hangars nicht gesehen?«

»Prächtige Burschen«, murmelte Etir Baj anerkennend. »Dann müsste es gehen.«

»Was?«

»Lassen Sie mich nur machen. Sie werden es schon erleben. Ich höre Schritte.«

Nur Augenblicke nachdem hinter Keratoma die Tür der Zelle ins Schloss gefallen war, tauchte ein Mann auf. Es war Textor, der um die Ecke des Ganges bog; seine Waffe zielte auf Etir Bajs Kopf. »Was ist hier vorgefallen? Wieso liegen die Wachen am Boden? Haben Sie die Männer niedergeschlagen?«

»Sie versuchten, eine Frau zu belästigen. Hätte ich sie gewähren lassen sollen?«

»Diese Narren. Wenn ich die Weiber lädiert übergebe, bekomme ich Ärger. Vielen Dank.«

»Mir ist schon gedankt worden«, sagte der Dunkelhaarige. »Und von Ihnen …«

Die letzten Worte hatte er so leise gesprochen, dass Textor sie nicht hatte hören können. Etir Baj überließ die beiden Wachen den Launen Textors; er konnte sich ausmalen, dass die beiden Männer ihre Handlung bitter bereuen würden.

Das Erste, was Etir Baj nach dem Betreten seiner Unterkunft machte, war eine Handlung, die ihm in Fleisch und Blut eingegangen war. Er holte die Batterie aus der Tasche am Gürtel und verband die beiden Pole mit den Steckkontakten, die neben der Tür aus der Wand ragten. Genau genommen waren es keine Steckkontakte, sondern hochkomplizierte Impulsschlüssel. Hätte er versucht, die Batterie an normalen Kontakten aufzuladen, hätte die Impulssperre für die sofortige Vernichtung der Batterie gesorgt. Über der Tür hing eine mit einem Summer ausgestattete Uhr, der Etir Baj akustisch warnte, damit er seine Zeit nicht überzog.

Obwohl er den Vorgang seit Jahren praktizierte, verfolgte Etir Baj den Vorgang sehr aufmerksam. Er setzte sich auf sein Bett und wartete. Einmal hätte er den richtigen Zeitpunkt fast verpasst, da er sich zu intensiv mit einem Buch beschäftigt hatte. Der eigentliche Ladevorgang dauerte nur eine halbe Dezitonta, dann konnte Bel Etir Baj die Batterie wieder am Gürtel verstauen.

»Quertamagin«, murmelte Bel Etir Baj. Über dem Bett hing ein großes Bücherregal, bis zum Überquellen mit Lesekristallen und Bildbänden gefüllt. Der größte Teil der Werke beschäftigte sich mit Thermit, Batterien und Impulsschlössern. Natürlich hatten die Männer in Krassig ihn ausgelacht, als er ausgerechnet diese Fachbücher angefordert hatte, aber sie hatten sie ihm gegeben. Dass er neben diesen Werken hauptsächlich Informationsmaterial über Arkon bestellt hatte, war im allgemeinen Gelächter untergegangen. Etir Baj holte aus dem Regal das *Handbuch der führenden Persönlichkeiten*, in dem alle Adelsgeschlechter Arkons säuberlich verzeichnet waren. Nach kurzem Suchen hatte der Mann den Eintrag gefunden, den er gesucht hatte. Sorgfältig las er den knappen Text und betrachtete das Bild der Prinzessin.

»Wie kommt sie nach Krassig?« Er wusste, dass die Männer der Station keine Piratenüberfälle verübten. Es war daher ausgeschlossen, dass Crysalgiras Schiff gekapert worden war. »Gleichgültig. Ich muss sehen, dass ich ihr helfen kann.«

»Ich stimme deinem Plan zu«, sagte Alfert Torpeh. »Er ist zwar nicht ohne Risiko, aber auch nicht völlig halsbrecherisch. Wie genau willst du also vorgehen?«

»Ich werde Crysalgiras Khasurn einen netten Brief schicken. Das Geld soll auf einer Freihandelswelt übergeben werden; zum Beispiel auf Jacinther Vier.«

»Dazu brauchst du die Mitarbeit der Kleinen.«

»Die werde ich bekommen. Ich werde mir schon etwas einfallen lassen.«

»Es würde mich freuen. Und wie soll es weitergehen?«

»Ganz einfach. Ich übernehme das Lösegeld, verschwinde schnellstens und liefere die Kleine ein paar Pragos später samt ihrer Besatzung aus.«

»Ganz einfach? Wie willst du verhindern, dass sich ein Spürkommando an deine Fersen heftet? Transitionen können angepeilt werden.«

»Ich werde mindestens dreißigmal transitieren. Irgendwann wird einer meiner Sprünge mit anderen zusammenfallen, so dass sie meine Spur verlieren. Außerdem braucht ein Peilkommando Zeit, bis es herausgefunden hat, an welcher Stelle ich wieder in den Normalraum eingetaucht bin. Und diese Zeitspanne wird bei jedem Sprung größer sein, das reicht vollkommen.«

»Und Crysalgira?«, bohrte Torpeh weiter.

»Ich fliege irgendeinen unbewohnten Sauerstoffplaneten an, werfe die Bande von Bord und funke später die Koordinaten nach Arkon. Meinetwegen kann Orbanaschol persönlich nach mir suchen lassen, er wird mich nicht finden. Das Imperium ist groß.«

»Du wirst langsam übermütig. Vergiss nicht, dass du nur durch einen glücklichen Zufall aus dem Arkonsystem weggekommen bist. Ein solches Glück wirst du nicht noch einmal haben. Und was dir blüht, wenn durch deinen Leichtsinn unsere Station gefährdet wird, muss ich dir wohl nicht erst sagen.«

»Mehr als umbringen könnt ihr mich nicht«, konterte Textor selbstbewusst. »Das ist der wahrscheinlich dickste Fisch, den wir je an Land gezogen haben.«

»Dein Plan kann funktionieren.« Torpeh machte eine kurze Pause und fuhr dann gefährlich leise fort: »Er muss funktionieren. Vergiss das nicht.«

»Ich werde es mir merken«, antwortete Textor. »Kann ich jetzt gehen? Ich möchte noch ein paar Worte mit Crysalgira reden. Noch etwas: Etir Baj hat gestern zwei Wachen niedergeschlagen, die sich an der Zofe vergreifen wollten. Ich wäre dir dankbar, würden in Zukunft solche Zwischenfälle unterbleiben.«

»Es wird sich nicht wiederholen«, versprach der Kommandant der Station.

»Außerdem ist mir aufgefallen, dass dieser Etir Baj zunehmend selbstbewusster wird. Wäre es nicht langsam an der Zeit, ihn auszuschalten, bevor er uns gefährlich werden kann?«

Torpeh schüttelte langsam den Kopf. »Es wird der Tag kommen, an dem er redet. Und ich werde auf diesen Tag warten, selbst wenn bis dahin noch Jahre vergehen sollten. Was sein gesteigertes Selbstbewusstsein angeht, das ist völlig normal. Kurz vor seinen Fluchtversuchen wird er immer sehr selbstsicher.«

»Lass dich nicht täuschen. Ich habe diesen Burschen genau beobachtet und bin mir sicher, dass er diese blödsinnigen Versuche nicht nur zum Spaß unternimmt. Er hat einen Plan, selbst wenn dieser nur darin besteht, uns an seine regelmäßigen Fluchtversuche so zu gewöhnen, dass unsere Aufmerksamkeit komplett schwindet. Sobald es sich in unseren Hirnen festgefressen hat, dass er nur an seinem Jahrestag zu fliehen versucht und sonst nie, wird alles zu spät sein – dann kann er uns nämlich überrumpeln, wann er will.«

»Unfug!«, wehrte Torpeh ab.

»Ich hatte einen Freund, der auf einer einsamen Vorpostenstation Wachdienst leistete. Da er sich einsam fühlte, gab er ab und zu Alarm. Und als die Maahks dann tatsächlich kamen, hielt jedermann seine Hilferufe für eins der Täuschungsmanöver …«

Torpeh zeigte sich von der Geschichte nur mäßig beeindruckt. Immerhin versprach er: »Ich werde Bel Etir Baj schärfer beobachten lassen. Genügt dir das?«

»Ich bin nicht Kommandant. Es wird dein Kopf sein, der rollt, sollte Etir Baj die Flucht gelingen.«

11.

Atlan: *In der Vorstellung der Dnofftries war ihre Welt eine »Ebene«. Ob es nur ein abgegrenzter Raum innerhalb unzähliger anderer Räume des »Mikrokosmos« war, wusste ich nicht. Dass es sich nicht um einen Planeten im mir vertrauten Sinn handelte, war mir längst klar geworden. Die Ebene erstreckte sich flach und überwiegend leer nach allen Seiten; leer, wenn man einmal von den wenigen Oasen und den gewaltigen Pylonen, den himmelhohen Hohlsäulen, absah. Letztere wirkten als riesige Aufwindkamine, die aus dem Boden wuchsen und irgendwo im Himmel verschwanden, an dem nie ein Stern zu sehen war. Er war eine rot glühende, Hitze verströmende Decke und befand sich in einer Höhe, in die kein »Gravoaufwind« je reichte. Obwohl ich während meines Aufenthalts in der Piratenfestung Nachforschungen anstellte, schien kein Dnofftrie jemals dort oben gewesen zu sein.*

Zwischen Himmel und Ebene erstreckte sich das ausgedehnte Netz von ständig wechselnden Gravoströmungen, von Neutralen Zonen *und* Gravowirbeln, *in denen die Dnofftries lebten. Auch ich hatte gelernt, mich in diesem mir fremden Medium zu bewegen. Welche Navigationshilfen die Kegelwesen benutzten, wusste ich nicht. Ich konnte es nur ahnen, vermuten, Behelfstheorien entwickeln. Ich hatte auf keinem Schiff einen Kompass oder Ähnliches gesehen. Trotzdem erreichten die Segler immer ihr Ziel. Als ich einmal Ssuma daraufhin ansprach, hatte er mich verständnislos angesehen.*

»Wir sehen *unser Ziel«, hatte er versichert und mich in tiefe Verwirrung gestürzt. Wie konnten sie das Ziel* sehen? *Vor allem in dieser seltsamen Welt, in diesem allgegenwärtigen roten Dunst, der unter günstigsten Voraussetzungen eine maximale Sichtweite von höchstens dreitausend Metern gestattete, wobei das Objekt bereits eine Größe aufweisen musste, die kaum unter der der Piratenfestung liegen durfte. Einen Gravosegler konnte ich bestenfalls bis zu einer Entfernung von zwölfhundert Metern erkennen. Und da musste ich mich schon gewaltig anstrengen.*

Einen Hinweis auf dieses Phänomen des Zielsehens *hatte ich erst im* Tiefen Land *erhalten, während meiner Unterhaltung mit dem alten Lajj. Seither wusste ich, dass die Sehorgane der Dnofftries mehr waren; sie vereinten weit mehr Sinne als nur den optischen in sich. Mit ihnen erkannten diese Kegel die Gravoströmungen ihrer Welt nicht nur auf rein visuelle Weise. Ich hatte geraume Zeit benötigt, um hinter diesen Vorgang zu kommen, der als Entfernungsmessung und Objektdarstellung ähnlich einem Ortungsgerät bezeichnet werden konnte. So, wie es den Dnofftries möglich war, sich durch Ultraschall auf einer Ebene zu verständigen, die mir verschlossen war, hatten sie offenbar analog dazu eine Art biologisches Radar entwickelt. Wie sie damit jedoch ein Ziel erfassen konnten, das Tagesreisen entfernt lag, blieb mir nach wie vor schleierhaft.*

Su-Ra im Mikrokosmos: 24. Prago der Prikur 10.498 da Ark

Es dauerte nach meinem Dafürhalten etwa drei Tontas, dann zerteilte sich die rot glühende Wand aus Wasserdampf. Wir waren draußen – und dem Ziel nahe. Laute Kommandos waren zu hören. Langsam vergrößerte sich der Abstand zwischen den einzelnen Gravoseglern. Unter dem Druck der Windruder schwenkten sie auf ihren neuen Kurs ein und formierten sich zu einer Linie. Und irgendwo in der Ferne, im rot leuchtenden Dunst der Atmosphäre, erhoben sich hohe Felsen.

Schließlich sah ich das Ziel vor mir: Dutzende jener kreuzergroßen, schwebenden Felsen, wie Ssuma mit seinen Piraten einen bewohnt hatte. Die Dnofftries an Deck der Segler hingen in den Wanten, drängten sich an die Bordwände und begrüßten den Anblick der Felsen mit lang gezogenem Orgeln. Ich rief Quandd an und deutete nach vorn. »Ist das Su-Ra?«

Der Steuermann öffnete den mir zugewandten Mund. »Ja, das ist das Reich des unvergleichlichen Vorschwebers – und meine Heimat.«

In mir schwangen diese Worte nach. Irrte ich mich, oder war tatsächlich ein sarkastischer Unterton aus Quandds Stimme herauszuhören gewesen? Je näher die Flotte herankam, desto mehr Einzelheiten wurden deutlich. Wie ein niedriger, U-förmiger Gebirgszug schwebten die Felsen in einem Kraftfeld, das keinerlei Strömungen aufzuweisen schien. Ich sah nirgends gespannte Ankertaue oder Ähnliches. Allerdings war auch keiner der geheimnisvollen schwarzen Pylonen in der Nähe, an denen die Felsformation hätte vertäut werden können.

Der Konvoi der Gravosegler löste sich auf. Ich betrachtete weiterhin das »Reich« des Vorschwebers. Die Felsformation bot den

Anblick niedriger Hügelrücken mit vereinzelten schroffen Kämmen, die von unterschiedlicher Form und Größe waren. Sie umschloss einen Bereich, der wie eine natürliche Bucht wirkte – wäre es ein Ozean gewesen, aus dem sie sich erhob. Und irgendwo zwischen diesen Felsen befand sich die Festung des Vorschwebers.

Mit halb gerefftem Segel glitt die ROBA-SUR an Backbord an einem schlanken, steil aufragenden Felsen vorbei, der wie ein Leucht- oder Wachturm aussah. Seine Spitze trug eine umlaufende Balustrade, die mit Dnofftries besetzt war. Inzwischen hatte Quandds Mannschaft die schon bekannten Ausleger an Bug und Heck errichtet. Mit staunenden Blicken beobachtete ich weiter. Die Szene, die sich vor meinen Augen ausbreitete, war noch unwirklicher als vieles andere, was ich bisher hier im Mikrokosmos erlebt hatte. Auf den Felsen und Hügeln, an denen wir vorübersegelten, wimmelte es nur so von Dnofftries. Ich sah ganze Wälder von Schotenbäumen, erkannte an den Hängen der Hügel Felder, auf denen Pflanzen kultiviert waren. Überall herrschte geschäftiges Treiben. Manche Felsen trugen die typischen Geröllhalden, denen anzusehen war, dass Rohstoffe abgebaut wurden.

Ein Ruf: »Dort – die Festung des Vorschwebers!«

Die ROBA-SUR hielt auf einen Felsen zu, der wie ein angeschnittener Kegelstumpf wirkte. Er war ohne Zweifel bearbeitet worden, die abfallenden Seiten waren künstlich geglättet. Ich konnte Treppen und Balustraden erkennen, die verschieden hohe Terrassen verbanden. Von der Mole an der Basis der Festung führte eine breite Treppe in gerader Linie zu einem mächtigen Tor hinauf, das mit schweren Türflügeln gesichert war. Auf den Treppen, Galerien und Balkonen sah ich Dnofftries, die die Ankunft der ROBA-SUR zu erwarten schienen.

Deine Ankunft, Kristallprinz, korrigierte mein Logiksektor. *Du bist es, der erwartet wird.*

Quandd dirigierte das Schiff jetzt nur noch mit dem Windruder. Seine drei Münder gaben gleichzeitig drei verschiedene Kommandos. »Refft das Segel!« Die Mannschaft zerrte an den Leinen und verkleinerte die Segelfläche noch mehr. »Die Rah herunter!« Erneut warfen sich die Dnofftries in die Seile. »Fiert ab!«

Blöcke und Flaschenzüge knirschten. Die große Holzscheibe für das Rahfall quietschte in ihrer Befestigung an der Mastspitze. Das Rack – senkrecht stehende Hölzer, so genannte Schlitten, deren Abstand durch aufgezogene Kugeln gehalten wird – kam langsam herunter. Dem Zug der äußeren Leinen folgend, schwang die Hauptrahe herum. Gleich darauf lag sie in den gegabelten Stützhölzern, die Mannschaft belegte das Segel, indem sie kurze Taulängen um Holz und Tuch wand. Quandd lenkte den Gravosegler mit winzigen Ausschlägen des Windruders an die Mole heran; die Segelfläche des Ruders übte hierfür genug Druck auf den Rumpf aus. Ein weiteres Kommando. Die beiden Distanzhalter wurden über die runden Steinblöcke herabgelassen und mit Pflöcken belegt. Ich war angekommen.

»Dort – sie warten schon!«, sagte der Steuermann in einer reich modulierten Tonfolge.

»Wer wartet?«

»Die Wächter des Vorschwebers.«

Ich wandte mich dem blauhäutigen Burschen zu. »Braucht der Vorschweber Wächter?«

Das kristalline Augenband des Dnofftries, der mir knapp bis zum Hals ging, überzog sich mit einem Schleier, den ich nicht zu deuten wusste. »*Er* braucht sie.«

Nach dieser wenig erschöpfenden Auskunft schwieg Quandd.

Wir standen auf der Mole. Mich umringte die Mannschaft des Gravoseglers, die ausnahmslos ihre Waffen in den Händen hielt. Ich war wieder gefesselt, aber nicht mehr so fest wie zu Beginn unserer Bekanntschaft. Mit einem Ruck hätte ich die Stricke zerreißen können, doch ich ließ es sein, als ich mir die Prämisse meines Aufenthalts hier ins Gedächtnis zurückrief. Außerdem entging mir nicht die Atmosphäre des Misstrauens, die mich umgab.

Man hält dich für einen Freund der Ausgestoßenen, sagte der Extrasinn. Eine lange Doppelreihe von Dnofftries hatte inzwischen auf der Treppe Aufstellung genommen und flankierte nun unseren Aufstieg. Die Blaukegel waren durchwegs mit widerhakenbewehrten Schwertern und kurzen Lanzen bewaffnet und staken allesamt in Rüstungen, die aus dreieckigen, gewölbten Brust- und Rückenschildern bestanden.

»Wozu braucht der Vorschweber diese Garde?«, wollte ich von Quandd wissen und ließ die martialischen Wächter nicht aus den Augen.

Quandds Balgmuskel vibrierte; die Bewegung war äquivalent unserem Achselzucken. »Das ist für dich unwichtig.«

Da hast du es wieder, dieses Misstrauen, wisperte der Logiksektor.

Wir erreichten den Absatz vor dem Tor, das die Form eines gleichschenkeligen Dreiecks hatte. Ein lauter Ruf aus einer Öffnung stoppte uns. »Halt! Wer seid ihr?«

Diese Frage schien mehr einem Ritual zu entspringen; ich konnte mir nicht vorstellen, dass die Kunde meiner Ankunft noch nicht bis hierher vorgedrungen sein sollte. Quandd stieß ein orgelndes Ein-Millitonta-Konzert aus. »Steuermann der ROBASUR und seine Mannschaft … mit dem Monstrum, das der Erhabene dringend erwartet.«

Schweigen. Dann: »Ihr zieht euch zurück, Steuermann. Nur der Fremde soll eintreten.«

Knirschend wurde das Tor aufgezogen. Ich erhielt einen aufmunternden Stoß in den Rücken. »Beeil dich, Atlan!«

Ich trat hindurch – dumpf fiel das schwere Tor wieder herab. Aus den niedrigen, breiten Durchgängen in den Toranlagen links und rechts kamen andere Dnofftries, die sich von jenen auf der Treppe dadurch unterschieden, dass ihre Rüstungen verziert waren. Der Anführer der Gruppe stieß ein dumpfes Ziehen aus. Sie nahmen mich in die Mitte, ich hielt Einzug in die unbekannte Festung des Vorschwebers. Hinter dem Tor lagen weitere Treppen und kleine Plätze. Meine Schritte klangen auf dem gewachsenen Fels, dann knirschten sie im Kies gepflegter Gartenanlagen, in denen kleine Brunnen sprudelten, von Leuchtwürmern erhellt, deren Strahlen mich überraschte.

Unsere kleine Kolonne bewegte sich über die breiten Rampen dieser Festung. Die Dnofftries, denen wir begegneten und die unbewaffnet waren, wichen vor der Garde des Vorschwebers zurück und warfen nur kurze Blicke auf mich. Mein Argwohn verdichtete sich zur Gewissheit. Brägatz Ovrosi schien nicht unbedingt von seinen Untertanen geliebt zu werden. Und noch etwas anderes wurde mir klar: *Ich bin in eine Falle gelaufen, aus der so leicht kein Entkommen möglich scheint.* Ich dachte kurz nach, suchte nach Auswegen und entschloss mich dann, zunächst einmal die weitere Entwicklung abzuwarten, ehe ich etwas dagegen unternehmen wollte.

Das Innere der Festung war ein Irrgarten, angelegt, um jeden Unberechtigten am Betreten des Zentrums zu hindern. Immer wieder standen wir vor verschlossenen Toren, die sich erst öffneten, wenn der Anführer bestimmte Signale von sich gab. Wir wurden erneut von einigen Wachen aufgehalten, die mich neugierig musterten. Einer der blauhäutigen Burschen trat vor mich. »Du siehst zwar dem anderen Monstrum nicht sehr ähnlich – trotzdem kann ich nicht finden, dass du mir deshalb besonders sympathisch bist, Freund der Piraten.«

In mir schwangen diese Worte nach, auf höchst zwiespältige Art. *Bedeuten sie, dass sich noch mehr Fremde in diesem Mikrokosmos aufhalten? Wenn ja, wer sind sie? Der Dnofftrie hat von einer entfernten Ähnlichkeit gesprochen …*

Gib dich keiner Hoffnung hin, erreichten mich die Impulse des Logiksektor. *Du bist allein in dieser Welt*

Ich versuchte es trotzdem. »Der Fremde wohnt in der Festung?« Die Erregung ließ meine Stimme überkippen, so dass meine Worte unverständlich blieben. Ich konzentrierte mich, suchte die richtigen Töne, wiederholte meine Frage – und erntete Gelächter.

»In gewisser Weise ja«, antwortete mir der Dnofftrie und gab den Weg für die Kolonne frei.

»Weiter!«, orgelte der Anführer. Ein Ruck an dem Lasso, das um meinen Hals lag, ließ mich vorwärts stolpern.

»Schneller!«, rief ein anderer hinter meinem Rücken. Dass ich nicht wusste, was mich wirklich erwartete, war zu diesem Zeitpunkt gut. Denn ich spürte, wie meine Beherrschung langsam, aber sicher nachließ. In mir tobten nicht erst seit kurzem widerstreitende Gefühle. Mein Unterbewusstsein wehrte sich mit allen zu Gebote stehenden Kräften dagegen, wahnsinnig zu werden. Die irrationalen Eindrücke in diesem Mikrokosmos lösten einander in zu rascher Folge ab.

Wir hatten inzwischen ein beträchtliches Stück unseres Wegs zurückgelegt. Der Anführer der Garde trieb immer wieder zur Eile an. Dass wir uns dem Domizil des Vorschwebers näherten, erkannte ich auch daran, dass nun die Wände der Korridore und Kavernen mit bildlichen Darstellungen geschmückt waren. Überproportionierte Dnofftries in allen erdenklichen Posen, hauptsächlich kriegerischer Art, starrten von den Wänden herab. Wohin ich auch sah, überall begegnete ich dieser kultischen Verherrlichung. Offenbar handelte es sich dabei um Dnofftries, die sich besondere Dienste erworben hatten.

Siehst du nicht, dass es sich immer um die gleiche Person handelt?, machte mich der Extrasinn aufmerksam. Das mochte zutreffen oder nicht. Für mich sahen diese blauhäutigen Burschen alle gleich aus. *Das hakenförmige Zeichen*, präzisierte der Logiksektor. *Ich habe es noch bei keinem anderen entdecken können. Offenbar das Emblem der Macht. Und nach allem, was ich inzwischen an Eindrücken und Stimmungen gesammelt habe, verkörpert hier nur ein Einziger diese Macht: Vorschweber Brägatz Ovrosi.*

Ich nickte. Der *Mann-mit-den-zwei-Namen.* Das hatte mir noch gefehlt. Ein Herrscher, der sich derart zur Schau stellte, war sicher kein angenehmer Gesprächspartner.

Plötzlich blieb ich wie vom Donner gerührt stehen und richtete einen verwunderten Blick auf die Szene vor mir. Neben einem Dreiecktor erhob sich auf einem Steinblock ein kleinerer, der in Form eines Sessels gehauen war. Und in diesem wuchtigen Sessel hockte ein … ein *Maahk!*

Während der ersten Millitonta stand ich einfach da und spürte eine umfassende Lähmung. Ich starrte auf den *nackten* Maahk und keuchte auf. Der gesamte Körper war von fingernagelgroßen, blassgrauen Schuppen bedeckt. Der an den Schultern rund 1,50 Meter breite Wulstkopf war starr und halslos mit dem Rumpf verbunden. Die hornartigen Lippen des an der faltigen Übergangsstelle zwischen Wulstkopf und Rumpf platzierten Munds waren leicht geöffnet. Auf dem Kopfgrat saßen die vier runden, grün schillernden Augen, deren Schlitzpupillen nach vorne und nach hinten gerichtet waren. Die kurzen und kräftigen Beine wiesen vier Zehen auf. Die von kräftigen Sehnen- und Muskelbündeln geprägten, tentakelhaften Arme reichten bis zu den Knien; stark und massig an den Schultern, formten sie trichterförmige Hände mit sechs hochelastischen Fingern.

Der Blick der Augen ging mir durch und durch. Fast glaubte ich, der Maahk müsse im nächsten Augenblick aufstehen und auf mich zustürmen. Spielten mir meine Sinne einen fürchterlichen Streich? Ich spürte deutlich, wie der letzte Rest meiner Beherrschung schwand. Endgültig verlor ich den Glauben an die Unterscheidbarkeit von Illusion und Wirklichkeit. Desorientierung war die Folge. Ich sah rote Schleier – beginnender Wahnsinn …

Instinktiv, ohne nachzudenken und die Impulse des Extrasinns völlig ignorierend, handelte ich, zerriss spontan mit kurzen Rucken meine Fesseln, versetzte einem Wächter einen wuchtigen Fußtritt, der ihn weit in den Korridor zurückbeförderte. Dem Nächsten entriss ich die kurze Lanze, ehe er sie mir über dem Kopf schlagen konnte. Auch ihn fegte ein Fußtritt von den Greifpfoten. Ein atonales Konzert der Verwunderung und des Erschreckens hob an. Wurfseile zischten durch die Luft, legten sich um mich. Ich kam zu Fall, rollte über den Boden und stand wieder auf den Füßen. Nun packte ich meinerseits die Wurfseile und ruckte daran. Die Dnofftries purzelten durcheinander. Ich tat ein Übriges, stemmte die Füße fest auf den Boden und verlagerte meinen Schwerpunkt, begann mich um die eigene Achse zu drehen. Ich wirbelte die Dnofftries herum, bis sie sich nicht mehr halten konnten und in die Reihe der anderen krachten. Für Augenblicke entstand ein heilloses Durcheinander.

Mit einem wilden Schrei schwang ich herum, hob die Lanze über den Kopf und schleuderte sie mit aller Kraft. Sie drang tief in den Körper des Maahks ein und wurde erst von der Rückenlehne des Steinsessels aufgehalten. Dann lief ich bis unter den Steinblock – und erst jetzt gewann mein Verstand wieder die Oberhand. Natürlich konnte ich keinen lebenden Methan vor mir haben; der Maahk musste bereits seit längerer Zeit *tot* sein. Auf eine mir unbekannte Weise war der Leichnam konserviert und hier zur Schau gestellt worden. Die Augen in dem sichelförmigen Kopfwulst starrten blicklos.

Aber – wie kommt er hierher? Im gleichen Augenblick wusste ich, wie albern diese Frage war. Ich atmete keuchend und fluchte, als ich genau erkannte, wie unüberlegt ich gehandelt hatte. Der Maahk konnte gar nicht mehr am Leben sein. Genau wie ich war er vom Zwergenmacher seiner Artgenossen geschrumpft worden, ohne dass sein Druckanzug diesen Prozess mitgemacht hatte. Er war spätestens dann gestorben, als er in dieses mit einem sauerstoffähnlichen Gas gefülltes Kontinuum eingebrochen war …

Woher weißt du, dass es Sauerstoff ist?, fragte der Logiksektor spitz. *Du glaubst zu atmen, doch wie sicher ist, dass es wirklich so ist?*

Du kennst weder die genaue Natur dieses Kontinuums noch die mit ihm verbundenen Gesetze. Es ist nicht einmal sicher, ob das alles nicht nur Illusion ist, die du, weil du in sie eingebunden bist, als real empfindest. Schau dir den Maahk genau an: Seine Brust weist Wunden mit Verkrustungen auf. Das spricht dafür, dass er ausreichend lange lebte und nicht sofort erstickte oder am Unterdruck starb. Das Medium könnte für ihn ebenso wie eine heimatliche Wasserstoff-Ammoniak-Atmosphäre gewirkt haben, wie es für dich als Sauerstoff-Stickstoff-Atmosphäre erscheint.

Ich nickte; die Frage, ob es eine objektive Welt außerhalb der subjektiven Wahrnehmung gab oder nicht, würde ich hier und jetzt ganz sicher nicht beantworten können. Niedergeschlagen drehte ich mich um – und sah mich einer Phalanx von Dnofftries gegenüber. Das Licht der Leuchtwürmer spiegelte sich in den blanken Waffen. Die Gruppe, die mich hierher gebracht hatte, war durch weitere Gardisten verstärkt worden.

Ich hob langsam die Hände in Schulterhöhe. »Schon gut«, sagte ich; meine Stimme hatte einen unnatürlich hohen Klang. Ich spürte, wie ich nur langsam wieder die Kontrolle über meine aufgewühlten Empfindungen bekam. »Ich leiste keinen Widerstand. Bringt mich zum Vorschweber.«

Ich verhielt unwillkürlich den Schritt. Wir hatten den Palast durch einige kleine Säle, die versetzt zueinander angeordnet und durch schräge Rampen verbunden waren, betreten und befanden uns nun auf einer Galerie in einem großen Kuppelraum. Der Rand der Galerie war kunstvoll aus dem gewachsenen Fels geschnitten, über mir wölbten sich die Wände des Raumes zu einem hell strahlenden Dom.

Aber etwas anderes fesselte meine Aufmerksamkeit weit mehr: An der gegenüberliegenden Wand erhob sich eine wuchtige Statue auf einem Podest aus geschliffenem, poliertem Fels. Sie überragte alles andere in dem Raum und maß wohl sechs Meter. Der plastisch herausgearbeitete Balgmuskel lag auf gleicher Höhe mit der Galerie, auf der meine Wächter und ich standen. Es war die überdimensionierte Skulptur eines Dnofftries aus blauem Stein.

Vor diesem Standbild, aber auf dem gleichen Podest ruhend, befand sich ein Sitztrog, nur etwas größer als die sonst üblichen.

Auf diesem Thron saß der Erhabene Vorschweber. Ich erkannte auf den ersten Blick die Ähnlichkeit zwischen Statue und lebendem Wesen, schauderte. Mir sträubten sich die Nackenhaare. Dass er zudem noch eitel war, vertiefte nur meine Abneigung. Der Kegelkörper des Vorschwebers war von oben nach unten in reich verzierte Metallplatten gehüllt, die nur so von Edelsteinen funkelten. Zu beiden Seiten saßen mehrere Dnofftries in wesentlich kleineren Sitztrögen. Ihrem Schmuck nach zu urteilen, stellten sie die Oberschicht in Ovrosis Reich dar, die um seine Gunst buhlte.

Die so genannten Schweber, erinnerte mich der Extrasinn.

»Vorwärts«, summte hinter mir der Anführer der Garde und trieb mich auf die Treppe zu, die in den Thronraum hinabführte. Unter der Kuppel hingen in metallenen Käfigen Leuchtwürmer, die den Saal hell ausleuchteten. Als ich das Podest erreicht hatte, links und rechts flankiert von den bewaffneten Gardisten, stoppte mich ein kurzer Ruck des Lassos, das um meine Schultern lag.

Ein längeres Schweigen folgte. Ich wusste jedoch, dass die Wache Bericht erstattete, wenngleich für meine Ohren unhörbar. Der rückwärtige Mund des Vorschwebers sang eine getragene Tonfolge. »Wir begrüßen heute einen Fremden, von dem wir bereits wundersame Dinge vernahmen. Er muss weit in den Gravoströmen geschwebt sein und kennt bestimmt Ebenen, die wir noch nicht kennen. Sicher kann er viel erzählen.«

Ein Konzert herrlicher Töne hob an, als die Schweber ihrer Bewunderung Ausdruck verliehen und einige meiner »Heldentaten« hervorhoben. *Wenn mich nicht alles täuscht*, dachte ich, im Stillen erheitert, *spielt man mir eine gekonnte Komödie vor. Es kommt nur darauf an, wer zuletzt lacht.*

Kein Zweifel, wisperte mein Logiksektor. *Man spielt dir etwas vor. Doch denk an deinen Vorsatz – spiel mit. Biete ihnen ein Schauspiel und vergiss dabei eins nicht: Der Vorschweber will etwas von dir. Was er genau im Schilde führt, wirst du schnell genug herausbekommen, denke ich.*

Ich wandte meine Aufmerksamkeit wieder dem Vorschweber zu. Der mir zugewandte Mund öffnete sich. »Willkommen, Fremder.«

Ich musste den Kopf etwas in den Nacken legen, um zu Brägatz Ovrosi aufschauen zu können. »Ich danke dir, Erhabener. Mögest du immer genug Schotenbäume in deinen Gärten haben.«

Das übliche Begrüßungsritual. Die Balgmuskeln der Dnofftries erzeugten Zwei-Millitonta-Konzerte der Bewunderung, als ich diese Worte fließend in ihrer Sprache hervorbrachte. »Doppelt willkommen«, sang der Vorschweber. »Darf ich deinen Namen wissen?«

Ich war überzeugt, dass er ihn längst kannte, aber ich spielte die Komödie mit, so, wie es mir mein Extrasinn geraten hatte. »Ich bin Atlan von Arkon. In meiner Ebene bin ich unter den Stämmen meines Volkes der Vorschweber.«

»Höchst interessant«, orgelte der Erhabene Vorschweber. »Es war mir von Anfang an klar, dass du nur ein Herrscher sein konntest, nachdem ich hörte, wie du kämpfen kannst und welche Kräfte du besitzt. Nun, ich hoffe, du wirst dich trotzdem hier wohl fühlen. Nehmt ihm die Fesseln ab, sie sind eines Vorschwebers unwürdig.«

Im Innern zollte ich ihm Anerkennung, während ich registrierte, dass eine Welle der Unruhe durch die Reihe der dnofftriesischen Würdenträger ging. Ein geschickter Schachzug des Vorschwebers. Er ging das Risiko meiner Freilassung ein, um seinen Mut und seine Furchtlosigkeit mir und seinen Untertanen gegenüber zu demonstrieren. Er begab sich allerdings in keine große Gefahr. Ich war sicher, dass in jeder Phase unserer Unterhaltung ständig ein gutes Dutzend Harpunen und Lanzen auf mich zielten: Auf dem Balkon hinter und über mir standen schwer bewaffnete Gardisten.

»Ich danke dir, Erhabener. Deine Güte ist nicht zu übertreffen und entspricht den Erzählungen, die Wanderer an unseren Feuern berichteten.« Ich wartete gespannt auf eine Reaktion, aber der Vorschweber schluckte kommentarlos die dick aufgetragene Schmeichelei. Und so fügte ich unverfroren hinzu: »Vor allem danke ich dir, dass du mich aus der Gefangenschaft bei diesen verruchten Ausgestoßenen befreit hast.«

Einer der Schweber rief: »Man hat uns berichtet, dass du gar nicht gefangen gewesen sein sollst. Warst du nicht ein Freund dieses dreimal verfluchten Ssuma?«

»Pah«, sagte ich wegwerfend. »Geschwätz!«

»Kein Geschwätz!« Der Dnofftrie blieb beharrlich. »Man hat uns noch ganz andere Dinge berichtet.«

Ich wartete einige Augenblicke mit der Antwort, bis ich mit Bestimmtheit und todernstem Gesicht sang: »Wer viel redet, berichtet viel Unsinn.«

Der Balgmuskel des Schwebers geriet in erregte Schwingungen. »Kann es sein, dass doch ein Körnchen Wahrheit in diesem Unsinn ist?«

»Um es genau zu sagen«, antwortete ich und überlegte mir, welchen der Würdenträger ich mir als Schutzschild nehmen sollte, wenn es dem Vorschweber einfiel, auf mich schießen zu lassen, »in jeder Lüge steckt ein Körnchen Wahrheit.«

»Interessant«, sang der Chor der übrigen Würdenträger.

Der hartnäckige Schweber rief: »Dann stimmt es also, dass du die Piraten in deiner Art des Kampfes unterrichtet hast? Viele meiner Kämpfer mussten deshalb den Weg zum *Ende der Ebene* antreten.« Ein entsetztes Stöhnen ging durch die versammelten Dnofftries bei der Erwähnung dieses schrecklichen Ortes.

Offenbar ist dein Gesprächspartner so etwas wie der Kriegsminister des Vorschwebers, kommentierte der Logiksektor. *Verständlich, dass der Verlust vieler seiner Leute ihn nicht gerade zu deinem Freund macht.*

»Ein echter Kämpfer fragt nicht danach, wann er die letzte Reise antreten muss«, hielt ich dem Dnofftrie entgegen. Längst hatte ich erkannt, dass in der Mentalität dieser blauhäutigen Kegel die kriegerischen Tugenden besonders hoch eingeschätzt wurden. Die Balgmuskeln der übrigen Würdenträger erzeugten reine Töne der Zustimmung. Ich wandte mich dem Vorschweber zu, als ich fortfuhr: »Bedenkt meine Lage, Erhabener. Durch widrige Umstände, die zu beschreiben ich jetzt keine Töne finde, in dein Reich verschlagen, fand ich mich allein. Meine Lage schien aussichtslos, da kam dein Expeditionsleiter vorbei und half mir. Meine Freude kannte keine Grenzen, wusste ich doch, dass du ein weiser und gerechter Herrscher bist. Aber wer beschrieb mein Entsetzen, als wir plötzlich von den Piraten überfallen wurden. Ich half deinen Leuten, so gut ich konnte, das wirst du sicher berichtet bekommen haben. Aber die Übermacht war zu groß, und ich war noch geschwächt von den Strapazen meiner langen Irrfahrt …«

Ich sprach und sprach und ließ mich dabei ganz von den Impulsen meines Extrasinns leiten, der fortwährend alle bewussten und unbewussten Wahrnehmungen meiner Sinne empfing und entsprechend auswertete. Schließlich endete ich mit den Worten:

»Konnte ich etwas anderes tun als das, wozu man mich zwang? Außerdem bin ich ein Kämpfer. Ich lehre meine Kunst dem, der sie bezahlt. Was ist daran verwerflich?«

Das Schweigen dauerte lange. Hatte ich etwas falsch gemacht? Zu dick aufgetragen?

Du warst genau richtig, beruhigte mich der Logiksektor.

Und als der Vorschweber zu sprechen begann, wurden meine Vermutungen zur Gewissheit. »Es kamen viele Kämpfer in mein Reich«, sang der eine Mund, der zweite fuhr fort: »Viele kannten den Kampf nur aus Erzählungen. Ich jagte sie davon. Sie wollten nur durchgefüttert werden, ohne etwas dafür zu leisten. Aber ein kleiner Teil von denen, die ich aufnahm, war brauchbar. Sie lehrten meine Wächter vieles – aber als ich von deinen Methoden hörte, wusste ich, dass sie vieles noch nicht kannten. Verstehst du?«

Ich verstand sehr gut. Es bestand kein Zweifel daran, dass Brägatz Ovrosi in mir eine willkommene Bereicherung seiner »Mitarbeiter« sah. Außerdem rechnete er damit, einen bedeutenden Prestigegewinn bei seinen Untertanen zu erlangen und gleichzeitig seinen Gegnern eine deutliche Warnung zukommen zu lassen. Ich verstand ihn wirklich gut. Wer sonst in diesem Mikrokosmos konnte von sich behaupten, ein Monstrum mit gewaltigen Kräften in seinen Diensten zu haben? Wohl niemand.

Die Szene hatte gewechselt, die Beteiligten nicht. Der Raum war ganz und gar in den Fels gehauen. Die Dnofftries kannten weder Sprengstoffe, noch hatten sie irgendwelche mechanischen Bearbeitungsmaschinen. Unzählige von ihnen mussten lange und ununterbrochen an dem Bau der Festung gearbeitet haben. *Feudalherrschaft*, meldete sich mein Logiksektor. *Jeder ist hier Diener oder Sklave des Vorschwebers. Ihr Lohn ist, dass sie leben dürfen. Einige wenige gut, die meisten schlecht.*

Der Raum war hell ausgeleuchtet. In vielen tiefen Nischen schimmerten die Metallstatuen der Nachbildungen des Vorschwebers, spiegelten sich auf dem polierten Fußboden. Misstrauisch betrachtete ich eine große Platte voller seltsamer Früchte aller Arten und Farben, die mir ein Dnofftrie präsentierte. Ich rührte sie nicht an. Stattdessen nahm ich mir von den Kornfladen, die ich schon kannte, griff mir einige Stücke Fruchtfleisch der Baumschoten und aß. Die Sitztröge waren ringsum an der Wand des kreisrunden Saales angebracht; ich fühlte mich unglücklich in diesem ungewohnten Sitzmöbel, hatte aber der Aufforderung des Vorschwebers folgen müssen, der mich neben sich bat. Er verschlang große Stücke undefinierbaren Zeugs, während er sich mit mir unterhielt; er hatte ja Münder genug, um beides gleichzeitig tun zu können.

»Höre, Atlan.«

»Ich höre.«

»Willst du nicht in meine Dienste treten? Du könntest meinen Wächtern das Gleiche lehren, was du den Piraten beigebracht hast. Du hättest große Vorteile davon. Vor allem wärst du meiner Gunst sicher.«

Ich schwieg.

Tu, was er verlangt, riet der Logiksektor. *Bedenke die Möglichkeiten, die sich dir bieten. Als Ovrosis Protegé bist du relativ sicher. Man wird dich überall mit Zuvorkommendheit behandeln, wird sich deinen Fragen kaum verschließen. Allerdings wirst du auch auf der Hut sein müssen. In einem feudalen System sind Intrigen und Korruption an der Tagesordnung. Du schläfst also besser immer mit dem Schwert in der Faust.*

Eins der visuellen Organe hinter Ovrosis Augenband starrte mich an. »Wirst du hier bleiben?«

Ich gab mit der bekannten zweioktavigen Tonfolge meine Zustimmung. Ovrosis Balgmuskel signalisierte Zufriedenheit. »Allerdings«, schränkte ich ein, »nur für eine gewisse Zeit. Dann muss ich mich wieder auf die Suche machen.«

»Du suchst etwas? Was ist es?«

»Den Weg zurück zu der Ebene meines Volkes.« Mein Gesichtsausdruck veränderte sich. Ich war traurig und gleichzeitig verbittert, haderte mit meinem Schicksal. Einer der dnofftriesischen Sklaven reichte mir eine kopfgroße Frucht, in der ein Halm stak. Mechanisch sog ich daran; der Saft schmeckte kühl und scharf.

»Atlan!«, rief einer der Würdenträger plötzlich.

»Ja?«, gab ich in gleicher Lautstärke zurück.

»Woher kommst du?«

Diese Frage musste früher oder später gestellt werden. Ich

wunderte mich nur, dass sie so spät an mich gerichtet wurde. »Das ist eine lange Geschichte. Werde ich euch nicht damit langweilen?«

»Berichte!«, entschied Ovrosi.

Ich lehnte mich in dem vertrackten Sitztrog so bequem wie möglich zurück und streckte die Beine aus. Nur kurz überlegte ich, ob ich ihnen die Wahrheit sagen oder lügen sollte. Nur zu gut hatte ich noch Ssumas totales Unverständnis in Erinnerung, als ich ihm zu erklären versuchte, was Sterne und Planeten waren. Ich beschloss, eine modifizierte Version meiner Geschichte zu erzählen, in der der tote Maahk eine nicht unerhebliche Rolle spielen würde. Ich entwarf in der musikalischen Sprache der Dnofftries ein Drama, um das mich die Künstler Arkons vermutlich beneidet hätten. Berichtete von zwei Stämmen, die sich seit undenklichen Zeiten bekriegten, dass ich von den Schergen des gegnerischen Herrschers gefangen genommen und verschleppt worden war.

»... unzählige Tagesreisen von meinem Volk entfernt, in einer Gegend, die mir völlig unbekannt war, warf man mich in ein Verlies. In der Folge hatte ich viele Demütigungen zu erleiden. Aber ich gab nicht auf. Ich sann fortwährend über ein Entkommen nach. Dann gelang mir die Flucht. Ich tötete alle meine Wächter und floh über die Mauern ins Freie.«

»Sprich weiter«, bat der Vorschweber, »auch wenn die Erinnerung dich würgt.«

Ich räusperte mich, fand zur richtigen Tonlage zurück. »Auf meinem Weg zurück zu meinem Volk kam ich in das Gebiet eines mächtigen Zauberers, der Gefallen an mir fand. Er zwang mich in seine Dienste, obwohl ich mich vor Sehnsucht nach meiner Ebene verzehrte.«

Die Balgmuskeln der Dnofftries signalisierten Verständnis; sie schienen ausnahmslos von meiner Geschichte fasziniert. »Wie entkamst du ihm?«

»Ich lernte viele seiner Zaubersprüche, so konnte ich ihn eines Tages überlisten. Ich versetzte ihn in tiefen Schlaf und floh aus seiner Festung. Aber seine Macht reichte weit. Viele Tagesreisen von seiner Festung entfernt, belegte er mich mit einem fürchterlichen Bann, der mir die Erinnerung an den Weg in meine Heimat nahm. Dafür schwor ich ihm Rache und machte mich auf, um ihn zu töten. Um meinem gewaltigen Zorn zu entgehen, hatte er jedoch seine Festung verlassen. Ich zerstörte sie, tötete seine Diener und Dämonen und setzte mich auf seine Fersen. Unerbittlich folgte ich ihm, verlor jedoch seine Spur – bis ich ihn in deiner Festung wieder sah.«

»Du meinst …?«

»Ja. Als ich ihn hier sah, glaubte ich zuerst, er stünde in deinen Diensten. Mich beherrschte nur ein Gedanke: Ich musste ihn töten. Deshalb entledigte ich mich meiner Fesseln und durchbohrte ihm mit der Lanze die Brust. Erst danach erkannte ich, dass jemand anders bereits meine Rache vollendet hatte. Wer hat ihn getötet? Warst du es?«

Erwartungsvoll blickte ich Ovrosi an. Das Schweigen des Vorschwebers dauerte lange. Offensichtlich überlegte er, was er mir antworten sollte. Schließlich verneinte er meine Frage. Ich konnte ein Lächeln nicht unterdrücken. Sicher war für Brägatz Ovrosi die Versuchung nicht unbeträchtlich gewesen, das Gegenteil zu behaupten.

»Ein anderer hat also meine Rache vollendet«, bedauerte ich in klagenden Moll-Akkorden, die mir das Mitgefühl aller anwesenden Dnofftries sicherten. »Wer war es? Kennt jemand seinen Namen? Ich muss es wissen, denn ich schulde ihm Dank und Belohnung gleichermaßen.«

»Wir kennen den Tapferen nicht«, antwortete einer der drei Münder des Erhabenen.

»Wie das?«, wunderte ich mich.

»Die Mannschaft eines meiner vielen Segler fand jenen, den du Mächtigen Zauberer nennst …«

»Wo?«

»In einem *Gravowirbel* nahe der Grenze meines Reiches. Er lebte bereits nicht mehr.«

»Wann haben ihn deine Untertanen gefunden, o Erhabener?« Meine Frage kam rein mechanisch, ohne eine bestimmte Absicht zu verfolgen. Mich beschäftigte etwas ganz anderes.

»Vor etwa …« Ovrosi nannte einen Zeitpunkt, der sich in etwa mit jenem deckte, als ich erstmals bewusst dieses Kontinuum wahrnahm.

Hm – der Maahk muss also an Bord des Schlachtschiffs mit dem Zwergenmacher in das Wirkungsfeld der eigenen Waffe geraten sein und … Die Erkenntnis traf mich mit brutaler Deutlichkeit. Ich wagte kaum zu atmen. Was war geschehen? Amarkavor Heng, ich, der Maahk – nicht nur wir waren vom Wirkungsfeld des maahkschen Molekularverdichters erfasst worden. *Es müssen auch viele Arkoniden auf Enorketron getroffen worden sein. Die Wahrscheinlichkeit, dass sich außer mir noch weitere Arkoniden hier befinden, ist demnach hoch.*

Der Extrasinn stimmte zu: *Such und finde sie, dann wirst du nicht mehr allein sein. Gemeinsam gelingt es euch vielleicht, einen Weg zurückzufinden.*

Das ist es! Ich war am Scheideweg angelangt und zögerte keinen Augenblick, die Richtung zu wählen, die mir der Logiksektor aufzeigte. In Ovrosis Diensten musste ich danach trachten, einen möglichst hohen Rang zu erreichen, der mir die größtmöglichen Freiheiten ließ. Dadurch würde ich in die Lage versetzt werden, weit reichende Nachforschungen darüber anzustellen, ob sich außer mir noch andere »Ungeheuer« in diesem Kontinuum aufhielten. Ich atmete tief durch, hob den Blick und starrte an die Kuppeldecke des Thronraums, unter der die Leuchtwürmer in ihren Käfigen hingen.

»Gefallen sie dir?«, trompetete mich Ovrosi an.

Ich schrak zusammen. »Wie …?«

»Du bist mit Recht begeistert«, summte der Vorschweber, der Balgmuskel sandte Signale des Stolzes aus. »Es sind ausgesuchte Exemplare, ich konnte sie nur unter Mühen auftreiben.«

Ich beherrschte mich nur mühsam. Nur das Wissen, dass der Dnofftrie keine Ahnung hatte, was in mir vorging, hinderte mich, etwas Unüberlegtes zu tun. Stattdessen sagte ich: »Es stimmt – sie sind schön.«

Ovrosis Balgmuskel vibrierte vor Eitelkeit. »Ich sehe, du bist ein Kenner. Habt ihr in eurer Ebene auch derart ausgesuchte Leuchtwürmer?«

Ich verneinte.

Schmeichle ihm, wisperte mein Extrasinn. *Er ist eitel und arrogant und von Speichelleckern umgeben. Du musst dich auf deren Niveau begeben, wenn du etwas erreichen willst.*

Ich stimmte ein Ein-Zentitonta-Konzert an, in dessen Verlauf ich durch meine Schmeicheleien Ovrosis Psyche in Ekstase versetzte. Und der blauhäutige Bursche fiel tatsächlich darauf herein.

12.

Bel Etir Baj: *Er kannte Krassig besser als irgendjemand. Zwölf Jahre lang hatte er Zeit gehabt, den Unterschlupf der Verbrecherorganisation genauestens zu studieren. Er kannte jeden Winkel, jedes Gerät und jeden Mann. Er wusste, wo die Reaktoren standen, die die Station mit Energie versorgten, er kannte den genauen Standort der Geschütze, mit denen sich die Besatzung ohne große Mühe auch den Angriff einer schweren Einheit hätte abwehren können. Er hatte sich in den Magazinen umgesehen, wusste, wo Lebensmittel lagerten, wo Handwaffen zu finden waren. Er kannte jeden Gefangenen. Torpeh wäre erstaunt gewesen, hätte er gewusst, dass Etir Baj sogar das Versteck kannte, in dem Torpeh seine geheimen Schnapsvorräte verbarg.*

In den langen Jahren seiner Gefangenschaft hatte Etir Baj vor allem eins getan: Er hatte bei jedem Gespräch sehr genau zugehört und sich anschließend seine Gedanken gemacht. Im Laufe der Jahre hatte er aus den Satzfetzen und angedeuteten Informationen alles herausholen können, was es zu wissen gab. Hunderte von Malen hatte er jeden nur denkbaren Fluchtweg untersucht und durchkalkuliert. Im Schlaf hätte er die Zeiten aufsagen können, die er während einer Flucht gebraucht hätte, um ein Schloss zu knacken oder eine Verkleidung aufzuschrauben.

Nur eins hatte ihn bislang von einem echten *Fluchtversuch abgehalten. Trotz allen Bemühens war es ihm nicht gelungen, das Hindernis der Thermitladung aus dem Wege zu räumen. Er hatte gehofft, dass es einen relativ einfachen Weg geben würde, die Batterie auch ohne den Impulskontakt aufzuladen. Immerhin war es denkbar, dass für kurze Zeit die Stromversorgung ausfiel oder ein Defekt auftrat. Angesichts der Bedeutung, die Torpeh seinem Gefangenen beimaß, hielt Etir Baj es für unwahrscheinlich, dass der Stationskommandant dieses Risiko eingegangen war. Doch er schien sich getäuscht zu haben – es gab keine andere Möglichkeit der Aufladung. Und die an die Thermitladung gesandten Impulse hatte Etir Baj ebenfalls nicht entschlüsseln können, sondern nur herausgefunden, dass ihre Grundlage das spezifische Streuemissionsmuster genau dieser speziellen Batterie war.*

»Ich kann nicht länger warten«, murmelte der Mann. »Dieser Textor ist unberechenbar.«

Er suchte sich die wenigen Waffen zusammen, die er im Laufe seiner Gefangenschaft hatte sammeln können. Alle paar Arkonperioden wurde seine Zelle genau untersucht; so war es ihm nur gelungen, einen Schlagring in einem Handschuh zu verstecken und ein langes, extrem dünnes Messer im Schaft eines Stiefels. Nicht viel, aber in der Hand eines geübten Mannes dennoch gefährliche Waffen. Bel Etir Baj machte sich auf den Weg.

Krassig: 9. Prago der Prikur 10.498 da Ark

»Rede!«, brüllte Textor. »Oder ich ziehe dir bei lebendigem Leib die Haut ab.«

»Ich kann Sie nicht daran hindern«, antwortete Crysalgira kühl. Sie wusste, dass die nächsten Tontas entscheidend waren. »Ich kenne Ihre Pläne. Sie wollen Lösegeld erpressen. Da ich aber schon viel zu viel von Ihnen weiß, werden Sie mich in jedem Fall töten müssen. Erwarten Sie allen Ernstes, dass ich Ihnen für meine Ermordung noch eine Prämie verschaffe?«

»Es gibt Schlimmeres als den Tod. Warum sträubst du dich? Früher oder später bringe ich dich doch zum Reden.«

»Das bezweifle ich.« Ihrem Gesichtsausdruck nach zu schließen, ließ sie der Dialog völlig kalt. Sie war ruhig und gelassen, lächelte sogar. Selbstverständlich hatte die junge Frau Angst, aber sie wusste, dass sie dieses Gefühl nicht zeigen durfte. Etwas von dem alten Familienstolz regte sich in ihr, der die Quertamagins berühmt gemacht hatte. Und irgendwo glaubte sie immer noch, eine Chance zu haben, Krassig unversehrt und lebend zu verlassen.

Textor machte ein wütendes Gesicht. Ihm war klar, dass er Crysalgira nicht so behandeln konnte, wie er sich das vorgestellt hatte, denn er hatte keinerlei Lust, sich den Hass des gesamten Quertamagin-Khasurns auf den Hals zu laden. Deshalb packte er Keratoma am Arm und riss sie zu sich herüber. Die Zofe stöhnte schmerzerfüllt auf, als er ihr brutal den Arm umdrehte. »Vielleicht bist du zu zäh, um gesprächig zu werden. Aber wie sieht es aus, wenn ich mir deine Freundin ein wenig vornehme?«

Keratoma presste die Zähne zusammen, aber sie konnte nicht verhindern, dass ihre Augen zu tränen begannen. Crysalgira sah mit versteinertem Gesicht, dass zwischen den zusammengepressten Lippen ein Blutstropfen aufquoll. »Lassen Sie Keratoma los! Ich sage, was Sie wissen wollen.«

Die Zofe schüttelte wild den Kopf, aber als sie den Mund öffnete, um gegen Crysalgiras Entscheidung zu protestieren, brachte sie nicht mehr zuwege als ein schmerzliches Stöhnen. Textor ließ sie los und versetzte ihr einen heftigen Stoß, der sie in Crysalgiras Arme taumeln ließ. »Also los!«, forderte er sie auf. »Sprich!«

»Ich würde es nicht tun«, bemerkte eine sanfte Stimme in Textors Rücken. Der Mann fuhr herum und erkannte Bel Etir Baj, der lächelnd im Raum stand, die Arme vor der Brust verschränkt.

»Halt dich raus!«, warnte Textor. »Das hier ist meine Angelegenheit.«

Der Dunkelhaarige schüttelte langsam den Kopf. Selbst Crysalgira, die mit Ähnlichem gerechnet hatte, war überrascht, als Etir Baj scheinbar beiläufig die rechte Hand ausstreckte. Wie eine Sichel schnitt der Arm durch die Luft – die Kante traf Textor mit betäubender Kraft am Hals. Etir Baj sah den zu Boden sinkenden Mann an, zuckte die Achseln und nahm den Blaster aus dem Halfter des Betäubten. Er nickte anerkennend, als er die Leichtigkeit sah, mit der Crysalgira die Waffe auffing, hinter ihren Gürtel steckte und leise fragte: »Sie wollen einen Fluchtversuch unternehmen?«

»Keratoma, Sie brauchen nicht länger nach den Wachen Ausschau zu halten. Ich habe die Männer außer Gefecht gesetzt.« Er warf ihr ebenfalls eine Waffe zu, dann beantwortete er Crysalgiras Frage. »Ich werde Ihnen zur Flucht verhelfen. Wo sind Ihre Freunde?«

Crysalgira deutete mit dem Kopf auf die Wand zum Nachbarraum. »Und Sie? Sie wollen nicht fliehen?«

»Wahrscheinlich nicht. Es wird von den Umständen abhängen. Ich genieße hier eine Sonderregelung und bin mir ziemlich sicher, dass man es mir nachsehen wird, dass ich Ihnen helfe.«

Die Prinzessin bezweifelte, dass er die Wahrheit sprach, aber er hatte das Kommando an sich gerissen – und er kannte als Einziger eine Möglichkeit, Krassig schnellstens zu verlassen. Etir Baj brauchte nur wenige Augenblicke, bis er auch die sieben Männer der CERVAX-Besatzung befreit hatte. »Hören Sie mir sehr genau zu«, sagte er. »Ich kann meine Anweisungen nicht wiederholen. Ich werde Sie jetzt verlassen. Crysalgira, werden Sie zu Ihrem Boot zurückfinden?«

»Wenn es noch im Hangar steht, ja«, lautete die schnelle Antwort.

»Es steht noch dort. Bald wird überall das Licht ausgehen. Dann laufen Sie los und versuchen, Ihr Schiff zu erreichen. Ich vermute, dass die Leute den Hangar fluchtartig verlassen werden. Einige Zeit später wird die Stromversorgung wieder einwandfrei arbeiten – dann können Sie starten. Warten Sie nicht auf mich. Gelingt es mir nicht rechtzeitig, an Bord zu kommen, habe ich Pech gehabt. Sie dürfen keinen Augenblick warten. Haben Sie mich verstanden, Crysalgira aus dem Khasurn der Quertamagins?«

Die Art und Weise, in der er ihren Namen aussprach, berührte die Prinzessin eigenartig. Irgendwie musste das Schicksal dieses Mannes mit den Quertamagins in Zusammenhang stehen, einem sehr bedeutenden Zusammenhang, wie ihr schien.

»Ich habe Sie verstanden, Bel Etir Baj«, sagte sie feierlich.

Der Arkonide mit den dunkelblauen Augen und den fast schwarzen Haaren stutzte und grinste dann. »Falls es Ihnen Spaß macht, können Sie die anderen Zellen öffnen. Erschrecken Sie aber nicht, es sind ziemlich absonderliche Geschöpfe darunter.«

Crysalgira sah ihm nach, als er schnell den Raum verließ.

»Ein merkwürdiger Mann«, murmelte Keratoma.

»Ein guter Mann«, sagte Parat Tenhor. »Der Bursche weiß sehr genau, was er zu tun hat. Ich bin mir ganz sicher, dass er uns helfen will und kein Täuschungsmanöver versucht.«

»Setzen wir Bel Etir Bajs Vorschlag um«, sagte Crysalgira entschlossen. »Befreien wir die anderen Gefangenen.«

Nacheinander öffneten die Männer der CERVAX die Türen der Nachbarräume. Die meisten dieser Zellen ließen sich nur von außen öffnen. Im ersten Raum stieß Crysalgira auf ein schlankes Echsenwesen, dessen Augen boshaft funkelten, als sie ihm erklärte, er sei nun frei. »Danke«, schnarrte die Echse. »Könnt ihr mir eine Waffe besorgen?«

Crysalgira schüttelte den Kopf, und sie war froh darüber, dass sie der Echse keinen Blaster verschaffen konnte. Es hatte ganz den Anschein, als würde sie sofort ein Blutbad unter den Bewohnern von Krassig beginnen. Die Echse mochte dafür Grund und Anlass haben, aber Crysalgira wollte den Rachegelüsten nicht Vorschub leisten.

Das geschuppte Wesen wiegte bedauernd den Kopf, als es Crysalgiras Antwort hörte. Dann fuhr es die Krallen der großen Pranken aus, spielte mit den scharfen Spitzen und schnarrte: »Vielleicht genügt auch das.« Und setzte sich langsam in Bewegung.

»Warte noch!«, rief Crysalgira. »Wir wollen erst noch die anderen befreien.«

»Einverstanden. Aber dann lasst mich in Ruhe, ich habe eine Rechnung mit diesen Kerlen zu begleichen.« Die Echse zögerte ein wenig, als die nächste Tür erreicht war. »Ich weiß nicht, ob es lohnt, den *Olpher* zu befreien«, hörte Crysalgira den Schuppenhäutigen sagen. »Er wird uns nichts nützen.«

Crysalgira schüttelte den Kopf, öffnete die Tür. Der Raum schien leer zu sein, abgesehen von dem kleinen, feurig schimmernden Ball, der auf dem Boden lag. Als sich die kleine Feuerkugel in Bewegung setzte, begriff Crysalgira, dass dies der Olpher sein musste.

Sei mir willkommen, Prinzessin Crysalgira, hörte sie eine Stimme. *Ich habe auf dich gewartet.*

»Woher kennst du meinen Namen?«, fragte sie überrascht. An der erstaunten Reaktion ihrer Begleiter merkte sie, dass nur sie den Olpher gehört hatte. Damit hatte sie auch die Antwort auf ihre Frage: Das Wesen musste telepathisch begabt sein. Crysalgira hatte noch nie etwas von Olphern gehört, und sie war sich fast sicher, dass dieses Volk auch nicht in den großen Speichern des Kolonialamts aufgeführt war.

Nein, bestätigte der Olpher; seine telepathische Stimme klang warm und freundlich. *Übrigens weiß außer Etir Baj niemand, dass ich Telepath bin. Nimm dich vor der Echse in Acht, sie gerät leicht in einen Blutrausch. Sobald sie erst den Verstand verloren hat, wird sie weder Freund noch Feind schonen.*

Crysalgira nickte; unwillkürlich rückte sie ein Stück von der Echse weg, die nervös mit den Krallen zuckte. Außer den beiden exotischen Wesen entdeckte die Gruppe vier verschleppte Arkoniden und zwei Zaliter, die ehemals zu den Verbrechern gehört hatten und nun auf ihre Hinrichtung warteten. Crysalgira sorgte dafür, dass ihre Gruppe zusammenblieb; sie traute den anderen nicht ganz, vor allem nicht der Echse und den beiden Zalitern. Es dauerte einige Zeit, bis sich die Männer ausreichend mit Waffen versehen hatten, um einen Ausfall wagen zu können. Gefährlich war der Ausbruch in jedem Fall, denn außer den beiden Blastern, die sie von Etir Baj erhalten hatten, verfügten die Gefangenen nur über Schlagwaffen, die sie sich aus dem Mobiliar herausgebrochen hatten. Dann begann eine nervtötend lange Zeit des Wartens.

Etir Baj schnaufte. Er hatte es sich einfacher vorgestellt, durch den Lüftungsschacht in die Magazinetage der Station hinabzusteigen. Vor der Tür zur Waffenkammer saß ein Posten, der eingeschlafen war. Etir Baj sorgte mit einem Handkantenschlag dafür, dass der Mann so schnell nicht wieder erwachen würde. Nachdem er ihn gefesselt hatte, öffnete er das Magazin. Seine Züge verfinsterten sich, als er das Arsenal zum ersten Male selbst sah. Zwar wusste er aus Erzählungen, dass die Verbrecher gut ausgerüstet waren, aber was sich hier gestapelt fand, überstieg seine schlimmsten Befürchtungen. Wer immer hinter der Organisation stand, verfügte über hervorragende Verbindungen und Schwindel erregende Geldmengen.

Etir Baj fand Handfeuerwaffen neuester Bauart, für jeden zweiten Bewohner Krassigs sogar leistungsfähige Kombistrahler, wie sie normalerweise nur an hohe Flottenoffiziere und Einzelkämpfer ausgegeben wurden. In einem anderen Regal lagen Thermithandgranaten, daneben sogar atomare Kleinbomben, ausreichend, um den Asteroiden zu vergasen. Säuberlich aufgehängte Kampfanzüge fanden sich, zum größten Teil noch mit den Kennzeichen der Raumlandeeinheit versehen, für die die Monturen bestimmt gewesen waren. Offenbar hatte die Organisation nicht nur einen Einbruch in die Lagerhallen der Flotte unternommen, sondern auch erfolgreich durchgeführt.

Im Hintergrund standen tragbare Geschütze, ausgerüstet mit eigener Energieversorgung und einem Schirmfeldprojektor. Sie mussten von drei Mann bedient werden und waren stark genug zur Bekämpfung kleinerer Schiffseinheiten. Etir Baj brauchte einige Zeit, bis er das Magazin so mit Selbstschussfallen und Minen bestückt hatte, dass die Verbrecher Pragos brauchen würden, um wieder in den Besitz ihrer Waffen zu kommen. Zum Glück war das Magazin auch mit diesen Materialien gut versorgt.

Etir Baj nahm einen Kombistrahler aus dem Regal und feuerte

im Paralysemodus einmal auf den Posten, den er niedergeschlagen hatte. Jetzt war er ganz sicher, dass dieser Mann in den nächsten Tontas nicht in die Kämpfe eingreifen würde. Etir Baj wusste nicht, was sich über ihm abspielte, während er im Waffenlager war, aber noch hörte er keinen Kampflärm. Überdies hätten die Krassiger Vollalarm gegeben, wäre der Ausbruch der Gefangenen schon bemerkt worden. Es blieb dem Mann daher noch Zeit für weitere Aktionen. Je tiefer Etir Baj in das Innere des Asteroiden eindrang, umso weniger Leuten begegnete er. Einige zeigten zwar ihre Verwunderung, dass sich Etir Baj in diesen Bezirken herumtrieb, aber sein langer Aufenthalt in der Station tat das Seine. Zufrieden grinsend über so viel Leichtsinn, machte sich Etir Baj an die Arbeit.

Er hatte beschlossen, der Station den Garaus zu machen; Krassig sollte, wenn es irgend möglich war, als Verbrecherstützpunkt zu existieren aufhören. Deshalb hatte Etir Baj einige Haftladungen aus dem Magazin mitgenommen, die er nun an strategisch wichtigen Punkten der Station anbrachte. Die Stellen, an denen die Ladungen am besten zu platzieren waren, hatte er schon lange erkundet. Entsprechend schnell konnte er seine Arbeit daher abschließen. Gefährlich wurde die Lage erst wieder, als er den Schaltraum erreichte, von dem aus die Energieversorgung zentral überwacht und gesteuert wurde. Obwohl er sich so leise wie möglich bewegte, sah einer der Männer im Schaltraum auf, als er die Tür öffnete.

»Heh«, staunte der Posten; instinktiv hob er die Waffe. »Was machst du hier?«

Etir Baj lächelte säuerlich und deutete auf die Mündung der Waffe, die genau auf seinen Bauch zielte. »Nimm bitte die Waffe weg. Sie stört mich.«

Sein Gegenüber grinste kurz, senkte dann den Lauf der Waffe. Immer noch war Etir Baj viel zu weit von dem Mann entfernt, als dass er ihn in raschem Sprung hätte ausschalten können. Zudem hielten sich noch zwei ebenfalls bewaffnete Männer in der Schaltzentrale auf. Er sagte: »Was werde ich hier wohl machen?«

Der Mann mit der Waffe öffnete den Mund, grinste boshaft. »Du willst einen Fluchtweg auskundschaften. Habe ich Recht?«

»Vielleicht will er sogar gerade jetzt fliehen?«, überlegte ein zweiter Mann misstrauisch.

»Jetzt?«, fragte Etir Baj vorwurfsvoll. »Ich muss mir solche Verdächtigungen verbitten.« Der würdevolle Ernst, mit dem er seinen Protest vortrug, verfehlte seine Wirkung nicht. Die Männer begannen zu lachen, steckten sogar zu Etir Bajs großer Erleichterung die Waffen zurück. Trotzdem war die Lage noch kritisch, die drei Wachen standen zu weit auseinander. »Ganz so Unrecht habt ihr natürlich nicht. Hat einer von euch vielleicht eine Idee, wie ich hier herauskommen kann?«

Das amüsierte die Wachen noch mehr; es trat genau der Effekt ein, den Textor vorhergesehen hatte. Die Männer waren felsenfest davon überzeugt, dass sich Etir Baj einen Scherz mit ihnen machte. Niemand glaubte mehr ernsthaft daran, dass der Gefangene versuchen würde, tatsächlich zu fliehen – immerhin zeichnete sich an seinem Gürtel deutlich die Batterie ab, von der sein Leben abhing.

»Was bekommen wir dafür?«, wollte einer der Männer wissen. Etir Baj tat, als überlege er, strich sich mit der Hand über das Kinn. »Unseren Lohn bekommen wir ja, wenn wir ihn fassen. Ein sauberes, glattes Geschäft: Wir zeigen Etir Baj einen raffinierten Fluchtweg, lauern ihm dort auf und gewinnen die Wetten.«

Der andere wiegte bedächtig den Kopf. »Wenn der Bursche tatsächlich weiß, wo wir ihm auflauern, hat er vielleicht eine echte Chance zu entwischen. Und sollte er uns entkommen, werden wir die andere Seite unserer Schalttafeln zu sehen bekommen.« Er deutete auf das Instrumentenpult; dahinter lagen die großen Konverter, in denen Abfälle in Energie verwandelt wurden. Natürlich konnten so auch lebende Personen aufgelöst werden.

»Drei bewaffnete Männer gegen einen Waffenlosen«, rechnete der Dritte vor. »Was will er schon gegen uns ausrichten? Bisher hat er sich noch nie gewehrt, wenn man ihn schnappte. Ich glaube, wir sollten das Geschäft machen – meine Finanzen sind ohnehin chaotisch.«

Die drei Wachen sahen sich nachdenklich an, begannen zu grinsen, während Etir Baj starr wie eine Statue im Raum stand. »Einverstanden«, sagte schließlich der Aufsichtführende. »Ich glaube, ich habe eine Idee – wir verhelfen dir zur Flucht.«

Er fand den Scherz großartig und krümmte sich vor Lachen. Der Mann zog einen Fettstift aus der Tasche und begann auf der Oberfläche eines Bildschirms einen groben Grundriss der Station zu zeichnen. Langsam schob sich Etir Baj näher. »Pass auf!«, sagte der Aufsichtsführende und widmete sich mit Hingabe seiner Zeichnung. »Hier ist der zentrale Lüftungsschacht. Es müsste eigentlich leicht sein, die Verkleidungen abzuschrauben und dort hineinzukommen. Dann versuchst du …«

Die beiden anderen Wachen waren näher getreten, um die Zeichnung besser sehen zu können; drei Köpfe reckten sich über die Fläche des Bildschirms, in der Mitte der Zeichner, hinter ihm Etir Baj. Dieser packte plötzlich zwei der Männer an den Hälsen; bevor sie überhaupt merkten, was mit ihnen geschah, wurden ihre Schädel gegen den Kopf des Zeichners geschleudert. Es krachte dumpf, als die Köpfe gegeneinander prallten. Fast synchron seufzten die Männer auf, sackten langsam zu Boden.

»Drei Mann mit Waffen, einer ohne«, murmelte Etir Baj grinsend. »Wie gefällt euch das, Jungs? Ihr habt vergessen, dass auch ein Hirn eine gute Waffe sein kann.«

Bevor er sich dem Schaltpult widmete, zog er den Kombistrahler und betäubte die Männer zur Sicherheit mit der Waffe. Etir Baj sah auf die Uhr. Für seine Freunde weiter oben in der Station musste die Wartezeit quälend lang gewesen sein. Aber er hatte den Ablösungsplan für die Wachen genau im Kopf, wusste, dass noch zwei Tontas vergehen würden, bis nach den verschwundenen und betäubten Wachen gesucht werden würde – vorausgesetzt, es geschah nichts Unvorhersehbares, was den ganzen Wachplan mit einem Schlag über den Haufen warf. Aber es war unwahrscheinlich, dass ausgerechnet jetzt jemand auf den Gedanken kam, das Waffenlager oder die Schaltzentrale aufzusuchen.

Etir Baj griff nach dem Hauptschalter. Er wusste, welches Risiko er einging. Niemand konnte vorhersehen, wie sich ein längerer Stromausfall auf Tausende von Geräten auswirken würde, die überall in der Station in Betrieb waren. Natürlich würde die Innenklimatisierung zusammenbrechen, doch das konnte mehr als eine Tonta andauern, bevor die Lage problematisch wurde. Aber es war nicht vorhersehbar, was mit Etir Bajs Ladegerät geschehen würde. Fiel es infolge des fehlenden Stromes aus, war Etir Baj verloren. Dennoch zitterte seine Hand nicht, als er den Haupthebel mit einem Ruck auf null stellte.

Schlagartig fiel die Beleuchtung aus. Hinter der Seitenwand des Schaltraums winselte Augenblicke später ein Notstromgenerator auf, der lediglich die Schaltzentrale erhellte und die Instrumente ablesbar machte. Etir Baj saß ruhig im Sessel vor dem Hauptpult, betrachtete die Uhr und versuchte sich vorzustellen, was jetzt im oberen Teil des Asteroiden vor sich ging.

Mit dem Ausfall des Lichtes war das Zeichen gegeben. Während sich Crysalgira in Bewegung setzte, merkte sie, dass naturgemäß auch die Schwerkraftprojektoren keinen Arbeitsstrom mehr erhielten. Sie konnte sich gerade noch mit den Händen abstützen, bevor ihr Kopf gegen die Decke des Ganges prallte. Neben sich hörte sie das unterdrückte Fluchen Parat Tenhors, der nicht ganz so schnell reagiert hatte wie die Prinzessin.

Ich werde euch helfen, hörte sie den Olpher sagen. Der Feuerball war klug genug, die Schwerkraft nicht mit einem Schlag wiederherzustellen, sondern zog die Versammelten langsam wieder auf den Boden und verstärkte dann die Anziehung so weit, dass Crysalgira sich leicht und mühelos bewegen konnte. Sie wusste nicht, wie der Olpher dieses zweifellos paranormale Kunststück fertig brachte, aber sie war zufrieden damit, *dass* er es konnte.

»Vorwärts!«, flüsterte Parat Tenhor. »Wir wissen nicht, wie lange Etir Baj das Licht abgeschaltet lassen kann.«

Aus den Nachbargängen erklang das Fluchen und Toben der Krassiger, die von dem plötzlichen Ausfall der Energie wesentlich stärker überrascht worden waren als die Gefangenen. Langsam schlichen sie sich vorwärts, Crysalgira und Keratoma an der Spitze. Die beiden Frauen hatten sich geweigert, die Waffen an zwei der Männer abzugeben, mit dem spöttischen Hinweis, dass zum Bedienen eines Blasters Intelligenz, zur Handhabung eines Knüttels aber lediglich Körperkraft vonnöten sei, wovon die Männer zweifelsfrei mehr besäßen. Tenhor hatte sich grinsend gefügt. Bereits nach wenigen Metern erreichte Crysalgira den ersten Krassiger, der aus vollem Hals schimpfte und fluchte; ein Schlag mit dem Kolben des Blasters ließ ihn verstummen.

Crysalgira hatte sich genau gemerkt, welchen Weg Textor sie geführt hatte, als sie das Schiff verlassen hatten und zu ihren Zellen geführt worden waren. Zu ihrem Leidwesen verlief der Weg meist durch jene Gänge, die besonders häufig benutzt wurden – so beispielsweise an einem großen Speisesaal entlang, der zu dieser

Zeit sicher gefüllt war. Ein Umstand begünstigte jedoch die Flucht. Nur wenige der Bewohner des Asteroiden trugen ständig Blaster mit sich. Offenbar hielt der Kommandant es nicht für angebracht, seine Männer mit tödlichen Waffen auszustatten, solange sich jeden Tag Prügeleien ereigneten. Einhundertzwanzig Männer, auf vergleichsweise engem Raum zusammengepfercht, waren in ihren Handlungen unberechenbar, so dass nur die Besonnensten mit Schusswaffen ausgestattet waren.

»Was ist mit den Robotern?«, fragte Crysalgira. »Ich denke an die Maschinen, die in eure Schlägerei in den Hangars eingegriffen haben. Habt ihr eine Ahnung, wo sie sein könnten?«

»Kein Zeichen von ihnen«, gab Tenhor zurück. »Ich glaube nicht, dass sie eingesetzt werden.«

Es dauerte geraume Zeit, bis die Bewohner Krassigs merkten, was genau in der Station vorgefallen war. Erst als die Echse die Kontrolle über sich verlor und mit einem heiseren Röcheln nach vorne stürzte, entdeckten die Verbrecher den Ausbruch ihrer Gefangenen. Ein Mann schrie schmerzerfüllt auf, als sich Krallen in seinen Hals bohrten.

Crysalgira versuchte das Wesen zurückzuhalten, aber Tenhor hielt sie fest. »Es hat keinen Sinn. Er ist in seinem Blutrausch nicht zu stoppen. Aber er kann von uns ablenken.«

Er zerrte sie in einen Seitengang. Die Notbeleuchtung, die aus längs der Wand angebrachten Leuchtstreifen bestand, lieferte gerade genug Licht, um annähernd die Umgebung erkennen zu lassen. »Wir schlagen einen Haken«, bestimmte Crysalgira rau. »Vielleicht gelingt es uns, sie über unsere wahren Absichten zu täuschen.«

Keratoma und die anderen folgten, als Crysalgira weiter vordrang, in einen Bereich der Station hinein, den sie nicht kannte. Dort würden sie erst ganz zuletzt gesucht werden, hoffte sie. Unterwegs stieß die Truppe auf einen wirren Haufen, bestehend aus vier Krassigern, die sich in der Schwerelosigkeit förmlich verknotet hatten. Die Männer ruderten wild mit Armen und Beinen und vergrößerten nur das Chaos. Tenhor grinste nur kurz, als er das Knäuel sah, dann zerrte er einen der Männer nach dem anderen heran und betäubte sie. Die Waffen der Männer, zwei Messer und ein Paralysator, wurden an die Crew der CERVAX verteilt.

»Was ist hinter dieser Tür?«, raunte Tenhor wenig später. Die Beschriftung war in dem Dämmerlicht nicht zu lesen.

»Sehen wir einfach nach«, schlug einer der Männer vor und schob die dicken Riegel zurück. Er bezahlte seinen Entschluss Augenblicke später mit dem Leben: Mit einem urweltlichen Schrei stürzte ein Naat aus der Öffnung und zerschmetterte dem Mann den Schädel.

»Heilige Milchstraße!«, stöhnte einer der Zaliter. »Der wahnsinnige Naat. Flieht, er wird uns alle töten.«

Der Naat schien tatsächlich völlig den Verstand verloren zu haben; er schrie und schlug wütend um sich. Nach wenigen Augenblicken hatte er vier Männer getötet, darunter zwei Besatzungsmitglieder der CERVAX. Ohne sich um die Toten zu kümmern, raste der Naat weiter, ein schwarzhäutiger Gigant, der von dem gleichen Mordrausch befallen war wie die Echse, die es allerdings an Gefährlichkeit mit dem Naat nicht aufnehmen konnte. Aus den Gängen erklangen die entsetzten Rufe der Krassiger, über die der Naat wie ein kosmischer Orkan hereinbrach. Wahrscheinlich würde die Männer Tontas benötigen, den wahnsinnigen Riesen wieder lebend einzufangen, sofern das überhaupt möglich war. Was der verrückte Bewohner des fünften Arkonplaneten überhaupt in dem Asteroiden zu suchen hatte, war eine Frage, mit der sich Crysalgira nur wenige Wimpernschläge beschäftigte, dann tauchten vor ihr zwei Krassiger auf, beide bewaffnet.

»Hilfe! Helft mir!« Sie rannte schreiend auf die beiden Männer zu, die ihr langsam entgegenschwebten.

»Das ist doch die Frau, die Textor gefangen genommen hat«, rief einer der beiden Männer. »Was ist dahinten eigentlich los?«

»Vorsicht!«, antwortete plötzlich der zweite Krassiger. »Sie …«

Er wollte seinen Kameraden darauf aufmerksam machen, dass sich Crysalgira ganz normal auf ihren Beinen bewegte, während er und sein Gefährte mit der Schwerelosigkeit zu kämpfen hatten. Die Warnung kam zu spät. Crysalgira landete einen wuchtigen Faustschlag in der Herzgrube des Mannes, der von der Kraft des Hiebes gegen die Decke geschleudert wurde, wo er das Bewusstsein verlor. Noch während er zur Decke hinaufflog, trat er mit den Beinen um sich und traf dabei seinen Gefährten hart am Kopf. Auch dieser war schlagartig besinnungslos. Wieder wurde die Gruppe um zwei wertvolle Waffen verstärkt.

»Wo hast du derart zuzuschlagen gelernt?«, wollte Tenhor verblüfft wissen.

»Eine Prinzessin hat ziemlich viel freie Zeit«, sagte Crysalgira, leicht amüsiert über den Umstand, dass der Mann zum ersten Mal in seiner mehr als zehnjährigen Dienstzeit bei den Quertamagins die formelle Anrede vergaß. Allerdings hatte sie nicht viel Zeit, darüber zu lächeln. Die Gruppe hatte einen großen Raum erreicht, erfüllt von einem Stimmengewirr. Noch bevor Crysalgira den Befehl zum Rückzug geben konnte, flammte die Beleuchtung wieder auf, und die Schwerkraft kehrte zurück.

Alfert Torpeh begriff sofort, dass er einer Katastrophe entgegensteuerte. Er spürte instinktsicher, dass der Stromausfall keine technische Panne war, sondern ganz bewusst in Szene gesetzt worden war. Der Kommandant Krassigs brauchte nur wenige Augenblicke, um sich mit der neuen Lage abzufinden, und begann zu handeln. Es zeigte sich, dass er nicht zu Unrecht zum Befehlshaber des Verbrecherstützpunkts ernannt worden war.

»Mitkommen!«, befahl er zweien seiner Männer, die noch immer damit beschäftigt waren, sich an den Ausfall der künstlichen Schwerkraft zu gewöhnen. Zwar übte auch die Masse des kleinen Himmelskörpers eine gewisse Anziehungskraft auf die Körper der Männer aus, aber diese war viel zu klein, als dass sie sich entscheidend bemerkbar gemacht hätte. »Wofür bezahle ich euch so gut, ihr Idioten?«

Er half den Männern wieder auf die Beine und gab mit dem Kopf ein Zeichen. Gehorsam stießen sich die Männer vom Boden ab, stabilisierten ihren Flug an den Wänden, bis sie fast parallel zum Boden schwebten. Torpeh bewies große Geschicklichkeit, als er seinen beiden Männern rasch folgte und sie nach einer kurzen Strecke sogar überholte. Er flog voran, da er als Einziger daran gedacht hatte, einen Handscheinwerfer mitzunehmen, in dessen Licht sich die Gruppe bewegte.

Torpeh wusste, wohin er sich zu wenden hatte. Irgendjemand steckte in der Schaltzentrale und hatte die Energieversorgung ausgeschaltet. Vermutlich hielt er sich noch immer dort auf, denn nur von dort aus ließen sich die Decken der Hangars zurückfahren. Irgendwann musste dieser Jemand also wieder die Energie einschalten, wollte er eine reelle Chance haben, den Asteroiden zu verlassen. Und Alfert Torpeh hatte das Gefühl, diesen Jemand genau zu kennen. Der Mann in der Schaltzentrale musste Bel Etir Baj sein, der Mann aus der Tiefschlafkapsel.

»Ich weiß, was ich tue, wenn ich den Burschen erwische«, knurrte er wütend. Gleichzeitig beschlich ihn ein undifferenziertes Gefühl der Furcht. Textors Warnung fiel ihm ein.

Dieser Bel Etir Baj hatte etwas Grauenvolles an sich. Jemand, der zwölf Jahre lang in aller Stille, umsichtig und geduldig einen Fluchtplan entwarf und in allen Einzelheiten durchkalkulierte, der Dutzende von plötzlichen Fluchtmöglichkeiten, wie sie sich immer wieder einmal ergaben, einfach ausließ, nur auf sein Fernziel hinarbeitete, und das inmitten von einhundertzwanzig ausgekochten Halunken – es fiel Torpeh schwer, sich in die geistige Verfassung eines solchen Mannes hineinzudenken.

Alle – Textor vielleicht ausgenommen – hatten sich von der freundlichen Art einwickeln lassen. Torpeh wurde fast übel bei dem Gedanken, dass sich nicht Etir Baj elf Jahre lang zum Narren gemacht hatte, indem er bei seinem Jahrestag einen Fluchtversuch inszenierte, der prompt scheiterte, sondern dass er die Besatzung des Asteroiden die ganze Zeit über gefoppt hatte. Plötzlich wurde sich Torpeh der Tatsache bewusst, wie raffiniert Etir Baj seine Pseudoausbrüche in Szene gesetzt hatte; elf brillante Täuschungsmanöver, die ihre Wirkung nicht verfehlt hatten.

»Warte nur!«, knurrte er. »Das war dein letzter Versuch. Jetzt kenne ich keine Gnade mehr.« Zwei Decks lagen noch zwischen Torpeh und der Schaltzentrale, als er wieder auf ein paar seiner Männer stieß, die alle Mühe hatten, ihre Körper einigermaßen unter Kontrolle zu halten. »Schert euch nach oben!«, brüllte der Kommandant. »Die Gefangenen sind ausgebrochen.«

»Woher wissen Sie das?«, fragte einer seiner Begleiter verblüfft.

»Glaubt ihr, der Bursche unternimmt seinen *echten* Ausbruch ohne Hilfe? Ich gehe jede Wette ein, dass Etir Baj sämtliche Gefangenen befreit hat. Macht die Gefangenen nieder!«

»Und Textors Geiseln?«, wagte einer der Männer einzuwenden.

»Die sind mir jetzt völlig egal. Erschießt sie ohne Ausnahme! Wenn ich zurückkehre, will ich keine Lebenden mehr sehen. Die beiden Frauen werden ebenfalls getötet! Habt ihr verstanden?«

»Jawohl, Kommandant«, antwortete einer der Männer hastig

und sah zu, dass er sich schnellstens aus der Nähe des cholerischen Kommandanten entfernte.

»Weiter!«, befahl Torpeh knapp und scheuchte seine Männer mit einer Handbewegung vorwärts. Als sie das Waffenlager erreichten, ließ er stoppen. Sein Instinkt sagte ihm, dass er mit einer Falle zu rechnen hatte. Vorsichtig ließ er den Strahl des Handscheinwerfers in den Raum fallen; die Tatsache, dass die Tür offen stand, zeigte ihm deutlich, dass Etir Baj auch diesem Raum einen Besuch abgestattet hatte. Einer seiner Begleiter schluckte betreten, als er sah, wie der geheimnisvolle Mann die Waffensammlung präpariert hatte.

»Dazu brauchen wir eine halbe Votan und einen erstklassigen Räumtrupp«, stellte er bitter fest.

Torpeh war nicht minder beeindruckt. Es war auf den ersten Blick zu sehen, dass Etir Baj, dem Torpeh alle Pestilenzen des Universums an den Hals wünschte, das Magazin gegen jeden Angriff abgesichert hatte. Der Krassiger hatte zweifellos Recht, die einzelnen Sprengladungen, Minen und Kontaktzünder waren so raffiniert miteinander verflochten und verbunden, dass nur Spezialisten imstande sein würden, diesen Raum ohne höchste Lebensgefahr wieder betretbar zu machen. »Kein Wunder. Der Bursche hatte ja elf Jahre Zeit, sich vorzubereiten. Ich könnte mich ohrfeigen.«

Bei diesen Worten fiel Torpeh ein, dass sein Kopf jetzt sehr lose auf den Schultern saß. Die Existenz der ganzen Station war bedroht, sollte es ihm nicht gelingen, Etir Baj auf dem schnellsten Wege auszuschalten.

Crysalgira bewegte sich unter dem Einfluss einer fast normalen Schwerkraft, desgleichen ihre Begleiter. Dieser Vorteil reichte aus. Während die Männer im großen Aufenthaltsraum in den abenteuerlichsten Konstellationen zu Boden stürzten, warfen sich Crysalgira und ihre Freunde so schnell wie möglich hinter die Tische. Gerade noch rechtzeitig nahmen sie Deckung, denn die ersten Blasterschüsse schlugen in den Rahmen der Tür und ließen einen Regen verflüssigten Metalls durch die Luft sprühen.

Sofort nahm Crysalgira den noch ungeordneten Haufen der Angreifer unter Feuer. Immer wieder zog sie den Abzug des Paralysators durch und betäubte einen Mann nach dem anderen. Dennoch war abzusehen, dass sich die Gegner bald formieren würden; zudem konnte in jedem Augenblick eine zweite Gruppe in Crysalgiras Rücken auftauchen. Plötzlich aktivierte sich der Interkom. »Befehl des Kommandanten«, tönte eine aufgeregte Stimme durch den Raum. »Alle Gefangenen sind zu töten! Dies gilt auch für die gesamte Besatzung der CERVAX.«

Parat Tenhor knirschte mit den Zähnen, während er mit seinem Blaster feuerte. Ein Schuss traf einen Krassiger am rechten Arm; der Mann schrie gellend auf. Etwas bewegte sich hinter Crysalgiras Rücken. Aus den Augenwinkeln heraus erkannte sie den Olpher, der sich langsam auf die Angreifer zubewegte.

»Wenigstens einer«, erklang eine Stimme, als ein Feuersturm über den Olpher hereinbrach. Crysalgira stöhnte unterdrückt auf, als sie sah, wie sich die Kugel vergrößerte. Grünliche Flammenzungen bildeten sich an der Oberfläche und leckten in den Raum. Bald war die Feuerkugel mehr als mannsgroß, immer hektischer wurde das Spiel der Farben, die wie Schleier auf der zuckenden Oberfläche tanzten. Dann erwiderte der Olpher das Feuer: Ein Hagel von Geschossen schlug den Krassigern entgegen, die reihenweise getroffen wurden und zusammenbrachen. Crysalgira sah, dass in ihrer Nähe eins der Geschosse als Querschläger aufprallte und zu Boden fiel. Sie traute ihren Augen nicht, als sie entdeckte, dass es sich offenbar um lupenreine Kohlenstoffkristalle handelte, so dicht zusammengeballt, wie dies bei Kohlenstoffatomen überhaupt möglich war.

»Ziemlich wertvolle Geschosse«, knurrte Tenhor. »Wir müssen hier weg, sonst werden wir bald alle tot sein.«

Ein ohrenbetäubendes Brüllen ließ die zusammengeschmolzene Zahl der Kämpfer zusammenzucken. Hinter Crysalgira tauchte der Naat auf; inzwischen von mehreren Schüssen getroffen, blutete er stark und hatte jede Kontrolle über sich verloren. Rücksichtslos schlug er mit seinen Fäusten auf alles ein, was sich ihm in den Weg stellte. Crysalgira biss die Zähne zusammen, als sie sah, wie der irrsinnige Naat Keratoma mit einem Hieb das Genick brach. Das Wesen kümmerte sich nicht weiter um den reglosen Körper, sondern stürmte auf die Krassiger zu, die ihn mit einem mörderischen Feuer belegten. Als der Naat endlich tot zusammenbrach, hatte er die Linie der Krassiger bereits erreicht und fürchterlich gewütet. Crysalgira stand langsam auf, am anderen Ende des großen Aufenthaltsraums bewegte sich nichts mehr.

»Entsetzlich«, flüsterte sie schaudernd.

»Keine Sentimentalitäten«, zischte Parat Tenhor. »Verziehen wir uns, bevor Verstärkung kommt.«

Crysalgira nickte. Sie hatte Mühe, nicht die Fassung zu verlieren, dennoch sicherte sie den Eingang zur Halle, während die Männer zur anderen Seite rannten und dort einigen Toten die Kleidung auszogen. So konnten sie wenigstens für kurze Zeit verhindern, an ihren Uniformen sofort als Personal der Quertamagins erkannt zu werden. Für Crysalgira gab es keine Tarnung, aber sie konnte sich zwischen den Männer bewegen und wurde so vielleicht übersehen.

Irgendwo in dem Asteroiden tobte sich noch immer die Echse aus – sie hielt die Besatzung des Stützpunkts derart in Atem, dass Crysalgira und ihre Freunde ein wenig Luft bekamen. Ohne Zwischenfälle erreichten sie den Hangar. Crysalgira atmete erleichtert auf, als sie den Namenszug CERVAX an der gewölbten Bordwand lesen konnte.

»Wir haben es fast geschafft«, murmelte sie, konnte sich darüber aber nur wenig freuen. Sie und drei Männer der Besatzung waren übrig geblieben, die anderen waren im Kampf getötet worden. Und noch hatten sie mit dem Kugelraumer nicht den freien Raum erreicht.

13.

Atlan: *Ich nutzte die Gelegenheit, mich in Su-Ra umzusehen. Die Bevölkerung – es waren rund zehntausend Dnofftries, von denen fast alle im Dienste des Vorschwebers standen – begegnete mir mit Zurückhaltung, ja sogar mit offener Ablehnung, die ich mir anfangs nicht erklären konnte und fälschlicherweise darauf zurückführte, dass ich wohl noch immer als Freund der Piraten galt, die in Su-Ra beheimatet gewesen waren, ehe sie ausgestoßen wurden.*

Täglich unterwies ich die Leibgardisten des Vorschwebers in meiner Art des Kampfes mit dem Schwert oder der Lanze, die ich mehr als Kampfstock benutzte. Aber ich war nicht mit jener Freude dabei, wie ich sie in Ssumas Felsenfestung empfunden hatte. Auch hier die gleiche Zurückhaltung. Trotzdem fand ich einen zernarbten Dnofftrie, der mir einige Fragen beantwortete. Und von ihm erfuhr ich, dass nicht meine Freundschaft mit den Ausgestoßenen der Grund ihrer Zurückhaltung war, sondern die Tatsache, dass ich als »Favorit« des Vorschwebers galt.

Damit wurde mir vieles klar. Ich hatte schon die Vermutung gehabt, dass Brägatz Ovrosi bei seinen Untertanen alles andere als beliebt war. Jetzt hatte ich den unumstößlichen Beweis. Ich tat nichts dagegen, diese Unbeliebtheit zu ändern, sondern hatte eine klar umrissene Vorstellung von dem, was ich tun musste, um mir jene Vorteile zu verschaffen, die für meine Nachforschungen unumgänglich waren. Mein Gewicht sorgte mehr als einmal für Zwischenfälle. Wenn ich mich durch die Korridore und über die Galerien der ausgehöhlten Felsen von Ovrosis Reich bewegte, geschah es häufig, dass ich einbrach und in den privaten Bereichen empörter Dnofftries landete.

Ich wurde sogar offen angefeindet. Doch niemand wagte es, sich mit mir in einen Kampf einzulassen. Der Ruf meiner »Unbesiegbarkeit« schien sich wie ein Lauffeuer in Su-Ra verbreitet zu haben, nachdem ich in einer Phase tiefster Depression die Mannschaften zweier Gravosegler buchstäblich aufgerieben hatte, die es dennoch wissen wollten. Danach ließ man mich in Ruhe. Seltsamerweise kannte der Ehrenkodex der Dnofftries keinerlei Meuchelmorde. Die ersten paar Tage lebte ich noch in ständiger Angst, einen vergifteten Harpunenbolzen oder eine Lanze zwischen die Schulterblätter zu bekommen. Diese Angst nahm mir Oira, der Anführer von Ovrosis Leibgardisten.

Su-Ra im Mikrokosmos: 27. Prago der Prikur 10.498 da Ark

Wir hatten mehr als eine Tonta in der Arena geübt. Nun hockte ich am Rand der Übungsfläche und trocknete mir mit einem grob gewebten Tuch, das ein stummer Sklave bereitgelegt hatte, den Schweiß ab. An der lederharten Haut des Dnofftries konnte ich keinerlei Anzeichen von Transpiration erkennen. Wir hielten uns in den Kavernen der Wächter auf, waren also innerhalb der Festung des Vorschwebers. Die Leibgardisten genossen nach den Würdenträgern, die nur plappernde Marionetten zu sein schienen, die meisten Privilegien. Ihre Speisen waren ausgesucht und reichhaltig. Ständig waren Sklaven bereit, ihre Wünsche zu erfüllen.

Ich lehnte mich mit dem Rücken gegen die Felswand und überlegte meine Worte sorgfältig, ehe ich fragte: »Hat es eigentlich schon viele Attentate auf den Vorschweber gegeben?«

Oiras Augenband überzog sich mit einem Schleier. »Ich verstehe deine Frage nicht, *Freund-des-Vorschwebers*.«

Der Anführer der Gardisten war vorsichtig. Und in diesem System von Interessenbünden, Korruption und Intrigen, das am Hofe des Vorschwebers herrschte, war eine solche Haltung wichtig, wollte man nicht in Ungnade fallen. Allein Oiras Bezeichnung für mich war typisch.

»Nenne mich Atlan«, sagte ich hart. »Es hat also noch keiner versucht, den Erhabenen durch einen blitzschnellen Dolchstoß oder Schwerthieb zu töten?«

»Niemand hat es gewagt. Und niemand wird es je wagen.«

»Weshalb nicht?«

»Es ist Gesetz.«

»Wessen Gesetz?«

»Das unsere. Wie es in deiner Ebene ist, weiß ich nicht. Hier jedenfalls töten wir nur im Zweikampf – wenn wir uns nicht gerade im Krieg befinden.«

»Dann lasse mich meine Frage anders stellen: Hat noch niemand versucht, den Vorschweber in einem Duell zu töten?«

»Doch.«

»Mm.« Ich war einigermaßen verwirrt. »Ich habe nicht den Eindruck gewonnen, das Ovrosi ein Mann des Schwertes oder der Lanze ist.«

»Das braucht er auch nicht. Weißt du nicht, dass bei einem Duell nicht die Gegner aufeinander treffen müssen?« Ich sang den schrillen Ton der Verneinung. »Es ist üblich«, fuhr Oira fort, und sein Balgmuskel vibrierte nachsichtig, »dass Vertreter ernannt werden. Und wir sind die Vertreter des Erhabenen.«

Damit ist eine deiner früheren Fragen beantwortet, meldete sich der Extrasinn, *weshalb der Erhabene Wächter braucht.*

Natürlich! Unvermittelt sah ich klar. Oira und seine Gefährten waren die Garantie für das Fortbestehen von Brägatz Ovrosis Macht. Wer immer seinen Rücktritt forderte, musste dies durch einen öffentlichen Zweikampf tun. Ein hoffnungsloses und in jedem Fall tödliches Unterfangen. Ich begann langsam zu begreifen, weshalb Ovrosi so erpicht darauf gewesen war, mich in seine Dienste zu nehmen. Indem ich seine Wächter meine Art des Kampfes lehrte, machte ich sie noch unschlagbarer. *Sogar der Überfall auf Ssumas Felsenfestung erscheint nun in einem anderen Licht.*

Seit er von Logatzoi gehört hat, dass du gewaltige Kräfte besitzt, lebte er in ständiger Angst, Ssuma könnte dich für einen Umschwung der Verhältnisse in Su-Ra gewinnen. Dem musste er zuvorkommen.

Ich musste den Ausführungen meines Logiksektors zustimmen. Sie waren wie immer äußerst zutreffend. Ich warf das Tuch zur Seite und stand auf. »Wollen wir noch eine Runde kämpfen?«

Dass dieser Ehrenkodex, niemals jemanden hinterrücks zu ermorden, nicht für »fremde Ungeheuer« zu gelten schien, musste ich vier Abende später auf sehr drastische Art und Weise erkennen. Ich war wieder an der Mole gewesen, um mich mit Schiffsmannschaften zu unterhalten, die mehr über das uns umgebende Medium wussten als jeder andere Dnofftrie. Ich spendierte Unmengen der Trinkfrüchte und stellte jedem meine Frage, und ich bekam immer die gleiche Antwort: Geschöpfe wie mich habe man in den letzten fünfzig Tagesperioden und wahrscheinlich noch länger nicht gesehen. Ich merkte wieder einmal, dass mich die Kegelwesen mit einer gewissen Nachsicht behandelten. Ich konnte es ihnen nicht verdenken.

In einer Kaverne neben einer Schiffswerft machte sich ein alter Dnofftrie an mich heran, der weit herumgekommen schien. Er berichtete mir, dass am Nachmittag ein Segler angelegt habe, dessen Mannschaft mir vielleicht einen nützlichen Hinweis geben könnte.

»Zeig mir den Weg!«

Der zernarbte, lederhäutige Bursche produzierte eine rasche Tonfolge. »Du wirst den Liegeplatz nicht verfehlen …« Er beschrieb mir einige markante Punkte, nach denen ich mich richten sollte, dann tauchte er zwischen den anderen Dnofftries unter.

Ich warf dem Wirt eins der farbigen Hölzchen zu, die in Su-Ra begehrtes Zahlungsmittel waren, und schob mich nach draußen.

Die Festung des Vorschwebers trug die größte Mole und war gleichzeitig Haupthafen der Gravosegler, ein lauter, geschäftiger Mittelpunkt für stattliche Schiffe. Und hier gab es auch die meisten Werften. Die Farben der Nacht zogen über den Himmel und veränderten das Aussehen der Docks. Ich ging mit raumgreifenden Schritten über die Mole. Links wiegten sich die Gravosegler an ihren Distanzhaltern in der Gravoströmung, rechts war die Felswand ausgehöhlt und zu großen Stapelplätzen erweitert, in denen ich Tuchballen, Seilrollen und Kanthölzer erkannte. Ich musste durch eine Dockanlage gehen; dahinter, so der Dnofftrie, lag der Segler, der mein Ziel war. Ich schritt zwischen den aufgedockten Kastenrümpfen der halbfertigen Gravosegler hindurch. Tagsüber arbeiteten viele Dnofftries hier. Jetzt war der Platz leer.

Gefahr!, sagte mein Extrasinn scharf.

Wo?

Vor dir!

Ich durchforschte das Terrain mit meinen Blicken, während ich langsamer ging. Am Ende der Dockanlage führte mein Weg dicht an einem Kastenrumpf vorüber, auf der anderen Seite erhob sich die Galerie eines doppelstöckigen Stapelplatzes. Die Stelle war für einen Überfall wie geschaffen. Ich nickte grimmig, lächelte und schlug einen Haken. So leise wie nur möglich ging ich in die niedrige Säulenhalle des Stapelplatzes hinein und war noch keine zwanzig Schritte gelaufen, als ich die aufwärts führende Rampe entdeckte. Ich lockerte das Schwert am Gürtel und trat leise auf, hoffte, dass ich auf gewachsenem Fels blieb. Jetzt in einen tiefer liegenden Korridor zu krachen wäre fatal gewesen.

Mein Aufstieg blieb unbemerkt. Ich huschte zwischen Segeltuchballen und Seilrollen wieder nach vorn, blieb an eine Säule gepresst stehen und betrachtete die Szenerie von links nach rechts; sie hätte nicht romantischer sein können. Die orangefarbenen Pastelltöne der Nacht schimmerten und übergossen alles mit ihrem Schein, der alle Kanten abrundete, weicher machte und nirgends harte Übergänge schuf. Unter mir lagen die Rümpfe der halb- und dreiviertelfertigen Schiffe, weiter draußen schaukelten die Mastspitzen der Segler. Was war das? Eine Bewegung oder Täuschung meiner Sinne? Rechts vor mir erkannte ich im Schatten einer dicken Säule einen blauen Fleck. Ich verschmolz mit meiner Umgebung, wagte kaum zu atmen. Schließlich kannte ich die Empfindlichkeit der dnofftriesischen Hörorgane – überdies war ich durch den Umstand gehandikapt, dass die Dnofftries Allseitenseher waren.

Der blaue Fleck am Rand der Galerie bewegte sich. Ich sah den matten Glanz von Metall; Schwert und Lanze. Etwas klirrte leise, weitere blaue Flecken huschten auf den ersten zu. Von beiden Seiten kamen Dnofftries – ich sah nur verschwommen ihre kegelförmigen Gestalten und darauf Lichtreflexe. Sie trugen Rüstungen! Ich bewegte mich nun meinerseits. Gut, dass die Stapelplätze aus dem gewachsenen Fels herausgearbeitet waren, wobei man die dicken Säulen als Restmaterial hatte stehen lassen. Das Ergebnis wies bei weitem nicht jenen Grad der Zerbrechlichkeit auf, wie es bei den gemauerten Gebäuden unweigerlich der Fall war. Nicht einmal ein Sandkorn knirschte unter meinen nackten Sohlen.

Ich hielt die widerhakenbewehrte Schneide des gekrümmten Schwertes waagrecht. Langsam schlich ich näher. Auf meinem Gesicht bildete sich ein Schweißfilm; die salzige Feuchtigkeit sickerte in meine Augen und ließ mich blinzeln. Das Pochen meines Herzens erschien mir übermäßig laut in der Stille um mich herum. *Es sind Dnofftries*, sagte der Logiksektor. *Aber keine Wächter, wenngleich sie Rüstungen tragen.*

Noch fünfzehn Meter trennten uns jetzt. Die blauhäutigen Burschen warteten. *Worauf?*

Auf das Signal zum Losschlagen, wisperte mein Extrasinn. Ich setzte vorsichtig einen Fuß vor den anderen und ging noch näher heran – noch immer im Schatten in der niedrigen Halle, während die Dnofftries, sieben an der Zahl, draußen am Rand der Galerie lauerten. Hinter mir war niemand, sonst hätte mich mein Extrasinn gewarnt. Nur sieben! *Es sind nicht alle, verlass dich darauf. Sie sollen dich vermutlich nur bewegungsunfähig machen, indem sie dir Lassos über den Kopf werfen.*

Wahrscheinlich sollte es so ablaufen. Ich stoppte, duckte mich hinter einen Segeltuchpacken. Irgendwann würden die Burschen aufmerksam werden, weil ich nicht zwischen den Rümpfen auftauchte – doch bis dahin hoffte ich, die Angelegenheit für mich entschieden zu haben. Mit angespannten Sinnen lauschte ich; vor mir bewegte sich einer der Dnofftries.

»Wann kommt der Fremde?«, summte ein verhaltenes Organ.

»Er müsste schon längst da sein«, wurde ihm geantwortet.

Trotz meiner Lage huschte ein Grinsen über mein Gesicht. Ich spannte meine Muskeln und schob mich seitlich aus meiner Deckung. »Hier bin ich!«

Ein erschrockenes Trompeten ertönte. »Der Fremde!«

»Der Günstling des Vorschwebers … hierher! Schnell!«

Ein metallenes Knacken, ein Harpunenbolzen jaulte knapp an meiner rechten Wange vorbei und schlug einen Felssplitter aus der Säule hinter mir. Ich machte sechs schnelle Schritte, wechselte das Schwert in die linke Hand und griff im Vorbeilaufen ein mehr als zwei Meter langes Kantholz von einem Stapel. Ich holte gerade aus, um mit einem Rundschlag die Dnofftries von der Galerie zu befördern, als ich wieder einmal Pech hatte. Der Überbau des Stapelplatzes schien doch nicht meinen Anforderungen zu genügen. Ein Krachen und Prasseln – und ich fand mich auf der darunter liegenden Ebene inmitten eines Trümmerberges wieder. Staub wirbelte auf, legte sich ätzend auf die Schleimhäute und versperrte mir die Sicht. Über mir lösten sich noch weitere Trümmer und polterten herab.

Ich fluchte. Warm rann es an meinem linken Ohr herunter. Blut floss … ein Brocken hatte meine Schläfe gestreift. Ich registrierte zusätzlich einige Schürfwunden, ansonsten war mir nicht viel geschehen. Anders war es den Dnofftries ergangen. Drei bewegten sich nicht mehr. Zentnerschwere Platten hatten sie unter sich begraben. Der Rest befreite sich eben aus den Trümmern und trompetete: »Hierher! Wir haben ihn!«

Das war eine voreilige Bemerkung. Als sie sich auf mich stürzten, Lassos, Keulen und Schwerter in den Klauen schwingend, ließ ich mich rückwärts fallen, riss beide Beine hoch und trat mit der Wut eines gepeinigten Lasttiers aus. Mit einem orgelnden Stöhnen wirbelten zwei von ihnen wie von einem Katapult abgeschossen durch die Luft und klatschten in einiger Entfernung gegen die Felswand.

»Ihr habt ihn nicht«, knurrte ich und rappelte mich auf.

Der einsame Dnofftrie, der noch übrig war, tat das einzig Richtige: Er zog seine Greifpfoten unter sich, verdunkelte sein Augenband und verharrte regungslos. Links über mir polterte es in dem aufgedockten Rumpf eines Gravoseglers. Etwa dreißig Dnofftries fielen herab; sie hatten dort gelauert, griffen an. Es war deutlich zu erkennen, dass sie den Auftrag hatten, mich umzubringen. Nur der Umstand, dass sie sich in ihrem Eifer gegenseitig in die Quere kamen, verhinderte in dieser Phase des Kampfes Schlimmeres, denn es bremste ihren Schwung. Ein Dnofftrie sprang mir mit voller Wucht in den Rücken, andere hängten sich mir an Beine und Arme.

Endlich fand ich festen Stand. Ich drehte mich mehrmals um meine Achse und schleuderte die blauhäutigen Burschen von mir, schlug mit dem Schwert zu, blitzschnell und doch methodisch. Die scharfe Klinge schlug grausige Wunden, verstärkt durch meine für dnofftriesische Verhältnisse beachtliche Kraft, drang sie tief durch die Lederhäute der Angreifer. Lange, kreischende Schreie ertönten. Und aus den umliegenden Rümpfen tauchten noch mehr Dnofftries auf.

Wen habe ich derart verärgert, dass er mir diese Armee auf den Hals schickt? Müßig, jetzt einen Gedanken daran zu verschwenden. Ich wütete. Die seit langem aufgestauten Spannungen brachen sich Bahn. Mein Schwert war nur noch als schimmernder Kreis zu sehen, so schnell wirbelte ich es herum. Ich fühlte, dass mir der Schweiß ausbrach. Die Balgmuskeln der Dnofftries erzeugten einen an- und abschwellenden Ton, der an eine defekte Sirene erinnerte. Längst war aus der Lautlosigkeit des versteckten Überfalls eine Kakophonie an Geräuschen geworden.

Ich stand nun mit dem Rücken gegen die Bordwand eines Seglers, der auf seinen Rollen lag. Um seine Unterseite reparieren zu können, war er mit einem System von Latten gekielholt und abgestützt worden. Ich zerschlug mit einigen Hieben die Stützbalken; knirschend legte sich der kastenförmige Rumpf in die Normallage, begrub mindestens zehn der Angreifer unter sich. Drei, vier Dnofftries sprangen mich an, ein Hieb mit einer Keule traf meine rechte Schulter. Der Schmerz fuhr wie ein Stromstoß meinen Arm entlang und ließ ihn nahezu gefühllos werden. Ich nahm das Schwert in die Linke, schleuderte, nachdem ich mich halb herumgedreht hatte, die zappelnden Körper in eine Gruppe von Angreifern, die sich eben anschickten, ein Netz über mich zu werfen. Sie verstrickten sich in ihren eigenen Maschen.

Und dann war einen Moment lang Ruhe. Es war so überraschend für mich, dass ich es erst merkte, als ich sinnlos mit der

Klinge die Luft zerschnitt. Ich sah, wie sich die Dnofftries etwas zurückgezogen hatten und sich in rund zwanzig Schritten Entfernung wieder zum Angriff gruppierten. Diesmal mit geänderter Taktik, wie ich mit deutlichem Schrecken erkennen musste. Sie würden sich jetzt auf die weittragenden Harpunen und Lanzen verlassen.

Flieh!, gellte mein Extrasinn. Mit fliegendem Puls sah ich mich gehetzt nach einem Versteck um. Plötzlich wimmelte die Szene von Gestalten in matt schimmernden Rüstungen, über die einige Leuchtwürmer träge durch die Luft zogen.

Ein Dreiecksmund heulte erschrocken: »Die Garde des Vorschwebers – wir sind verloren!«

Ich stieß pfeifend den Atem aus und stützte mich auf den Schwertknauf. Meine unbekannten Gegner wurden jetzt von den Rufen und den Klingen der Wächter aufgescheucht und rannten ziellos in alle Richtungen davon. Die Garde des Vorschwebers trieb sie unerbittlich zurück auf die Mole. Der Kampf zwischen ihnen war schnell beendet. Schließlich hörte ich einen Mund orgeln: »Atlan! Hier ist Oira! Lebst du?«

»Ich lebe!«, schrie ich zurück. »Hierher, Anführer der Garde!«

»Halte aus!«

Von allen Seiten kamen sie nun, schlossen einen Ring um mich, dann war der Kampf endgültig vorbei. Ich schüttelte mich, atmete tief ein und aus und fühlte erst jetzt die Schmerzen. Ich schob das Schwert zurück und starrte Oira an. »Weißt du, weshalb man mich töten wollte?«

Oiras Balgmuskel vibrierte. »Noch nicht, aber ich werde es bald wissen. Gehen wir, Atlan?«

Ich versicherte wütend: »Gehen wir. Und morgen werde ich Ovrosi eine lange, doch wenig schöne Geschichte erzählen, die sich hauptsächlich mit seiner Gastfreundschaft befassen wird.«

Ich hatte mir eine Menge blauer Flecken und Abschürfungen eingehandelt; meine Wut war dementsprechend. Mehr denn je verspürte ich den Wunsch, Su-Ra schnellstens zu verlassen, zumal ich hier keinen Schritt weitergekommen war.

In der Folge hielt ich mich mehr innerhalb als außerhalb der Festung auf. Begreiflicherweise verspürte ich keine übermäßige Lust, in einen neuerlichen Hinterhalt zu geraten. Die Felsen, Molen und Schiffsliegeplätze von Su-Ra erschienen mir nicht mehr sicher genug. Der Überfall war von langer Hand geplant gewesen, so viel war klar. Zeitpunkt und Ort waren hervorragend aufeinander abgestimmt gewesen. Nur wusste ich noch immer nicht, wem ich ihn zu verdanken hatte.

Zwei Tage später erschien Oira unter dem Spitzbogen meiner Unterkunft, die sich innerhalb der Kavernen der Garde befand. Er stimmte ein höfliches Ein-Millitonta-Konzert an, das mit der Bitte endete, sich setzen zu dürfen. Ich summte die zweioktavige Zustimmung. Oira schob die breite Basis seines Körpers über den Sitztrog, zog die Greifpfoten unter sich und blähte den Balgmuskel auf, bis dieser mit dem Rand der schüsselförmigen Vertiefung abschloss. Wir vollzogen das Ritual der Begrüßung. Dann sah ich ihn erwartungsvoll an.

»Du bringst Neuigkeiten?« Zustimmung. »Welcher Art?«

»Es ist bekannt, wer den Zorn des Erhabenen herausforderte.«

Ich war einen Augenblick lang verblüfft. Dann lachte ich hart. »Du meinst: wer mich beseitigen wollte.«

Sein Balgmuskel signalisierte Verlegenheit, die sich auch darin äußerte, dass er mit dem für mich nicht sichtbaren Mund auf seiner Rückseite antwortete. »Ja.«

Ich beugte mich gespannt vor. »Und wer ist es?«

»Logatzoi – du kennst ihn.«

»Ich kenne ihn. Er war es, der mich als Erster fand und dann an die Piraten verlor. Aber weshalb er?«

»Du hast seine Gründe bereits genannt.« Eins der drei Organe hinter dem kristallinen Augenband fixierte mich. Selbst mit meiner noch immer ziemlich unvollkommenen Kenntnis der dnofftriesischen Sprachmodulation hörte ich die Verwunderung aus der Stimme des Anführers der Gardisten heraus, als dieser sagte: »Es gibt zwei Dinge, die der Erhabene überhaupt nicht schätzt. Da ist erstens jegliche Konspiration gegen sein Amt. Und zweitens: Unfähigkeit.«

Mir fiel es wie Schuppen von den Augen. »Du willst doch nicht behaupten, dass Logatzoi in Ungnade gefallen ist, weil er den Kampf gegen die Piraten verloren hat?«

»Er hat nicht nur den Kampf gegen die Piraten verloren, er hat auch dich verloren, was viel schwerer wog.«

Ich protestierte. »Aber das konnte der Vorschweber zu diesem

Zeitpunkt doch noch gar nicht wissen. Er hatte keine Kenntnis von meiner Existenz.«

»Zuerst nicht«, räumte Oira ein. »Aber als er Einzelheiten von einigen Mannschaftsmitgliedern hörte, unterzog er Logatzoi einem hochnotpeinlichen Verhör. Als unmittelbare Folge wurde der Expeditionsleiter seines Amtes enthoben und musste Dienst in den Docks tun.«

»Jetzt unterhalten wir uns einmal im Ernst. Ich kann mir nicht vorstellen, dass Logatzoi mich ausschließlich dieser Gründe wegen beseitigen wollte.«

»Nicht ausschließlich.«

»Hatte er denn noch mehr?«

Oiras Balgmuskel vibrierte unter der Andeutung eines Lächelns. »Du störtest seine Pläne auf ganz empfindliche Weise.«

»Pläne?« Ich war ratlos.

»Kurz nachdem er in Ungnade gefallen war, bekamen wir von unseren Spionen den Hinweis, dass er sich der Untergrundbewegung angeschlossen habe und einer der führenden Köpfe geworden sei. Wir ließen ihn in Ruhe und verfolgten jeden seiner Schritte peinlichst genau. Als du zu uns kamst und er merkte, wie sich seine Anhänger vor dir fürchteten und keine Lust zeigten, sich an dem Umsturzversuch zu beteiligen, gab es für ihn nur eine Möglichkeit, seine Pläne zu retten: Er musste dich beseitigen.«

»Das ist eine Erklärung«, murmelte ich.

»Zum Glück hatten wir ihn ständig unter Kontrolle«, fuhr der Dnofftrie melodiös fort. »Und so waren wir schnell zur Stelle, als wir erfuhren, was sich auf der Mole tat. Wir konnten Logatzoi inzwischen alle diese Vergehen nachweisen – seine gedungenen Mörder redeten schnell und viel, als wir sie fragten.«

»Und wo ist er jetzt?«

»In einem Verlies, vor dem ständig eine Wache steht.«

»Eine beruhigende Vorstellung.«

Als Oira gegangen war, beschäftigte ich mich weiter mit dem Gehörten. Obwohl er mir nach dem Leben trachtete, fühlte ich Bedauern für den Expeditionsleiter, denn ich war es, der als Fremdkörper in diesem Kontinuum für Aufregung und Kämpfe sorgte. Langsam musste ich mich entscheiden, was ich tun wollte. Ich war bereits zu lange hier. Mehr und mehr merkte ich, wie diese fremde Umgebung sich lähmend über meine Gedanken und meine Entschlusskraft legte. Doch die Entscheidung wurde mir abgenommen. Große Dinge taten sich im Palast Brägatz Ovrosis. Boten kamen und gingen, Schiffbauer schleppten Zeichenrollen und Pläne, Proviantmeister setzten sich mit Segelmachern zusammen.

Elf Pragos in Arkon-Zeitmaß nach meinem Kampf auf der Mole rief mich der Vorschweber zu sich; sofern der Zeitablauf mit dem des Standarduniversum übereinstimmte, musste es der 6. Prago der Coroma 10.498 da Ark sein.

»Ich habe einen Auftrag für dich, Atlan«, summte Ovrosi.

»Ich höre.«

Abgesehen von den allgegenwärtigen Leibgardisten auf dem Balkon, über den Ovrosis Allerheiligstes betreten wurde, war ich mit dem Vorschweber allein.

»Die Aufgabe, die du erfüllen sollst, erfordert einen wahren Kämpfer mit Schlauheit und Unerschrockenheit, einen Mann ohne irgendwelche Bindungen, einen Mann …«

»… wie mich«, unterbrach ich ihn.

Ovrosi bejahte. »Da in meinem Reich außer mir nur einer diese Eigenschaften hat, nämlich du, konnte meine Wahl nicht anders lauten.«

»Ich bin gerührt«, bekannte ich. Ein Sklave huschte über die polierte Felsplatte und näherte sich mit einem Tablett voll Früchten. Ich nahm eine davon und hörte weiter zu.

»Dieser Auftrag verlangt große Entschlossenheit und Mut. Wenn du Erfolg haben solltest, wirst du großzügig belohnt werden. Wenn du versagst, musst du mit dem Tod rechnen.«

Ich sog an dem Röhrchen, das in der Frucht stak, und löste meinen Blick von dem riesigen Standbild des Vorschwebers, das drohend auf mich herabsah.

»Während der letzten Jahrzehnte« – natürlich sprach der Dnofftrie nicht von der Zeitnorm, wie sie mir geläufig war, aber seine Angaben entsprachen in etwa diesem Begriff – »habe ich viele Expeditionen losgeschickt, um die Grenzen meines Reiches abzustecken. Unter anderem auch zum *Ende der Ebene*. Wanderer haben mir von dort seltsame Dinge berichtet, die zu der Vermutung Anlass geben, dass sich dort merkwürdige Völker aufhalten.

Es gelang mir jedoch nie, Handel mit ihnen aufzunehmen. Es war mir nicht einmal möglich, Beobachter einzuschmuggeln.«

Ich grinste. »Mit anderen Worten – deine Spione wurden entdeckt.«

Ovrosis Balgmuskel erzeugte einen Laut der Heiterkeit. »So ist es.«

»Und nun hast du einen anderen Plan?«

»Ja. Du wirst dieses *Ende der Ebene* suchen, wirst offen dort eindringen und denen, die dich erwarten, das Gleiche erzählen, was du mir erzählt hast. Dir wird man glauben. Du bist vermutlich noch fremder als jene geheimnisvollen Bewohner.«

»Ich verstehe nichts von Spionage. Was soll ich überhaupt tun, wenn ich dort bin – ich meine, falls ich es schaffe hinzukommen?«

»Nichts.«

Ratlosigkeit meinerseits. Ovrosis Heiterkeit war nun offensichtlich. »Deine Mannschaft besteht aus Spionen.«

»Aber wozu brauchst du mich dann überhaupt?«

»Aus den eben genannten Gründen. Dich wird man nicht so ohne weiteres töten. Bestimmt hört man dich erst einmal an. Sicher bleibst du auch lange genug am Leben, um ihnen zu sagen, dass deine Mannschaft harmlos ist. Mehr brauchst du nicht zu tun.«

Es hörte sich ganz einfach an. Ich hatte inzwischen jedoch so viel über das *Ende der Ebene* gehört, dass ich es unbedingt sehen wollte. Vermutlich wäre ich früher oder später mit dem gleichen Ansinnen an den Vorschweber herangetreten, einfach, um herauszubekommen, wo diese ganzen Gravoströmungen entstanden oder endeten. Und vielleicht hatten jene unbekannten Völker eine Vorstellung davon, wie man von diesem Mikrokosmos ins Standarduniversum zurückkehren konnte. Und allein das zählte.

»Ich mache mit. Aber das erfordert einige Vorbereitungen …«

Ovrosi brachte es fertig, sein Ein-Millitonta-Konzert gelangweilt klingen zu lassen. »Sie sind abgeschlossen. Komm und sieh selbst!«

Der Segler, den mir der Vorschweber an der Mole zeigte, war riesig für die Verhältnisse dieses kleinen Volkes. Und er war nagelneu. Offenbar hatte Ovrosi seinen Bau gleich nach meinem Eintreffen in seiner Festung in Auftrag gegeben. Als wir über die schwankende Planke an Deck kletterten, erwartete uns der Steuermann im Heck vor dem Windruder. Er kam mir bekannt vor. Und tatsächlich! Es war Quandd, der Steuermann der ROBASUR. Ihn hatte Ovrosi ausersehen, die Expedition zu führen.

»Sei mir gegrüßt, Steuermann Quandd!«, rief ich und winkte der übrigen Mannschaft.

»Willkommen an Bord der TOPTAN-KAU!«, sang Quandd und ignorierte mich völlig.

»Ist das Schiff fertig zum Auslaufen, Steuermann?«, erkundigte sich der Vorschweber.

»Es wartet nur darauf, den Wind in den Segeln zu spüren, o Erhabener.«

»Dann lege ab, Steuermann!«

Quandd wartete, bis der Vorschweber mitsamt seinen Leibwächtern von Bord gegangen war, dann schrie er seine Kommandos. Die Planke wurde auf die Mole gezogen. Seile spannten sich, Rollen knirschten, als die Distanzhalter hochgehievt wurden. Und knallend schlug der Wind in das halb gereffte Segel der TOPTAN-KAU. Unsere Ausfahrt vollzog sich völlig undramatisch. Niemand winkte, keine Wimpel flatterten. Ich stand an die Heckreling gelehnt und sah zu, wie der Gravosegler schwerfällig herumschwang und Kurs auf das offene Ende der U-förmigen Felsformation nahm.

Kurze Zeit darauf passierte die TOPTAN-KAU jene hochragende Felsnadel, die mir wie ein Leuchtturm erschien. Ich blickte zurück, bis seine Umrisse in dem roten Dunst verschwammen, dann drehte ich mich um und blickte nach vorn. Die Mannschaft bestand mit dem Steuermann aus dreißig Dnofftries. Würde die TOPTAN-KAU überhaupt ihr Ziel erreichen? Ich wusste es nicht. Ich wusste nur, dass dies wieder einmal der Beginn einer fantastischen Odyssee war. Eine Reise über die Ebene ins Nichts.

Wir hatten einen guten halb achterlichen Wind und kamen relativ schnell vom Fleck. Dieser schwerfällige Kasten mochte in der Tonta seine zehn bis fünfzehn Kilometer fahren – in Gravofeldern ohne jegliche Strömung. Das Gros der Mannschaft sah keineswegs wie Spione aus; vermutlich waren nur einzelne Besatzungsmitglieder für diese Aufgabe vorgesehen. Sie gingen mir meist aus dem Weg und schwiegen. Ein oder zwei ließen sich in Unterhaltungen ein. Die übrigen blieben verschlossen, Quandd inbegriffen. Ich kümmerte mich nicht darum, sondern sah mich an Bord um.

Ovrosis Schiffbauer hatten hervorragende Arbeit geleistet. Das Deck und der flache Kiel bestanden aus kräftigen Balken, über denen zusätzlich starke Platten befestigt waren, um ein Durchkrachen meiner gewichtigen Person zu verhindern. Die Bodenwrangen waren in der Kimm durch wuchtige, schräg stehende Stützen mit den Decksbalken verbunden. Ich konnte mich erstmals an Bord eines Gravoseglers bewegen, ohne Angst haben zu müssen, Deck und Außenplanken zu durchschlagen. Nur einen Nachteil gab es: Durch das zusätzliche Gewicht lag die TOPTAN-KAU tiefer in den Gravofeldern als jedes andere Schiff, was sich auch auf die Geschwindigkeit auswirkte.

Alle für eine derartige Expedition notwendigen Ausrüstungsgegenstände waren doppelt vorhanden. Stengen, Rahe, Segel und Taue. Ein zweiter, jedoch kleinerer Mast war an der Innenseite der Steuerbordreling festgezurrt, und es war genügend Holz für den Bau eines neuen Windruders an Bord.

Am Ende des zweiten Tages erreichten wir den *Großen Strom*, der sich gleich einer Strahlenbrücke über dem *Tiefen Land* erstreckte. Und Quandd ging ein wenig aus sich heraus. »Ich sehe, dass du dich um das Schiff sorgst.«

»Ich sorge mich nicht, ich habe mich nur vergewissert, dass es mich unbeschadet tragen wird.«

Wir glitten an einer Nebelbank vorüber, die sich an Backbord wie ein skurriles Schloss erhob. Der Wind blähte das Hauptsegel und zerrte an meinen Haaren. Quandd sagte: »Es wird dich tragen.« Eine plötzliche Bö ließ den Rand des Segels knattern. »Hoo, auf die Beine, ihr Nichtsnutze!«, orgelte er über das Deck. »Das Segel – seht ihr nicht?« Und zu mir sagte er: »Wie ist es dir ergangen, Atlan? Ich hörte, dass man dir nach dem Leben trachtete.«

»Wahr gesprochen«, antwortete ich und lehnte mich mit dem Rücken gegen das schmucklose Heckkastell der TOPTAN-KAU, unter dem meine Kabine lag. »Man tat es, wenngleich ohne Erfolg, wie du unschwer erkennen kannst.«

»Willst du es mir nicht erzählen?«

Ich produzierte jene Töne, die Erstaunen ausdrückten. »Gibt es etwas an der Geschichte, worüber du nicht informiert sein solltest?«

Quandds Balgmuskel signalisierte erstmals seit Beginn unserer Reise Heiterkeit. »Recht gesprochen«, summte er vergnügt. »Aber mich würde deine Version des Kampfes weit mehr interessieren. Wir haben eine lange Reise vor uns, lass dir also Zeit.«

Ich wischte mir mit dem Handrücken den Schweiß aus den Augen und verstrich ihn auf der Seilrolle, auf der ich hockte. Um die TOPTAN-KAU herrschte leichter Dunst. Die Atmosphäre war mit Wasserdampf gesättigt wie ein nasser Schwamm. Der heiße Wind, der unser Segel prall füllte, brachte keine Abkühlung. Ich berichtete so viel von meiner Geschichte, wie ich es für richtig hielt, und schloss mit den Worten: »Logatzois gedungene Mörder waren zahlreich, ich sah schon mein Ende gekommen, als mir die Garde des Vorschwebers zu Hilfe eilte und mir den Tod ersparte.«

»Logatzoi hat weniger Verstand, als ich gedacht hatte«, sang der Steuermann. Sein Balgmuskel vibrierte vor Verachtung. »Was ist aus ihm geworden?«

»Wenn du es nicht weißt, woher soll ich es wissen? Der Erhabene ließ mich nicht an seinen Entscheidungen teilhaben.«

»Ich weiß es. Ovrosi hat ihm das Leben gelassen, ihn dafür aber in die Bergwerke geschickt.« Das kristalline Augenband des Steuermanns verschleierte bei diesen Worten. Ich verstand seine Reaktion. Für einen Dnofftrie, dem die Weite der Atmosphäre zur zweiten Heimat geworden war, konnte die Vorstellung, in den engen Schächten und Stollen arbeiten zu müssen, zum Wahnsinn führen.

Quandd korrigierte den Kurs der TOPTAN-KAU ein wenig, als der Dnofftrie im Ausguck schrie: »Steuerbord voraus Schiffe!«

In den gegenlaufenden Randströmungen der Strahlenbrücke kam uns eine Flotte von fünf Gravoseglern entgegen. Quandd trompetete: »Kannst du erkennen, wessen Schiffe es sind?«

Wieder einmal verblüffte mich die Vielseitigkeit der Dreiecksmünder: Derjenige, mit dem Quandd im Augenblick sprach, hatte sich wie ein Sprachrohr herausgestülpt.

»Es sind Schiffe des Vorschwebers, Steuermann«, kam die Antwort in gleicher Lautstärke.

Die gespannte Aufmerksamkeit der Dnofftries an Deck ließ nach; es würde keinen Kampf geben. Die Flotte schwebte in einer Entfernung von knapp einem Kilometer an uns vorbei. Zwischen den Steuerleuten wurden laut hallend Begrüßungen gewechselt. Dann waren wir wieder allein. Es sollte für lange Zeit die letzte Begegnung mit anderen Gravoseglern sein.

Nun hielten wir uns schon den vierten Prago im *Großen Strom* auf. Ich konnte mir zunächst die Unruhe unter den Dnofftries nicht recht erklären, bis ich durch Zufall ein paar Worte aufschnappte, die mir verrieten, dass wir uns unaufhaltsam jener unsichtbaren Grenze näherten, bis zu der Dnofftries je vorgedrungen waren – von einigen wenigen Einzelgängern abgesehen. Dahinter lagen absolut fremde Gebiete, die noch von keinem gesichtet worden waren.

»Woher weißt du das?«, fragte ich den Steuermann.

»Was?«

»Dass die Gebiete, in die wir jetzt kommen, unbekannt sind.«

Quandds Balgmuskel produzierte jene Bewegung, die einem Achselzucken gleichkam. »Wir wissen es.«

Offenbar hat es mit dem »Zielsehen« zu tun, flüsterte der Logiksektor. *Vielleicht ist diese Grenze auch die Grenze ihrer Fähigkeit, in den Heimathafen zurückzufinden.*

Möglich war es. Ich wandte mich erneut an den Steuermann. »Sag mir eins: Warum sind deine Leute mir gegenüber so abweisend? Fast möchte man meinen, ich hätte ihnen persönliches Leid zugefügt, oder wie siehst du das?«

Quandd gab Befehl, einige Leinen fester zu zurren. Der Wind hatte zugenommen und kam in kurzen, harten Stößen von achtern. »Es gibt mehrere Gründe für das Verhalten der Mannschaft: Erstens missfällt den Leuten deine Anwesenheit an Bord. Das legt sich spätestens dann, wenn sie während eines Kampfes plötzlich feststellen, welchen Verbündeten sie in dir haben. Das ändert aber nichts an der Tatsche, dass sie abergläubisch sind wie Sklaven. Leider hast du bis jetzt noch niemandem Glück gebracht. Wer immer mit dir zusammentraf – früher oder später ereilte ihn ein schreckliches Schicksal.«

Mein Logiksektor wurde sarkastisch. *Da hat er nicht Unrecht!*

»Du hast mehrere Gründe genannt. Ich höre!«

»Zweitens: das Ziel unserer Expedition. Du weißt, manch einer ist in seiner gewohnten Umgebung mutig wie zehn. Sobald ihm aber bewusst wird, welcher Gefahr er sich aussetzt, ist das alles ausgelöscht.«

»Verstehe, sie haben Angst.«

»Es ist nicht nur Angst, Atlan. Keiner hat sie gefragt, ob sie diese Reise machen wollen. Sie wurden gezwungen, wie ich auch.«

»Und die Belohnung, die auf sie wartet, wenn sie von dieser Reise zurückkommen?«

»Pah! Erwartest du tatsächlich, dass der Erhabene Vorschweber sein Wort hält?«

»Mir gegenüber wird er es halten«, versicherte ich grimmig, während ich mir insgeheim eingestehen musste, nicht aufrichtig zu sein. Ich erwartete gar nicht zurückzukehren, sondern hoffte, am *Ende der Ebene* eine Antwort auf meine Fragen zu finden. Mein ganzes Sinnen und Trachten war nur auf eins gerichtet: die Rückkehr ins Standarduniversum. Ich klammerte mich an die Hoffnung, dass es tatsächlich möglich war. Doch würde nichts Gutes daraus erwachsen, wenn ich diese Überlegungen Quandd preisgab.

Die Nacht kam mit ihren düsteren Farben und tauchte das Schiff in blutiges Rot. Und bis auf die Ruderwache schlief jeder an Bord des Gravoseglers.

Ungewöhnliche Dinge warfen ihren Schatten voraus. Am nächsten Morgen flog ein seltsames Tier heran und klammerte sich an die Takelung. Es sah aus wie ein kleiner Dnofftrie mit Fledermausflügeln. Die Mannschaft verjagte es. Dann fiel plötzlich Regen – rot und dick. Offenbar hatte ein Sturm Unmengen von Staub und Sand aus dem *Tiefen Land* emporgerissen, jetzt wusch der Regen die Atmosphäre rein. Die Mannschaft verfiel fast in Panik; Balgmuskeln zuckten konvulsivisch und erzeugten tiefe, tremolierende Töne.

In der dritten Nacht seit wir uns in den unbekannten Regionen aufhielten lag ich an Deck, weil mich die heiße Enge der Kabine fast erstickte. Plötzlich fuhr ich hoch. Kein unbekanntes Geräusch hatte mich geweckt, sondern die Impulse des Extrasinns. Über mir knarrte das Tauwerk; der Mast ächzte in den Fischungen. Es war wie immer. Oder doch nicht? Ein Geräusch. Ich fuhr herum – es war Quandd, der seinen Platz am Windruder nicht einen Augenblick verlassen hatte, seit er kurz vor Einbruch der Dunkelheit ein Segel hinter einem Wolkenturm ausgemacht haben wollte.

»Was gibt es, Atlan?«, fragte er mit seiner orgelnden Stimme.

»Ich weiß nicht, aber ich kann nicht mehr schlafen. Bist du sicher, dass alles in Ordnung ist?«

»Ja, bis auf den Segler, der hinter uns her ist.«

»Was …?«

»Kein Grund zur Besorgnis«, beruhigte mich der Dnofftrie; seine kegelförmige Gestalt wirkte wie ein blauer Schemen in dem düsteren Rot der Nacht. »Bis er uns eingeholt hat, ist die Nacht vorbei. Falls es also zu einem Kampf kommt, wird er am Tag stattfinden. Schlaf weiter, du wirst deine Kräfte brauchen. Du wirst uns doch helfen?«

Ich rechnete mir aus, wie viel Zeit mir noch blieb, gähnte und streckte mich dann wieder aus. »Natürlich helfe ich euch. Wecke mich, falls sie früher näher kommen sollten als errechnet.«

Eine Tonta verstrich. Die zweite. Ich konnte nicht mehr schlafen und setzte mich deshalb auf. Die TOPTAN-KAU glitt durch eine dünne, kaum wahrnehmbare Nebelbank, die sanft glühte. Dann kam der Morgen. Und hinter der TOPTAN-KAU schälten sich langsam die Umrisse des Verfolgers aus dem Dunst. Alles an ihm war schwarz. Schwarz der Rumpf und schwarz das große Segel, das sehr bauchig geschnitten war und fast wie ein Ballon vor dem Mast hing. Quandd orgelte Befehle. An Deck wurde mit hektischer Betriebsamkeit versucht, den unvermeidlich scheinenden Kampf vorzubereiten. Waffen blitzten, Enterhaken wurden bereitgelegt.

Der schwarze Segler war jetzt deutlicher zu sehen. »Er ist schneller als wir?«

»Wir sind zu schwer«, bestätigte Quandd meine Befürchtungen. »Unsere Segelfläche ist für diese Last zu klein.«

»Hm.« Ich überlegte fieberhaft, suchte nach einem Ausweg. Dann durchzuckte es mich wie ein Blitz. *Natürlich, so muss es gehen!* Ich wandte mich an den Dnofftrie. »Haben wir ein zweites Segel an Bord?«

»Natürlich. Warum fragst du?«

»Weil ich mir überlegt habe, dass wir mit einer zusätzlichen Takelung dem schwarzen Verfolger davonsegeln könnten.«

Quandd schien zu zweifeln. »Was soll das? Es ist heller Wahnsinn, während einer Verfolgung die Takelung zu ändern. Bis wir das Segel herabgelassen und wieder neu aufgezogen haben, sind sie schon über uns hergefallen. Glaub mir das.«

»Ich will ja die alte Takelung stehen lassen und nur eine zusätzliche anbringen.«

»Bist du sicher, dass es dir gelingt?«

»Natürlich.«

»Und wie?«

»Das werde ich dir zeigen – aber dazu brauche ich jeden verfügbaren Mann an Deck.«

»Es soll geschehen.«

Wenig später wurde mein Plan bereits in die Tat umgesetzt. Ich war mir meiner Sache bei weitem nicht so sicher, wie ich Quandd gegenüber behauptet hatte. Aber alles war besser, als tatenlos zuzusehen, dass der schwarze Gravosegler unausweichlich aufholte. Mein Plan bestand in nichts Geringerem, als zusätzlich zur vorhandenen Besegelung ein Lateinsegel anzubringen, was ich mit Hilfe des zweiten Mastes umzusetzen gedachte. Als Erstes gingen mehrere Dnofftries daran, das Reservesegel diagonal durchzuschneiden und an zwei der drei Kanten in regelmäßigen Abständen Löcher zu bohren. Dann jagte Quandd zwei seiner Leute die Wanten hoch und ließ an der Mastspitze eine schwere Talje anbringen, durch die ein starkes Tau gezogen wurde, dessen beide Enden auf dem Deck liegen blieben.

Der etwas kleinere Reservemast wurde auf das Achterdeck geschleppt, das Tau um sein Ende geschlungen und der Mast langsam hochgehievt. Er schwankte gefährlich, die Dnofftries an den Geitauen, die die blanke Stenge links und rechts hielten, orgelten mehrmals erschrocken auf. Doch schließlich hing der Reserveneben dem Hauptmast und wurde dort, wo er auf Deck aufsaß, so befestigt, dass er in bestimmten Grenzen beweglich blieb, um nach achtern abgefiert werden zu können. Die Schiffszimmerleute nagelten zusätzliche Fischungen auf das Deck und verlängerten den Mastschuh nach hinten, um dem zweiten Mast mehr Halt zu verleihen. An den Enden des Heckquerholzes wurden zwei Taljen befestigt. Die Dnofftries auf der Beobachtungsplattform verknoteten die Geitaue in dem metallenen Ring am oberen Ende des zweiten Mastes, diese wurden durch die Taljenreeps gezogen und konnten zum Trimmen benutzt werden.

Inzwischen hatte sich die Position der beiden Gravosegler geändert. Der Verfolger hatte noch mehr aufgeholt und lag nun auf äußerste Bogenschussweite rechts von der TOPTAN-KAU entfernt. Hinter seiner Reling erkannte ich Enterhaken, Lassos und Keulen in den Klauen der Piraten. Ich sah, dass sich mehrere von ihnen auf dem Vorderdeck an einer klobigen Maschine zu schaffen machten, und hörte, dass der Wind ihre Rufe herübertrug. Die letzte Phase des Duells wurde eingeleitet. Beide Gravosegler strebten gemeinsam einem unsichtbaren Punkt zu. Die Linien ihrer Fahrtrichtungen berührten sich irgendwo dort vorn im rot leuchtenden Dunst der Atmosphäre.

Immer wieder warf mir Quandd misstrauische Blicke zu und fragte mit gepresst klingenden Tönen: »Wirst du rechtzeitig fertig?«

»Wenn du mich nicht von der Arbeit abhältst – ja.«

Nachdem der zweite Mast an Ort und Stelle stand, hissten die Dnofftries die Längsseiten des dreieckigen Segels an die Masten, befestigten das starke Tuch mittels Beschlagzeisingen an den Hölzern, wobei sie es immer höher zogen, bis das ganze Segel angeschlagen war. Was so entstanden war, bildete ein Mittelding zwischen Latein- und Schratsegel.

»Fiert ab!«, rief ich den Dnofftries am Mastfuß zu. Dort war inzwischen neben dem Schotenknecht, an dem die Taue des Rahfalls belegt waren, eine zweite große Talje angeschlagen worden, durch die das neue Fall gezogen war.

»Beeilt euch, ihr Nichtsnutze!«, donnerte Quandd, der unverrückbar wie ein Fels am klobigen Holz des Windruders stand und jede Möglichkeit ausnutzte, die TOPTAN-KAU im rauen Wind segeln zu lassen.

Der Piratensegler hatte noch mehr aufgeholt. Sein Bug lag jetzt in einer Linie mit dem Heck der TOPTAN-KAU, als ein gewaltiges Organ von Steuerbord orgelte: »Nehmt die Segel herunter! Ergebt euch! Im Namen Onnus!«

Quandd trompetete zurück: »Wir sind schneller als ihr.«

Und der Steuermann orgelte: »Ihr werdet gleich sehen, wie schnell wir sind.«

Ein Zischen wie von einer Schlange ließ mich zusammenzucken. Ich fuhr herum, starrte hinüber zu dem Piratenschiff. Ein schwarzer Punkt schwoll zu einer Steinkugel an, die in einem Bogen durch die Luft flog und eine knappe Schiffslänge vor unserem Bug in das Gravofeld eindrang, um dort abgebremst zu werden. Die Maschine auf dem Vorderdeck des Piratenseglers entpuppte sich als eine Steinschleuder.

»Jetzt wird es ernst«, sagte ich zu Quandd. Endlich hatten die Dnofftries die Arbeit an der neuen, zusätzlichen Takelung beendet. Der zweite Mast bildete einen Winkel von knapp fünfundvierzig Grad. Mehr Spielraum hatte er nicht, wenn wir nicht die Konstruktion des Windruders gefährden wollten. »Fallleinen festmachen! Brasst den Baum vier Grad nach Steuerbord!« Ich drehte mich zu Quandd um und bat: »Du musst aus dem rauen Wind heraus, bis sich das neue Segel gefüllt hat, dann kannst du neu austrimmen lassen.«

»Ich habe verstanden.«

Noch hing das Dreieckssegel schlaff und schlug leicht im Wind. In den nächsten Augenblicken würde ich wissen, ob sich mein Plan als brauchbar entpuppte. Nachdem die Arbeit getan war, war ich mir nicht mehr so sicher. Doch nun war es zu spät, um noch Änderungen vornehmen zu können. Wieder dröhnte drüben das Katapult. Die Steinkugel flog bedrohlich nahe an mir vorbei und nahm ein ganzes Stück der Backbordreling mit. Das splitternde Krachen versetzte die Mannschaft in Unruhe.

Quandd stieß ein erschrockenes Stöhnen aus und drückte den Steuerarm des Windruders nach Steuerbord. Die TOPTAN-KAU reagierte langsam und träge. Wind füllte das Dreieckssegel und glättete es. Und die Nase unseres Gravoseglers tauchte unter wie in schwerer See. Der neue Mast begann zu flattern, als er den Druck auf den Rumpf übertrug. Er war nicht hart genug angebrasst.

Ich schrie: »Holt die Leinen dicht!«

Das Flattern hörte auf. Quandd steuerte die TOPTAN-KAU mit großem Können nach links von dem Piratenschiff weg. Der mit Dnofftries dicht besetzte Bug des schwarzen Seglers war bedrohlich nahe. Quandd sagte: »Mir scheint, dass wir schneller werden.«

Ich wandte den Blick vom neuen Baum ab und sah mich nach dem verfolgenden Gravosegler um. Er war tatsächlich leicht abgefallen. Aber inzwischen hatte sich der Kanonier am Katapult eingeschossen. Die Steinkugeln kamen nun schnell hintereinander und waren genauer gezielt. Wir verloren ganze Stücke unserer Reling. Einmal näherte sich ein Geschoss dem Mast … und ich schloss entsetzt die Augen. Das fehlte noch, dass wir durch einen Volltreffer um unseren Mast gebracht wurden. Aber das befürchtete Splittern blieb aus. Die Steinkugel hatte ihn knapp verfehlt.

»Die zielen immer besser«, stöhnte Quandd. »Hätten wir auch eine solche Steinschleuder.«

»Haben wir nicht. Aber dafür habe ich eine Idee.«

»Schon wieder?«

»Gib mir keinen Anlass, böse zu werden«, drohte ich, ergriff die scharfe, widerhakenbewehrte Klinge, wog das Eisen in der Hand und nahm an der Steuerbordreling Aufstellung. Der Winkel war zwar etwas kurz, aber ich war sicher, dass mir der Wurf gelingen würde. Ich holte aus und warf mit aller Kraft, zu der ich fähig war. Die Klinge wirbelte durch die Luft, bildete einen blitzenden Kreis und schlug in das prall gespannte Segel des Verfolgers. Die Schärfe des Stahls ließen das Schwert durch die Leinwand dringen wie durch Wasser. Ein Knall ertönte, das Segel riss von oben nach unten auf, schlug knatternd im Wind und wickelte sich um die Leinen.

Ein vielstimmiges Wutgeheul war die Folge. Wenig später war der Piratensegler so weit zurückgefallen, dass seine Umrisse im Dunst zu verschwimmen begannen. Die Mannschaft führte ein wildes Orgeln auf, Balgmuskeln vibrierten ekstatisch vor Begeisterung. Quandd legte sich ins Ruder, die TOPTAN-KAU rauschte mit ihrem zusätzlichen Segel davon. In kürzester Zeit war von dem schwarzen Piraten nichts mehr zu sehen.

14.

Sonnenträger Chergost dom Ortizal: *Niemand in der Flotte liebte es, wenn aus dem fernen Arkon ein nagelneuer, zudem sehr junger Befehlshaber hereintransitierte, der die eingespielte Ordnung aller Dinge aus dem Gefüge brachte – selbst wenn sein Vorgänger ein unerträgliches Scheusal wie Amarkavor Heng gewesen und die Logistik zusammengebrochen war, weil der Angriff der Methans kaum vor-*

stellbare materielle Zerstörungen und Millionen Tote gekostet hatte. Mittendrin steckte nun Sonnenträger Chergost, der sich zunächst dem gigantischen Problem gegenübersah, in dieses Chaos ein wenig Ordnung zu bringen. Doch nicht nur aus diesem Grund atmete Chergost erleichtert auf, als ihm seine Ordonnanz verkündete, ein Kurierboot von Arkon sei eingetroffen.

»Bringen Sie den Mann zu mir, schnellstens!«, befahl der Has'athor. In seiner Kabine war es zu warm, die Lüftung funktionierte nicht einwandfrei, und der Sekretär, den man ihm zur Seite gegeben hatte, benutzte ein Herrenparfüm, das Chergost nicht ausstehen konnte. Es dauerte einige Zeit, bis der Kurier erschien und Chergost die versiegelten Nachrichten und Befehle der Flottenführung übergab. Chergost legte das Bündel nachlässig zur Seite und sah den Kurier an.

»Was gibt es Neues am Hof?«, fragte er beiläufig.

»Ich verstehe nicht«, antwortete der Mann verwirrt. »In dem Bündel sind …«

»Ich meine nicht die Befehle«, fuhr Chergost ihn an. »Ich will Neuigkeiten hören, Klatsch, wenn Sie es so nennen wollen. Ihr Burschen wisst doch über jede Verdauungsschwierigkeit des Imperators eher Bescheid als der imperiale Bauchaufschneider.«

»Die Verdauung Seiner Erhabenheit gibt keinerlei Anlass zur Sorge«, meldete der Kurier; dass er dabei auch noch Haltung annahm, steigerte Chergosts Ungeduld.

»Was sagt man über Prinzessin Crysalgira?«

»Nichts. Sie ist weg.«

»Weg?« Chergost sprang auf. »Was heißt hier weg? Reden Sie, Mann, oder ich lasse Sie in Eisen legen!«

»Die Prinzessin ist verschwunden.« Der Kurier starrte Chergost an, als befürchte er, im nächsten Augenblick erschlagen zu werden. »Man sagt, sie sei mit ihrer Jacht von Arkon Eins gestartet, aber bislang ist sie nirgendwo angekommen.«

Chergost nahm den Kurier ins Gebet, bis dieser in Schweiß gebadet war, aber der Sonnenträger brachte aus ihm keine weiteren Informationen heraus. Crysalgira war verschwunden, es gab keinen einzigen Hinweis, wo sie sich aufhalten könnte. Im Kristallpalast schwirrten die Gerüchte wie im Flottenstützpunkt Trantagossa, aber sichere Informationen gab es nicht.

Bitter lächelnd erinnerte sich Chergost an ein Beispiel, wie die wahnsinnigsten Spekulationen aufgegriffen, weitergegeben und dabei bis zur Unkenntlichkeit verstümmelt wurden. Als sich ein hoher Offizier unter der Dusche ein Bein brach, lief wenig später in den Flotteneinheiten, die am weitesten von dem Vorfall entfernt waren, die Mär um, die Maahks hätten inzwischen ihren Zwergenmacher so sehr verfeinert, dass sie einzelne Gliedmaßen von Arkoniden gezielt unter Beschuss nehmen könnten. Zum Ausgleich verbreitete der betroffene Orbton die boshafte Geschichte, dass alle Raumer, die sehr weit von seinem Schiff entfernt seien, durch eine neue Maahkwaffe ihre Mannschaften durch akuten Wahnsinn verlieren würden.

»Ich muss warten«, murmelte Chergost, als der Kurier, sichtlich erleichtert, gegangen war. »Irgendwann wird sie kommen.«

Dann machte er sich wieder an die Arbeit. Vielleicht half dieses Mittel, Crysalgira fürs Erste zu vergessen.

Krassig: 9. Prago der Prikur 10.498 da Ark

Bel Etir Baj saß ruhig in dem Sessel vor dem Schaltpult und wartete. Er konnte sich ausrechnen, dass er bald gefunden werden würde; er hatte nichts dagegen. Auch dies gehörte zu seinem Plan, in dem er die vorausberechenbaren Verhaltensweisen der Männer im Asteroiden berücksichtigt hatte. Er wusste auch schon, wer ihn in der Schaltzentrale zu überwältigen versuchen würde. Deshalb war er nicht überrascht, als im Eingang zwei Männer auftauchten, hinter denen die Silhouette des Kommandanten sichtbar wurde. Torpeh hatte seine Männer vorgeschickt, da er damit rechnete, dass sich Etir Baj seiner Festnahme widersetzen würde.

Er hatte sich nicht verkalkuliert. Der winzige Augenblick, den seine Männer brauchten, um Etir Baj in der großen Halle ausfindig zu machen, reichte diesem. Er warf sich zur Seite; im Abrollen feuerte er mit dem Kombistrahler im Paralysemodus auf die beiden Männer, die sich rechts und links vom Eingang zu Boden geworfen hatten. Im Eingang stehen bleiben konnten sie nicht, planlos zu rennen war wenig aussichtsreich – und mit genau diesen Überlegungen hatte Etir Baj gerechnet, schließlich kannte er die beiden Männer bestens. Rechts von der Tür wurde der Mann getroffen und war bewusstlos, noch bevor sein Körper den Boden berührte. Der andere hatte einen kleinen Augenblick Zeit und nutzte ihn.

»Verdammt!«, knurrte Etir Baj. Offenbar kannte er den Mann doch nicht genau genug, denn der Gegner rollte sich nicht von der Tür weg. Vielmehr kreuzte er die Bewegung von Etir Bajs Strahler, der von rechts nach links wanderte. Der Paralyseschuss verpuffte wirkungslos an der Wand, während der Mann neben dem Betäubten auf dem Boden aufprallte und sich augenblicklich hinter Schaltkästen in Sicherheit brachte.

»Er hat etwas dazugelernt«, murmelte Etir Baj anerkennend. Die unerwartete Reaktion seines Gegners zwang ihn dazu, blitzartig seinen Standort zu wechseln. Hinter ihm spritzte flüssiges Metall auf, als ein Strahlschuss den Boden traf und das Metall zum Kochen brachte.

»Versuche, ihn lebend zu bekommen«, erklang Torpehs Stimme. »Ich will diesem Burschen eigenhändig den Garaus machen.«

Etir Baj lächelte dünn, denn auch mit dieser Reaktion hatte er gerechnet. Torpeh scheute vermeidbare Risiken, genauer gesagt, er ging jeder Gefahr aus dem Weg, sofern es sich nur irgend machen ließ. Schließlich hatte er fürs Sterben seine Männer. Mut hingegen bewies sein Untergebener, der plötzlich aufsprang, nach vorne stürzte und dabei jenen Teil des Raums unter Dauerfeuer nahm, in dem er Etir Baj vermutete. Der Mann war ein guter Schütze, das musste Etir Baj zu seinem Bedauern feststellen, als ihn ein Streifschuss an der linken Schulter traf.

»Ganz so berechenbar sind die Leute wohl doch nicht«, murmelte er sarkastisch, als er eine neue Deckung gefunden hatte. Hier war er einstweilen sicher, denn das Aggregat, hinter dem er sich versteckt hatte, würde bei einem Treffer explodieren und den Schützen ebenso töten wie Etir Baj.

Torpeh war trotz seines Mangels an Mut so leichtsinnig, sich in der Tür zu zeigen. Etir Baj lächelte zufrieden, hob den Arm und schoss. Torpeh wurde von dem Schuss am Bein gestreift, schrie auf und knickte zur Seite. Augenblicke später lag er am Boden und rieb das getroffene Bein, obwohl er wissen musste, dass die schmerzhafte Lähmung erst nach einigen Tontas wieder verschwinden würde.

»Hilf mir!«, rief er seinem Untergebenen zu. Der Mann sah sich nach Torpeh um; dabei bot er Etir Baj für einen kurzen Zeitraum ein kleines Ziel, nicht mehr als die vordere Hälfte seines Fußes. Etir Baj zielte sorgfältig und traf. Der Mann stöhnte auf, gleichzeitig verlor er den sicheren Stand und rutschte mit dem Bein noch ein Stück weiter aus seiner Deckung. Sofort wurde es von einem Paralysatorschuss getroffen.

Der Mann kippte zur Seite, versuchte noch, sich aus dem Schussbereich zu bringen, aber ein dritter Schuss aus der Waffe Etir Bajs traf seinen Kopf und setzte ihn außer Gefecht. Torpeh beobachte es mit steigendem Entsetzen, war nun ganz auf sich allein angewiesen. Ihm wurde plötzlich mit schmerzhafter Klarheit bewusst, dass dies keine sonderlich gute Grundlage war, um einen Strauß mit dem blauäugigen Arkoniden auszutragen.

Etir Baj stand langsam auf und nahm die Waffe des Betäubten an sich. »Rühr dich nicht, Torpeh!«, warnte er mit gedämpfter Stimme; sein Gesicht zeigte wieder das freundliche, unverbindliche Lächeln. »Ich sehe jede deiner Bewegungen, und ich werde dich töten, wenn du zur Waffe zu greifen versuchst.«

»Ich höre dich«, rief Torpeh ächzend vor Schmerz. »Was willst du von mir?«

»Einstweilen nichts. Bleib dort, wo du bist, und rühr dich nicht. Und den Männern, die sich jetzt in die Schaltzentrale zu schleichen versuchen, wirst du befehlen, dass sie draußen bleiben sollen. Sollte auch nur ein Mann hier einzudringen versuchen, töte ich dich.«

»Zurück, Männer!«, schrie Torpeh; seine Stimme überschlug sich. »Kommt nicht näher!«

Etir Baj setzte sich so vor das Instrumentenpult, dass er gleichzeitig die Kontrollen und Torpeh im Auge behalten konnte. Es war keine leichte Aufgabe, die Schulterwunde brannte wie Feuer, aber es gab für ihn keine andere Möglichkeit. Etir Baj stellte eine Verbindung zum Hangar her.

Im Hangar gab es nur ein paar Wartungsrobots, die sich der Reparatur der Raumschiffe widmeten. Sie nahmen von der Frau und den drei Männern keine Notiz. Crysalgira sondierte kurz die Lage. Die CERVAX war kurz vor ihrem Start von Arkon generalüberholt worden, der Flug war ohne Zwischenfälle verlaufen – das Schiff musste voll einsatzbereit sein.

Von den beiden anderen Einheiten im Hangar war eine offenbar fluguntauglich; mindestens drei der Impulstriebwerke im Ringwulst waren ausgebaut worden. Immerhin hätte es ein ebenso tollkühner wie verzweifelter Pilot wahrscheinlich fertig gebracht, das Schiff trotzdem zu starten und leidlich zu steuern. Crysalgira entschloss sich, vor dem Start die beiden Schiffe so zu beschießen, dass sie als Verfolger ausfielen.

Bei der CERVAX war die untere Polschleuse geöffnet. Rasch gingen Crysalgira und ihre verbliebene Mannschaft an Bord, während von dem Olpher keine Spur mehr zu sehen war – irgendwann auf dem Weg zum Hangar war er plötzlich verschwunden. Erst als sie die Zentrale der CERVAX erreicht hatte, wurde Crysalgira klar, dass sie in eine Falle gelaufen war. Mitten im Raum stand Textor, einen entsicherten Strahler in der Hand. Die Mündung der Waffe zielte auf Crysalgiras Kopf.

»Herzlich willkommen, Kleines«, sagte Textor grinsend. »Ich muss sagen, du hast uns ganz schön in Aufregung versetzt.«

»Das hat uns gerade noch gefehlt«, seufzte Tenhor niedergeschlagen. »Wie kommen Sie hierher?«

»Für wie dumm halten Sie mich eigentlich? Ich wusste, dass Sie versuchen würden, von Krassig zu verschwinden. Dass Sie sich dazu natürlich Ihr eigenes Schiff aussuchen würden, war doch klar. Ich erwachte etwas früher, als Sie wohl angenommen hatten, schlich mich an Bord und wartete auf Sie. Wie Sie sehen, hat es sich gelohnt.«

Crysalgira schloss enttäuscht die Augen. Sie war müde, ausgelaugt von den Kämpfen, litt unter dem Verlust ihrer Freunde. Ihr Gesicht war gerötet, die Haare verfilzt und vom Schweiß verklebt. Sie öffnete die rechte Hand und ließ den Strahler auf den Boden poltern. Neben ihr standen drei Männer, die gleichfalls erschöpft und niedergeschlagen waren. Wohin sich der Olpher verflüchtigt hatte, wusste sie nicht.

Textor trat einen Schritt zurück, während sich Crysalgira in den Pilotensessel setzte, um sich auszuruhen. Textor schaltete den Interkom ein, der mit dem Nachrichtensystem des Asteroiden verbunden worden war. Die Männer in der Zentrale hatten herausgefunden, wo es besonders aufregend zuging, und übertrugen entsprechende Bilder. So konnten sie an Bord der CERVAX miterleben, wie die Echse erschossen wurde, die bis zum letzten Atemzug mit unvorstellbarer Besessenheit kämpfte.

»Den hätten wir«, knurrte Textor. »Wo steckt dieser Etir Baj? Hoffentlich ist er noch nicht tot, ich würde ihn mir nur zu gern vornehmen.« Seine Neugierde wurde bald befriedigt. Das Bild flackerte und wechselte. Die Zentrale schaltete auf den Hauptkontrollraum der Energieversorgung um. »Da ist er ja.«

Textor ließ seinen Blick über den Bildschirm wandern und fluchte, als er erkennen musste, dass in der Schaltzentrale offenbar der verhasste Etir Baj Herr der Lage war.

In dem Gesicht des Mannes zuckte kein Muskel, obwohl Etir Baj erschrocken feststellen musste, dass Crysalgira wieder gefangen war. Scheinbar gleichgültig beobachtete er Textor auf dem kleinen Bildschirm und sagte freundlich: »Ich hätte, glaube ich, etwas fester zuschlagen sollen.«

Textor grinste höhnisch. »Warte nur, mein Freund. Bald wirst du erleben, wie fest ich zuschlagen kann. Dann wirst du nie mehr aufstehen.«

Alfert Torpeh schrie wieder auf. Obwohl sich Etir Baj scheinbar vollkommen auf den Bildschirm konzentrierte, hatte er doch Torpehs Versuch bemerkt, zur Waffe zu greifen. Zwar hatte der Schuss im Thermomodus Torpehs Körper verfehlt – absichtlich, wie der Mann genau wusste –, aber die weiß glühenden Spritzer aus der Wand, in der der Strahl eingeschlagen war, brannten sich durch seine Kleidung und ein Stück in die Haut. Sterben würde er an diesen Verletzungen nicht, aber sie schmerzten entsetzlich.

»Es sieht so aus, als könnten wir beide nicht viel unternehmen«, stellte Textor fest.

»Es sieht so aus«, bestätigte Etir Baj sanft und zermarterte sich das Gehirn auf der Suche nach einer Lösung dieses Problems, fand aber nicht einmal einen Ansatz. Er hatte Torpeh in seiner Gewalt, Textor dagegen Crysalgira als Geisel. Und Etir Baj wusste nur zu gut, dass Textor nichts dagegen gehabt hätte, würde Torpeh erschossen; er schielte seit langem begehrlich nach dem Posten des Kommandanten von Krassig.

»Etir Baj, Sie haben sich elf Jahre lang zurückgehalten. Ausgerechnet jetzt unternehmen Sie einen wahnwitzigen Fluchtversuch. Das kommt mir seltsam vor. Ich habe den starken Verdacht, dass Ihr plötzlicher Eifer etwas mit der Kleinen zu tun hat.« Textor hatte die Genugtuung, zum ersten Male seit zwölf Jahren eine heftige Reaktion bei Etir Baj zu erleben: Der seltsame Mann zuckte sichtlich betroffen zusammen. »Sehen Sie, was ich tue.«

Etir Baj konnte auf dem Bildschirm genau erkennen, dass Textor den Düsenquerschnitt seines Strahlers justierte; jetzt würde die Waffe nicht mehr einen kräftigen Strahl, sondern einen dünnen Fächer verschießen. »Ich verspreche Ihnen, dass ich das Mädchen unbeschadet an seine Familie zurückgeben werde, wenn Sie jetzt aufgeben. Sollten Sie das nicht tun, wird Crysalgira einen Fuß verlieren.«

Etir Baj sah, dass die Prinzessin zu erschöpft und deprimiert war, um angesichts dieser Drohung zu erschrecken.

»Ich gebe auf«, sagte er nach kurzem Zögern, stand auf und ließ die Waffe achtlos auf den Boden fallen. In diesem Augenblick reagierte Torpeh; obwohl ihm die Bewegung Schmerz bereiten musste, gab er einen Schuss ab. Etir Bajs linke Hand wurde getroffen, der Strahl riss die Batterie von seiner Hüfte und brannte eine handflächengroße Wunde in die Haut. Auch wenn Torpehs Schuss nicht unmittelbar tödlich gewesen war, hatte er sein Ziel erreicht. Es gab *keine* Ersatzbatterie in Krassig. Etir Baj schrie vor Schmerz auf und sank langsam in die Knie.

Auch Textor schrie überrascht auf – den kurzen Augenblick, in dem er abgelenkt war, nutzte Crysalgira. Mit einem gewaltigen Satz brachte sie sich nahe genug an den Mann heran und schlug mit aller Kraft zu. Etwas knackte in Textors Hals, der Mann fiel leblos um. »Schnell!« Crysalgira hastete zurück zum Sitz des Piloten. »Tenhor, an die Geschütze! Schieß die Hangardecke weg!«

Ebenso rasch wie Crysalgira eilte Parat Tenhor zu den Kontrollen und brauchte nur wenige Augenblicke, um die Geschütze einsatzbereit zu machen. Gleichzeitig aktivierte Crysalgira das Schirmfeld, das die Außenzelle der CERVAX vor Beschädigungen durch herabstürzende Trümmer bewahren sollte. Ein Dutzend Männer, die sich im Hangar versammelt hatten, suchten fluchtartig das Weite, als die ersten grellen Impulse aus den Ringwulstdüsen schossen. Ein Teil der Männer stürzte ins Innere des beschädigten Raumers. Es konnte nicht mehr lange dauern, bis auch dort die Geschütze feuerklar waren.

Tenhor arbeitete mit einer Ruhe, die an eine ganz normale Schießübung erinnerte. Präzise schoss er Stück um Stück aus der Decke des Hangars. Riesige Trümmerstücke brachen heraus. Brocken wurden vom Schirmfeld abgewehrt, andere begruben technische Anlagen des Hangars unter sich. Die Luft entwich schlagartig ins Weltall. In der kurzen Zeit, die dieser Vorgang in Anspruch nahm, konnte Crysalgira gerade noch das Aufheulen der Sirenen hören, die einen Vakuumeinbruch anzeigten.

»Nur noch ein paar Augenblicke«, schrie Tenhor. »Dann können wir starten.«

Unter der Kugelzelle der CERVAX kochte der Boden von den Impulsstrahlen. Ein Wartungsrobot geriet in die Strahlen und verging in einer grellen Detonation, die eine Kette weiterer Explosionen nach sich zog. Dann hob die CERVAX ab, stieg in die Höhe. Crysalgira schob den Beschleunigungshebel nach vorn. Die Ränder der Öffnung, die Tenhor in die Hülle des Asteroiden geschossen hatte, glühten weißlich.

»Jetzt oder nie«, murmelte Crysalgira. Die CERVAX machte einen Satz. Wie ein Geschoss löste sich das Schiff von dem Asteroiden und stieß in den freien Raum vor.

»Was wird aus Etir Baj?«, fragte Tenhor leise.

»Wir können ihm nicht helfen. Ich wüsste nur zu gerne, welche Bedeutung das merkwürdige Etui hatte, das er an der Hüfte trug.«

Sie hatte keine Zeit, sich um diese Frage zu kümmern, denn hinter ihr schob sich, erheblich langsamer als die CERVAX, das Schiff der Krassiger aus dem Loch. Die Männer des Asteroiden machten einen letzten Versuch, das Geheimnis ihres Stützpunkts zu wahren. Crysalgira wusste, dass die CERVAX jetzt, da sie noch Fahrt aufnehmen musste, besonders gefährdet war. Zwar hielt der Schutzschirm einiges aus, aber selbst er konnte überlastet werden. Gleichzeitig feuerten die Männer an Bord des Verfolgers und Tenhor, beide Schüsse verfehlten ihre Ziele. Dafür schlug ein Schuss aus einem der Forts des Asteroiden in die Schirmfelder der CERVAX ein. Die Belastungsanzeige der Schirmfeldgeneratoren schnellte in die Höhe. Noch war das Feld nicht ausgelastet, aber mehrere gleichzeitige Punkttreffer würden mit Sicherheit durchschlagen.

Im Fallen hob Etir Baj die Waffe. Er hatte nur einen Augenblick gebraucht, um den Schmerz fast vollkommen auszuschalten, aber dieser Augenblick hatte für Crysalgira ausgereicht; das hatte Etir Baj gerade noch sehen können. Was sich danach ereignete, konnte er nicht mitverfolgen, da der Interkomkontakt zum Schiff abgerissen war.

Etir Baj feuerte. Tödlich getroffen fiel ein Mann zurück, der versucht hatte, in die Schaltzentrale einzudringen. Etir Baj belegte den Eingang mit rasendem Feuer; auf das Wimmern Torpehs, der immer wieder mit flüssigem Metall übersprüht wurde, achtete er nicht.

Der Dunkelhaarige wusste, dass ihm wenig Zeit blieb, wollte er noch etwas ausrichten. Sich selbst konnte er nicht mehr retten, aber er wollte Torpehs Spießgesellen den Spaß verderben. Rasch legte er den Hauptschalthebel um, einmal, zweimal … beim fünften Mal reagierte der Fernzünder. Im Waffenmagazin detonierte die erste Ladung. Der Asteroid erzitterte in den Grundfesten, als die Haftladungen explodierten. Sie zerfetzten Kabel und ließen Rohrleitungen platzen, die ihren kochend heißen Inhalt in die Gänge und Korridore ergossen. Etir Baj hatte vorgesorgt. Immer wieder erschütterten Detonationen den Felsbrocken.

Etir Baj hörte nicht auf, den Eingang zur Schaltzentrale zu beschießen, obwohl er nicht genau wusste, ob überhaupt noch jemand versuchte, in die Halle einzudringen; wahrscheinlich war es nicht, denn in dieser Lage würden die Männer in erster Linie an ihr eigenes Leben denken. Gleichzeitig stellte Etir Baj eine Verbindung zu den Kuppeln her, unter denen sich die Geschütze der Station befanden. Er wusste, dass die Kanonen eine autarke Energieversorgung hatten, die automatisch einsprang, sofern die Geschütze keinen Strom mehr aus der Energiezentrale bezogen.

Aber er kannte auch einen Trick, an diese Geschütze heranzukommen. Etir Baj hatte lange gebraucht, bis er diesen wunden Punkt der Verteidigung erkannt hatte. Der Mann entzog den Geschützstellungen kurzfristig die Energie – und führte sie ihnen so schnell wie möglich wieder zu. Die Umschaltung erfolgte nicht über positronische Steuermechanismen, sondern über rein elektrische Leitungen, die zudem noch einige rein mechanische Relais enthielten.

Auf den Bildschirmen konnte Etir Baj den Erfolg seines Tricks erleben. Die Forts waren nicht in der Lage, die plötzlich verdoppelte Energiezufuhr zu verarbeiten. Die Sicherungen schlugen durch, ein Teil der Forts flog auseinander. Es dauerte nur Augenblicke, bis der Boden unter den Bebenwellen erzitterte, die die Detonationen ausgelöst hatten. Aus der Deckenverkleidung der Schaltzentrale lösten sich faustgroße Brocken und regneten auf Etir Baj herab, aber er kümmerte sich nicht darum.

Sein Blick war auf den Bildschirm der Fernortung gerichtet. Mit grausamer Deutlichkeit zeigte der Schirm das Abbild der CERVAX. Eine Polkuppel leuchtete hell, war von einem Strahlschuss, der durchgeschlagen hatte, verflüssigt. Das Schiff torkelte und schlingerte, schlimmer noch als der Verfolger, von den ausgebauten Triebwerksdüsen behindert. Etir Baj knirschte mit den Zähnen. Von der CERVAX zuckte, mit dem Auge kaum zu erkennen, eine Strahlbahn zu dem Verfolger hinüber. Das Schiff wirbelte herum, fiel dann deutlich zurück. Dennoch gaben die Männer an Bord nicht auf, obwohl sie auf ihren Schirmen sehen mussten, dass gigantische Flammenzungen aus dem Innern des Asteroiden brachen.

»Tod allen Feinden der Quertamagins«, murmelte er und brachte sogar ein Grinsen zuwege. Ein Mann, dessen Leben täglich von einer Dezitonta abhängig war, bekam im Laufe der Zeit eine genaue Empfindung dafür, wann dieser Zeitraum verstrichen war. Etir Baj wusste, dass ihm nur noch wenig Zeit blieb. Bel Etir Baj hatte es nicht mehr eilig, ließ die Waffe fallen, die den Eingang zur Schaltzentrale zusammengeschmolzen hatte, und ging zu Torpeh hinüber. Der Kommandant der Station lag am Boden. Sein Bein war gelähmt, sein Arm ließ sich nicht mehr bewegen. Er hatte seine Waffe verloren, sich nur mit Mühe und unter Schmerzen aus dem Bereich des feurigen Sprühregens entfernen können, den Etir Bajs Waffe hervorgerufen hatte.

Torpehs Augen weiteten sich entsetzt, als er Bel Etir Baj näher kommen sah, wie er sich neben ihn auf den harten Boden setzte und ihn anlächelte, bis er dieses Lächeln nicht mehr ertragen konnte und die Augen schloss.

Der Schmerz im Nacken war peinigend, aber Crysalgira nahm ihn kaum wahr. Mit tränenblinden Augen starrte sie in das, was einmal die Zentrale der CERVAX gewesen war. Die Hälfte der Instrumente war zerstört, Kabel hingen aus den klaffenden Öffnungen in den Schaltpulten. In der Zentrale hing der Rauch zahlreicher Schmorbrände, die sich tief im Innern des Schiffes weiterfraßen. In dem Chaos aus Metall, Glassit und Kunststoff lagen drei Männer. Zwei waren tot, Parat Tenhor war dem Tode nahe.

Im letzten Augenblick war es den beiden einzigen Überlebenden gelungen, die CERVAX in eine Nottransition zu zwingen. Wo der Sprung geendet hatte, war nicht festzustellen. Mindestens vier Strahlschüsse hatten die Schirmfelder der CERVAX durchschlagen, die Gegner hatten nur zu gut getroffen. Tenhor richtete sich stöhnend auf und schwankte auf Crysalgira zu. Er wusste, dass er nicht mehr zu retten war, ein Metallsplitter hatte sich tief in seinen Körper gebohrt; diese Verletzung ließ sich mit Bordmitteln nicht beheben.

»Es tut mir Leid«, sagte er leise. Er hätte dem Alter nach Crysalgiras Vater sein können, und in dieser Situation fühlte er sich auch so. Das Verhältnis Diener-Herrschaft hatte sich verflüchtigt.

Crysalgira zuckte seufzend mit den Schultern. »Wir haben Pech gehabt«, stellte sie sachlich fest. »Zwei Raumschiffe schlingern durchs All, beschießen sich gegenseitig – aber nur eines trifft, und das gleich viermal.«

»Lass mich sehen, was noch intakt ist. Kannst du allein eine Transition berechnen und durchführen?«

Crysalgira schüttelte schweigend den Kopf und deutete auf die qualmenden Reste des Eingabeelements. Diese Positronik war nicht mehr zu bedienen; die ganze CERVAX war reif für die Verschrottung. Es war fast ein Wunder, dass sie sich immer noch bewegte.

»Das Funkgerät lässt sich vielleicht reparieren«, murmelte Tenhor. Er konnte förmlich spüren, wie sein Leben zerrann. »Ich brauche Ersatzteile. Schau, ob du sie im Lager finden kannst.«

Er nannte ihr die Teile, die er brauchte, dann suchte sie sich durch die aufgerissenen Metallplatten, die früher einmal Gänge und Räume gewesen waren, einen Weg durch das Schiff. Es gab außer dem Knistern der Brände nur ein Geräusch an Bord: das gleichmäßige Brummen der großen Reaktoren. Sie waren völlig unbeschädigt. Rein theoretisch hätte Crysalgira die Chance gehabt, Arkon sogar im Unterlichtflug zu erreichen. Dazu hätte sie allerdings ihre genaue galaktische Position berechnen müssen, ein aussichtsloses Unterfangen, da die Positronik nicht mehr programmiert werden konnte. Zudem wäre Crysalgira lieber gestorben, als unter Umständen erst in ein paar tausend Jahren Arkon wiederzusehen – sie kannte die Heimtücke des Dilatationsfluges.

Tenhor nickte zufrieden, als sie zurückkehrte. Sie hatte es tatsächlich geschafft, das Lager zu erreichen und die Ersatzteile zu finden. Während er sich an die Arbeit machte, den Hyperkom zu reparieren, zog sich Crysalgira in die Küche zurück. Lustlos bereitete sie aus dem, was noch genießbar war, eine Mahlzeit für sich und Tenhor. Der Mann hatte sich tief über das Funkgerät gebeugt, als sie in die Zentrale zurückkehrte. Ein leises Pfeifen zeigte an, dass es funktionsbereit war.

»Fantastisch«, freute sich Crysalgira und klopfte dem Mann auf die Schulter. Doch Parat Tenhor sank langsam zur Seite und fiel schwer auf den Boden. Das Gesicht des Toten drückte eine ungeheure Zufriedenheit aus; er hatte es mit den letzten Atemzügen seines Lebens noch geschafft, seiner verehrten und geliebten Herrin eine kleine Überlebenschance zu eröffnen.

Crysalgira setzte sich und begann zu weinen. Sie war noch zu jung und unerfahren, um solche Erlebnisse mit Kaltblütigkeit aufzunehmen. Als sie sich entschlossen hatte, Chergost zu retten, hatte es mehr von einem aufregenden Abenteuer und noch viele romantische Züge gehabt. Die jetzige Lage kannte die Prinzessin dagegen nur vom Hörensagen, auf den Tod vieler Freunde und ihrer Zofe war sie nicht vorbereitet gewesen. Ihre Erschütterung dauerte indes nicht lange. Die innere Ruhe kehrte zurück, das zähe Selbstbewusstsein, das Mitgliedern ihrer Familie seit Generationen nachgesagt wurde.

Dennoch kostete es sie Überwindung, die drei Toten aus der Zentrale zu schaffen. Dann aß sie, sehr wenig, da sie sich jeden Bissen hineinzwingen musste, aber sie wusste, dass sie ohne Nahrungsaufnahme bald zu schwach geworden wäre. Das leise Fiepen des Funkgeräts gab ihr neuen Mut. Vielleicht befand sie sich in unmittelbarer Nähe eines Stützpunkts des Tai Ark'Tussan, vielleicht würde sogar Chergost der Erste sein, der ihren Funkspruch empfing …

»Chergost«, flüsterte sie, brachte sogar ein Lächeln zuwege.

Einen Teil ihrer Hoffnungen musste sie begraben, als sie sich genauer mit dem Hyperkom beschäftigte; an einen Funkspruch war nicht zu denken, nur das automatische Notsignal ließ sich mit aller verfügbaren Sendeleistung abstrahlen. Immerhin konnte sie darauf hoffen, dass irgendjemand sie in einigen Lichtjahren Entfernung empfangen würde. Crysalgira schaltete das Notsignal ein. Die Geräte würden von nun an laufen, bis sie keine Energie mehr erhielten oder aber von Crysalgira desaktiviert wurden.

Die Prinzessin konnte das Piepsen ihres Notsignals im eigenen Empfänger hören; wenn sie die Frequenz leicht änderte, empfing sie einen offenbar schon Tontas dauernden Dialog zwischen zwei Frachtern. Die beiden Schiffe gehörten offenbar Brüdern, die selbst ihre Reisen dazu verwandten, sich in einer Erbschaftsangelegenheit zu streiten. Nachdem sie das Gespräch eine Weile verfolgt hatte, war sie versucht, nach ihrer Rückkehr den Streitfall dadurch zu lösen, dass sie mit den Mitteln ihrer Familie beide Brüder in den Ruin trieb. Es zerrte an den Nerven, einen völlig überflüssigen Streit über Nebensächlichkeiten anzuhören, während sie auf Hilfe wartete.

In den letzten Tontas hatte sich ihre Lage verschlechtert, die Schwelbrände fraßen sich immer weiter. Crysalgira hatte mit den Löschgeräten einen verzweifelten Kampf führen müssen, um nicht in der Zentrale zu ersticken. Im Innern des Schiffes rumorte es dumpf, an vielen Stellen bestand akute Explosionsgefahr. Traf nicht bald Hilfe ein, würde die CERVAX samt der Prinzessin bald als Gaswolke durchs All treiben. Ein halbes Dutzend Mal hatte sich Crysalgiras Laune schon geändert. Jedes Knistern deutete sie als die Strukturerschütterung, die die Ankunft der Retter anzeigte, dann wieder schrak sie beim leisesten Geräusch zusammen und wartete auf das Donnern der Explosion, die die CERVAX zerreißen würde.

Sie nahm sich vor, ihre künftigen Retter mit Geschenken zu überhäufen, nur um sie wenig später mit Beschimpfungen zu bedenken und ihnen zu drohen. »Ich werde all meinen Einfluss aufbieten«, versprach sie, »um den Kerl, der meinen Notruf überhört hat, vor ein Standgericht zu bringen.«

Irgendwann schlug der Strukturtaster tatsächlich an. Crysalgira sprang auf. Ganz in der Nähe musste ein Raumschiff im Normalkontinuum rematerialisiert sein. »Endlich«, flüsterte sie. »Bald werde ich Chergost wiedersehen.«

Sie ging zu den wenigen Instrumenten, die noch arbeiteten. Der Normalfunk schlug an, gleichzeitig aktivierte sich ein Bildschirm, der für die beschädigte Panoramagalerie einspringen musste. Als sich das Bild stabilisierte, erstarrte Crysalgira vor Angst. Ihr Notsignal war gehört worden, es war angepeilt und ein Schiff geschickt worden. Aber es war kein Schiff der arkonidischen Flotte. Auf dem Bildschirm zeichnete sich eine Silhouette ab, die jeder Arkonide zu fürchten gelernt hatte. Crysalgiras Notsignal war von *Maahks* empfangen worden …

15.

Atlan: *Mein Haar war ungepflegt, der wuchernde Vollbart ließ mich verwegen aussehen. Ich trug nichts als einen Lendenschurz und den breiten Gürtel, an dem das gekrümmte Schwert hing. Plötzlich verspürte ich den Wunsch, in dieser Aufmachung auf einem der Bälle am Hofe des Imperators zu erscheinen. Ich grinste unwillkürlich, als ich an das Entsetzen dachte, das mein Erscheinen hervorrufen würde …*

Ich schüttelte den Kopf. »Ein Rückfall in vorpubertäre Wunschträume«, würde Fartuloon vermutlich sagen. Fartuloon! *In meiner Kehle bildete sich ein harter Klumpen, der mich würgte, als ich an die Freunde dachte.*

Nimm dich zusammen!, *befahlen die Impulse des Logiksektors.* Wehleidige Reminiszenzen an das, was war, helfen dir nicht. Du musst vorwärts schauen. An das denken, was vor dir liegt, nur das hat Sinn. *Er hatte Recht, ich schnitt eine Grimasse.*

An Bord der TOPTAN-KAU im Mikrokosmos: 15. Prago der Coroma 10.498 da Ark

Sechs Tages- und Nachtreisen nach dem Kampf waren die Schäden, die die Steinkugeln des schwarzen Seglers verursacht hatten, längst beseitigt. Seit unserem Sieg über die Piraten, an dem ich nicht unerheblichen Anteil gehabt hatte, war die Stimmung an Bord beträchtlich gestiegen. Ich lehnte faul im Heck. Es war nach dnofftriesischer Norm Nachmittag; die Mannschaft polierte ihre Waffen, schlief oder aß. Unser Proviant reichte aus, auch das Wasser war keineswegs knapp. Ich hatte jeden Morgen einen halben Ledereimer zum Waschen zur Verfügung. Welch ein Luxus!

Gefahr!, warnte mich die innere Stimme. *Hinter dir!*

Ich fuhr herum – und erstarrte vor eisigem Erschrecken. Die TOPTAN-KAU glitt seit einiger Zeit durch leichten Nebel, der die Sicht nach oben und unten versperrte. Über dem Schiff war er dichter und ließ die Konturen der Mastspitze verschwimmen. Aus diesem Nebel schwang ein armdickes Tentakel und näherte sich dem ahnungslos am Ruder stehenden Quandd. Das Ende war ein rot geränderter Mund, aufgerissen und hungrig. Langsam pendelte er tiefer. Ich stieß einen Schrei aus, stürzte mich mit gezogenem Schwert auf den Steuermann. Die Klinge vollführte einen blitzenden Kreis und trennte den fleischigen Arm ab. Laut klatschte er vor Quandd auf das Deck. Der Mund öffnete sich noch einige Mal, dann lag er still. Im Schutz des Nebels hatte sich die Gravo-Echse unbemerkt dem Schiff nähern können – erneut sank ein Maultentakel herab.

»Achtung – über dir!«, schrie ich und riss Quandd vom Ruder weg. Im gleichen Augenblick schob sich das ganze Ungeheuer groß wie ein Berg aus dem Nebel auf die TOPTAN-KAU zu. Unaufhaltsam. Meine Gedanken überstürzten sich, während ich fieberhaft nach einem Ausweg suchte. »Wir müssen unter Deck!«, rief ich keuchend und hieb den zweiten Arm ebenfalls entzwei. »Die zusätzlichen Platten werden uns Schutz vor der Bestie bieten.«

»Wahr gesprochen«, orgelte der Steuermann; zwei seiner Münder trompeteten die entsprechenden Befehle hinaus.

Inzwischen hatte die Gravo-Echse gemerkt, dass sie auf Widerstand gestoßen war. Oder die Schmerzempfindungen der abgetrennten Tentakel erreichten jetzt das Nervenzentrum. Jedenfalls schickte sie mehr als zwei Dutzend ihrer Greifarme herunter, sondierende Fühler züngelten über das Deck und wurden von den schreienden Dnofftries auseinander gehackt, ehe sie unter Deck verschwanden. Quandd und ich schlitterten über die Planken und warfen uns förmlich in den Niedergang. Mit keuchendem Atem schlug ich die starke Luke hinter mir zu und verriegelte sie mit den drei Querhölzern. Dann atmete ich mehrmals tief ein und aus, bis sich mein Puls wieder beruhigt hatte.

»Das war knapp«, sagte ich und merkte erst jetzt, dass mich keiner hörte. Die Augenbänder der Dnofftries, von denen jeder das Unterdeck erreicht hatte, wie ich rasch zählte, waren milchig geworden und völlig undurchsichtig. Das Zeichen ihrer absoluten Panik. Da sie in diesem Zustand nicht ansprechbar waren, zuckte ich die Achseln und hörte auf die Geräusche über mir. Die Gier der Bestie schien keine Grenzen zu kennen. Da ihre Fühler das Leben unter sich spürten, versuchte sie alles, um es zu erreichen.

Die starken Greiftentakel peitschten über das Deck der TOPTAN-KAU, zerstörten das Windruder, zerfetzten binnen weniger Augenblicke die gesamte Besegelung, knickten die Masten und ließen nichts als einen Torso zurück, der steuerlos in den Gravoströmen trieb …

Wann die Gravo-Echse verschwand, konnte ich nicht genau sagen. Ich hatte es mir in dem lichtlosen Raum unter Deck auf einem Stapel Segeltuch so bequem wie möglich gemacht, die Arme hinter dem Kopf verschränkt, und musste wohl ein wenig eingeschlafen sein, als ich aus meinen Träumen geschreckt wurde. Ich lag am Boden, aufgegangene Seilrollen und Proviantsäcke ringsum.

»Was war das?«, fragte ich in die Dunkelheit.

»Wir kommen in einen Gravosturm, das ist alles.« Quandd schien von tiefer Entschlusslosigkeit übermannt worden zu sein.

»Das ist alles«, äffte ich ihn nach. »Mehr weißt du nicht dazu zu sagen?« Ein neuer Stoß warf mich zu Boden. Das Deck schwankte wie wild. »Das Schiff überschlägt sich. Unter dieser Belastung wird es bald auseinander brechen. Wir müssen nach oben, müssen versuchen, wenigstens einige Fetzen Tuch zu setzen, um unseren Kurs zu stabilisieren.«

»Da gibt es nichts mehr zu setzen. Die Anzeichen sind untrüglich – wir kommen in einen Gravosturm. Selbst wenn es uns gelänge, die Schäden an Deck zu reparieren, wäre unser Schicksal besiegelt. Um die TOPTAN-KAU auch nur annähernd in einen manövrierfähigen Zustand zu versetzen, brauchen wir Tage. Und wir haben nur noch … Wir sind verloren.«

Meine Augen hatten sich an das Dunkel gewöhnt. Ich sah die Dnofftries, die an den Wänden hockten und sich anklammerten. Ihre Balgmuskeln erzeugten ein tiefes Stöhnen, das mir durch Mark und Bein ging. Es war offenkundig: Sie waren von tiefer Panik erfüllt. Von ihnen konnte ich im Augenblick keine Hilfe erwarten. Ich schien der Einzige an Bord des Wracks zu sein, der noch zu klaren Gedanken fähig war. Gedanken, die sich damit beschäftigten, einen Ausweg aus der Misere zu finden. Ich taumelte hoch, klammerte mich an die Deckswrangen und hatte nur Augenblicke später das Gefühl, dass mich ein Stiefel gegen den Boden drückte. Danach setzten unvermittelt Schwindel und Übelkeit ein.

Ein Feld absoluter Schwerelosigkeit, analysierte mein Extrasinn das Geschehen.

Wir hatten es schnell durchquert. Erneut erschütterten schwere Stöße die TOPTAN-KAU. Vor meinen Augen sprang eins der Stützhölzer aus der Kimm und knallte gegen die Bordwand. Der Balken durchschlug die starken Planken, als seien sie aus Papier. Licht fiel herein. Es war nicht länger mehr rot, sondern stechend gelb. Das untrügliche Zeichen eines aufziehenden Gravosturms. Und als ich mir das Bild des gewaltigen Zyklons vor Augen rief, den ich im Schlepp der ROBA-SUR gesehen hatte, wurde mir übel. Ein neuer Stoß riss mir die Beine unter dem Körper weg. Die TOPTAN-KAU legte sich auf die Seite und hing in einem Winkel von dreißig Grad nach Steuerbord. Alles geriet in Bewegung, rutschte auf die abschüssige Seite und vergrößerte nur das Durcheinander.

Ich hatte nur einen Gedanken. *Ich muss hinauf an Deck.* Hier erstickten mich die räumliche Enge und die fast körperlich fühlbare Furcht der Dnofftries, die sich mehr und mehr in sich zurückzogen.

»Kommst du?«, rief ich Quandd zu, der als Einziger noch ansprechbar schien.

Der Dreiecksmund stülpte sich aus der Hautfalte. »Was hast du vor?«

»Ich werde nicht tatenlos dem Untergang entgegensehen«, sagte ich zornig.

»Du kannst deinem Schicksal nicht entgehen«, sang Quandd in getragenen Moll-Akkorden; etwas von seiner Todesahnung übertrug sich unwillkürlich auch auf mich.

Ich biss die Zähne zusammen. *Nein, ich werde nicht aufgeben, nicht eher jedenfalls, bis ich keinen noch so winzigen Hoffnungsschimmer mehr sehe.* Hart knurrte ich: »Jeder ist selbst seines Schicksals Schmied, Steuermann. Das ist eine Maxime unseres Handelns.«

Ich wartete eine Phase der relativen Ruhe ab, hangelte mich an einem Tau in Richtung des Aufgangs und merkte mit einem Gefühl der Befriedigung, dass mir Quandd folgte. Gemeinsam arbeiteten wir uns durch das Chaos unter Deck auf die Treppe zu. Gravostöße packten das Schiff, vielmehr das, was noch von ihm übrig war, zerrten an den Verbindungen und ließen die Hölzer knirschen. Ich entriegelte die Luke und kroch an Deck. Die TOPTAN-KAU war tatsächlich nur noch ein Wrack. Neben mir orgelte Quandd entsetzt auf, als er das Chaos an Deck seines Schiffes sah. Nichts war mehr heil. Vom Hauptmast war nur noch ein kurzer Stumpf übrig, dort, wo ihn die Fischungen hielten. Ich warf einen Blick in die Atmosphäre. Mast und Hauptrahe trieben in etwa siebenhundert Metern Entfernung und trudelten um eine gemeinsame Achse. Ein Rest des Segels blähte sich und flatterte. Es sah aus, als winkte uns eine große Hand. Trümmer, bestehend aus Stücken der Reling und der Wantenblöcke, trieben neben dem Torso her. Eine Wolke winziger Holzsplitter entfernte sich in einer großen Spirale.

Mein Blick kehrte zum Deck zurück. Die Planken waren dick mit den Verdauungssäften der Gravo-Echse beschmiert, die die abgeschnittenen Maultentakel abgesondert hatten. Es stank bestialisch. Von den Ausrüstungsgegenständen, die an der Innenseite der Reling festgezurrt gewesen waren, fehlte jede Spur. Zerfaserte und aufgedrehte Taue hingen herum. Das Windruder existierte nicht mehr; die metallene Klaue, mit der es am Heck befestigt gewesen war, hing nur noch an einem einzigen Nagel.

Quandd trat an meine Seite. »Glaubst du nun, dass es hoffnungslos ist?«

Ich biss auf meine Unterlippe. »Was den Zustand des Schiffes betrifft – ja.«

Das Deck schwankte wild. Der Torso der TOPTAN-KAU bockte wie ein auskeilendes Reittier. Das Wrack trieb immer schneller voran. In der Atmosphäre bildeten sich die charakteristischen Spiralmuster, die das Entstehen eines Mahlstroms ankündigten. Das

Gravofeld, in dem wir trieben, wechselte von einem Moment zum anderen seine Intensität. Einmal rasten wir scheinbar ein tiefes Tal hinab, um im nächsten Augenblick von einer gewaltigen, unsichtbaren Woge wieder hochgeworfen zu werden. Der Wind pfiff und heulte, ich konnte mich nur schreiend bemerkbar machen.

»Wir müssen wieder unter Deck, ansonsten reißt uns der Sturm von den Planken.« Krampfhaft umklammerte ich die Kanthölzer des Schotenknechts, der als Einziger die Wut der Gravo-Echse überstanden hatte. »Wir haben eine echte Chance davonzukommen, glaub mir. Der Rumpf hält wesentlich mehr aus als je ein Schiff zuvor. Und noch etwas: Wenn wir in den Sog geraten, werden uns die Fliehkräfte nach einer bestimmten Zeit von selbst herauskatapultieren.« Das war nur eine Vermutung. Ob sie zutraf, würde sich schon noch herausstellen. Quandd öffnete die Luke, wir kletterten wieder ins Innere des Torsos. Ich deutete auf seine Gefährten. »Nimm sie dir der Reihe nach vor. Sie müssen sich festbinden.«

Ich selbst suchte mir neben dem Mastfuß einen Platz, schlang ein Tauende um meine Hüften und wickelte es mehrmals um den Mastfuß, den ich zusätzlich noch mit Armen und Beinen umklammerte. Wir waren keinen Augenblick zu früh fertig. Der mörderische Tanz begann.

Die Geräusche der aufgewühlten Natur schwollen orkanartig an. Die Kräfte des Gravosturms rüttelten an den Spanten und Verbindungen des Wracks. Unter enormer Spannung stehend, sprangen lange Splitter aus dem Holz der Deckbalken. Der Torso der TOPTAN-KAU sackte durch und fiel, dass ich glaubte, mit dem Kopf durch die Decke zu stoßen, schoss wieder nach oben und verharrte dort eine Millitonta in Schwerelosigkeit. Dann packten die Kräfte der entfesselten Elemente erneut zu. Proviantsäcke, Kisten und schwere Taurollen flogen wie Geschosse durch den niedrigen Raum, trafen meinen ungeschützten Rücken und übersäten ihn mit Beulen, blauen Flecken und Schnitten.

Irgendwann waren wir im Zentrum des Sturms. Enorme Fliehkräfte packten das Wrack, wirbelten es im Kreis, bis ich farbige Schleier sah. Äderchen platzten. Ich krallte mich förmlich in das Holz des Mastfußes, klammerte mich mehr oder weniger besinnungslos fest, nur von dem Willen beseelt, diesen Kampf gegen die Elemente zu meinen Gunsten zu entscheiden. Es war ein Albtraum. Ein Heulen und Kreischen gellte in meinen Ohren und versetzte die Trommelfelle in unerträgliche Schwingungen.

Durch den roten Blutnebel vor meinen Augen sah ich, dass einer der Dnofftries von den Leinen losgerissen wurde und in die gegenüberliegende Wand schlug. Wenig später geschah das, was ich gehofft hatte: Der Mahlstrom konnte den schweren Torso der TOPTAN-KAU nicht länger halten und spie ihn aus. Ich hatte jegliches Zeitgefühl verloren, als wir wieder in einer Zone relativer Ruhe trieben, war zu erschöpft, um Freude darüber zu empfinden. Und gleich darauf versank ich in eine halbe Bewusstlosigkeit.

Wie viele Tontas wir so dahintrieben, wusste ich nicht. Ich wurde ein paarmal wach, um gleich darauf wieder in den Erschöpfungsschlaf zurückzufallen. Irgendwann erwachte ich durch ein merkwürdiges Geräusch. Es klang wie das Jammern unzähliger Dämonen. Aus blutunterlaufenen Augen starrte ich um mich – das seltsame Konzert kam von den Dnofftries. Ihre Balgmuskeln vibrierten synchron und erzeugten diesen in der Tonhöhe fast gleichmäßigen Klang tiefer Trauer. Ich hatte ihn schon einmal gehört: als die Festung der Ausgestoßenen von ihrer Verankerung geschnitten und dem Untergang preisgegeben worden war. Aber was war jetzt der Grund? Ich musste mehrmals meine Frage stellen, ehe ich Quandd aus seiner Trance in die Wirklichkeit zurückholte.

»Sieh hinaus.«

Unmittelbar vor mir fehlte ein großes Stück des flachen Kiels; mein Blick fiel ungehindert auf die unter uns hinwegrasende Ebene. Der Schreck saß mir in den Gliedern, als ich erkannte, dass wir knapp über dem *Tiefen Land* waren. Nicht höher als zwanzig Meter vielleicht. Das Wrack befand sich in den letzten Ausläufern einer *Neutralen Zone* und sank immer tiefer. Nichts konnte es aufhalten. Unter uns huschten Felsen vorbei, dann Dünen. Und ich begann zu hoffen. Es bestand eine geringe Chance, den Absturz zu überleben, wenn wir in einem Gebiet mit Sand herunterkamen. Wunderbarerweise lag der Torso der TOPTAN-KAU auf ebenem Kiel. Das Heck lag sogar noch etwas tiefer, sofern mich meine Sinne nicht im Stich ließen.

Vermutlich war es der erste Gravosegler, der auf der Ebene landete; dafür dass es das erste Mal war, gelang das ganz ordentlich. Der Rest des kastenförmigen Rumpfes plumpste hinunter, grub eine tiefe Furche in den Sand und schleuderte ganze Wolken von Dreck und Staub als immense Bugwelle zur Seite. Ich umklammerte den Mastfuß und wartete auf das Bersten, mit dem das Wrack an einem Felsen zerschellen würde. Es kam. Und in meinem Kopf explodierte etwas.

Die Dunkelheit wich nur zögernd. Ich kam zu mir und versuchte mich zu bewegen. Es gelang mir nur unter großen Anstrengungen, die mich fast wieder in die Bewusstlosigkeit zurücksinken ließen. Doch dann wurde mein Blick klar. »Ich lebe.«

Ich lebte tatsächlich. Durch die geborstene Steuerbordwand sah ich die Wüste. Mein Blick fiel ungehindert über die Sandfläche, über der die Hitze flirrte. Mühsam richtete ich mich auf, wälzte die Taurolle von meinen Beinen und kam schwankend auf die Füße. »Quandd?«

Nur langsam übersah ich das ganze Ausmaß der Tragödie. Der Kiel der TOPTAN-KAU war von vorn bis hinten aufgerissen. Aber das war nicht das Schlimmste. Die Dnofftries waren beim Aufprall herausgeschleudert worden. Ich humpelte mühsam von einem zum anderen. Bei siebenundzwanzig kam jede Hilfe zu spät. Nur drei Besatzungsmitglieder lebten und waren relativ unverletzt. Zwei namens Occy und Danju. Das dritte war Quandd. Ich fühlte mich miserabel. Eine riesige Beule am Hinterkopf trug nicht gerade zu meinem Wohlbefinden bei. Ich sah zum Himmel auf. Die Farben des Mittags spielten darüber.

Ich verlor keine Zeit. Die TOPTAN-KAU war gut ausgerüstet und mit den nötigen Vorräten versehen worden – für einunddreißig Besatzungsmitglieder, mich eingeschlossen, die längere Zeit unterwegs sein würden. Wir hatten zwar einiges an Vorräten verloren, als wir diese unsanfte Landung hinlegten. Aber es war noch immer genug da, um uns vier Überlebende ausreichend zu versorgen.

Die Dnofftries waren von tiefer Lethargie erfüllt, die sie handlungsunfähig machte. Ich kümmerte mich vorerst nicht darum, sondern trug den Proviant auf einen Haufen zusammen, den ich zweimal durchforstete, so dass zum Schluss alles Überflüssige wegblieb. Ich schuftete wie ein Irrer, der Schweiß lief mir über Gesicht und Körper. Aus Tauen, Resten von Segeltuch und dem Proviant band ich drei kleine und einen riesigen Packen. Letzterer war für mich. Als ich fast fertig war, erwachte Quandd aus seiner Lethargie. Bisher hatte er regungslos im Sand gehockt, mit verschleiertem Augenband und verschlossenen Ohren und Mündern. Jetzt sah er mich an. »Was hast du vor?«

Die Töne kamen gepresst aus der Hautfalte, die er kaum öffnete. Offenbar fürchtete er sich vor dem Sand, den der Wind pausenlos gegen die Überreste der TOPTAN-KAU trieb.

»Ich habe vor, mit euch zum *Ende der Ebene* zu marschieren.«

Quandds Reaktion kam augenblicklich und für mich nicht unerwartet. Der Balgmuskel des Steuermanns zuckte konvulsivisch und erzeugte den charakteristischen tiefen, tremolierenden Ton der absoluten Furcht.

Du hast ihn in Panik versetzt, kommentierte mein Logiksektor überflüssigerweise Quandds Verhalten.

Ich werde ihn und die beiden anderen noch öfter in Panik versetzen. Jetzt ist keine Zeit mehr, auf ihre Empfindungen Rücksicht zu nehmen.

Da Quandd keine Anstalten machte, aus seiner selbst gewählten Resignation zurückzukehren, ging ich mit einem Knurren zu ihm und gab ihm mit der flachen Hand einen klatschenden Schlag auf die blaue Lederhaut. Es knallte förmlich. Und das Geräusch wirkte – oder war es die Erschütterung? Egal. Quandds kristallines Augenband blickte wieder hell. »Wir bleiben hier und warten, bis uns ein Expeditionsschiff des Vorschwebers findet.«

»Ohne mich.« Der Dnofftrie schwieg. Ich wartete eine Weile, dann wandte ich mich achselzuckend ab und wuchtete mir die schwere Last auf den Rücken. Ich rückte sie zurecht, zog die Stricke etwas fester und gürtete mein Schwert. Eine Harpune und ein Beutel mit Bolzen für diese weittragende Waffe vervollständigten meine Ausrüstung. Ich hatte wohl gemerkt, dass sich inzwischen die drei Dnofftries um mich geschart hatten, doch ich ignorierte sie weiterhin.

»Du gehst?«, sang Quandd plötzlich.

»Ich breche sofort auf. Bald endet das Tageslicht.«

»Du hast wirklich vor, uns hier zurückzulassen?«

»Richtig. Von jetzt ab ist euer Weg eure Sache. Ihr könnt euch noch entscheiden. Entscheidet ihr euch, mit mir zu gehen, gibt es vermutlich kein Zurück mehr. Und – ich kann keine Bummler brauchen. Wer zurückbleibt, auf den warte ich in keinem Fall.«

»Wir gehen mit.«

»Gut. Ihr habt anfangs schwere Lasten zu tragen, aber sie werden mit der Zeit leichter.«

Als ich mich nach einer Tonta umdrehte, konnte ich in der Wüste nichts mehr vom Wrack der TOPTAN-KAU sehen.

Wir schafften etwa zehn Kilometer, ehe die Farben der Nacht über den rot leuchtenden Himmel zogen und den Horizont verschwimmen ließen. Quandd, Occy und Danju scharrten sich mit ihren Greifpfoten eine muldenförmige Vertiefung im Sand und hockten sich hin. Wenig später zeigte mir das mit dem Blau ihrer Haut verschmelzende Augenband, dass sie schliefen – sofern Dnofftries überhaupt im mir bekannten Sinne schliefen. Merkwürdigerweise hatte ich nie darüber genaue Erkundigungen eingeholt. Ich beschäftigte mich eine ganze Weile mit diesem Problem, ehe ich darüber einschlief.

Die Farben des Tages leuchteten noch nicht voll, als wir unseren Marsch fortsetzten. Wir gingen weiter, über raues Gelände. Felsblöcke ragten aus dem Sand. Der Boden stieg an, meine nackten Sohlen spürten schmerzhaft die Härte kleinerer Steine. Ohne Murren blieben mir die drei Dnofftries dicht auf den Fersen. Hatte ich anfangs befürchtet, sie würden mir eine Last sein, sah ich mich nun angenehm enttäuscht.

Als ich gegen Mittag anhalten ließ, hatten wir weitere fünfzehn Kilometer geschafft. Wir stärkten uns in einem kleinen Sandkessel, der ringsum von niedrigen Felsen eingeschlossen wurde. Dahinter erstreckte sich die Ebene des *Tiefen Landes* in gleichförmiger Eintönigkeit.

»Was erwartest du eigentlich zu finden?«, fragte Quandd.

Ich zuckte die Achseln, was kein Echo hervorrief. Dnofftries kannten die Bedeutung dieser Bewegung nicht. Sie hatten dafür eine ganz bestimmte Tonfolge. Ich sang sie. »Das *Ende der Ebene* – wie es mir der Vorschweber aufgetragen hat.« In Gedanken fügte ich hinzu: *Und vielleicht einen Weg zurück in mein eigenes Raum-Zeit-Kontinuum.*

Nach einer Mahlzeit in Schweigen und einer Rast von einer halben Tonta gingen wir weiter. Ich hatte gerade den Rand des Kessels erklommen, als etwas durch die Luft zischte und sich mit einem peitschenden Knall um meinen linken Fuß schlang. Der unerwartete Schmerz ließ mich aufschreien. Ich zwang mich zur Ruhe und blickte hinab; die biegsame, daumendicke Ranke, die sich um meine Knöchel schlang, entpuppte sich als geflochtenes Lasso mit kleinen Metallgewichten am Ende. Ich bückte mich und riss kräftig an dem Seil. Zuerst hatte ich einen gewissen Widerstand zu überwinden, dann gab etwas nach – und hinter der Felskante erhob sich schwankend eine merkwürdige Konstruktion. Sie erschien mir zunächst wie ein riesiges Blatt, ehe ich erkannte, dass das Rippengerüst aus dünnen Stäben bestand, die in ein Segel eingenäht waren. Spannschnüre gaben dem Drachengleiter die nötige Steifheit.

Unter der Segelfläche, offenbar im Schwerpunkt dieses fliegenden Segels, hockte in einem korbähnlichen Sitz ein Wesen, das verblüffend einem blau *bepelzten* Dnofftrie glich. Als es merkte, dass es sich mit mir einen zu großen Happen geangelt hatte – ich holte nämlich das Lasso Zug um Zug ein –, kappte es das Seil. Der Gleiter bäumte sich auf, schüttelte sich wie ein riesiger gefiederter Räuber und legte sich dann in eine enge Kehre. Als ich den Felsrand erreicht hatte, sah ich das zerbrechliche Gefährt rasch über die Ebene dahingleiten. War das ein Vertreter jener sagenhaften Völker, von denen in Su-Ra geredet worden war?

Ich beschäftigte mich noch mit dem bepelzten Flieger, als hinter mir Quandds Organ orgelte: »Achtung, Atlan!«

Ich fuhr herum – und was ich sah, verschlug mir fast die Sprache. Mit dem Wind kam eine ganze Anzahl dieser blattähnlichen Gleiter über die Ebene heran. Sie schwebten so tief, dass sie fast den Boden streiften. Die Piloten trugen kurze Bogen und Pfeile in den Klauen. Als einer der Pfeile dicht vor mir in den Boden zischte, warf ich mich hinter einem Felsen in Deckung. Ein ganzer Hagel von Pfeilen prasselte herab, traf aber keinen von uns. Ich verfolgte den Flug der Gleiter und sah, dass sie in einiger Entfernung in großen Schwüngen an Höhe gewannen. Ich ahnte, was dieses Manöver bezweckte. Tatsächlich zogen die Gleiter in einer fast exakt militärischen Formation in Gegenrichtung über uns dahin, bis sie im Dunst verschwanden.

»Bleibt in Deckung!«, schrie ich, als meine drei Begleiter sich anschickten, zu mir heraufzuklettern. »Es ist noch nicht vorbei.«

Mit furchterfüllten Trompetenstößen verkrochen sich die drei Dnofftries unter dem überhängenden Felsdach, das ihnen mehr schlecht als recht Schutz bot. Ich suchte den Himmel in der Richtung ab, aus der die Gleiter angreifen würden. Und da waren sie schon! Es hatte keine fünf Zentitontas gedauert. Die gleiche Taktik wie zuvor – auch diesmal wieder dicht über dem Boden. Sie kamen näher und näher, zogen knapp vor dem Kessel die Gleiter etwas hoch und huschten darüber hinweg, während sie ihre Pfeile auf uns abfeuerten. Wie eine angreifende Staffel Jagdflugzeuge sah das aus. Ich hörte den Wind in den Spanndrähten pfeifen. Die Piloten konnten maximal sieben Pfeile verschießen, ehe die Distanz für einen einigermaßen sicheren Schuss zu groß wurde. Ich hielt das Ganze für ein zeitraubendes Verfahren, das wenig Nutzen brachte.

Ich blieb nicht untätig. Nach dem dritten Angriff hatte ich mir aus meiner Last ein Schutzdach gebaut und mir eine Reihe handlicher Steine zurechtgelegt. Beim vierten Angriff eröffnete ich meinerseits das Feuer. Anfangs traf ich immer nur die Segel und riss große Löcher hinein, die allerdings wenig am Flugverhalten der Gleiter änderten. Dann traf ich einen Piloten. Der Felsbrocken, groß wie meine Faust, erwischte ihn voll, und er kippte aus seinem Korbsitz. Genau das war der Zweck meines Bombardements gewesen. Meine kostbaren Bolzen zu verschießen, hielt ich nicht für nötig. Überdies wollte ich einen der blauen Piloten lebend.

Der Getroffene fiel etwa vierhundert Meter entfernt zu Boden. Sein Segler raste führerlos weiter, kippte über die linke Fläche ab und zerschellte auf der Ebene. Ich überlegte, wie ich meine Beute erreichen konnte, ohne von einem Pfeilhagel durchbohrt zu werden, als ich sah, dass der letzte Segler eine kleine Kursänderung vollführte und auf den am Boden sitzenden Piloten zuhielt. Ein Lasso fiel herab und schleifte nach.

Der in Not geratene Pilot ergriff es, sein Retter zog den Segler in einer Steilkurve hoch. Rasch entschwanden beide meinen Blicken. Ich wartete mehr als eine halbe Tonta, aber es erfolgte kein weiterer Angriff mehr. Während wir unseren Weg fortsetzten, fragte ich mich, was noch alles an unvorhersehbaren Dingen unseren Marsch beeinträchtigen würde. Die blau bepelzten Piloten jedenfalls sahen wir nicht wieder.

Die Landschaft wechselte nie. Als ich das Gefühl hatte, schon eine Ewigkeit unterwegs zu sein – das war so um den fünften Prago seit Beginn des Fußmarsches –, merkte ich plötzlich, dass es keine Farbwechsel am Himmel mehr gab. Die Farbe blieb gleich, ohne Unterschied zwischen Tag und Nacht. Wurden wir müde, legten wir uns fortan dort schlafen, wo wir uns gerade befanden. Waren wir ausgeruht, machten wir uns wieder auf die Beine, schlangen unsere Rationen hinunter und zogen weiter. Während einer solchen Ruhepause erwachte ich unvermittelt und merkte, dass ich an allen Gliedern zitterte. Ich setzte mich erschrocken auf.

Kein Grund zur Aufregung, drangen nach langer Zeit wieder einmal die Impulse des Extrasinns in mein Wachbewusstsein. *Es ist kalt geworden, nichts weiter.*

Tatsächlich! Der Boden war mit einem Hauch Reif bedeckt, mein Atem stand als dichte Wolke vor meinem Mund. Ich durchsuchte mein Bündel, entnahm ihm eine Rolle Segelleinwand und machte mich daran, mir einen Mantel und Fußbekleidung zu schneidern. Als ich fertig war, sah ich den Dnofftries ähnlicher als einem Arkoniden. Das steife Segeltuch fiel glockenförmig von den Schultern herab. Ich dachte kurz nach und schnitt entlang des Halslochs kleine Öffnungen, durch die ich eine dünne Leine zog. Auf diese Weise konnte ich den Umhang um meinen Hals zuziehen, so dass sich der Wind, der stürmisch über die Ebene fegte, nicht mehr in dem Kleidungsstück fing. Die Dnofftries waren meinem Tun gefolgt, ohne eine Reaktion zu zeigen.

Erst als ich fertig war, erkundigte sich Quandd – die beiden anderen sprachen kaum einen Ton mit mir –, warum ich mir eine zweite Haut anlegte.

Ich betrachtete den blaukegeligen Körper mit der lederharten Haut nachdenklich. »Spürt ihr keine Kälte?«

Quandds Balgmuskel signalisierte Ratlosigkeit. »Kälte? Was ist das?«

»Registriert ihr keine Temperaturunterschiede?«

Verneinung. Dann: »Wir registrieren lediglich den Wechsel der Luftfeuchtigkeit, wenn es das ist, was du meinst.«

»Das trifft nicht ganz den Kern der Sache.« Immerhin würden die Dnofftries nicht unter der Kälte zu leiden haben. Als ich mir meine klammen Finger rieb, wünschte ich, ich könnte das auch von mir behaupten. Es wurde kälter und windiger. Harte Böen peitschten geradezu über die Ebene, die sich mehr und mehr mit Eiskristallen bedeckte, je weiter wir marschierten. Ein weiteres Phänomen: Ich hatte kein Zeitgefühl mehr. Ich konnte nicht mehr sagen, ob zehn Tontas oder mehr seit unserer letzten Mahlzeit vergangen waren oder nicht. Vielleicht basierten meine Zeitangaben der letzten Tage sogar allesamt auf falschen Voraussetzungen. Mehr und mehr wuchs in mir die Ahnung, dass in diesem Kontinuum alles möglich sein konnte.

Ich fror inzwischen ganz erbärmlich. Unablässig wehte eisiger Wind. Ich rationierte die Nahrungsmittel, da ich nicht wusste, wann wir das Ende unseres Marsches erreichten. Daran, was uns eventuell dort erwartete, wagte ich gar nicht zu denken. Mit Sicherheit nicht die Zivilisation, von der der Vorschweber träumte. Meine drei Begleiter murrten über die kleineren Portionen. Der Himmel verdunkelte sich. Mehr denn je hatte es den Anschein, dass wir auf einem Marsch ins Nichts waren. Kurzzeitig auftretende Nebelbänke, grau und trostlos, verstärkten den Eindruck der Leblosigkeit noch.

Eine deutliche Wandlung veränderte die Dnofftries. Ihren wenigen Unterhaltungen entnahm ich, dass sie permanent Angst hatten, weil sie in der *Region des Todes* angekommen waren. Die Landschaft veränderte sich. Aber sie veränderte sich nicht zu ihrem Vorteil. Der Boden stieg leicht an. Eisflächen, grün und blau schimmernd, hinderten uns an einem schnellen Vorankommen. Die Füße fanden oft keinen Halt.

Bei der nächsten Ruheperiode meuterten Occy und Danju erstmals offen über die rationierten Portionen, deuteten unumwunden an, dass es nicht richtig sei, dass ich die gleiche Menge bekäme.

»Wie denkst du darüber?«, wandte ich mich an Quandd, der offenbar noch Autorität bei dem Rest seiner Besatzung genoss.

Er schwieg lange. »Wir sollten uns überlegen, ob es nicht besser wäre, umzukehren.«

»Du kannst das nicht ernsthaft wollen.«

Er wollte.

»Weshalb gehst du nicht allein weiter?«, wollte Danju wissen. »Wir lassen dir ein Viertel der Vorräte.«

Ich sang eine Tonfolge der Verachtung. »Geht nur zurück! Kümmert euch nicht um mich. Aber ich bezweifle, ob es euch gelingt, den Gefahren zu entkommen, die auf euch warten.«

Quandd stand auf. Der seinen Artgenossen zugewandte Mund orgelte: »Ich entscheide, wann es so weit ist.«

Drei Augenbänder sahen mich an.

Von jetzt an sei vorsichtig, wenn du dich hinlegst, warnte mich der Logiksektor.

Wir aßen zu Ende und nahmen unsere Bündel wieder auf. Ich ging nun als Letzter und beobachtete die Dnofftries; mein Schwert trug ich offen in der Rechten.

Während der folgenden Ruheperiode blieb ich wach. Ich wartete lange; seit einiger Zeit schneite es. Schließlich bewegte ich mich lautlos auf die drei Kegel zu, die dicht nebeneinander aus der dünnen Schneedecke ragten. Ich hielt unwillkürlich den Atem an, obwohl der Wind jedes andere Geräusch übertönte. Nacheinander nahm ich mir die Bündel vor und entfernte alles aus ihnen, was die Dnofftries als Waffe gebrauchen konnten. Ich fühlte ein kurzes Bedauern, aber ich wollte schließlich weiterleben. Die Schwerter warf ich mit äußerster Kraft weg; sie würden sie niemals wieder finden. Die Rohre der Harpunen quetschte ich zusammen, bis sie unbrauchbar geworden waren. Und die Bolzen verstreute ich im Schnee.

Erst dann legte ich mich auf mein ausgerolltes Bündel, zog den Umhang fest um die Schultern und schlief ein. Durch meinen unruhigen Schlummer geisterte ein monotones Geräusch, das aus unermesslichen Fernen zu kommen schien. Ich war noch vor den Dnofftries wach, die sehr erschöpft wirkten. Sie klagten über die hohe Luftfeuchtigkeit, womit sie den Schnee meinten. Unwillkürlich spannte ich meine Muskeln, als sich Danju an seinem Bündel zu schaffen machte. Er öffnete es und stapelte einen Teil seiner Nahrungsmittel. Sein Balgmuskel erzeugte Töne der Überraschung. »Seht doch!« Eins seiner Sehorgane starrte auf mich. »Er hat uns unsere Waffen genommen. Wir sind schutzlos den Geistern ausgeliefert.«

Seine Stimme erhob sich zu einem nervenstrapazierenden Tremolo. Als ich ihm befahl aufzuhören, wollte er sich auf mich stürzen. Aber ein scharfes Kommando Quandds hielt ihn zurück.

»Er hat es von Anfang an so geplant«, sang Occy verbittert.

Der Steuermann wandte sich an mich. »War das dein Ziel? Hast du vor, uns jetzt im Stich zu lassen?«

»Wir gehen weiter. Ich habe nur eine bestimmte Vorsichtsmaßnahme getroffen, mehr nicht.«

»Und wenn wir uns weigern?«

Damit musste ich rechnen. Ich überlegte keinen Wimpernschlag lang. »Dann lasse ich euch den größten Teil der Vorräte hier und ziehe allein weiter.«

Quandd ging an seinen Platz und schnürte sein Bündel zusammen. Ich fühlte mich keineswegs als Sieger, als wir losmarschierten.

Während der folgenden Ruhepause entging ich nur knapp einem Angriff Danjus. Ich konnte mich gerade noch zur Seite rollen, der Felsbrocken verfehlte meinen Kopf äußerst knapp. Mit einem Wutgeheul stürzte sich Danju auf mich. Ich schleuderte ihn mühelos mit einer Armbewegung zur Seite. Occy wollte ebenfalls über mich herfallen. Doch ein scharfer Befehl Quandds brachte beide zur Vernunft. Von da an blieben die drei in sich gekehrt. Mit mir sprachen sie nicht mehr, ließen mich aber in Ruhe. Keiner versuchte mehr einen Angriff. Gegenseitig halfen sie sich über schwierige Wegstücke hinweg und lehnten meine Hilfe ab.

Der Himmel verdunkelte sich mehr und mehr. Mit der Zeit gewann ich den Eindruck, als rücke der Horizont zusammen und auf uns zu. Mit etwas Fantasie ergab sich das Bild, am Beginn eines immensen Tunnels zu stehen. Unser Marsch geriet in die Nähe des Albtraumhaften. Der ferne Lärm schwoll an. Es war ein Geräusch, wie ich es noch nie vernommen hatte und das mir mehr als einmal das Blut in den Adern stocken ließ. Er verwandelte auch meine kleinen Begleiter. Die Farbe ihrer Lederhaut, sonst in reinem Blau schimmernd, wurde dunkel und schmutzig grau. Die Balgmuskeln sendeten nun ununterbrochen Signale der Furcht aus.

Unser Vorwärtskommen gestaltete sich immer mühsamer. Auf dem unwegsamen Gelände kamen wir nur langsam voran; die Dnofftries hatten Schwierigkeiten, mit ihren Greifpfoten sicheren Halt zu finden. Wir durchquerten ein breites, flaches Tal und marschierten weiter. Bis zum Horizont war nichts als Flachland und schimmernder Schnee zu sehen. Weiter und weiter wanderten wir. Meine Beine suchten sich automatisch ihren Weg über die Ebene, bis mir klar wurde, dass ich erst dann anhalten würde, wenn ich das *Ende der Ebene* erreichte. Weit vor uns traf die Dunkelheit des Himmels mit der der Ebene zusammen, wie Schiefer in Schichten gelagert, zwischen denen es dunkelrot glomm.

Irgendwann blieb Quandd plötzlich stehen und weigerte sich weiterzugehen.

»Ich lasse dich allein zurück«, drohte ich. Als ich den beiden anderen befahl, ihm hochzuhelfen, damit ich meinen Marsch fortsetzen konnte, reagierten sie nicht.

»Er ist von den Geistern der Ebene besessen«, sang Occy tremolierend. »Werfen wir uns auf ihn. Noch können wir umkehren, zurück nach Su-Ra und zu den anderen …«

Erst da begriff ich, dass sie von mir sprachen. Ich packte die eiskalte Klinge fester und hielt sie ausgestreckt von mir weg.

»Versucht es nur!«, knurrte ich und hatte unerklärliche Mühe, auf dem glatten Untergrund nicht den Halt zu verlieren. Der Wind wurde stärker und zerrte in kräftigen Stößen an mir. Schmerzhaft flatterte der grobe Segeltuchumhang gegen meine Beine, um die ich dicke Lagen Tuch gewunden hatte, um mir nicht die Füße zu erfrieren. Ich taumelte und wäre fast gestürzt. Der Wind riss immer kräftiger an mir.

Das kann nicht sein, erklangen die Impulse meines Logiksektors. *Der Wind ist sollte nicht imstande sein, deine Masse zu bewegen.*

In diesem Moment erkannte ich die Gefahr, in der wir uns befanden. Es war ein Gravosog, in dem wir uns aufhielten. Ich warf mein Gepäck ab und zerrte das Seil heraus. Auch die Dnofftries mussten erkannt haben, was ringsum vorging. Sie klammerten sich aneinander, schlangen die Tentakelarme umeinander und stimmten einen mächtigen Singsang ab, mit dem sie die Geister und Dämonen zu beschwichtigen gedachten. Ich verhedderte mich in der Leine, fluchte und schimpfte und wusste, dass es keine Rettung mehr für die leichten Dnofftries gab, als sich das Zerren schlagartig vervielfachte. Die Dnofftries rollten über die Ebene. Danju löste sich von den beiden anderen, stieß einen orgelnden Schrei aus und wehte davon. Augenblicke später war nichts mehr von ihm zu sehen. Ich warf Quandd und Occy das Seil zu.

»Haltet euch fest!«, schrie ich gegen das Toben der Luft an. Sie versuchten es. Aber das Tau rutschte durch ihre Klauen, als die übermächtigen Kräfte des Gravosogs noch eine weitere Steigerung erfuhren. Sie verschwanden, als hätte es sie nie gegeben. Nun war ich wirklich allein.

Ein fauchendes, pfeifendes Geräusch schwoll hinter meinem Rücken an. Der Orkan brachte die Luft zum Schwingen, fegte Schnee hoch, vermischt mit Kies und kleineren Felsbrocken, die sich aus dem Untergrund lösten. Hinter mir bildete sich eine Wand aus Schnee und Dreck. Ich versuchte, mich gegen den Sog aufrecht zu halten. Vergeblich. Meine Füße gruben tiefe Furchen in den Schnee und den darunter liegenden Sand. Ein kopfgroßer Stein traf meine Schulter und ließ mich vor Schmerz aufstöhnen. Plötzlich wurde ich wie eine Feder hochgehoben, durch die Luft geschleudert und hundert Meter weiter wieder zu Boden geworfen. Ich hatte das Glück, auf einem der relativ dicken Schneefelder zu landen; obwohl mir alles wehtat, hatte ich mir nichts gebrochen.

Da ich gegen die Naturgewalten nicht ankämpfen konnte, krümmte ich mich in meinem Segeltuchmantel zusammen, verbarg mein Gesicht mit den Unterarmen und ließ mich rollen. Gedanken schossen mir durch den Kopf, wie ich meine Lage verbessern könnte, aber sie halfen mir nicht viel. Ein anderer Gravostoß hob mich empor, ich wirbelte wie verrückt herum, berührte den Boden mit einem Fuß, überschlug mich wie die groteske Parodie einer Marionette und prallte aufs Neue vom Boden ab. Der Gravosturm wehte im Wesentlichen in Richtung der Dunkelheit am Horizont. Immer wieder prallte ich auf den Boden, wurde hochgewirbelt und drang schließlich einige Meter über der Ebene in eine starken Gravoströmung ein, die mich in rasender Fahrt davontrug.

Einen Augenblick lang hörte ich von weitem ein entsetzliches Krachen. Mit tränenden Augen sah ich, dass der Schwerkraftorkan in Richtung der schwarzen Wand zog, die die Ebene weit vor mir abzugrenzen schien. Die Staub- und Sandwolken, vermischt mit Eiskristallen und Schneeflocken, bildeten lange Korkenzieherspiralen, die alle in die Schwärze einzumünden schienen.

So plötzlich, wie er begonnen hatte, hörte der Orkan auf. Ich prallte ein letztes Mal auf den Boden, rollte eine Strecke und lag dann platt auf dem Untergrund. Das chaotische Zerren war beendet. Benommen blieb ich eine Weile liegen, bis mir auffiel, dass das entsetzliche Krachen, das meinen Schädel zu sprengen drohte, kaum noch hörbar war. Es hatte sich auf eine Wahrnehmungsebene verlagert, die ich mehr in mir spürte, als dass es ein Geräusch war, das auf mich eindrang. Überraschung und Erleichterung wirkten wie ein heilsamer Schock. Ich konnte meine Gedanken wieder ordnen. Nach einer Weile richtete ich mich auf – und verhielt in fassungslosem Erstaunen. Vor mir endete die Ebene in einer dunklen Wand. Sie erstreckte sich in alle Richtungen, gewaltig, bedrohlich, die Sinne verwirrend. Mir war, als schaue ich von der Panoramagalerie eines Raumers in ein sternenloses All. Totale Finsternis, bodenlos, ein erschreckender Abgrund!

Es ist das Nichts, in das du blickst, wisperte der Extrasinn, um dann triumphierend fortzufahren: *Das geheimnisumwitterte* Ende der Ebene *liegt vor dir, von dem die Dnofftries nur mit Furcht redeten. Es ist gleichzeitig das Ende dieses Mikrokosmos. Handle – tritt hinein. Vielleicht bringt dich dieser Schritt ins Standarduniversum zurück.*

In mir kämpften widerstreitende Gefühle, bis ich meine Schultern straffte. Ich hatte mich entschlossen, das Äußerste zu wagen, um zurückkehren zu können. Abermals veränderte dieses Kontinuum seinen Charakter. Schattenhaft erkennbare Gestalten tauchten plötzlich auf. Ihre Umrisse verschwammen zu diffusen Linien, in denen winzige Lichtpunkte schimmerten. Die Konturen wurden ganz offensichtlich von Schwerkraftfeldern verzerrt. Sie hängten sich an mich, versuchten, mich abzudrängen. Meine Glieder begannen konvulsivisch zu zucken; ich erhielt durch die Berührungen Schocks, die mein Innerstes nach außen zu kehren schienen.

»Eine gewisse Anzahl von Parasiten im Pelz ist gut«, knurrte ich und setzte Fuß vor Fuß. »Der Betroffene wird von ihnen abgehalten, darüber nachzudenken, wie dreckig es ihm wirklich geht.«

Ich taumelte, stürzte, kam wieder auf die Füße.

»Ich werde es euch zeigen«, stöhnte ich auf und merkte, wie sich meine Sinne unter dem Ansturm der Hyperfelder verwirrten. Meine Widerstandskraft war begrenzt. Zu viele Anforderungen waren in der letzten Zeit an sie gestellt worden. Plötzlich erschienen mir alle Überlegungen müßig – oder dachte ich bereits im beginnenden Delirium? Es erschien mir unwichtig. Ich lachte – und sah plötzlich mit erschreckender Klarheit das *Ende der Ebene*. Ich musste nur noch einen Schritt hinaus ins Leere machen, um den heulenden Dämonen zu entkommen.

Ich machte ihn …

Was nun folgte, war eine Periode der absoluten Verwirrung. Ich konnte nicht sagen, ob sie kurz oder lang war, ob sie nur Augenblicke oder Jahre dauerte. Ich konnte nicht angeben, ob es hell oder dunkel war, ob ich lag oder stand, und ich wusste nicht, ob ich mich bewegte oder an einem Ort verharrte. Wohin hatte mich mein Schritt gebracht? In die Zukunft? In die Vergangenheit? Oder blieb ich nun auf ewig in diesem Nichts? Nach unbestimmbarer Zeit hatte ich den Eindruck, in einem hellen Medium zu schweben, das merkwürdig belebt wirkte. Mein Verstand klärte sich mehr und mehr – aber ich glaubte, einen Fiebertraum zu erleben. Über mir spannte sich eine wallende Decke, die transparent wirkte. Sie war in ständiger Bewegung, verformte sich, beulte sich aus, glättete sich wieder, nur um sich an anderer Stelle bis zum Zerreißen zu spannen.

Einmalig, erreichten mich die fernen Impulse des Extrasinns. *Was du hier siehst, ist die Visualisierung der Grenze zwischen Makro- und Mikrokosmos. Dort, die Unregelmäßigkeiten und Beulen deuten jene Stellen an, wo Körper in dieses Kontinuum eindringen.*

Ich war vermutlich das erste lebende Wesen, das diesen Vorgang bewusst miterlebte; an einer Stelle schien ein gewaltiger Einbruch bevorzustehen. Ich sah leichte Nebelschleier entstehen und wieder vergehen, sah, dass sich die »Decke« dehnte und spannte und immer weiter ausgebeult wurde … bis sie zerriss. Es geschah ohne hörbarem Lärm. Aber der Energieschock traf mich mit der Gewalt eines explodierenden Meilers.

Hilflos wirbelte ich in dieser sinnverwirrenden Zone zwischen zwei Kontinua und musste mit ansehen, dass durch die Einbruchstelle Körper aus dem Standarduniversum in dieses Kontinuum hereinfielen. Körper, die auf fatale Art und Weise Erinnerungen in mir wachriefen. In mir erstarrte alles. Die Augenblicke, die ich zum Überlegen brauchte, schienen Äonen zu dauern. Es handelte sich um Arkoniden! Mit unbekannter Richtung und ebenso unbekanntem Schicksal trieben sie in jener Energieströmung an mir vorbei, die ihr Einbruch hervorgerufen hatte. Eine Gedankenkette entstand klar vor meinem inneren Auge. *Sie müssen wie ich vom Wirkungsfeld eines maahkschen Molekularverdichters erfasst worden sein. Die Methans experimentieren also weiterhin.*

Ich haderte mit meiner Unfähigkeit, ihnen helfen zu können. Aber ich konnte mich nicht von der Stelle rühren. Schnell verschwanden die Gestalten in der Ferne. Ich spürte die Verzweiflung wie einen körperlichen Schmerz und merkte, dass mich eine unwiderstehliche Kraft packte und auf jene Stelle zutrieb, wo ich noch das Leck in der Grenze zwischen den Kontinua erkennen konnte. Mein Verstand setzte für Augenblicke aus, bis er wieder mit der gewohnten Klarheit arbeitete und den Vorgang als ein Rückfluten der Hyperkräfte analysierte. Solange das Leck noch offen war, würde dieser Austausch anhalten.

Ich begriff unvermittelt, dass ich unwahrscheinliches Glück hatte. Ich wurde durch den Rückfluss der Energie mitgerissen. Der Mahlstrom wirbelte mich herum. Mir war, als fiele ich aus ungeheurer Höhe in einen schwarzen Trichter, an dessen Ende ich einen winzigen Lichtpunkt entdeckte. Das war mein letzter klarer Eindruck, ehe ich das Bewusstsein verlor.

16.

Ra: *Die Stimmung in dem Oktaederraumer der Varganin war immer noch gespannt. An Bord der MONDSCHATTEN befand sich neben Ischtar nur der Barbar aus dem unerforschten Sonnensystem, der sie einst hatte lieben dürfen und ihr unrettbar verfallen war. In ihm tobte ein Zwiespalt von Gefühlen. Einerseits hatte er Atlan, dem rechtmäßigen Kristallprinzen des Großen Imperiums, Treue geschworen, und*

Ra war es ernst damit gewesen. Andererseits liebte er Ischtar mit verzehrender Glut, sie war seine »Goldene Göttin«.

Anfangs hatte er sich Atlan nur angeschlossen, um nach ihr suchen zu können, hatte geduldig viele Strapazen ertragen. Dann hatte er sie wieder gesehen – doch Ischtar hatte sich Atlan zugewandt, während er hatte zusehen müssen, dass sie seine Gefühle mit Füßen trat … Das war fast mehr gewesen, als er ertragen konnte. In ihm brannte die Eifersucht wie eine unlöschbare, lodernde Fackel; zuweilen stieg in ihm regelrechter Hass auf jenen Mann auf, dem er die Treue geschworen hatte. Liebe und Eifersucht hier, Treue dort – sie führten einen permanenten Kampf miteinander. Aber lebte Atlan überhaupt noch …?

Den Vulkanausbruch auf Zercascholpek hatte Atlan zweifellos überlebt, auch jene Ereignisse auf Helpakanor, wo sich der Verbannungsort des Kyriliane-Sehers befunden hatte. Von dort aus, offenbar in die Gewalt von Maahks geraten, hatte es Atlan nach Vassantor verschlagen, wo er von Arkoniden gerettet worden war.

»Da bewegen sich ganze Flotten«, hatte Ischtar leise gesagt, als massive Strukturschocks angemessen wurden. »Vor allem Maahks. Sie verlassen ihren Stützpunkt Skrantasquor; wenn mich nicht alles täuscht, stoßen sie Richtung Trantagossa vor. Sieht ganz nach einem Angriff aus.«

Die FARNATHIA war mit Fartuloon und den anderen an Bord nach Kraumon aufgebrochen. Ra blieb an Bord der MONDSCHATTEN. Ischtar hatte nur auf die Toten Augen *des Kyriliane-Sehers Vrentizianex gestarrt, nicht auf Ras Werben geachtet. Und dann war plötzlich das Unerwartete geschehen – Atlans Gestalt war für kurze Zeit in ihnen zu sehen gewesen. Nur kurz, aber für Ischtar war das der Beweis gewesen, dass er immer noch am Leben war. Das war zu viel für Ra gewesen. Rasend vor Enttäuschung und Eifersucht, hatte er sich auf die* Toten Augen *gestürzt und sie zerstört.*

Ischtars Augen hatten sich geweitet, als sie auf die weißgelben, von feinen Äderchen durchzogenen Gebilde starrte, die abrupt von dem Hieb eines Flottenmessers in der Mitte gespalten worden waren. An die darauf folgende Reaktion der Varganin dachte Ra auch jetzt nur mit Schaudern zurück. Er konnte von Glück sagen, dass er noch lebte; nur durch Zufall war ihre Waffe auf Paralyse gestellt gewesen. Lange Zeit hatte sie ihn dann mit Verachtung gestraft; das eisige Schweigen war eine fürchterliche Strafe gewesen.

Die zuvor schon angemessenen Schiffe der Maahks griffen den Flottenstützpunkt Trantagossa an, der gesamte Raumsektor geriet in Aufruhr. Normalerweise interessierte sich Ischtar weder für die Arkoniden noch für die Maahks oder ihren Krieg. Um allerdings nicht gefährdet zu werden, hörte sie dennoch routinemäßig die Funksprüche ab und analysierte genau die Daten der Fernortung. So kam es, dass sie vom rätselhaften Verschwinden des Kommandeurs Heng ebenso erfuhr wie von der Ankunft des Ersatzmannes Chergost dom Ortizal. Wichtiger aber waren Geheimmeldungen, in denen von einem »Zwergenmacher« als neue Waffe der Methans ebenso die Rede war wie von einem goldhaarigen Fremden, der kurz vor dem Angriff auf das Trantagossa-System intensiv gesucht worden war. Offenbar ein Vargane – Magantilliken?

Weiterhin davon überzeugt, dass Atlan noch lebte, hatte Ischtar ruhelos ihr Schiff von Sonnensystem zu Sonnensystem gejagt, immer in der Hoffnung, den Verschollenen zu finden – vergeblich. Die Tage reihten sich aneinander, ohne dass von Atlan eine Spur gefunden wurde. Die eigene Besessenheit vor Augen, konnte Ra in klaren Momenten durchaus verstehen, dass Ischtar nicht aufgab. Ganz langsam nur normalisierte sich das Verhältnis zwischen ihm und ihr wieder halbwegs. Erneut keimte Hoffnung in dem Barbaren auf, er begann wieder, um ihre Gunst zu werben. Ischtars Anblick machte ihn fast verrückt, pflegte sie an Bord ihres Raumers doch meist unbekleidet zu gehen – und was konnte ihn mehr reizen als der Anblick der vollendet schönen »Goldenen Göttin« …?

Sie aber reagierte nicht. Er konnte sagen, was er wollte, konnte bitten und flehen, sie ging nicht darauf ein. Sie blieb kühl und distanziert, unnahbar wie eine richtige Göttin. Seit einigen Tagen drohte Ra deshalb zu verzweifeln. Dennoch ging er nun in die Zentrale des Doppelpyramiden-Schiffs, um einen neuen Anlauf zu wagen. Doch schon beim Eintritt sank sein Mut wieder, weil Ischtar ihn nur mit einem abwesenden Blick ihrer goldenen Augen streifte. Sie saß vor den Kontrollen und war dabei, den Raumer in ein neues Sonnensystem zu steuern, in dem sie ihre Suche nach Atlan fortsetzen wollte.

Trotz stieg in Ra auf. Jeder sah in ihm immer noch den Barbaren, aber das war er längst nicht mehr. Durch Hypnoschulung hatte er das Wissen eines gebildeten Arkoniden erlangt, er konnte es auch anwenden, das hatte er oft genug bewiesen. Er hatte auch gelernt, seine natürliche Wildheit zu bezähmen, wenngleich ihm das auch manchmal recht schwer fiel. Mit einer geschmeidigen Bewegung glitt er in den Sitz neben Ischtar und warf einen Blick auf den Hauptbildschirm, der die fremde Sonne und ihre sieben Planeten zeigte. Er stieß einen kurzen Laut der Missbilligung aus und fragte mit rauer Stimme: »Wie lange willst du eigentlich diese Suche noch fortsetzen? Sie ist sinnlos, glaub mir das. Atlan ist tot. Es wäre viel vernünftiger, wenn du …«

Die Varganin sah ihn an, ihr Blick brachte ihn zum Verstummen. »Atlan lebt«, sagte sie schließlich mit spröder Stimme, in der nicht der geringste Zweifel mitschwang. »Ich habe sein Bild in den Toten Augen *gesehen; wenn du sie nicht zerstört hättest …«*

Sie vollendete diesen Satz nicht, doch das war gar nicht nötig. Er enthielt so schon so viel Vorwurf und Zurechtweisung, dass Ra ihr fast dankbar war, als sie nicht weitersprach. Wieder einmal hatte sie ohne Mühe eine seiner Avancen abgeschlagen, ehe er damit begonnen hatte. Was war das nur für eine Frau? Ra wusste, welcher Leidenschaften sie fähig war, denn sie hatte es ihm ausreichend bewiesen.

Jetzt noch erschauerte er bei dem Gedanken an die Glückseligkeiten, die er durch sie erfahren hatte, damals auf seiner Heimatwelt. Sollte das alles wirklich nie wiederkehren, nur eines Mannes wegen, der vermutlich längst tot war …? Was sollte er noch tun? Ob er ihr seine Leidenschaft offen zeigte und sie bestürmte, ihn zu erhören, oder ob er es mit Vernunftargumenten versuchte – es lief immer auf dasselbe hinaus: Ablehnung …

»Komm zu dir, Kristallprinz«, sagte Fartuloon eindringlich. *»Du musst dich bewegen, denn dieser Schock war zu viel für deinen Kreislauf. Beweg dich, reiß dich zusammen, oder du wachst nie mehr auf.«*

»Schon gut, alter Bauchaufschneider«, murmelte ich vollkommen unbewusst. Mein Körper schmerzte mit allen Fasern, an ihm schien praktisch nichts mehr heil zu sein. Ich musste gegen eine erneute Ohnmacht ankämpfen, die mich in das Nichts zurückschleudern wollte, aus dem ich soeben erst wieder aufzutauchen begann. Jeder Atemzug stach schmerzend in meiner Brust, feurige Räder kreisten vor meinen Augen. Mühsam kämpfte ich gegen die Schwäche an. Unbewusst begann mein Körper mit dem Dagor-Atemtraining, das mir Fartuloon schon in früher Jugend beigebracht hatte. Allmählich besserte sich mein Befinden. Die Schmerzen ebbten ab, das normale Gefühl kehrte zurück. Nun vernahm ich erneut die Stimme, die mich aus meinem Koma gerissen hatte, aber …

So ist es schon besser, sagte der Extrasinn befriedigt. *Und jetzt beweg dich endlich, damit die Starre aus deinen Gliedern weicht. Oder willst du liegen bleiben und für den Rest deines Lebens gelähmt sein?*

Zögernd bewegte ich die Finger, die Hände, dann die Arme. Neue Schmerzen durchrieselten mich, aber ich hielt durch und konnte schließlich auch die Beine wieder rühren. Ich fühlte, dass das Blut zu pulsieren begann und wie das Nichts aus meinem Geist wich. Ich sah verständnislos umher; in der matten Helligkeit begannen sich undeutlich Konturen von Gegenständen abzuzeichnen – nur Fartuloon sah ich nicht.

Ich habe dich geweckt, teilte mir die innere Stimme trocken mit. *Den Bauchaufschneider wirst du vergeblich suchen, denn er ist Lichtjahre weit weg; aber es hat geholfen, dass ich ihn imitiert habe. Weiter jetzt, du musst endlich ganz zu dir kommen.*

»Ja doch«, krächzte ich heiser. Nach einigen vergeblichen Versuchen gelang es mir, mich in Sitzstellung aufzurichten. *Wo bin ich?*, fragte ich mich wieder einmal und sah mich um. Unwillkürlich hatte ich erwartet, die Körper von Dnofftries zu sehen, aber ich erblickte keins dieser Wesen eines anderen Kontinuums. Stattdessen sah ich nur eine matt glimmende Leuchtplatte über mir. *Notbeleuchtung? Wo befinde ich mich?*

Endlich beginnst du wieder zu denken. Denke weiter – fällt dir nichts sonst auf?

Wie elektrisiert fuhr ich zusammen, denn nun hatte ich endlich begriffen. Ich war nicht mehr im Mikrokosmos, sondern in meine Welt zurückgekehrt, befand mich wieder an Bord des SKORGONS, hatte durch einen unbegreiflichen hyperphysikalischen Vorgang offenbar meine normale Größe zurückerhalten! Das Gefühl unendlicher Erleichterung überfiel mich, meine Augen wurden feucht vor Erregung. Ich war wieder ich selbst, nicht mehr ein Spielball irgendwelcher unberechenbarer Kräfte, befand mich unweit jener Stelle, an der ich Amarkavor Heng während unserer unaufhaltsamen Verkleinerung getötet hatte – doch ich suchte vergebens nach seiner Leiche.

Magantilliken wird ihn über Bord geworfen haben, raunte der Logiksektor. *Während deines Aufenthalts im anderen Kontinuum muss auch hier Zeit vergangen sein, vergiss das nicht. Ob die Zeitab-*

läufe identisch waren, wird sich noch herausstellen. Für den Varganen jedenfalls warst du spurlos verschwunden – vielleicht gibt dir das jetzt die Chance, ihn zu überwältigen.

Dieser Gedanke belebte mich ungemein. Ich war nun wieder voll da, ganz Herr meiner Glieder und erhob mich in diesem Wohlgefühl. Meine Beine waren noch etwas wackelig, aber das besserte sich mit jedem Augenblick. Noch war ich völlig nackt und ohne Ausrüstung, aber das gedachte ich schnell zu ändern. Bemerkenswert schnell stellte ich mich nach dem langen Aufenthalt im Kontinuum des Mikrokosmos wieder auf die normalen Verhältnisse um. Momentan erschien mir all das, was ich dort mitgemacht hatte, wie ein wüster Traum.

Mich überkam ein seltsames Gefühl, als ich daran dachte, dass sogar dort Leben existierte. Ich dachte an den Molekularverdichter, diese neue, noch nicht voll ausgereifte Waffe der Maahks. Schon das Wohl des Tai Ark'Tussan gebot, dass ich unbedingt versuchen musste, irgendwie in ihren Besitz zu gelangen. Auf Kraumon gab es genügend fähige Wissenschaftler, die sich damit beschäftigen konnten. Als Kristallprinz des Großen Imperiums und künftiger Imperator war es meine Pflicht …

Beschränke dich auf das Wesentliche, rief mich der Extrasinn in die Gegenwart zurück. *Jetzt ist keine Zeit für spekulative Erwägungen – erst musst du den Henker überwinden, ehe du weiter denken kannst.*

Ich schrak zusammen und ertappte mich dabei, dass ich stehen geblieben war und einfach vor mich hin gestarrt hatte. So etwas durfte mir nicht wieder passieren, denn Magantilliken war ein Mann, der nicht mit gewöhnlichen Maßstäben zu messen war. Jeder Gegner, der auch nur die geringste Schwäche zeigte, hatte gegen ihn keine Chance. Erst jetzt wurde mir bewusst, wie still es in dem Schiff war. Kein Triebwerksgeräusch, die Beleuchtung war auf ein Minimum reduziert, das SKORGON trieb also vermutlich im freien Fall dahin – oder war irgendwo gelandet. Es war gut möglich, dass der Vargane schlief; sollte das der Fall sein, musste ich es ausnützen und rasch handeln. Ich musste zusehen, dass ich mich bewaffnen konnte, ehe der Henker der Varganen auf meine Rückkehr aufmerksam wurde.

Ich orientierte mich kurz. Kein Geräusch außer dem leisen Rauschen der Belüftungsanlage war zu vernehmen, es war fast geisterhaft still. Ich erkannte, dass die Zentrale leer war. Der varganische Henker befand sich nicht hier, sämtliche Kontrollen und Bildschirme waren abgeschaltet. Was mochte das bedeuten? Eine vage Vermutung stieg in mir auf; ich zögerte nicht, mir Gewissheit zu verschaffen. Für das, was ich vorhatte, benötigte ich nur wenige Augenblicke. Geräuschlos schlich ich bis zum Kontrollbord und suchte nach den Bedienungselementen für die Außenbeobachtungsanlage. Ich schaltete den Hauptbildschirm ein, und meine Vermutung wurde zur Gewissheit. Das SKORGON befand sich nicht mehr im Weltraum – es war gelandet und stand auf der Oberfläche eines Planeten.

Doch wo ist Magantilliken? Ich nahm das Interkomsystem in Betrieb, mit dem alle Räume des Schiffes kontrolliert werden konnten. In rascher Folge schaltete ich von einem Raum zum anderen; wenig später hatte ich Gewissheit. Der Vargane befand sich nicht im SKORGON, dessen Hauptaggregate heruntergefahren waren. Das Außenschott der Bodenschleuse stand offen, die Rampe war ausgefahren – ich war ganz allein an Bord. Mit der Außenbeobachtung suchte ich die Umgebung des Schiffes sorgsam ab. Keine Spur von Magantilliken weit und breit, das Schiff stand in einer leichten Bodensenke, die mit grünblauem kurzem Gras bewachsen und mit niedrigen Büschen bestanden war. Insekten und Vögel verschiedener Größe und Farbe schwirrten durch die Luft. Die Instrumente zeigten, dass diese atembar war und der Planet der Arkonnorm entsprach. Auch die Gravitation wich nicht wesentlich von dieser ab. *Wo mögen wir gelandet sein?*

Vermutlich auf einer der Versunkenen Welten der Varganen, sagte der Logiksektor. *Der Henker hat seine üblichen Hilfsmittel verloren und muss sich neu ausrüsten. Vermutlich ist das inzwischen schon geschehen, und er macht bereits wieder Jagd auf die Varganen.*

Auf den Einblendungen der Panoramagalerie sah ich nur unberührte Natur, weite Hügel, Grassteppe, Büsche und Bäume. Falls es auf dieser Welt wirklich eine alte varganische Station gab, musste sie sich in größerer Entfernung befinden oder subplanetarisch angelegt worden sein. Allerdings blieb dann die Frage, warum Magantilliken nicht direkt in ihrer Nähe gelandet war. Es entsprach gar nicht seiner Natur, die Strapazen eines weiten Fußmarsches auf sich zu nehmen, wenn er es einfacher haben konnte.

Du solltest hier bleiben, abwarten und beobachten, riet mir der Extrasinn. *Du kannst den Henker auf jeden Fall sehen, ganz gleich, aus welcher Richtung er kommen mag.*

Ich beschloss, diesem Rat zu folgen, und setzte mich. Weiterhin musterte ich die Bilder, schaltete die Passivortung ein und stutzte plötzlich. Es war sehr warm, die Luft flirrte und flimmerte im Sonnenglast. Das gab allen weiter entfernten Dingen eine merkliche Unschärfe, trotzdem glaubte ich in der Ferne zwischen zwei Hügeln die Umrisse eines trichterförmigen Bauwerks zu erkennen. Ich sah schärfer hin, aber die Konturen blieben unscharf und verwischt. Die Tastung wagte ich noch nicht einzuschalten, war mir aber sicher, dass es in mehreren Kilometern Entfernung tatsächlich ein relativ hohes Gebäude im typisch arkonidischen Baustil gab.

Eine Kolonie des Großen Imperiums?, fragte ich mich. *Warum ist der Vargane hier gelandet? Schwer vorstellbar, dass die Landung unbemerkt blieb – dennoch steht der Raumer einfach so in der Gegend? Hier stimmt etwas nicht!*

Ich war allein an Bord und hatte das SKORGON in meiner Hand. Startete ich jetzt und verschwand rasch genug, konnte ich Magantilliken ein Schnippchen schlagen. Bei diesem Gedanken erfüllte mich eine hämische Freude. Vielleicht war es auf diese Weise sogar möglich, ihn für eine lange Zeit abzuschütteln, vielleicht sogar für immer. Sofern es auf dem Planeten kein weiteres Schiff gab, würde seinem Bewusstsein nichts anderes übrig bleiben, als den Körper zu verlassen und in einen anderen zu wechseln oder in die *Eisige Sphäre* zurückzukehren. Sofern ihm das möglich war … Immerhin hatte er angedeutet, dass ihm der Zugang zur *Eisigen Sphäre* versperrt sei. *Wie auch immer – mit etwas Glück wird es lange dauern, bis er Ischtars oder meine Spuren wieder findet, wenn überhaupt.*

Freu dich nicht zu früh, warnte der Extrasinn skeptisch. *Magantilliken ist nicht mit normalen Maßstäben zu messen. Beeil dich lieber, damit er dir nicht im letzten Moment einen Strich durch die Rechnung macht statt du ihm.*

Ich nickte und setzte mich in den Pilotensitz, ließ die Rampe einfahren und schloss die Schleuse. Die Schiffskonverter liefen an, alles schien in bester Ordnung zu sein. Kurz entschlossen leitete ich, immer noch nackt, den Startvorgang ein. Zuerst musste ich den freien Raum erreichen und einigen Abstand zu dieser Welt gewinnen, um vor unliebsamen Überraschungen sicher zu sein. Dann konnte ich in Ruhe meine Position bestimmen und – vorausgesetzt, dass mir das gelang – den Flug nach Kraumon antreten. Meine Vorbereitungen waren beendet. Ich überprüfte noch einmal alle Kontrollen und drückte dann entschlossen auf den Startknopf.

Aber nichts geschah!

Ungläubig starrte ich auf die Instrumente, die Normalwerte anzeigten, auf den Monitor des Navigationscomputers, der das Freizeichen gab. Das konnte und durfte doch nicht möglich sein. Panik wollte in mir aufsteigen, doch ich unterdrückte sie. Rasch machte ich alle Schaltungen rückgängig und nahm sie dann besonders sorgfältig noch einmal vor. Das SKORGON war ein Spezialschiff, eigens für den nun toten Amarkavor Heng konstruiert und erbaut; die Anordnung der Kontrollen wich in manchem von der sonst üblichen Norm ab. *Vielleicht habe ich etwas falsch gemacht …*

Erneut drückte ich den Startknopf – wieder vergebens. Den Anzeigen nach schien alles in bester Ordnung zu sein, trotzdem rührte sich das Schiff nicht vom Fleck.

Habe ich es dir nicht gesagt?, fragte der Extrasinn mit unverkennbar spöttischem Unterton. *Eigentlich war es von vornherein verdächtig, dass der Vargane sich entfernt hat, ohne auch nur die Schleuse zu schließen. Er wusste genau, dass sich niemand des Raumers bemächtigen kann; vermutlich hat er irgendwo einen Unterbrecher eingebaut – und danach kannst du lange suchen …*

Geschlagen sank ich in den Kontursitz zurück. Von einem Augenblick zum anderen waren alle meine Hoffnungen hinfällig geworden, hatten sich wie eine schillernde Seifenblase mit einem Schlag ins Nichts verflüchtigt. Meine Faust krachte gegen das Kontrollbord. Ein scharfer Impuls meines Extrasinns ließ mich zusammenzucken, langsam beruhigte ich mich wieder. Was sollte ich nun tun? Nach dem Unterbrecher zu suchen war so gut wie sinnlos. Das eiförmige Schiff war zwar nicht sehr groß, aber infolge seiner Spezialbauweise verliefen wahrscheinlich alle Leitungen gänzlich anders, als es bei normalen arkonidischen Raumern der

Fall war. Ich hätte alle Wandungen aufreißen müssen, und das war für einen einzelnen Mann einfach zu viel.

Ich hatte die nötigen Kenntnisse, aber ich hätte wohl Votanii gebraucht. Und diese Zeit blieb mir auf keinen Fall – jeden Moment konnte der varganische Henker zurückkehren und mich bei meiner Tätigkeit überraschen. Ich zweifelte nicht daran, dass er in der Lage sein würde, trotz der geschlossenen Schleuse ins Schiff zurückkehren zu können. Mit einer müden Handbewegung schaltete ich alle Kontrollen wieder ab und stand auf. Nun war ich gezwungen, mich auf die neue Lage einzustellen. Nach kurzem Überlegen ließ ich die Schleuse wieder aufgleiten und die Rampe ausfahren. Sollte Magantilliken wirklich zurückkommen, ehe ich meine Vorbereitungen beendet hatte, durfte er nicht sofort bemerken, dass ich wieder an Bord war.

Ich fühlte mich zerschlagen, an meinem Körper hafteten noch die Überbleibsel des Angstschweißes, den ich vergossen hatte, ehe der Übergang in das Standarduniversum erfolgte. Was ich jetzt am meisten brauchte, waren ein erfrischendes Bad, ein kräftiges Mahl, ein langer Schlaf und eine neue Ausrüstung einschließlich wirksamer Waffen. Und natürlich die nötige Zeit, um all dies auch bewerkstelligen zu können. Zunächst koppelte ich deshalb die Außenbeobachtung mit einem Alarmgeber, von denen es im Schiff des unter Verfolgungswahn leidenden Heng eine ganze Reihe gab. Auf diese Weise würde ich gewarnt werden, sobald sich ein etwa normal großes Wesen dem SKORGON näherte, und hatte auf jeden Fall genügend Zeit, um entsprechend zu reagieren.

Ich verließ die Zentrale und suchte eine der Personenkabinen auf. Eine kurze Wechseldusche befreite mich vom Schmutz und weckte zugleich meine Lebensgeister, wenngleich das Gefühl der Niedergeschlagenheit blieb. Danach gönnte ich mir keine Ruhe, denn es kam vielleicht auf jede Zentitonta an. Ich eilte zum Ausrüstungs- und Waffendepot, suchte mir unter den reichhaltigen Beständen einen schweren Kombistrahler und einige voll aufgeladene Magazine aus, hinzu kam ein großes Vibromesser. Ich fand auch arkonidische Einsatzkombinationen: Transportanzüge der leichten, flugfähigen Ausfertigung, die mit zu Nackenwülsten zusammenrollbaren Folienhelmen und Aggregatgürteln mit integrierten Antigrav- und Individualfeldprojektoren ausgestattet waren. Fertig angekleidet, schob ich den Kombistrahler ins Halfter. Zur Ausrüstung gehörten selbstverständlich die obligatorischen Kleinigkeiten wie Lampen, Medotaschen, Notrationen und dergleichen. Unter anderem auch mehrere Mikrobomben. Ständig lauschte ich ins Schiff, aber der Alarmgeber sprach nicht an. Magantilliken war also noch nicht wieder in der Nähe. Aufatmend verließ ich das Depot.

Eine Dezitonta später suchte ich mir unter dem reichhaltigen Bestand ein kräftiges Fleischgericht aus. Ein leichter Druck auf den Deckel des Behälters genügte, schon erwärmte sich die Speise, die ich gleich darauf heißhungrig aß.

»Was nun weiter?«, fragte ich mich, mein Extrasinn reagierte sofort.

Kontrolliere die automatischen Logs des SKORGONS, riet er. *Vielleicht findet du dort Hinweise, welcher Planet das hier ist und wo sich der Vargane befindet.*

Ich nickte und kehrte in die Zentrale zurück. Aus den abgerufenen Speicherdaten ging hervor, dass Magantilliken mehr als zwanzig Transitionen durchgeführt hatte. Die Kontrolle von Datum und Uhrzeit ergab, dass die Zeitabläufe weitgehend identisch gewesen waren und mich mein Zeitgefühl nicht getäuscht hatte – wir schrieben in der Tat den 22. Prago der Coroma 10.498 da Ark. Die erste Transition über mehrere hundert Lichtjahre war am 6. Prago der Prikur erfolgt; somit hatte der Vargane länger als zunächst gedacht auf die Wiederherstellung des Transitionstriebwerks warten müssen. Weitere Transitionen über insgesamt mehr als 7000 Lichtjahre folgten, dann hatte es eine Pause bis zum 1. Prago der Coroma gegeben; das Ortungsprotokoll lieferte den Grund: ein starker Hypersturm. Die nächste Transition hatte nur 48 Lichtjahre überbrückt, gefolgt von einer abermaligen Zwangspause, bedingt durch einen weiteren Triebwerksschaden.

Ich lächelte kühl. Zweifellos hatte der Vargane mit Hengs Spezialkonstruktion doch mehr Schwierigkeiten gehabt, als er ursprünglich annahm. Erst am 14. Prago der Coroma flog er weiter und erreichte nach mehreren Transitionen ein Sonnensystem mit nur einem Gasriesen. Es folgte die Landung auf einem der Monde, verbunden mit fünf Pragos Aufenthalt. Eine der Versunkenen Welten der Varganen? Sofern es so war, hatte Magantilliken dort aber kein Raumschiff gefunden, sondern bestenfalls tragbare Ausrüstung. Sein nächstes Ziel war jedenfalls der Planet gewesen, auf dem sich das SKORGON jetzt befand; die Koordinaten dazu stammten aus den Speichern, waren demnach noch von Mascant Heng eingegeben worden.

Arkonkolonie Cherkaton, 7548 Lichtjahre vom Trantagossa-System entfernt – mehr war nicht zu finden; sei es, weil Heng nicht mehr Daten angegeben hatte, sei es, weil Magantilliken sie gelöscht hatte. Ich wusste es nicht, vermutete jedoch, dass sich Heng hier eine Art »Notunterschlupf« eingerichtet hatte. Dass Magantilliken hierher geflogen war, schien für weitere Schwierigkeiten mit dem SKORGON zu sprechen. Vielleicht hatte er gehofft, Ersatzteile oder dergleichen zu finden. Mit drei Transitionen hatte er sein Ziel jedenfalls am Vortag erreicht, kurz darauf das Schiff verlassen und seither nicht wieder betreten.

Über Cherkaton fand ich nur wenige Daten, Ergebnisse des während des Anflugs erstellten automatischen Ortungsprotokolls: Es war der zweite von fünf Planeten einer weißgelben Sonne; mit 20.489 Kilometern Durchmesser zwar vergleichsweise groß, aber von geringer Dichte, so dass die Schwerkraft mit 1,05 Gravos fast normal war. Das planetare Jahr dauerte knapp zwei Arkon-Standardjahre, die Eigenrotation entsprach fast genau einem Prago nach Arkon-Zeitmaß. Siebzig Prozent der planetaren Oberfläche waren von Wasser bedeckt; es gab drei große und zwei kleinere Kontinente. Das SKORGON war auf dem Äquatorhauptkontinent gelandet.

Die Kartenprojektion auf dem Monitor lieferte kaum weitere Erkenntnisse. Neben der Stadt in einigen Kilometern Entfernung schien es auf dieser Welt nur wenige Siedlungen zu geben; die Passivortung lieferte die Energiesignaturen von rund fünfzig kleinen Standardreaktoren in Distanzen bis zu tausend Kilometern. Vermutlich Einzelgehöfte der Pioniere und Erschließungsmaschinen. Jenseits der Hauptsiedlung gab es in rund zwanzig Kilometern Entfernung ein eben mal rund zweitausend Meter durchmessendes Raumlandefeld.

Leer und verlassen, dachte ich. *Warum ist der Vargane nicht dort gelandet, sondern hier in der Wildnis? Wollte er nicht entdeckt werden? Dann hätte er in deutlich größerer Distanz niedergehen müssen …* Bemerkenswert war auch, dass keine Funksprüche empfangen wurden – weder solche von Klein- und Armbandgeräten noch solche der zweifellos vorhandenen lokalen Medien. Nur die automatischen Signale einiger im Orbit kreisender Satelliten der Klima- und Wetterbeobachtung und des Globalen Positionierungssystems wurden empfangen. *Merkwürdig. Hängt damit vielleicht auch Magantillikens Abwesenheit zusammen? Was geht hier vor?*

Weiterhin nutzte ich nur die passiven Ortungseinrichtungen des SKORGONS, war deshalb auf die Emissionen und Streustrahlungen in der Umgebung angewiesen. Um mehr herauszufinden, würde ich allerdings über kurz oder lang die Tastung aktivieren müssen – oder das Schiff verlassen, um mich beispielsweise in der Stadt umzusehen. Wie groß war auf dieser abgelegenen Welt die Gefahr, dass mich die Bewohner erkannten? Um mehr zu erfahren, musste ich das Risiko wohl eingehen.

Irritierend war allerdings, dass offenbar niemand auf die Ankunft des Raumers reagiert hatte. Kolonien wie diese wurden nach der ersten Besiedlungsphase nur selten von Schiffen des Tai Ark'Tussan angeflogen. Sobald der Eigenbedarf durch lokale Produktion gesichert war, lieferten Frachter bestenfalls Austauschaggregate und nicht selbst herstellbare Produkte, während andererseits die Ausfuhr meist auf exotische Rohstoffe beschränkt war, sofern überhaupt schon an solchen Handel zu denken war. Jede unplanmäßige Landung eines Raumschiffs musste somit einige Aufmerksamkeit erregen …

Mein Unbehagen verstärkte sich zunehmend. Irgendetwas stimmte hier nicht. Während ich auf die Monitoren starrte und gegen bleierne Müdigkeit ankämpfte, fiel mein Blick auf einen mattgoldenen Aggregatblock von knapp Kniehöhe, der mir vorher nicht aufgefallen war und wie ein Fremdkörper wirkte. *Ein varganisches Gerät? Ohne Zweifel!* Erinnerungen an den Stützpunkt auf Sogantvort stiegen auf – die Kontrollschaltungen waren identisch mit jenen, die ich auf Chapats Anweisungen hin betätigt hatte.

Es ist ein varganisches Hyperfunkgerät, durchzuckte es mich. Von Ischtar wusste ich, dass die überlichtschnelle Kommunikation der Varganen in einem den Arkoniden technisch nicht zugänglichen höherfrequenten Band des hyperelektromagnetischen Spektrum stattfand. *Magantilliken muss es bei seinem Zwischenstopp an Bord gebracht haben.*

Ich gähnte und musterte die Kontrollen. Das Gerät war aktiviert. Die varganischen Symbole des kleinen Monitors auf der abgeschrägten Oberseite zeigten, dass vor umgerechnet etwa acht Tontas ein Autorisierungsimpuls empfangen wurde, der das Programm zur Aussendung eines automatischen Peilsignals mit *Notrufsignatur* aufgerufen hatte. Seither strahlte das Funkgerät in regelmäßigen Abständen das nur von varganischen Empfängern anmessbare Signal aus.

Notruf? Der Vargane scheint in Schwierigkeiten zu stecken. Aber welche? Die Siedler werden ihn schwerlich in Bedrängnis gebracht haben. Wer aber dann? Das Ganze wird immer merkwürdiger. Während ich mir noch den Kopf zerbrach, durchzuckte mich plötzlich eine Idee. *Ischtar! Mit etwas Glück kann sie das Signal empfangen. Oder die Empfänger in den Beibooten auf Kraumon.*

Ich rief mir die Schaltungen ins Gedächtnis, lächelte und fügte dem Signal mit wenigen Handgriffen die Signatur *Atlan* hinzu. Der Rest lag nun in den Händen der Sternengötter.

Und in deinen eigenen! Du solltest das Schiff verlassen, riet der Extrasinn. *Die Sonne steht in Mittagshöhe, du hast also genügend Zeit, dich umzusehen, ehe es dunkel wird. Vielleicht kannst du Magantilliken zwingen, das Schiff wieder betriebsklar zu machen?*

Ich nickte. Für die Arkoniden auf diesem Planeten war Magantilliken eindeutig als Fremder zu erkennen, folglich würde man ihn kaum ohne eine gehörige Portion Misstrauen empfangen haben. Vielleicht hatte man mir sogar schon die Hauptarbeit abgenommen und ihn irgendwie überwältigt und festgesetzt – Kolonisten waren im Allgemeinen harte Leute, denen so leicht nichts vorzumachen war.

Wenig später stieg ich die Rampe hinab, den Kombistrahler in der Hand. Ein Geräusch alarmierte mich; ich wirbelte herum. Aber ich beruhigte mich rasch wieder und lachte befreit auf. Ein kleines braunes Pelztier hatte mich erschreckt, das aus einem Gebüsch hervorgekommen war und nun in wilder Flucht davonstob. Nicht weit entfernt sah ich einen kleinen Hügel, ich lief vorsichtig aus der Senke, schlängelte mich geräuschlos zwischen dem Buschwerk hindurch, mit dem er bestanden war, und hatte von seiner Kuppe aus eine gute Aussicht. Meine Erwartungen wurden enttäuscht, denn ich konnte weder Kolonisten noch den Varganen, noch sonst etwas Bemerkenswertes entdecken.

Ich ließ den letzten Hügel hinter mir, durchquerte einen kleinen Laubwald und erreichte ein breites, lang gestrecktes Tal. An seinem nördlichen Ende ragten die ersten Ausläufer eines Bergzuges empor, vor ihnen erstreckte sich die Stadt. Im Südosten befand sich das Landefeld; der Kontrollturm war eindeutig zu identifizieren. Bis zum Stadtrand hatte ich noch etwa einen Kilometer zurückzulegen. Das Gelände ringsum war kultiviert. Ich sah sorgfältig abgeteilte Felder, auf denen Getreide, Obstbäume und andere Gewächse angebaut waren, zwischen ihnen zogen sich schnurgerade Wege dahin. Ich bog leicht nach links ab, sprang eine Böschung hinab und erreichte einen dieser Wege.

Meine Waffe hatte ich weggesteckt, um bei einer ersten Begegnung nicht provozierend zu wirken, denn immerhin war ich hier fremd. Ich bewegte mich trotzdem vorsichtig und ohne Eile und sah mich aufmerksam um. So legte ich unbehelligt etwa zweihundert Meter zurück, bis mir auffiel, dass es zu still war. Die Stadt war zwar nicht besonders groß und mochte kaum mehr als zwanzigtausend Einwohner haben, aber trotzdem hätte es hier Verkehr geben müssen, in der Luft und auf den Straßen. Nicht einmal das korrupte Gewaltregime Orbanaschols III. hatte daran etwas geändert, dass neue Kolonialwelten mit allen notwendigen Mitteln ausgestattet wurden; dazu gehörten auch Gleiter und andere Fahrzeuge. Doch davon war weit und breit nichts zu sehen oder zu hören – nicht einmal auf den Feldern befanden sich die üblichen Robotmaschinen. *Hängt es mit Magantillikens Ankunft zusammen? Ist es ihm durch irgendwelche Manipulationen gelungen, das Leben in dieser Stadt zum völligen Stillstand zu bringen?*

Zuzutrauen war es ihm, wenngleich ich mir nicht ausmalen konnte, wie er das bewerkstelligt hatte. Oder war etwas anderes daran schuld? Hatten vielleicht die Maahks diese Welt überfallen und alle Kolonisten getötet?

Ausgeschlossen, protestierte mein Logiksektor sofort. *Die Maahks hätten nicht nur die Bewohner ausgerottet, sondern auch die Stadt zerstört – aber diese weist keinerlei Schäden auf.*

Ich ging nun schneller, noch misstrauischer, und sah mich besonders aufmerksam um. Erleichtert atmete ich auf, als ich endlich auf die ersten Bewohner dieser Welt stieß. Es waren eindeutig Arkoniden, daran gab es nicht den geringsten Zweifel. Die großen schlanken Gestalten, das weißblonde Haar und die rötlichen Augen wiesen sie einwandfrei als solche aus. Zwanzig Männer und zehn Frauen konnte ich sehen; sie gruben ein abgeerntetes Feld um. Freudig wollte ich auf sie zugehen, doch im nächsten Moment stockte ich. Sie alle arbeiteten schwer – mit den Händen! Nirgends war auch nur eine einzige landwirtschaftliche Maschine zu sehen, stattdessen wühlten sie mit primitiven Grabwerkzeugen im Boden …

Das ist absurd. Nicht einmal Pioniere gaben sich im Zeitalter vollendeter Robotmaschinen dazu her, selbst solche Arbeit zu tun. Hier hatte ich den eindeutigen Beweis, dass auf diesem Planeten etwas nicht mit rechten Dingen zuging. Mein Logiksektor schwieg, aber ich brauchte ihn gar nicht, um zu dieser Erkenntnis zu kommen. Gerade neu besiedelte Kolonialwelten erhielten stets besonders robuste Maschinen und Fahrzeuge, so dass es schwer vorstellbar war, dass diese allesamt ausgefallen waren. *Welchen Grund gibt es aber sonst für diese geradezu erschreckende Abweichung von jeder Norm?*

Du solltest hingehen und fragen, meldete sich der Extrasinn spöttisch. *Oder hat es dir die Sprache verschlagen?*

Ich zog eine Grimasse und ging auf die arbeitende Gruppe zu. Ein älterer Mann arbeitete direkt neben dem Weg und schien so in seine Tätigkeit vertieft, dass er mich gar nicht bemerkte. Erst als mein Schatten vor ihm auf den Boden fiel, blickte er langsam auf. Ich grüßte ihn höflich. Er richtete sich auf, stützte sich auf seine Hacke, und nun wurde mir erst bewusst, in welch schlechtem Zustand er war. Seine Arbeitskombination sah schmutzig und verschlissen aus, auch die Stiefel schienen seit langer Zeit nicht mehr gesäubert worden zu sein. Sein Gesicht war eingefallen, das schulterlange Haar strähnig und ungepflegt; an seinen Händen waren große Schwielen zu sehen.

So sehen Verbannte oder Strafgefangene aus, dachte ich und zuckte unwillkürlich zusammen. *Hat es das Verhängnis gewollt, dass ich hier ausgerechnet auf einen Strafplaneten geraten bin? Auf eine Welt, auf die die Häscher Orbanaschols politische Gegner oder andere missliebige Personen deportieren, wo sie bei schwerer körperlicher Arbeit langsam zugrunde gehen?*

Fast sah es ganz danach aus – doch wo waren dann die Bewacher? Langsam wich ich zurück und sah mich gehetzt um. Ich war darauf gefasst, jeden Moment die Wächter auftauchen zu sehen.

Wenn es so war, wie ich annahm, war ich vom Regen direkt in eine Sturzflut geraten, als ich den Weg hierher antrat. Nach dem ersten Anflug von Panik – auch bedingt durch meine Übermüdung – beruhigte ich mich wieder, als ich weit und breit nichts von Wächtern entdecken konnte. Das mochte zwar noch nichts besagen, denn auf einer Welt, von der es keine Fluchtmöglichkeiten gab, war es unnötig, die Gefangenen ständig zu beaufsichtigen. Aber wenigstens im Augenblick war ich nicht in Gefahr.

»Wasser!«, krächzte der Mann neben mir flehend. Ich drehte mich um und fuhr zusammen.

Ich sah in seine Augen, die mich zutiefst erschreckten. Sie waren rötlich, aber in ihnen fehlte jede Spur von Intelligenz. Matt und trübe sahen sie mir entgegen, wie die eines Debilen, eines Schwachsinnigen. Hatten die Männer und Frauen auf diesem Planeten so viel mitmachen müssen, dass ihre Persönlichkeiten darunter vollkommen zerbrochen waren? War dies eine jener berüchtigten Welten zur *politischen Umerziehung*, von denen gerüchteweise zu hören war? Auf ihnen sollte jede nur erdenkliche Art Folter ausgeübt werden, an deren Ende geistige Krüppel standen, in denen jeder Widerstand gebrochen war.

»Wasser ... bitte Wasser!«, flehte der Mann erneut und streckte eine Hand zitternd nach dem Behälter an meinem Gürtel aus. Jetzt zeigten seine Augen den Ausdruck hilfloser Abhängigkeit, wie ihn gequälte Tiere zu haben pflegten. Ich nestelte den Behälter vom Gürtel, und das schien wie ein Signal zu wirken, denn plötzlich ließen alle anderen auf dem Feld ihre Arbeitsgeräte fallen und kamen auf mich zu. Es waren Männer und Frauen aller Altersklassen, sie unterschieden sich kaum von dem älteren Mann. Auch ihre Mienen waren ausdruckslos, in den Augen lag der gleiche Stumpfsinn. Allmählich begann ich trotz der Hitze zu frösteln. Verstohlen griff ich nach dem Kombistrahler und schaltete ihn auf Paralysemodus, während ich dem Mann den Wasserbehälter übergab.

Er trank gierig und hätte vermutlich nichts übrig gelassen, hätte ich ihm den Behälter nicht schnell wieder aus der Hand gerissen. Mein Vorrat war nicht groß; sollten alle etwas bekommen, musste ich auf eine gerechte Verteilung achten. Ich hatte mit einer gewissen Trotzreaktion gerechnet, aber nichts dergleichen geschah. Der Mann wischte sich nur kurz mit dem schmutzigen Ärmel über den

Mund und trat dann apathisch zur Seite, um den anderen Platz zu machen. Das bestärkte mich in der Auffassung, auf einer Gefangenenwelt zu sein, auf der es nur zwei Kategorien gab: Unterdrückte ohne jedes Recht sowie Befehlende, denen widerspruchslos zu gehorchen war, wenn man keine Bestrafung riskieren wollte.

Keine voreiligen Schlüsse, warnte mich der Extrasinn. *Es kann auch ganz anders sein – vielleicht sind diese Leute gar keine Gefangenen, sondern nur irgendeinem Rauschgift verfallen, das es hier gibt, ohne dass das rechtzeitig erkannt wurde.*

An diese Möglichkeit hatte ich noch gar nicht gedacht. Während ich fast automatisch den Wasserbehälter von einem zum anderen weitergab und die allzu Gierigen rechtzeitig bremste, beschäftigte ich mich mit diesem neuen Aspekt. Bald kam ich zu dem Schluss, dass sich für ihn eine genauso große Wahrscheinlichkeit ergab wie für meine erste Annahme. Es war schon einige Male vorgekommen, dass vollkommen unverdächtig scheinende Pflanzen auf einem Kolonialplaneten plötzlich Eigenschaften zeigten, die erst nach längerem Genuss zutage traten. So könnte es auch hier gewesen sein, die Symptome stimmten jedenfalls. Süchtige im fortgeschrittenen Stadium pflegten meist dieselben Zeichen völliger Auflösung ihrer Persönlichkeit zu zeigen. Was sollte ich nun denken, annehmen oder glauben?

Vorerst verhielt ich mich neutral und wartete ab, bis alle ein paar Schlucke Wasser getrunken hatten. Das schien sie zufrieden zu stellen, denn die meisten kehrten ohne Wort und Dank an ihre Arbeit zurück. Nur zwei der zwanzig Männer blieben bei mir stehen und sahen irgendwie erwartungsvoll zu mir auf. Ich grinste etwas hilflos und warf den geleerten Wasserbehälter weg.

»Kann ich noch etwas für euch tun?«, erkundigte ich mich vorsichtig.

»Tun …?«, wiederholte der ältere Mann, den ich zuerst angesprochen hatte. Das Wort kam stockend und schwerfällig, er verzog dabei keine Miene, deshalb wandte ich mich an den Nächsten. Es war ein junger Mann von etwa 25 Jahren, dessen Gesicht Anzeichen dafür trug, dass er einmal geistig sehr rege, vielleicht sogar besonders intelligent gewesen war. Ich hatte inzwischen begriffen, dass ich mit diesen Leuten nicht wie mit normalen Arkoniden reden konnte. Wollte ich überhaupt irgendwie sinnvolle Antworten erhalten, musste ich mich auf einzelne Stichworte beschränken, die der reduzierten Geistestätigkeit meiner Gesprächspartner entsprachen. Nur so konnte ich hoffen, überhaupt etwas Vernünftiges aus ihnen herauszubekommen.

»Wie heißt du?«, fragte ich in der begründeten Annahme, dass trotz allen Stumpfsinns wenigstens sein Name in seinem Gehirn haften geblieben war.

Der junge Kolonist scharrte verlegen mit den Füßen über den Boden, aber nun kam doch so etwas wie Leben in seine Züge. Ein winziger Funke von Verstehen glomm in seinen Augen auf, seine Lippen bewegten sich und formten nach einer Weile die Worte: »Ich – bin – Tscherwan.«

Das kam so unbeholfen und stockend heraus, als hätte er den Gebrauch der Sprache nahezu verlernt, aber es war immerhin ein Anfang. Ich nickte ihm aufmunternd zu.

»Ich heiße Mascaren«, sagte ich ebenso langsam, doch er zeigte keinerlei Reaktion, und so fragte ich weiter: »Wie heißt dieser Planet und wie dieser Ort?«

Es schien Tscherwan ungeheure Mühe zu bereiten, den Inhalt dieser einfachen Frage zu verarbeiten. Er sah mich an, dann wieder zu Boden, als stünde dort die Antwort geschrieben, wieder scharrten seine Füße in monotonem Takt. Dann endlich blickte er auf, seine Lippen brachten das Wort »Cherkaton« hervor. Nun wurde ich doch allmählich ungeduldig, denn wenn diese seltsame Kommunikation im gleichen Tempo fortschritt, standen wir wahrscheinlich am Abend noch hier, ohne dass ich etwas Wesentliches erfahren hatte. Deshalb brachte ich die nächste Frage lauter und in forderndem Tonfall vor. »Und die Stadt?«

Er reagierte darauf mit einem Zusammenzucken und mit einem weinerlichen Verziehen des Gesichts. Seine Schultern fielen ab, er blieb stocksteif stehen; in seine Augen kehrte wieder der vollkommen seelenlose, unpersönliche Ausdruck zurück. Ich bereute meine Ungeduld bereits, als sich plötzlich etwas ereignete, was den Umständen nach geradezu verblüffend wirkte.

Bisher hatte ich gar nicht auf die junge Frau geachtet, die hinter den beiden stand und sich vollkommen still verhalten hatte. Es erstaunte mich nicht wenig, als sie nun vortrat, den jungen Mann einfach zur Seite schob und an seiner Stelle antwortete: »Der Planet – Cherkaton. Die Stadt – Cherkan. Du bist – Mascaren. Ich bin – Seracia.«

Endlich hatte ich eine halbwegs vernünftige Antwort bekommen, mit der ich schon gar nicht mehr gerechnet hatte. Auch diese Worte waren nur zögernd herausgekommen, aber sie waren klar und sinnvoll und zeugten davon, dass die Frau längst nicht so stumpfsinnig war wie ihre beiden wortkargen Gefährten. Ich sah sie nun erst richtig an; was ich erblickte, war relativ erfreulich. Seracia war für eine Arkonidin verhältnismäßig klein und zierlich, trotzdem bemerkenswert gut proportioniert. Auch sie trug nur eine einfache Arbeitskombination, aber diese wirkte längst nicht so schmutzig wie die der anderen, und auch ihr langes Haar wirkte relativ gepflegt. Es umgab in weichen Wellen ein wirklich hübsches Gesicht, dem nur noch ein Lächeln fehlte, um es reizvoll und anziehend zu machen.

Das Bemerkenswerteste an ihr waren jedoch die Augen. Ihr Ausdruck war ebenfalls nicht als völlig normal zu bezeichnen, doch wenn ich ihn mit dem der anderen verglich, wirkte er geradezu überwältigend lebendig. Anscheinend hatte es nur eines Anstoßes bedurft, um sie aus der erschreckenden Lethargie zu wecken, von der offenbar alle anderen befallen waren. Als hätten sie instinktiv begriffen, dass sie nun überflüssig waren, drehten sich der ältere Mann und Tscherwan um und trotteten zu der bereits wieder arbeitenden Gruppe. Seracia und ich blieben zurück, aber das war mir recht, denn mit den stupiden Männern war leider ohnehin nichts anzufangen.

»Sehr schön, Seracia!«, lobte ich. Offenbar hatte ich den richtigen Ton angeschlagen, denn sie begann nun schüchtern zu lächeln. Ich musste unwillkürlich schlucken, als ich die Veränderung sah, die diese simple mimische Bewegung vollbrachte. Seracias Gesicht war jetzt nicht mehr nur einfach hübsch – es wirkte ausgesprochen schön. Lange Zeit hatte ich nur die Dnofftries gesehen, die nicht einmal annähernd arkonoid waren, geschweige denn schön. Deshalb traf mich dieser Anblick jetzt doppelt intensiv und weckte Gefühle in mir, die ich schon fast vergessen geglaubt hatte …

So ist es richtig, meldete sich prompt mein Extrasinn. *Du bist auf einer Welt, auf der außer Magantilliken vermutlich noch hundert andere Unannehmlichkeiten auf dich lauern – und die erste hübsche Larve, die du siehst, raubt dir glatt den Verstand.*

Was verstehst du denn davon?, gab ich ärgerlich zurück, blockte den unbequemen Mahner ab und konzentrierte ich mich wieder auf die junge Frau, die fragend zu mir aufsah. »Gut, jetzt weiß ich Bescheid. Du heißt Seracia, der Planet Cherkaton und die Stadt da vorn Cherkan. Ich muss aber noch mehr wissen, verstehst du? Was ist hier passiert – wieso sind alle so seltsam? Warum kann außer dir niemand vernünftig reden? Warum bearbeitet ihr die Felder mit euren Händen?«

Ihr Lächeln erlosch. Ich fürchtete schon, dass sie nun auch wieder in die Stumpfheit zurückfallen würde, doch ich täuschte mich. Ich sah, wie es in ihrem Gesicht arbeitete, wie sie sich anstrengte, meine Worte zu begreifen. Das schien ihr auch zu gelingen, denn gleich darauf erhellte sich ihr Gesicht wieder. »Das Licht in den Bergen«, sagte sie klar und gar nicht mehr stockend. »Es kommt immer wieder, es macht alle ... dumm. Alle in Cherkan sind so, alle hören nur auf den *Propheten*, der die Befehle gibt. Ich höre ihn nur leise, aber ich muss ihm auch gehorchen und arbeiten, wenn ich Essen haben will.«

Unter dem *Propheten* war eventuell ein Mann zu verstehen, der sich zum lokalen Diktator aufgeschwungen hatte und den stumpfen Bewohnern von Cherkan ihre Handlungen befahl. Alles andere aber blieb rätselhaft, vor allem das *Licht in den Bergen*, von dem Seracia gesprochen hatte. Ich wartete auf einen Impuls des Extrasinns, aber vergebens; ein sicheres Zeichen dafür, dass der Logiksektor auch keine besseren Schlussfolgerungen wusste. Mir blieb also nichts weiter übrig, als mich auf meine eigenen Schlüsse zu verlassen – und das holte mich rasch wieder auf den Boden der Realität zurück. Vielleicht hatte der Extrasinn gerade das bewirken wollen, als er schwieg ...?

Ich dachte wieder an den varganischen Henker. »Hast du hier einen fremden Mann gesehen?«, erkundigte ich mich. »Einen Mann mit Bronzehaut und goldenem Haar?«

Sie nickte eifrig. »Ich habe ihn gesehen. Er kam gestern in die Stadt, aber er ist nicht geblieben. Er ist bald wieder weggeflogen – zu dem Licht in den Bergen, glaube ich.«

Das war eine wertvolle Auskunft. Seracias einfacher Wortschatz entsprach etwa dem eines sechsjährigen Kindes. Im Gegensatz zu den Männern brachte sie immerhin halbwegs flüssige Gedankengänge zustande; vielleicht würde sich ihr Zustand weiter bessern, wenn sie in meiner Nähe blieb. Auf jeden Fall war sie für mich inmitten der Debilen ausgesprochen wertvoll.

Ich fasste sie bei den Schultern, drehte sie herum und schob sie auf den Weg. »Komm mit, Seracia, du brauchst nicht mehr zu arbeiten. Wir gehen nach Cherkan – ich will wissen, wie es dort aussieht und wer dieser *Prophet* ist.«

Magantilliken konnte es nicht sein, von ihm hatte ich wahrscheinlich vorerst nichts zu befürchten. Er befand sich jetzt irgendwo in den Bergen, um nach dem geheimnisvollen *Licht* zu suchen, das für den katastrophalen geistigen Zustand der Bewohner von Cherkan verantwortlich war. Hatte er deshalb das varganische Hyperfunkgerät aktiviert und das Notsignal aussenden lassen? War er unter Umständen selbst in die Fänge des *Lichts* geraten und ebenfalls beeinflusst worden? Sollte das der Fall sein, war die Gefahr unter Umständen noch größer, als ich bislang gedacht hatte. Doch was genau war hier geschehen? Ich brauchte unbedingt weitere Informationen, um mir ein klares Bild machen zu können. Seracia schmiegte sich willig in meinen Arm, ohne zu ahnen, was sie damit auslöste. Mein Blut kam in Wallung, doch ich beherrschte mich, hatte schließlich etwas Wichtigeres im Sinn als eine Liebelei. Zunächst musste ich herausfinden, was auf Cherkaton vor sich ging.

Auf dem Weg in die Stadt sahen wir mehrere Gruppen von arbeitenden Männern und Frauen, doch niemand beachtete uns. Das änderte sich auch nicht, als wir Cherkan erreicht hatten. Die Straßen waren schmutzig, vernachlässigt und ausgestorben; selten nur schlurfte einer der Bewohner mit steifem Gang und ausdruckslosen Augen an uns vorbei, ohne uns auch nur die geringste Aufmerksamkeit zu schenken. Trotzdem blieb ich wachsam und hielt die Hand stets in der Nähe des Kombistrahlers.

Derartige Siedlerstädte glichen sich wie ein Ei dem anderen. Cherkan war nicht organisch gewachsen, sondern nach einem Plan angelegt und nach rein funktionellen Gesichtspunkten erbaut worden. Von den Außenbezirken her führten gerade Straßen, die in regelmäßigen Abständen von Querstraßen geschnitten wurden, zum Mittelpunkt – einem großen, quadratischen Zentralplatz, in dessen Zentrum sich der Trichterbau der Administration erhob. Hier wohnten die Oberhäupter der Kolonie, hier befanden sich die Verwaltungs- und Planungsbüros. Normalerweise hätte es in seiner Umgebung ein reges Leben geben müssen, aber davon war nichts zu bemerken. Auf den Parkplätzen rings um das Gebäude standen zwar viele Gleiter, doch ihnen war unschwer ansehen, dass sie seit längerer Zeit nicht mehr benutzt worden waren.

Hätte ich es nicht besser gewusst, hätte ich glauben müssen, mich auf einer Welt zu befinden, auf der eine Seuche den Großteil der Bewohner ausgerottet hatte. Ich bemerkte aber, dass die Springbrunnen in den Grünanlagen noch in Betrieb waren, folglich funktionierte wenigstens die Wasserversorgung noch. Wie seltsam das Wirken des geheimnisvollen *Propheten* sonst auch anmuten mochte, er hatte es wenigstens nicht so weit kommen lassen, dass die Versorgung komplett zusammenbrach. Trotzdem musste es ein wirklich erbärmliches Leben sein, das die Leute jetzt führten.

Obwohl auf Kolonialwelten die Zahl der Roboter häufig beschränkt war, brauchte normalerweise dennoch niemand körperlich schwer zu arbeiten. Das besorgten die vielfältigen Maschinen. Jetzt hatte sich alles rapide geändert – die Bewohner mussten die Arbeiten selbst verrichten, während ihre Maschinen vermutlich ungewartet herumstanden und verkamen. Andererseits musste es so etwas wie eine Organisation geben. Jemand musste da sein, der dafür sorgte, dass die Leute zumindest mit Lebensmitteln versorgt wurden, der ihnen die Richtlinien für ihre Arbeit gab. Den oder die Betreffenden musste ich finden, vielleicht stieß ich dabei auf den *Propheten*, der hinter allem steckte.

Ich befragte Seracia, aber ihre Auskunft war mehr als mager. »Am Abend, wenn alle von den Feldern kommen, wird das Essen ausgeteilt. Dann stehen die Verteiler auf den Plätzen, jeder muss sich anstellen und bekommt seine Ration. Wir bekommen nur Konzentrate und Früchte von den Feldern, aber nicht genug, deshalb haben wir immer Hunger.«

Der Zusammenbruch der Versorgung scheint bald bevorzustehen, meldete sich mein Logiksektor. *Der Unterdrücker hat auf die Notvorräte zurückgreifen müssen; dieser Bestand wird vermutlich schnell aufgebraucht sein. Dann wird die verdummte Bevölkerung zugrunde gehen, weil sie sich nicht mehr selbst zu helfen weiß – nur ein Verrückter arbeitet mit solchen Methoden.*

Ich kniff die Lippen zusammen und sah mich wieder einmal argwöhnisch um, aber auf dem großen Platz blieb es still. Oder wollte mich der *Prophet* in Sicherheit wiegen, um sich dann unverhofft meiner bemächtigen zu können? Sogar Verrückte dachten in gewissen Bahnen immer noch durchaus logisch, waren infolge ihrer Unberechenbarkeit aber doppelt gefährlich.

»Wo finde ich die Verteiler?«, wandte ich mich an Seracia, doch sie zuckte nur die Achseln.

»Ich weiß es nicht. Sie sind schon da, wenn wir in die Stadt kommen; der *Prophet* sagt ihnen, was sie tun müssen.«

Mir lag ein Fluch auf der Zunge, denn ich konnte diese Bezeichnung nicht mehr ausstehen. Ich verkniff mir das Kraftwort und fragte stattdessen: »Wie geschieht das – wie sagt euch dieser *Prophet*, was zu tun ist? Kommt er selbst nach Cherkan?«

Sie schüttelte den Kopf, auf ihrem Gesicht erschien ein angstvoller Ausdruck. »Er kommt nie zu uns, spricht immer nur *im Kopf* zu uns. Dann erscheint das Licht in den Bergen, alle bleiben still stehen und müssen ihm zuhören. Wenn es vorbei ist, habe ich immer alles wieder vergessen, aber irgendwie weiß ich trotzdem, was ich später zu tun habe.« Dieser Vorgang schien alles andere als angenehm zu sein, das bewies mir Seracias Gesichtsausdruck. »So geht es allen anderen.«

Paramentale Fernbeeinflussung, sagte der Logiksektor eindringlich. *Du wirst diesen* Propheten *nicht in der Stadt finden, er beherrscht die Leute nur indirekt durch Suggestion. Um den Kolonisten zu helfen, musst du in die Berge gehen, zu dem Lichtzeichen.*

Ich verzichtete auf eine Entgegnung, verstärkte unwillkürlich meinen Monoblock, konnte jedoch nichts von einer geistigen Beeinflussung spüren. Dass ich diesen Leuten helfen musste, stand für mich fest; Magantilliken würde es kaum tun, er hatte eigene Interessen oder war gar selbst dem Einfluss verfallen. Das Schicksal einer arkonidischen Kolonie war ihm jedenfalls vollkommen gleichgültig. Noch war es zu früh, etwas zu unternehmen, ich benötigte weitere Informationen. Sofern ich mich wirklich auf den Weg in die Berge begab, musste ich entsprechend vorbereitet sein, um nach Möglichkeit zwei Ziele zugleich zu erreichen: nicht nur den *Propheten* auszuschalten, sondern auch Magantilliken.

»Wann ist das Licht wieder zu sehen?«

Seracia antwortete sofort, was mir bewies, dass sich ihr geistiger Zustand besserte. »Am Abend, wenn es dunkel wird, erscheint es am Himmel. Am Anfang kam es öfter, jetzt nur noch einmal an jedem Tag.«

Ich nickte und strich ihr beruhigend über das lange Haar. Sie schmiegte sich wieder an mich, aber ich achtete kaum darauf und dachte nach. Das Wesen, das als *Prophet* in Erscheinung trat, musste über sehr starke hypnosuggestive Fähigkeiten verfügen, so viel stand fest. Ob diese von Natur aus so wirksam waren oder ähnlich einem Psychostrahler paramechanisch verstärkt wurden, blieb unklar, spielte jedoch im Endeffekt keine Rolle. Nachdem es die Kolonisten erst einmal unter seine Herrschaft gezwungen hatte, brauchte es sich vermutlich nicht mehr sonderlich anzustrengen, um diese Kontrolle zu behalten. Das war eine wichtige Beobachtung. Ich war gegen paramentale Einflüsse relativ unempfindlich, das verdankte ich unter anderem meinem Extrasinn. Ob ich aber einem massiven Angriff gewachsen sein würde, erschien mir angesichts von Magantillikens Notruf doch recht fraglich.

Ich sah zum Himmel empor und schätzte nach dem Stand der Sonne, dass mir bis zum Einbruch der Dunkelheit und dem Erscheinen des *Lichts* noch ungefähr drei Tontas blieben. Diese Zeit wollte ich nutzen, um mir die Informationen zu verschaffen, die mir Seracia nicht geben konnte. Vielleicht fand ich sie in dem Trichterbau – vielleicht war es den Vertretern der Kolonie noch gelungen, ihre ersten Eindrücke zu fixieren, ehe das große Vergessen über sie kam.

Ich fasste Seracia an den Schultern und schob sie über den hitzeflimmernden Platz auf das Gebäude zu. Von dem rund hundert Meter durchmessenden und fünfzig Meter hohen Sockel erhob sich bis in etwa hundertfünfzig Meter Höhe der ausladende Trichter, dessen größter Durchmesser zweihundert Meter betrug. Wir gingen über eine der Grünflächen, und ich fragte Seracia weiter aus. Sie begriff nicht alles, ich musste manche Frage neu formulieren, ehe ich damit einen Erfolg erzielte, aber langsam rundete sich das Bild weiter ab.

Die Kolonie auf Cherkaton war vor etwa fünfzehn Arkonjahren gegründet worden. Seracia konnte es nicht mehr genau sagen, aber sie war als kleines Mädchen hierher gekommen und jetzt ungefähr zwanzig Standardjahre alt. Auch ihre Angaben über das erste Auftauchen des *Lichtes in den Bergen* waren ungenau, doch es musste etwa zu Beginn der warmen Jahreszeit erstmals erschienen sein. Diese dauerte auf Cherkaton fast ein ganzes Standardjahr, und jetzt war ungefähr Mittsommer, also herrschte dieser unheimliche Prophet nun fast ein halbes Jahr auf dieser Welt.

Die Verdummung der Bewohner von Cherkan und der wenigen nahe liegenden Siedlungen musste schlagartig eingesetzt haben. Von einem Tag zum anderen verloren alle ihre Intelligenz, sie wurden stumpf und teilnahmslos. Vor allem die Kenntnis technischer Vorgänge war betroffen – niemand wusste mehr, wie eine Maschine oder ein Fahrzeug zu bedienen war. Natürlich hatte es am Anfang Unfälle gegeben; fast war es schon ein Wunder, dass nicht irgendjemand die Katastrophe perfekt gemacht hatte, indem er durch zufälliges Hantieren ein automatisch gesteuertes Kraftwerk lahm gelegt hatte. Dann wären die Einwohner von Cherkaton der letzten Grundlage beraubt worden, die ihnen unter den jetzigen Umständen das Überleben ermöglichte.

Vielleicht hatte der unbekannte Suggestor das sogar bewusst verhindert, indem er die betreffenden Anlagen mit so etwas wie einem Tabu belegte. Er hatte es darauf angelegt, die Leute zu beherrschen, also wäre es unsinnig gewesen, sie zum Tode zu verurteilen, der ihnen nach dem Entzug ihrer Lebensbasis unweigerlich gedroht hätte. Was der Unbekannte wirklich bezweckte, blieb mir allerdings rätselhaft. Er zeigte sich nie, sondern herrschte nur aus der Ferne, indem er täglich seine Befehle gab. Trotzdem konnte es nicht mehr lange so weitergehen, das stand fest. Noch war Sommer, die Felder brachten trotz der ungenügenden Bearbeitung einen gewissen Ertrag an Lebensmitteln. Aber die Leute hungerten jetzt schon – was sollte da erst im Winter aus ihnen werden, der gleichfalls ein ganzes Standardjahr dauerte?

Vergeblich fragte ich mich, was für eine Mentalität dieses Wesen wohl besitzen mochte, das zu solchen Dingen fähig war. Sie erschien mir unbegreiflich, unsäglich fremd, und erneut fasste ich den Entschluss, den Bedauernswerten zu helfen.

»Heh, Mascaren!« Seracia stieß mich an und riss mich aus meiner Versunkenheit, denn ich war vor einem der Eingänge zum Zentralgebäude stehen geblieben. Ich lächelte ihr beruhigend zu und setzte mich wieder in Bewegung; sie blieb an meiner Seite.

Ich erblickte Schmutz, wohin ich auch sah. Unrat, vom Wind

hereingewehter Sand und abgestorbenes Laub bedeckten den Boden hinter dem Eingang, dessen Portal weit offen stand. Nur in der Mitte zeichnete sich eine breite Trampelspur ab, die bewies, dass dieses Gebäude von den Bewohnern noch immer benutzt wurde. Ein Teil von ihnen wohnte ja hier, aber er diente auch noch einem anderen Zweck; das sah ich, als wir in die große Halle im Erdgeschoss kamen. Hier standen viele primitive Holzregale, auf denen Packungen mit Konzentraten und frische Früchte von den Feldern gestapelt waren.

Sie lagen offen zugänglich da, und niemand bewachte sie, aber trotzdem dachten die hungernden Männer, Frauen und Kinder nicht daran, sich an ihnen zu bedienen. Das war ein weiterer Beweis dafür, wie groß die Macht des Fremden über diese Leute war. In dem Raum war es dunkel, also suchte und fand ich die Schalttafel; gleich darauf flammten überall die Deckenleuchten auf. Prüfend sah ich mich um. Hier hatte früher einmal ein reges Treiben geherrscht, aber nun war niemand zu sehen. Die abzweigenden Korridore lagen verlassen da, die Auslagen der Automatläden an den Seiten waren geplündert, alle Scheiben eingeschlagen. Ich zog Seracia weiter bis zu den Antigravschächten, die in die oberen Stockwerke führten, aber diese waren außer Betrieb. Vermutlich waren die Bewohner auch gar nicht mehr in der Lage, sich ihrer zu bedienen, nachdem ihr Wissen fast bis auf null reduziert worden war.

Doch ich wollte Informationen sammeln, und so ging ich mit Seracia bis zu einer der Nottreppen. Der Treppenschacht war beleuchtet, also stimmte meine Annahme, dass hier immer noch Leute wohnten, die ihn benutzten. Nach Erreichen des ersten Stockwerkes suchte ich die frühere Nachrichten- und Informationszentrale. Dort sah es allerdings wüst aus – alle Einrichtungen technischer Art waren demoliert, die Funkgeräte total zerstört. Seracia sah sich mit großen Augen um und begriff offenbar nichts; ich ließ sie stehen und ging in einen Nebenraum, in dem sich das Speichersystem befand. Es war der allgemeinen Zerstörung entgangen, weil sein Zugang beim Eintritt der Katastrophe verriegelt gewesen war. Ich löste den Sperrschalter, trat ein und sah befriedigt, dass sofort die Beleuchtung aufflammte, was mir bewies, dass hier noch alles in Ordnung war.

»Was tust du?«, fragte die Frau beunruhigt, während sie mir

folgte und voller Scheu auf die ihr unbegreiflichen Geräte in diesem Raum sah.

Ich strich ihr leicht über das Haar. »Bleib ruhig, hier kann uns nichts geschehen. Ich will versuchen, mit Hilfe dieser Geräte etwas über das zu erfahren, was auf Cherkaton geschehen ist, als das *Licht des Propheten* erschien. Warte bitte, es dauert nicht lange.« Ich trat zu der Schaltkonsole des Nachrichtencomputers und aktivierte den Speichersektor.

Befriedigt stellte ich fest, dass die Anzeigen augenblicklich aufflammten und die Monitoren bereit zur Wiedergabe waren. Die letzten Speicherungen datierten tatsächlich etwa ein halbes Jahr zurück, stammten vom 31. Prago des Dryhan 10.498 da Ark. Ich setzte mich und lauschte auf die Stimme, die nun aus den Lautsprechern drang, während gleichzeitig Bilder erschienen und Textblöcke über die Monitoren liefen.

17.

Cherkaton-Nachrichten: *»… wurde in der Gegend nördlich von Cherkan ein ungewöhnliches Phänomen beobachtet. Die Ortungen registrierten das Eindringen eines unbekannten Flugobjekts in den Luftraum von Cherkaton, das wenig später auch von zahlreichen Bewohnern optisch wahrgenommen werden konnte. Dabei handelte es sich zweifellos um ein Raumschiff, das im Begriff war, abzustürzen. Erste Befürchtungen, dass es sich dabei um ein Schiff der Maahks handeln könnte, das unsere Welt angriff, bewahrheiteten sich zum Glück nicht. Der Flugkörper war ungefähr dreihundert Meter groß, aber mit keinem uns bekannten Schiffstyp identisch.*

Der fremde Raumer tangierte den Luftraum von Cherkan, flog aber weiter und verlor dabei ständig an Höhe. Als er sich über den Vorbergen befand, erfolgte eine Explosion, die den Schiffskörper offensichtlich nicht vollkommen zerstört hat. Es wurde beobachtet, dass sich große Trümmerstücke von ihm lösten und zu Boden fielen. Das Schiff selbst raste in einer Aureole leuchtender Gase weiter und muss irgendwo in den Bergen aufgeschlagen sein. Es erscheint sehr fraglich, dass jemand an Bord diesen Absturz überlebt hat. Trotzdem will Tato Geraban noch heute eine Rettungsexpedition zur Aufschlagstelle entsenden, die nach etwaigen Überlebenden suchen soll.«

Damit endete diese Meldung. Anschließend folgten lokale Nachrichten, die für mich uninteressant waren, dann der tägliche Bericht des Oberkommandos von Arkon III mit längst überholten Kriegsereignissen. Ich verzog das Gesicht, als ich das schwülstige Pathos vernahm, in dem er abgefasst war; selbst Niederlagen wurden, wie es seit der Machtübernahme durch Orbanaschol III. üblich war, noch in halbe oder ganze Siege verfälscht. Die nächste, rund zwei Tontas nach dem Erscheinen des abstürzenden Raumschiffes datierte Meldung weckte mein größtes Interesse.

»Hier auf Cherkaton geschehen rätselhafte Dinge«, sagte der Sprecher aufgeregt. »Vor etwa einer halben Tonta konnte über den Bergen eine seltsame Leuchterscheinung beobachtet werden, die selbst das Sonnenlicht an Intensität übertraf, aber nicht genau zu lokalisieren war. Gleich darauf ereigneten sich mehrere schwere Unfälle von Gleitern und Bodenfahrzeugen, die mindestens zehn Todesopfer gefordert haben. Gleich darauf weigerten sich die Besatzungen der bereits abflugbereiten Gleiter der angeordneten Hilfsaktion, ihren Flug zur Absturzstelle des fremden Raumers anzutreten. Auch eine persönliche Intervention des Tatos konnte sie nicht dazu bewegen, zumal gleich darauf Geraban selbst den Einsatzbefehl widerrief. Seitdem geht mit den Leuten eine erschreckende Veränderung vor sich; immer mehr scheinen plötzlich ihr Gedächtnis zu verlieren und vergessen die einfachsten Dinge des täglichen Lebens.«

Ich beugte mich erregt vor, denn nun war ich dem Rätsel von Cherkaton dicht auf der Spur. Es folgte eine kurze Pause, dann meldete sich der Sprecher wieder.

»Die erschreckende Entwicklung nimmt immer schlimmere Formen an! Die Leute behaupten, eine innere Stimme zu hören, die von einem Wesen ausgeht, das sich selbst den Propheten der Unwissenheit *nennt. Sie zeigen plötzlich eine wahre Abscheu gegen alles, was irgendwie mit Technik verbunden ist – sie verlassen ihre Gleiter, ihre Arbeitsplätze und landwirtschaftlichen Maschinen. Sie sagen, es geschehe auf Befehl jenes fremden* Propheten, *dem sie nun zu gehorchen hätten. Es ist nicht abzusehen, welche Folgen diese verhängnisvolle Veränderung noch zeitigen wird.*

Wir haben versucht, die Leute über Videofunk zur Ordnung aufzurufen, aber das erwies sich als sinnlos, weil niemand mehr die Geräte anstellen will. Der größte Teil meiner Mitarbeiter im Informationszentrum hat inzwischen die Arbeitsplätze verlassen und weigert sich kategorisch zurückzukehren. Auch sie haben den Ruf des Propheten *vernommen, ein Teil von ihnen hat sogar damit gedroht, unsere Geräte zu zerstören. Ich habe das bisher verhindern können, aber es erscheint mir fraglich, ob mir das auf die Dauer gelingen kann. Ich selbst habe die Stimme des fremden Wesens, die ihren Ursprung zweifellos in paramentalen Phänomenen hat, noch nicht vernommen, aber ich verspüre einen wachsenden Druck auf mein Gehirn, der von immer schlimmer werdendem Kopfschmerz begleitet ist. Da mein Dienst jetzt beendet ist, werde ich diesen Raum verlassen – aber ich nehme das Hyperfunkgerät in Betrieb und versuche Arkon zu verständigen …«*

Die Stimme des Sprechers brach ab, war nach einigen Augenblicken wieder zu hören und klang nun panikerfüllt. »Zu spät – eine Anzahl dieser Verrückten ist eben nebenan eingedrungen und hat damit begonnen, systematisch alle Nachrichtengeräte zu zerstören! Selbst der Tato befindet sich unter ihnen – ich muss schleunigst den Raum verlassen und absperren, ehe er verwüstet wird. Auch mir fällt das Denken bereits schwer … Wie soll das alles nur enden …?«

Cherkaton: 22. Prago der Coroma 10.498 da Ark

Die Stimme des Sprechers war verstummt, ich lehnte mich erschüttert zurück. Nun wusste ich, was die Ursache für den fast vollkommenen Niedergang dieser hoffnungsvollen Kolonie auf dem fast paradiesisch anmutenden Planeten war. Auf ihm hatten die Siedler kaum natürliche Feinde vorgefunden, aber dafür war ein anderer Feind gekommen. Warum sein Raumschiff havariert war, blieb nach wie vor unklar – er selbst musste den Absturz aber überlebt haben und hielt die Bewohner von Cherkaton nun im würgenden Griff seiner paranormalen Gaben …

Bestätigte sich meine Vermutung, dass der varganische Henker ebenfalls in seine Gewalt geraten war? Magantilliken gehörte einem uralten Volk an, dessen Wissen das unsere bei weitem überstieg und das selbst beträchtliche Paragaben beherrschte. Ob er allein aber imstande war, dem geistigen Angriff einer Wesenheit zu widerstehen, die mehr als 20.000 Arkoniden fast spielend überwältigt hatte, schien mir mehr als fraglich. An sich hätte es mir recht sein können, wenn er nun ausgeschaltet war, aber leider gab es da einige beträchtliche Schönheitsfehler. Zum einen die verdummten Siedler, die ich nicht einfach ihrem Schicksal überlassen konnte. Der zweite bestand in der Tatsache, dass ich kaum Aussicht hatte, diese Welt wieder zu verlassen, solange ich nicht imstande war, das SKORGON zu starten.

Gewiss, ich konnte mich daranmachen, nach dem Unterbrecher zu suchen, und zweifellos würde ich ihn über kurz oder lang auch finden und die Störung beseitigen können. Doch das konnte unter Umständen viele Tage dauern – und wer garantierte mir, dass ich nicht in dieser Zeit ebenfalls unter den Einfluss des fremden Wesens geriet?

Diese Wahrscheinlichkeit beträgt etwa neunzig Prozent, unterrichtete mich mein Logiksektor kurz und prägnant. Unter Berücksichtigung dieses Faktors blieb mir eigentlich nur ein Ausweg: Ich musste in die Berge, musste versuchen, den *Propheten* irgendwie zu überwältigen – selbst wenn es dazu nötig war, Magantilliken zu befreien. Ich fluchte leise vor mich hin.

Seracia war es, die mich aus den unerfreulichen Gedanken riss. Sie hatte sich still verhalten und zugehört, obwohl sie vermutlich nur einen Bruchteil von dem verstanden hatte, was der Sprecher festgehalten hatte. Die jetzt eingetretene Stille jedoch schien ihr unheimlich zu sein. Sie kam zu mir und legte schüchtern eine Hand auf meinen Arm. »Lass uns wieder hinausgehen, Mascaren«, bat sie ängstlich. »Hier drin ist es so … unheimlich.«

Ich nickte und erhob mich, wobei ich sie verstohlen musterte. Meine Anwesenheit schien tatsächlich einen positiven Einfluss auf sie auszuüben, denn ihre Augen waren nun fast ganz klar, und auch ihr Wortschatz erweiterte sich laufend. Konnte es mir gelingen, auch andere Bewohner von Cherkan allmählich aus dem verderblichen Bann zu lösen? Nicht alle würden in gleicher Weise verdummt sein, Männer und Frauen mit höherem Intelligenzquotienten waren vermutlich erheblich widerstandsfähiger als die Übrigen. Dazu gehörten wahrscheinlich auch die Verteiler der Essensrationen, deren Aufgabe sich ohne eine entsprechende Übersicht kaum bewältigen ließ.

Erschrocken stellte ich fest, dass seit unserem Eindringen in das Gebäude schon fast eine Tonta vergangen war. Bald würde es dunkel werden, vermutlich war es zu spät, noch heute etwas gegen die Gefahr in den Bergen zu unternehmen. Ich musste dieses Unternehmen notgedrungen auf morgen verschieben, aber der Rest des Tages würde noch ausreichen, um die entsprechenden Vorbereitungen zu treffen.

Wir verließen das Gebäude, in dem es nach wie vor totenstill war. Draußen atmete ich befreit auf, und auch Seracia schien wie von einem Druck erlöst. Die Sonne stand schon tief, es war bedeutend kühler geworden. Ich sah mich um und ging dann zielstrebig auf eine Anzahl unbeschädigt aussehender Prallfeldgleiter zu. Sie waren ordentlich geparkt und offenbar noch vor dem Eintritt der Katastrophe hergebracht worden. Um sie schien sich später niemand mehr gekümmert zu haben. Dass diese Annahme ein Irrtum war, bemerkte ich, als ich die Tür des ersten Fahrzeugs geöffnet hatte. Das Instrumentenbrett war völlig zertrümmert, überall hingen lose Kabel herum, die Schalteinrichtungen waren restlos zerstört. Ein guter Mechaniker würde Tage dafür brauchen, diese Schäden wieder zu reparieren. So viel Zeit hatte ich auf gar keinen Fall.

Mit beträchtlich verminderten Hoffnungen ging ich weiter zum nächsten Fahrzeug, darin sah es nicht besser aus. Offenbar hatte der *Prophet der Unwissenheit* die Kolonisten dazu veranlasst, diese Zerstörungen anzurichten; von selbst hätten sie es wohl kaum getan. Ich fragte: »Ist es überall so?«

Seracia nickte bedrückt. »Alles ist kaputt – wir mussten es einfach tun. Der Prophet wollte nicht, dass wir wieder …«

Sie stockte und suchte nach den passenden Worten, aber ich wusste auch so genug. Mit müden Schritten ging ich weiter und kontrollierte auch die restlichen Gleiter – vergebens. Resigniert setzte ich mich auf die Umfassung eines Springbrunnens und überlegte. Es erschien mir unwahrscheinlich, dass alle Fahrzeuge demoliert worden waren. In Cherkan musste es mindestens drei- bis viertausend davon geben, wenn nicht sogar mehr; eine gewisse Anzahl war bestimmt der Zerstörungswut der Bewohner entgangen. Doch wie und wo sollte ich sie finden, wenn ich mich nicht allein auf den Zufall verlassen wollte?

Irgendwo wird es ein zentrales Gleiterdepot geben, meldete sich mein Logiksektor. *Dort befinden sich die Fahrzeuge, die für Notfall-*

einsätze bereitstehen; einige dürften auch bewaffnet sein. Da sie normalerweise unter Verschluss gehalten werden, müsstest du dort finden, was du suchst.

Erleichtert sprang ich auf und wandte mich an Seracia, die nach wie vor jedem meiner Schritte folgte. Ich brauchte einige Zentitontas, um ihr begreiflich zu machen, was ich wollte, aber dann hatte sie erfasst, worum es mir ging. Sie deutete hinüber zur anderen Seite des Zentralplatzes.

»Dort hinten in der Straße, sie heißt ...« Ihr Gesicht verzog sich unter der Anstrengung krampfhaften Überlegens, aber plötzlich hellten sich ihre Züge auf. »Sie heißt *Straße des Imperators.*«

»Sehr gut, Seracia«, lobte ich, sie lächelte mich dankbar an. Mir wurde warm ums Herz, aber ich wandte mich rasch um, setzte mich in Bewegung, und wir überquerten den Platz. Ich stellte fest, dass sich nun erheblich mehr Leute im Freien aufhielten; eine schweigende Prozession abgezehrter, stumpf blickender Gestalten. Sie kamen aus den Häusern, ließen sich auf den Grünflächen nieder, wo sie regungslos warteten. Es waren hauptsächlich alte Leute, Frauen und Kinder, also jene, die für schwere körperliche Arbeit ungeeignet waren. Den erbärmlichsten Eindruck machten die Kinder, obwohl ihnen die Frauen infolge ihres Mutterinstinktes vermutlich mehr Essen zukommen ließen, als ihnen zugestanden hätte. Doch gerade auf junge Körper mitten in der Wachstums- und Entwicklungsperiode musste sich der anomale Zustand doppelt auswirken. Schwere Schäden nicht nur in körperlicher, sondern auch in geistiger Hinsicht konnten nicht ausbleiben, wenn hier nicht bald Abhilfe geschaffen wurde.

Ich presste die Lippen zusammen und folgte Seracia, die sich ebenfalls unbehaglich umsah. Mit dem allmählichen Wiederaufleben ihrer Geistestätigkeit kam wohl auch bei ihr das Erkennen, wie verkehrt es auf Cherkaton zuging. Wir erreichten ein niedriges, lang gestrecktes Gebäude, neben dem sich ein geräumiger Parkplatz befand. Hier standen einige gebrauchsunfähig gemachte Fahrzeuge, aber die großen Tore an der Front, über denen die Aufschrift *Hauptdepot* angebracht war, waren geschlossen. Ich hatte also gute Aussichten, hier das zu finden, was ich brauchte. Allerdings sah ich sofort, dass die Öffnungsmechanismen der Tore unbrauchbar gemacht worden waren. Mir blieb also nichts anderes übrig, als mir gewaltsam Zugang zu verschaffen.

Ich zog meinen Kombistrahler, ließ Seracia zurücktreten und richtete dann die auf Nadelstrahl geschaltete Waffe auf das Schloss eines kleineren Nebentors, von dem ich mir die geringsten Schwierigkeiten versprach. Mit leisem Zischen fraß sich der Desintegratorstrahl in das Metall. Es dauerte nur Augenblicke, bis ich das Schloss herausgeschnitten hatte. Es polterte dumpf zu Boden, dann konnte ich das Tor ohne Schwierigkeiten aufschieben. Aufatmend sah ich, dass ich genau an der richtigen Stelle eingedrungen war. In dieser Nebenhalle standen fünfzehn schwere Gleiter mit den Insignien der Polizei von Cherkan – was wollte ich mehr?

Seracia ließ sich nicht dazu bewegen, die Halle zu betreten, also ging ich allein hinein. Auch hier funktionierte die Beleuchtung noch, in ihrem Schein begutachtete ich die Fahrzeuge. Meine Wahl fiel auf einen gepanzerten Prallfeldgleiter mit starkem Antigrav, der Flüge bis in drei Kilometer Höhe über dem Boden ermöglichte. Dieses Modell hatte eine Kuppel mit einem leichten Strahlgeschütz, das sich vom Fahrersitz aus bedienen ließ. Noch wusste ich nicht, was mich in den Bergen erwarten würde, aber ich hatte das dumpfe Gefühl, dass mir diese Waffe vermutlich sehr nützlich sein würde. Wie erwartet war das Fahrzeug startklar. Ich kletterte hinein, aktivierte den Antrieb und bugsierte es vorsichtig ins Freie, stieg aus, schob das Tor wieder zu und winkte der jungen Frau.

»Komm, Seracia. Du brauchst keine Angst zu haben, schließlich bist du doch früher oft genug mit Gleitern geflogen. Erinnerst du dich wieder daran?«

Sie nickte zögernd, aber es bedurfte doch einiger Überredung, bis wir beide im Gleiter saßen. Ich steuerte ihn auf die Straße und dann in Richtung des Zentralplatzes. Inzwischen hatte die Dämmerung eingesetzt, die allerdings wegen der langsamen Rotation des Planeten lange dauern würde. Die Straße war leer, doch als wir den Platz erreichten, sah ich, dass sich dort inzwischen mehrere tausend Bewohner versammelt hatten. Ich hielt das Fahrzeug an und entdeckte einen seltsamen Zug, der sich aus der Gegenrichtung dem Trichtergebäude näherte. Es waren mehrere hundert Männer und Frauen, die sich schwerfällig dahinschleppten und schwere Lasten trugen; roh gezimmerte Tragen aus Holz, auf denen Feldfrüchte lagen. Mit letzter Kraft keuchten die Träger in das Gebäude und kamen wenig später ohne ihre Lasten wieder zum Vorschein. Sie gesellten sich zu der Schar der Wartenden und ließen sich erschöpft in das Gras fallen. Erschüttert sah ich diesen Vorgängen zu.

»Was geschieht jetzt?«, wandte ich mich an Seracia, in deren Zügen es sichtlich arbeitete. Auch sie schien zu erfassen, wie unnatürlich und widersinnig das alles war.

»Gleich wird es Essen geben.« Sie machte Anstalten, sich zu erheben. »Ich muss zu den anderen, sonst bekomme ich heute nichts!«

Wo bleibt deine viel gerühmte Weitsicht, Kristallprinz?, erkundigte sich mein Extrasinn sarkastisch. *An alles Mögliche hast du gedacht, aber dass sie völlig ausgehungert sein muss, ist dir völlig entgangen.*

Und wer hat mich nicht früher daran erinnert?, fragte ich ebenso spitz zurück, drückte Seracia wieder in die Polster und öffnete die Klappe unter dem Armaturenbrett, wo sich die als Einsatzverpflegung für die Polizisten gedachten Vorräte befanden. Sie waren reichhaltig und bestanden meist aus konservierten Fertiggerichten. Ich suchte zwei Dosen mit Hubbakelfleisch heraus und drückte auf die Deckel; als sich der Inhalt erwärmt hatte, gab ich eine davon Seracia in die Hand. Mir selbst verging fast der Appetit, als ich sah, mit welcher Gier sie diese lange entbehrte Nahrung zu sich nahm. Doch sie tat ihr sichtlich gut, und als sie dann noch eine Dose Fruchtsaft ausgetrunken hatte, verklärte sich ihr Gesicht.

»Warum können wir nicht immer so etwas haben?«, wollte sie wissen. »Warum lässt uns der *Prophet* immer hungern, wo es doch so gute Sachen gibt?«

»Das möchte ich auch gern wissen«, gab ich grimmig zurück. »Und ich werde es herausfinden, darauf kannst du dich verlassen.«

Die Verteilung der kärglichen Rationen war in vollem Gange. Als hätte sie eine unhörbare Stimme gerufen, standen die ausgemergelten Gestalten gruppenweise auf und schlurften zu dem Trichterbau. Wenig später kehrten sie zurück und schlangen noch im Gehen Konzentrate oder Früchte hastig hinunter. Das alles vollzog sich in solcher Ordnung und Lautlosigkeit, dass es schon fast gespenstisch wirkte. Jeder begnügte sich mit dem, was er bekommen hatte, keiner machte Anstalten, einem anderen etwas zu entreißen, wie es sonst bei einer hungernden Masse unweigerlich vorgekommen wäre.

Nach etwa einer halben Tonta hatte sich der Platz geleert; die Bewohner waren nach Hause gegangen, um dort in den Schlaf der Erschöpfung zu fallen, bis sie der Wille des fremden Suggestors wieder zur Arbeit trieb. Seracia war an meiner Seite eingenickt und erwachte erst wieder, als ich den Antrieb des Gleiters anlaufen ließ. Für einen Moment sah sie sich verständnislos um, bis ihr Blick auf mich fiel. Mit einem glücklichen Lächeln kuschelte sie sich an meine Schulter und flüsterte: »Bei dir ist es so schön.«

Ich nickte, zog verstohlen eine Grimasse, lenkte den Gleiter auf den Zentralplatz und steuerte den Eingang an, in dem die Verteilung der Rationen stattgefunden hatte. Ich tat das mit einer bestimmten Absicht. Die Männer und Frauen, denen hier das Amt der Proviantmeister zufiel, konnten unmöglich so unwissend und abgestumpft sein wie die Masse der Cherkaner, sonst hätten sie ihre Tätigkeit überhaupt nicht ausüben können. Es musste also möglich sein, mit ihnen ein Gespräch zu beginnen, von dem ich mir weitere Anhaltspunkte erhoffte, die mir später von Nutzen sein konnten.

Meine Überlegung erwies sich als richtig. Wir waren gerade vor dem Gebäude angekommen, als etwa dreißig Männer und Frauen heraustraten. Auch sie schienen keinerlei Privilegien zu genießen, denn sie schlangen ihr kärgliches Essen jetzt ebenso hinunter, wie es zuvor die anderen getan hatten. Sie blieben abrupt stehen, als sie den Gleiter sahen.

Ich öffnete die Kabine und stieg aus. »Ich möchte mit euch reden.« Ich spreizte die Arme ab, um zu dokumentieren, dass ich in friedlicher Absicht kam. »Gibt es unter euch einen, der so etwas wie der Anführer ist?«

Ich musste lange auf eine Reaktion warten. Etwa eine Zentitonta lang tat sich nichts. Alle waren voll damit beschäftigt, ihre Rationen, von lautem Schmatzen begleitet, hinunterzuwürgen. Erst dann löste sich einer aus der Gruppe und kam langsam auf mich zu.

»Was willst du?«, fragte er teilnahmslos.

Trotzdem lächelte ich ihn freundlich an. »Ich bin fremd auf dieser Welt«, sagte ich in einem leichten Plauderton, der das Anomale der Situation völlig negierte. »Kannst du mir erklären, was hier auf Cherkaton geschehen ist? Warum müssen hier Arkoniden schwer arbeiten und hungern, was sonst nirgends im Großen Imperium der Fall ist?«

»Im Großen Imperium?«, wiederholte der ältere Mann, der trotz seines vernachlässigten Äußeren einen relativ guten Eindruck machte. »Wir gehören nicht zum Großen Imperium. Wir sind Diener des *Propheten der Unwissenheit*, der allein über Cherkaton herrscht.«

Die Worte kamen zwar monoton heraus, bildeten aber einen krassen Gegensatz zu den Worten jener, die überhaupt nicht mehr folgerichtig denken und reden konnten. Dieser Mann verfügte immer noch über einen erheblichen Teil seiner Intelligenz, nur schienen ihm in ihrer Anwendung enge Grenzen gesetzt zu sein. Deshalb wechselte ich die Methode.

»Mein Name ist Mascaren«, gab ich ruhig zurück. »Darf ich auch den deinen erfahren?«

Durch die Gestalt des Mannes schien ein Ruck zu gehen.

Völlige Entpersönlichung, unterrichtete mich mein Logiksektor sofort. *Hier hat niemand mehr einen Namen, aber du hast eben die Erinnerung in ihm geweckt. Weiter so!*

»Mein Name ...?«, dehnte mein Gesprächspartner. Auf dem bisher maskenstarren Gesicht erschien ein grüblerischer Ausdruck. Es kostete ihn sichtliche Anstrengung, seine frühere Identität zu bestimmen, aber schließlich schaffte er es doch. »Ich bin ... Romantur!«, stieß er hervor. Ich bemerkte das aufkommende Flackern in seinem zuvor völlig ausdruckslosen Blick. »Ja, ich bin Romantur – der Chef-Bauchaufschneider des Hospitals von Cherkan.«

Eine stille Befriedigung erfüllte mich, aber ich ließ sie mir nicht anmerken. Dafür tat ich einen weiteren Schritt, indem ich die Anrede wechselte, wovon ich mir eine zusätzliche Wirkung versprach.

»Sie sind Bauchaufschneider Romantur. Doch warum sind Sie nicht in Ihrem Hospital, um dort die Opfer der Unterernährung und der totalen Erschöpfung durch die schwere Arbeit zu betreuen, Romantur?«

Die Züge des Arztes verzerrten sich. In seiner Seele war das erwacht, was auch bei meinem Pflegevater Fartuloon manchmal in den extremsten Situationen zum Vorschein kam – das Gewissen des Mediziners, der über das Wohl vieler anderer zu wachen hatte. Er war dabei, zu erwachen, zu seinem früheren Selbst zurückzufinden – vielleicht nur noch ein kleiner Schritt …

Durch die Dämmerung stach plötzlich ein greller Schein. Er erschien von einem Augenblick zum anderen am Himmel und stand dort wie ein Polarlicht, aber nicht bunt und flackernd, sondern in einem gleichmäßigen weißen Schimmer. Er leuchtete fast so hell wie das Tageslicht, aber nur vom Gebirge her, während die Gegend, aus der ich gekommen war, dunkel blieb. Seine Wirkung war gespenstisch und machte mit einem Schlag alles wieder zunichte, was ich soeben behutsam angebahnt hatte. Romantur zuckte zusammen und blieb stocksteif stehen.

Im Widerschein des *Lichtes von den Bergen* sah ich, wie jede Regung aus seinen Zügen wich – sein Gesicht verfiel förmlich, wurde zu einer leblosen Maske. Der Blick seiner Augen verlor jeden Ausdruck und nahm jene Starre an, die für geistig Beeinflusste typisch war. Romantur stand mit hängenden Armen wie eine Statue vor mir; ein rascher Blick zeigte, dass sich die anderen im Hintergrund ebenso verhielten.

Ich knirschte in ohnmächtiger Wut mit den Zähnen und spürte dann eine Bewegung neben mir. Erst jetzt bemerkte ich, dass Seracia ebenfalls den Gleiter verlassen hatte und an meiner Seite stand. Ihre zuckende Hand griff nach meiner Rechten und verkrallte sich regelrecht darin, ihr zierlicher Körper bebte und presste sich gegen meinen. Sie suchte instinktiv bei mir Schutz gegen die brutale Vergewaltigung ihres Ichs durch einen weit überlegenen, gewissenlosen Geist.

»Mascaren …«, flüsterte sie, dann versagte ihre Stimme. Ihr Körper kam zur Ruhe und nahm ebenfalls die gleiche Starre an, aber das hatte ich erwartet. Sie schien eine stärkere Psyche zu besitzen als die meisten anderen Cherkaner, vielleicht verfügte sie sogar über latente Paragaben. Doch auch sie hatte ein halbes Jahr lang unter der ständigen Beeinflussung durch den fremden Suggestor gestanden und sich nur für eine Weile daraus gelöst, als sie durch meine Anwesenheit aufgerüttelt worden war.

Aus, dachte ich und warf ihr einen mitfühlenden Blick zu, fuhr dann aber unwillkürlich zusammen. Ihr Gesicht hatte den maskenhaften Ausdruck angenommen, doch ihre Augen lebten! Sie waren weit aufgerissen und sahen in die Ferne zu dem Licht am

Himmel, doch sie zeigten eine unverkennbare Regung: *den Ausdruck panischer Furcht!*

»Seracia«, sagte ich leise und drängend. »Seracia, was ist?«

Langsam, unter sichtlicher Anstrengung, öffneten sich ihre Lippen. »Der *Prophet* ruft«, hauchte sie kaum hörbar; ihr Gesicht zuckte unkontrolliert. »Wir müssen ihm gehorchen, sagt er … Er zürnt uns.«

Ihre Stimme versagte, aber ich fand es erstaunlich, dass sie nicht wie die anderen reagierte, dass ein Rest von Leben, ein Funken ihrer eigenen Persönlichkeit trotz des massiven Zugriffs des Fremden wach geblieben war. Ich wusste, dass ich sie nun unterstützen musste, damit sie nicht ganz unterlag, deshalb setzte ich sofort nach. »Sprich weiter!«, forderte ich sie mit rauer Stimme auf. »Was sagt der *Prophet* – was will er von euch?«

Fast schien es, als sei ihr stummer Kampf aussichtslos, als würde die fremde *Stimme* sie endgültig in ihren Bann zwingen. Dann aber drängte sich ihr Körper noch mehr an mich, ihre Augen suchten die meinen. Erschüttert sah ich das Grauen in ihnen, sie begann wieder stockend zu reden. »Der *Prophet* zürnt … weil ein Fremder zu ihm … vorgedrungen ist. Er hat ihn gefangen, aber er will nicht … dass so etwas noch einmal geschieht. Er befiehlt, dass wir … dass wir jeden Fremden umbringen sollen … der zu uns kommt. Nur ihm sollen wir gehorchen … nur ihm …«

Ihre Stimme verlor sich in einem tonlosen Gemurmel. Im gleichen Augenblick verblasste das Licht über den Bergen. Es verlor allmählich an Intensität, flackerte noch einmal kurz zu strahlender Helligkeit auf, als wolle es ein Fanal setzen – dann war es übergangslos dunkel. Das Ganze mochte etwa eine Dezitonta gedauert haben, doch diese Zeit war mir wie eine Ewigkeit erschienen. Ich war nun sicher, dass Seracia nie mehr ganz dem fremden Einfluss erliegen würde. Das ließ mich dankbar aufatmen. Doch nur für einen Augenblick, denn gleich darauf änderte sich die Lage abrupt wieder – denn plötzlich kam Leben in die schweigenden Gestalten. Wie auf ein unhörbares Kommando setzten sie sich in Bewegung, zuerst langsam, dann mit überraschender Schnelligkeit. Eine Mauer aus dreißig Leibern schob sich auf mich und Seracia zu, und mein Logiksektor reagierte sofort. *Sie wollen dich töten, wie es ihnen der* Prophet *befohlen hat. Fliehe rasch – fortan bist du in Cherkan deines Lebens nicht mehr sicher.*

Trotzdem zögerte ich – und das wäre mir fast zum Verhängnis geworden. Romantur, der vor den anderen gestanden hatte, erreichte uns zuerst und drang sofort mit erhobenen Fäusten auf mich ein. Sein Gesicht zeigte nicht die geringste Regung, aber in seinen Augen glomm das Feuer dämonischer Besessenheit. Er stand ganz unter dem Bann des gewissenlosen *Propheten*, nichts erinnerte mehr daran, dass er kurz zuvor nahe daran gewesen war, wieder halbwegs normal zu werden.

Meine Hand griff nach dem Kombistrahler. Ich wich dem Bauchaufschneider aus und schoss im Paralysemodus auf die Herandrängenden. Dann drehte ich mich um und lief auf den etwa zwanzig Meter entfernten Gleiter zu, zog Seracia hinter mir her. Sie wehrte sich nicht, aber sie verhielt sich vollkommen passiv, so dass ich sie fast mitschleifen musste. Das behinderte meine Beweglichkeit natürlich sehr. Mit einem energischen Griff schob ich sie auf die offen stehende Kabinentür des Gleiters zu, sie stolperte hinein. Nochmals schoss ich und hechtete förmlich in den Gleiter. Seracia war mir im Weg, ich landete unsanft auf ihrem Schoß, aber es gelang mir wenigstens, die Tür des Fahrzeugs zu schließen. Es war höchste Zeit, schon waren die Angreifer da. Einige hatten Gegenstände in den Händen, schlugen ziellos auf den Gleiter ein, nachdem ich ihrem Zugriff entzogen war.

Die Schläge trommelten schwer auf das Kabinendach, aber sie konnten ihm nichts anhaben, denn es bestand aus Panzerglas. Die Cherkaner erkannten das überraschend schnell, änderten sofort ihre Taktik. Ich vernahm keinen Laut der Verständigung, doch sie scharten sich nun alle wie auf Kommando um das Fahrzeug und griffen zu. Sie versuchten, den Gleiter umzukippen – und dieses Vorhaben war durchaus nicht aussichtslos. Er war zwar schwer, doch die Seelenlosen entwickelten erstaunliche Kräfte. Das Fahrzeug begann bereits bedenklich zu schwanken, als ich mich endlich über die erstarrt dasitzende Seracia hinweg auf den Fahrersitz vorgearbeitet hatte und die Kontrollen einschalten konnte.

Der Antrieb kam sofort, mit einem harten Ruck setzte sich der Gleiter in Bewegung. Ich bremste schon nach wenigen Metern wieder, wollte nicht, dass eine Anzahl der Unglücklichen mitgeschleift wurde und dadurch zu Schaden kam. Sie hatten sich an den Aufbauten festgekrallt, wurden nun aber durch den Ruck durchgerüttelt und verloren ihren Halt. Rasch fuhr ich den Antigrav hoch und ließ das Fahrzeug in die Höhe schweben. Die Scheinwerfer blendeten auf, dann sah ich etwas, das mir infolge der Dunkelheit bisher entgangen war. Ich hatte es nicht nur mit den etwa dreißig Angreifern zu tun – nein, inzwischen waren mehrere hundert Bewohner auf den Platz geströmt. Die meisten waren irgendwie bewaffnet, plötzlich zuckte aus dem Dunkel sogar die Glutbahn eines Strahlers auf uns zu und schlug im Heck des Gleiters ein. Sie traf nicht voll, weil wir inzwischen weiter gestiegen waren, das war unser Glück. Hätte der Schütze den Antrieb getroffen, wäre das Fahrzeug wie ein Stein zu Boden gesackt, und es wäre um uns geschehen gewesen …

Meine Faust schoss vor und krachte gegen den Aktivierungsschalter für den energetischen Schutzschirm des Spezialfahrzeugs. Augenblicklich begann der kleine Konverter zu grollen, sofort legte sich das schützende Feld um den Gleiter. Es war wirklich höchste Zeit. Weitere Strahlschüsse blendeten auf und trafen auch, aber ihre Energie verpuffte nun wirkungslos in dem Abwehrfeld. Ich kniff die Lippen zusammen, schaltete das Triebwerk hoch, wir schossen mit Höchstbeschleunigung in den dunklen Himmel über der Stadt. Zuvor hatte ich noch unbehelligt und frei durch ihre Straßen gehen können – aber ein einziger Befehl des *Propheten* hatte genügt, um eine erbarmungslose Jagd auszulösen.

Ich nahm Kurs auf die Berge, schaltete die Ortungsanlagen und die Infrarotsicht ein. Sofort zeichnete sich das Gelände unter uns deutlich auf dem Bildschirm ab. Etwa zehn Kilometer von Cherkan entfernt entdeckte ich in dem hügeligen Gelände eine tiefe Mulde, die von hohem Wald umgeben war. Dort ließ ich das Fahrzeug niedergehen und schaltete bis auf die Innenbeleuchtung sämtliche Anlagen ab. Ich glaubte nicht, dass uns jemand verfolgen und auch finden würde.

Nun löste sich die Spannung, ich konnte mich wieder um Seracia kümmern, die still vor sich hin schluchzte. Sie hatte alle Vorkommnisse bewusst erfasst, das bewiesen mir ihr nun wieder vollkommen klarer Blick und später auch ihre Worte. Offenbar hatte sie der körperliche Kontakt zu mir davor bewahrt, wieder ganz dem Einfluss des verderblichen *Propheten* zu erliegen. Ich tröstete sie, so gut ich konnte. Sie schmiegte sich vertrauensvoll an mich. Erst jetzt wurde mir bewusst, dass auch ich während der

Lichterscheinung einen dumpfen Druck in meinem Gehirn gespürt hatte, aber ich schob den Gedanken daran einfach beiseite. Alles, was den fremden Unterdrücker betraf, hatte Zeit bis morgen – Seracia war lieb und reizend, und die Nächte auf Cherkaton waren lang …

18.

Ischtar: *Plötzlich klang ein feiner, heller Summton durch die Schiffszentrale, die Varganin sah verwundert auf. Dann aber flogen ihre Hände über die Schaltungen. Das Funkgerät des Oktaederraumers hatte angesprochen. Eine wilde Hoffnung zuckte durch den Kopf der Varganin. Kam dieser Anruf vielleicht von Atlan – meldete er sich, um ihr zu sagen, wo sie ihn finden konnte?*

Der Frequenzsucher pendelte sich automatisch auf den fremden Sender ein, Enttäuschung breitete sich in Ischtar aus. Nein, das konnte nicht Atlan sein. Wer war es aber dann? Es musste ein Vargane sein, so viel stand fest. Nur Angehörige ihres Volks benutzten diese geheime Frequenz im extrem hochfrequenten Hyperbereich, und das stets nur, um Notsignale auszusenden. Doch es gab nur noch wenige Varganen außerhalb der Eisigen Sphäre, *auf sie wartete der Tod durch Magantilliken.*

»Was ist?«, fragte der Barbar, der unruhig geworden war.

Ischtar zuckte die Achseln, bequemte sich aber doch zu einer Antwort. »Jemand aus meinem Volk sendet ein Notsignal.« Sie runzelte die Stirn. »Er benutzt nur einen Signalgeber, der einen bestimmten Rhythmus ausstrahlt. Jedes varganische Schiff kann diese Signale auffangen, in jedem Bereich der Galaxis, sonst niemand. Ich peile den Ausgangsort an und fliege hin …«

»Und wenn es Magantilliken ist?«

Sie nickte kurz, während ihre Hände neue Schaltungen vornahmen. »Durchaus möglich, denn außer ihm und mir gibt es kaum noch Varganen in dieser Sterneninsel. Die meisten anderen hat er ja bereits umgebracht.«

Es dauerte nicht lange, bis die hochwertigen Geräte einer uralten, aufs Höchste vollendeten Technik ihre Aufgabe erfüllt hatten. Der

Ausgangsort des Notsignals war bestimmt und gespeichert, ein Knopfdruck genügte, um die Koordinaten an die Steueranlagen zu überspielen. Augenblicke später schwang das Schiff herum und verließ das namenlose System, in das es gerade erst eingeflogen war. Ischtar war dem fremden Rufer fast dankbar, lenkte er sie doch von einer verzweifelten Suche ab, die sie mittlerweile selbst schon als fast sinnlos ansah. Im Stillen hoffte sie sogar darauf, dass es Magantilliken war …

Cherkaton: 23. Prago der Coroma 10.498 da Ark

Die Sonne schien bereits durch die Kuppel des Gleiters, als ich erwachte. Ich streckte mich wohlig, dann fiel mein Blick auf Seracia. Sie lag halb zusammengerollt auf dem zu einer bequemen Liege verwandelten Nebensitz. Im Schlaf sahen ihre Züge gelöst und friedlich aus. Ich betrachtete sie mit einem leichten Lächeln voller Zuneigung – sie war wirklich bemerkenswert …

Das sieht dir wieder einmal ähnlich, meldete sich prompt mein Extrasinn. *Auf Cherkaton herrscht das Chaos, dieser* Prophet *hat offenbar sogar Magantilliken in seine Gewalt gebracht – aber der Herr Kristallprinz frönt der Fleischeslust …*

Ich grinste still vor mich hin. Was wusste dieses so ungeheuer intelligente und logische Anhängsel meines Gehirns schon von diesen Dingen? Doch schon nach Augenblicken wurde ich wieder ernst. Ich dachte an das, was nun vor mir lag, an die Aufgabe, die ich durchführen musste, wollte ich diese Welt wieder verlassen.

Zuerst musste es mir gelingen, den *Propheten der Unwissenheit* irgendwie auszuschalten. Allein das war schon ein Unternehmen, das voller Unwägbarkeiten steckte. Ich wusste nichts von ihm, von der Tatsache abgesehen, dass er mit einem havarierten Raumschiff nach Cherkaton gekommen war. Ich kannte die Machtmittel nicht, über die er noch verfügte, aber sie mochten nicht unbeträchtlich sein. Immerhin hatte er trotz der schweren Schäden an seinem Schiff nicht nur ein halbes Planetenjahr überlebt, sondern war auch sehr aktiv gewesen. Doch, eines seiner Mittel kannte ich – seine unheimliche Gabe, andere Intelligenzen paranormal zu beeinflussen –, und der Gedanke daran bereitete mir eine Menge Unbehagen. *Wer auf diese Weise Magantilliken überwältigt … der varganische Henker ist beileibe kein leichter Gegner.*

Magantilliken war mein zweites Problem. Konnte ich den Fremden unschädlich machen, mochte es mir relativ leicht gelingen, auch den Varganen in meine Hand zu bekommen. Falls mir das jedoch nicht gelang, musste ich vermutlich trotzdem versuchen, ihn irgendwie zu befreien. Wichtig war vor allem, dass ich ihn lebend bekam – wurde er als Folge meines Eingreifens getötet und sein Geist zog sich in die *Eisige Sphäre* zurück, hatte ich nichts gewonnen, sondern stand wieder am Anfang. Mir würde nichts weiter übrig bleiben, als zum SKORGON zurückzukehren und dort die Suche nach dem Unterbrecher zu beginnen. Das war nicht nur eine zeitaufwändige und schwierige Aufgabe, es bestand auch die Gefahr, dass die Cherkaner das kleine Schiff angriffen und zu zerstören versuchten, sofern ich den *Propheten* nicht zuvor ausschalten konnte.

Genug gegrübelt, raunte der Extrasinn. *Deine Überlegungen sind richtig, aber sie bringen dich nicht weiter. Du musst handeln, alles Weitere ergibt sich von selbst.*

Ich sah wieder auf Seracia, die im gleichen Augenblick die Augen öffnete, als hätte sie meine Blicke gefühlt. Über ihr Gesicht flog ein freudiges Lächeln, sie streckte einen Arm nach mir aus, aber ich ergriff nur ihre Hand und hielt sie fest. Für andere Dinge war jetzt nicht die Zeit. »Wie fühlst du dich?«

»Mir geht es gut, Mascaren.« Sie erwiderte meinen Händedruck. »Fast möchte ich glauben, dass ich alles nur geträumt habe, dass es gar keinen *Propheten* gibt.«

»Es gibt ihn«, knurrte ich grimmig. »Er beherrscht immer noch Cherkaton; erst wenn er ausgeschaltet ist, werden deine Leute hoffentlich wieder zu sich selbst zurückfinden. Ich will es versuchen – wirst du mich begleiten?«

Sie nickte. »Natürlich, jetzt habe ich keine Angst mehr. Ich werde dir vielleicht kaum helfen können, aber du sollst wenigstens nicht allein in die Berge fliegen.«

Es war erstaunlich, wie sehr sie sich verändert hatte. Ihr Geist schien in keiner Weise mehr gehemmt zu sein, sie sprach und gab sich vollkommen normal. Das bewies, dass die Bewohner von Cherkan eine reelle Chance hatten, wieder in ihr normales Dasein zurückzufinden, war der verhängnisvolle Einfluss des Fremden erst einmal von ihnen genommen. Vielleicht würde sie mir wirklich kaum von Nutzen sein, aber ich wollte sie trotzdem nicht allein in die Stadt zurückkehren lassen. Die Bewohner hatten sie in meiner Gesellschaft gesehen, es war also durchaus möglich, dass sie nun auch gegen sie vorgingen.

Ich warf einen Blick aus dem Fahrzeug und sah in etwa hundert Metern Entfernung einen kleinen Teich mit kristallklarem Wasser. Er kam mir sehr gelegen, denn in dem Gleiter gab es keine Waschgelegenheit, also zog ich Seracia hoch, sie folgte mir willig. Kurz darauf tummelten wir uns im Wasser. Es war angenehm kühl, wogegen sich die Luft bereits wieder merklich erwärmt hatte. Mit Wohlgefallen betrachtete ich den schlanken, biegsamen Körper, als wir wieder aus dem Wasser stiegen, aber ich hielt mich zurück. Falls Seracia deswegen enttäuscht war, verbarg sie es geschickt. Wir kleideten uns wieder an, gingen zu dem Fahrzeug zurück und suchten uns eine kräftige Morgenmahlzeit heraus.

Ich schloss die Kuppel des Gleiters, startete das Triebwerk und ging auf Kurs. Die Richtung, aus der das *Licht* am Abend gekommen war, hatte ich mit den Instrumenten ziemlich genau lokalisiert. Den Rest würde der leistungsfähige Massetaster erledigen, dem eine so große Metallmenge, wie sie ein Raumschiff darstellte, gar nicht entgehen konnte. Selbstverständlich hielt ich den Gleiter stets so niedrig wie möglich und flog nur langsam. Ich musste unbedingt vermeiden, dass wir geortet oder sonst irgendwie bemerkt wurden. Meine Absicht war, mich ungesehen möglichst nahe an den Standort des *Propheten* heranzuarbeiten, um erst einmal die Lage zu erkunden und darauf mein weiteres Vorgehen abstimmen zu können.

Wir flogen durch die Täler zwischen den Vorbergen; allmählich stieg das Gelände immer weiter an. Bald ragten die eigentlichen Berge vor uns auf, die den Charakter eines normalen Mittelgebirges hatten. Nach einiger Zeit sprach der Massetaster an. Sofort nahm ich Fahrt weg und drückte den Gleiter weiter hinunter. Allerdings bemerkte ich bald, dass die georteten Metallmassen keineswegs das eigentliche Schiff sein konnten, dafür waren die Ausschläge viel zu gering. Gleich darauf bestätigte sich meine Vermutung. Eine ganze Anzahl von Trümmerstücken lag in weitem Umkreis auf dem Felsboden verstreut. Ich sah, dass sie großer Hitze ausgesetzt gewesen waren, das Metall hatte sich bläulich verfärbt.

Überdies mussten sie mit großer Wucht aufgeschlagen sein, denn ich sah nur noch Fragmente. Diese Teilstücke waren offenbar durch die Explosion vom Schiffskörper gelöst worden, von der der Mann im Informationszentrum gesprochen hatte.

Ein Trümmerteil war besonders groß. Ich beobachtete es sorgfältig mehrere Zentitontas lang, bis ich einige kleine Pelztiere entdeckte, die unbesorgt in seiner Nähe nach Nahrung suchten. Das bewies, dass es in ihm kein Leben mehr gab. Damit hatte ich auch nicht ernsthaft gerechnet, doch ich musste vorsichtig sein. Immerhin war von einem etwa dreihundert Meter großen Schiff die Rede gewesen; ein solches musste einige hundert Mann Besatzung gehabt haben, wenn ich arkonidische Maßstäbe als Vergleich heranzog. Ich ließ den Gleiter wieder steigen und flog in einen langen Canyon ein, der gute Deckung bot. Immer wieder sah ich prüfend zu Seracia hinüber, die still neben mir saß, horchte auch in mich hinein, aber ich bemerkte keinerlei Anzeichen einer paramentalen Beeinflussung, weder bei ihr noch bei mir.

Das ist kein Beweis, knurrte der Logiksektor ungerührt. *Der hervorstechendste Charakterzug einer hypnosuggestiven Beeinflussung ist, dass der Betroffene nichts davon bemerkt und sowohl sich wie auch seine Umgebung kritiklos für normal hält. Doch ich kann dich beruhigen – noch bist du es.*

Das klang gut, aber im nächsten Moment kam mir ein Gedanke, der mich zur Vorsicht mahnte. Wie würde sich der Extrasinn verhalten, falls ich in den unmittelbaren Wirkungsbereich dieses überstarken Suggestors geriet? Blieb er unbeeinflusst – oder würde er nicht ebenso irgendwelchen falschen Vorspiegelungen erliegen wie meine normalen Sinne? Die innere Stimme gab mir darauf keine Antwort, das sagte mir genug. Ich musste auf *alles* gefasst sein!

Wir hatten den Canyon hinter uns gelassen, ein kleines Hochplateau überflogen und ein kesselförmiges Tal durchquert. Nun steuerte ich den Gleiter durch eine tiefe Schlucht zwischen zwei Berggipfeln. Hier fanden sich weitere Spuren; Trümmer mussten sich von dem Schiffstorso gelöst haben und waren in die bewaldeten Berghänge gestürzt. Sie hatten Lücken in den Baumbestand geschlagen, an einigen Stellen waren Brände ausgebrochen. Inzwischen hatte sich neue Vegetation ausgebreitet, doch die Spuren waren noch deutlich zu erkennen.

Ich wurde noch vorsichtiger, stoppte das Fahrzeug an der Flanke des rechten Berges und ließ es dicht über den Baumwipfeln dahingleiten. Bald verbreiterte sich die Schlucht und gab den Blick in ein lang gezogenes, muldenförmiges Tal frei, hinter dem Berge aufragten. Ein Summton unterrichtete mich davon, dass die Energieortung ansprach. Sofort nahm ich die Fahrt ganz weg, setzte den Gleiter auf einem kleinen flachen Felsvorsprung ab, von dem ich den Großteil des Tales überblicken konnte, und schaltete alle Anlagen bis auf die Ortungen ab.

Wir waren am Ziel. Der Kern des fremden Schiffs war mitten in dieses Tal gestürzt. War das ein reiner Zufall, oder hatte die Besatzung noch die Bremstriebwerke einsetzen können, um es vor einem Zerschellen am nächsten Berg zu bewahren?

Vermutlich das Letztere, sagte mein Logiksektor sofort. *Der Fallwinkel des Raumers scheint sehr flach gewesen zu sein.*

Ich starrte durch die Fahrzeugkuppel nach vorn und konnte nun das ganze Ausmaß der Zerstörung erkennen. Offenbar hatten die Triebwerke des Schiffes nur noch sehr mangelhaft gearbeitet, denn es musste mit großer Wucht aufgeschlagen sein. Über mehrere hundert Meter hinweg war der Boden aufgerissen und bildete eine breite Furche bis zum nackten Fels. Dort war der Raumer nach dem Aufkommen weitergeschlittert, bis sein Bug gegen die Felswand geprallt war. Dieser Anprall schien eine zweite verheerende Explosion ausgelöst zu haben; anders war es nicht zu erklären, dass sich der Schiffskörper nahezu völlig in seine Bestandteile aufgelöst hatte, die nun in weitem Umkreis verstreut lagen. Trotzdem erreichten viele dieser Trümmer die Größe mehrstöckiger Häuser, einige wirkten sogar relativ unversehrt. Allerdings bemühte ich mich vergeblich, aus ihnen Anhaltspunkte über das ursprüngliche Aussehen des Raumers zu gewinnen und seinen Typ zu bestimmen.

»Werden wir hier den *Propheten* finden?«, fragte Seracia leise, die diese Szene der Vernichtung mit weit aufgerissenen Augen betrachtete.

Ich strich ihr leicht über das Haar. »Ich hoffe es«, gab ich zurück und las die Angaben, die mir die Energieortung lieferte. Sie registrierte die typische Streustrahlung einiger arbeitender Reaktoren, ich ließ die Antenne kreisen und bestimmte die Positionen. Als Ausgangsort stellte ich zwei größere Schiffsteile in ungefähr sechshundert Metern Entfernung fest. Sie hatten ein bizarres Aussehen, waren vollkommen unregelmäßig geformt. Abgeknickte Verstrebungen und Reste zerrissener Versorgungsleitungen ragten wie riesige Tentakel hervor. Und doch musste sich in einem dieser Trümmerberge der unheimliche Fremde befinden – vermutlich eingeschlossen und unfähig, sich zu befreien, aber trotzdem immer noch sehr lebendig.

Die Antenne kreiste weiter; plötzlich erschien auf dem Monitor des Ortungsgeräts eine besonders ausgeprägte Amplitude. Ich fuhr zusammen, erkannte sofort, dass sie das Vorhandensein eines energetischen Feldes anzeigte, bei dem es sich nur um *Fesselfeld* handeln konnte. Ein Energieschirm ähnlich dem Schutzschirm eines Raumschiffs; allerdings nicht, um gegen Einflüsse von außerhalb zu schützen, sondern um jemanden festzuhalten, der sich in seinem Wirkungsbereich befand. *Dort dürfte Magantilliken zu finden sein.*

Ich nickte zur Schlussfolgerung des Logiksektors. Das betreffende Schiffsteil war nicht weiter als zweihundert Meter entfernt, aber es gelang mir momentan nicht, Einzelheiten zu erkennen. Eine Baumgruppe entzog es meinen Blicken. Trotzdem war ich optimistisch. Bisher schien mich der Fremde noch nicht entdeckt zu haben, denn es hatte keine Reaktion gegeben. Stieg ich nun aus und arbeitete mich seitlich vor, fand ich ausreichende Deckung durch Bäume und Buschgruppen und würde von den weiter entfernten Trümmern nicht zu sehen sein. Ich hatte also gute Aussichten, den Ort zu erreichen, an dem sich der varganische Henker befand.

Er hatte vermutlich nicht gewusst, was ihn hier erwartete, denn er hatte es versäumt, sich die Informationen zu besorgen, über die ich verfügte. Ich dagegen war gewarnt. Sofern ich mich nicht gar zu ungeschickt anstellte, konnte es mir durchaus gelingen, den Varganen zu befreien. Dankbarkeit von seiner Seite hatte ich zwar kaum zu erwarten, aber bestimmt konnte ich ihn dazu bewegen, an der Ausschaltung des fremden Suggestors mitzuwirken. Ich schaltete die Ortungen ab und wandte mich an Seracia. »Du bleibst hier im Gleiter. Ich gehe jetzt hinaus, um die Lage zu erkunden. Sollte mir dabei etwas zustoßen, versuch nicht, mir zu helfen – starte das Fahrzeug und bring dich in Sicherheit.«

Ich hatte mit einer mehr oder weniger ängstlichen Reaktion gerechnet, aber nun erlebte ich eine gewaltige Überraschung. »Ich denke nicht daran«, sagte sie mit entschlossenem Gesicht. »Jetzt bin ich wieder ganz in Ordnung, ich weiß sehr gut, was ich zu tun habe: Ich schalte den Schutzschirm des Gleiters ein und nehme die beiden Trümmerstücke dahinten, von denen die Konverterstrahlung ausgeht, mit dem Geschütz unter Feuer!«

Ich staunte mit offenem Mund – alles hätte ich erwartet, nur nicht das …

Seracia lächelte amüsiert. »Hast du mich für ein kleines Dummerchen gehalten?«, fragte sie fast provozierend. »Mein Vater ist Polizeioffizier, ich habe ihn oft genug auf seinen Einsätzen begleitet, deshalb weiß ich genau Bescheid. Mach den Mund wieder zu, Mascaren, und geh los! Ich gebe dir Deckung.«

»In Ordnung«, gab ich heiser zurück, zog meine Waffe und kletterte aus dem Fahrzeug.

»Die größten Überraschungen wirst du stets bei den Frauen erleben«, hatte mir mein Pflegevater Fartuloon schon vor langer Zeit prophezeit. Er hatte wieder einmal Recht behalten, der alte Bauchaufschneider.

Der Abstieg zum Talboden war nicht schwierig. Ich bewegte mich mit aller Vorsicht, nutzte jede Deckung aus und brauchte nicht lange, bis ich unten war. Dann ging ich gebückt weiter zur anderen Seite der Schluchtmündung; nun sah ich auch, was sich dort befand, wo das Fesselfeld angemessen worden war. Es war ebenfalls ein Trümmerstück, aber relativ unbeschädigt, fast kubisch mit einer Kantenlänge von etwa zwanzig Metern. Es schien zu einem Labortrakt gehört zu haben, denn in den übereinander angeordneten Räumen, die ich einsehen konnte, erblickte ich die Überreste von Anlagen, die zweifellos wissenschaftlichen Zwecken gedient hatten. Fast an seiner Basis, nur etwa zwei Meter über dem Boden, führte ein mehr als mannshoher und ungefähr genauso breiter Korridor ins Innere dieses Schiffsfragments.

Das sieht einladend aus, nicht wahr?, fragte der Extrasinn. *So muss es auch Magantilliken aufgefasst haben – und prompt ist er in eine Falle des* Propheten *gegangen.*

Die Sonne schien voll von der Seite her in das Tal. Ich begann zu schwitzen, blieb im Schatten einiger Büsche stehen, um mir den Schweiß abzuwischen, doch in halber Höhe blieb meine Hand in der Luft hängen. Bisher hatte ich nur vermutet, dass sich der varganische Henker in diesem Trümmerstück befand – jetzt hatte ich die Gewissheit. Etwa zehn Meter vor dem Fragment stand ein kleiner Gleiter arkonidischer Bauart. Ob er aus dem SKORGON stammte oder aus Cherkan, war nicht zu erkennen, spielte aber auch keine Rolle. Nur Magantilliken konnte damit gekommen sein; es war nun also nur noch eine Frage von Zentitontas, bis ich ihn fand.

Vergiss das Fesselfeld nicht!, mahnte der Logiksektor. Ich schlich mich bis zu dem Gleiter vor, blieb in seiner Deckung stehen und nahm das kleine Messgerät vom Gürtel. Es handelte sich um eine relativ einfache Ausführung, doch es erfüllte seinen Zweck. Mit seiner Hilfe konnte ich leicht feststellen, dass sich das kugelförmige, etwa fünf Meter durchmessende Feld ungefähr im Mittelpunkt des Trümmerstückes rechts neben dem Korridor befand.

Konnte ich es riskieren, gleichfalls den Einstieg zu wagen? Ich überlegte kurz und entschied mich dann dafür. Der varganische Henker war offenbar vollkommen sorglos in das Tal eingeflogen, dabei beobachtet und festgesetzt worden, als er sich in der Falle befand. Dass diese automatisch funktionierte, war kaum anzunehmen. Mich hatte bisher noch niemand bemerkt. Es war also kaum zu befürchten, dass mir nun das gleiche Schicksal widerfuhr. Mein Extrahirn meldete sich nicht, war also derselben Meinung. Ich bewegte mich weiter, nahm einen kurzen Anlauf und sprang in die Höhe. Meine Hände fanden an dem geriffelten Boden des Korridors Halt, ich stemmte die Beine gegen die gezackte Seitenwand darunter und hatte keine Mühe, mich hochzuziehen. Das alles hatte Geräusche verursacht; ich verharrte eine Weile auf der Stelle, um etwaige Reaktionen abzuwarten, bereit, mich sofort wieder abzusetzen. Augenblicke geschah nichts, doch dann hörte ich etwas: *Magantillikens Stimme.*

Sie klang dumpf und schwach, aber es war eindeutig ein Hilferuf. Unwillkürlich musste ich grinsen, denn bisher war er immer der Stärkere gewesen. Absichtlich antwortete ich nicht, denn ich wollte die Verblüffung auskosten, die er bei meinem Anblick empfinden musste. Er hielt mich mit Sicherheit für tot. Aus dem Gleiter hatte ich eine starke Handlampe mitgenommen und vor meiner Brust befestigt. Ich schaltete sie nun ein und drang langsam in den dunklen Korridor vor, während ich sorgfältig das kleine Messgerät beobachtete. Als mir die Anzeige verriet, dass ich mich direkt vor dem tückischen Fesselfeld befand, blieb ich stehen. In diesem Augenblick sah ich den Henker.

Er schloss für einen Moment geblendet die Augen, riss sie aber umso weiter auf, als er mich erkannte und ungläubig hervorpresste: »Atlan?«

Ich nickte grimmig. »Jawohl, ich bin es. Überrascht dich mein Anblick? Du siehst gar nicht erfreut aus. Eigentlich hätte ich gar nichts dagegen, dich in dieser Falle zu lassen ...«

Er bot in seiner schmucklosen Kombination, die er notgedrungen auf Trantagossa hatte anlegen müssen, längst nicht den früheren imposanten Anblick. Sein bronzefarbenes Gesicht war bleich, seine Augen zeigten einen gehetzten Schimmer, als er nun so weit vortrat, wie es das Sperrfeld zuließ. »Hilf mir heraus! Ich hatte keine Ahnung, was mich hier erwartete, als ich zu den Trümmern dieses Schiffes kam. Ich kann hier nur heraus, wenn die Energiestationen zerstört werden, die sich irgendwo in den anderen Trümmern befinden.«

Ich sah ihn misstrauisch an. »Das soll ich glauben? Immerhin hast du ja noch den bequemen und risikolosen Ausweg, in die *Eisige Sphäre* zurückzukehren. Warum erzählst du mir solche Lügen?«

»Ich lüge nicht«, gab der Vargane zurück. »Natürlich begreifst du meine Situation nicht, denn du weißt ja längst nicht alles, aber ...«

»Wie wäre es, wenn du mich aufklären würdest?«, schlug ich lauernd vor.

Magantilliken zögerte und schien zu schwanken, doch dann kehrte der übliche überlegene Ausdruck in seine goldenen Augen zurück. »Warum sollte ich?«, knurrte er abweisend. »Du bist auf mich angewiesen, wenn du diese Welt verlassen willst. Befreie mich, dann wirst du alles erfahren.«

»Warum sollte ich?«, fragte ich im gleichen Ton. »Der Unterbrecher im SKORGON ist zwar ein Hindernis, schnell von hier wegzukommen. Aber es geht auch ohne dich. Verrate mir, wie ich das SKORGON startklar machen kann, dann sehen wir weiter. Du bist viel mehr auf mich angewiesen als ich auf dich – ist das klar?«

Du hast keine Zeit für unnütze Reden, raunte der Extrasinn. *Jede ungenutzte Zentitonta bringt dich der Entdeckung durch diesen* Propheten *näher. Dann seid ihr wahrscheinlich beide verloren.*

Der varganische Henker schwieg und überlegte. Ich sah seinem Gesicht an, dass er bereits dazu neigte, mir Konzessionen zu machen, doch plötzlich verzerrte sich sein Gesicht; ein unverkennbarer Ausdruck der Furcht zeigte sich in seinen Zügen. »Hörst du es nicht?«, flüsterte er heiser. »Der *Prophet* ruft!«

Ich lauschte in mich hinein, erwartete, so etwas wie eine innere Stimme zu hören, ähnlich den Impulsen meines Extrasinns, doch alles blieb ruhig, ich vernahm nichts. So schüttelte ich nach einigen Augenblicken den Kopf und wandte mich wieder an den Henker; ich hatte ihn im Verdacht, lediglich ein Ablenkungsmanöver zu inszenieren.

Der Vargane hob die Hände zu einer beschwörenden Geste. »Du wirst es auch noch hören, warte nur ab«, stieß er heiser hervor. »Handele schnellstens und zerstöre die Anlagen in den anderen Schiffsfragmenten – bald wirst du nicht mehr dazu in der Lage sein.«

»Willst du mich geradewegs ins Verderben schicken? Um dich freizubekommen, muss es doch genügen, die Feldprojektoren abzuschalten oder zu zerstören, die sich irgendwo hier befinden. Warum also soll ich mich in Gefahr begeben?«

Er presste die Hände gegen den Kopf und begann zu stöhnen, schien einen inneren Kampf gegen unsichtbare Gewalten zu führen. Als er wieder sprach, klang seine Stimme leise und stockend. »Hier gibt es keine Projektoren – begreif das endlich, sturer Arkonide! Das Feld wird an anderer Stelle erzeugt und durch Richtstrahler oder ähnliche Einrichtungen in diesen Kubus projiziert.«

Ich war mir immer noch nicht schlüssig, ob ich ihm vertrauen durfte, aber nun meldete sich mein Logiksektor wieder. *Er spricht vermutlich die Wahrheit. Im Übrigen solltest du dich wirklich beeilen – spürst du nicht den Druck in deinem Kopf?*

Ich wollte verneinen, wurde aber eines Besseren belehrt – in meinem Gehirn ging tatsächlich etwas Anormales vor. Was es war, ließ sich nicht genau definieren, aber es ähnelte den Vorgängen von gestern Abend, denen ich kaum Beachtung geschenkt hatte.

Diesmal kam etwas hinzu: ein seltsames Gefühl der Taubheit in meinem Kopf, das alle Denkvorgänge zu hemmen schien. Instinktiv verstärkte ich die Abwehr meines Monoschirms, unterstützt durch belebende Impulse des Extrasinns. Augenblicklich fühlte ich mich wieder besser. Doch ich wusste nun, dass der *Prophet* dabei war, auch nach mir zu greifen, das spornte mich an.

Rasch wandte ich mich wieder dem Henker zu. »Was weißt du über den *Propheten* und seine Machtmittel?«, erkundigte ich mich sachlich. »Kannst du mir Anhaltspunkte für ein Vorgehen gegen ihn geben?«

Magantilliken schien sich wieder etwas erholt zu haben, seine Antwort kam klar und deutlich. »Ich kann dir so gut wie nichts sagen. Die Koordinaten von Cherkaton habe ich in den Speichern des SKORGONS entdeckt. Vor dem Flug zu weit entfernten Versunkenen Welten wollte ich das Transitionstriebwerk genau überprüfen, weil es mehrfach Schwierigkeiten machte. Ich vermutete, dass Heng sich hier einen geheimen Stützpunkt angelegt hat – und so bin ich schließlich hier gelandet. Die Ortung zeigte mir die Trümmer des abgestürzten Schiffs. Natürlich hat mich das seltsame Verhalten der Kolonisten verwundert, aber ich habe mich nicht weiter um sie gekümmert, sie waren ungefährlich. Dass hier nicht alles mit rechten Dingen zugeht, bemerkte ich erst, als die Falle zuschnappte …«

»Der *Prophet*«, drängte ich, der fremde Einfluss wurde wieder stärker. »Was weißt du von ihm?«

Magantilliken lächelte düster. »Er nennt sich nicht umsonst *Prophet der Unwissenheit*, da er tatsächlich Wissen aus den Beeinflussten saugt. Bei mir ist ihm das allerdings nicht gelungen, weil mein Bewusstsein eine besondere Struktur aufweist. Deshalb hat er die Versuche schließlich aufgegeben, aber seinen Suggestionen werde selbst ich auf Dauer nicht widerstehen können.« Er lachte humorlos. »Wie du schon auf Enorketron bemerkt haben wirst, sind meine Möglichkeiten derzeit etwas eingeschränkt. Meine Auftraggeber in der *Eisigen Sphäre* wollen Ergebnisse sehen und haben mich deshalb … hm, ausgesperrt. Vielleicht stirbt mein Bewusstsein sogar, sollte dieser Körper vernichtet werden. Du wirst sicher verstehen, dass ich es darauf nicht ankommen lassen möchte. Seit wir uns das erste Mal getroffen haben, Kristallprinz, scheint mich das Jagdglück verlassen zu haben. Dein und Ischtars Sohn wurde zwar in die *Eisige Sphäre* entführt, aber …«

Er brach ab, musterte mich aus zusammengekniffenen Augen. »Womöglich verdanke ich sogar dir, dass ich mein Raumschiff verloren habe? Habt ihr, als ihr in der Arsenalstation des Kometen Glaathan wart, die Programmierung des dortigen *Kardenmoghers* geändert, so dass er mein Raumschiff zu zerlegen begann? Hm, nein, das traue ich dir dann doch nicht zu.«

Ich runzelte die Stirn, erinnerte mich, dass in den Hypnoschulungen, die ich von Ischtar wie auch beim Kyriliane-Seher erhalten hatte, von diesen multifunktional einsetzbaren blaumetallischen Röhren die Rede gewesen war. Doch jetzt war nicht der Zeitpunkt, darüber nachzudenken. Viel wichtiger war Magantillikens Aussage, nicht so ohne weiteres einen neuen Körper beleben, mehr noch, sogar sterben zu können. *Mit seinem Bekenntnis ist er mir bemerkenswert weit entgegengekommen.*

»Es kam zu einer kurzfristigen mentalen Kommunikation mit dem *Propheten*, die allerdings fruchtlos blieb«, fuhr er leise fort. »Das Schicksal aller anderen Lebewesen ist ihm vollkommen gleichgültig; er hat sich konsequent geweigert, mich wieder freizulassen. Ich weiß nicht, woher er stammt und welchem Volk er angehört. Ich weiß lediglich seinen Namen. Er nennt sich Letschyboa.«

Ich sah ihn ungläubig an. »Ist das sicher? Oder heißt er in Wirklichkeit ganz anders? Ist der übermittelte Name nur so etwas wie ein Synonym? *Letschyboa* ist nämlich eindeutig ein *arkonidischer Name.*«

Er hob die Schultern. »Er ist stark, *das* ist sicher. Durchaus möglich, dass die wahre Ursache der Beeinflussung in den Wrackstücken zu suchen ist und dieser *Prophet* nur ein Medium ist – für irgendwelche Maschinen oder Überlebende des Absturzes. Ich weiß es nicht. Ich habe alles gesagt, was ich weiß. Geh jetzt endlich und unternimm etwas, ehe es zu spät ist. Sonst sind wir vielleicht *beide* verloren ...«

Als ich ins Freie kam, sah ich das *Licht.* Wie eine gleißende Säule von schmerzender Helligkeit stieg es von dem näher gelegenen der beiden anderen großen Trümmer in den Himmel. Ich sprang auf den Boden und musste mich abwenden, um nicht geblendet zu werden. Das dumpfe Gefühl in meinem Schädel steigerte sich zu einem Pochen von geradezu schmerzhafter Intensität.

Langsam ging ich weiter und sah zu meinem Gleiter hinauf, der infolge seiner Tarnfarbe auf dem braungelben Untergrund kaum zu erkennen war. Ich nahm die Zieloptik des Kombistrahlers zu Hilfe und erkannte, dass Seracia auf ihrem Sitz zusammengesunken war und sich nicht mehr rührte. Hier in der unmittelbaren Nähe des Suggestors musste sie unter der Wucht der von ihm ausgehenden Impulse zusammengebrochen sein. Trotzdem konnte ich mich jetzt nicht um sie kümmern, hatte genug mit mir selbst zu tun.

Mir war flüchtig der Gedanke gekommen, mich des Gleiters zu bedienen und damit einen Angriff zu fliegen, doch ich hatte diese Erwägung rasch wieder verworfen. Die Feuerkraft der kleinen Strahlkanone war bestimmt nicht zu verachten, aber es erschien mir trotzdem fraglich, dass ich damit etwas ausrichten konnte. Wer über eine Technik verfügte, die es ihm ermöglichte, ein Fesselfeld über fast einen Kilometer hinweg auf den Meter genau zu projizieren, der konnte auch mehr.

Richtig, stimmte mir der Logiksektor zu. *Für den* Propheten *dürfte es eine Kleinigkeit sein, um sein Domizil einen Schutzschirm zu legen, an dem deine Strahlschüsse wirkungslos abprallen. Vermutlich würdest du dazu aber gar nicht nahe genug herankommen – er hätte dich schon abgeschossen, ehe du auch nur hundert Meter weit geflogen wärst.*

Diese Impulse kamen so leise, dass ich mich anstrengen musste, um sie verstehen zu können. Offenbar war mein Extrasinn voll damit ausgelastet, die Ausstrahlung des Suggestors fern zu halten – ohne seine Hilfe wäre ich jetzt vermutlich gar nicht mehr imstande gewesen, überhaupt etwas Sinnvolles zu tun. Ich kniff die Lippen zusammen und bemühte mich, das Pochen im Schädel zu ignorieren, aber das gelang mir nur sehr unvollkommen. Noch konnte ich logisch und folgerichtig denken, aber ein gewisser Verzögerungseffekt machte sich immer deutlicher bemerkbar. Ich brauchte nun schon mindestens doppelt so lange wie gewöhnlich, um Überlegungen anzustellen – und es würde noch schlimmer zu werden. Magantilliken hatte Recht: Ich musste schnell handeln, sonst kam ich vielleicht überhaupt nicht mehr dazu.

Ich fiel in einen langsamen Trab, hielt mich an der linken Seite des Tales und nutzte jede Deckung aus. Mir war klar, dass ich nur dann eine Chance hatte, den Fremden zu erreichen und auszuschalten, wenn ich ungesehen in seine Nähe kam. Ein gequältes Lächeln huschte über mein Gesicht, als ich an Seracia dachte. Sie war so sicher gewesen, mir helfen zu können, doch nun war sie noch weit hilfloser als zu dem Zeitpunkt, als ich sie fand. Nach kurzer Zeit war ich auf gleicher Höhe mit den beiden großen Schiffsfragmenten und hielt an, um eine Weile Atem zu schöpfen. Das Licht, das von dem näher gelegenen Trümmerstück ausging, war inzwischen schwächer geworden, aber immer noch sehr hell. Das Pochen in meinem Schädel hatte etwas nachgelassen, dafür wurde das seltsame Gefühl der Taubheit stärker. Es war, als würde mein Gehirn schrittweise paralysiert und immer mehr in seiner Tätigkeit behindert.

Ich zuckte zusammen und blieb wie gebannt stehen. Deutlich merkte ich, wie sich die bisherige Abschirmung des Monoschirms abschwächte. Klar akzentuierte Impulse des fremden Suggestors drangen bis in mein Bewusstsein durch. Worte formten sich in meinem Gehirn und reihten sich zu Sätzen, monoton, doch mit einer Eindringlichkeit, die mich atemlos zuhören ließ. *»Ich, der* Prophet der Unwissenheit, *rufe alle«*, sagte diese geisterhafte Stimme. *»Nur in der Einfachheit und Unwissenheit liegt das wahre Glück, darum hört auf mich. Streift alles von euch ab, was unnatürlich ist und euer Leben nur belastet – straft die so genannte Technik mit Verachtung, die eurem Glück im Wege steht. Es ist besser, wenn einer alles weiß als viele nur wenig. Ich denke für euch alle – hört auf mich und tut nur das, was ich euch sage. Meine Anweisungen zu eurem Wohle …«*

Abrupt verstummte die monotone Stimme. Ich erwachte wie aus einem Traum und ertappte mich dabei, dass ich gerade den Kombistrahler gezogen hatte und achtlos wegwerfen wollte …

Ich habe die Kontrolle zurück, meldete sich im selben Moment der Extrasinn. *Du warst mindestens fünf Zentitontas lang geistig vollkommen weggetreten, verehrter Kristallprinz … Beeil dich, den* Propheten *unschädlich zu machen – ich weiß nicht, wie lange ich die Abschirmung noch aufrechterhalten kann.*

In meinem Kopf schmerzte und pochte es nach wie vor, aber ich war wieder Herr meiner Sinne, nachdem ich zuvor vollkommen den Einflüsterungen des Suggestors erlegen war. Rasch stieg über den aufgewühlten und verbrannten Boden in die Mulde und bewegte mich auf die Quelle des Lichtes zu. Hier unten blendete es kaum, die inzwischen wieder nachgewachsene Vegetation bot mir immer wieder Deckung, so dass ich bald bis auf zwanzig Meter an das Trümmerstück herangekommen war, das wie ein kleiner, unregelmäßig geformter Berg vor mir aufragte. Doch weiter kam ich nicht …

Plötzlich wurde es ringsum lebendig – Roboter griffen an. Es waren mannshohe, zylindrisch geformte Maschinen aus einem stumpfgrauen Metall, mit je vier vielgelenkigen Beinen und ebenso vielen tentakelartigen Armen, mit denen sie seltsam geformte, plump aussehende Waffen hielten. Sie hatten sich verborgen und mich bereits erwartet; nun tauchten sie überall ringsum auf. Ich wollte den Kombistrahler hochreißen, um mich zu verteidigen, doch ein scharfer Impuls des Extrasinns hinderte mich daran. *Ergib dich, du Narr. Gegen mindestens zwanzig Roboter kannst du nichts ausrichten, das sollte dir eigentlich klar sein. Sie werden dich nun zweifellos zu ihrem Herrn bringen – wenn dieser dich nicht völlig unter geistige Kontrolle nimmt, ist das die beste Chance, ihn zu vernichten.*

Ich gehorchte sofort, blieb ruhig stehen und ließ mir widerstandslos die Waffe abnehmen. Die Roboter begnügten sich damit, zwei von ihnen umfassten mich mit ihren Tentakeln und schoben mich auf einen Eingang in dem Schiffsfragment zu, der durch einen flimmernden Energievorhang gesichert war. An eine Leibesvisitation dachten sie nicht – dafür dachte ich an die Mikrobomben, die ich in einer Tasche des Gürtels trug. Das weiße Licht fiel in sich zusammen, wir gelangten in einen erleuchteten Korridor. Das Gros der Roboter blieb zurück, doch die beiden, die mich führten, hielten mich mit eisernem Griff, aus dem es kein Entkommen gab. Sie schoben mich eine steile Rampe empor, ein Schott glitt zur Seite, ich wurde in einen großen, hell erleuchteten Raum gedrängt.

Letschyboa war ein großer, schlanker Arkonide mittleren Alters. Früher einmal musste er eine kräftige, sportlich durchtrainierte Figur besessen haben, aber jetzt war er nur noch ein Schatten seines einstigen Selbst. Das Gesicht war bleich, wirkte verfallen und war von erschreckender Magerkeit, ebenso wie sein Körper, der in einem verschlissenen Anzug steckte. Er saß in einem merkwürdig geformten Sessel vor einem fremdartigen Kontrollbord, über dessen Anzeigen in unregelmäßiger Folge bunte Lichter zuckten. Über seinem Kopf hing eine Metallhaube, von der aus Kontakte zu seinen Schläfen führten, während die Haube durch Kabel mit dem Kontrollbord verbunden war.

Paramechanische Verstärkung von Psi-Impulsen, sagte der Extrasinn sofort. *Es genügt vermutlich, wenn du diese Anlage zerstörst, dann ist Cherkaton wieder frei.*

Aufatmend bemerkte ich, dass jeder fremde Einfluss gewichen war. Nach den vorherigen Qualen war das ein so herrliches Gefühl, dass ich es voll auskostete, bis mich der *Prophet* auf den Boden der Tatsachen zurückholte. Zuvor hatte er mir den Rücken zugewandt, jetzt sah er mich an. Die Haube hatte sich leicht gehoben, die Kontrolllichter waren erloschen, doch dafür sah ich seine brennenden Augen, die groß und unnatürlich geweitet waren.

»Wer sind Sie?«, stieß er heiser hervor. Seine Stimme klang schleppend wie die eines Mannes, der seit langer Zeit hatte schweigen müssen. Vermutlich war das auch der Fall gewesen, denn ich hatte bei den Robotern keinerlei Sprechwerkzeuge entdecken können.

»Mein Name ist Mascaren«, gab ich lakonisch zurück. »Was haben Sie aus Cherkaton gemacht – und *warum* haben Sie so etwas Widersinniges getan?«

Ein heiseres Gelächter brach aus der Kehle des Mannes hervor. Er lachte so lange, bis ihm die Luft wegblieb und er nach Atem ringen musste. »Ich heiße Letschyboa«, sagte er tonlos. »Ja, ich bin der *Prophet der Unwissenheit*, aber ich bin es keineswegs freiwillig. Es war reiner Zufall, dass ich mich zur Jagd hier in den Bergen befand, als das Schiff abstürzte – und diesen Zufall habe ich schon tausendfach verflucht …«

19.

Letschyboa: *Obwohl die Sonne den Zenit längst überschritten hatte, war es in dem Canyon drückend heiß. Kein Luftzug drang bis auf den Grund der Schlucht, die Felsen strahlten die aufgenommene Hitze wieder ab, die nicht genügend Platz zum Entweichen fand. Derisch-*

ban Oblor blieb stehen und fuhr sich stöhnend über die schweißnasse Stirn. »Lass uns umkehren, Letschyboa«, keuchte er mit versagender Stimme. »Ich kann nicht mehr.«

Der Angesprochene blieb ebenfalls stehen und sah sich nach seinem Gefährten um. Um seine Lippen spielte ein halb spöttisches, halb verächtliches Lächeln. »Diese kleine Schwitzkur wird dir ganz gut tun«, sagte er mitleidlos. »Sicher ist es bequemer, in der Stadt in einem gut temperierten Büro zu sitzen, aber dabei setzt man zu leicht Gewicht an, wie man an dir sieht. Was würde außerdem deine Frau sagen, wenn du ohne das versprochene Colbisfell zurückkehrst? Soll ich raten?«

Der untersetzte Mann duckte sich unwillkürlich und stöhnte erneut auf, diesmal aber nicht wegen der Hitze. Er war sehr stolz gewesen, als vor einigen Votanii die schöne Scotara sein Werben erhört hatte und seine Frau geworden war, obwohl Oblor fast doppelt so alt wie sie war. Doch sein Stolz war inzwischen restlos vergangen. Er hatte erkennen müssen, dass es Scotara nur um den Aufstieg in die Oberschicht von Cherkaton gegangen war, nicht um seine Person, als sie den Ehevertrag unterschrieb. Derischban hatte sich immer einiges auf seine Kenntnis der arkonidischen Psyche eingebildet, aber diesmal war er böse hereingefallen, stand vollkommen unter dem Pantoffel und musste alle Launen ertragen, um das Verhältnis zu Scotara erträglich zu gestalten. Dabei konnte sie auch lieb und zärtlich sein, aber nur, wenn sie wollte und Oblor zu einer entsprechenden Gegenleistung bereit war …

Colbisfelle waren selten und kostbar; Scotara war ganz versessen darauf, eins zu besitzen. Nur deshalb hatte er den bequemen Sessel in der Administration der Kolonie verlassen und war mit Letschyboa auf die Jagd gegangen. Kehrte er nun unverrichteter Dinge zurück … Derischban wischte sich noch einmal den Schweiß ab und rückte die Waffe auf seiner Schulter zurecht. Dann nickte er ergeben. »Schon gut – wir gehen weiter.«

Der andere setzte sich in Bewegung. Er war schlank und durchtrainiert, ihm schien die mörderische Hitze überhaupt nichts auszumachen. Trotzdem ging er nun langsamer, denn Oblor tat ihm Leid. Der Boden des Canyons war vom Regenwasser ausgewaschen und gut begehbar, aber der Weg führte stetig bergauf, bildete den einzigen Zugang zu den Hochtälern, in denen die scheuen Colbis lebten, eine Steinbockrasse mit langem silberglänzendem Fell. Weit bequemer wäre es gewesen, mit einem Gleiter dorthin zu fliegen, aber dann hätten sie kein einziges der Tiere zu Gesicht bekommen, die beim geringsten verdächtigen Geräusch flohen.

Eine weitere Dezitonta lang stapften die Männer schweigend dahin, bis die Felsspalte eine Biegung beschrieb, sie in den Schatten kamen und Derischban erleichtert aufatmete. Als sich sein Gefährte wieder nach ihm umsah, brachte er sogar ein leichtes Grinsen zuwege. »Scotara wird sich wundern«, behauptete er im Brustton der Überzeugung. »Sie bekommt ihr Fell, aber anschließend wird sich zwischen uns einiges ändern. Ich werde ihr zeigen …«

»Nicht so laut«, zischte Letschyboa, der ihm ohnehin keinen Glauben schenkte, kannte er Scotara doch gut genug. »Bis zum nächsten Tal sind es nur noch wenige hundert Meter; die Colbis hören verdammt gut. Von jetzt ab wird nicht mehr gesprochen, klar?«

Sie bewegten sich weiter und hatten bald darauf das Ende des Canyons erreicht. Über eine terrassenförmige Felsformation arbeiteten sie sich aus der Schlucht heraus und kamen auf ein Plateau, in dessen Spalten einige kümmerliche Büsche wuchsen.

Letschyboa blieb stehen und winkte Oblor. »Von hier sieht es so aus, als ginge das Plateau direkt in den Berg vor uns über«, sagte er flüsternd. »Doch dieser Eindruck täuscht, denn etwa zweihundert Meter weiter gibt es einen steilen Abbruch; dort liegt unser Tal. Es ist nicht groß, aber mit Gebüsch und saftigem Gras bewachsen, wie es die Colbis lieben. Ich bin sicher, dass wir dort ein Rudel finden werden – du hast dein Fell schon.«

Geschmeidig eilte er voran und vermied mit dem sicheren Gespür des erfahrenen Jägers jeden losen Stein. Hier war der Felsboden fast eben, Oblor konnte ihm mühelos folgen. Er schwitzte in der prallen Sonne, aber die Aussicht, bald stolzer Besitzer eines kostbaren Fells zu sein, half ihm darüber hinweg.

Schließlich hielt Letschyboa an und hob den Arm. »Zehn Meter weiter endet das Plateau«, hauchte er fast unhörbar. »Von hier aus müssen wir kriechen und darauf achten, dass wir unsere Nasen nicht zu weit vorstrecken, denn die Colbis stellen regelrechte Wachtposten auf. Du bleibst dicht neben mir, der Busch da vorn dient uns als Deckung. Nimm die Waffe – aber Arkons Sternengötter sollen dich strafen, wenn du damit nur einmal gegen den Stein schlägst. Dann sind die Biester nämlich aus dem Tal verschwunden, ehe du noch bis drei zählen kannst, klar?«

Derischban Oblor nickte. Beide nahmen die Paralysatoren von den Schultern und entsicherten sie; die einzigen Waffen, die für die Jagd auf die scheuen Tiere geeignet waren – nur ein vollkommen unbeschädigtes Fell war etwas wert. Die üblichen Handstrahler hatten die unangenehme Eigenschaft, es so sehr anzusengen, dass es hinterher höchstens noch als Bodenbelag zu verwenden war. Das gelähmte Tier wurde durch einen Messerstich getötet und zu einem Spezialisten gebracht, der es abhäutete und das Fell präparierte. Behutsam krochen die Männer auf das Gebüsch zu, dessen Zweige erst etwa einen halben Meter über dem Boden belaubt waren und es ihnen ermöglichten, sich darunter hindurchzuschieben. Letschyboa stoppte Oblor mit einer Handbewegung und kroch allein bis an den Steilhang vor. Er sah kurz hinunter, grinste verheißungsvoll und winkte dem Gefährten.

Oblor schob sich ebenfalls nach vorn, dann wurden seine Augen groß. Auf dem Grund des etwa zwanzig Meter tiefen und nur knapp hundert Meter durchmessenden Tals sah er die begehrte Beute. Er zählte mehr als zwanzig Colbis, aber vermutlich waren es noch mehr, denn einige Buschinseln versperrten die Sicht. Die meisten Tiere waren Ricken und Kitze, aber es waren auch mindestens vier kapitale Böcke dabei, die an dem besonders großen geschwungenen Gehörn zu erkennen waren. Nur sie kamen für die Jagd in Frage, denn das Fell der Kitze und weiblichen Tiere war kurz und praktisch wertlos. Die meisten ästen friedlich, aber mindestens sechs standen bewegungslos da, die Köpfe hoch erhoben und auf die Umgebung gerichtet.

Letschyboa hatte Recht gehabt, als er von Wachtposten sprach. Die Colbis hatten allen Grund für diese Vorsicht. In den Bergen gab es mehrere Arten von Großkatzen, die sich geschickt anschlichen; nur eine schnelle Flucht half. Oblor fuhr zusammen, als ihm Letschyboa den Ellbogen in die Seite stieß. Jetzt durfte nicht mehr geredet werden, nicht einmal mehr geflüstert. Das Gehör der Colbis war noch besser als ihre Augen – ein einziger ungewohnter Laut reichte, und sie verschwanden im nächsten Moment.

Wie in Zeitlupe bewegte sich die Hand und deutete auf einen Bock. Oblor verstand und brachte den Paralysator in Anschlag, ebenfalls nur millimeterweise. Auch Letschyboa suchte sich ein Ziel, aber er zögerte noch. Natürlich wollte er ebenfalls einen Colbi erlegen, aber das Tier, das für ihn in Frage kam, war noch etwas zu weit entfernt. Die Lähmstrahler reichten nur etwa fünfzig Meter weit, wenn nicht mit einem gebündelten Strahl geschossen wurde – und bei einem sich rasch bewegenden Ziel wurde sicherheitshalber Fächerstrahl verwendet. Sie mussten gleichzeitig schießen, wollten beide Erfolg haben, also wartete Oblor noch, bis ihm der andere das verabredete Zeichen gab.

Er war verständlicherweise aufgeregt, seine Augen begannen zu tränen. Das Visier verschwamm vor seinen Augen, unwillkürlich hob er die linke Hand, um die Tränen wegzuwischen. Er war vorsichtig, aber nicht vorsichtig genug. Seine Hand berührte einen losen Stein direkt am Rand des Steilhangs, dieser löste sich. Er war nicht groß, aber das Geräusch, mit dem er hüpfend über Vorsprünge in die Tiefe fiel, klang in der absoluten Stille fast wie Donnergepolter …

Im gleichen Augenblick brach unten im Tal das Chaos aus. Mehrere schrille Pfiffe hallten auf, schon rasten die Colbis los. Rasend trommelten Hufe über den Talboden, selbst die Kitze entwickelten eine erstaunliche Geschwindigkeit. Innerhalb von einer Millitonta waren alle Tiere aus dem Tal verschwunden und in einer Felsspalte untergetaucht.

Letschyboa stand langsam auf. »Du hirnverbrannter Narr«, knurrte er, seine Züge verzerrten sich vor Wut. »Keine Millitonta, dann hätten wir schießen können, aber du musstest alles verderben …«

Oblor ließ den Kopf auf den Fels fallen und begann hemmungslos zu schluchzen. Für Letschyboa war es nur um Geld gegangen, für ihn um viel mehr. Kein Colbisfell, keine Liebe und Zärtlichkeit von Scotara – so lautete die simple Rechnung. Auf dem Rückweg wurde kein Wort gesprochen. Letschyboa ging mit steinerner Miene voran. Diesmal nahm er keine Rücksicht mehr auf Oblor. Dieser stolperte hinter ihm her und erreichte nur wie durch ein Wunder das Ende des Canyons, bewegte sich wie ein Schlafwandler. Bis zu ihrem Gleiter hatten sie noch etwa dreihundert Meter zu gehen, aber sie hatten kaum die Hälfte dieser Strecke zurückgelegt, als sie ein ungewöhnliches Geräusch zusammenfahren ließ.

Derischban Oblor starrte nur verständnislos umher, aber Letschyboa legte sofort den Kopf in den Nacken und starrte in den hellblauen Himmel. Von dort kam das Geräusch, ein dumpfes, heulendes Brausen, das sich innerhalb weniger Augenblicke zu einem unheimlichen Grollen verstärkte. Letschyboa sah den heranrasenden Körper, der einen langen Feuerschweif glühender Luftmoleküle hinter sich herzog, und reagierte sofort.

»In Deckung!«, brüllte er, spurtete los und warf sich hinter den nächsten Felsblock. Lange schon war kein Raumschiff mehr auf Cherkaton gelandet. Die Kolonie war nicht auf Nachschub angewiesen, die Siedler fanden auf dem Planeten alles, was sie brauchten, im Überfluss. Zudem hatte man auf den Arkonwelten keine Zeit, an diese unbedeutende Kolonie zu denken, weil der Methankrieg alles andere überschattete. Die Kämpfe mit den Maahks wurden immer verbissener, die Lage allmählich kritisch.

Und nun kam ein Schiff, aber es setzte nicht zu einer regulären Landung an – es stürzte ab! War der Krieg schon bis in diesen bisher verschonten Sektor getragen worden? War es ein arkonidisches Schiff, das von den Maahks abgeschossen worden war? Oder vielleicht einer der Walzenraumer des Gegners, der dem Beschuss der Arkonflotte zum Opfer gefallen war? Diese Fragen zuckten blitzschnell durch Letschyboas Kopf, während er vorsichtig an dem deckenden Felsbrocken vorbei zum Himmel spähte.

Aufatmend erkannte er, dass der Raumer nicht direkt in ihrer Nähe abstürzen würde, wie es zuerst gewirkt hatte. Der flache Winkel, in dem er herunterkam, wies darauf hin, dass seine Triebwerke noch nicht vollkommen ausgefallen waren, noch konnten die Insassen die Flugbahn beeinflussen. Viel würde ihnen das aber nicht nützen. Letschyboa schätzte, dass das Schiff etwa zwei oder drei Kilometer entfernt in den Vorbergen aufschlagen würde. Er kannte sich in diesen Dingen aus, hatte als junger Mann in der Raumflotte gedient. Es bestand also keine unmittelbare Gefahr, er atmete auf, erhob sich wieder und sah, dass Derischban Oblor noch immer auf ihren Gleiter zuging.

In diesem Moment erfolgte die Explosion. Fast direkt über ihnen klang ein brüllendes, berstendes Krachen auf, das abstürzende Schiff wurde in einen grellen Feuerball gehüllt. Von dem Körper, dessen Form infolge der ihn umgebenden Aura glühender Gase nicht zu erkennen war, lösten sich große Bruchstücke, wurden davongeschleudert. Letschyboa hechtete zurück in die kleine Mulde hinter dem Felsblock, schmiegte sich an den schützenden Stein. Er konnte gerade noch sehen, dass der Raumer zwar stark taumelte, trotzdem aber weiter davongetragen wurde. Dann barg er den Kopf in den Armen und bereitete sich auf das Schlimmste vor. Sturm fegte heran, als die großen Bruchstücke unter dem hohlen Heulen der verdrängten Luftmassen niedergingen. Schmetternd krachten sie auf den Felsboden, wurden zum Teil nochmals hochgeschleudert und fielen dann mit dump-

fem Poltern zurück. Der Boden bebte in weitem Umkreis, während kleinere Stücke durch die Luft schwirrten und mit metallischem Klirren rings um Letschyboas Deckung aufschlugen.

Nach einem letzten Prasseln trat fast beängstigende Stille ein. Die Gefahr war vorüber, der Mann stand auf. Mit bleichem Gesicht starrte er auf seinen Paralysator – oder vielmehr auf das, was von ihm übrig geblieben war. Die Waffe hatte wenige Schritte hinter ihm gelegen und war von einem armlangen scharfen Metallsplitter völlig zerschmettert worden. Wäre er an ihrer Stelle gewesen … Aus den Augenwinkeln sah Letschyboa, dass die leuchtende Aura hinter den nächsten Berggipfeln verschwand. Augenblicke später verriet ein dumpfes Donnern, dass es aufgeschlagen war.

Der Mann schüttelte sich unwillkürlich, dachte mitfühlend an die Besatzung. Dann fiel ihm Oblor ein, er sah sich um, doch die Umgebung hatte sich drastisch verändert. Rauch und Staub trübten die Sicht; als sie sich wieder gelegt hatten, waren überall metallene Trümmer zu sehen, manche davon so groß wie ein Haus. Alle waren durch den Aufprall stark verformt. Letschyboa zuckte die Achseln und rief nach Oblor, erhielt keine Antwort, setzte sich in Bewegung und wand sich zwischen Trümmerstücken hindurch, die gespenstisch knackten und knisterten, während das überhitzte Metall abkühlte.

Hundert Meter weiter fand er Oblor. Ein kopfgroßes Trümmerteil hatte ihn voll getroffen und seine Brustplatte zerschmettert; er musste auf der Stelle tot gewesen sein. Sein Gesicht zeigte jetzt einen gelösten, friedlichen Ausdruck, den seit seiner Heirat niemand mehr bei ihm gesehen hatte. Letschyboa drückte Oblor die Augen zu, nahm den schlaffen Körper auf und setzte sich wieder in Bewegung. Einige Zentitontas später hatte er den Gleiter erreicht und stellte verwundert fest, dass das Fahrzeug vollkommen unversehrt geblieben war. Mühsam hob er die Leiche des Freundes hinein. Jetzt waren seine Probleme mit einem Schlag gelöst. Scotara bekam weder Oblor zurück noch das begehrte Colbisfell – sie würde überhaupt nichts mehr bekommen, denn ab sofort war sie wieder das kleine unbedeutende Flittchen mit einer schönen Larve, das sie immer gewesen war …

Letschyboa sank in den Sitz und griff nach dem Starterknopf, doch mitten in dieser Bewegung erstarrte er. Ein fremder Wille griff nach ihm, eine gähnende Leere machte sich in seinem Geist breit. Was war das? Die panikerfüllte Frage war für lange Zeit der letzte klare Gedanke, den er fassen konnte.

Seine Augen füllten sich mit Tränen, die langsam über seine Wangen rannen, als er fortfuhr: »Ich weiß selbst nicht mehr, wie ich hierher gekommen bin. Plötzlich fand ich mich in dieser fremden Umgebung wieder, von fremdartigen Robotern umgeben – entsetzt und unfähig, etwas zu begreifen. Und dann hörte ich die Stimme, von der ich bis heute noch nicht weiß, wem sie eigentlich gehört. Sie klang in mir auf, unterdrückte brutal jeden Widerstand und schrieb mir vor, was ich zu tun hatte.«

Er seufzte. »Ich habe es getan, hatte keine Wahl. Die Roboter schlossen mich an diese Haube an, dann wurde mein Ich von dem fremden Wesen übernommen, das für all das verantwortlich ist. Zuerst diente ich ihm nur als Katalysator, als Vermittler, der seine Befehle über diese Anlage an die Bewohner von Cherkan weitergab. Ich saß hier und kam nur zuweilen zu mir, wenn ich von den Robotern betreut und gefüttert wurde. Doch schon nach kurzer Zeit hatte ich keinen eigenen Willen mehr – der Fremde hatte den seinen so tief in mir verankert, dass ich automatisch immer weiter seine Befehle aussandte, ohne dass ich neue Anweisungen bekam.«

Ich hatte erschüttert zugehört, wartete auf einen Kommentar meines Extrasinns, doch dieser blieb aus. Hier gab es auch kaum noch etwas zu kommentieren, die Tatsachen sprachen für sich selbst. Doch etwas anderes fiel mir auf. »Wollen Sie damit sagen, dass Sie selbst nicht wissen, um wen es sich bei dem Unbekannten handelt?«

Letschyboa wischte sich über das Gesicht und nickte müde. »Ich weiß es tatsächlich nicht, so widersinnig das auch klingen mag. Es hat zwischen ihm und mir nie einen Gedankenaustausch gegeben, deshalb konnte ich nichts über seinen Namen, seine Gestalt oder Herkunft erfahren. Die Roboter sind stumm, wenngleich sie sonst sehr konsequent und sinnvoll handeln; sie scheinen ihre Befehle gleichfalls telepathisch zu empfangen und haben nie zugelassen, dass ich dieses Schiffsteil verließ. Ich weiß lediglich, dass sich der Fremde in einem anderen Trümmerstück befinden muss, denn in den hiesigen Räumen ist er nicht.«

»Sie haben also nicht veranlasst, dass ich gefangen genommen wurde? Dass der Mann, der vorgestern hier ankam, in einem Fesselfeld festgesetzt wurde?«

Letschyboa schüttelte den Kopf. »Dass vorgestern jemand gekommen ist, erfuhr ich erst durch die Botschaft, die ich gestern Abend aussenden musste. Seine Ankunft scheint den Fremden sehr beunruhigt zu haben; er befahl mir, die Suggestivsendungen wieder in kürzeren Abständen abzustrahlen. Zuvor hatte es genügt, sie jeden Abend einmal zu senden, um die Cherkaner unter Kontrolle zu halten und sie für den nächsten Tag zu programmieren.«

Er schwieg erschöpft. Ich konnte ihm ansehen, dass er dieses Dasein unter dem fremden Zwang nicht mehr lange würde aushalten können. Es grenzte schon fast an ein Wunder, dass er es so lange ertragen hatte, ohne wahnsinnig zu werden. Zudem litt er an chronischer Unterernährung, die Versorgung durch die Roboter schien bei weitem nicht ausreichend zu sein.

»Reden wir, ich weiß nicht, wie lange meine Handlungsfreiheit noch anhält.«

»Konnten Sie von sich aus nichts an Ihrer Lage ändern? Es hätte doch genügt, die Anlagen zu beschädigen, um Ihrer Knechtschaft wie auch der Schreckensherrschaft über Cherkaton ein Ende zu setzen.«

Er hob die Hände mit einer resignierenden Geste. »Nichts würde ich lieber tun als das, aber es geht nicht. In dieser Hinsicht bin auch ich *programmiert* – für mich sind diese Geräte tabu, verstehen Sie? Ich kann sie bedienen, aber sobald ich auch nur versuche, einen falschen Handgriff zu tun, wird eine geistige Sperre wirksam. Er hat sich gut abgesichert, mein anonymer Herr.«

Wieder schien ihn die Erschöpfung zu übermannen, er fiel förmlich in sich zusammen und atmete schwer. In diesem Augenblick meldete sich mein Logiksektor mit einer Stärke, wie ich es nur selten zuvor erlebt hatte. *Hast du dich noch gar nicht gefragt, weshalb dich die Roboter nach deiner Gefangennahme hierher gebracht haben, statt dich zu töten?* In dieser Frage klang so etwas wie Panik durch. *Ich werde es dir sagen: Der Fremde weiß, dass Letschyboa sowohl geistig wie auch körperlich fast am Ende ist – er hat dich dazu ausersehen, Letschyboas Nachfolger zu werden …*

In mir war schon längst die Frage aufgetaucht, warum ich bisher so schonend behandelt worden war, doch ich hatte sie verdrängt, weil es wichtigere Dinge zu erfahren galt. Jetzt sah ich plötzlich klar; ein eisiger Schrecken kroch lähmend durch meine Glieder. Ich war heimlich und bewaffnet gekommen, mit der Absicht, die

Anlagen in den Schiffsfragmenten zu zerstören. Doch die Ankunft Magantillikens schien das fremde Wesen aufgeschreckt und zu erhöhter Vorsicht veranlasst zu haben. Nachdem es mir trotzdem gelungen war, ihm so nahe zu kommen, ehe ich bemerkt wurde, hatte es sich schnell auf die Lage eingestellt und ausgesprochen zweckmäßig gehandelt.

Jetzt war ich sein Gefangener, von seelenlosen Robotern umgeben und durch Energiesperren eingeschlossen, die ich ohne technische Hilfsmittel unmöglich durchbrechen konnte. Und ich würde nicht einmal die Spur einer Chance bekommen, das doch irgendwie zu versuchen – die konzentrierten Suggestivimpulse des Fremden würden sehr bald aus mir ein ebenso willenloses Geschöpf machen wie Letschyboa.

Handle, solange du noch dazu imstande bist, drängte mich der Logiksektor beschwörend. *Zünde die Mikrobomben ohne Rücksicht auf Letschyboa oder dich selbst – besser ein rascher Tod als ein Weiterleben in völliger geistiger Knechtschaft für dich und alle Arkoniden auf Cherkaton.*

Wie von selbst fuhr meine Hand zu der Tasche, in der die kleinen Bomben ruhten, doch auf halbem Wege hielt ich inne. Mein natürlicher Selbsterhaltungstrieb verhinderte, dass ich diese aus reiner Panik geborene Handlung ausführte. Gab es nicht doch noch einen anderen Ausweg? Musste es sein, dass ich hier mein Leben wegen eines einzigen fremden Wesens übereilt opferte? Mein von Emotionen unbelasteter Logiksektor forderte es kategorisch, doch meine Gefühle sprachen eindeutig dagegen. Wenn ich hier starb, waren alle Aussichten dahin, die restlichen Mörder meines Vaters zu richten und das Große Imperium von der Schreckensherrschaft Orbanaschols III. zu befreien. Dann waren alle bisherigen Anstrengungen umsonst gewesen – und was würde aus Fartuloon und meinen anderen Gefährten werden? Ich stand unschlüssig da und kämpfte mit mir selbst. Diese stumme Auseinandersetzung war eine der schwersten meines bisherigen Lebens. Ich kam zu keiner eindeutigen Entscheidung, suchte verzweifelt nach einem anderen Ausweg … und fand ihn nicht.

Unvermittelt nahm mir das Schicksal die Entscheidung ab, plötzlich änderte sich die Lage. Ich vernahm ein schmerzliches Aufstöhnen, das rief mich wieder in die Realität zurück. Letschyboa hatte sich plötzlich steil aufgerichtet und sah mit dem seelenlosen Blick eines Mannes in Trance vor sich hin. Mit steifen, marionettenhaften Bewegungen griff er nach den Schaltungen am Kontrollbord, die Haube senkte sich ab. Wieder zuckten die bunten Lichter auf, gleichzeitig befiel mich ein Kopfschmerz, der alles in den Schatten stellte, was ich in dieser Hinsicht je erlebt hatte.

Ich krallte die Hände um meinen Kopf und konnte keinen klaren Gedanken mehr fassen, mein Blick verschleierte sich. Nur ein einziges instinktives Verlangen erfüllte mich noch: *Raus aus diesem Raum!*

Ich taumelte auf den Korridor und erhielt dort einen so heftigen Stoß, dass ich vor Schmerz aufschrie. Dieser Schmerz übertraf selbst den in meinem Kopf, ich schlug schwer gegen eine Wand und fand für eine Weile in die Wirklichkeit zurück. Roboter kamen aus anderen Räumen, hasteten an mir vorbei und über die Rampe hinaus. Sie beachteten mich nicht, einer von ihnen war in seinem blinden Eifer mit mir zusammengeprallt. Völlig benommen bewegte ich mich ebenfalls nach unten, als sie aus meinem Gesichtsfeld verschwunden waren. Ich musste mich an der Wandung abstützen. Bei jeder Bewegung spürte ich die Schmerzen in meiner Brustplatte, wo mich der Stoß des Maschinenwesens getroffen hatte. Dafür ließen die Schmerzen in meinem Kopf spürbar nach, ich konnte meine Umgebung wieder klar erkennen. Aufatmend stellte ich fest, dass das Energiefeld vor dem Ausgang nicht mehr existierte, hastete ebenfalls ins Freie.

Während es in dem Schiffsteil angenehm kühl gewesen war, empfing mich die Hitze des Planeten fast wie ein zweiter Schlag. Augenblicklich brach mir der Schweiß aus allen Poren, und nun erst wurde mir voll bewusst, wie sehr mich die verschiedenen Attacken geschwächt hatten. Meine Knie drohten nachzugeben, ich konnte mich gerade noch an dem Rest einer Verstrebung festhalten, um nicht zu fallen. Keuchend stand ich da und sah hinter der Schar von etwa dreißig Robotern her, die in größter Eile zu dem anderen großen Schiffsfragment hetzten und darin verschwanden. Was mochte nur geschehen sein? Die Lichtsäule war verschwunden, auch die Suggestivimpulse hatten völlig aufgehört. Irgendetwas Gravierendes musste sich ereignet haben, doch ich wusste nicht, was; selbst mein Extrasinn ließ mich im Stich. Offenbar war es ebenso angegriffen wie ich und musste erst wieder neue Kräfte sammeln.

Einige Meter weiter gähnte ein Loch in dem Trümmerstück, dort gab es Schatten. Als ich mich etwas erholt hatte, wollte ich dorthin gehen, um Schutz vor den sengenden Strahlen der Sonne zu suchen, aber gleich nach den ersten Schritten stieß ich mit dem Fuß gegen einen metallischen Gegenstand. Ich sah zu Boden und erkannte meinen Kombistrahler, den die Roboter offenbar achtlos weggeworfen hatten. Mir war klar, dass mir die Waffe gegen die Maschinenwesen kaum helfen würde, aber ich hob sie trotzdem auf. Dann drückte ich mich in das schattige Loch und sah gleich darauf, wie die Roboter wieder aus dem anderen Schiffsteil zum Vorschein kamen. Etwa ein Dutzend von ihnen trug einen großen, länglichen Behälter aus stumpfgrauem Metall; sie bewegten sich in großer Eile wieder in meine Richtung.

Flieh, solange noch Zeit dazu ist, sagte mein Extrasinn matt. *Jetzt sind sie zu sehr beschäftigt, um auf dich zu achten, aber wenn sie erst wieder …*

Mehr vernahm ich nicht, weil ein Suggestivimpuls von ungeheurer Stärke über mich hereinbrach. Es konnte sich dabei keinesfalls um die von Letschyboa ausgesandten Rufe handeln – das hier war etwas vollkommen anderes. Mein Körper erstarrte in Paralyse. Nur meine Augen lebten noch, sonst war ich stocksteif – ich vermochte kaum noch Luft zu holen, so übermächtig war der Bann, in dem ich mich befand. In diesem Augenblick begriff ich, *was* die Roboter da transportierten – nur nützte mir dieses Wissen nichts mehr …

In nächsten Augenblick überstürzten sich die Ereignisse. Ein Schatten verdunkelte das Tal, weil sich ein großer Körper vor die Sonne schob. Da ich in dem Loch kauerte, sah ich nur, wie der Zug der Roboter unvermittelt stockte. Im nächsten Moment änderten sie ihre Richtung um neunzig Grad und hasteten mit dem Metallkasten auf den nächsten Berghang zu, in dem eine tiefe Schlucht zu erkennen war. Sie kamen nicht weit. Leises Pfeifen verdrängter Luftmassen klang auf, ein länglicher Körper schwebte von links in mein Blickfeld. Er kam immer tiefer, ich erkannte ihn als eine Antigravscheibe – und auf dieser befanden sich *Ischtar und Ra!*

Ich wollte vor lauter Erleichterung aufschreien, aber auch meine Stimmbänder waren gelähmt. So musste ich vollkommen passiv stehen bleiben und zusehen, was geschah. Ischtar und Ra hielten Strahlwaffen in ihren Händen und eröffneten das Feuer auf den Behälter zwischen den Robotern. Feurige Kaskaden von schmelzendem Metall sprühten in alle Richtungen davon, in meinem Geist erklang ein so jämmerliches telepathisches Wehklagen, dass sich mir förmlich die Haare sträubten. Da schrie ein Wesen in höchster Todesnot, das erkannte ich sofort.

Dieser Schrei konnte kaum länger als eine halbe Millitonta gedauert haben, dennoch erschien es mir wie eine Ewigkeit. Ich glaubte schon, es nicht länger ertragen zu können, als er abrupt verstummte – und im gleichen Moment war ich wieder frei und konnte mich bewegen. Und das war gut so, denn seitlich war eine Gestalt aufgetaucht, die mit einem Impulsstrahler auf die Antigravscheibe schoss …

Letschyboa, offenbar von seinem Beherrscher in höchster Not zur Hilfe herbeibeordert. Der seit langer Zeit versklavte Mann tat mir Leid, aber ich musste eingreifen, um weiteres Unheil zu verhindern. Der breit gefächerte Paralysestrahl erfasste ihn und ließ ihn haltlos zusammenbrechen. Die Roboter rührten sich ebenfalls nicht mehr. Ihre Bewegungen hatten im gleichen Moment aufgehört, in dem das fremde Wesen gestorben war, dessen telepathische Befehle nun ausblieben. Der teilweise zerstörte Behälter in ihrer Mitte krachte zu Boden, dann herrschte in dem Tal eine geradezu unheimliche Stille. Ich trat ins Freie und winkte, von oben her erklang ein schriller Ruf: *»Atlan!«*

In Ischtars goldenen Augen stand ein frohes Leuchten, als sie mir in die Arme fiel, was Ra mit ausgesprochen finsterer Miene registrierte. »Wir haben das Notsignal empfangen, später auch deine Signatur … sind so schnell wie möglich gekommen.«

»Magantilliken ist ebenfalls hier.« Ich deutete mit dem Daumen in Richtung des Trümmerstücks, in dem er sich befand. »Dort hinten – er ist in die Falle des unheimlichen Wesens geraten, das diese Welt ein halbes Jahr lang hypnosuggestiv beherrscht hat. Hast du eine Ahnung, wer oder was das war?«

Sie nickte und löste sich aus meinen Armen. »Ein *Blorbone*, er wird kein Unheil mehr anrichten. Magantilliken – hat er seine varganische Ausrüstung dabei?«

Ich verneinte. Sofort sprang Ischtar auf die Antigravscheibe zurück. Ich ahnte, was sie vorhatte, wollte ihr folgen und sie zurückhalten, doch es war bereits zu spät. Die Scheibe stieg auf, glitt davon. Langsam ging ich auf den Behälter zu, in dem sich die Überreste des Blorbonen befanden, der das Chaos über Cherkaton gebracht hatte. Ein grässlicher Gestank nach verbranntem Fleisch schlug mir entgegen, aber ich ließ mich davon nicht abschrecken. Ich griff nach einem armlangen Metallsplitter, der in der Nähe lag, erkletterte den etwa anderthalb Meter hohen und drei Meter langen Kasten und sprengte den teilweise zerschmolzenen Deckel auf.

Ich sah ein Gewirr von Kabeln und Leitungen, die zweifellos zu einem Lebenserhaltungssystem gehörten. In ihrer Mitte befand sich eine zum Teil verbrannte gewaltige Masse von graubrauner Farbe, die mich an ein riesiges Gehirn erinnerte. Unwillkürlich zog ich mich schaudernd zurück, hatte genug gesehen. Von diesem formlosen Etwas war also das Unheil ausgegangen, das eine hoffnungsvolle arkonidische Kolonie fast vernichtet hätte …

Langsam ging ich zu dem anderen Schiffsfragment zurück, über dem in etwa fünfhundert Metern Höhe unbeweglich Ischtars Schiff schwebte – vom Tarnfeld in einen nebelverhangenen Berg verwandelt.

»Ich habe ihn erwischt«, verkündete die Varganin, als sie von der Scheibe sprang. »Ohne seine gewohnte Ausrüstung hatte er keine Chance – jetzt ist er wieder in der *Eisigen Sphäre* und kann uns so bald nicht mehr schaden.«

Ich schüttelte den Kopf. »Ich wollte es dir ja sagen, aber du hast ja nicht auf mich gehört. Magantilliken behauptete, ihm sei es nicht gestattet, wieder in die *Sphäre* zurückzukehren, ehe er nicht seinen Auftrag erfüllt habe. Das hatte er nicht – jetzt ist er vermutlich wirklich tot, nicht nur sein Körper …«

Ras dunkles Gesicht verzog sich zu einem humorlosen Grinsen. »Na und? Dann haben wir jetzt endlich Ruhe vor ihm; er hat uns wirklich genug Schwierigkeiten bereitet, meine ich.«

Ischtar hob ihre wohlgeformten Schultern. Ihre Blicke drückten Zweifel aus. »Ich weiß nicht, ob wir uns darauf verlassen können. Er mag es dir zwar gesagt haben, aber damit ist noch längst nichts bewiesen. Vermutlich haben ihn seine Auftraggeber getäuscht, um ihn zu entschlossenerem Handeln anzuspornen – den

Beherrschern der *Eisigen Sphäre* ist vieles möglich. Ich jedenfalls werde mich nicht wundern, sollten wir ihm irgendeines unschönen Tages wieder begegnen ...«

»Wovor uns die Götter behüten mögen«, knurrte Ra; in dieser Hinsicht war ich ganz seiner Meinung. Dem Henker der Varganen hatte ich so viele unangenehme Erlebnisse zu verdanken, dass mein Bedarf vollauf gedeckt war.

Ein Stöhnen lenkte uns ab. Letschyboa kam wieder zu sich. Da mein Paralysator auf Fächerstrahl eingestellt gewesen war und den Mann nicht voll erwischt hatte, klang seine Lähmung bereits wieder ab. Ich half ihm auf, aber er konnte noch nicht wieder stehen. Zusammen mit Ra hob ich ihn auf die Antigravscheibe, der Barbar gab ihm etwas zu trinken.

Ischtar sah mit leicht gerunzelter Stirn zu. »Wer ist der Mann?«, erkundigte sie sich misstrauisch. »Er hat auf uns geschossen und ...«

»Letschyboa hat im letzten halben Jahr mehr als genug zu leiden gehabt. Er befand sich hier im Gebirge, als das Schiff abstürzte; der Blorbone hat ihn unter seinen Willen gezwungen. Seitdem wurde er in diesem Trümmerstück gefangen gehalten und diente als Befehlsübermittler. Die Folgen waren nicht nur für Cherkaton katastrophal. Auch Letschyboa war sowohl geistig wie auch körperlich fast am Ende, als ich – nicht ganz freiwillig – zu ihm kam.«

»Das sieht einem Blorbonen ähnlich«, sagte die Varganin verächtlich.

Ich sah sie fragend an. »Was sind das eigentlich für Wesen? Auf Arkon hat man von ihnen noch nicht gehört. Kennt ihr Varganen sie?«

»Und ob. Als unser Volk in seiner Blüte stand, haben wir oft gegen sie gekämpft. Sie konnten uns nicht ernsthaft gefährden, aber sie hatten schon damals starke hypnosuggestive Fähigkeiten. Später zogen sie sich in einen entlegenen Spiralarm zurück und bauten dort eine Roboterzivilisation auf. Irgendwann haben sie ihre Körper aufgegeben und durch irgendwelche Manipulationen erreicht, dass ihre Gehirne diesen monströsen Umfang annahmen.«

»Welchen Sinn hat ihr Dasein dann überhaupt noch?«, wollte Ra wissen. Trotz allen inzwischen erworbenen Wissens dominierte für ihn das Körperliche, er konnte sich nicht vorstellen, dass es Wesen gab, die ihre Umwelt auf rein psychischer und paranormaler Basis erlebten.

Ischtar warf ihm prompt einen verweisenden Blick zu. »Das wirst du wohl nie begreifen«, sagte sie und wandte sich wieder an mich. »Im Allgemeinen begnügen sie sich heute damit, auf ihren verborgenen Planeten zu bleiben. Aber einige wollen die geistigen Fähigkeiten auch an lebenden Wesen erproben; sie ziehen ziellos durch die Galaxis, bis sie auf irgendein Volk stoßen, das sie unterjochen können. Zum Glück gibt es nicht mehr viele von ihnen, das technische Wissen scheinen sie weitgehend verloren zu haben. Das war vermutlich der Grund dafür, weshalb das Schiff beim Anflug auf diesen Planeten außer Kontrolle geriet. Die Roboter sind nicht zu eigenem Handeln fähig, sondern auf die Geistesbefehle ihrer Herren angewiesen.«

»Das habe ich bemerkt.« Ich wollte noch mehr sagen, weitere Fragen stellen, als plötzlich …

Ein Gleiter schwebte heran, an seinem Steuer saß Seracia. Ich sah ihr Gesicht unter der Kabinenkuppel, es wies einen ausgesprochenen entschlossenen Ausdruck auf. Außerdem hielt sie eine Hand an der Steuerung für das Impulsgeschütz, dessen Lauf herumschwenkte und genau auf uns zeigte.

»Verdammt!«, knirschte ich; an sie hatte ich überhaupt nicht mehr gedacht. Nach dem Tod des Blorbonen und dem Ende der Suggestivimpulse war sie wieder zu sich gekommen. Sie hatte sich erholt und an die vergangenen Tontas erinnert, ohne allerdings zu wissen, was inzwischen geschehen war. Das über dem Tal schwebende Schiff schien sie als neue Bedrohung zu werten, ebenso die Anwesenheit von zwei fremden Personen. Vor allem Ra tat alles, um sie in diesem Eindruck zu bestärken: Er riss seinen Strahler hervor und legte an …

»Die Waffe weg!«, brüllte ich, aber der Barbar reagierte nicht schnell genug. Ich war gezwungen, ihm den Strahler aus der Hand zu schlagen – er hätte ihm ohnehin nichts genützt. Seracia hatte den Schutzschirm des Polizeigleiters aktiviert und hätte auf den ersten Schuss zweifellos sehr unfreundlich reagiert. Ich winkte ihr heftig zu und erreichte, dass sie ihre drohende Haltung aufgab. Durch Gesten gab ich ihr zu verstehen, dass sie neben uns landen sollte, was sie nach einigem Zögern auch tat.

Ischtar sah mich sehr nachdenklich an. *»Wer ist diese Frau?«* Ihre

Stimme klirrte wie unterkühltes Eis. Unwillkürlich zog ich die Schultern ein. Normalerweise hätte ich nichts dabei gefunden – die Anwesenheit Ischtars aber … Ich stand unvermittelt wieder ganz in ihrem Bann, der kaum weniger stark war als der des Blorbonen …

»Oh, das ist Seracia«, sagte ich schnell und versuchte, mich so harmlos wie möglich zu geben. »Ich traf sie vor der Stadt; sie war die Einzige, die dem Einfluss einigen Widerstand entgegensetzen konnte und halbwegs Herr ihrer Sinne war. Sie war mir eine wertvolle Hilfe, deshalb …« Ich verstummte unter dem ironischen Blick der erfahrenen Varganin, zu dem sich Ras geradezu unverschämtes Feixen gesellte, weil er mir gleichfalls alles Mögliche zuzutrauen schien. Zum Glück bekam Seracia von alldem nichts mit.

Als sie aus dem Gleiter stieg, fiel ihr Blick auf Letschyboa. Sie stieß einen Ausruf freudiger Überraschung aus. »Onkel Letschyboa – wie kommst du denn hierher?«

Für die nächsten Zentitontas war sie voll damit beschäftigt, sich um den Mann zu kümmern. In dieser Zeit redete ich leise auf Ischtar ein und versuchte, möglichst viel Überzeugungskraft in meine Worte zu legen. Das schien mir auch halbwegs zu gelingen, denn als Seracia zu uns kam, war der Blick der Varganin nicht mehr ganz so abweisend. *Was sie denkt, steht allerdings auf einem anderen Blatt …*

Ich erklärte Seracia kurz die Lage, und sie begriff überraschend schnell. Ihr Gesicht blieb erstaunlich beherrscht, nur ihre Augen verrieten mir, was in ihrem Innern vorging. »Es ist schön, dass Ihre Freunde Sie gefunden haben und die Gefahr für Cherkaton beseitigt ist, Mascaren«, sagte sie leise. »Wir haben Ihnen viel zu verdanken, diese ganze Welt steht auf ewig in Ihrer Schuld.«

Ich hätte sie korrigieren und ihr sagen können, dass ich es gar nicht gewesen war, dem Cherkaton die Rettung zu danken hatte, doch ich unterließ es, wollte, dass sie eine möglichst gute Erinnerung an mich behielt. Die Enttäuschung, mich so rasch wieder zu verlieren, konnte ich ihr allerdings nicht ersparen.

»Ich muss Ihnen ebenfalls danken«, antwortete ich steif. »Sie haben mir sehr geholfen, das werde ich nie vergessen. Leider muss ich Cherkaton verlassen, obwohl es hier noch so viel zu tun gibt. Sie werden wohl noch Jahre brauchen, um die Wunden zu heilen, die das fremde Wesen Ihnen zugefügt hat.«

Die ganze Szene hatte einen Stich ins Melodramatische bekommen, aber Letschyboa nahm ihr diesen Anstrich wieder. Er schwang sich von der Antigravscheibe und kam zu uns. »Wir werden es schon schaffen«, sagte er zuversichtlich. »Wir haben unser Wissen ja nicht verloren, es wurde nur zeitweise unterdrückt. Natürlich wird die erste Zeit hart werden, aber wir sind schließlich Kolonisten. Unser Tato ist ein guter Mann, er wird schon bald wieder Ordnung in das Chaos bringen.«

Das SKORGON fiel mir ein, und ich beschloss, so etwas wie einen Tauschhandel mit Letschyboa zu machen. Wichtig war, dass niemand erfuhr, dass ich hier auf Cherkaton gewesen war. Zwar wussten weder Letschyboa noch Seracia um meine wirkliche Identität, aber auch der Name *Mascaren* konnte mir zum Verhängnis werden, vor allem, wenn er im Zusammenhang mit den hiesigen Ereignissen bis zu Orbanaschol III. drang. Der aber war – was immer er auch sonst sein mochte – mein Onkel, der gerade diesen Namen nicht vergessen haben würde.

Ich sagte so unverfänglich wie möglich: »Vor der Stadt steht ein Raumschiff. Es ist nicht sehr groß und durch Sperren gesichert, aber ich glaube, dass Ihre Techniker sie finden und beseitigen werden. Ist das geschehen, können Ihre Leute zu einer benachbarten Welt fliegen.«

Letschyboa begriff überraschend schnell und lächelte. »Das ist wirklich ein großes Geschenk, für das wir Ihnen zu großem Dank verpflichtet sind. Kann ich auch etwas für Sie tun?«

Ich gab sein Verschwörerlächeln zurück. »Das können Sie. Vergessen Sie einfach, dass es hier jemals einen Mann namens Mascaren und einige sonstige Besucher gegeben hat. Das SKORGON gehörte Mascant Amarkavor Heng, der nach dem Überfall der Maahks vom Stützpunkt Trantagossa geflohen ist. Wenn Sie jemand fragt, sagen Sie, er wäre hier gewesen und hätte den fremden Suggestor getötet. Man wird es Ihnen unbesehen glauben, denn zu solchen Dingen kann einfach *nur* ein Orbton im höchsten Rang fähig sein …«

Nun grinste Letschyboa ganz offen. »An diesen Angaben wird nicht einmal der Geheimdienst Seiner Erhabenheit zweifeln«, behauptete er im Brustton der Überzeugung. »Dass dieser Heng nirgends aufzufinden ist, dürfte sehr verständlich sein – ein Kommandeur, der vor den Methans flieht, hat allen Grund, sich unsichtbar zu machen … Bist du nicht auch dieser Meinung, Seracia?«

Sie nickte eifrig. »Selbstverständlich, Onkel. Dieser Mascant Heng hat zwar das Monstrum besiegt, aber sein Geist war dann doch so sehr in Mitleidenschaft gezogen, dass er Hals über Kopf mit einem Gleiter irgendwo in der Wildnis verschwunden ist. Dort kann man ihn dann lange suchen – Cherkaton ist ziemlich groß.«

Trotz ihrer Enttäuschung hielt sie sich großartig; wäre Ischtar nicht gewesen, hätte ich ihr gern einen Kuss gegeben. Das durfte ich natürlich nicht riskieren, also begnügte ich mich mit einem dankbaren Blick, der auch verstanden wurde. Auf sie und ihren Onkel konnte ich mich verlassen, das stand für mich fest. *Sie werden nie den Mann verraten*, bestätigte der Extrasinn, *der ihre Welt gerettet hat.*

»Du bist schon ein Schurke«, murmelte Ischtar, als die beiden nach einem formlosen Abschied mit dem Polizeigleiter in Richtung Cherkan abgeflogen waren.

Ich grinste sie schief an. »Aber ein durchaus liebenswerter Schurke, oder? Kommt, wir sollten von dieser Welt verschwinden, ehe die Cherkaner so weit zu sich gekommen sind, dass sie auf den Gedanken kommen, sich umzusehen.«

Ischtar nickte, wir bestiegen die Antigravscheibe, um zu dem Raumschiff zu fliegen. Ihre Eifersucht schien verflogen zu sein, aber dafür zeigte Ra ein ausgesprochen finsteres Gesicht. Früher oder später musste es Schwierigkeiten mit ihm geben, das war mir klar. Es gab nur *eine* Goldene Göttin, aber wir liebten sie *beide* – und da war so oder so einer zu viel …

Einige Tontas waren vergangen. Der Planet lag längst weit hinter uns, die Sonne war nur noch ein Lichtpunkt unter vielen anderen. Ich saß in der Zentrale der MONDSCHATTEN und schilderte die Abenteuer, die ich seit unserer Trennung erlebt hatte. Das war eine ganze Menge, beginnend mit Vrentizianex, gefolgt von der Gefangennahme durch die Maahks. Die Ereignisse im Trantagossa-System, das Eingreifen Magantillikens, der Überfall der Methans auf den Flottenstützpunkt und die Flucht im SKORGON. Den meisten Raum nahmen natürlich meine Erlebnisse im Mikrokosmos ein, gegen die jene auf Cherkaton völlig verblassten.

Ra konnte mir bald nicht mehr folgen, denn vieles überstieg sein Begriffsvermögen erheblich. Nicht so Ischtar; sie verfügte über Wissen, das wiederum das meine erheblich übertraf. Als ich geendet hatte, sah sie mich forschend an. Um ihren Mund lag ein wissendes Lächeln. »Ich glaube zu wissen, was dich bewegt. Du willst den Zwergenmacher in deine Gewalt bringen, nicht wahr? Du hast die Absicht, dir auf irgendeine Weise den Molekularverdichter der Maahks zu beschaffen.«

Wie gut sie mich doch kannte. »Richtig«, bestätigte ich ernst. »Aus diesem Grund möchte ich dich bitten, mich nach Kraumon zu bringen, damit ich alles in die Wege leiten kann. Weiter wäre ich dir sehr dankbar, wärst du mir anschließend behilflich, den Maahks diese Waffe abzujagen. Sie ist offenbar noch nicht ausgereift, aber unsere Wissenschaftler schaffen es bestimmt, sie entsprechend zu verbessern.« Ich hob meine Stimme. »Abgesehen davon, dass den Feinden meines Volks eine solche Waffe entrissen werden muss, würde ich nur zu gern einen Orbanaschol erleben, der in Zwergengestalt im Staub kriecht. Das Verschwinden im Mikrokosmos wäre für ihn so gut wie ein Todesurteil, denn dort würde er sich nie behaupten. Dann könnte ich den mir zustehenden Platz als Imperator des Großen Imperiums einnehmen, um anschließend die Maahks mit ihrer eigenen Waffe zu besiegen. Und wenn das geschafft ist …«

Ich verstummte unter ihrem Blick, der mich auf ungewisse Weise irritierte und aus den Zukunftsträumen riss, in denen ich schwelgte. »Was hast du?«, fragte ich argwöhnisch. »Passt dir etwas an meinen Plänen nicht?«

Sie nickte kurz, in ihren goldenen Augen schienen Irrlichter zu blinken. »Du hast es erfasst. Im Prinzip stimme ich dir zu, nur werde ich die Reihenfolge abändern: Wir fliegen von hier aus nicht nach Kraumon, sondern verständigen Fartuloon über Funk, dass du noch lebst. Stattdessen machen wir uns gleich auf den Weg und beschaffen uns diese Waffe. Da der Angriff auf Trantagossa vom Stützpunkt Skrantasquor ausgeführt wurde, dürften sich dort die Entwicklungslabors befinden.«

Ich sah sie befremdet an. »Zugegeben, dein Schiff ist weit besser als unsere Raumer, aber wir sind schließlich nur drei Personen an Bord. Unsere Erfolgsaussichten wären erheblich größer, hätten wir Unterstützung durch meine Leute auf Kraumon. Ich kenne die Maahks aus eigener Erfahrung, deshalb …«

Sie unterbrach mich erneut, indem sie energisch den Kopf schüttelte, so dass ihr goldenes Haar flog. »Nein«, sagte sie entschieden. »Entweder so oder gar nicht – du hast die Wahl.«

Das waren ihre letzten Worte in dieser Angelegenheit. Ich konnte in sie dringen, wie ich wollte, um eine Begründung für ihr Verhalten zu bekommen, doch ich erhielt keine Antwort. Sie widmete sich der Steuerung des Raumers und schwieg beharrlich; als dann Ra noch penetrant zu grinsen begann, resignierte ich. Es ist schon schwer genug, die Psyche normaler Frauen zu verstehen – die der Goldenen Göttin aus dem Volk der Varganen ergründen zu wollen überstieg meine Kräfte …

Epilog

1198. positronische Notierung, eingespeist im Rafferkodeschlüssel der wahren Imperatoren. Die vor dem Zugriff Unbefugter schützende Hochenergie-Explosivlöschung ist aktiviert. Fartuloon, Pflegevater und Vertrauter des rechtmäßigen Gos'athor des Tai Ark'Tussan. Notiert am 23. Prago der Coroma, im Jahre 10.498 da Ark.

Bericht des Wissenden. Es wird kundgegeben: Endlich! Endlich! Endlich! Die Ungewissheit hat ein Ende, der Jubel auf Kraumon muss in der halben Öden Insel zu hören gewesen sein. Bislang habe ich den Bericht des Jungen nur überflogen, aber schon jetzt dürfte klar sein, dass er mit dem Glück des Tüchtigen eine ganze Reihe von wirklich haarsträubenden Abenteuern heil überstanden hat.

Als wir am 33. Prago des Ansoor mit der FARNATHIA den Rückflug nach Kraumon angetreten hatten, bestand Hoffnung, dass Atlan überlebt hatte. Die Varganin Ischtar jedenfalls war durch die »Befragung« der Toten Augen *in dieser Hinsicht völlig sicher gewesen, im Gegensatz zum Barbaren Ra, der bei ihr in der MONDSCHATTEN blieb. Ich für meinen Teil war ebenfalls davon überzeugt gewesen, dass der Kristallprinz überlebt hatte, sah meine Aufgabe allerdings auch darin, unseren Kampf fortzusetzen. Dieser hatte nicht nur die Ausschaltung des Dicken als Ziel, sondern orientierte sich am Wohl für das gesamte Tai Ark'Tussan.*

Vor diesem Hintergrund waren Ischtars Ortungen im höchsten Maß alarmierend gewesen. »Da bewegen sich ganze Flotten«, hatte sie gesagt. »Vor allem Maahks. Sie verlassen ihren Stützpunkt Skrantasquor; wenn mich nicht alles täuscht, stoßen sie Richtung Trantagossa vor. Sieht ganz nach einem Angriff aus.«

Trantagossa – dort war einer der Gonozal-Mörder Befehlshaber. Sosehr ich Amarkavor Heng auch den Tod und eine empfindliche Niederlage wünschte, um die betroffenen Arkoniden in diesem System tat es mir Leid. Fieberhaft hatte ich überlegt, ob und wie ich am besten unsere dort stationierten Mittelsmänner informieren und warnen konnte. Nur auf Kraumon standen mir alle benötigten Möglichkeiten zur Verfügung. Leider erwischte uns beim Flug nach Kraumon ein Hypersturm, so dass aus der Warnung nichts wurde; wir erreichten den Stützpunkt erst am 4. Prago der Prikur – und da war Trantagossa schon gefallen.

Es dauerte noch etliche weitere Pragos, bis es gelang, Kontakt zu unseren überlebenden Mittelsmännern herzustellen; fünf waren beim Überraschungsangriff der Maahks umgekommen, die anderen bemühten sich, Ordnung ins Chaos der Informationslage zu bringen. Wichtigste Erkenntnis war, dass Mascant Heng seit dem Angriff als »verschollen« galt. Inzwischen hat der von Orbanaschol neu eingesetzte Kommandeur, der junge Sonnenträger Chergost dom Ortizal, entsprechende Untersuchungen eingeleitet, die wir »anzapfen« konnten.

In diesem Zusammenhang zu beachten sind unter Umständen auch Informationen, die für eine Weile auf Arkon I für Unruhe sorgten: Prinzessin Crysalgira aus dem Khasurn der Quertamagins ist seit Anfang der Prikur spurlos verschwunden; dass Chergost von Orbanaschol wegen ihr nach Trantagossa versetzt wurde, brüllen die »alles hörenden« Wände des Kristallpalastes mit höchster Lautstärke. Der Dicke scheint allerdings die Eigenwilligkeit der jungen Frau unterschätzt zu haben, die offenbar alles in Bewegung setzte, um zu ihrem Geliebten zu gelangen. Leider hat die CERVAX bis heute nicht das Trantagossa-System erreicht, so dass die Wahrscheinlichkeit hoch ist, dass der Raumer von Methans aufgebracht wurde.

Während sich für die Verantwortlichen auf Enorketron die übrige Sachlage nur unvollständig rekonstruieren ließ, stehen uns weitergehende Informationen zur Verfügung, die nach und nach zu einem Gesamtbild zusammengesetzt werden konnten. Mit hoher Wahr-

scheinlichkeit konnte deshalb als sicher gelten, dass Atlan und ein »wiederbelebter« Vargane – möglicherweise der Henker Magantilliken? – mitten im Kampfgeschehen aufeinander trafen, offenbar Amarkavor Heng in ihre Gewalt brachten und an Bord des Spezialschiffs SKORGON von Enorketron starteten. Danach verlor sich die Spur, über das weitere Schicksal war nichts bekannt; der Mascant galt nach wie vor als »verschollen«, wurde möglicherweise – so die Gerüchte – ein Opfer des so genannten Zwergenmachers …

Die Gerüchte über die neue Waffe der Methans wurden nun durch Atlans Bericht bestätigt, ebenso unsere Vermutungen hinsichtlich des Schicksals Hengs. Sein Tod wurde hier auf Kraumon voller Zufriedenheit aufgenommen; nach Sofgart ist somit der zweite Mörder Seiner Erhabenheit Gonozal VII. ausgeschaltet. Ich bin sicher, dass es über kurz oder lang auch den Übrigen an den Kragen gehen wird. Vor allem dem Dicken! Das Trantagossa-Desaster hat vielen Verantwortlichen vor allem in den Reihen der Flotten mehr als schmerzlich vor Augen geführt, wie unfähig Orbanaschol und seine Clique sind. Unsere durchaus berechtige Hoffnung ist, dass sich in Zukunft auch von dieser Seite her Widerstand formieren wird.

So erfreulich das Lebenszeichen des Kristallprinzen auch ist – seine weiteren »Pläne« stoßen nicht nur bei mir auf Skepsis. Dass er sich nun mit Ischtars Hilfe um die Maahkwaffe kümmern will, muss ich so akzeptieren. Seine baldige Rückkehr nach Kraumon wäre mir zwar deutlich lieber gewesen, aber ich habe die Fakten zu nehmen, wie sie sich darbieten. Sollte der Junge Erfolg haben, würde es das Risiko durchaus rechtfertigen, zumal Ischtars Möglichkeiten ja keineswegs zu unterschätzen sind.

Misstrauisch macht mich allerdings ihre sture Reaktion, die auch den Jungen erstaunt hat – könnte es sein, dass da deutlich mehr dahinter steckt? Dass die Methans mit ihrem Zwergenmacher und der Möglichkeit, Lebewesen in den oder einen Mikrokosmos zu versetzen, an Dingen rühren, die mit den Varganen zusammenhängen? Immerhin hat Ischtar ausgesagt, dass die Varganen ursprünglich aus einem »anderen Kontinuum« stammten. Noch ist es für weitere Spekulationen zu früh, aber mich würde es nicht sonderlich wundern, sollte sich als »Standort« der so genannten Eisigen Sphäre ebenfalls ein Mikrokosmos erweisen …

An Bord der CERVAX: 10. Prago der Prikur 10.498 da Ark

Es war so unsinnig wie vieles andere, was sie hätte tun können, aber Crysalgira hatte sich für die Flucht entschieden. Unter ihr wimmerte der Schiffskörper, während die Impulstriebwerke mit höchster Kraft liefen. Die Maahks verfügten über ein wesentlich größeres Schiff, das zudem auch noch wesentlich schneller war als die halb wracke CERVAX. Crysalgira hatte sich nur einen kleinen Vorsprung sichern können, da die Bewegungsrichtung des aufgetauchten Maahkschiffs dem Impuls der CERVAX ziemlich genau entgegengesetzt war. Die Maahks hatten einige Zeit gebraucht, bis sie ihr Schiff gewendet hatten, aber dann unaufhaltsam die Distanz zwischen ihrem Schiff und der CERVAX verkürzt.

Crysalgira hatte nur eine Hoffnung, die aber so klein war, dass die Positronik sich vermutlich geweigert hätte, sie auszurechnen. Nur dann, wenn rechtzeitig ein starker Flottenverband des Großen Imperiums eintraf und die Methans vertrieb, konnte die Prinzessin hoffen, Arkon wieder zu sehen. Aber seit dem Desaster von Trantagossa …

Die Maahks begannen zu schießen. Crysalgira erkannte sehr schnell, welches Ziel sie verfolgten. Sie feuerten nicht etwa mit ihren schweren Geschützen, die die CERVAX mit einem Schlag atomisiert hätten; sie setzten lediglich die kleinsten aller Geschütze ein, die zunächst die schwachen Schutzschirmreste überlasteten und dann dazu dienten, den immer noch funkenden Sender lahm zu schießen. Da sich inzwischen neun Maahkschiffe an dieser Hetzjagd beteiligten, war es nur eine Frage der Zeit, bis sie ihr Ziel erreichten: Es dauerte nur knapp eine Dezitonta, bis der Sender verstummt war.

Crysalgira gab auf. Sie nahm die Hände von den Kontrollen, ließ die CERVAX weiterfliegen, wie es die defekten Triebwerke bestimmten. Plötzlich spürte sie den harten Ruck, der verkündete, dass die Methans Traktorstrahlprojektoren auf die kleine CERVAX gerichtet hatten. Wenig später war der Weltraum an dieser Stelle wieder leer. Nur die Strukturschocks kündeten von den Transitionen. Die Maahks hatten die CERVAX in Schlepp genommen und waren mit ihr verschwunden …

ENDE

Nachwort

Im Rahmen der insgesamt 850 Romane umfassenden ATLAN-Heftserie erschienen zwischen 1973 und 1977 unter dem Titel *ATLAN-exklusiv – Der Held von Arkon* zunächst im vierwöchentlichen (Bände 88 bis 126), dann im zweiwöchentlichen Wechsel mit den Abenteuern *Im Auftrag der Menschheit* (Bände 128 bis 176), danach im normalen wöchentlichen Rhythmus (Bände 177 bis 299) insgesamt 160 Romane, die nun in bearbeiteter Form als »Blaubücher« veröffentlicht werden. Mit Band 24 startete ein neuer Handlungsabschnitt der Jugendabenteuer des Kristallprinzen – der Zyklus *»Die Varganen«*.

In Band 26 flossen, ungeachtet der notwendigen und möglichst sanften Eingriffe, Korrekturen, Kürzungen und Ergänzungen, um aus fünf Einzelheften einen geschlossenen Roman zu machen, der dennoch dem ursprünglichen Flair möglichst nahe kommen soll, folgende Hefte ein: Band 187 *Duell der Zwerge* von Dirk Hess, Band 188 *Im Bann des Mikrokosmos* und Band 189 *Irrfahrt ins Nichts* von Conrad Shepherd, Band 190 *Licht des Vergessens* von Harvey Patton sowie Band 191 *Die Prinzessin und der Sonnenträger* von Peter Terrid.

Da ein Buch mit seinem Spannungsbogen anderen »Gesetzen« folgt als die fortlaufenden Einzelhefte einer Serie, wurde bei der Bearbeitung der Inhalt von Band 191 im Wechsel mit Atlan-Kapiteln aufgesplittet und nach vorn gezogen. Von der hier eingeführten Prinzessin Crysalgira aus der Familie der Quertamagins werden wir in den kommenden Büchern noch mehr hören und erfahren.

Den Titel gebenden »Mikrokosmos« sollte man sich der »Einfachheit halber« am besten als ein eigenständiges (Miniatur-)Universum außerhalb des vertrauten Raum-Zeit-Kontinuums des Standarduniversums vorstellen, obwohl auch dieses Modell nicht sämtliche Fallstricke auszuräumen vermag, die sich bei näherer Betrachtung des Konzepts offenbaren. Trotzdem oder gerade deshalb hat Conrad Shepherd mit seinem Mikrokosmos-Doppelband als »Herzstück« von Band 26 ein, wie ich finde, überaus farbenprächtiges Abenteuer vorgelegt, das bis heute nichts von seiner Faszination verloren hat.

Kenner des PERRY RHODAN-Kosmos wissen, dass der maahksche »Zwergenmacher« in Atlans Jugend Geschehnisse aufgreift, die schon einige Realjahre zuvor thematisiert wurden. Rund vier Jahre nach dem Beginn der PERRY RHODAN-Serie erschien 1965 mit dem Jubiläumsband 200 *Die Straße nach Andromeda* ein Meilenstein, wurde damit doch erstmals ein 100 Hefte umspannender, inhaltlich zusammenhängender Handlungsabschnitt begonnen. Noch heute gilt dieser *Meister der Insel*-Zyklus bei vielen Lesern als einer der besten, wartete er doch mit vielen Höhepunkten auf, von denen einige bis in die Gegenwart aktuell blieben: Sprung über die gewaltige Kluft des Leerraums zur benachbarten Sterneninsel des Andromedanebels, die Erste Menschheit in Gestalt der Lemurer, schließlich die durch Zellaktivatoren relativ unsterblichen Meister der Insel selbst und dergleichen mehr.

Gleich zu Beginn des Zyklus verschlug es Rhodans Flaggschiff CREST II über die Sonnentransmitter unter anderem ins Fallensystem der Hohlwelt Horror, wo die »Potenzialverdichter« genannte Waffe zum Einsatz kam und die CREST samt Besatzung um den Faktor 1000 verkleinerte. Der 1500-Meter-Kugelraumer durchmaß also nur mehr 1,5 Meter, die Menschen an Bord waren gerade noch zwei Millimeter groß.

Die Schilderung einer solchen Verkleinerung ist natürlich mehr als reizvoll, offenbart allerdings bei näherer Betrachtung eine ganze »Pandora-Büchse« voller Fallstricke und Schwierigkeiten, deren sich K. H. Scheer als damals zuständiger Exposéautor durchaus bewusst war, wie folgende Passage aus dem PR-Roman 211 veranschaulicht: *Wir sind nicht einfach komprimiert worden, sondern jedes einzelne Atom in uns, in der Hülle der CREST und in jedem nur denkbaren Gegenstand ist in seinem Aufbau angegriffen worden. Es kam zu einer Potenzialverdichtung. Die Atome wurden nicht zusammengepresst, sondern sie wurden in ihrer gesamten Struktur ebenfalls verkleinert. Ein Wunder, dass es nicht zu einer ex-*

plosiven Energiefreigabe gekommen ist. Wir sind von einer unglaublichen Technik schachmatt gesetzt worden. Die Verringerung unserer Masse proportional zur erfolgten Schrumpfung beweist eindeutig, dass sich die Atomkerne mit ihren Protonen und Neutronen sowie die umlaufenden Elektronen mitsamt ihrem Energiehaushalt verkleinert haben, oder ich müsste jetzt noch achtzig Kilogramm wiegen. Das wäre etwas zu viel für meine winzig gewordene Beinmuskulatur.

Etwa ein Jahrzehnt nach den in der RHODAN-Handlung geschilderten Ereignissen griff William Voltz als Exposéautor für die ATLAN-Serie die Thematik ab Band 187 in Gestalt des »Zwergenmachers« wieder auf. Ungeachtet der schon erwähnten Schwierigkeiten ging er überdies noch einen Schritt weiter und vollzog mit der weiteren Verkleinerung Atlans sogar den Übergang in den »Mikrokosmos«. In modifizierter Form wird dieser auch in den kommenden Blaubüchern Thema sein, hängt damit doch das Geheimnis der Varganen, ihrer Herkunft und der *Eisigen Sphäre* zusammen.

Ebenfalls auf den MdI-Zyklus Bezug nimmt eine Passage in dem Roman von Dirk Hess, die er unabhängig vom Exposé eingebracht hat: Bei dem Raumschiff, das die Barbaren von ihrer Heimatwelt entführt und in einem modifizierten Zeitfeld konserviert hatte, handelte es sich um eins der Tefroder, die im Auftrag der Meister der Insel für den »Zoo« des Planeten *History* Nachschub lieferten.

Wie stets gilt der Dank den Helfern im Hintergrund – sowie Sabine Kropp und Klaus N. Frick.

Rainer Castor

ATLAN-Band 27

Kristalle des Todes

erscheint im Herbst 2005

Glossar

Antigrav-Generator/-Projektor: Aggregate, die eine fast vollständige Reduktion der Massenträgheit des betroffenen Objektes bewirken, indem sie die gravomechanische Wirkung eines unvollständig geschlossenen Hyperfeldes ausnutzen (Semimanifestation). Je nach Leistung ergibt sich demnach ein Effekt, der von »Gewichtsreduzierung« über das Schweben des Objekts bis zur Antriebsfunktion reicht.

Die Bezeichnung »Antigrav« (von Antigravitation) ist insofern unvollständig, als sie nur einen Teilaspekt der Wirkung beschreibt – die Schaffung eines Zustandes der Schwerelosigkeit. Ebenso wichtig ist die Tatsache, dass die Semimanifestation den meisten Unterlichttriebwerken überhaupt erst ermöglicht, Raumschiffe auf die benötigten hochrelativistischen Geschwindigkeiten zu beschleunigen. Andernfalls müssten selbst bei optimaler Energieausbeute über 90 Prozent der Schiffsmasse in Energie für nur einen einzigen (!) Beschleunigungsvorgang umgewandelt werden.

Antigravschacht: Liftähnliches Transportsystem zur Beförderung von Personen und Lasten; Antigrav-Generatoren neutralisieren die Schwerkraftwirkung innerhalb eines (meist runden) Schachtes. Zusätzliche Zug-, Prall- und Kraftfelder ermöglichen es dann, die zu transportierenden Objekte kontrolliert in der Vertikalen zu bewegen – zum Beispiel in einem aufwärts und einem abwärts »gepolten« Bereich. Kraftfelder helfen auch beim Ein- und Ausstieg. In anderen Fällen kommen kraftfeldgetragene Liftkabinen zum Einsatz, oder diese werden durch entsprechende Holoprojektionen optisch vorgegaukelt.

Antigravtriebwerk: Bezeichnung für die Hochleistungs-Antigravsysteme, die sich an Bord von Gleitern und Raumschiffen befinden. Sie bestehen aus einer variablen Anzahl von Antigrav-Generatoren, die zu einem Funktionskomplex zusammengeschaltet werden. An Bord von Raumschiffen befinden sich aus Sicherheitsgründen normalerweise zwei bis drei voneinander unabhängige Generatorenkomplexe, während Gleiter und kleinere Beiboote oft nur über ein System verfügen. Meist sind sie mit den Schwerkrafterzeugern und den Andruckneutralisatoren gekoppelt.

Für den Flug über Planetenoberflächen oder den Start von Himmelskörpern können Antigravtriebwerke in beschränktem Umfang eine Abstoßprojektion erzeugen und so ein Objekt auf niedrige Geschwindigkeit beschleunigen (Gravo-Antrieb). Zum Erreichen hochrelativistischer Geschwindigkeitsbereiche sind sie jedoch nicht geeignet.

Arkon: Die große weiße Sonne liegt fast genau im Zentrum des Kugelsternhaufens Thantur-Lok. Sie wird von 27 Planeten begleitet. Als Besonderheit gilt, dass sich drei Arkon-Planeten mit gleicher Geschwindigkeit und auf derselben Umlaufbahn bewegen, als Eckpunkte eines gleichseitigen Dreiecks angeordnet. Die Sonnenentfernung der drei Planeten Arkon I, II und III beträgt 620 Millionen Kilometer.

Arkon I: *Gos'Ranton* – Der Wohnplanet der Arkoniden (rund zehn Milliarden) wird von ihnen selbst auch als »Kristallwelt« bezeichnet (ursprünglich der zweite Planet des Arkon-Systems). Durchmesser: 12.980 Kilometer, Schwerkraft: 1,05 Gravos.

Die Oberfläche des Planeten wird von Außenstehenden als eine einzige große Parklandschaft betrachtet. Landmassen: Äquatorialkontinent Laktranor (mit dem Sichelbinnenmeer Sha'shuluk, dem Thek-Laktran des Hügels der Weisen mit dem Gos'Khasurn/Kristallpalast), Nordpol-/Hauptkontinent Shrilithra, Inselkontinent Shargabag, Insel Vuyanna, Großinsel Krysaon, Südpol-Inselkontinent Kator-Arkoron; Hauptozean: Tai Shagrat.

Im offiziellen Sprachgebrauch der *Inbegriff der Herrlichkeit:* schön, prächtig, prunkvoll – und in jeder Hinsicht *künstlich!* Hier leben sogar die einfachen Arkoniden (*Essoya*) in einem Luxus, der für manche Völker nahezu unvorstellbar ist, und der gesamte Planet ist eine sorgsam umhegte und von unermüdlichen Robotern gepflegte Parklandschaft – was zum Teil bizarre *Urweltreservate* und ebenso einen Wechsel von Klima, Fauna und Flora alle paar Kilometer dank unsichtbarer Kraftfeldkuppeln einschließt.

Arkon II: *Mehan'Ranton* – Die Welt von Wirtschaft und Handel (ursprünglich der vierte Planet des Arkon-Systems); voll industrialisiert und Stätte subplanetarischer Fabriken; ein Planet der Großstädte und Sitz der mächtigsten Konzerne der erforschten Galaxis. Durchmesser: 7326 Kilometer. Schwerkraft: 0,7 Gravos.

Alle bekannten Völker geben sich hier ein Stelldichein, über Jahrtausende wurden die berühmten Laden- und Silostraßen der Städte von einem Vielvölkergemisch durchstreift; es gibt Handelsniederlassungen von etwa vierhundert Fremdvölkern; fünf Milliarden Arkoniden leben hier. Dreihundert Raumhäfen sind über die Oberfläche verteilt. Der größte gehört zu *Olp'Duor* – neben *Torgona* die bedeutendste Stadt. Schon das Kernlandefeld umfasst ein Geviert von fünfzig mal fünfzig Kilometern, hinzu kommen ringsum angeordnete, nur wenig kleinere Nebenlandefelder, Werft- und Depotanlagen, Tausende Handelshäuser; insgesamt eine Tag und Nacht pulsierende Enklave von rund zweihundert Kilometern Durchmesser.

Arkon III: *Gor'Ranton* – Der ursprünglich dritte Planet des Arkon-Systems ist der Schwerindustrie des Raumschiffbaus vorbehalten; Großstädten gleich reihen sich Forschungs- und Entwicklungszentren aneinander, unterbrochen von Landefeldern und angegliederten Riesendepots. Durchmesser: 13.250 Kilometer; Schwerkraft: 1,3 Gravos.

Eine technisierte Welt, deren Oberfläche maßgeblich von Plastbeton, Arkonstahl und Kunststoffen bestimmt wird – ein militärisch-industrieller Komplex, der seinesgleichen in der Galaxis sucht; in ihrer Urform erhalten sind nur die Meere, so dass der Planet von vielen Besuchern als »ökologischer Alptraum« umschrieben wird, weil riesige Ökokonverter notwendig sind, um die Atmosphäre aufzubereiten und halbwegs erträgliche Umweltbedingungen zu generieren. In den 25.000 Großwerften entstehen tagtäglich neue Raumschiffe und Beiboot-Trägerbewaffnungen. Das Bild technisierter Fugenlosigkeit setzt sich in die Tiefe fort: Wichtige Werke, darunter jene der Triebwerksfertigung, liegen bis zu 5000 Meter unter der Oberfläche. Die Werften übernehmen, von Robotfertigung und komplizierten Bandstraßen dominiert, die Vorfertigung; mobile Roboter zeichnen für die Endmontage verantwortlich, die bei Großraumschiffen häufig im Orbit erfolgt. Frachterverbände und Ferntransmitter-Verbindungen sichern den Materialnachschub. Rohstoffe, Halbfertig- und Endprodukte werden ständig angeliefert, zwischengelagert, weiterverarbeitet oder zur Schlussmontage befördert. Eine ausgeklügelte Infrastruktur, die Raumschiffe, Zubringer, Kurz- wie auch Langstrecken-Transmitter kombiniert, sorgt für reibungslosen Verkehr.

Die ausgedehnten Tiefbunkeranlagen des *Flottenzentralkommandos* und auch die zunächst zur logistischen Unterstützung gedachten Anlagen einer Großpositronik wurden in jenem 2000 Meter tiefen Krater angelegt, der im zweiten Regierungsjahr von Imperator Metzat III. entstand (6373 da Ark = 12.898 vor Christus), als der Imperator eine Flotte von 30.000 Einheiten unter Mascant Gagolk entsandte, um eine angeblich gefährliche Kolonialwelt zu zerstören (Hintergrund: Intervention *akonischer Zeitreisender* aus dem Basisjahr 2102 nach Christus, die mit dieser »Kolonialwelt« Terra zerstören wollten). Schon in Atlans Jugendzeit erfährt der Komplex der Großpositronik eine weitere Ausbaustufe, doch erst unter der Leitung des Ersten Wissenschaftlers des Großen Rates *Epetran* entstand um 3900 vor Christus die endgültige Form des nach seiner Aktivierung *Robotregent* oder *Großer Koordinator* genannten Rechners mit seiner hoch entwickelten positronischen *Künstlichen Intelligenz*.

Arkoniden: Im neunzehnten Jahrtausend vor Beginn der christlich-terranischen Zeitrechnung entwickelte sich auf dem dritten Planeten der Sonne Arkon im Kugelsternhaufen Thantur-Lok das Volk der Arkoniden. Es stammte von akonischen Auswanderern ab (Arbaraith); diese wiederum sind direkte Nachfolger der Lemurer, der so genannten *Ersten Menschheit*. Sie sind von der äußeren Gestalt her absolut menschenähnlich; meist mit 1,8 bis zwei Metern Körpergröße recht hoch gewachsen, weisen sie einen vergleichsweise langen Schädel auf.

Anatomisch gesehen gibt es im Vergleich zu Terranern einige weitere Besonderheiten: Statt Rippen verfügen sie im Brustbereich über massive Knochen- und Knorpelplatten, die Haarfarbe ist im Allgemeinen weiß oder weißblond und die Augenfarbe rötlich bis rotgolden. Bei starker Erregung sezernieren die Arkoniden aus den Augenwinkeln ein Sekret, ohne dass es allerdings zu einer Einschränkung der Sicht käme. Die weit verbreitete Behauptung, bei den Arkoniden handle es sich grundsätzlich um Albinos, ist mit Vorsicht zu genießen: Weißes Haar und (scheinbar) farblose Iris allein sind kein ausreichendes Merkmal, berücksichtigt man, dass außerhalb der Kultivierung möglichst bleicher Haut in Adelskreisen normale Hautbräunung ebenso auftritt, wie die Haarfarbe auch im Sinne bestmöglicher Reflexion der starken Sonnenstrahlung Arkons angesehen werden kann.

ARK SUMMIA: Bezeichnung der elitären Reifeprüfung im Großen Imperium, unterteilt in drei Stufen oder Grade; die beiden ersten betreffen in erster Linie theoretische Examina und entsprechen ihrem Abschluss nach einem Laktrote (Meister) bzw. Tai-Laktrote (Großmeister). Die Zulassung durch die Faehrl-Kommission der »Kleinen Runde« zur Teilnahme an den abschließenden Prüfungen (charakterliche Eignung, Anwendung des erlernten Wissens in der Praxis unter Extrembedingungen usw.) ist auf wenige Hertasonen eines jeden Jahrgangs beschränkt, von denen wiederum noch weniger den dritten Grad bestehen – dies ist gleichbedeutend mit der Aktivierung des Extrasinns in den Paraphysikalischen Aktivierungskliniken der jeweiligen Faehrl-Institute.

Um beispielsweise überhaupt zur ARK SUMMIA-Reifeprüfung zugelassen zu werden, sind mindestens dreißig *Lerc* Eingangsvoraussetzung; die Gehirnsektoraktivierung schlägt sich dann mit einer Aufstockung um bis zu zehn Punkten nieder. Im Großen Imperium gibt es insgesamt nur fünf ARK SUMMIA-Prüfungswelten: Iprasa ist die älteste, Largamenia die bedeutendste, hinzu kommen noch Goshbar, Soral und Alassa.

Blaster: Im Raumfahrer-Jargon Bezeichnung für großkalibrige Energiewaffen; auch Plasmastrahler genannt und manchmal mit dem Thermostrahler verwechselt; in einer Fusionskammer wird eine kleine Menge atomaren Plasmas erzeugt, das dann von einem Kraftfeld durch eine Art energetische Röhre – zur Stabilisierung, Beschleunigung und Bündelung – ins Ziel abgestrahlt wird.

da Ark: Arkonzeitrechnung – die Jahreszahl »von Arkon«; das Jahr 10.497 da Ark, in dem Atlan seine wahre Herkunft erfährt, entspricht dem Jahr 8023 vor Christus.

Dagor: Meist als »All-Kampf« übersetzt; i. e. S. die (waffenlose) Kampfkunst der Arkoniden (angeblich vom legendären Heroen Tran-Atlan geschaffen), i. w. S. die damit verbundene Philosophie/Lebenseinstellung – vervollkommnet beim Arkon-Rittertum (Dagorista), dessen Hauptkodex um 3100 da Ark entstand: die *Zwölf Ehernen Prinzipien*. Weitere Hauptwerke, auf die sich die Dagoristas beziehen: *Bekenntnisse eines Dagoristas* (Ashkort da Monotos, um 3500 da Ark), *Buch des Willens* (Dolanty, um 3100 da Ark), *Das Buch der fünf Ringe* (Horkat da Ophas, um 3800 da Ark), *Die Zwölf Regeln des Schwertkampfes im All* (Meklosa da Ragnaari, um 4000 da Ark), *Kampftechnikenbuch der Dagoristas* (Shandor da Lerathim, um 5700 da Ark).

Desintegrator: Offensivwaffe mit lichtschnellem, grünlich leuchtendem Waffenstrahl, der mittels eines Hyperfeldes die Bindungskräfte fester und flüssiger Stoffe neutralisiert. Die getroffene Materie im Zielbereich zerfällt daraufhin als Ergebnis des nichtthermischen Auflösungsprozesses zu Ultrafeinstaub. Desintegratorfelder können in scharf gebündelter oder breit gestreuter Form und auch in Verbindung mit einem Prallfeld als zusätzliche Waffenwirkung zum Beispiel eines Schwertes eingesetzt werden; Materialien, die einer Kristallfeldintensivierung unterliegen, bleiben im Allgemeinen unbeschädigt. In Atlans Jugendzeit waren Modelle der Serie ZZ-3 im Einsatz.

Einsatz-, Transport-, Schutz- und Kampfanzug: Bekleidung, die in diversen Ausführungen vorliegt, von leichter bis zu schwerer. Normale Bordkombinationen haben kaum mehr als Aggregatgürtel mit integriertem Mikrograv, gepanzerte Druckkombis für den Einsatz auf Gasriesen dagegen klobige Rückenaggregate und Muskelkraft verstärkende Gestänge in Exoskelettfunktion und massive Raumrüstungen überdies schützende Protektorschalen und Harnische aus Arkonstahl, der sogar durch Kristallfeldintensivierung aufgeladen und zusätzlich verstärkt werden kann. In anderen Ausfertigungen gibt es in das Anzugsmaterial eingearbeitete Polymergelfasern zur Muskelverstärkung (»smarte Technik«).

Die Transportanzüge der leichten, flugfähigen Ausfertigung sind zum Beispiel ausgestattet mit zu Nackenwülsten zusammenrollbaren Folienhelmen und Aggregatgürteln, in die Antigrav- und Individualfeldprojektoren integriert sind. Andere Kombinationen verfügen über einen Schulter-Hals-Kragenring, bei dem es sich um eine fingerstarke Metallplastikplatte handelt, die vorne halbkreisförmig ausläuft, über den Schultern wulstig verdickt ist und auf dem Rücken V-förmig bis zur Taille hinabreicht. Sie birgt Aggregate der Mikrotechnik: Antigrav-, Individualschirm- und Deflektorprojektoren, Kleinstreaktor samt Umformer und Speicherbank sowie den Minikom als Standardkommunikator.

Je nach Ausführung reicht die äußere Gestaltung von engen Vollkombinationen über solche, die an Samurairüstungen erinnern, bis hin zu kompakten Panzern, die schon eher ein Miniaturraumschiff darstellen. Die Helme reichen von der flexibel-kapuzenförmigen (durch Memoeigenschaften des Materials und Innendruckaufblähung zur Kugelform stabilisiert) bis hin zur starr-abnehmbaren Bauweise. Die Helminnenseiten können als Head-up-Display verwendet werden; die Steuerung erfolgt zum Teil durch Sprachbefehle unter Rückgriff auf leistungsfähige Mikropositroniken (Mikro-KSOL) der Anzüge. Als Standardausstattung gelten Mikrograv, Deflektor und Individualfeldprojektor; die Energieversorgung übernehmen kleine Speicherzellen, Speicherbänke oder Mikro-Fusionsreaktoren. Die Innenklimatisierung und Luftversorgung ist von der Ausfertigung abhängig, ebenso die übrige Ver- und Entsorgung.

Energieschirm: Starke Kraftfelder, die in der Lage sind, auftreffende (Waffen-)Energie oder feststoffliche Objekte abzuwehren und das umhüllte Objekt vor deren Wirkung zu schützen; unterschieden wird zwischen einfachen normal energetischen und den weitaus stärkeren hyperenergetischen (auch hyper- oder gravomechanischen), die zugleich die Struktur des Normalraums verändern.

Extrasinn: Im Verlauf eines fünfdimensional-hyperenergetischen Aufladungsprozesses als dritter Grad der ARK SUMMIA aktivierbarer Gehirnbereich der Arkoniden, mit dessen Hilfe Dinge erfasst werden, die infolge eines noch fehlenden Erfahrungsschatzes nur mit einer unbewusst einsetzenden Logikauswertung gemeistert werden können (deshalb auch die Zweitbezeichnung Logiksektor). Verbunden damit ist die Ausbildung eines fotografisch exakten Gedächtnisses. Arkoniden, die auf einen aktivierten Extrasinn (auch Extrahirn) zurückgreifen können, sind ihren »normalen« Zeitgenossen überlegen: Sie erfassen, verstehen und kalkulieren Vorkommnisse deutlich schneller und folgerichtiger, als Wissenschaftler erzielen sie zum Beispiel wesentlich bessere Erfolge.

Bis zu einem gewissen Grad entwickelt der Extrasinn ein eigenständiges, wenn auch mit seinem Träger permanent verbundenes Bewusstsein (mitunter wird als Vergleich eine gezielt herbeigeführte und kontrollierte »Bewusstseinsspaltung« verwendet); die Kommunikation zwischen beiden erfolgt per Gedankenkontakt und ist für den Extrasinn-Inhaber mit dem Gefühl verbunden, ein Unsichtbarer spreche in sein Ohr. Die Eigenständigkeit des Extrasinns bedingt, dass er seine Kommentare selbständig abgibt und sich nicht »abschalten« lässt; mit wachsender Lebensdauer besteht die Gefahr, dass Schlüsselreize das fotografische Gedächtnis anregen und die Assoziationen zum gefürchteten »Sprechzwang« auswachsen, bei dem die gespeicherten Informationen detailgetreu erneut durchlebt und dabei berichtet werden. In Einzelfällen ist mit der Aktivierung die Ausbildung von telepathischen oder sonstigen Parakräften verbunden. Der Extrasinn unterstützt den Träger bei der Ausbildung eines Monoschirms zur Abschirmung gegen telepathische Ausspähung. Noch seltener sind Fälle, die stets bei besonders hochbegabten Persönlichkeiten mit hohen Lerc-Werten in Erscheinung treten: ein Phänomen, das als *multipel personalisierter Extrasinn* bezeichnet wird.

Der Extrasinn tritt hierbei nicht als Ratgeber im Hintergrund auf, sondern entwickelt ein Eigenleben im Sinn einer gespaltenen Persönlichkeit: Es kommt zu regelrechten inneren Rollenspielen, an denen neben dem Betroffenen beliebige nahe stehende Persönlichkeiten oder deren Abbilder beteiligt sind. In allen bekannten Fällen setzte sich am Ende jedoch die hochbegabte Persönlichkeit des Betroffenen gegen den fehlgeleiteten Extrasinn durch; im Einzelfall kann das jedoch viele Jahre dauern.

Ferm-Taàrk: Transitionstriebwerk, -antrieb.

Fesselfeld/-projektor: Kraftfeld zur Immobilisierung von Gegenständen, das sich um die betreffenden Objekte legt und diese in einer Position fixiert; unterschieden werden drei Arten von Fesselfeldern: das einfache normal energetische (am häufigsten verwendet), das gravomechanische (schafft starke künstliche Schwerkraftzonen, um ein Objekt festzuhalten) und das hyperenergetische Drei-Schichten-Feld, das auch hyperenergetische Einflüsse blockiert (zum Beispiel paranormale Kräfte).

Gork: Wesen aus der arkonidischen Mythologie, eine Art Dämon.

Großes Imperium: Sternenreich der Arkoniden, das *Tai Ark'Tussan*; umfasst um 10.500 da Ark mehrere zehntausend besiedelte Planeten und noch mehr rein industriell genutzte Welten. Kerngebiet sind die Welten im Kugelsternhaufen Thantur-Lok, allerdings sind auch viele im Bereich der galaktischen Hauptebene zu finden, wo der Durchmesser des Verbreitungsgebiets mehr als 30.000 Lichtjahre erreicht hat.

Hyperenergie/hyperenergetisch: Übergeordnete Energieform des Hyperraums. Häufige Verwendung als Zusatzbezeichnung für die mit den übergeordneten Kräften und Wechselwirkungen des Hyperraums arbeitenden Aggregate und Energiesysteme. Alle konventionellen Wechselwirkungen haben ihre übergeordneten Äquivalente im hyperenergetischen Spektrum; in ihrer Quantenerscheinung ganz allgemein *Quintronen* genannt. Sonnen haben zum Beispiel neben ihren elektromagnetischen Emissionen solche auf übergeordnetem Niveau – sie sind ebenso *Hyperstrahler*, wie sie durch ihre Masse die Raumzeit krümmen und durch die in ihnen ablaufenden Fusionsprozesse Wärme, Licht und hochenergetische Quanten abstrahlen.

Hyperfunk: Bezeichnung für die überlichtschnell arbeitenden Funk- und Kommunikationssysteme, die den übergeordneten Hyperraum als Trägermedium benutzen.

Hyperraum: Allgemeine Bezeichnung für das übergeordnete Kontinuum, in das das vierdimensionale Raum-Zeit-Gefüge des so genannten Standarduniversums sowie ungezählte andere (Parallel-)Universen des *Multiversums* eingebettet sind. Im Hyperraum als Kontinuum außerhalb vertrauten Raumes und vertrauter Zeit verliert die im Standarduniversum höchstmögliche Ausbreitungsgeschwindigkeit in Form der Lichtgeschwindigkeit ihre Gültigkeit, so dass er für überlichtschnelle Fortbewegungen verwendet werden kann. Aufgrund der im Hyperraum geltenden (hyper-)physikalischen Gesetze verwandelt sich dort ein materieller Körper zwangsläufig in einen übergeordneten Energie-Impuls, sofern er nicht durch spezielle Kraftfelder vor den Einflüssen des Hyperraums geschützt wird und somit quasi ein Miniatur-Universum für sich bildet.

Im Verhältnis zur uns bekannten Welt ist der Hyperraum eine Singularität: Dieser Begriff ist in der Physik der Ausdruck dafür, wenn eine physikalische Größe *unendlich* wird und/oder wenn die bekannten physikalischen Gesetze *ihre Gültigkeit verlieren*; eine Bedingung – kein Raum, keine Zeit, keine Materie –, die aus unserer Sicht für den Hyperraum zutrifft. Sofern keine Schutzmaßnahmen ergriffen werden, bedeutet für uns das Eindringen »in den Hyperraum« den Verlust der raumzeitlich fixierten Struktur, vereinfachend »Entmaterialisation« genannt. Modell hierzu kann ein Diaprojektor sein, dessen Bild nur dann sichtbar ist, wenn die Projektionsebene einer Leinwand in den Strahlengang gehalten wird. Sowie diesem flächig projizierten Bild aber Gelegenheit gegeben wird, Tiefe und Körperlichkeit zu entwickeln – beispielsweise die Projektion in einen Glasbehälter erfolgt, der mit trüber Flüssigkeit gefüllt ist –, wird das ursprünglich klare und konturenscharfe Abbild undeutlich, fließt auseinander und verschwimmt.

Hypersturm: Hyperphysikalisches Phänomen im Standarduniversum, ausgelöst durch chaotische Konzentrationen von Hyperenergie; häufig begleitet von Verzerrungen des Raumes und der Zeit; kann zum Ausfall von Hypertechnik führen.

Impulsstrahler: Von den Arkoniden als Luccot bezeichnete Waffe, bei der als Ergebnis von Deuterium-Katalysefusionsladungen den Impulstriebwerken vergleichbare Hochenergie-Plasmaimpulse zum Einsatz kommen, die durch hyperenergetische Felder gebündelt und beschleunigt werden; die Wirkung entspricht der beim Massendefekt freigesetzten Energie (Standardleistung einer Handwaffe = ein Milligramm Deuterium pro Schuss, dem eine Energiefreisetzung von rund hundert Kilogramm Vergleichs-TNT im Ziel gleichkommt; als Schiffsgeschütz zum Beispiel »Breitfächerung mit Wirkungsentfaltung von fünf Kilotonnen TNT pro Quadratkilometer«).

Die beste Wirkung entfaltet der Impulsstrahler im Vakuum des Weltalls; innerhalb einer Atmosphäre ist die Reichweite deutlich verringert, da es zu Streuverlusten kommt, und unter Wasser oder dichteren Medien kann es zu Energierückschlägen kommen. Es ist angeraten, Impulsstrahler auch bei Handwaffenausführung nicht innerhalb geschlossener Räume einzusetzen, will man nicht selbst gebraten werden. In Atlans Jugendzeit waren Modelle der Serie TS-11 im Einsatz.

Individualverformer (kurz IV): Bezeichnung eines Fremdvolks, das von den Arkoniden in Ergänzung ihrer vokallosen Sprache auch *VeCoRat XaKuZeFToNaCiZ*, kurz *Vecorat*, genannt wurde; diese insektoiden Geschöpfe hatten die beängstigende Fähigkeit, rein geistig den eigenen Individualkörper zu verlassen und auf einen anderen überzuspringen – wobei es zum Austausch mit dem Bewusstsein des Opfers kam, das im Vecorat-Körper zur Handlungsunfähigkeit verurteilt war. Die Vecorat galten stets als Erzfeinde der Arkoniden.

Khasurn: Wörtlich »Kelch« (Bezeichnung des arkonidischen Riesenlotos), abgeleitete Bezeichnung für Adel insgesamt, auch im Sinne von »Haus, Geschlecht« verwendet. Unterteilung beim Adel in Kleine, Mittlere und Große Kelche bzw. mit Blick auf die Adelsklasse in Unterer Adel, Mittlerer/Großadel und Oberer/Hochadel. Insgesamt wird von etwa 5000 maßgeblichen Kelchen ausgegangen.

Kombistrahler: Kombinationswaffe mit wahlweiser Thermostrahl-, Desintegrator- oder Paralysatorwirkung; robust und praxiserprobt. In Atlans Jugendzeit waren Modelle der Serie TZU-4 im Einsatz.

Kraumon: Mondloser einziger Planet einer namenlosen roten K8V-Sonne, von Arkon 28.243 Lichtjahre entfernt. Durchmesser: 10.399 Kilometer; Schwerkraft: 0,66 Gravos; Umlaufdauer: 172 Tage zu 22,5 Tontas (32 Stunden); Neigung der Polachse: drei Grad, Durchschnittstemperatur: 25 Grad Celsius. Der größte Teil der Oberfläche hat wüstenartigen Charakter. Nur am Äquator und am Rand der Poleiskappen gibt es eine reichhaltige, teilweise üppige Vegetation – riesige Wälder, Steppen und Savannen, auf denen das Gras mannshoch wächst. Die Fauna ist artenarm. Im Tal »Gonozals Kessel« liegt der Stützpunkt, bestehend aus insgesamt 47 Gebäuden.

Kristallpalast (Gos'Khasurn): Zentralgebäude auf dem Hügel der Weisen (Thek-Laktran) von Arkon I, die Perle Arkons; Sitz des Imperators. Mitunter auch *Gos'Teaultokan* genannt. Trichterbau von tausend Metern Höhe und einem oberen Durchmesser von fünfzehnhundert Metern auf einem fünfhundert Meter durchmessenden Sockel; kristalline Außenstruktur. In der äußeren Form entstand der Kristallpalast auf Befehl von Imperator Zakhagrim III. etwa ab 2455 da Ark (17.528 vor Christus); seither kam es immer wieder zu Umbauten, Änderungen der inneren Architektur usw. Der Kristallpalast ist mehr als der Wohnsitz des Imperators, Tagungsort des Großen Rates (Tai Than) oder Stätte prunkvollster Repräsentation und von Empfängen – er ist Symbol der unumschränkten Macht des Großen Imperiums.

Leichter Kreuzer: Arkonidisches Kugelraumschiff von 100 Metern Durchmesser. Haupteinsatz bei Aufklärung und Kurierdiensten oder zur taktischen Unterstützung von Schlachtkreuzern; häufig als »mobile Einsatzgeschwader« zusammengefasst. Nur zweifach gestaffelte Schutzschirme, geringe Panzerung, aber große Beweglichkeit: »Schneller als stärkere Schiffe und stärker als schnellere Einheiten.« Beschleunigung bei achtzehn Ringwulst-Impulstriebwerken: 500 km/s^2 (geschickte Leitende Ingenieure holen durch Modifizierung der Impulstriebwerke, sprich Beschickung mit höheren Stützmassen-Durchflusswerten zum Teil bis zu 550 km/s^2 heraus). Besatzung: 200 – davon zwanzig für Beiboote (fünf Einmannjäger, fünf Flugpanzer, vier Einheits-Rettungsboote).

Maahks: Auch wenn die Maahks und ihnen ähnelnde Völker von den Arkoniden als »Methanatmer« oder kurz »Methans« bezeichnet werden, ist dieser Begriff irreführend: Die bis zu 2,20 Meter großen und bis zu 1,50 Meter breiten, an eine Schwerkraft zwischen 2,9 und 3,1 Gravos angepassten Wesen atmen in erster Linie Wasserstoff (und ein bisschen Methan) ein und Ammoniak aus; dieses Gas ist unter dem auf Maahk-Welten herrschenden Druck sowie den Temperaturen von 70 bis 100 Grad Celsius noch nicht flüssig.

Die Maahks entwickelten sich vor mehr als 50.000 Jahren in *Andromeda*. Als dort die *Lemurer* auftauchten, wurden die Maahk-Völker in die Milchstraße vertrieben, wo es in Atlans Jugendzeit zum kriegerischen Kontakt mit den Arkoniden kommt – die so genannten *Methankrieg(e)* in mehrfach wechselnden heißen und kalten Phasen. Die Bezeichnung Maahk galt ursprünglich nur für das führende Volk der »Methanatmer«, hat sich aber im Laufe der Zeit als Bezeichnung für *deren Gesamtheit* eingebürgert. Methanatmer oder Methans war ursprünglich eine arkonidische Spottbezeichnung, die aber in den Jahrhunderten nach dem Methankrieg ihren negativen Beigeschmack verlor und von Sauerstoff atmenden Völkern als wertfreies Synonym für Maahks benutzt wird. Es existieren unterschiedliche Dialekte der einzelnen Methanvölker, die *lingua franca* ist das *Kraahmak*.

Beschreibung: Die beiden kurzen, kräftigen Beine weisen vier Zehen auf. Im Gegensatz zu den Beinen haben die beiden bis zu den Knien reichenden, außerordentlich beweglichen, tentakelhaften Arme kein Knochengerüst. Sie enthalten vielmehr kräftige Sehnen- und Muskelbündel. Die Arme beginnen an den Schultern stark und massig und laufen zu den Händen hin trichterförmig zu. Die ebenfalls knochenlosen Hände weisen sechs hochelastische, sehr bewegliche, feinfühlige und doch enorm starke Finger auf. Die vier mittleren Finger sind gleich lang. Links und rechts von ihnen sitzen die beiden Daumen.

Der Kopf gleicht einem halbmondförmigen Wulst und ist starr und halslos mit dem Rumpf verbunden. Er reicht von einer Schulter zur anderen und ist daher bis zu 1,50 Meter breit. An seinem Scheitelpunkt erreicht er eine Höhe von etwa vierzig Zentimetern. Von der Seite gesehen läuft der Kopf nach oben hin zu einem spitzen Grat zu. Auf diesem sitzen die vier runden, sechs Zentimetern durchmessenden, grün schillernden Augen. Da sie jeweils zwei halbkreisförmige Schlitzpupillen aufweisen, die nach vorne und nach hinten gerichtet sind, verfügen die Maahks trotz ihres starren Kopfes über eine lückenlose 360-Grad-Rundumsicht. Durch zwei getrennte Lidklappen können die Augen hinten und vorn separat geschlossen werden. Die Geruchs-, Gehör- und sonstigen Sinnesorgane sind fast unsichtbar an der Vorder- und Hinterseite des Kopfes angebracht. Der Mund befindet sich vorne an der etwas faltigen Übergangsstelle zwischen Wulstkopf und Rumpf. Er dient dem Sprechen und der Nahrungsaufnahme, ist zwanzig Zentimeter breit und weist sehr dünne, hornartige Lippen auf.

Obwohl die Nahrung der Maahks sowohl aus pflanzlichem als auch aus tierischem Material besteht, erinnert ihr Allesfressergebiss mit seinen scharfen und spitzen Zähnen eher an die Reißzähne von Raubtieren. Die Maahks benötigen diese, um die derben Silikatkrusten der Ammoniakpflanzen zu zerschneiden.

Die blassgraue, fast farblose Haut der Maahks, die von fingernagelgroßen, ebenfalls blassgrauen Schuppen bedeckt ist, enthält einen großen Anteil an molekular hochvernetzten, kautschukartigen Silikonharzen. Auch das Knochengerüst der Maahks besteht zum größten Teil aus Siliziumverbindungen, vor allem Silikaten. Proteinfasern geben dem spröden Material eine ausreichende Elastizität. Im intrazellulären Bereich spielt Silizium jedoch nur eine untergeordnete Rolle. Hier dominiert wie bei den Sauerstoffatmern der chemisch vielseitigere Kohlenstoff.

Die stimmbildenden Organe ähneln denen eines Arkoniden. Die Atmungsorgane weichen dagegen deutlich von den arkonidischen ab. Die Bronchien verästeln sich in eine Unzahl kleiner Schläuche, die zusammen mit der auffällig verdickten Wand des Magen-Darm-Traktes ein komplexes, schwammartiges Organ, die so genannte Maahk-Leber, bilden. Die Lungenschläuche enden in elastischen, von einer Muskelschicht umhüllten Blasen, die wie kleine Blasebälge funktionieren und den Ein- und Ausstrom der Atemgase bewirken. Der von den Maahks eingeatmete Wasserstoff wird bereits in der Maahk-Leber mit Bestandteilen der Nahrung zur Reaktion gebracht. Dies ist offenbar eine evolutionäre Anpassung daran, dass sich Wasserstoff nicht wie Sauerstoff reversibel und locker an ein Trägermolekül binden lässt. Entsprechend dient die grünliche Blutflüssigkeit nicht wie die der Sauerstoffatmer dem Transport von komplex gebundenen Atemgasen und Nährstoffen, sondern führt den übrigen Teilen des Maahk-Körpers Energie speichernde Moleküle zu, die in der Maahk-Leber gebildet werden und in ihrer Funktion dem ATP der arkonidischen Physiologie entsprechen.

Die Nahrung der Maahks enthält ein vielfältiges Gemisch organischer und anorganischer Stickstoffverbindungen, darunter insbesondere Amine, Imine, Azoverbindungen, Stickstoffwasserstoffsäure, Hydrazin und Schwefelnitrid. Aus ihnen werden in enzymatisch kontrollierten Reaktionsfolgen vor allem Imin- (NH) oder Aminradikale (NH_2) abgespalten, die als oxidierende Partner mit dem eingeatmeten Wasserstoff reagieren. Dabei entstehen Ammoniak sowie in Spuren Methan, die von den Maahks ausgeatmet werden. Die bei der Reaktion frei werdende Energie wird in der Maahk-Leber auf ein energiereiches Molekül (»Maahk-ATP«) übertragen, das vom Blutkreislauf im Körper verteilt wird.

Selbst bei einem energiereichen Nährstoff wie Hydrazin gewinnt ein Maahk pro eingeatmetes Molekül Wasserstoff allerdings deutlich weniger Energie als ein Sauerstoffatmer pro Molekül Sauerstoff. Dies wird jedoch durch einen höheren Stoffumsatz und nicht zuletzt durch die im Vergleich zum Sauerstoff viermal so große Diffusionsgeschwindigkeit des kleinen Wasserstoffmoleküls kompensiert. Die von den Maahks verzehrten Stickstoffverbindungen werden von fotoautotrophen Organismen (»Ammoniakpflanzen«) erzeugt, die das von den Maahks ausgeatmete Ammoniak mit Hilfe von Lichtenergie in die genannten Stoffe umwandeln. Da die Ammoniakpflanzen in der Regel ausgeprägte Silikatwände haben und ihre Nährstoffe in mikroporösem Kieselgur speichern, nehmen die Maahks mit ihrer Nahrung stets auch große Mengen an Siliziumverbindungen zu sich, die sie zum Aufbau und zur Erhaltung ihrer Haut- und Skelettstrukturen benutzen. Die Überschüsse werden zusammen mit den übrigen Stoffwechselüberresten ausgeschieden.

Fortpflanzung: Die Maahks sind sehr fruchtbar. Bei jedem Geburtsvorgang legt eine Maahkfrau bis zu neun Eier, die innerhalb von nur dreieinhalb Monaten reifen. Die geschlüpften Nachkommen werden von ihren Müttern gesäugt.

Gesellschaft, Mentalität: Die Intelligenz der Maahks entspricht derjenigen von Arkoniden. Das Verhalten der gefühlsarmen

Maahks wird jedoch von nüchterner Logik dominiert, so dass sie auf die meisten Sauerstoffatmer kalt und grausam wirken. In einem seltsamen Kontrast zu diesem Pragmatismus steht der erbittert geführte Krieg gegen die Arkoniden, die für die Maahks aufgrund ihrer völlig anderen Lebensbedürfnisse keine echten Konkurrenten darstellten. Die selbstzerstörerische Unerbittlichkeit, mit der die Maahks in diesem Krieg vorgingen, kann nur als späte Nachwirkung ihrer Vertreibung durch die ebenfalls arkonoiden Lemurer verstanden werden. Über das Privatleben der Maahks ist so gut wie nichts bekannt.

Raumfahrer und Soldaten tragen Kombinationen, die aus einem Stück gefertigt sind. Die Sichelköpfe können gegebenenfalls durch Falthelme geschützt werden. Bei einfachen Dienstgraden entspricht die Farbe der Kombination im Regelfall dem blassen Grau maahkscher Haut. Diese Schlichtheit spiegelt den nüchtern-logischen Pragmatismus der Maahks wider. Dennoch sind auch bei den Maahks Orden und Tapferkeitsauszeichnungen sowie andere Uniformfarben bekannt. Rangsymbol ist unter anderem das des geteilten Dotters, des Zeichens von Stärke und Fruchtbarkeit.

Obwohl die Maahks durchaus Eigennamen kennen, benutzen sie in hierarchischen Systemen die Einheitsbezeichnung *Grek*, wobei *Grek 1* das jeweils höchstrangige Individuum der Gruppe ist. Die Bezeichnung Grek wurde ursprünglich von den Arkoniden eingeführt, die dadurch vor allem ausdrückten, dass die Maahks in ihren Augen ununterscheidbar waren. Dass die Nomenklatur des Gegners von den Maahks selbst übernommen wurde, ist ein weiterer Hinweis auf deren weitgehend emotionslose Logik. Die Regierung der vereinten Methanvölker bildet das Gremium der Neunväter. Die Zahl Neun, die Maximalgröße eines maahkschen Eigeleges, stellt für die Maahks etwas Heiliges, Verehrungswürdiges dar. Jeder Angehörige der Neunväter ist ein Spitzenkönner auf wissenschaftlichem, militärischem oder politischem Gebiet. Die Versammlungshalle der Neunväter hat traditionell die verehrungswürdige Form eines Eies.

Mascant: Admiral Erster Klasse, höchster Admiralsrang = »Reichsadmiral« = ein Dreisonnenträger mit besonderer Auszeichnung.

Naats: Die schwerfällig wirkenden Wesen leben vor allem auf Naat, Naator und den anderen Monden des fünften Planeten der Sonne Arkon. Sie sind drei Meter groß, weisen kurze, stämmige Säulenbeine, überlange Arme und Kugelköpfe mit drei Augen, einem sehr schmalen Mund und einer kleinen Nase auf; die Hautfarbe ist schwarzbraun, sie verfügen über keinen Haarwuchs; häufig gehen sie auf allen vieren. Seit Jahrtausenden sind sie ein Hilfsvolk der Arkoniden, oftmals nicht mehr wert als Sklaven, andererseits aber auch bevorzugte Mitglieder der Leibgarde des Imperators. Trotz ihrer hohen Intelligenz werden sie aufgrund ihres erschreckenden Äußeren von vielen arroganten Arkoniden nur als dumme Wesen betrachtet.

Öde Insel: Bezeichnung der Arkoniden für die Milchstraße, die auch Nebelsektor genannt wird; abgeleitet von *Debara, Hamtar.*

Panoramagalerie: An der Wand von Raumschiffszentralen verlaufende große Bildfläche oder Holoprojektion, die zumeist die 360-Grad-Umgebung des Schiffes zeigt. Neben den normal optischen Informationen können Ortungsdaten oder Positroniksimulationen eingeblendet werden; Filtersysteme wirken als Blendsicherung usw. Im Sinne einer optischen Beobachtung hat diese Darstellung vor allem psychologische Bedeutung: Man sieht, wohin man fliegt.

Parakräfte: Einzelkräfte wie Telepathie, Telekinese, Teleportation, Hypnosuggestion u. v. a. Siehe: *paranormal.*

Paralysator: Strahlenwaffe, die das dem Willen unterworfene periphere Nervensystem von Lebewesen lähmt. Das für die lebenswichtigen Körperfunktionen notwendige autonome Nervensystem bleibt dabei weitgehend unbeeinflusst, nur die dem bewussten Willen unterstehende Muskulatur wird gelähmt, das Schmerzempfinden ausgeschaltet (deshalb auch Einsatz in der Medo-Technik zur Narkose). Die getroffene Person ist vollkommen bewegungsunfähig (= Paralyse), kann aber noch normal denken, sehen und hören. Die Wirkung des Paralysestrahls hält meist für einige Stunden an. In Atlans Jugendzeit waren Modelle der Serie U-156 im Einsatz.

paramechanisch: Zum ultrahochfrequenten hyperenergetischen Bereich gehörende Wirkung, die den paranormalen Kräften von Lebewesen entspricht, aber durch Geräte künstlich/technisch erzeugt wird; zum Beispiel bei der Hypnoschulung, in Psychostrahlern oder den Emotio-Masken.

paranormal: Wörtlich »neben dem Normalen«; im Allgemeinen Fähigkeiten und/oder Kräfte, die nicht zum Bereich der normalen Sinne gehören, meist eine von Lebewesen erzeugte Wirkung, die dem ultrahochfrequenten Bereich des hyperenergetischen Spektrums zugeordnet wird (zum Beispiel Telepathie, Telekinese, Teleportation etc.), auch als psionisch, mental oder *transpersonal* (»über die Person hinaus[gehend]«) umschrieben.

Die Arkoniden stießen bei der Expansion ihres Tai Ark'Tussan auf etliche Fremdvölker, bei denen Parakräfte eine nicht unwesentliche Rolle spielten (Individualverformer/Vecorat, Mooffs, Voolyneser, Vulther u. v. a.). Ihre eigene Erforschung des Paranormalen und Transpersonalen konnte, nicht zuletzt mit Blick auf Dagor und die damit verbundene Philosophie, etliche Ergebnisse vorweisen, die über die paramechanischen Psychostrahler, Fiktiv- und Simultanspielprojektoren und Anlagen, die der Aktivierung des Extrasinns dienten, hinausreichten.

Der Paraphysiker Belzikaan (um 15.600 vor Christus) bezeichnete die Paraforschung offiziell als »zwiespältige Wissenschaft«, um den Unterschied und die Trennung von den übrigen konventionellen und hyperphysikalischen Fakultäten zu markieren. Diese Erkenntnisse gehörten allerdings stets zur höchsten militärischen Sicherheits- und Geheimhaltungsstufe oder waren auf bestimmte Kreise beschränkt. Kräfte des Paranormalen sind deshalb gar nicht so selten, wie es auf den ersten Blick vielleicht aussieht. Vor allen Dingen sind sie keineswegs zwangsläufig Ausdruck einer wie auch immer gearteten »Mutation«, so dass die Aussage »Parabegabter gleich Mutant« ein etwas schiefes Bild erzeugt. Grundsätzlich handelt es sich beim Paranormalen zunächst einmal um Dinge, die zumindest latent *jedem* Bewusstsein zu eigen sind. Ob und inwieweit der Einzelne sich dieser Kräfte und Fähigkeiten dann bewusst ist oder gar aktiv bedienen kann, ist eine andere Frage.

Periode: Bezeichnung für den arkonidischen Monat zu 36 Tagen (Pragos). Siehe: *Zeitrechnung, Votan(ii).*

Positronik: Bezeichnung der Standardrechner-Technologie, bei der statt Elektronen Positronen zum Einsatz kommen, hierbei allerdings Hyperkristalle zur Handhabung erforderlich machen.

Satron: Abkürzung von *Same Arkon trona*; dies bedeutet »hört Arkon sprechen«; Bezeichnung für die *lingua franca* im Großen Imperium der Arkoniden. Als *Satron* ist das klassische Interkosmo aus dem *Altakona* der »Stammväter« hervorgegangen (welches wiederum der auf Artefakten gefundenen alten galaktischen [toten] Sprache *Lemu[u]* gleicht, weil aus ihr rund 30.000 Jahre zuvor entstanden). Als *Satron-I* ist es wirkliches Interkosmo (ab Verleihung des Handelsmonopols an die Springer im Jahr 6050 vor Christus), als *Arkona-I* die Hofsprache vor allem auf Arkon I (verbunden mit einer Wandlung von der Buchstabensprache hin zu einer komplexen Silbensprache mit Silbenschrift, die ab etwa 3000 vor Christus *Arkona-II* oder *Arkona-Kalligraf* genannt wurde).

Um etwa 1000 nach Christus entwickelte sich das »moderne Interkosmo« (umschrieben als *Satron-Ia*); der forcierte Handel von Springern mit Aras und Antis/Báalols führte zur verstärkten Einbindung medospezifischer Begriffe wie auch religiöser Wortschöpfungen, so dass ca. 300 Arkonjahre später auch die Version *Satron-Ib* weit verbreitet war. Satron ist eine Buchstabenschrift: Während sich die Sprache selbst im Verlauf der Jahrtausende durchaus wandelte, wurden die Schriftzeichen beibehalten, ebenso die Aussprache der Einzelbuchstaben, denen bestimmte Laute (Phoneme) zugeordnet sind. Das Alphabet umfasst die Selbstlaute A-E-I-O-U und zunächst siebzehn weitere Buchstaben, die jedoch schon beim Übergang vom *Altakona* zum *Satron* auf einundzwanzig erweitert wurden; die Reihenfolge entspricht hierbei selbstverständlich *nicht* dem Terranischen.

Schutzschirm (auch: Schutzfeld): Mitunter an Seifenblasen erinnerndes Kraftfeldsystem, das für äußere Einflüsse mehr oder weniger undurchdringlich ist, eine ganze Reihe von Sonderfunktionen besitzt und in nahezu beliebiger Form projiziert werden kann – vereinfachend Schutzfeld, Abwehrschild, Energieschirm und ähnlich genannt. Das Einsatzgebiet ist ebenso umfangreich wie die detaillierte Funktions- und Projektionsweise: Die Abwehr der verschiedensten Waffen gehört in gleicher Weise dazu wie der Schutz vor Reibungshitze beim Eintritt in Atmosphären, vor Meteoriten und kosmischer Mikromaterie oder Strahlung aller Art.

Als »konventionell« oder »normal energetisch« werden jene Schutzschirme umschrieben, deren Wirkung(en) sich auf konventionelle Dinge beziehen und für übergeordnete Wirkungen (wie Teleporter) *kein* Hindernis darstellen. Ihre Erzeugung und Projektion dagegen kann durchaus auf übergeordnete Prinzipien wie Hyperkristalle zurückgreifen – und im Allgemeinen ist das auch der Fall. Sie können von Materie in energetischer, gasförmiger, flüssiger oder fester Form nicht durchdrungen werden; Luft wird hierbei unter Umständen ionisiert, Hitzestrahlung reflektiert, Mikromaterie des Alls abgewehrt (beispielsweise in Gestalt von Kalottenfeldern, deren Durchmesser etwa ein Drittel des Rumpfdurchmessers eines Raumschiffes ausmacht und als zentral projiziertes Feld im Abstand des Rumpfdurchmessers zur Grobablenkung dient). Im Gegensatz dazu stellen an fünf- oder n-dimensionale Gesetzmäßigkeiten gebundene höher geordnete Kraftfelder – kurz *Hyperfelder* genannt – auch für Hyperwirkungen ein Hindernis dar. Je nach eingesetzter Hyperfrequenz (hyperstarke Wirkung, Hyperelektromagnetik, hyperschwache Wirkung, Hypergravitation und ultrahochfrequenter Bereich) unterscheiden sich die Wirkungen entsprechend dem jeweiligen Band des hyperenergetischen Spektrums.

Weiteres Unterscheidungskriterium ist die Struktur der eingesetzten Hyperfelder, bei denen es sich um statische oder dynamische, unvollständig geschlossene und in sich geschlossene handeln kann – je nach spezifischer Anwendung meist auf vielfältige Weise kombiniert. So ist mit der äußersten Hülle im Allgemeinen eine dünne Zone konzentrischer, auswärts weisender, hypermechanischer oder hypermechanisch-abstoßender Wirkung verbunden, die im technischen Sprachgebrauch als Gradientfeld oder als Gradientkomponente bezeichnet wird (Gradient: Gefälle oder Anstieg einer Größe auf einer bestimmten Strecke beziehungsweise Maß für die räumliche Veränderlichkeit von Größen). Zu den weiteren Sonderfunktionen gehören beliebig schaltbare Strukturlücken, einseitig wirksame Durchlassfenster, permanente oder intermittierende Projektionsweisen, auf Energie und/oder Masse beschränkte Wirkung oder geometrische Formen, die von einer einfachen sphärischen Projektion abweichen. Neben dem lokal begrenzten, partiellen Verdichtungsmodus gibt es darüber hinaus die Möglichkeit, gesonderte Schüssel- oder Parabol-Fangfelder zu errichten, die auftreffende Einflüsse und Kräfte abwehren, ehe die eigentliche Schirmfeldstruktur belastet wird.

Als Basisniveau jeder Schutzfeld-Konfiguration eines Raumschiffes gilt das Strukturfeld der Semimanifestation: Es handelt sich hierbei um unvollständig geschlossene Hyperfelder, die konventionelle Außeneinflüsse bis zu einem gewissen Grad »verdrängen«. Zum nächsten Schildniveau gehören die als konventionell geltenden Schutzschirme; zu nennen ist vor allem der (Ionisations-Abstoß-)Prallschirm, der jedoch nicht mit einem Prallfeld, wie es beispielsweise bei Gleitern zum Einsatz kommt, verwechselt werden darf. Schließlich gibt es die hyperenergetischen, die auch artgleiche Einflüsse blockieren (zum Beispiel Fesselfeld oder hyperelektromagnetische bzw. hypermechanische Wirkung).

Skorgon: Wörtlich der/die »Verschleierte«, Phonem-Ableitung von *gon.*

Tai Ark'Tussan: Großes Arkon-Imperium, meist nur als *Großes Imperium* übersetzt; umfasst neben den Kugelsternhaufen *Thantur-Lok* und *Cerkol* große Bereiche der als *Öde Insel* umschriebenen Milchstraßenhauptebene mit insgesamt mehreren zehntausend von Arkoniden und Fremdvölkern besiedelten Welten.

Thantur-Lok: Wörtlich »Thanturs Ziel«, nach dem Flottenadmiral Thantur (ursprünglich Talur) bezeichneter Kugelsternhaufen im Halo-Bereich der als *Öde Insel* umschriebenen Milchstraße (Durchmesser 99 Lichtjahre, etwa 100.000 Sterne), der das Herz des Großen Imperiums darstellt. Von hier gingen die Besiedlungswellen der Arkoniden aus. Die terranische Bezeichnung lautet M 13 bzw. NGC 6205.

Thek-Laktran: *Hügel der Weisen*. Abgeleitet von *Laktrote, Thek.* Erstreckt sich als prächtige Parklandschaft auf einem Hochplateau und wird von mehreren Gipfeln überragt. Er bestimmt die Umgebung des Regierungszentrums von Arkon I. Gigantische Gebäudekomplexe, in charakteristisch arkonidischer Bauweise auf stielförmigen Fundamenten errichtet, recken sich wie die Kelche eines überdimensionierten Blumenbeetes bis zu fünfhundert Meter hoch in den klaren Himmel: Es sind die Ministerien und Verwaltungszentren des Großen Imperiums. Auf dem Hügel der Weisen wohnen die höchsten Würdenträger der arkonidischen Gesellschaft, hier können die Botschafter und Gesandten befreundeter oder ins Imperium integrierter Völker untergebracht werden.

Mittelpunkt ist der *Kristallpalast*, die Perle Arkons. Fast tausend Meter hoch, die kristalline Mauerwerksstruktur blendend funkelnd, besitzt der Sockel fünfhundert Meter Durchmesser. Der Kristallpalast ist mehr als der Wohnsitz des Imperators, Tagungsort des Großen Rates oder Stätte prunkvollster Repräsentation und von Empfängen – er ist Symbol der unumschränkten Macht des Großen Imperiums.

Thermostrahler: Einem auf Lichtwellenverstärkung arbeitenden Laser vergleichbare Waffe, bei der elektromagnetische Strahlung des nicht sichtbaren Infrarotbereichs als ultraheiße, lichtschnelle Wirkung zum Einsatz kommt, also hauptsächlich Wärmeenergie produziert wird; die Reichweite ist innerhalb von Atmosphären begrenzt, weil das Medium Luft einen Teil der Wärme aufnimmt und ableitet, so dass dieser Streuverlust auch nicht mehr im Ziel freigesetzt werden kann. In Atlans Jugendzeit waren Modelle der Serie T-15 im Einsatz.

Tiga Ranton: Wörtlich »Drei Welten« – Umschreibung für Arkons Synchronsystem von Arkon I bis III, abgeleitet von *Ranton, tiga*. Die Planeten wurden in der Herrschaftszeit von Imperator Gonozal III. künstlich als Eckpunkte eines gleichseitigen Dreiecks gruppiert, das auf einer gemeinsamen Umlaufbahn von 620 Millionen Kilometern die Sonne Arkon umkreist. Nur Arkon III entspricht hierbei der ursprünglichen Zählung als dritter Planet; für das Umgruppierungs- und Synchronprojekt wurden die benachbarten Planeten II und IV hinzugezogen.

Nachfolgende Imperatoren sorgten dafür, dass dieses System

als einmalig und natürlich entstanden angesehen wurde, um die außergewöhnliche Stellung des arkonidischen Volkes und seine Bevorzugung durch die Götter propagandistisch hervorzukehren – nur wenige Informierte kannten fortan noch die wahren Hintergründe.

Tonta(s): Arkonidische »Stunde« = 1,42 Erdstunden (85,2 Minuten bzw. 5112 Sekunden); Unterteilung in Zehntel, Hundertstel, Tausendstel, also Dezitonta (8,52 Minuten bzw. 511,2 Sekunden), Zentitonta (0,852 Minuten bzw. 51,12 Sekunden), Millitonta (5,112 Sekunden).

Traktorstrahl/-projektor: Zugstrahlprojektor, der Objekte mittels eines hyperenergetischen Feldes erfasst und in eine beliebige Richtung bewegt (im Allgemeinen aber auf den Projektor zu). Meistens gekoppelt mit einem Fesselfeld-Projektor, der das eingefangene Objekt immobilisiert und verankert.

Transitionstriebwerk: Für die überlichtschnelle Fortbewegung eingesetzte Aggregate, deren Kernstück jeweils Strukturfeld-Konverter sind und Gesamtreichweiten je nach Schiffstyp von bis zu 500.000 Lichtjahren erreichen; im Allgemeinen erfolgt eine Transition im hochrelativistischen Bereich nahe der Lichtgeschwindigkeit und ist verbunden mit Strukturerschütterungen und Entzerrungsschmerzen – je weiter der Sprung, desto gravierender. In Notfallsituationen können Transitionen durchaus schon bei geringerer Geschwindigkeit (quasi »aus dem Stand heraus«) eingeleitet werden, doch verstärken sich hierbei die Nebenwirkungen; im Extrem zerreißt es das ganze Schiff.

Der Sprung direkt in ein Sonnensystem hinein oder aus einem solchen heraus, erst recht in direkter Nähe von Planeten, ist wegen der Negativauswirkungen verboten (tektonische Erschütterungen und dergleichen). Bei militärischen Einsätzen wird darauf jedoch häufig keine Rücksicht genommen, im Gegenteil: Ein solcher Direktsprung bringt taktische Vorteile.

Als Standardweite je Einzelsprung gelten Distanzen zwischen 500 und 5000 Lichtjahren. Großraumer ab 500 Metern Durchmesser können auch Gewaltmanöver bis maximal rund 35.000 Lichtjahre durchführen – diese sind jedoch extrem belastend für

Besatzung und Material. Trotz positronischer Berechnung bleiben die Sprungdatenermittlungen kompliziert und langwierig. Als Faustregel gilt: 30 Minuten je 5000 Lichtjahre, das heißt beispielsweise bei 20.000 Lichtjahren zwei Stunden. Nur bei Notmanövern oder Nottransitionen wird ein »pi-mal-Daumen-Sprung« in Kauf genommen; die anschließende Positionsbestimmung kann dann aber unter Umständen Tage dauern.

Trantagossa: 21.288 Lichtjahre von Arkon entferntes Sonnensystem mit zwölf Planeten; seit Atlans Jugend zusammen mit *Amozalan* und *Calukoma* einer der drei Hauptflottenstützpunkte des Großen Imperiums neben Arkon III; Hauptwelt ist der vierte Planet Enorketron.

Tu-Gol-Cel (TGC): Arkonidisches Akronym von *Tussan Goldan Celis*, frei übersetzt »(die) Argusaugen des Imperiums« – die »Politische Geheimpolizei des Imperators«; abgeleitet von *Celis, Goldan, Tussan.*

Tu-Ra-Cel (TRC): Arkonidisches Akronym von *Tussan Ranton Celis*, frei übersetzt »(die) Augen der Imperiums-Welten« – der Geheimdienst im Großen Imperium; abgeleitet von *Celis, Ranton, Tussan.*

Ultraleichtkreuzer: Arkonidisches Kugelraumschiff von 60 Metern Durchmesser; eingesetzt als Beiboot (Reichweite 500 Lichtjahre) oder in eigenständigen Verbänden (hierbei dann von deutlich größerer Reichweite). Kuriereinsatz, Aufklärung, mitunter müssen sie die Aufgaben von Leichten Kreuzern erfüllen (dann allerdings überproportional hohe Verluste). Beschleunigung bei achtzehn Ringwulst-Impulstriebwerken: 500 km/s^2. Besatzung: bis zu fünfzig. Beiboote: bis zu zwei Einmannjäger oder fünf Flugpanzer.

Votan(ii): Wörtlich »Periode(n)«, auch »Zyklus, Kreis(lauf)«; arkonidische Bezeichnung für »Monat«.

Zeitrechnung: Ein Arkonjahr entspricht dem siderischen Umlauf von 365,22 Arkontagen (Pragos) zu exakt 28,37 (Erd-)Stunden.

Gerechnet wird mit 365 Arkontagen je Arkonjahr: Alle 50 Arkonjahre ergibt sich somit ein Schaltjahr, in dem elf Arkontage angehängt werden (diese elf Schalttage entsprechen den elf Heroen, die Schaltperiode selbst wird nach dem mythischen zwölften Heroen »Pragos des Vretatou« genannt).

Das Arkonjahr ist unterteilt in zehn Perioden (= »Monate«) zu je 36 Arkontagen, hinzu kommen die fünf Pragos der »Katanen des Capits« (Feiertage, die auf uralte Riten zurückgehen; früher wurden damit die Fruchtbarkeitsgötter geehrt, mit der Zeit verloren die Katanen an Bedeutung).

Folgende Namen/Reihenfolge gilt: 1. der Eyilon, 2. die Hara, 3. der Tarman, 4. der Dryhan, 5. der Messon, 6. der Tedar, 7. der Ansoor, 8. die Prikur, 9. die Coroma, 10. der Tartor, dazu die Katanen des Capits vor dem Jahreswechsel. Umrechnung: 0,846 Arkonjahre = 1 Erdjahr; 1 Arkonjahr = 1,182 Erdjahre.

Atlan

Zyklus »Die Zeitabenteuer«

Band 1: An der Wiege der Menschheit
ISBN 3-8118-1500-8

Band 2: Säulen der Ewigkeit
ISBN 3-8118-1501-6

Band 3: Karawane der Wunder
ISBN 3-8118-1502-4

Band 4: Hüter des Planeten
ISBN 3-8118-1503-2

Band 5: Strafkolonie Erde
ISBN 3-8118-1504-0

Band 6: Wolken des Todes
ISBN 3-8118-1505-9

Band 7: Söldner für Rom
ISBN 3-8118-1506-7

Band 8: Ritter von Arkon
ISBN 3-8118-1507-5

Band 9: Herrscher des Chaos
ISBN 3-8118-1508-3

Band 10: Balladen des Todes
ISBN 3-8118-1509-1

Band 11: Kontinente des Krieges
ISBN 3-8118-1510-5

Band 12: Samurai von den Sternen
ISBN 3-8118-1511-3

Band 13: Die letzten Masken
ISBN 3-8118-1512-1

Zyklus »Die Arkon-Trilogie«

Band 14: Imperator von Arkon
ISBN 3-8118-1513-X

Band 15: Monde des Schreckens
ISBN 3-8118-1514-8

Band 16: Juwelen der Sterne
ISBN 3-8118-1515-6

Zyklus »Der Kristallprinz«

Band 17: Der Kristallprinz
ISBN 3-8118-1516-4

Band 18: Die Folterwelt
ISBN 3-8118-1517-2

Band 19: Piraten der Sterne
ISBN 3-8118-1518-0

Band 20: Flucht ins Chaos
ISBN 3-8118-1519-9

Band 21: Der Weltraumbarbar
ISBN 3-8118-1520-2

Band 22: Ring des Schreckens
ISBN 3-8118-1521-0

Band 23: Die Goldene Göttin
ISBN 3-8118-1522-9

Zyklus »Die Varganen«

Band 24: Die letzten Varganen
ISBN 3-8118-1523-7

Band 25: Attacke der Maahks
ISBN 3-8118-1524-5

ÜBERSICHT
Atlans Odyssee in den Bänden 24 und 25
Kraumon – Sogantvort
Zercascholpek – Helpakanor – Vassantor – Trantagossa

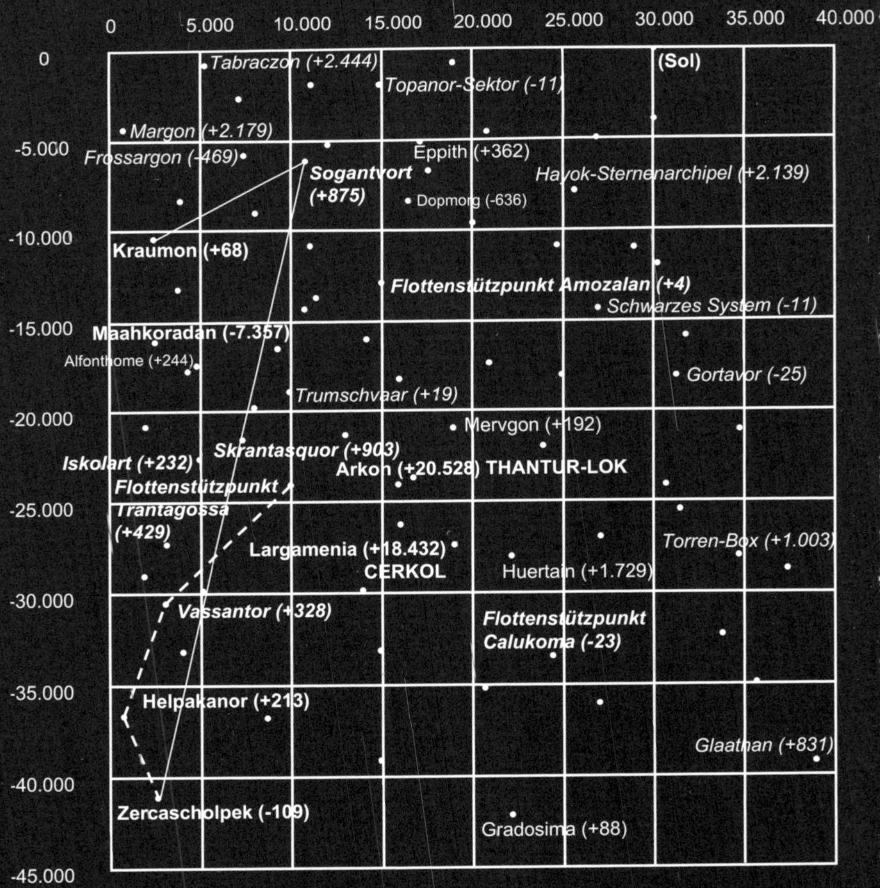

ÜBERSICHT TAI ARK'TUSSAN

um 10.500 da Ark

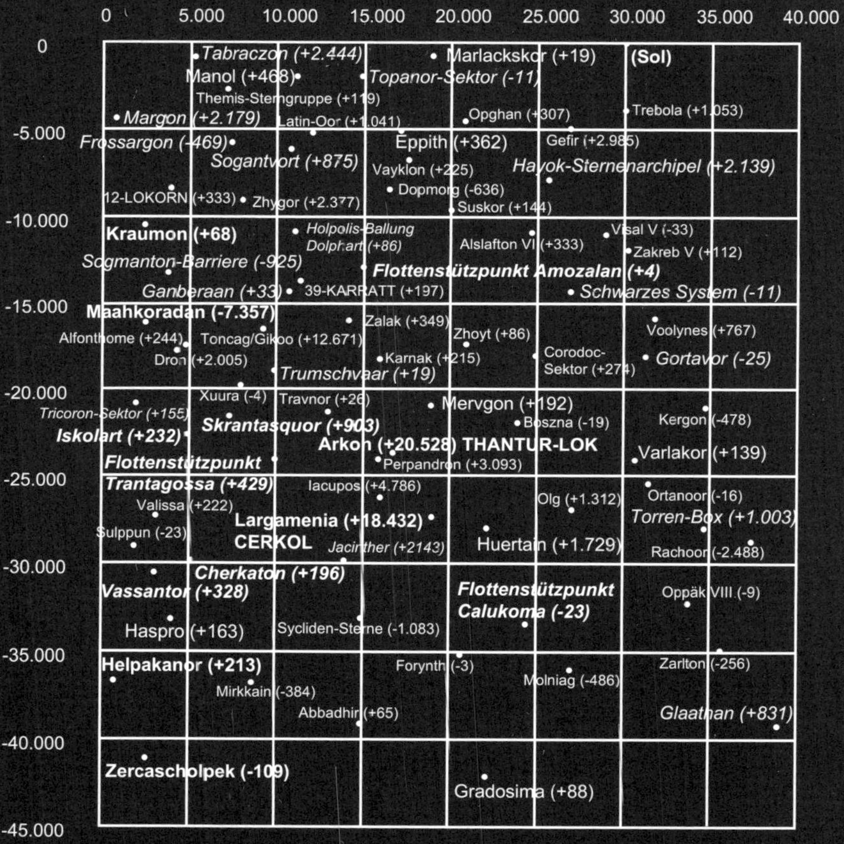